mare

Kaikoura, Neuseeland: Ein gewaltiges Seebeben türmt Wellen auf, die den malerischen Küstenstreifen binnen Minuten in eine Schlammwüste verwandeln. Die Wale verschwinden und mit ihnen die Touristen. Nur der deutsche Biologe Hermann Pauli bleibt, der eigentlich in Neuseeland den Tod seiner Frau verwinden wollte. Jetzt streift er durch einen Ort der Leere und Verwüstung. Doch dann stellt er fest, dass das Seebeben auch etwas zutage gefördert hat, das die Welt um ihn herum in höchste Alarmbereitschaft versetzt – einen roten Riesenkalmar, eine Anomalie des Tierreichs.

Bernhard Kegel, Jahrgang 1953, ist promovierter Biologe und begeisterter Jazzgitarrist und lebt als Schriftsteller in Berlin und Brandenburg. 1996 erhielt er den Phantastik-Preis der Stadt Wetzlar, 1997 den Kurd-Laßwitz-Preis und den Brandenburgischen Literaturpreis Umwelt, 2001 den Inge-und-Werner-Grüter-Preis für Wissenschaftspublizistik. Bisherige Veröffentlichungen: ‹Das Ölschieferskelett›, ‹Wenzels Pilz›, ‹Die Ameise als Tramp› und ‹Sexy Sons›.

Unsere Adressen im Internet: www.fischerverlage.de
www.mare.de

Bernhard Kegel

Der Rote

Roman

mare
Fischer Taschenbuch Verlag

Für Jasper

Veröffentlicht im Fischer Taschenbuch Verlag,
einem Unternehmen der S. Fischer Verlag GmbH,
Frankfurt am Main, Juni 2009

Lizenzausgabe mit freundlicher Genehmigung
des mareverlags, Hamburg

Typographie und Satz
Farnschläder & Mahlstedt, Hamburg
Druck und Bindung CPI – Clausen & Bosse, Leck
Printed in Germany
ISBN 978-3-596-18166-7

Inhalt

Das ist, glaube ich, das Erstaunlichste an der See: ihre Kraft, alles, was auf ihr lebt und sich bewegt, als ein Wunder erscheinen zu lassen, dem an Land nichts gleichkommt.

Laurens van der Post, *Der Jäger und der Wal*

In Hawaiki, der sagenhaften Urheimat der Polynesier, lebte vor langer Zeit ein Halbgott namens Maui. Eines Tages beschloss er, fischen zu gehen. Da ihn seine Brüder nicht mitnehmen wollten, versteckte er sich in dem großen Kanu, das Platz für zwei mal siebzig Ruderer hatte, und zeigte sich erst weit draußen auf See, als es zu spät war, umzukehren. Er nahm seinen magischen Angelhaken – es war der Kieferknochen seiner Großmutter, einer einstmals berühmten Zauberin –, befestigte ihn an einem Seil, und da seine Brüder böse auf ihn waren und ihm keinen Köder gaben, tauchte er den Haken in sein eigenes Blut und warf ihn ins Wasser. Der Haken sank tief hinab ins Meer, immer tiefer, bis mit einem Ruck ein riesiger Fisch anbiss. Die Brüder fürchteten um ihr Leben, weil das Tier so stark war, und sie schrien, er solle loslassen. Aber Maui hielt fest. Erst nach erbittertem Kampf gelang es der Mannschaft, den Fang an die Oberfläche zu ziehen.

Aus dem Riesenfisch wurde die Nordinsel Neuseelands. Das Tier kämpfte, deshalb ist das Land wild und zerklüftet. Als gekrümmte Landzunge im Norden der Hawke Bay ist Mauis Haken noch heute zu erkennen. Die große Südinsel Neuseelands war einst das Kanu, in dem Maui und seine Brüder aufs Meer fuhren, und die Halbinsel

Kaikoura an ihrer Ostküste war der Sitz dieses Kanus. Von hier aus warf der Halbgott den magischen Haken aus und angelte die Nordinsel. Sie heißt Te ika a Maui, Fisch des Maui. Seine Brüder hatten es nicht geschafft, das kräftige Tier nah am Boot zu halten. Deshalb liegt zwischen den Inseln eine Meeresstraße, ein tückisches Gewässer.

Die Menschen wussten nichts von der Existenz dieses Landes. Bis ein mutiger Mann namens Kupe mit seinem Kanu weiter als je zuvor nach Südwesten fuhr, in die Richtung, aus der die großen Vogelschwärme kommen. Das Wasser wurde kälter, und nach Tagen stießen Kupe und seine Gefährten auf ein Land mit dunklen Wäldern und riesigen Vögeln. Sie ruderten an der Küste entlang. Als sie in eine breite Meeresstraße einfuhren, begannen plötzlich ungeheure Kräfte an ihnen zu zerren. Sie wurden hin und her geworfen und drohten an Felsen zu zerschellen. Manche sagen, es seien die unberechenbaren Strömungen der Cook Strait gewesen, die Kupe und seinem Kanu fast zum Verhängnis wurden, andere behaupten, dass die Entdecker in die Fänge eines riesigen Kraken geraten sind.

I Moby-Klick

Seeleute berichten vom plötzlichen Auftreten seltsamer Stürme, die, wie es scheint, eher eine Folge von Konvulsionen in den Tiefen als im Himmel über ihnen sind. Kann es sein, dass die vom Menschen entfesselten Zerstörungskräfte mächtig genug waren, um das terrestrische Gleichgewicht aus der Bahn zu werfen und das Universum in Unordnung zu bringen? Irgendwas läuft jedenfalls mit Sicherheit irgendwo schief.

Aus einem Leitartikel des *Philadelphia Public Ledger* im Sommer 1916.

Solche tristen Geschichten lenken die Unterhaltung der Fischer auf den Kabeljau. Dave Malloy, der Gabelstapler fährt, sagt: «Sie wollen was über Kabeljau wissen? Ich kann's Ihnen sagen.» Er hebt die Hand zum Mund und gibt vor, mir ein Geheimnis zuzuflüstern. «Es gibt keinen mehr.»

Mark Kurlansky, *Kabeljau*

Aber nun genug von dem ganzen Gejammer,
wir gehen auf Walfang …

Herman Melville, *Moby-Dick*

1. Kaikoura

Maui

Wieder war er schweißgebadet aufgewacht. Seit Tagen fand er abends nicht in den Schlaf, dann folgten Nächte, so kurz und wenig erholsam, dass es ihm beim ersten müden Blinzeln am Morgen vorkam, als hätte es sie gar nicht gegeben. Hermann Pauli kannte diesen Zustand, er hatte weiß Gott genug Zeit im Kampf mit quälenden Gedankenspiralen verschwendet, die irgendwann nur noch um sich selbst kreisten. Er hatte es kommen sehen und vielleicht sogar provoziert. Es war schließlich seine Entscheidung gewesen hierherzufahren, um in den eigenen alten Fußstapfen zu wandeln. Er hatte versucht, sich zu wappnen, aber als der Rückfall dann mit Urgewalt über ihn hereinbrach, hatte er nur noch Schutz suchen können und gehofft, das Unwetter würde sich bald ausgetobt haben und vorüberziehen.

Doch dieser Morgen war anders. Die aufgehende Sonne schickte helle Lichtpfeile durch das Gebüsch hinter den Dünen ins Innere seines Campingbusses. Das monotone Getrommel des Regens auf dem Wagendach war verstummt. Stattdessen Vogelgezwitscher. Hermann konnte es kaum glauben. Er schlug die Augen auf, rollte sich zum Fenster, zog die Vorhänge zur Seite und war sofort hellwach. Endlich. Heute würde er sich nicht durch den Tag quälen müssen, würde nicht auf ihr

Foto starren und sich nach dem Warum fragen und wie es zu Hause weitergehen sollte. Die Sonne schien. Und er hatte etwas vor. In wenigen Stunden würde er Wale sehen.

Den Weg zum Duschhaus sparte er sich und erledigte die Morgentoilette zu John Lee Hookers grummeliger Greisenstimme rasch an der kleinen Spüle im Wagen. Er pumpte Wasser in das Becken und brummte mit, *I'm in the moohood, baby …*

Als er sich das Gesicht abgetrocknet hatte, verharrte er einen Augenblick und schenkte dem schmucken kleinen Technikwunder, das vorne auf der Ablage thronte, einen liebevollen Blick. Den MP3-Player hatte er, mit Dateien vollgestopft, von zu Hause mitgebracht, die Konsole mit den beiden Lautsprecherboxen bei der Zwischenlandung in Singapur auf dem Flughafen gekauft. Eine gute Entscheidung. Ohne die Musik, das dachte er heute nicht zum ersten Mal, ohne seinen Bach und den in Australien wiederentdeckten Blues hätte er das alles nicht durchgestanden.

Auf der Fahrt die Küstenstraße entlang hörte er *The Healer*. Es war John, der ihm vor Monaten Hookers letzte Alben mitgebracht hatte, weil er das einseitige Musikangebot seines Kollegen nicht mehr ertragen konnte. Mittlerweile war Hooker tot, aber Ende der Achtziger hatte eine Plattenfirma den greisen Bluesrecken aus der Versenkung geholt und ihm eine musikalische Frischzellenkur verpasst, die ihn weltberühmt machte. Hermann, der sein altes Idol seit Jahrzehnten aus den Augen verloren hatte, reagierte mit Befremden. Wie konnten sie es wagen, aus John Lee, der unverfälschten minimalistischen Blues spielte, einen verdammten Popstar zu machen? Aber dann hatte er Gefallen gefunden an den alten Songs im neuen Gewand. Sie beförderten ihn auf eine Zeitreise zurück ins Göttingen der sechziger und siebziger Jahre. Er studierte damals

Biologie, aber wenn er gerade keine Pflanzen bestimmte oder sich in den Innereien eines Regenwurms zu orientieren versuchte, verbrachte er jede freie Minute im muffigen Übungsraum der Electric Hookers. Sie hatten etliche Songs ihres damals fast unbekannten Namengebers im Programm. Hermann spielte die Rhythmusgitarre.

Inzwischen begleitete ihn John Lee Hookers Musik auf Schritt und Tritt, und er war froh über das Comeback. Er bewunderte den Mann, der es im biblischen Alter von siebzig Jahren geschafft hatte, sich noch einmal vollkommen neu zu definieren. Und er beneidete ihn um seine zweite Chance. Manchmal wünschte er, es käme jemand, ein Healer, der auch ihm ein neues Leben schenkte, einen neuen Anfang. Aber ihm half niemand. Er würde wohl in Zukunft sein eigener Heiler sein müssen.

Hermann war die Strecke nach Kaikoura in den letzten Tagen schon ein paarmal gefahren, achtete kaum auf die Umgebung und hing seinen Gedanken nach. Was wohl aus den Jungs von der Band geworden war? Zu Bennie hatte er noch Kontakt. Er war Internist in Lübeck, stolzer Vater von drei Kindern, ein rundlicher Mann mit schütterem Haar, mit dem er gelegentlich essen ging und in alten Erinnerungen schwelgte. Bennie setzte sich immer noch im Keller seines Hauses hinter das Schlagzeug, um, wie er es nannte, ein wenig zu grooven. Ganz relaxed, versteht sich, rein zur Entspannung. Als Drummer der Electric Hookers war Entspannung für Bennie ein Fremdwort gewesen. Er hatte so wild auf die Felle eingedroschen, dass ihnen die Bruchstücke seiner Sticks um die Ohren flogen.

Von den anderen hatten sie lange nichts gehört. Hermann musste lachen, als er an Pit dachte. Sie hatten ihn Floh genannt. Er war nur eins dreiundsechzig groß, und um mit Bennies Energie mitzuhalten, spielte der Arme sich auf den scheppernden Seiten seines riesigen Fenderbasses regelmäßig die Fingerkuppen blutig. Mein Gott, warum er jetzt an diese alten Geschichten denken musste, ausgerechnet hier, am anderen Ende der Welt.

Bei einem Konzert der Hookers hatte er Brigitte getroffen, vor über dreißig Jahren. Vielleicht deshalb. Die Biologie und die Musik, das war damals sein Leben. In wen hatte sie sich eigentlich verliebt, dachte er plötzlich. In den langhaarigen Gitarristen, der mit seinen Kumpels auf Unifesten den wilden Mann markierte, oder in den scharfen Analytiker, den Wissenschaftler, der damals schon in ihm steckte? Dass er sie nie danach gefragt hatte ...

Er schüttelte verwundert den Kopf und schaltete die Musik aus, um sich auf die Fahrt und den bevorstehenden Ausflug zu konzentrieren. Die ersten Häuser von Kaikoura tauchten auf. Er würde gleich da sein.

Als er seinen Bus abgestellt hatte und aus der Wagentür kletterte, herrschte auf dem weitläufigen Parkplatzgelände schon lebhafter Betrieb. Vor geöffneten Kofferraumhauben wurden Jacken, Pullover, Wasserflaschen und Obst in Taschen und Rucksäcke gestopft. Aus zwei Reisebussen quoll eine laut durcheinanderredende Touristengruppe, alle in Turnschuhen und bunten Windjacken. Mütter und Familienväter versuchten, ihre aufgeregten Kinder im Auge zu behalten. Überall erwartungsvolle Gesichter, Lachen, Vorfreude und Begeisterung über das herrliche Wetter. Hermann hatte geahnt, dass er nicht der Einzige sein würde – in den vergangenen Tagen waren alle Bootstouren wegen des Regens und der rauen See gestrichen worden –, aber mit einem derartigen Andrang hatte er nicht gerechnet. Seine Enttäuschung machte sich in einem tiefen Stöhnen Luft, und er überlegte, ob er zurück auf den Campingplatz fahren sollte. Aber er hatte gestern für teures Geld einen Platz auf dem Zehn-Uhr-Boot gebucht und zu lange auf diesen Moment gewartet.

Er atmete tief durch, schulterte den ausgeblichenen Leinenrucksack, der ihn seit Jahren auf seinen Reisen begleitete, und lief an einer Reihe von Pkws und Campervans vorbei auf das Terminalgebäude zu. Dass es sich um einen umgebauten Bahnhof handelte, erkannte man nur an den Gleisen, die an der Rückseite des Flachbaus vorbeiführten. Noch immer hielten hier täglich zwei TranzCoastal-Züge aus Picton und Christchurch, doch die Bahngleise – vor fünfzig Jahren in einem Ort, der jahrzehntelang nur über das Meer zu erreichen war, eine gefeierte Sensation – waren zur Nebensache geworden. Jetzt beherrschte Whale Watch Ltd. die Szenerie. Wer heute in Kaikoura haltmachte, kam – wie die ersten weißen Siedler vor hundertfünfzig Jahren – vor allem wegen der Wale.

Froh darüber, dass er sich nicht in eine der langen Schlangen vor den Ticketschaltern einreihen musste, ging Hermann außen an dem Gebäude entlang bis zum Eingang des Cafés, wo er sich ein Chicken-Sandwich und einen doppelten Espresso bestellte und mit dem Tablett draußen auf die Treppenstufen setzte. Drei Tage hatte er viele Stunden lesend, dösend und frierend allein in seinem Bus verbracht, was seiner Stimmung alles andere als zuträglich gewesen war. Aber das Warten hatte sich gelohnt. Wo vorher nur Regenschleier und dunkle Wolkenmassen zu sehen waren, funkelten heute die mit frischem Neuschnee bepuderten Gipfel der Kaikoura Range in der Morgensonne. Auf der Fahrt hatte er es kaum registriert, aber die Bergkulisse im Landesinneren war so grandios, dass er sich kaum sattsehen konnte. Sie umgab die Halbinsel wie die Zuschauerränge eines riesigen Amphitheaters. Es ist doch gut, dass ich hierhergekommen bin, dachte er und biss in sein Sandwich. Er hatte vergessen, wie schön dieser Ort ist.

Abgesehen von dem Besuch der Fischereitagung in Auckland, die vor vier Tagen zu Ende gegangen war, hatte er für die letzten zwei Wochen seiner langen Forschungsreise keine konkreten Pläne gehabt. Er dachte daran, mit der Bahn quer durch die neuseeländische Nordinsel zu fahren, um in Wellington einen Freund seines australischen Kollegen John Deaver zu besuchen. «Glaub mir», hatte John gesagt. «Raymond ist genau der Richtige, um dich auf andere Gedanken zu bringen. Du wirst sehen, ihr geht irgendwo am Strand spazieren, und ehe du dich's versiehst, stolpert ihr über einen Riesenkalmar.»

Doch im National Institute of Water & Atmospheric Research hatte er erfahren, dass Raymond Holmes mit dem Forschungsschiff *Otago* im Südpazifik unterwegs sei. Also hatte er seinen Plan geändert, war auf die Südinsel geflogen, hatte sich ein weißes Campingmobil mit Kühlschrank und Gaskocher gemietet und, wie damals vor über zehn Jahren, Kaikoura angesteuert, das etwa drei Autostunden nördlich der Inselmetropole Christchurch liegt. Er hoffte, sich hier, an einem Ort, den er schon einmal mit seiner Familie besucht hatte, daran zu gewöhnen, dass ihn die Erinnerungen auf Schritt und Tritt verfolgten, bevor es zu Hause kein Entkommen mehr geben würde.

Hermann hatte sein Frühstückssandwich aufgegessen, wischte sich mit einer Papierserviette das Fett von den Fingern und schaute auf die Uhr. Ihm blieb noch mehr als genug Zeit für einen zweiten Kaffee, mit dem er sich sofort wieder nach draußen in die Sonne setzte. Einen tiefblauen, fast wolkenlosen Himmel über sich zu haben, wie in Australien, wo er in vier Monaten nicht einen Regentropfen gesehen hatte, war Balsam für seine Seele. Er konnte es nicht lassen, ununterbrochen in sich hineinzuhorchen und wie ein Seismograph jede noch so kleine Stimmungsänderung zu registrieren. Wenn er sich besser fühlte, traute er dem Frieden nicht und fand Gründe in der Außenwelt, auf die er keinen Einfluss hatte, das Wetter zum Beispiel oder eine schöne Landschaft. Ging es ihm schlecht wie in den Tagen zuvor, fühlte er sich bestätigt, weil er insgeheim vor seinem Rückflug nach Deutschland mit einem solchen Absturz gerechnet hatte.

Erst die deprimierende Tagung mit Dutzenden von Vorträgen über zusammenbrechende Fischbestände in aller Welt, dann die endlosen Grübelstunden hinter den beschlagenen Fenstern seines Campingbusses, das war genug, um ihn aus dem Gleichgewicht zu bringen. Sofort waren sie wieder da, die Tage und Wochen von Brigittes Siechtum, und sie ließen sich weder durch halbherzige Leseversuche noch durch Bier oder australischen Rotwein vertreiben. Die erhabene kühle Schönheit Bach'scher Instrumentalmusik, die er dagegen in Stellung brachte, machte alles nur noch schlimmer, und selbst John Lees whiskeygegerbte Stimme half nicht. Eines seiner Lieder hatte es ihm in diesen dunklen Tagen besonders angetan. Es wurde zu einer Art Hymne, die er wieder und wieder hörte, obwohl sie ihm nicht guttat. Es war der alte John Lee Hooker, der ihn zutiefst berührte, nur seine Stimme, das energische Gitarrenspiel, das rhythmische Tappen seines Fußes. Und Textzeilen, einfache Worte, die ihm die Tränen in die Augen trieben, die klangen, als wäre dieser Song nur für ihn geschrieben:

«It's raining here, raining here, and storming out on the deep blue sea. I'm so lonely, baby, I'm so lonely for you. I'm so lonely, so lonely, baby. It's raining here and storming out on the deep blue sea.»

Ab und an war er der Enge seines Campervans entflohen, hatte sich zu einem Besuch des kleinen Historischen Museums aufgerafft, zu einsamen Strandspaziergängen, sogar zu einer Wanderung rund um die Halbinsel von Kaikoura, von der er bis auf die Haut durchnässt zurückkehrte. Aber die furchtbaren Bilder verfolgten ihn, wohin er auch ging. Ihr spitzes Gesicht und der bis zum Skelett abgemagerte, mit Morphium vollgepumpte Körper, die gelben Augen, ihr nächtliches Stöhnen, ihre Rufe nach Marion, nie nach ihm, ihr Kopfschütteln, wenn sie sich weigerte zu essen, die aufgesprungenen Lippen, die vergeblichen Versuche, ihr Flüssigkeit einzuflößen, ihre Hand, die zitternd nach dem Griff am Krankenbett tastete, die wunden Stellen auf ihrem Rücken, ihre letzten Atemzüge, so qualvoll, als könnte oder wollte sie nicht loslassen, all diese grauenvollen, entwürdigenden Details, die sich unauslöschlich in sein Gehirn gebrannt hatten und Angst machten, weil sie ihm wie eine Vorführung seines eigenen Endes erschienen, das Ende eines verpfuschten Lebens. Die Vorstellung, zu Hause wieder in dieses Leben hineinzuschlüpfen wie in einen alten mottenzerfressenen Mantel, war unerträglich. Die Konkurrenz unter geltungssüchtigen Kollegen, der Kleinkrieg öder Gremiensitzungen, gelangweilte Studenten, die in ihm nur den Spinner sahen, den Cephalo-Pauli, der am Montagmorgen um acht Uhr die Vorlesung in Sinnes- und Nervenphysiologie hielt. Es gab nichts, auf das er sich freute, nichts, was ihn nach Hause lockte. Brigitte war tot. John hatte sich getäuscht. Das Schlimmste war keineswegs überstanden. Dicht unter der Oberfläche lauerte ein bodenloser Abgrund.

Endlich, während Hermann sein Gesicht in die wärmenden Strahlen der Morgensonne hielt, verblassten die Eindrücke der letzten Tage. Er dachte an John Deaver und ihre gemeinsame Arbeit an Australiens Riesensepien. Sie hatten sich erst vor wenigen Tagen verabschiedet, aber er vermisste den schlaksigen jungenhaften Zoologen schon jetzt, seine unkomplizierte Art, seine Begeisterung und die nie versiegende Energie, mit der er sich in seine zahllosen Projekte stürzte. Vielleicht war es ein Fehler, die letzten Wochen allein in Neuseeland verbringen zu wollen. Er hätte in Sydney bleiben sollen, bei John, unter Menschen, in dieser quirligen Metropole mit viel Ablenkung. Sie hätten wieder in dem grandiosen Naturhafen der Stadt mit seinen vielen Buchten tauchen können. John kannte sich in den Unterwasserrevieren des Port Jackson aus wie normale Menschen in den Stadtparks und Kneipen ihrer Nachbarschaft. Hermann hatte es kaum glauben können, aber unter der mächtigen Hafenbrücke, mitten in der Stadt und nur einen Steinwurf von der berühmten Oper entfernt, lebten drei verschiedene Krakenarten. Die trüben Wasser der Kieler Förde hatten nichts annähernd Vergleichbares zu bieten.

Das Gespräch, in dem der Australier ihm von Raymond Holmes erzählte, war Hermann nachdrücklich in Erinnerung geblieben. Sie hatten an einem ihrer letzten gemeinsamen Abende im südaustralischen Whyalla zusammengesessen, und ihre Unterhaltung wäre beinahe in einen handfesten Streit gemündet, den ersten in den fast vier Monaten. John hatte es die ganze Zeit über nicht leicht mit ihm gehabt, besonders in den ersten Wochen, aber an diesem Abend war ihm kurz der Kragen geplatzt. Die Aussicht auf die immer näher rückende Heimkehr nach Deutschland hatte Hermann auf einen neuen Tiefpunkt befördert, zurück in die weit ausgestreckten Arme seiner Depression. Vor vier Monaten, als er in Sydney aus dem Flugzeug stieg, war er nur ein Schatten seiner selbst gewesen, und nun hatte er das Gefühl, Australien in genau derselben Verfassung wieder zu verlassen. Dass es ihm in Neuseeland, wo er sich erholen und auf seine Rückkehr vorbereiten wollte, noch schlechter gehen könnte, hatte zu diesem Zeitpunkt jenseits seiner Vorstellungskraft gelegen.

Das Gespräch hatte harmlos begonnen, eine Unterhaltung unter Kollegen, unter Cephalopodomanen, wie John es gerne nannte. Hermann hatte gerade ein längeres Interview mit Hans Peter Degenhardt gelesen, der sich zu Dreharbeiten in Neuseeland aufhielt. Ein Foto zeigte den berühmten deutschen Tierfilmer und Kryptozoologen an einem steinigen Flussufer vor wilder Hochgebirgskulisse, breitbeinig, massiv, vollbärtig, ganz der unerschrockene Entdecker. Der übliche Unsinn über angeblich noch lebende Moas im feuchtkalten Regenwald der Südinsel füllte fast eine Doppelseite. Obwohl die Riesenvögel seit Jahrhunderten ausgestorben waren, gab es immer wieder Leute, die sie gesehen haben wollten. Sie und obskure Gesinnungsgenossen in aller Welt versorgten die Presse mit ihren haarsträubenden Berichten und hielten damit eine Pseudowissenschaft wie die Kryptozoologie am Leben, auf die Hermann nicht gut zu sprechen war.

«Was für ein Schwachsinn», stöhnte er und ließ kopfschüttelnd die Zeitung sinken. «Warum sie diesem Kerl immer wieder ein solches Forum bieten, ist mir ein Rätsel.»

John blickte forschend über den Rand der Zeitung. «Von wem redest du?»

«Von Hans Peter Degenhardt.»

«Wer?» John zog fragend die Augenbrauen zusammen, dann lachte er. «Ach, so spricht sich dieser Name aus. Bei uns heißt er *Diegnhärt*. Jetzt verstehe ich. Du hast das Interview gelesen. Wollte ich mir auch noch vornehmen.»

«Er scheint bei euch ziemlich bekannt zu sein.»

«Degenhardt ist ein Star. Die Leute lieben seine Filme. Naturfilme sind ohnehin der Renner. Seltsam eigentlich. Tagsüber würden viele, ohne zu zögern, jedes Känguru abknallen, das ihren Schafen das Gras wegfrisst, und abends sehen sie sich romantische Filme über die ungestörte Wildnis an.»

«Das ist die übliche Schizophrenie.»

«Wir müssen eben raus aus unseren Labors und mit den Menschen reden.»

«Hoffnungslos. Seriöse Wissenschaft ist den Leuten zu anstrengend. Und zu langweilig. Sie wollen dieses dramatische Fressen-und-Gefressenwerden, das Degenhardt bietet.»

«Du magst ihn nicht.»

«Nein.»

«Warum nicht? Mir gefallen seine Filme. Die Musik und der Kommentar sind, na ja, ein wenig schwülstig, ziemlich dick aufgetragen. Aber die Aufnahmen sind phantastisch. Das muss man ihm lassen.»

«Ja, spektakuläre Bilder, klar. Aber sonst ...»

«Ach komm. Was erwartest du? Was ist daran auszusetzen?»

«Entschuldige, wahrscheinlich bin ich ungerecht. Ich kenne seine Filme überhaupt nicht. Ich habe mir nie einen angesehen. Aber ich kenne *ihn*.»

John streckte überrascht den Kopf vor. «Du kennst Hans Peter Degenhardt?» *Diegnhärt*. Seine Stimme klang skeptisch.

«Sagen wir, ich kannte ihn. Wir sind ein Jahrgang. Wir haben zusammen studiert. Glaub mir, er war schon damals ein großmäuliges Arschloch. So einer ändert sich nicht.»

«Was sind das denn für Weisheiten?»

«Ach», Hermann winkte verärgert ab. «Lass uns über etwas anderes reden, bitte.»

John runzelte die Stirn. «Ist alles in Ordnung mit dir?»

«Natürlich. Was soll denn sein?»

«Ich weiß nicht. Du kommst mir heute den ganzen Tag schon etwas ... wie soll ich sagen, deprimiert vor.»

«Nein, nein, da täuschst du dich.» Hermann schüttelte entschieden den Kopf. «Ich mag diese Kryptoschwachköpfe einfach nicht. Das ist alles.»

Für Minuten herrschte Schweigen, beide starrten auf ihre Zeitungsseiten. Hermann ärgerte sich, dass er sich zu derart unsinnigen Bemerkungen hatte hinreißen lassen. Degenhardt war ihm doch herzlich egal, und sich seinetwegen mit John zu streiten, war idiotisch.

Als er umblättern wollte, fiel sein Blick auf einen Kasten unten auf derselben Seite, den er bis jetzt übersehen hatte. Er enthielt ein kleines Foto und eine aktuelle Meldung aus Japan. Hermann überflog den Inhalt, stutzte und las den Text ein zweites Mal.

«Das gibt's doch nicht», sagte er überrascht. «Wusstest du, dass die Japaner einen Architeuthis gefilmt haben?»

John ließ sofort die Zeitung sinken. «Wirklich? Wer? Wo?»

«Zwei Japaner, Kubodera und Mori. Sie haben es gerade veröffentlicht.»

Hermann begann vorzulesen: «Japanischen Wissenschaftlern ist es in der Nähe der Ogasawara-Inseln erstmals gelungen, einen lebenden Riesenkalmar zu fotografieren. Das Tier, das mit wissenschaftlichem Namen Architeuthis heißt, hatte sich in neunhundert Metern Tiefe in den Haken einer Köderleine verfangen und wurde dabei von einer automatischen Kamera fotografiert. Beim Versuch, sich zu befreien, verlor es einen fünfeinhalb Meter langen Tentakel, den die Forscher an die Oberfläche holen konnten. Möglicherweise hat ihn das Tier sich selbst abgebissen. Aus seiner Länge ließ sich eine Gesamtkörpergröße von etwa acht Metern errechnen. Riesenkalmare gehören zu den Cephalopoden oder Kopffüßern und sind die größten bekannten wirbellosen Tiere auf Erden.»

«Teufel noch mal!» John schlug mit der flachen Hand auf den Tisch. «Haben sie es also endlich geschafft. Ich habe immer gedacht, dass so ein Vieh irgendwann einmal einer automatischen Kamera vor die Linse schwimmt.»

«Das Foto ist allerdings enttäuschend», sagte Hermann.

Die Aufnahme hatte kaum Passbildgröße. Offenbar hatten auch die Redakteure keine sehr hohe Meinung von den Fotokünsten der Japaner, sonst hätten sie dem sensationellen Bild sicher mehr Platz eingeräumt. Der Riesenkalmar, wenn es denn einer war, schien mit seinen Armen im Wasser herumzufuchteln. Er sah aus wie eine Spinne, die im Netz sitzt und ihre acht Beine um sich herum drapiert hat.

«Stimmt», sagte John. «Der war ja fast noch ein Baby.»

«Mit acht Metern?»

«Bei euch im Nordatlantik erreichen sie achtzehn Meter. Manche glauben, dass sie noch wesentlich größer und mehrere Tonnen schwer werden.»

Hermann sah ihn ungläubig an. «Das ist nicht dein Ernst. Es gibt keine Cephalopoden, die mehrere Tonnen wiegen.»

«Nein?» John schmunzelte. «Was ist mit dem berühmten Octopus giganteus?»

Hermann winkte ab. «Auch so ein Hirngespinst der Kryptozoologen, nichts weiter. Riesenkalmare wiegen jedenfalls nur wenige Zentner.»

«Bist du da so sicher? Vielleicht kennen wir bisher nur ein paar Halbstarke.»

«John», sagte Hermann mahnend. Wollte der Australier ihn provozieren? «Zwischen ein paar Zentnern und einigen Tonnen liegen Welten. Außerdem waren unter denen, die du Halbstarke nennst, geschlechtsreife Tiere. Man hat Spermatophoren gefunden.»

«In der Haut, ich weiß, sowohl in Weibchen als auch in Männchen. Regelrecht injiziert. Die Biester scheinen damit ziemlich wahllos um sich zu schießen. Keine besonders zärtliche Methode.»

«Also waren sie ausgewachsen.»

«Die Männchen, ja. Aber die Weibchen hatten noch keine reifen Eizellen. Vielleicht sind Riesenkalmare so selten, dass sich die Tiere da unten in der Finsternis kaum begegnen. Und wenn sie sich doch mal über den Weg schwimmen, platzieren die Männchen ihre Spermienpakete, egal bei wem, auch wenn die weiblichen Tiere noch nicht alt genug sind. Die Spermatophoren halten sich.»

«Also ...»

«Alles Spekulation, ich weiß. Aber es wäre möglich, eine denkbare Strategie, als Anpassung an geringe Populationsgrößen. Es gibt Arten, bei denen das so läuft, warum nicht bei Architeuthis? Wir beide haben es leicht, wir können unsere Sepien direkt beobachten, aber bei Tiefseetieren bleibt uns gar nichts anderes übrig, als ein bisschen rumzuspinnen. Macht doch Spaß.» Er grinste. «Ich wusste gar nicht, dass dir Riesenkalmare so am Herzen liegen.»

«Was heißt, am Herzen liegen? Ich ...»

«Beruhige dich, Hermann! Du bist heute wirklich leicht aus der Fassung zu bringen. Da fällt mir ein, kennst du eigentlich Raymond Holmes?»

«Den Namen habe ich schon mal gehört.»

«Es gibt niemanden, der so viele Riesenkalmare untersucht hat wie er. Ein Journalist hat ihm vor Jahren den Namen Mr Architeuthis verpasst, weil nahezu jeder große Kopffüßer, der in neuseeländischen Gewässern gefangen wird, auf seinem Präparationstisch landet. Letztes Jahr hat er sogar Jungtiere aus dem Wasser gefischt und für einige Tage am Leben erhalten.»

«Stimmt, davon habe ich gelesen.»

«Ray ist ein Eigenbrötler, sind wir ja alle, mehr oder weniger. Stimmt doch, oder?» Froh, ein unverfängliches Thema gefunden zu haben, versuchte John in einen munteren Plauderton zu fallen. Aber an diesem Tag gab es offensichtlich keine unverfänglichen Themen. «Er sagt, andere Menschen könnten seinen Geruch nicht ertragen, wenn er wieder bis zu den Ellenbogen in den Eingeweiden eines großen Kalmars gewühlt hat. Er ist über zwei Meter groß, weißt du, und manchmal ein wenig anstrengend, aber wir hatten schon viel Spaß miteinander.» Er lächelte.

Ja, dachte Hermann, darum geht es, Spaß haben. Mit mir hat man keinen Spaß.

John nahm die Lesebrille ab, die in seinem braungebrannten jugendlichen Gesicht wie ein Fremdkörper wirkte. «Normalerweise ist Ray ein Glückspilz. Wenn irgendwo ein großer Cephalopode auftaucht, ist Mr Architeuthis in der Nähe, darauf kannst du fast wetten. Er arbeitet selbst an einem Produkt, mit dem er die Biester vor die Kamera zu bekommen hofft, einem Extrakt aus den Keimdrüsen der Weibchen. Wie weit er damit gekommen ist, weiß ich nicht. Na ja, man kann nicht immer die Nase vorn haben. Diese Fotos werden ihm mit Sicherheit zu schaffen machen.» Er zuckte mit den Achseln. «Du musst Ray unbedingt kennenlernen. Wolltest du nicht nach Neuseeland, bevor du zurückfliegst, zu der Fischereitagung in Auckland? Wellington ist nur eine Flugstunde entfernt. Ich maile ihm, dass du kommst. Bei unserer letzten Begegnung habe ich ihm erzählt, was wir in Whyalla vorhaben. Er fand das sehr ...»

Hermann machte ein gequältes Gesicht und ließ den Kopf sinken. Seine Mundwinkel zuckten. «John ... ich ...» Er holte tief Luft, versuchte zu verhindern, dass ihm vor seinem Kollegen die Tränen in die Augen schossen. Die Heimreise hätte er nicht ansprechen dürfen, alles, nur das nicht. «Es tut mir leid», sagte er mit einem Zittern in der Stimme. «Aber du bist mich ja bald los.»

Der Australier verdrehte die Augen und stöhnte, jetzt unverhohlen genervt. «Hermann, tu mir den Gefallen und hör endlich auf, dir selbst leidzutun», sagte er scharf. «Das ist wirklich nicht mit anzusehen. Du merkst es offenbar nicht, aber du mäkelst und jammerst über alles.» John trank aus seinem Glas und stützte sich dann mit beiden Ellenbogen auf die Tischplatte. Der freundschaftliche Ton, den er wieder anzuschlagen versuchte, fiel ihm sichtlich schwer. «Was ist denn los mit dir? Wenn ich irgendwie helfen kann ...»

«Du hast mir schon genug geholfen.»

«Du spinnst. Was habe ich denn getan?»

«Ich will dich damit nicht belasten.»

«Unsinn.»

Hermann betrachtete die Runzeln auf seinem Handrücken. «Ich kann nichts dagegen machen, John», sagte er widerwillig. «Ich habe Albträume. Es wird immer schlimmer.»

«Was wird schlimmer?»

«Ich weiß nicht ... alles. Es hört sich bestimmt lächerlich an, aber ich habe Angst, Angst vor den Kollegen, vor den Studenten, vor unserem Haus. Alles wird mich an Brigitte erinnern, ich habe nichts verändert. Jedes Bild, jedes Handtuch, jeder Teller. Sie hat alles ausgesucht. Wenn ich nicht gearbeitet habe, war ich quasi ihr Gast. Sie hat dafür gesorgt, dass Freunde ins Haus kommen. Und jetzt gibt es niemanden mehr. Meine Tochter hat von ihrem trübsinnigen Vater schon lange genug. Aber das Alleinsein ist Gift für mich. Es geht hier schon los. Ich bringe kaum etwas zustande, sitze stundenlang da und starre Löcher in die Luft.»

«Bei dem Gedudel, das du den ganzen Tag über dich ergehen lässt, würde ich auch trübsinnig werden.»

«Du sprichst von Bach, einem der größten Komponisten, die je gelebt haben.»

«Ich weiß.» Er machte eine wegwerfende Handbewegung.

«Aber alles zu seiner Zeit, Hermann. Du musst das Haus verkaufen. Fang ein neues Leben an.»

«Das sagt sich so leicht. Wie soll das gehen? Ich werde bald sechzig.»

John verzog mitleidig das Gesicht. «In zwei Jahren, Hermann. Mach dich nicht älter, als du bist.»

«Ich habe nicht mehr die Kraft dazu. Ich fühle mich dem nicht gewachsen.»

«Das redest du dir ein! Ich habe dich erlebt. Du kannst arbeiten wie ein Tier.»

«Ja, hier. Das war etwas anderes. Diese wunderbare Natur, die Arbeit mit dir, das Tauchen, unsere Gespräche ... Ich weiß nicht, ob du dir das vorstellen kannst, John, aber hier habe ich zum ersten Mal seit Monaten wieder erlebt, was es bedeutet, zufrieden zu sein, tief und fest zu schlafen, morgens aufzuwachen und sich auf den Tag zu freuen. Aber es ist zu Ende. Ich habe Angst, dass ich meine Zeit hier vergesse, sobald ich das Flugzeug besteige.»

«Lass es einfach auf dich zukommen. Was soll denn schon passieren? Natürlich hast du Angst davor, dass alles wieder hochkommt. Das würde jedem so gehen. Aber irgendwann musst du dich der Situation stellen, wegzulaufen ist bestimmt der falsche Weg. Die Zeit hier hat dich gefestigt. Wenn du wieder zu Hause bist, wirst du merken, wie sehr du dich verändert hast, dass du stärker geworden bist.»

«Ich brauche nur das Wort Zuhause zu hören, und schon würde ich mich am liebsten irgendwo verkriechen. Wie ein kleines bockiges Kind. Ich will nicht zurück.»

«Musst du ja auch nicht, jedenfalls noch nicht», sagte John. «Du Glücklicher hast noch Neuseeland vor dir, ein phantastisches Land. Was meinst du, wie ich dich darum beneide. Fahr nach Wellington! Fahr zu Ray!»

Hermann zeigte ein schwaches Lächeln. Er ergriff Johns Hand und drückte sie. «Siehst du, das meine ich», sagte er. «Komm, lass uns was essen gehen. Ich lade dich ein. Worauf hast du Lust?»

«Egal. Auf alles, nur keinen Tintenfisch.»

Hermann schreckte aus seinen Gedanken auf und schaute auf die Uhr. Es wurde Zeit, dass er sich um seinen Bootsausflug kümmerte. Er stand auf, stellte die leere Kaffeetasse drinnen auf einen Tisch und lief durch die angrenzende Halle, die einem Provinzflughafen zur Ehre gereicht hätte.

Die Damen, die ihn drei Tage lang wegen des schlechten Wetters vertröstet hatten, hockten hinter ihren Computerterminals und buchten die in Schlangen anstehenden Touristen unermüdlich für die verschiedenen Boote. Die heutigen Touren waren bereits ausverkauft. Im Raum verteilt standen hohe Regale mit Stapeln von T-Shirts, Pullovern, Mützen, mit Teetassen, Fotobänden und anderen Andenken. Hier wurde mit Whale Watching viel Geld verdient, das Unternehmen war Kaikouras größter Arbeitgeber. Ein paar Wale, die vor der Küste nach Nahrung tauchten, hatten sich als ergiebige und zuverlässige Geldquelle entpuppt, die man nur clever anzuzapfen brauchte, die gleichen Wale, die man noch vor wenigen Jahrzehnten harpuniert und zu Tran verkocht hatte. Ihre Knochen waren im Ort zu sehen, im Historischen Museum und in einer Grünanlage an der Esplanade, wo ausgebleichte meterlange Walrippen ein Spalier bildeten. Es waren Überbleibsel aus den wilden Anfangsjahren des Ortes, als ein Mann namens Fyffe in Kaikoura eine Küstenwalfangstation gründete. Aus Robbenschlägern, die nichts mehr fanden, was sie erschlagen konnten, waren damals Walfänger geworden, der Blutrausch blieb der gleiche. Hermann dachte an die vergilbten Fotografien, die er im Museum gesehen hatte. Vor Stapeln von Tranfässern und Walkadavern, die halb zerlegt im flachen Wasser lagen, posierten stolze bärtige Männer in verdreckter Kleidung. In alten Folianten war dort nachzulesen, dass neben all dem Schmutz, den stinkenden Haufen von Waleingeweiden, Knochen und Blubber, den Schweinen, Hunden und Ratten, den Bordellen und armseligen Hütten vor allem zwei Eindrücke schier überwältigend waren: der Gestank nach billigem Rum und der schwere süßliche Geruch von Blut, der über allem lag. Gott sei Dank waren diese Gemetzel vorbei, ein Hoffnungsschimmer. Heute lebte auf den Küstenfelsen rings um die Halbinsel wieder eine stattliche Pelzrobbenkolonie, und die lebendigen Wale waren zur größten Attraktion der Ostküste geworden. Offenbar gab es nur diese beiden Möglichkeiten, dachte Hermann, entweder Rummel oder Gemetzel. Kann man die Tiere nicht einfach in Ruhe lassen?

In einem Nebenraum lief ein Film mit Sicherheitshinweisen für die bevorstehende Fahrt. Die Stuhlreihen davor waren dicht besetzt, Familien mit Kindern, die mit großen Augen auf die Leinwand starrten, aber auch viele ältere Leute. Einige sahen aus, als könnte die Bootsfahrt zu den Pottwalen das letzte große Abenteuer ihres Lebens sein.

Wahrscheinlich ist das meine Gruppe, dachte Hermann. Die Erkenntnis traf ihn wie ein Schock. Er war nur ein zahlender Kunde, ein Tourist, der eine als Massenevent inszenierte Whale-Watching-Tour gebucht hatte, einer von anderthalb Millionen jährlich. Es fiel ihm schwer, diese Rolle für sich zu akzeptieren. Normalerweise musste er keinen Eintritt bezahlen, wenn er Meeressäuger oder andere Tiere sehen wollte. Er war Zoologe, Hochschullehrer an der Universität in Kiel. Er gehörte auf ein Forschungsschiff, wie Raymond Holmes. Dieser Zirkus war nichts für ihn, Zirkus, ja, das war das richtige

Wort. Der Überlebenskampf von Wildtieren wurde als Kunststück vermarktet.

Hermann blieb stehen und schüttelte inmitten der dichtgedrängt stehenden Menschen den Kopf über sich selbst: Er war nicht als Wissenschaftler hier, er machte diesen Ausflug aus nostalgischen Gründen, aus reiner Sentimentalität. Er beschloss, draußen zu warten. Er wusste, wie man eine Schwimmweste anlegt.

Ein mit springenden Delphinen und Pottwalfluken bemalter Reisebus brachte ihn und die anderen Touristen auf die Südseite der Halbinsel. Hatte das alles schon damals diese Ausmaße gehabt? An das Whale-Watch-Terminal mit dem großen Parkplatz erinnerte er sich, auch an die lange bunte Kette der Cafés und Restaurants in der Hauptstraße, aber das kulinarische Angebot war internationaler geworden, in den Kneipen lief andere Musik und zwischen den Souvenirläden hatte ein Internet-Café aufgemacht. Der Ort, der damals als Geheimtipp galt, hatte sich zu einem Mekka für Ökotouristen entwickelt. Mittlerweile konnte man hier nicht nur Wale sehen, sondern auch mit Delphinen oder Pelzrobben schwimmen, Seevögel beobachten, hochseefischen, wandern, reiten, Höhlen besichtigen oder mit seltsamen kleinen dickrädrigen Geländewagen die Bergwelt unsicher machen. Kaikoura war reicher und selbstbewusster geworden. Hermann war sich nicht sicher, ob es ihm auch sympathischer war.

Bei seinem letzten Besuch hatten die Boote an Land gewartet, aufgebockt auf stählernen Anhängern, die man umständlich über Leitern besteigen musste und die von Treckern ins Wasser und wieder an Land gezogen wurden. Hermann erinnerte sich, wie witzig sie diesen ungewöhnlichen Auftakt ihrer Bootstour fanden, das Abenteuer hatte schon an Land begonnen. Jetzt gab es hier, exklusiv für die kleine Whale-Watching-Flotte, ein neuangelegtes Hafenbecken samt Toilettenhaus, und statt der alten Motorboote schaukelten zwei moderne Katamarane im Wasser. Ein dritter war schon draußen in der Bucht.

Ihr Schiff war die *Maui*. Hermann ging als einer der Ersten an Bord, lief durch die leeren Sitzreihen und suchte sich einen Platz auf der Backbordseite, außen an der Reling. Sofort kramte er sein Fernglas aus dem Rucksack und suchte nach Seevögeln, die in Hafennähe auf einigen Felsblöcken im Wasser saßen. Während er sie beobachtete, fragte er sich noch einmal, ob er nicht lieber an Land hätte bleiben sollen, anstatt diesen Unsinn mitzumachen.

Als sich die Plätze in seiner Reihe füllten, ließ er das Fernglas sinken. Ein schmächtiger blasser Mann mit einer runden Sonnenbrille setzte sich neben ihn. Den Stuhl innen, am Gang, nahm seine Frau, zwischen ihnen hockte die kleine Tochter. Sie hatte einen Stoffdelphin auf dem Arm und sah Hermann neugierig an.

Während der Kapitän, ein bulliger Maori mit kurzen, stämmigen Beinen, die Passagiere auf der *Maui* willkommen hieß, rangierte der Katamaran schon vorsichtig aus dem Hafenbecken heraus und steuerte, vorbei an knapp unter der Wasseroberfläche liegenden Felsplattformen, die sich weit hinaus in die Bucht zogen, Richtung Süden. Der Sturm der letzten Tage hatte sich zwar zu einem kräftigen Wind abgeschwächt, aber das Meer war noch immer bewegt, und gegen die bald einsetzende Schaukelei waren auch die modernen Katamarane nicht gefeit. Eine zierliche Asiatin, die drei Reihen vor Hermann saß, stürzte schon nach wenigen Minuten mit Leidensmiene an die Reling und stöhnte fortan leise vor sich hin. Alle, die hinter ihr saßen, vermieden es, in ihre Richtung zu schauen.

Hermanns Nachbar und seiner kleinen Tochter schienen

die Bootsbewegungen nichts auszumachen, die Frau aber hatte zu kämpfen. Sie war kreidebleich, klammerte sich mit beiden Händen an die Rückenlehne der vorderen Sitzreihe und versuchte verzweifelt, den Horizont im Blick zu behalten.

Hermann griff in seinen Rucksack und zog ein Medikament gegen Reisekrankheit hervor. «Entschuldigen Sie», sagte er zu dem Mann neben ihm, der ihm vage bekannt vorkam, «mir haben diese Tabletten immer geholfen. Man muss sie nur rechtzeitig nehmen, sonst bewirken sie eher das Gegenteil. Wenn wir aufs offene Meer kommen, wird es noch schlimmer.»

«Das ist sehr nett von Ihnen», antwortete der Mann sichtlich erleichtert und nahm Hermann die Medikamentenschachtel aus der Hand. Sein Akzent war unverkennbar. Die Familie kam aus Deutschland. «Wir sind wirklich schlecht vorbereitet. Unsere Tabletten liegen im Auto. Darf ich auch?»

«Natürlich, bedienen Sie sich», sagte Hermann auf Deutsch.

Schnell erfuhr er, dass die drei aus Gießen kamen und in wenigen Tagen zurück nach Hause reisen würden. Das Kind hieß Lena. Er hörte sich bittere Klagen über das neuseeländische Wetter an und ließ sich ihre Reiseroute erläutern. Sie hatten ein anstrengendes Besuchsprogramm absolviert. Hermann nickte immer wieder, stellte aber keine Fragen. Er erinnerte sich jetzt, dass er der Familie, während des Dauerregens der letzten Tage, in der Küche des Campingplatzes begegnet war. Sie hatten oft zu dritt an einem Tisch gesessen und Mensch ärgere dich nicht! gespielt. Auf seine dunkle Hautfarbe angesprochen, erzählte Hermann, er sei für einige Monate in Australien gewesen. Danach riss der Gesprächsfaden, und der Mann wirkte ein wenig deprimiert, als dächte er darüber nach, warum ausgerechnet er bald wieder im Büro sitzen müsste, während andere monatelang Zeit hätten, um durch die Weltgeschichte zu reisen.

Zwei junge Frauen gingen durch die Reihen und verteilten leere Plastiktüten. «Oh, wie vorausschauend», kommentierte Hermanns Nachbar höhnisch. Anschließend wurden Getränke serviert, und über die Außenlautsprecher tönten Erklärungen. Lena sah ihren Vater auffordernd an. Er sollte dolmetschen.

Zunächst pries der Kapitän der *Maui* die neuen Katamarane mit ihrem Jet-Antrieb. Sie seien viel leiser als die alten Boote mit den schweren Außenbordmotoren. Wale hätten ein empfindliches Gehör, und in Kaikoura sei es oberstes Gebot, die Tiere so wenig wie möglich zu stören. Das Naturschutzministerium habe ein Auge auf das Whale Watching. Es gebe strenge Auflagen. Man könne hier zwar auch anderen Walarten begegnen, aber Pottwale seien am häufigsten. Direkt vor der Küste Kaikouras befinde sich ein Tiefseegraben, in dem Tintenfische lebten, ihre Beute.

Hermann hätte schwören können, dass Brigitte, Marion und er vor über zehn Jahren Wort für Wort denselben Vortrag gehört hatten.

«Da die Boote tagelang nicht ausfahren konnten, werden wir heute vielleicht etwas mehr Zeit benötigen als sonst, um sie zu finden», fuhr der Kapitän fort. «Wir wissen nicht, wo die Tiere sich im Moment aufhalten, unsere Wale sind frei und wild. Wir können Ihnen nicht garantieren, dass wir Erfolg haben, aber wir tun unser Bestes. Ich bin ziemlich optimistisch. Also, entspannen Sie sich und genießen Sie die Fahrt!»

«Ziemlich optimistisch», spottete Lenas Vater. Er nahm seine Sonnenbrille ab und wandte sich an Hermann. «Ein wenig Optimismus ist ja wohl das Mindeste, was man für das Geld erwarten darf, hab ich recht?»

«Stimmt. Für eine Familie ist das Ganze ein teures Vergnügen.»

Der Nachbar schnaubte entrüstet. «Ich bitte Sie: 120 Euro. Mit Touristen kann man's ja machen. Das steht doch in keinem Verhältnis. Das Whale-Watching-Geschäft soll sich ja in der Hand einer einzigen Maorifamilie befinden. Dass die Regierung so etwas gestattet. Wenn überhaupt jemandem, sollten die Wale doch allen Menschen gehören, oder dem Staat.»

«Ich bin mir auch nicht sicher, was ich von dem Zirkus halten soll», stimmte Hermann zu, obwohl ihn der nörgelnde Ton des Mannes störte, ein Vorgeschmack auf das, was ihn in Deutschland erwartete.

«Kohle, worum soll es denn sonst gehen? Und dann hat er noch die Frechheit zu sagen, dass wir vielleicht gar keine Wale sehen werden.»

«Was?» Lenas große Kinderaugen waren weit aufgerissen.

«Keine Angst, soviel ich weiß, halten sich hier immer Pottwale auf», sagte Hermann schnell. Ein jammerndes Kind fehlte ihm gerade noch. Er hatte gehört, dass diese Wale mehr oder weniger ortstreu waren. Die Bootsführer taten nur so, als wäre der Erfolg ihrer Fahrt ungewiss, was die Spannung zweifellos erhöhte. Ein Abenteuer und eine Fotopirsch, deren Erfolg von vornherein feststeht, ist eben kein Abenteuer, sondern ein besserer Zoobesuch. In Wirklichkeit wussten die Kapitäne genau, wo sie die Wale finden würden. Sie benutzten sogar Unterwassermikrophone und besuchten dieselben Tiere fünf-, sechsmal am Tag.

Er beugte sich vor und sprach Lena direkt an. «Mach dir keine Sorgen. Wir werden bestimmt Wale sehen. Als ich das letzte Mal hier war, haben wir drei an einem Nachmittag gesehen. Meine Tochter war damals so alt wie du.»

«Ohh, gleich drei?», staunte das Mädchen und sah seinen Vater an.

«Sie ist völlig verrückt nach Walen», schaltete sich die Mutter ein, der es inzwischen deutlich besserging. Sie hielt eine Büchse Cola in der Hand.

Lenas Vater setzte die Sonnenbrille auf und legte den Arm um seine Tochter. «Aber es dauert noch. Der Kapitän sagt, die Wale tauchen gerade.»

«Nach Riesentintenfischen?»

«Klar, nach Riesentintenfischen.»

Lena nickte zufrieden. «Ich pass auf. Dann sehe ich sie gleich, wenn sie nach oben kommen. Es ist bestimmt schwer, sie zu finden. Hier gibt es nämlich nur ...», sie überlegte, «... Walmänner. Die sind immer allein.»

«Du weißt ja gut Bescheid», sagte Hermann und schmunzelte.

Er erzählte Lena die Geschichte von Maui, nach dem ihr Schiff benannt sei, und dessen magischem Angelhaken. Sie lachte. Hermann hatte keine Ahnung, was ihn zu diesem kleinen Vortrag veranlasst hatte, warum er sich überhaupt mit diesen Leuten unterhielt. Vielleicht war es die Begeisterung des kleinen Mädchens, die ihm gefiel.

Bald meinte Lena, in jeder zweiten Welle den Rücken eines Pottwals zu erkennen, und ihr Gesicht glühte vor freudiger Erwartung.

Die Halbinsel Kaikoura schrumpfte zu einem flachen Streifen am Horizont, überragt von den Bergen mit ihren Schneekappen. Die *Maui* bewegte sich in südöstliche Richtung, und Hermann schätzte, dass sie sich auf Höhe des Campingplatzes am Peketa Beach befanden, wo er die letzten Nächte verbracht hatte, nur drei, vier Kilometer von der Küste entfernt. Im Wasser schwammen orangerote Wolken von Krill. Walfutter! Unter der *Maui* lag jetzt der Graben, eine gigantische Rinne in der Erdkruste, Moby-Dicks Jagdgründe.

Er erzählte seinem Nachbarn, wie außergewöhnlich dieser Ort sei, ein Tiefseecanyon in unmittelbarer Küstennähe. Er würde sonst was dafür geben, wenn er hier mit einem Tauchboot auf Entdeckungsreise gehen könnte, sagte er und wunderte sich selbst über seinen Enthusiasmus.

Lenas Vater zeigte dafür wenig Verständnis. «Um Gottes willen», sagte er und hob abwehrend die Hände. «Niemals!» Er dürfe gar nicht darüber nachdenken, wie viel Wasser der Katamaran unter seinen Kielen habe. Selbst die Wale brauchten eine halbe Stunde, um unten anzukommen. Außerdem seien sie ja praktisch am Ende der Welt. Nicht weit von hier beginne das Packeis der Antarktis, das müsse man sich mal klarmachen. Und im Osten gebe es über Tausende von Kilometern nichts als Leere, Wetter und Wasser. Erst einen halben Erdball entfernt liege die Südspitze Amerikas und die chilenische Küste, wo sich die El Niños austobten. Nein, keine zehn Pferde würden ihn dazu bringen, hier ins Wasser zu springen.

Blödmann, dachte Hermann. Hat ja auch niemand gesagt, dass du mitkommen sollst. Er wandte sich ab und starrte in das tiefblaue Wasser.

Warrior

Klick!

Barbara war unkonzentriert. Warum meldete sich Mark nicht? Sie hatte heute Morgen wieder versucht ihn anzurufen, wahrscheinlich viel zu früh für den notorischen Langschläfer, aber sie konnte ihn nicht erreichen, weder in der Bar noch zu Hause. So ging das seit Tagen. Mittlerweile war aus ihrer Enttäuschung Ärger geworden, aus Ärger Besorgnis und aus der Besorgnis, ja, was? – Gleichgültigkeit?

Klick!

«Barbara, träumst du?», fragte Tim in ihrem Rücken. «Dein Tipp. Wir warten.»

Sie nickte hastig und fuhr sich nervös durch die Haare. Vielleicht war's einfach vorbei. Wann hatten sie das letzte Mal telefoniert? Vor einer Woche? Mark hatte keine einzige Frage zu ihrer Arbeit und den Walen gestellt, nur etwas von Stress gefaselt, der Umbau seiner Bar ziehe sich hin, jeden Tag gebe es neue Probleme und der Termin der Neueröffnung rücke immer näher. Er habe das Ganze schon verflucht, aber es müsse sein. Jede gute Bar brauche hin und wieder ein Facelifting. Er wisse nicht, wann er nach Kaikoura kommen könne. Wie wäre es, wenn sie ...

Klick!

Seit sie in Kaikoura war, stimmte etwas nicht. Mark wusste, dass sie nicht wegkonnte. Pottwale kennen kein Wochenende. Anfangs hatte es ihm nichts ausgemacht, sich in sein schickes Cabriolet zu setzen und die Küste raufzufahren, im Gepäck einen Stapel nagelneuer CDs, die er «durchhören» wollte. «Die paar Stunden», hatte er gesagt. «Wenn ich danach mit dir zusammen sein kann, macht mir das nichts aus.» Mark konnte sehr nett sein, wenn er wollte.

Dann waren seine Besuche immer seltener geworden. Und sie klebte hier fest. Der hübsche Mark. Wahrscheinlich vögelte er schon längst eine andere, irgendeine einsame schöne Frau, die er von der Mahagonitheke der Bar direkt in sein riesiges Bett geschleppt hatte, so wie sie selbst, vor ein paar Jahren, als sie, ohne dort jemanden zu kennen, nach Dunedin gekommen war. Sie hatte damals vom öden Landleben ihrer Eltern gründlich die Nase voll gehabt, war jung und naiv und neugierig auf die Welt. Marks Luxusleben imponierte ihr, und sie blieb bei ihm hängen. Aber sie hatte sich verändert. Vielleicht wurde es

Zeit, der Wahrheit ins Auge zu sehen. Seine Bar, in der sie wertvolle Jahre ihres Lebens vergeudet hatte, interessierte sie, ob mit oder ohne Facelifting, einen Scheißdreck. Sie hatte dieses Leben im Zigarettenqualm, im Dunst von Bier und Cocktails, untermalt von cooler Musik und Stimmengemurmel, hinter sich gelassen. Ein für alle Mal.

Klick!

Tim wartete noch immer auf eine Antwort. Er hatte die Augenbrauen hochgezogen und sah sie erwartungsvoll an, schmunzelte. Es amüsierte ihn, ihr beim Nachdenken zuzusehen. Barbara warf einen raschen Blick auf den Laptop. Sie musste sich jetzt auf ihre Arbeit konzentrieren. Auf ihr neues Leben, das Mark für einen Spleen hielt. Er hatte nichts begriffen.

«Ich weiß nicht ...», sagte sie.

Der Computer zeigte eine gezackte Linie mit zwei spitzen Ausschlägen. Leider war der Kurve nicht anzusehen, von wem der Klick stammte, ob von Grandpa, White Dot, Julio, Dorian oder von einem der anderen, meist namenlosen Pottwale, die sich hier aufhielten. Wenn irgendetwas an diesen Lauten den Walen ermöglichte, die Stimme eines Artgenossen zu erkennen, dann hatten sie es bisher noch nicht entdeckt. Sie musste raten, kratzte sich die Kopfhaut unter den kurzgeschnittenen blonden Haaren. Sie wollte keine Spielverderberin sein.

«Popeye», sagte sie schließlich und nickte zur Bekräftigung. «Ja, ich denke, es ist Popeye.»

Klick!, machte der Lautsprecher beziehungsweise der Pottwal, der sich vor dem Bug der schaukelnden *Warrior* von seinem letzten Ausflug in die Tiefe erholte. Es hörte sich an wie ein prompter Kommentar zu ihrer Entscheidung.

Der Computer rechnete, und auf dem Monitor baute sich eine neue Kurve auf. Für Barbara MacPherson und ihre Kollegen von der University of Otago war es mehr oder weniger immer das gleiche scharfe Signal, gut zwei Millisekunden lang, mal lauter, mal leiser, ein Breitband-Klick mit zwei Frequenzmaxima bei 4,0 und 5,5 Kilohertz und einer Reichweite von etlichen Kilometern. Pottwale können verschiedene Lautmuster von sich geben, aber die jungen männlichen Einzelgänger, die hier vor der Küste Kaikouras lebten, traten offensichtlich kaum miteinander in Kontakt, deshalb gab es keine strukturierten, wiederkehrenden Klick-Serien, sogenannte Codas, wie sie häufig zwischen den Muttertieren und ihrem Nachwuchs ausgetauscht werden. Barbara hörte die Wale nie pfeifen oder trompeten. Sie nahm nur gewöhnliche Klicks wahr, Moby-Klicks. Verglichen mit ihrer Verwandtschaft sind Pottwale wahrlich keine Gesangskünstler und die jungen Bullen noch dazu ausgesprochen schweigsam, wie mürrische Teenager, die es cool finden, nie den Mund aufzumachen, wie Mark, wenn er sich nach einer weiteren langen Nacht in seiner Bar endlich aus dem Bett gequält hat. Auch bei den Pottwalen sind die Frauen, zumal die Mütter, sehr viel kommunikativer als die Männer.

Klick!

Barbara begann, eine Sonoboje einsatzfertig zu machen. Wahrscheinlich lag sie wieder falsch. Es war nett von Tim, dass er ihr den Vortritt ließ, denn einmal genannte Wale durften nicht mehr gewählt werden, so waren die Spielregeln. Sie hatte die größte Auswahl. Aber das machte die Entscheidung nicht leichter.

Tim, der mit vollem Namen Dr. Timothy Garland hieß, stand an der Steuerbordreling der *Warrior* und hielt das lange Plexiglasrohr mit dem Hydrophon in der Hand. Er behauptete, er könne manche Tiere an der Form ihres von wulstigen Lippen eingeschlossenen Blasschlitzes links oben am Kopf erkennen. Irgendwelche Tricks musste er tatsächlich haben, denn er war der unangefochtene Champion ihres Spiels.

«Popeye.» Schon die Art, wie er den Namen aussprach, machte Barbara unsicher. Wer verlor, musste abwaschen und die Kajüte aufräumen, und sie hatte momentan eine hartnäckige Pechsträhne. Tim grinste siegesgewiss. «Na gut. Ich sage, es ist Big Scar. Das ist sein Platz.»

Klick! Auf dem Monitor erschien ein neuer Doppelpeak.

Barbara war zu beschäftigt, um auf den Computer zu achten. Das meterlange Kabel war verheddert. Sie hätte es vorher kontrollieren sollen. Wenn der Wal tauchte, musste die Sonoboje sofort ins Wasser, damit sie eine komplette Aufzeichnung von seinem Tauchgang machen konnten.

«Maria, was meinst du?», brüllte Tim nach vorn, als gäbe es im Moment nichts Wichtigeres als dieses idiotische Spiel. «Barbara sagt, es ist Popeye. Ich bin für Big Scar.»

Die zierliche Frau mit der Kamera in der Hand stand auf dem Vorschiff der *Warrior,* eines umgebauten Patrouillenboots der Küstenwache. Sie hatte ihre kräftigen schwarzen Haare zu einem Pferdeschwanz zusammengebunden und trug als Schutz gegen den Wind eine dickwattierte Jacke, die gut auf eine winterliche Skipiste gepasst hätte. Maria Gonzales, US-Amerikanerin mexikanischer Abstammung, war im südlichen Kalifornien aufgewachsen und fror bei nahezu jedem Wetter, das Neuseeland zu bieten hatte. Die raue See und der Regen der letzten Tage hatten ihr schwer zugesetzt, aber solange Paul, der Bootsführer der *Warrior,* nicht mit dem Daumen nach unten zeigte, stachen sie in See. Die Pottwale tauchten so oder so. Das Wetter war den Tieren vollkommen gleichgültig.

«Julio», antwortete sie.

Wie andere Menschen Woche für Woche dieselben Lottozahlen ankreuzen, tippte Maria, seit sie ihn kannten, fast immer auf Julio, einen sehr jungen, vielleicht sechsjährigen Bullen, der vor ein paar Tagen zum ersten Mal aufgetaucht war. Maria hatte gleich einen Narren an ihm gefressen. Seine Fluke sei so makellos, sagte sie zur Begründung. Was das mit dem Namen Julio zu tun hatte, wollte sie nicht verraten. Tim fand den Namen «völlig daneben», aber er galt. Sie hatten Maria schon lange versprochen, dass sie das nächste unbekannte Tier taufen dürfe.

Klick!

Der Kopf des Wals befand sich jetzt etwa zwanzig Meter vor ihnen. Seine Laute galten der *Warrior.* Er klickte gegen das Boot. Sie schaukelten antriebslos und still auf dem bewegten Wasser, schon um die Aufnahmen nicht zu stören, aber es war heikel, sich den Walen von vorn zu nähern. Die Kapitäne der Whale-Watching-Boote wussten, dass sie niemals direkt von vorn auf den Kopf losfahren durften, aber wenn hier saubere Frequenzanalysen durchgeführt werden sollten, blieb ihnen keine Wahl. Die Klicks waren gerichtete Signale, und sie hatten eine vollkommen andere Struktur, wenn sie von der Seite erwischt wurden. Laute Motorengeräusche waren den Tieren unangenehm, und selbst alte Hasen wie Popeye, Big Scar oder Grandpa, die viele Wochen vor Kaikoura blieben und Bootsbesuche gewohnt waren, zeigten eindeutige Reaktionen. Sie tauchten ab.

Auf dem Monitor erschien diesmal nur ein Peak, auch eines dieser vielen Rätsel. Manchmal bestand ein Klick nur aus einem Signal, manchmal waren es zwei oder mehr schnell hintereinander, für das menschliche Gehör nicht zu trennen. Vielleicht war der zweite Puls eine Reflexion des ersten an der eigenartigen, wie eine Parabolantenne geformten Schädelfront des Wals. Aber sie wussten ja nicht einmal, wo die Laute überhaupt erzeugt wurden.

Barbara war Wissenschaftlerin, arbeitete an ihrer Promotion, und nichts lag ihr ferner, als Pottwale zu mystifizieren oder ihnen überragende Intelligenzleistungen anzudichten. Manchmal aber hatte sie das Gefühl, nichts über die Tiere zu wissen, und ihren Kollegen ging es nicht besser. Sie wussten weder, woher ihre Tiere kamen, noch, wohin sie verschwanden, wenn sie die Gewässer von Kaikoura verließen. Zwanzig bis dreißig Tonnen Lebendgewicht schienen sich regelrecht in Luft (oder in Wasser) aufzulösen. Sogar eine so simple Tatsache wie die Größe der Tiere mussten sie umständlich und indirekt über stereoskopische Fotografien ermitteln. Sie konnten ja schlecht ein Maßband anlegen. Nur die Klicks zeichneten sie auf, Tausende und Abertausende. Sie waren ihr Fenster, ihr akustisches Guckloch in das Leben der Pottwale. Manchmal kam es Barbara vor, als wären die Laute nichts anderes als eine Art Hohngelächter über die Unfähigkeit der Menschen.

«Barbara, bist du bereit?», rief Maria. Ihre Aufgabe war es, die Schwanzflossen zu fotografieren, um die Wale identifizieren zu können. Die Flukenform mit Narben und Einkerbungen ist so individuell wie ein Fingerabdruck.

«Gleich», antwortete Barbara. Sie kontrollierte den Akku und stöpselte das Verbindungskabel ein. «Okay. Kann losgehen.»

«Achtung! Er taucht.» Maria brachte die Kamera in Anschlag, und als sich die Fluke aus dem Wasser hob, drückte sie mehrmals auf den Auslöser. Barbara wartete ein paar Sekunden, dann warf sie die Sonoboje ins Wasser und begann sofort mit der Aufzeichnung.

«Was habe ich gesagt», meldete sich Tim und grinste triumphierend. «Es ist Big Scar. Hast du die beiden Einschnitte gesehen, Barbara?»

«Hmhm.» Natürlich hatte sie die Fluke erkannt. Keine war

so unverwechselbar wie die von Big Scar, ihre rechte Hälfte hing förmlich in Fetzen. Vielleicht war er das Opfer eines Angriffs durch große Haie oder Killerwale geworden. Oder er hatte mit einem anderen Bullen gekämpft. Sie können sich mit ihren kuhhorngroßen Zähnen tiefe Wunden zufügen. Allerdings war vor Kaikoura noch nie ein Kampf beobachtet worden. Beute schien es genug zu geben, und warum sollten sich die halbstarken Tiere hier um Kühe streiten, die tausend Kilometer weiter nördlich lebten. Die meisten Wale in dieser Gegend waren zwar geschlechtsreif, aber sie wagten sich frühestens mit Ende zwanzig in die Nähe der Familiengruppen. Denn die wichtigste Voraussetzung für den Fortpflanzungserfolg eines männlichen Pottwals ist seine Größe. Also ging es für Big Scar und seine Altersgenossen viele einsame Jahre lang nur darum, zu fressen, zu wachsen und sich von den ausgewachsenen Bullen fernzuhalten, um keine Prügel zu beziehen. Kein leichtes Schicksal. Vielleicht hatten sie sich nichts zu sagen, weil ihr Leben so unsäglich langweilig war.

Barbara starrte auf den Bildschirm und versuchte Tim zu ignorieren. Aus dem Lautsprecher drang undefinierbares Rauschen. Der Computer empfing jetzt zwei Signale, das des Richtmikrophons, das Tim bediente, und das der Sonoboje. Die lieferte einige schwache Peaks, die sich kaum vom Hintergrundrauschen abhoben, darunter auch die Stimmen anderer Pottwale und schwache Reflexionen, die vielleicht vom Meeresboden stammten. Nach etwa 45 Sekunden aber begann Big Scar mit seinen regelmäßigen Klicks, etwa ein bis zwei pro Sekunde. Der Empfang war gut. Es klang, als ob jemand mit dem Schlüssel gegen eine Glasscheibe klopft. Klick, Klick, Klick – mit kurzen Unterbrechungen würde das die nächsten vierzig bis fünfzig Minuten so weitergehen. Wenn sie ihn nicht verlören.

Maria kletterte zu ihnen auf das hintere Deck hinunter. «Big Scar», sagte sie knapp und zuckte mit den Achseln.

«Das macht dann zwei Punkte für mich, einen für dich und leider noch immer null für unsere liebe Babs», sagte Tim. «Du musst dich anstrengen.»

Barbara seufzte. «Ich sollte den Kajütendienst besser freiwillig übernehmen.»

«Haben wir schon einen kompletten Tauchgang von Big Scar?», fragte Tim.

«Ich weiß nicht», sagte Barbara. «Wir müssten in der Datenbank nachsehen.»

«Ich geh schon.» Maria zog den Reißverschluss ihrer Daunenjacke auf und verschwand im Kajüteneingang. Sie machte sich gern nützlich, wollte zeigen, was sie als Praktikantin auf der *Warrior* gelernt hatte. Drinnen stand ein Rechner, auf dessen Festplatte alle Messreihen verzeichnet waren.

«Du könntest auch gleich Paul wecken», rief Tim ihr hinterher.

Klick, Klick, Klick, Klick …

Tim lehnte sich über die Reling und sah nach der Boje, die neben der *Warrior* auf dem Wasser tanzte. «Sieht gut aus», sagte er. «Kaum Strömung.»

Immer wenn die Wale verschwunden waren, empfand Barbara es als besonders quälend, nicht zu wissen, was sie da unten taten. Es gab niemanden in der Gruppe, der nicht davon träumte, das größte Raubtier der Erde in die Tiefe zu begleiten und mit eigenen Augen zu sehen, was sich dort abspielte. Tierfilmer hatten es versucht, indem sie den Walen saugnapfbewehrte Kameras auf den Rücken klebten, aber es war nichts dabei herausgekommen. Die Tiere hatten den lästigen Fremdkörper einfach abgestreift. Selbst mit dem modernsten Tauchboot, das es auf der Erde gibt, wäre es völlig aussichtslos, einem Pottwal folgen zu wollen. Ihre Jagd war und ist ein faszinierendes Rätsel. Manche sagen, die Tiere würden extrem laute Schallwellen ausstoßen, um ihre Tintenfischbeute zu paralysieren, andere glauben, dass die weißen Wallippen und Zähne in der Finsternis der Tiefsee als Köder wirken.

Klick, Klick, Klick ...

In den Fortpflanzungsgebieten am Äquator halten sich die Pottwalgruppen stundenlang an der Oberfläche auf und bieten ihren Beobachtern grandiose Spektakel. Wieder eine Parallele zu den Menschen: Sobald Frauen in der Nähe sind, geht es lebhafter zu. Vermutlich um ihre Stärke und Fitness unter Beweis zu stellen, wuchten die Bullen ihren schweren Körper in ganzer Länge durch die Luft oder praktizieren «lobtailing» und schlagen mit der Schwanzflosse lautstark auf die Wasseroberfläche ein. Hier bei Kaikoura geschah nichts dergleichen. Die Wale verbrachten nur einen Bruchteil ihrer Zeit an der Oberfläche und waren dort ausschließlich damit beschäftigt, Luft in ihre Lungen zu pumpen und Kräfte für den nächsten Tauchgang zu sammeln. Ausgerechnet diese wenigen Minuten in völliger Untätigkeit waren die einzigen, in denen die Wale beobachtet werden konnten. Nach maximal zehn Minuten verschwanden die Tiere in der Tiefe, und den Forschern blieben nur ihre Klicks.

War es nicht grotesk, dass sie die Tiere, über die sie forschte, noch nie in ganzer Größe gesehen hatte? Vor einem halben Jahr, ganz am Anfang ihrer Arbeit, als sie glaubte, die anderen wären in der Kajüte beschäftigt, stand sie schon mit Flossen, Maske und Schnorchel auf der Leiter, die außen an der Steuerbordseite der *Warrior* befestigt war. Der Wal schwamm nur zwei Bootslängen entfernt, und sie wollte bloß einen kurzen Blick erhaschen, ein paar Sekunden, von denen sie dann in den kommenden Wochen hätte zehren können. Aber leider erschien Tim überraschend auf der Treppe und entdeckte sie. Er sagte nichts, auch später nicht. Er sah sie nur ernst an, schüttelte langsam und unmissverständlich den Kopf, und sie stieg wie ein begossener Pudel zurück ins Boot, wo sie vor Scham am liebsten im Schiffsboden versunken wäre. Schwimmen in der Nähe der Wale war strengstens verboten. Wenn das Naturschutzministerium davon Wind bekäme, könnten sie ihre Forschungsarbeit vergessen. Der Preis für einen Blick auf den ganzen Wal war zu hoch.

«Warum stellen die sich so an?», war Marks verständnisloser Kommentar gewesen, als sie ihm davon erzählte. Die halbe Welt beneidete Neuseeland um sein Department of Conservation, aber im eigenen Land löste dessen strenge Naturschutzpolitik häufig nur Kopfschütteln aus. Für Mark war das alles schlicht überflüssig wie ein Kropf.

«Es geht um den Schutz der Menschen und indirekt auch der Wale», erklärte sie. «Pottwale sind Raubtiere, die größten, die es gibt. Und sie werden leicht nervös. Wenn es zu einem Unfall käme, stünde hier das ganze Whale Watching auf der Kippe. Unsere Arbeit soll helfen, Zwischenfälle zu vermeiden, und sie nicht provozieren. Deshalb war es dumm von mir, ins Wasser steigen.»

«Ich verstehe nicht, was dir das bringt, diese Forscherei, wenn du die Wale nicht mal ansehen darfst. Das ist doch brotlose Kunst.» Sie ahnte, was jetzt kommen würde.

Dass sie studieren wollte, hatte Mark zähneknirschend akzeptiert, solange sie in der Stadt bliebe. Aber eine Doktorarbeit? Bildete sie sich etwa ein, sie könne sich zur Intellektuellen mausern? «Hör mal, Barbara. Warum kommst du nicht zurück zu mir nach Dunedin? Du musst ja nicht mehr in der

Bar arbeiten, wenn du nicht willst. Ich verdiene genug für uns beide. Wir hatten doch ein schönes Leben. Was gefällt dir nicht daran?»

«Alles», hatte sie geantwortet und bald danach aufgelegt. Schon damals hätte sie wissen müssen, dass Mark sich nie ändern würde. Sie konnte ihm einfach nicht begreiflich machen, dass sie an seiner Seite verkümmerte wie eine Pflanze im falschen Lebensraum.

Klick, Klick, Klick, Klick ...

Sie interpretierten die regelmäßigen Laute während des Abtauchens als Such-Klicks für den Beutefang. Big Scar war auf der Jagd, und sie waren davon überzeugt, dass er ähnlich wie seine kleineren Verwandten, die Delphine, Echoortung verwendete. Beweisen ließ sich das kaum. Zahme Pottwale, mit denen man Verhaltensexperimente durchführen könnte, gab es nicht und würde es wohl auch nie geben.

Selbst das Präparieren eines toten Wals ist kein leichtes Unterfangen. Tim sagte, niemand, der nicht schon einmal neben einem gestrandeten Wal gestanden habe, könne ermessen, was zwanzig oder gar vierzig Tonnen Lebendmasse bedeuteten. Schon um den Blubber zu durchdringen, die Speckschicht, die von zähen Fasern durchzogen ist, benötige man extrem scharfe, große Messer; Motorsägen seien erforderlich, um durch die hinteren Rippen an den Magen zu gelangen, eine entsetzliche Schweinerei, weil Sehnen und Gewebefasern sich zwischen den Kettengliedern verfingen. Skalpelle und Pinzetten, das übliche Präparierbesteck eines Zoologen, seien angesichts der Dimensionen des Walkörpers lächerlich. Allein der linke Nasengang und der ihn stützende Nasendachknorpel im Vorderkopf sei bei einem mittelgroßen Tier gut vier Meter lang. Kaum zu glauben, dass die Flenser und Lemmer der großen

Walfangschiffe nur eine halbe Stunde brauchten, um einen ausgewachsenen Wal in seine Bestandteile zu zerlegen. Feinanatomie und Mageninhalt waren allerdings das Letzte, was diese Männer interessierte.

Maria kam die Treppe aus der Kajüte hoch. Sie trug jetzt einen dicken schwarzen Pullover.

«Ich hab nachgesehen», sagte sie. «Von Big Scar haben wir einen kompletten Tauchgang aus dem letzten Jahr, laut GPS übrigens fast an derselben Stelle.»

Das Klicken setzte aus. Dann begann es von neuem, die Frequenz steigerte sich. Tim musste sich um das Hydrophon kümmern, Maria und Barbara sahen gespannt auf den Monitor. Big Scar war jetzt schon fast zwanzig Minuten unter Wasser, bislang hatten sie eine kontinuierliche Aufzeichnung, und die Jagd näherte sich ihrem Ende. Sie gingen davon aus, dass sich der Wal nach seinem fast senkrechten Abstieg jetzt eher in der Horizontalen bewegte, ohne dabei große Strecken zurückzulegen. Die Tiere tauchten meist in unmittelbarer Nähe ihrer Abtauchposition wieder auf. Die Klicks kamen in immer rascherer Folge, jetzt das finale Surren mit einer Klick-Rate von zehn Peaks pro Sekunde, das der genauen Zielerfassung dienen könnte. Danach Stille, Rauschen, ein seltsames leises Heulen.

Die beiden Frauen sahen sich an. Hatte Big Scar etwas gefunden, einen großen Happen? Oder wenigstens viele kleine? Eigentlich können Pottwale es sich bei ihrer aufwendigen Art der Nahrungssuche nicht leisten, vergeblich zu tauchen. Vermutlich hatte Big Scars riesiges Maul zugeschnappt.

In diesem Moment kletterte Paul Kay in Shorts und T-Shirt aus der Kajüte, ein vierzigjähriger Maori, der seit Jahren für das Moby-Klick-Team arbeitete. Seine schwarzen Haare standen wild in alle Richtungen. Er streckte sich, gähnte und rieb sich den imposanten Bauch. «Wie weit seid ...?»

«Psssst», zischte Barbara. Ihr Puls raste. «Halt die Klappe! Bitte.»

Es war nicht das erste Mal, dass sie einen Tauchgang so lange verfolgen konnte, aber jedes Mal, wenn das Klicken abbrach, meinte sie, auch das Herz des Wales hätte aufgehört zu schlagen und er würde nie mehr auftauchen. Auf jedem Quadratzentimeter seines Körpers lastete jetzt ein unvorstellbares Gewicht, und er käme nicht mehr dagegen an, sosehr er sich auch bemühte. Er würde das Bewusstsein verlieren, auf den Boden des Kaikoura Canyon sinken, in ein Grab, das, wie die legendären Elefantenfriedhöfe im afrikanischen Busch, von riesigen Knochen übersät ist, und dort, in diesem kalten Reich der Finsternis, würde der mächtigste Jäger der Welt seinerseits zum Fraß einer absolut fremdartigen und gespenstischen Tierwelt. Es war völlig irrational, das wusste sie, Pottwale sind für ihre Ausflüge bestens gerüstet, sogar erblindete Tiere oder solche mit verkrüppeltem Unterkiefer müssen keineswegs verhungern. Aber sie konnte nichts dagegen machen.

Paul, der noch immer auf der Treppe stand, sah verwirrt von einem zum anderen und verschwand dann kopfschüttelnd im Bootsinneren.

Dreißig Sekunden, noch immer kein Lebenszeichen.

Vierzig Sekunden.

«Wir haben einen Wal!»

Die Menschen sprangen von ihren Sitzen auf und sahen sich suchend um. Fast alle hatten Fotoapparate und Kameras in der Hand. Der Moment war gekommen.

«Wo», fragte Lena aufgeregt, «Papa, wo ist er?»

«Ich weiß nicht.»

Er half ihr, auf die Sitzbank zu steigen. Der Bursche war natürlich auf der falschen Seite. Alle drängten nach rechts. Lena hatte keine Chance.

«Bitte, bleiben Sie auf Ihren Plätzen», klang es aus den Lautsprechern. «Wir werden das Boot drehen, sodass Sie alle etwas sehen können. Es ist ein junger Pottwal, vielleicht zwölf Meter lang.»

«Gehen Sie doch mit ihr nach oben», schlug Hermann vor.

Lena stand noch immer auf der Sitzfläche und hopste kurz in die Luft. «Au, ja. Nach oben. Nach oben.»

Sie drängelten sich zu einer der Treppen vor, die auf das Oberdeck führten. Natürlich waren sie nicht die Einzigen, die auf diese Idee gekommen waren. Hermann folgte den beiden und beobachtete amüsiert, wie die Kleine ihren Vater energisch durch die Menge zog. «Schnell, Papa! Komm!»

Als seine Tochter in Lenas Alter war, hatte sie ihre Haare fast immer zu zwei langen Zöpfen gebunden, die sie gerne mit Kopfdrehungen durch die Luft schleuderte. In Neuseeland war das allerdings längst vorbei. Marion war damals schon fast erwachsen gewesen, in dem Punkt hatte er nicht die Wahrheit gesagt. Sie färbte ihre Haare abwechselnd schwarz und feuerrot, fand Neuseeland langweilig und viel zu kalt und die Reise, mit den Alten auf engstem Raum in einem Campingbus, furchtbar spießig. Und weil sie Hermanns Leidenschaft für mücken- und sandfliegenverseuchte Nationalparks nicht teilte, gerieten sie immer wieder heftig aneinander. Nicht einmal die Wale vor Kaikoura konnten sie begeistern. Es war ihre letzte Reise zu dritt gewesen, als vollständige Familie.

Oben erwischten sie gerade noch die letzten freien Plätze an der Reling. Hier war das Schaukeln des Bootes noch deutlicher zu spüren.

«Halt dich gut fest», sagte Lenas Vater. «Da vorne ist er! Siehst du ihn?»

Sie hatte ihn schon entdeckt. Stumm und voller Konzentration starrte sie auf die graue bewegungslose Masse, die einige Meter vor ihnen im Wasser schwamm, eine schmale Insel, gegen die Wellen schwappten wie gegen einen Felsbrocken. Die Insel atmete, selten, aber mit hörbarem Schnaufen. Die einzigen erkennbaren Strukturen waren ein Höcker am hinteren und das wulstige Blasloch am vorderen Ende, alles andere blieb verborgen unter der glitzernden Wasseroberfläche.

Minutenlang geschah nichts. Der Wal verschnaufte und rührte sich nicht von der Stelle. Man hätte in aller Ruhe die Harpune in Stellung bringen und in diesen schwimmenden Fleischberg rammen können. Ein Kinderspiel.

Für einen Angriff aus der Luft sind sie nicht gerüstet, dachte Hermann. Das ist ihre Achillesferse. Fast wäre es ihnen zum Verhängnis geworden.

Er glaubte, dass viele Touristen enttäuscht waren, auch wenn sie es nie zugeben würden. Vielleicht versuchten sie, sich den Rest des Tieres vorzustellen, den riesigen Kopf mit den kleinen Augen, den wie verkümmert wirkenden Unterkiefer, die Schwanzfluke, die irgendwo rechts von der sichtbaren Rückenpartie im Wasser hing. War die gesamte Erscheinung schon nicht besonders überwältigend, das Blasen des Wals war eindeutig enttäuschend, weit entfernt von den meterhohen Fontänen, die man von Darstellungen kannte. Nach all dem Rummel an Land und zu Wasser musste man einfach enttäuscht sein.

Was hast du erwartet, hatte Brigitte damals ihre Tochter gefragt, dass sie für dich Männchen machen?

Endlich tat sich etwas. «Achtung», sagte Hermann zu Lena. «Pass gut auf. Gleich taucht er!» Der Rücken des Wals wälzte sich langsam durch das Wasser.

Lenas Vater entfernte hastig die Schutzkappe vom Objektiv seiner Kamera und spähte durch den Sucher. Das Boot lag günstig. Im Hintergrund die schneebedeckten Berge, darüber blauer Himmel mit weißen Haufenwolken, ein Foto wie im Bilderbuch.

«Gleich ist es so weit», meldete sich der Kapitän. «Halten Sie sich bereit. Einen Moment noch. Jjjetzt!»

Wie aus dem Nichts tauchte plötzlich die riesige Schwanzflosse aus dem Wasser. Ringsherum surrten die Kameramotoren. Ausrufe der Bewunderung, wie bei einem Feuerwerk. «Ahhh!» Das war der Anblick, für den sie nach Kaikoura gekommen waren, ein erhabener Moment, der auch Hermann nicht gleichgültig ließ. Die graue Insel war zum Leben erwacht, und plötzlich, mit dem Anblick der Flosse, wurde einem die Größe dieses Tieres bewusst. Sekunden später war das Schauspiel beendet, der Wal auf dem Weg zu seinen Futtertöpfen.

Eine Stunde und drei Wale später fiel Lenas Vater auf, dass er den kurzen Höhepunkt, das Abtauchen des Wals, nur durch den Sucher seiner Kamera gesehen hatte. Hermann war es bei seinem ersten Besuch genauso ergangen, deshalb hatte er die Fotoausrüstung diesmal gar nicht mitgenommen. Zu Hause, in seinem verlassenen Haus, lagerte ein ganzes Dia-Magazin mit Bildern von abtauchenden Pottwalen, die er sich nie wieder angeschaut hatte. Heute begnügte er sich mit dem Live-Bild.

Lena war seltsam sprachlos geworden, aber nichts deutete darauf hin, dass sie enttäuscht war, im Gegenteil. Sie lächelte selig und war offenbar völlig zufrieden damit, die vielen Eindrücke in sich aufzunehmen. Inzwischen stand auch ihre Mutter bei ihnen, und Hermann konnte sich nicht entscheiden, welchen Anblick er interessanter finden sollte: das Tier vor der Bergkulisse Kaikouras oder die Familie, die eng beieinanderstehend darauf wartete, dass auch dieser Wal in der Tiefe verschwand.

Es war der kleinste der vier Wale, die sie gesehen hatten, vermutlich noch nicht einmal geschlechtsreif. Der Kapitän sagte, so junge Bullen verirrten sich selten nach Kaikoura. Vielleicht war er ein Neuling in diesen Gewässern, vielleicht hatte er seine Mutter und die Gruppe, in der er aufgewachsen war, erst vor kurzem verlassen, war zum ersten Mal alleine viele hundert Kilometer nach Süden geschwommen, in vollkommen fremde Meere, von einer für ihn neuen inneren Unruhe getrieben, die ihm fortan ein Leben als Einzelgänger aufzwingen würde. Er hatte keine Möglichkeit gehabt, sich dagegen zu wehren.

Zum vierten Mal wiederholte sich der Ablauf: Der Wal senkte für sie unsichtbar den Kopf nach unten, der Rücken verschwand, und wenn man glaubte, alles wäre vorbei, hob sich in einem eleganten Bogen die tropfende Schwanzflosse aus dem Wasser, als würde dieser majestätische Herr der Meere einen Abschiedsgruß winken. Der Pottwal tauchte senkrecht nach unten.

Kurz darauf forderte der Kapitän die Passagiere auf, sich auf ihre Plätze zu setzen.

Lenas Eltern wandten sich entspannt ab. Sie hatten das größte Raubtier der Erde gesehen. Nur das Gesicht ihrer Tochter wirkte ernst

«Papa, warum hat der Wal geblutet?»

«Geblutet?» Ihr Vater sah sie entgeistert an. «Wie kommst du denn darauf?»

«Er hat sich wehgetan», beharrte das Mädchen und kämpfte mit den Tränen.

«Das hast du dir eingebildet, Lena», sagte ihre Mutter und schob das Mädchen sanft in Richtung Treppe. «Warum sollte der Wal bluten? Komm, wir gehen wieder nach unten. Der Kapitän sagt, wir fahren jetzt zu den Delphinen.»

Hermann stand währenddessen unbeweglich im Hintergrund und sah mit dem Fernglas auf das Wasser hinaus.

«Auf was für Ideen Kinder kommen», sagte Lenas Vater zu ihm, schloss dann zu Frau und Tochter auf und stieg mit ihnen die Treppe hinunter.

Warrior

«Mist», fluchte Barbara. «Wir haben ihn verloren.»

Tim drehte sich um und sah sie an. «Was sagt die Boje?»

Sie hörten das Signal des gerichteten Hydrophons, das er in den Händen hielt. Barbara wechselte auf den anderen Kanal. Sie schüttelte den Kopf. «Nichts.»

«Kein Grund zur Aufregung», sagte Tim. «Alles im grünen Bereich. Manchmal dauert es länger als eine Minute.» Seine Mundwinkel zogen sich zu einem breiten Grinsen auseinander. «Bestimmt hat er das Maul voller Kalmare und sagt deshalb nichts. Mama hat ihm beigebracht, dass man mit vollem Mund nicht spricht.»

Niemand reagierte auf seinen Scherz. Sie warteten.

Sechzig Sekunden.

Siebzig.

Acht …
Klick
Klick
Klick, Klick, Klick, Klick …
Barbara blies erleichtert die Luft aus ihren Lungen.
«Mein Gott», stöhnte sie. «Ein Leben als Pottwal, das wär nichts für mich.»
Alle lachten. Big Scar war wieder auf dem Weg nach oben.
Im Kajüteneingang erschien der Kopf von Paul Kay. Er sah Barbara mit finsterer Miene an.
Sie stutzte einen Moment, legte dann die Handflächen aneinander und blinzelte ihm lächelnd zu. «Mein lieber Paul, ich weiß, dass man einem stolzen Maori nicht ungestraft den Mund verbietet. Aber du bist im denkbar ungünstigsten Moment aufgetaucht. Kannst du mir noch einmal verzeihen?»
«Na gut, ausnahmsweise.» Er grinste säuerlich. «Ihr Pakeha wisst eben nicht, wie man sich zu benehmen hat. Was ist, können wir endlich weiterfahren?»
«Immerhin habe ich vorhin *bitte* gesagt», fügte sie noch hinzu, einfach um das letzte Wort zu haben.
Das Funkgerät meldete sich. Pauls Kopf verschwand wieder in der Kajüte.
«Tim, für dich», rief er wenig später. «Die *Maui*.»
«Fahren die Boote schon wieder raus?», fragte Barbara beiläufig, während Timothy die Treppe hinunterstieg. Sie verfolgte die Klicks des aufsteigenden Big Scar auf dem Monitor. Der Wal sondierte, wie weit die Oberfläche entfernt war. Glaubten sie jedenfalls. Wenn in den kommenden Minuten nichts dazwischenkäme, hätten sie eine saubere komplette Aufzeichnung, wie man sie praktisch nur von einzelgängerischen Bullen gewinnen kann. Die Kühe tauchen in der Regel gruppenweise und klicken alle durcheinander. Es ist unmöglich, in

diesem Klick-Wirrwarr die Stimme einzelner Tiere herauszuhören.

«Ich habe die *Maui* gesehen», antwortete Maria. «Sie ist an uns vorbeigefahren, schon vor einer ganzen Weile. Ich glaube, sie war voller Touristen. Muss wohl die Zehn-Uhr-Tour gewesen sein.»

Der Bootsführer stand jetzt hinter dem Steuer und rauchte eine Zigarette. «Hätten die nicht noch einen Tag warten können. Dieser Seegang ist doch Gift für die Touris. Nachher wimmelt es hier wieder von vollgekotzten Plastiktüten.»

«Paul!», rief Maria und verzog angewidert das hübsche Puppengesicht. «Muss das sein?» Sie konnte sich noch lebhaft an ihre ersten Ausfahrten erinnern, eine einzige Quälerei, die Plastiktüte lag immer griffbereit neben ihr. An Arbeit war kaum zu denken gewesen. Es dauerte lange, bis sie sich an die Bootsbewegungen gewöhnt hatte.

Tims Stimme drang aus der Kajüte. «Ist Big Scar schon wieder oben?»

Klick, Klick, Klick …

«Nein, aber es kann nicht mehr lange dauern. Wieso fragst du?»

Sein blonder Lockenkopf erschien im Kajüteneingang. «Der Kapitän der *Maui* sagt, sie hätten einen verletzten Wal gesehen.»

Alle starrten ihn an.

Tim zuckte mit den Achseln. «Ich weiß auch nichts Näheres. Es soll ein ungewöhnlich junges Tier gewesen sein.»

«Julio», sagte Maria.

«Kann sein. Jedenfalls sollten wir uns das mal ansehen.»

«Was soll das heißen, ein verletzter Wal?» Paul nahm einen letzten Zug aus der Zigarette und schnippte sie über Bord. «Hat er sich unten den Kopf gestoßen?»

«Angeblich blutet er», sagte Tim ernst.

Plötzlich hörten sie ein Schnaufen. Fünfzig Meter vom Boot entfernt schoss eine Dampffontäne aus dem Wasser, in einem Winkel von etwa fünfundvierzig Grad zur Oberfläche, der charakteristische Blas eines Pottwals. Big Scar war wieder da. Aber niemand beachtete ihn.

«Blut?», wunderte sich Barbara. «Wie ist das möglich?»

«Frag mich nicht. Aber der Kapitän der *Maui* ist ein vernünftiger Mann. Du kennst ihn. Er hätte uns nicht angerufen, wenn da nicht irgendwas wäre. Ich schlage vor, wir suchen Grandpa, wie wir das vorhatten, und fahren dann zu der Stelle, die er mir genannt hat. Er hat mir die Koordinaten gegeben.»

Barbara warf einen flüchtigen Blick auf Big Scars schiefergrauen Rücken und beendete dann die Aufzeichnung. Sein Ausflug in die Tiefe hatte genau einundvierzig Minuten gedauert, guter Durchschnitt. Es war kurz vor elf, Big Scar war heute erst ihr dritter Wal, und sie hatten schon einen kompletten Tauchgang auf ihrer Festplatte, jeden einzelnen Klick. Normalerweise ein Grund zur Freude. Es lief nicht immer so glatt.

Aber ... ein blutender Wal?

Weit draußen am Horizont zog ein großes Schiff vorbei. Die Sonne verschwand hinter einer dicken Wolke, und das Wasser zwischen der *Warrior* und dem Ozeanriesen wirkte plötzlich dunkel und abweisend.

Der Katamaran nahm Fahrt auf, und die letzten Touristen verließen das obere Deck. Als Hermann das Fernglas absetzte, sich umdrehte und aufs offene Meer hinausschaute, blies ihm ein kräftiger Wind ins Gesicht, der ihn frösteln ließ. Er zog den Reißverschluss seiner Fleecejacke nach oben.

Bevor die *Maui* zu weit entfernt wäre, suchte er mit seinem Fernglas ein letztes Mal die Stelle, an der eben noch der junge Pottwal geschwommen war. Außer Schaumkronen war nichts zu erkennen. Aber Lena hatte sich das Blut nicht eingebildet. Er hatte es auch gesehen. Es sickerte aus einem tiefen Riss, der sich zwei Handbreit unterhalb des Blaslochs befand, genau auf der Höhe der Wasseroberfläche, sodass die Wunde immer wieder in den Wellen verschwand und das Blut rasch verteilt wurde.

Er fragte sich, was mit dem Tier geschehen war. Im Wasser unter dem Doppelkiel der *Maui* gab es keine Dornen oder scharfen Kanten, die derartige Wunden hätten reißen können. Oder doch, vielleicht tief unten im Canyon?

Die Sonne war hinter einer Wolke verschwunden, und in der seltsam unwirklichen Atmosphäre, die sich über das Schiff und das Wasser gelegt hatte, blickte er auf das untere Deck herab, wo die Passagiere ungerührt ihre Lunchpakete auspackten. Er stutzte, als er die beiden jungen Frauen wieder lächelnd durch die Sitzreihen gehen und Süßigkeiten und Getränke verkaufen sah, als wäre nichts geschehen. Außer ihm und der kleinen Lena hatte offenbar niemand bemerkt, dass mit dem Wal etwas nicht stimmte. Hin und wieder hörte er sogar ein vergnügtes Lachen, wenn der Bug der *Maui* auf eine Welle traf und Menschen nass gespritzt wurden, die nahe an der Reling saßen.

Auch Hermann spürte den Tropfenregen im Gesicht und an den nackten Beinen, aber er dachte nicht daran, sich nach unten auf seinen Platz zu begeben. In den vergangenen Wochen hatte er fast jeden Tag auf dem Wasser zugebracht, und er wollte hier oben bleiben und sich den Wind um die Ohren wehen lassen. In Deutschland würde er noch früh genug zum Stubenhocker werden. Er versuchte die Fahrt zu genießen, den Ausblick auf die Berge und den grünen Küstenstreifen davor, der so anders aussah als das sonnenverbrannte Land um das südaustralische Whyalla. Nach den Walen würden jetzt die Delphine kommen, das war bei seiner letzten Whale-Watching-Tour nicht anders gewesen. Am Ende hatten Marion und Brigitte die Delphine sogar am besten gefallen, weil sie nicht untätig an der Oberfläche hingen, sondern ständig in rasanter Bewegung waren und ihre freundlichen Gesichter zeigten.

Die unerwartete Begegnung mit dem verletzten Tier aber ging ihm nicht mehr aus dem Kopf. Zumal er noch etwas bemerkt hatte, etwas ganz Außergewöhnliches, das ihm keine Ruhe ließ. Als eine Welle den Walkörper nach oben beförderte und für wenige Sekunden einen Teil der rechten Körperseite freilegte, hatte er unterhalb der Wunde ein längliches geschwulstartiges Gebilde gesehen, das wie ein riesiger Blutegel an der Körperwand klebte. Ein Parasit? Vielleicht. Er war kein Fachmann für Walkrankheiten. Aber so lang wie ein menschlicher Arm? Und was sollte ein Parasit mit der blutenden Wunde zu tun haben? Es sah eher aus wie ein ...

Nein, Hermann schüttelte den Kopf und verzog den Mund zu einem amüsierten Lächeln, vermutlich war er betriebsblind, ein Experte für Kopffüßer, der überall Fangarme und Saugnäpfe sieht. Aber möglich wäre es, sogar die kleine Lena wusste, dass Pottwale sich von Tiefseekalmaren ernähren. Vielleicht hatte es einen Kampf gegeben. Ganz ohne Widerstand dürfte sich ein Architeuthis nicht verschlingen lassen. Und der Wal war jung und unerfahren. Es war möglich, dass bei einem heftigen Gerangel Tentakel oder Fangarme abreißen und danach mit Hilfe der Saugnäpfe noch längere Zeit am Walkörper haften. Es gab entsprechende Schilderungen von Walfängern, die er immer für Seemannsgarn gehalten hatte. Für die tiefe Wunde, oben auf dem Kopf des Wals, konnte allerdings kein Kopffüßer verantwortlich sein, ausgeschlossen. Den Octopus giganteus überließ er lieber der Phantasie eines Hans Peter Degenhardt und seiner Gefolgschaft aus Kryptospinnern.

Neben dem Boot fielen ihm jetzt vereinzelt Dreckschlieren im Wasser auf. Sicherlich nichts Organisches, dachte er. Eher feiner Lehm oder aufgewirbeltes Sediment. In Nordostaustralien sah das Wasser an vielen Stellen so aus. Das Meer zwischen der Küste und dem äußeren Great Barrier Reef ist flach, der Boden sandig. Schon bei mittleren Windstärken wird das Sediment aufgewühlt. Die graubraune warme Brühe, in der während der Sommermonate auch noch tödlich giftige Würfelquallen schwimmen, hatte nicht die geringste Ähnlichkeit mit dem kristallklaren Wasser der Hotelkataloge.

Hier, wenige Kilometer vor der Küste der neuseeländischen Südinsel, gab es allerdings kein Barriereriff. Man konnte fast sagen: im Gegenteil. Das Wasser war fast so tief, wie die höchsten Erhebungen der Insel hoch sind. Wenn irgendwo im Meer etwas aufgewirbelt werden konnte, dann durch die Schwanzflosse eines Pottwals, so tief unter dem Rumpf der *Maui,* dass nichts davon in ihre Nähe gelangen würde. Es dauerte eine Weile, bis Hermann die Bedeutung dieser Tatsache bewusst wurde.

Die Sonne kam hinter einer Wolke hervor. Er kniff die Augen zusammen, setzte dann gegen die blendende Helligkeit seine Sonnenbrille auf. Jetzt sah er, dass es nicht nur einzelne Schlieren waren. Die See vor ihnen hatte eine ungewöhnliche Farbe angenommen, bräunlich, wie Flusswasser, das nach starken Regenfällen große Mengen Schlamm mit sich führt. Er legte den Kopf in den Nacken und sah nach oben. Nichts als tiefes Blau und schneeweiße Haufenwolken, die malerisch ihre Bahnen zogen. Es war keine Reflexion.

Verwundert setzte er sein Fernglas an die Augen und sah sich das Wasser vor ihnen und dann die Küste an. In der Nähe des Campingplatzes mündete ein kleiner Wasserlauf, aber soweit er sich erinnerte, hatte er ein Bett voller Kiesel und Steine und führte heute Morgen noch klares Wasser. Kurz vor South Bay, wo der neue Hafen der Whale-Watching-Flotte lag, gab es einen zweiten größeren Fluss. Vielleicht hatte es nach den heftigen Regenfällen der letzten Tage im Hinterland einen Erdrutsch gegeben. In der wild zerklüfteten Gebirgswelt Neuseelands lösten sich immer mal wieder ganze Hänge und ließen nacktes Grundgestein zurück. Hermann suchte die Flanken der Berge nach frischen Wunden ab, aber er konnte nichts Ungewöhnliches entdecken.

Im Wasser schwamm immer mehr von der bräunlichen Masse, dunkle, wolkenartige Gebilde, mitunter zu schleimigen langen Fäden auseinandergezogen. Auf den Wellen bildeten sich schmutzige Schaumkronen. Eigentlich war es unmöglich, aber er hätte schwören können, dass es sich um Sediment handelte. Oder um Dreck von einem Schiff, ja, das war die wahrscheinlichste Erklärung, ein Ozeanriese, der seine Tanks geflutet und gesäubert hatte. Eine der üblichen Schweinereien. Die Gefahr, erwischt zu werden, war gering. Also taten sie es immer wieder. Hingen die Verletzungen des jungen Wals womöglich damit zusammen? Er könnte in eine Schiffsschraube geraten sein.

Hermann sah durch das Fernglas. Der braune Fleck, auf den

die *Maui* zuhielt, hatte keine Verbindung zur Küste. Er wusste zwar nicht, wie und warum, aber das Zeug schien direkt aus dem Meer zu kommen. Der Fleck war schon riesig, und Hermann konnte zusehen, wie er wuchs. Die regelmäßigen Wellen mit ihren weißen Schaumkronen waren nahezu verschwunden, überlagert von etwas anderem, das stärker war. Immer deutlicher hob sich das Gebiet in Struktur und Farbe vom sauberen Wasser ab und war nun auch mit bloßem Auge zu erkennen. Was ging hier vor? Hermanns Staunen verwandelte sich in Beunruhigung. Erst der blutende Wal und jetzt ...

An den Vibrationen des Schiffskörpers spürte er, dass die Maschinen nicht mit voller Kraft liefen. Er spähte durch das Glasfenster in das Ruderhaus links neben ihm. Die müssten es doch auch sehen, dachte er, wir fahren direkt darauf zu. Und tatsächlich: Drei Männer debattierten miteinander, unter ihnen der Kapitän. Sie waren aufgeregt und stritten sich. Wahrscheinlich wussten sie nicht, was sie tun sollten. Plötzlich schrie der Mann am Steuerrad etwas und zeigte in Fahrtrichtung.

Hermann sah nach vorne und traute seinen Augen kaum. Drei, vier Seemeilen voraus explodierte die See. Irgendetwas schien mit großer Gewalt aus der Tiefe aufzusteigen und die Wasseroberfläche in wilde, chaotische Bewegung zu versetzen.

Ein rascher Seitenblick auf die Männer im Ruderhaus zeigte ihm, dass sie Angst hatten wie er. Mit ungläubigen, entsetzten Gesichtern glotzten sie durch die Scheibe. Da vorne war etwas Gigantisches im Gange, etwas, das er noch nie erlebt hatte. Sofort fiel ihm ein, dass sich hier vor Neuseelands Ostküste zwei Platten der Erdkruste übereinanderschieben. Ein Vulkanausbruch? Ein Seebeben, wie vor Jahren in Indonesien? Ausgerechnet jetzt, da er mit einem kleinen Schiff die Küste entlangschipperte?

Er blickte immer wieder durchs Fernglas und ins Ruderhaus. Was hatten sie vor? Der Kapitän telefonierte und gestikulierte dabei. Als er merkte, dass Hermann ihn beobachtete, drehte er ihm den Rücken zu, schrie ins Telefon. Die beiden anderen Männer starrten gebannt auf das Schauspiel draußen im Wasser.

Es sah aus, als ob die See kochte. Braune Fontänen schossen in die Höhe. Und es wurde heftiger, schien sich aufzuschaukeln, als ob ungeheure Gasmengen an die Oberfläche blubberten. Jetzt hatten es auch die ersten Passagiere gesehen. Die Leute sprangen von ihren Sitzen und stürzten an die Reling. Die *Maui* schaukelte antriebslos auf dem Wasser.

«Seien Sie vernünftig!», schepperte die Stimme des Kapitäns aus den Decklautsprechern. «Bitte, bleiben Sie auf Ihren Sitzen, und legen Sie die Schwimmwesten an. Vor uns im Wasser geschieht etwas. Wir ... wir wissen nicht, was es ist, aber es besteht kein Grund zur Beunruhigung.»

Blödsinn, dachte Hermann. Wie kann er sagen, dass kein Grund zur Beunruhigung besteht, wenn er nicht weiß, was es ist?

Die Menschen rannten durcheinander, wollten zurück zu ihren Angehörigen oder drängten in die Gegenrichtung, um an den Schiffsaufbauten vorbei nach vorne schauen zu können. Sie stolperten und schrien, Kinder weinten, Taschen, Thermoskannen und Büchsen polterten über den Boden, mittendrin half das überforderte Schiffspersonal einigen älteren Leuten, die Schwimmwesten überzustreifen.

Jemand tippte Hermann an die Schulter. Ein Besatzungsmitglied aus dem Ruderhaus. Der Mann hatte die Tür geöffnet und hielt sie mit einer Hand fest. «Gehen Sie bitte runter auf Ihren Platz, schnell! Hier können Sie nicht stehen bleiben. Das ist viel zu gefährlich.»

Hermann schüttelte den Kopf. Auch wenn es das Letzte wäre, was er in seinem Leben zu sehen bekäme, er würde hier bleiben, jetzt erst recht. Er musste sich das ansehen. Der Mann, der vermutlich Wichtigeres zu tun hatte, als zu streiten, warf ihm einen wütenden Blick zu und schloss fluchend die Tür.

Die Schiffsbewegungen wurden heftiger.

«Bitte, setzten Sie sich hin, legen Sie die Schwimmwesten an und halten Sie sich gut fest! Achten Sie auf Ihre Kinder! Es ist gleich überstanden. Denken Sie daran! Die *Maui* ist unsinkbar. Ich wiederhole: Unser Katamaran ist unsinkbar.»

Jetzt liefen die Maschinen wieder auf Hochtouren. Der Mann am Steuerrad kurbelte wie wild. Offenbar wollten sie das Schiff drehen.

Hermann hielt sich mit einer Hand am Geländer fest, stemmte seine Füße gegen Bootsrand und Ruderhaus und versuchte, mit dem Fernglas die brodelnde See im Blick zu behalten. Er konnte sich kaum losreißen von dem Anblick. Es war keineswegs *gleich überstanden.* Das braune Wasser hatte sich über ein riesiges Gebiet ausgebreitet, und sie steckten bereits mittendrin. Ringsherum ein anschwellendes Tosen, lauter als der Wind. Die wildtanzenden Wellen kamen näher, auch als die *Maui* unter heftigem Schaukeln ihre Wende vollendet hatte und in Richtung Küste zu entkommen versuchte. Hermann musste das Fernglas absetzen und sich umdrehen. Fast riss es ihn von den Beinen, als eine Woge das Schiff von der Seite traf. Unten schrien die Menschen. Aus der Freude über ein paar erfrischende Spritzer war blankes Entsetzen geworden. Die Wellen waren anderthalb bis zwei Meter hoch und, wie in einem überkochenden Wassertopf, völlig unberechenbar. Sie schwappten mal rechts, mal links, mal vorne, mal hinten gegen den Bootsrand. Die *Maui* wurde hin und her geworfen und kam nicht vom Fleck.

Plötzlich war Motorenlärm zu hören. Ein Flugzeug, eine kleine zweimotorige Maschine, flog über die *Maui* hinweg und hielt direkt auf die brodelnde See zu.

Unten saßen jetzt alle auf ihren Plätzen, Reihe um Reihe eine orangerote Schwimmweste neben der anderen, für Hermann, der sie von oben sah, ein seltsamer Anblick: strenge Ordnung in all dem Chaos, das sie umgab. Fast alle klammerten sich mit angstverzerrten Gesichtern an den Rücklehnen vor ihnen fest und reckten dabei die Hälse, um den Kurs des Flugzeugs zu verfolgen und zu sehen, was hinter ihnen vorging.

Lenas Vater hatte sich zwischen Frau und Tochter gesetzt und presste sie mit ausgebreiteten Armen an sich.

«Eine Welle», brüllte einer der Touristen. «Da kommt eine Welle.»

Die orangerote Bootsgesellschaft geriet in Unordnung. Panisches Geschrei.

«Er hat recht.»

«O Gott.»

«Wir werden alle sterben.»

«Hilfe!»

«Bleiben Sie auf Ihren Sitzen!» Die Lautsprecherdurchsagen waren im allgemeinen Getöse kaum zu verstehen. «Wir müssen noch einmal wenden. Halten Sie sich fest! Halten Sie sich um Himmels willen fest!» Der Kapitän gab sich keine Mühe mehr, die eigene Angst zu verbergen.

Hermann hatte sich am Geländer bis nach vorne durchgehangelt, dorthin, wo das Rohrgestänge an den Aufbauten endete. Mit beiden Händen umklammerte er die Reling. Er war bereits von Kopf bis Fuß durchnässt und stemmte sich weiter der Gischt entgegen.

Er hatte die Welle schon gesehen, sogar ihre Geburt. Einen Moment schien es, als wollte sich das Meer zurückziehen, für

Sekunden glaubte Hermann, eine flache Mulde im Wasser zu sehen, die alles in sich hineinzog. Dann wurde aus der konkaven Form eine konvexe. Es geschah alles wie in Zeitlupe. Eine gigantische Wasserblase wölbte sich auf, platzte und entlud sich mit einem Donner.

Jetzt sah er die Woge auf sich zurasen. Sie war nicht besonders hoch, aber sehr schnell. Experten errechneten später eine Geschwindigkeit von mehr als einhundertfünfzig Stundenkilometern. Es gab nicht die geringste Chance, ihr zu entkommen. Mit einem tiefen, gewitterartigen Grollen brauste sie heran. Die Luft war von einem dichten Tropfennebel erfüllt, die Sicht wurde schlechter. Hermann wusste nicht, warum, aber er brüllte, so laut er konnte, er musste diesen Urgewalten etwas entgegensetzen. Er ließ sich auf den nassen Metallboden gleiten, legte Arme und Beine um einen Pfosten der Reling. So sieht also das Ende aus, dachte er, während das Boot hin- und hergeschleudert wurde. Eine nüchterne Feststellung. Er war beinahe erleichtert. Kein Siechtum, keine wochenlange Quälerei, keine Schmerzen, wie er es bei seiner Frau erlebt hatte. Augenblicke später war die Welle da. Sie hatten Glück, dass sie sich in tiefem Wasser befanden.

Hermann klammerte sich fest, senkte den Kopf, schloss die Augen und holte tief Luft. Im nächsten Moment spürte er, wie die *Maui* emporgehoben wurde. Fachleute bezweifelten später, dass die erste Welle in diesem Gebiet höher als drei oder vier Meter war, aber Hermann empfand es so, als würde er von titanischen Kräften nach oben gerissen und kurz danach fallen gelassen. Er hörte ein lautes Krachen und wurde gleichzeitig brutal zusammengestaucht. Der Kunststoffkörper der *Maui* bebte. Von weit her hörte er die Schreie der Menschen. Er wollte mit einstimmen, aber aus seinem weit aufgerissenen Mund kam kein Ton. Ein Schwall kalten Wassers schlug ihm entgegen und presste ihm die Luft aus den Lungen, zerrte an seinem Körper und drohte ihn mitzureißen. Der Schmerz in seinen Schultergelenken wurde unerträglich. Er konnte sich nicht mehr halten. Er musste loslassen.

Warrior

Manche der Pottwale vor Kaikoura waren Durchzügler, die für ein paar Stunden oder Tage auf dem Weg von irgendwo nach irgendwo Station machten. Einige, wie Grandpa oder Big Scar, kamen jedes Jahr und blieben Wochen oder Monate. Andere ließen sich lange nicht blicken und tauchten dann überraschend wieder auf. Allerdings hatte es in den zehn Jahren, in denen Wissenschaftler hier forschten, nie mehr als etwa fünfzehn Tiere gleichzeitig gegeben. Offenbar waren die Nahrungsressourcen des Tiefseegrabens begrenzt. Mehr und größere Wale kamen nicht auf ihre Kosten.

Mit gut sechzehn Metern war Grandpa mittlerweile zum größten und schwersten Pottwal in Kaikoura herangewachsen und musste sich wohl bald nach ergiebigeren Jagdgründen umsehen. Die Wohnung eines Pottwals hatte wahrhaft planetare Ausmaße. Küche und Speisekammer eines großen Bullen, des «Schulmeisters», lagen im Eismeer, der warme Tropengürtel diente als Schlaf- und Kinderzimmer.

Normalerweise war Grandpa ein Muster an Zuverlässigkeit und deshalb ein Liebling der Forscher. Seit Wochen ermittelten sie täglich seine Position und wussten deshalb, dass er sich immer in derselben Gegend aufhielt. Vermutlich hatte er sich durch seine imposante Größe einen der besten Futterplätze gesichert.

Aber heute gelang es der *Warrior*-Crew einfach nicht, ihn zu finden. Sie suchten mit ihren Unterwassermikrophonen die ganze Gegend ab, vergeblich. War Grandpa weitergezogen? Dieser Tag wäre dafür so geeignet wie jeder andere. Barbara und Tim fiel allerdings auf, dass sie auch keine schwächeren Signale von anderen, weiter entfernten Walen einfingen. Entweder gab es im Umkreis tatsächlich keinen einzigen Pottwal, was sehr unwahrscheinlich war, da sie ein paar Seemeilen weiter nördlich bis vor einer Stunde noch welche gehört hatten, oder die Wale hatten das Klicken eingestellt, was noch ungewöhnlicher wäre. Tims Gesicht verdüsterte sich von Minute zu Minute. Sie kontrollierten alle Geräte und Steckverbindungen, tauschten die Akkus und schließlich das ganze Hydrophon aus, starteten den Computer neu und regelten die Aufnahmeempfindlichkeit hoch.

«Das gibt's doch nicht», sagte Tim und ließ ratlos die Schultern hängen. «Mehr können wir nicht tun.»

Was der Lautsprecher von sich gab, war mit *nichts* nur unvollkommen beschrieben. Sie hörten keine Klicks, stattdessen ein unablässiges an- und abschwellendes Ächzen und Dröhnen, das sie nicht kannten und das nun ohne Unterbrechung andauerte, seitdem sie die Maschine gestoppt hatten und das Hydrophon ins Wasser hielten. Neben den Klicks fingen sie immer die verschiedensten Geräusche auf, jetzt aber schien da unten ein ungeheurer Lärm zu herrschen. Als Barbara endlich den Lautstärkeregler zurückdrehte, atmeten alle erleichtert aus.

«Oh, furchtbar», stöhnte sie. «Was könnte das sein?»

«Der Kontinentalplattenboogie», sagte Paul, ohne eine Miene zu verziehen.

«Oder der Minnegesang der antarktischen Gletscher.» Tim lachte kurz auf, merkte aber schnell, dass Barbara ihre Albereien nicht lustig fand. «Im Ernst, Barbara. Ich habe keine Ahnung. Die Militärs rätseln schon lange über die merkwürdigen Geräusche, die sie in den Ozeanen auffangen.» Er legte das Plastikrohr mit dem Hydrophon vorsichtig in seine Halterung. «Komischer Tag heute. Dabei hat alles so gut angefangen.»

«Was haltet ihr davon, wenn wir Mittagspause machen?», schlug Maria vor. Sie war noch so neu im Team, dass sie sich am wenigsten über das Ausbleiben der Klicks wunderte. Für sie brachte jeder Tag andere Eindrücke und Erfahrungen. «Wir könnten es ja danach noch mal versuchen und dann das verletzte Tier suchen.»

«Ohne Klicks finden wir heute überhaupt keinen Wal mehr», sagte Tim. «Aber du hast recht. Lasst uns was essen, und dann sehen wir weiter.»

Als sie sich gerade auf der hinteren Sitzbank niedergelassen und ihren Proviant ausgepackt hatten, hielt ein kleines Propellerflugzeug direkt auf ihr Boot zu und flog in niedriger Höhe über sie hinweg. Kurz darauf war in der Kajüte wieder das Funkgerät zu hören. Tim, der gerade in sein Sandwich beißen wollte, verdrehte genervt die Augen. «Das ist ja wie im Büro.»

Er stieg kauend, mit dem Brot in der Hand, die Treppe hinab. Sie hörten sein Gemurmel, dann einen überraschten Aufschrei.

«Was? Wollen Sie mich auf den Arm nehmen?»

Pause. Dann ein paar unverständliche Sätze. Barbara vermutete, dass es um den verletzten Wal ging, vielleicht eine Entwarnung, aber dann stürzte Tim die Treppe hinauf, stolperte und fiel fast der Länge nach vor ihre Füße.

«He, nicht so stürmisch», sagte sie.

«Paul, lass den Motor an», rief Tim atemlos. «Wir müssen weg hier. Sofort.»

«Immer mit der Ruhe», brummte der Bootsführer und

zeigte vorwurfsvoll auf den geräucherten Fisch, den er ausgepackt hatte.

«Ich habe gesagt sofort», brüllte Tim. Seine Stimme überschlug sich fast.

Die beiden Frauen sahen sich fragend an.

Paul tippte sich mit dem Zeigefinger an die Stirn. «Was ist denn das heute für ein Ton hier an Bord?» Er packte Räucherfisch zwischen zwei Toastbrotscheiben, lehnte sich zurück und biss ostentativ hinein. Seine Mahlzeiten waren ihm heilig.

Barbara schenkte sich heißen Tee ein. Sie waren seit halb sechs Uhr auf den Beinen und hatten noch einiges zu tun. Zeit für eine kleine Pause. Neben ihr, auf dem Polster der Sitzbank, stand ein offenes Plastikgefäß mit geputzten Mohrrüben, Paprikahälften und Selleriestücken, ihr tägliches Mittagessen. Knackend zermalmte sie ein Stück Mohrrübe. «Erklär uns doch einfach, was los ist.»

Tim stand an der Reling und spähte mit dem Feldstecher nach Norden. «Tatsächlich. Oh, mein Gott», jammerte er. «Paul, mach schnell, verdammt noch mal! Das ist kein Witz. Wir müssen versuchen, hinter die Inseln zu kommen.»

Er fuhr herum und sah Barbara mit einem Ausdruck an, den sie noch nie an ihm gesehen hatte. Sein Gesicht war spitz und leichenblass, die Augen weit aufgerissen. «Es ist ein Seebeben oder so etwas», sagte er hastig. «Ich weiß doch auch nichts Genaues. Das Flugzeug ... sie warnen alle Schiffe in der Gegend. Da kommt eine große Welle auf uns zu, aus der South Bay. Und zwar verdammt schnell. Uns bleibt nicht viel Zeit.»

Paul brummte etwas, stand widerwillig auf und sah durch sein Fernglas. «Eine Welle?», fragte er mit vollem Mund. «Wo?» Er blickte nach Norden, zur Landzunge, die mehr als zwanzig Kilometer entfernt lag und mit bloßem Auge kaum noch zu erkennen war. Dann saugte er geräuschvoll die Luft ein.

«Verfluchte Scheiße!»

Das Fischsandwich flog achtlos auf die Instrumentenkonsole. Hektisch griff er nach dem Zündschlüssel. «Komm schon», sagte er und wippte mit dem Oberkörper, während die Zündung vorglühte. «Nun mach schon.»

Endlich drehte er den Schlüssel, und nach kurzem Stottern erklang das vertraute Tuckern der Dieselmotoren. Paul gab Vollgas und hielt auf die nahe Küste zu.

«Ein Seebeben?», fragte Barbara ungläubig und stand auf. «Davon hätten wir doch irgendetwas merken müssen.»

Tim sagte nichts. Er fegte die Sitzpolster samt den daraufliegenden Lebensmitteln von der Bank, öffnete eine Klappe und wühlte fluchend in dem Fach darunter herum. «Wo sind die Schwimmwesten, Paul? Wo sind die gottverdammten Schwimmwesten?»

«Auf der anderen Seite.»

Tim ließ die Klappe zufallen und nahm sich die Sitzbank gegenüber vor. Verknotete Taue und Fender flogen durch die Luft. «Ist das ein Chaos hier.»

«Die Schwimmwesten haben dich doch bisher nicht interessiert», nuschelte Paul. Er presste seinen Bauch gegen das Steuerrad und versuchte umständlich, eine Zigarette anzuzünden.

Plötzlich stieß Maria einen spitzen Schrei aus. Sie hielt das Fernglas in den Händen. «Madonna! Er hat recht. Eine Welle. Sie kommt auf uns zu.»

«Zeig mal her!», sagte Barbara. Ungeduldig nahm sie der Praktikantin das Glas aus der Hand. Sie konnte es nicht glauben. Ein Seebeben, aus heiterem Himmel? Seit Wochen fuhren sie Tag für Tag durch diese Küstengewässer. Es hätte irgendwelche Zeichen geben müssen, Vorboten. Es konnte unmöglich von einem Moment auf den anderen ... Doch, dachte sie plötzlich und erstarrte dabei. Das ist genau die Art, wie solche

Dinge passieren, überraschend, aus heiterem Himmel, und nichts ist mehr, wie es war.

Zuerst sah sie nichts Ungewöhnliches, musste sich orientieren. Mit Ferngläsern stand sie schon immer auf Kriegsfuß. Sie suchte den Sitz des Halbgottes Maui, die Halbinsel Kaikoura, und folgte dem Küstenverlauf, aber kaum hatte sie die Steilküste im Blick, schien sich von unten her etwas davorzuschieben, eine braune Wand. Plötzlich verwandelten sich die vertrauten Küstenlinien vor ihren Augen in ein undefinierbares Chaos. Sie hielt die Luft an. Ihr Gehirn weigerte sich zu glauben, was sie sah. Gewaltige Gischtfontänen schossen in die Höhe und fielen wieder in sich zusammen, Felsbrocken lösten sich aus den Klippen und rutschten ins Meer, lautlos, gespenstisch, dann folgte eine zweite Welle, eine dritte ...

«Nein», sagte sie leise. «O Gott!» Sie ließ das Fernglas sinken. «South Bay ...», stammelte sie.

«Was ist damit?», fragte Paul. «Was ist mit South Bay?»

Tim drückte Barbara eine Schwimmweste an die Brust. «Hier. Zieh das an. Und steht nicht rum wie Falschgeld. Jemand muss den Rechner sichern. Die Wechselplatte muss wasserdicht verpackt werden. Warum steht der Laptop noch hier?»

Barbara war wie in Trance, alles um sie herum war in einen milchigen, zähflüssigen Nebel gehüllt. «Ich geh runter», hörte sie Maria sagen, dann ein Poltern und Klappern, Schritte von der Treppe zur Kajüte und ein seltsames anschwellendes Geräusch, ein dumpfes Gewittergrollen, das von überall zu kommen schien.

Paul stand mit der Zigarette zwischen den Lippen am Steuerrad und spähte immer wieder über die Schulter nach hinten. Barbara sah die Angst in seinen Augen. Er trug jetzt eine nagelneue Schwimmweste, die seinen mächtigen Brustkasten wie aufgebläht erscheinen ließ, und zerrte ungeduldig am Steuerrad, als wollte er das Boot auf diese Weise antreiben. Sie folgte seinem Blick und erstarrte.

Sie hatte nur gesehen, was nach Norden, auf Kaikoura, zuraste. Irgendetwas aber war zwischen ihnen und der Halbinsel geschehen, und die Welle breitete sich kreisförmig nach allen Seiten aus. Jetzt glaubte sie, ihr Brüllen zu hören, ein monströses Raubtier, das ihnen auf den Fersen war und immer näher kam. Es würde sie über den Haufen rennen.

Wir werden kentern, dachte sie. Das Schiff ist viel zu langsam. Die Weste, ich muss die Schwimmweste anziehen. Sie sackte zusammen.

Tim packte sie an den Schultern. «Barbara, komm, bitte, reiß dich zusammen.»

«Ich ...» Sie war schlaff und kraftlos. Ihre Muskeln gehorchten ihr nicht mehr. «Unser Hafen ...», sagte sie mit tränenerstickter Stimme.

Tim schüttelte sie, ihr Kopf fiel von einer Seite auf die andere. «Komm zu dir, Babs. Wir müssen jetzt an uns denken. Sieh mich an!» Sie versuchte es, sah seine blauen Augen, die Locken, die ihm in die Stirn fielen. «Okay, und jetzt sieh nach vorne!» Er trat hinter sie, nahm ihren Kopf zwischen seine Hände und drehte ihn nach rechts. «Siehst du das? Wir haben es gleich geschafft.»

Nur zweihundert Meter vor ihnen ragten schroffe schwarze Felsen auf. Sie hörte die Brandung. Tim half ihr, die Schwimmweste überzuziehen. Sie war wie eine große Puppe, die alles mit sich geschehen ließ. Er führte sie zu der hinteren Sitzbank. «Setz dich und halt dich fest. Hörst du, was ich sage? Halt dich gut fest.» Sie nickte schwach. Ihr war schlecht. «Es tut mir leid», flüsterte sie.

«Maria», schrie Tim. «Wenn du fertig bist, kümmere dich mal um sie.»

Dann stand er auf und trat neben Paul. «Was ist mit dem Hafen?», fragte der. «Was meint sie?»

«Ich weiß es nicht, Paul. Sie ist ein bisschen von der Rolle. Pass auf, wir dürfen nicht zu nah an die Felsen.»

«Für wie blöd hältst du mich?» Paul steuerte das Schiff links an der größten der Inseln vorbei und äugte an den Felsen hoch. «Ob das reichen wird?»

«Es muss», sagte Tim und sah ebenfalls nach oben. «Unsere einzige Chance. Der Pilot hat gesagt, die Welle ist vier Meter hoch.»

«Über tiefem Wasser vielleicht, aber nicht in Ufernähe. Sie wird viel ...» Paul drehte sich um. «Oh, ich darf gar nicht hinsehen.»

Dann war keine Verständigung mehr möglich. Ein anschwellendes Rauschen, wie die Turbinen eines Düsenflugzeugs. Sie waren hinter der Insel in Deckung. Ein starker Sog erfasste das Boot und wollte sie aufs offene Meer hinausziehen, dann die Gegenbewegung, eine laute Explosion, ein Klatschen und Brausen, das kaum zu ertragen war. Im nächsten Moment schwappte Gischt über die Felsen. Ein heftiger Platzregen ging auf sie nieder, nichts war zu sehen, nur ein dichter Vorhang aus Wasser. Sie klammerten sich fest und schrien. Das Boot begann sich zu drehen, und sie wurden emporgehoben.

Der Tropfenregen ließ nach, und plötzlich hatten sie freie Sicht auf die Steilküste im Süden. Sie sahen, wie die Welle sich aufbäumte, brach und kurz darauf mit ohrenbetäubendem Donnern gegen die nahe Bergflanke schlug. Die Welt schien zu erzittern, Felsbrocken stürzten ins Wasser. Ein Auto, das gerade aus einem Tunnel der Küstenstraße kam, wurde von der brodelnden See erfasst und gegen die Steilwand geschleudert. Barbara schrie auf und schlug die Hand vor den Mund. Die Straße, die Tunnel, die Bahngleise, Kaikouras Verbindung zur

Welt, alles verschwand in einem graubraunen schäumenden Wasser.

Tim stand zitternd an der Backbordreling, die er mit beiden Händen umklammerte.

Dann schwappte die See zurück, eine Kraft, gegen die der Motor der *Warrior* nichts ausrichten konnte. In rasender Geschwindigkeit trieben sie aus dem Schutz der Felsinsel ins offene Wasser. Durch einen glücklichen Zufall konnten sie die zweite, nur noch halb so große Welle genau von vorne nehmen. Das Boot schoss in die Höhe, aus der Kajüte hörte man lautes Poltern. Alles, was nicht sicher verstaut war, flog durch den Raum. Der Bug des Schiffes ragte in den Himmel mit seinem trügerischen Blau, und sie rutschten gerade noch über den Wellenkamm. Paul klammerte sich am Steuerrad fest und stieß einen triumphierenden Schrei aus. Er hatte das Boot wieder unter Kontrolle und steuerte auf die nächste Woge zu.

Maui

«Kommen Sie zu sich!»

Die Stimme kam von weit her. Hermann spürte Schläge im Gesicht. Jemand klatschte mit der flachen Hand wiederholt gegen seine Wangen.

Er schlug die Augen auf, blinzelte und drohte gleich wieder das Bewusstsein zu verlieren. Seine Hände suchten vergeblich nach Halt, tasteten über eine nasskalte glatte Oberfläche, die leicht vibrierte. Er lag ausgestreckt auf dem Boden, hatte keine Ahnung, wo er war, hörte Geräusche, ohne zu wissen, was sie bedeuteten, ein Rauschen und Murmeln, Maschinenlärm. Irgendwo weinte ein Kind.

Um ihn herum war es schmerzhaft hell, und außer dem Umriss eines Menschen konnte er nichts erkennen. Seine Stirn schmerzte pochend. Er fasste an die Stelle. Sie fühlte sich feucht und klebrig an. Blut! Ihm wurde schwindelig, und er verdrehte die Augen, aber sofort holten leichte Schläge ihn wieder zurück. Ein fremdes, rundes Gesicht näherte sich, schwebte über ihm, ohne Kontakt zu einem Körper. Die Züge wurden vertrauter. Dunkle Haut. Ein Mann kniete neben ihm. Er erkannte den Kapitän, und schlagartig fiel ihm alles ein, der blutende Wal, die Welle, das rätselhafte Brodeln der See, die Dreckschlieren im Wasser. Er war noch immer auf dem Boot. Und er lebte.

«Was ...» Er wollte sich auf seine Ellenbogen stützen, aber ein scharfer Schmerz in seinem Kopf ließ ihn wieder zusammensacken. Er stöhnte. Seine Schultern, sein ganzer Körper fühlte sich zerschlagen an, zertrümmert.

Der Kapitän war aufgestanden und sah mit gerunzelter Stirn auf ihn herab. «Sie können wirklich von Glück sagen, dass Sie noch am Leben sind», sagte er ohne jedes Mitgefühl. «Wir alle haben Glück gehabt, aber Sie besonders. Wenn Sie ein Kind wären, würde ich sagen, Sie hätten was hinter die Löffel verdient. Aber ordentlich. Leider sind Sie kein Kind mehr.»

Vorsichtig bewegte Hermann Arme und Beine. Es tat weh, besonders die Schultern, aber er hatte sich nichts gebrochen. Erneut nahm er Anlauf, wälzte sich vorsichtig auf die Seite, saß dann mit pochenden Schläfen aufrecht und lehnte sich gegen das Ruderhaus. Alles war nass. Vom Dach der Bootsaufbauten tropfte es in sein Gesicht. Er war durchnässt bis auf die Haut.

Der Kapitän streckte ihm seine Hand entgegen. Hermann zögerte einen Moment, dann griff er zu, biss die Zähne zusammen und zog sich ächzend in den Stand. Er hatte das Gefühl, der Mann wollte ihm den Arm ausreißen. Sein Kopfschmerz wurde unerträglich. Er verzog das Gesicht und stöhnte.

«Sie haben einen Schädel aus Beton, was?» Der Kapitän zeigte ein schwaches Grinsen. «Hat mächtig gebumst, als Sie gegen die Tür geschleudert wurden.»

«So fühlt es sich auch an», presste Hermann hervor. Er fasste sich in den Nacken, dann an die rechte Schulter, versuchte seinen Rücken zu strecken. Sein Körper bestand nur aus Prellungen und überstrapazierten Sehnen und Bändern.

«Wie lange habe ich hier gelegen? Ist jemand …? Ich meine …»

Der Kapitän wurde sofort ernst. «Nein, hier an Bord nicht», antwortete er schnell, als ob er verhindern wollte, dass jemand die Worte aussprach. «Ich sagte ja, wir hatten Glück. Und ein phantastisches Schiff.» Er legte seine Hand auf die Reling und strich zärtlich über das nasse Metall. «Aber an Land geht es offenbar drunter und drüber. Wir haben noch keine sicheren Informationen.» Er senkte den Kopf und rang um Fassung. Seine Kiefer mahlten.

Hermann legte stöhnend den Kopf in den Nacken und kniff gegen die Helligkeit die Augen zusammen. Seine Sonnenbrille hatte er verloren. Auf das intensive Blau des Himmels und die malerische Bergkulisse reagierte er jetzt mit Befremden. Angesichts einer solchen Katastrophe konnte er die Postkartenidylle ringsum nur als Provokation empfinden, als Hohn und Spott. Die Welt demonstrierte ihre Gleichgültigkeit. Wie beim Tod seiner Frau, wie bei jedem großen und kleinen Unglück. Der Wind hatte sich gelegt, das Meer wirkte jetzt harmlos und träge, als könnte es niemandem etwas zuleide tun. Aber Hermann musste nur die Augen schließen, um die braunen brodelnden Wassermassen wieder vor sich zu sehen. Langsam begann sein Gehirn zu arbeiten. «Was, glauben Sie, war das?», fragte er.

Der Kapitän lachte kurz auf. Er war offenbar noch nicht fertig mit ihm. «Sagen Sie's mir! Sie wollten's doch offenbar ganz genau wissen. Sie hatten einen Logenplatz, oder etwa nicht? Glauben Sie ja nicht, wir wären hinterhergesprungen, wenn Sie über Bord gegangen wären. Wir haben Sie mehrfach aufgefordert, sich auf Ihren Platz zu begeben. Sie hatten nicht einmal eine Schwimmweste an. Wir hätten Sie ersaufen lassen, in dieser ... dieser Plörre.» Er deutete mit einer Kopfbewegung auf das Wasser und verzog angewidert das Gesicht.

Während Hermann die Strafpredigt des Kapitäns über sich ergehen ließ und ergeben nickte, hielt er sich mit beiden Händen an der Reling fest. Dabei stieg ihm ein seltsamer Geruch in die Nase, eine Mischung aus verdünntem Stadtgas und Kloake. Die *Maui* machte keine Fahrt. Unter ihm schwappte das lehmig braune Wasser gegen die Bordwand, zähflüssig wie verdünnte Wandfarbe. Überall trieben Schaumberge. Zwischen Wirbeln und dunklen Schlieren wand sich etwas Längliches, Schlangenartiges durch das Wasser und war sofort wieder verschwunden. Oder war es eine Rückenflosse? Was war mit den Pottwalen? Konnte in diesem Wasser überhaupt etwas überleben? Wo kam das Sediment her? Es musste Sediment sein. Kein Schiff der Welt konnte derartige Mengen Dreck hinterlassen. Als hätte sich ein ganzer Berg im Wasser aufgelöst.

«Ich habe so etwas noch nie gesehen», sagte Hermann leise.

Der Kapitän lachte bitter. «Da sind Sie nicht der Einzige. Ich kenne dieses Meer seit vierzig Jahren, und weder ich noch sonst jemand hier aus der Gegend hat je etwas Derartiges erlebt, das kann ich Ihnen versichern.» Er schüttelte den Kopf und sagte nach einer kleinen Pause: «Es muss ein Seebeben gewesen sein, unmittelbar vor der Küste. Das ist Neuseeland. Hier wimmelt es von Vulkanen. Ich wüsste nicht, was es sonst gewesen sein könnte.»

Jemand rief nach ihm.

«Ich muss mich um mein Schiff kümmern.» Er warf Hermann einen letzten strengen Blick zu und öffnete die Tür zum Ruderhaus. «Und Sie sollten sich endlich nach unten auf Ihren Platz setzen. Nichts garantiert uns, dass es vorbei ist.»

Hermann nickte und schleppte sich mit zusammengebissenen Zähnen nach achtern bis zur Treppe. Dort sah er die anderen Passagiere. Sie hatten noch immer ihre orangeroten Schwimmwesten an. Einige musterten ihn finster, während er langsam und steif hinunterstakste. Sie straften ihn mit kalten, abweisenden Blicken, als wäre die Katastrophe auf sein Verhalten zurückzuführen, das Verhalten eines Egozentrikers und notorischen Abweichlers, der sie alle in Gefahr gebracht hatte, weil er die Anordnungen missachtete. Die meisten aber waren zu sehr mit sich selbst beschäftigt und nahmen keine Notiz von ihm. Sie hielten sich in den Armen, manche weinten, andere starrten mit blassen, leeren Gesichtern vor sich hin. Kinder schmiegten sich eng an ihre Eltern, einige waren vor Erschöpfung eingeschlafen. Zwei Besatzungsmitglieder gingen durch die Reihen, sprachen leise mit einigen älteren Passagieren und schenkten Wasser aus. Es war seltsam ruhig inmitten dieser Menschenmenge.

«Sie sehen schlimm aus», empfing ihn Lenas Vater, als Hermann sich mit einem gequälten Grinsen an der Familie aus Gießen vorbeidrängte. Es hörte sich an wie: Selbst Schuld, wieso benehmen Sie sich auch wie ein Idiot? Hermann hätte die Frage nicht beantworten können.

Er ließ sich erschöpft auf seinen Sitz fallen. «Es ist nichts passiert», sagte er mit einem tiefen Seufzer. «Es geht mir gut. Wirklich.»

Lenas Vater betrachtete stirnrunzelnd Hermanns Kopfwunde. «Ich hab Sie nicht mehr gesehen. Wir dachten schon ...» Er brach ab, war sichtlich mitgenommen und kämpfte mit den Tränen. In einer hilflosen Geste tätschelte er ihm kurz die Hand. «Ich bin ja so froh, dass es Ihnen gutgeht. Lena hat dauernd nach Ihnen gefragt.»

Das Mädchen verbarg sein Gesicht an der Brust seiner Mutter, die gerade mit einer Hand in ihrer Tasche wühlte. Kurz darauf reichte sie Hermann wortlos einen Schminkspiegel und ein Taschentuch und vermied es dabei, ihn anzusehen. Als er in den kleinen Spiegel schaute, wusste er, warum. Er sah aus wie ein Boxer nach einem regelwidrigen Kopfstoß des Gegners. Aus einer Platzwunde auf der Stirn war Blut über Gesicht und Hals in seinen Kragen gelaufen. Er säuberte sich, so gut es ging, und trank dann in gierigen Schlucken seine Wasserflasche leer.

Jemand schaltete die Lautsprecher ein. Man hörte lautes Stimmengewirr, dann das unverkennbare Organ des Kapitäns. Mit einem energischen Zischen brachte er die anderen, die sich mit ihm im Ruderhaus aufhielten, zum Schweigen.

«Meine Damen und Herren ...», er räusperte sich lautstark. «Entschuldigung! Leider haben wir gerade über Funk ...» Er musste sich noch einmal räuspern. Als er weitersprach, war seiner Stimme anzumerken, wie sehr er sich beherrschen musste. «Leider haben wir soeben erfahren, dass wir den Hafen in South Bay nicht anlaufen können.» Ein Raunen ging durch die Sitzreihen. Jemand schluchzte. «Wir ... wir müssen daher um die Halbinsel herum zum alten Pier Hotel fahren. Dort wird sich ein Ärzteteam um Sie kümmern. Ein Bus wird ...»

Hermann starrte auf das verdreckte Wasser und versuchte sich vorzustellen, was sie an Land erwartete. Der Hafen von South Bay lag in einem ruhigen Wohngebiet mit Einfamilienhäusern. Hier gab es keine Hotels, nur Einheimische. Die Küstenstraße Richtung Süden führte durch einige kleine Dörfer und zum Campingplatz, auf dem allerdings wegen des schlechten Wetters der letzten Tage nicht viel los war. All das war nur einen Steinwurf vom Meer entfernt. Er verbarg sein Gesicht in den Händen. Es war entsetzlich. Der Kapitän wusste sicher mehr, als er sagte, sonst hätte seine Stimme anders geklungen. Was war mit Kaikoura? Es kam einem Wunder gleich, dass er hier weitgehend unbeschadet auf seinem Platz saß. Die Schwimmweste darunter hatte er nicht einmal angerührt. Sogar sein alter Rucksack lag noch an Ort und Stelle. Er musste einen Schutzengel gehabt haben.

Direkt neben dem Bootsrand schwamm ein toter Fisch, Bauch oben, an der Wasseroberfläche. Ein paar Meter weiter blubberte es wie in einem Schlammgeysir, große Gasblasen stiegen auf und platzten. Hermann lief ein kalter Schauer über den Rücken. Vielleicht saßen sie hier auf einem Pulverfass, und das braune Wasser, die brodelnde See und die Welle waren nur der Anfang. Aber der Anfang wovon? Dem Untergang der Südinsel? Würde ihnen alles um die Ohren fliegen? Er presste die Lippen aufeinander und fasste einen Entschluss. Wenn er aus dieser Sache heil herauskäme, wäre Schluss mit Selbstmitleid und Gejammer. Es gab keinen Grund, sich zu beklagen. Es wäre anmaßend. Er war ein Glückspilz.

Die *Maui* drehte sich, bis ihr Bug nach Norden zeigte, und nahm dann Geschwindigkeit auf. Der Fahrtwind ließ Hermann in seiner nassen Kleidung erschauern. Bis sie an Land wären, würde es noch mindestens vierzig Minuten dauern. Er winkte einem der Besatzungsmitglieder und bat um eine Decke.

Immer wieder kontrollierte Barbara die Steckverbindungen und starrte dann angestrengt auf den Monitor. Sie hatte Angst, etwas zu übersehen, den entscheidenden Moment zu verpassen. Der Lautstärkeregler war voll aufgedreht. Es rauschte, knisterte, heulte und brummte, dass ihr die Ohren dröhnten. Im Hintergrund glaubte sie einzelne schwache Signale zu hören, die der Computer nicht zu fassen bekam, weil sie in der Geräuschkakophonie untergingen. Wenn diese Signale von Pottwalen stammten, dann wären sie weit weg, zu weit. Trotzdem startete Barbara den Recorder und ließ das Band drei Minuten laufen, wie sie es verabredet hatten.

«Nichts», sagte sie schließlich und betätigte, energischer als nötig, die Stopptaste. Sie konnte nicht glauben, dass alle Wale verschwunden sein sollten, an etwas Schlimmeres wollte sie gar nicht denken. Sie trug Uhrzeit und Position in eine Liste ein und lehnte sich dann über die Reling. Nichts wünschte sie sich sehnlicher als eine Rückkehr zur Normalität, zu ihren Walen, ihrem Leben als angehende Meeresbiologin, von dem sie immer geträumt hatte. Aber dieses schmutzig graue Wasser, auf das sie hier mit gerunzelter Stirn herabschaute, erinnerte sie daran, dass die vergangenen zwei Stunden kein Albtraum gewesen waren, der sich verflüchtigt, sobald man die Augen öffnet. Sie hatte Angst, dass die Welle und das, was mit ihr zusammenhing, eine neue Realität schaffen würde, dass Veränderungen geschahen und Prozesse abliefen, deren Tragweite keiner von ihnen begriff.

Barbara rief: «Ist bei dir irgendwas zu sehen, Maria?»

Die Amerikanerin stand vorne auf dem Kajütendach und suchte mit dem Fernglas die Umgebung ab. Die Wale könnten vielleicht aufgehört haben zu klicken, aber sie könnten sicher nicht aufhören zu atmen. Wenn sie noch lebten und in der Nähe wären, dann müssten sie an die Oberfläche kommen. Maria aber zeigte mit dem Daumen nach unten und schüttelte den Kopf. Kein Blas, keine Wale. Ihr Puppengesicht wirkte jünger und verletzlicher als sonst. Sie hatte tiefe Ringe unter den Augen, ihr Lächeln war verschwunden.

Barbara war sich sicher, dass sie selbst noch schlimmer aussah. Sie fühlte sich, als hätte sie seit zwei Tagen kein Auge zugetan. Der Schock saß tief, sie wusste, dass sie durchgedreht war, gelähmt von einer nie gekannten Angst, als Crewmitglied ein glatter Ausfall. Auch jetzt musste sie nur an die ungeheure Energie denken, die sich entladen hatte, als die Welle gegen die Steilküste donnerte, um wieder am ganzen Körper zu zittern.

«Maria hat auch nichts», sagte sie enttäuscht zu sich selbst und zu Paul, der am Ruder stand und auf ein Zeichen wartete: «Wir können weiter.»

Paul nickte und drehte den Zündschlüssel. Sein Gesicht war wächsern. Für ihn hatte der Schrecken noch eine andere Dimension. Seine Familie lebte in South Bay, und die Ungewissheit über ihr Schicksal ließ ihn mit jeder Minute, die ohne Nachricht verging, unruhiger und schweigsamer werden.

Als der Dieselmotor ansprang, holte Barbara das tropfende Hydrophongestänge an Deck. Sie hatten beschlossen, weiter ihr normales Untersuchungsprogramm durchzuziehen. Also legten sie auf der Heimfahrt regelmäßige Stopps ein und machten ihre Aufzeichnungen, als wäre das Wasser nicht zu einer stinkenden Schlammsole geworden, als hätte es die Turbulenzen nie gegeben. Jeder an Bord hatte eine klar umrissene Aufgabe. Das half gegen die Angst. Und wer sagte denn, dass es vorbei wäre? Der Weg zurück führte sie direkt durch das Gebiet, in dem die Welle entstanden war, so viel hatte Tim bereits herausgefunden.

Er hing unten am Funkgerät und versuchte, sich ein Bild davon zu machen, was sie in Kaikoura erwartete und wie es den Menschen ginge, die sie kannten. Zum Glück hatte er schnell eine Verbindung mit der Carl Donovan Field Station, die von der Moby-Klick-Gruppe als Basis genutzt wurde und direkt an der Esplanade lag, nur wenige hundert Meter vom Pier Hotel entfernt. Die Station war momentan nicht besetzt, aber tagsüber führten Handwerker und Techniker Wartungsarbeiten durch. Einer von ihnen kümmerte sich gerade um das Funkgerät und war sofort zur Stelle. Angesichts der eigenen Erlebnisse konnten sie kaum glauben, was der Mann versicherte. Vor den Fenstern der Station sehe es noch genauso aus wie heute Morgen, als sie das Gebäude Richtung South Bay verlassen hätten. Und abgesehen von ein paar Spritzern, die es über den Rücken der Landzunge geschafft hätten, sei Kaikoura verschont geblieben.

Barbara hatte den Ort schon in Trümmern gesehen, von einer Riesenwelle zermalmt, wie sie Hollywoodfilmer genüsslich über New York herfallen lassen. Sie musste an den Tsunami in Südostasien denken. Ein Albtraum, das Ende der Welt für Hunderttausende von Küstenbewohnern rund um den Pazifik. Sie und ihre Kollegen hatten hier unglaubliches Glück gehabt.

Paul hatte sich zunächst bestätigt gefühlt. Als die Wellen überstanden waren, hatte er gejubelt und triumphiert und sich über die Angst der anderen lustig gemacht, erst recht, als sie die guten Nachrichten aus Kaikoura erhielten. Aber dann stellte es sich als unmöglich heraus, zuverlässige Informationen über die andere Seite der Halbinsel zu erhalten, über den Ortsteil South Bay, wo seine Familie lebte, seine Frau und die beiden Jungs. Barbara erzählte, sie habe durchs Fernglas gesehen, wie das Wasser die nahegelegenen Klippen traf, ein entsetzlicher Anblick, den sie nie vergessen werde, sie sei ja nicht ohne Grund zusammengebrochen.

Die Informationen, die Tim über Funk bekam, lieferten kein klares Bild. Mal hieß es, die Welle habe in South Bay schwere Verwüstungen angerichtet, unter den Anwohnern gebe es viele Opfer, dann war nur von einzelnen zerstörten Häusern die Rede. Paul rauchte eine Zigarette nach der anderen und sprach kaum ein Wort. Alle paar Minuten sah er durchs Fernglas, aber sie waren noch immer zu weit entfernt. Die *Warrior* schien über das graubraune Wasser dahinzuschleichen.

Sie wussten so vieles nicht. Was war aus den Walen geworden? Hatten sie rechtzeitig fliehen können? Barbara hoffte es von ganzem Herzen, wegen der Pottwale, aber auch ihretwegen. Man sagte doch immer, dass Tiere spüren, wenn ein großes Erdbeben bevorsteht. Sie klammerte sich an diese Hoffnung, auch wenn sie keine Ahnung hatte, ob das auch für Meereslebewesen galt. Wenn schon Mäuse und Kaninchen das Weite suchten, müssten Pottwale doch erst recht dazu in der Lage sein, Tiere, die über die größten Gehirne und viele überragende Fähigkeiten verfügen. Aber ging es denn überhaupt um ein Beben? Was war da unten geschehen?

Tim hatte versucht, den Stand der Dinge an sie weiterzugeben. Sie hörten ihn unten in der Kajüte unaufhörlich reden, mit der Küstenwache, mit der Polizei, mit der University of Canterbury, aber viel Handfestes hatte er bisher nicht herausbekommen. Niemand hatte Zeit, lange Erklärungen abzugeben. Das seismische Labor, das die Küste überwachte, befand sich zweihundert Kilometer entfernt in Christchurch, und die Spezialisten zeigten sich verwirrt. Gebebt habe es, aber die Erschütterungen seien nicht stark gewesen und zeigten ein ungewöhnliches Muster, das man genauer analysieren müsse. Ob es Nachbeben geben werde – niemand könne das sagen. Vorsorglich erging an alle Schiffe in der Gegend die Warnung, nicht auszulaufen beziehungsweise so schnell wie möglich einen geschützten Hafen aufzusuchen.

«Tim», rief Paul ungeduldig und zündete sich an seinem Stummel eine neue Zigarette an. «Was redest du da die ganze Zeit? Hast du nach meiner Familie gefragt? Ich muss wissen, was los ist.»

Tims Kopf erschien in der Kajütentür. «Natürlich habe ich sie gefragt, Paul. Die Polizei hat versprochen, dass jemand zu deinem Haus geht und dann anruft. Wenn ich etwas höre, sage ich dir sofort Bescheid.»

Pauls Lippen bebten, sein starrer Blick war auf die ferne Halbinsel gerichtet. «Heute ist ihr Einkaufstag, wisst ihr. Daran muss ich immer denken. Vielleicht war sie deswegen gar nicht zu Hause, als es passiert ist. Aber die Jungs ... Manchmal nimmt sie die beiden mit.» Er ließ das Steuerrad los und schlug die Hände vors Gesicht. «Verdammt, ich halte das nicht mehr aus.»

«Es geht ihnen bestimmt gut», sagte Barbara. Sie sah Tim an und senkte den Kopf. Angesichts der Ängste, die Paul auszustehen hatte, erschien ihr eigenes Verhalten noch lächerlicher.

Als Tim wieder im Dunkeln der Kajüte verschwunden war, hatte Paul bereits das Fernglas vor Augen. Er richtete sich abrupt auf. «Da ist ...» Er drehte sich hastig um. «Kannst du das Ruder übernehmen, Barbara?»

Er wartete nicht, bis sie neben ihm stand, sondern schwang seinen schweren Körper sofort auf das Deck und stellte sich breitbeinig zu der zierlichen Maria auf das Kajütendach.

«Könnt ihr etwas erkennen?», rief Barbara.

Paul antwortete nicht. Maria sah eine Zeit lang in dieselbe Richtung, dann drehte sie sich mit besorgtem Gesicht um und bewegte stumm die Lippen.

«Was ist?», fragte Barbara noch einmal.

Paul setzte das Fernglas ab, ließ die Schultern hängen und schüttelte den Kopf. O Gott, dachte Barbara und ertappte sich dabei, dass sie stumm für Pauls Familie betete.

Maria kam nach hinten. «Es sieht nicht gut aus», sagte sie leise. «Ich habe einen der Katamarane gesehen.»

«Wie bitte?», fragte Barbara.

«Einen Katamaran», wiederholte Maria. «Es sah so aus, als läge er mitten in den Trümmern eines Hauses. Die Boote wurden offenbar weit in die Siedlung gespült.»

Paul tauchte auf der Backbordseite auf. Sein Gesicht war starr wie eine Maske. «Hört auf zu tuscheln. Ich bin nicht blind. Ich habe es auch gesehen. Da ist alles kaputt.» Er presste die Lippen aufeinander.

«Vielleicht ...», begann Barbara. Dann fehlten ihr die Worte. «Wo steht denn euer Haus?»

Paul sagte nichts, sondern sprang auf die hintere Sitzbank hinunter und ließ sich der Länge nach auf das Polster fallen. Er verbarg sein Gesicht in den Händen, und sein ganzer Körper zitterte. Aus der Kajüte war Tims drängende Stimme zu hören.

«Paul, bitte ...» Maria setzte sich hinter ihn auf die schmale Sitzbank und versuchte ihn zu beruhigen. «Du darfst die Hoffnung nicht aufgeben. Deine Frau ist sicher zum Supermarkt gefahren.»

Barbara wusste, dass man von South Bay zu den Supermärkten über die Küstenstraße und durch den ganzen Ort auf die andere, die sichere Seite der Halbinsel fahren musste. Aber manchmal kam ja etwas dazwischen, ein Nachbar schaute vorbei, oder das Telefon klingelte oder ... Sie dachte wieder daran, was sie im Fernglas gesehen hatte, und schloss die Augen.

Das GPS-Gerät blinkte. Sie waren zwei Seemeilen gefahren,

hatten die programmierte Position erreicht und müssten wieder einen Stopp für ihre Untersuchungen einlegen. Barbara bewegte den Gashebel zurück und ließ die *Warrior* im Leerlauf treiben. Paul stutzte und nahm die Hände vom Gesicht.

«Was machst du denn da?» Mit einem Schwung der Beine richtete er sich auf. «Hauptsache, ihr könnt eure verdammten Aufzeichnungen machen, was? Ich will an Land, versteht ihr, so schnell wie möglich. Vielleicht geht die Scheiße noch mal von vorne los. Die Wale sind sowieso weg. Oder tot, was weiß ich.»

Barbara nickte. Sie hatte niemanden, der in Kaikoura auf sie wartete, aber an seiner Stelle würde sie genauso denken. Selbst bei voller Fahrt würden sie mit der *Warrior* noch zwei Stunden brauchen, wenn sie in South Bay überhaupt anlegen könnten. Vielleicht müssten sie um die Landzunge herumfahren, dann dauerte es noch länger.

Paul kam entschlossen auf sie zu, schob sie zur Seite, packte den Gashebel und drückte ihn bis zum Anschlag nach vorn. Der Dieselmotor heulte gequält auf, das Schiff machte einen Satz.

Aus der Kabine hörte man einen lauten Schrei. «Paul!»

Im nächsten Moment sprang Tim mit strahlendem Gesicht die Treppe hoch. «Es ist alles in Ordnung. Deine Frau und die Kinder leben.»

«Wer sagt das? Wo sind sie?»

«Ich hatte die Polizei dran. Jemand hat mit deiner Frau gesprochen. Sie waren draußen und haben den anderen geholfen, alle drei, deswegen wurden sie nicht gleich gefunden. Die Situation ist wohl nicht so schlimm wie befürchtet, aber es hat Tote gegeben und großen Sachschaden. Glaub mir, es geht ihnen gut. Und sie waren sehr froh, dass du am Leben bist.»

«Wieso ich?», fragte Paul verblüfft. Er hatte nicht daran gedacht, dass die drei sich mindestens so sehr um ihn sorgten wie er sich um sie. «Und du bist sicher?»

Tim nickte. «So sicher, wie man nur sein kann.»

In Pauls rundes Gesicht kehrte langsam die Farbe zurück, dann verzog sich sein Mund zu einem breiten Grinsen.

«Yeah!» Er boxte mit der Faust in die Luft. «Yeah, yeah, yeah!» Er umarmte Barbara, hob sie mühelos in die Höhe und drehte sich mit ihr um die eigene Achse. «Sie leben. Sie leben.»

«Lass mich runter», protestierte Barbara. Sie spürte, wie ihr Tränen über das Gesicht liefen.

«Vielleicht entdecken wir jetzt sogar noch einen Wal. Ich habe da so ein Gefühl.» Paul lachte und setzte Barbara vorsichtig ab. «Wahnsinn. Das sieht Jennifer ähnlich, gleich nach dem Weltuntergang draußen mit dem Aufräumen zu beginnen.» Er schlug mit der flachen Hand auf die Instrumentenkonsole. «Mann, bin ich erleichtert.»

Er kurbelte am Steuerrad und drehte das Schiff. Sobald die *Warrior* die eben verpasste Position wieder erreicht hatte, machte er den Motor aus und zündete sich eine Zigarette an. «Auf den Schreck brauche ich ein kaltes Bier. Noch jemand?»

Alle schüttelten den Kopf. Paul zuckte nur mit den Achseln und verschwand in der Kajüte, wo er noch einen Jubelschrei ausstieß.

Als Maria sich wieder zu ihrem Beobachtungsposten aufmachte, wischte Barbara sich die Tränen aus dem Gesicht, ging zu Tim und lehnt ihre Stirn an seine Brust. Sie seufzte. «Ich bin so froh. Es scheint noch mal gutgegangen zu sein.»

Tim legte die Arme um sie und drückte sie fest an sich. «Na ja, zumindest ist *uns* nichts passiert.»

«Tim ...»

«Ja?»

«Es tut mir leid.»

«Was?»

«Wie ich mich benommen habe.»

«Unsinn.»

«Doch. Ich war ein Totalausfall. Ich ... ich war panisch, ich weiß nicht, wie ich es beschreiben soll. Die Angst hat mir alle Kraft genommen.»

«Ist ja gut. Was meinst du, wie es mir ging.»

«Nein, du hast alles richtig gemacht. Du warst super, wirklich. Du und Paul, ihr habt uns das Leben gerettet.» Sie küsste ihn auf die Wange. «Ich wollte ja auch nur sagen: Es kommt nicht wieder vor, okay?»

Er lächelte. «Was meinst du? Den Kuss?»

Sie boxte mit der Faust spielerisch auf seine Brust und versuchte sich aus seiner Umarmung zu befreien.

«Barbara, Tim!»

Ihre Köpfe fuhren herum.

Maria stand in der Bugspitze und winkte aufgeregt. Sie deutete mit dem Finger auf das Wasser vor ihr. «Kommt her», rief sie. «Das müsst ihr euch ansehen.» Sie entfernte die Schutzkappe von ihrer Kamera und drückte mehrmals hintereinander auf den Auslöser.

Sie sahen sich fragend an. Ein Wal? So nahe am Boot?

«Schnell!», drängte Maria. «Worauf wartet ihr denn?»

Sie lösten sich voneinander, kletterten einer rechts, einer links auf das Deck. Dann standen sie zu dritt nebeneinander und starrten nach unten.

Tim kniff die Augen zusammen. «Was meinst du? Ich sehe nichts.»

«Ja, verdammt, es ist weg», schimpfte Maria. «Ich habe doch gesagt, ihr sollt euch beeilen. Ihr seid Biologen. Muss man euch Turteltäubchen erklären, dass Tiere sich bewegen können?»

Barbara fragte sich, ob bei Maria nur die Nerven blanklagen, wofür sie großes Verständnis hätte, oder ob sie eifersüchtig war. Sie entschied sich, einfach den Mund zu halten. Gute Stimmung war das Wichtigste im Team.

Auch Tim überging Marias Ausbruch und fragte ruhig: «Was für Tiere?»

Maria hob die Schultern und schüttelte den Kopf. «Keine Ahnung. Jedenfalls war es kein Wal. Ich habe es fotografiert, aber bei dem Wasser konnte ich es kaum erkennen. Es war rot und groß. Kein Fisch, glaube ich, obwohl so etwas Ähnliches wie Flossen zu sehen waren. Vielleicht kommt es ja zurück.»

Die Sonne verschwand hinter einer Wolke, und das Meer sah schmutzig aus, wie eine Pfütze auf einem vielbefahrenen Baugelände. Insgesamt wirkte es müde und behäbig, als wäre ihm nach all den Anstrengungen der letzten Stunden die Puste ausgegangen. Als die Sonne wieder hervorkam, belebte sich das triste Grau je nach Lichteinfall mit einem grünlichen und gelbbraunen Schimmer.

«Was ist das nur für ein Zeug», wunderte sich Barbara, während sie die Wasserfläche vor der *Warrior* absuchte.

«Was meinst du?», fragte Tim.

«Na, diesen Dreck. Wo kommt der her? Ich kann mir kaum vorstellen, dass in dieser Brühe etwas überleben kann.» Sie dachte, dass die Wale mit ihrer Echoortung noch am besten damit zurechtkommen müssten, aber vielleicht täuschte sie sich. Vielleicht drehten auch die Wale durch.

«Jedenfalls nicht lange», stimmte Tim zu. «Allerdings haben wir hier häufig eine starke Aufwärtsströmung. Die könnte ...»

Ein Ruck ging durch das Boot. Alle drei verloren kurz das Gleichgewicht.

«Was war das?», rief Paul aus dem Ruderhaus. «Könnt ihr was erkennen?» Er kletterte an Deck und starrte mit den anderen angestrengt ins Wasser.

«Ich sage euch doch, da ist etwas.» Maria sprach leise, fast flüsternd.

«Vielleicht ein Baumstamm.» Paul wollte gerade wieder ins Ruderhaus gehen, um einen Blick auf das Echolot zu werfen, als ein merkwürdiges Geräusch zu hören war, gefolgt von einem kaum wahrnehmbaren Zittern des Schiffes. Er blieb wie angewurzelt stehen.

Hoffentlich kein Walkadaver, war Barbaras erster Gedanke. Als sie zur Bordwand ging, konnte sie an nichts anderes denken. Bitte, lass es keinen Wal sein. Ich will nicht, dass sie tot sind. Sie hielt sich mit beiden Händen an der Backbordreling fest, beugte sich vorsichtig weit hinüber und entdeckte schließlich etwas, das definitiv nichts mit einem Wal zu tun hatte.

«Hier!», schrie sie. «Mein Gott.»

Die *Warrior* neigte sich zur Seite, als die anderen zu ihr stürzten.

«Wow.» Tim blieb vor Erstaunen der Mund offen stehen. Sie hörten das Surren von Marias Kamera. «Seht ihr die Saugnäpfe am Schaft? Ein Cephalopode, wahrscheinlich ein Kalmar. Und was für einer. Mein lieber Mann.»

Einen Fußbreit über der Wasseroberfläche klebte ein seltsames Gebilde an der Bootswand. Es hatte etwa die Form und Größe eines Baseballschlägers, eines Baseballschlägers für Riesen. Die Unterseite, die am Schiffsrumpf haftete, war weiß, die Oberseite intensiv dunkelrot gefärbt. Es verjüngte sich bis auf Unterarmdicke, setzte sich unter Wasser fort und verschwand irgendwo im Nichts.

Barbara sah ihre Kollegen an. «Ein Kalmar?»

«Das ist die Keule eines Fangtentakels, oder was meint ihr? Ich sehe so etwas auch zum ersten Mal.» Tims Augen funkelten vor Erregung. «Das Ding ist mindestens einen Meter lang. Stellt euch mal das dazugehörige Tier vor, verdammt riesig. Und das

Vieh lebt. Es muss irgendwo vor uns im Wasser schwimmen. Unglaublich. Vielleicht sehen wir jetzt, womit sich unsere Pottwale den Bauch vollschlagen.»

«Ich sehe nur, dass da irgendetwas Widerliches an meinem Schiff klebt, sonst nichts», erwiderte Paul, dem das alles augenscheinlich nicht geheuer war. «Was ist das nur für ein beschissener Tag heute.» Er wollte nach dem Bootshaken greifen, der an der Seite des Kajütendaches befestigt war, aber Tim hielt ihn zurück.

Barbara suchte die Wasseroberfläche ab. Nichts deutete darauf hin, dass vor ihnen ein meterlanges Tier im Wasser schwamm. Oder vielleicht sogar lauerte? Bei ihren Stopps hatten sie nur eine Sichttiefe von zehn bis dreißig Zentimetern gemessen. Dicht unter der Oberfläche könnte eine Herde Pottwale im Wasser schweben, und sie würden sie nicht sehen. Dieses Wasser war ein Albtraum.

«Kalmare haben zwei von diesen Tentakeln, oder?», fragte Paul. Er schielte nach dem Bootshaken. «Was ist, wenn er uns den anderen um die Ohren haut und versucht, jemanden ins Wasser zu ziehen?»

«Mach dir keine Sorgen, Paul.» Tim sah ihn schmunzelnd an. «Kalmare mögen nur Frauen, und auch die nur, wenn sie einen Bikini tragen.»

«Wie bitte?»

«Ich glaube, er will sagen: Du hast zu viele Horrorfilme gesehen», schaltete sich Maria ein. Tim grinste. Der Schiffsführer wandte sich ab und brummte vor sich hin.

Genauso unvermittelt, wie er aufgetaucht war, fiel der Tentakel von der Bordwand ab, aber kaum war er mit einem Platschen im Wasser verschwunden, schob sich an ganz anderer Stelle, meterweit vor der schaukelnden *Warrior,* ein großer torpedoförmiger Körper aus dem Wasser. Sie sahen es alle, hielten die Luft an, standen regungslos an der Reling und starrten auf diese außergewöhnliche Erscheinung. Das massive rote Ding drehte sich langsam um sich selbst, wobei die breiten Flossen nutzlos hin und her schlugen wie nasse Zeltplanen, auf das Wasser klatschten und gegen seinen Körper. Der Kalmar war mindestens zehn, fünfzehn Meter von ihnen entfernt. Wahrscheinlich hatte er sich kaum bewegt und von dieser Position aus seinen Tentakel gegen die *Warrior* geschleudert. Er war also größer als ihr Schiff und könnte es jederzeit wieder tun. Der vordere Teil mit Kopf und Fangarmen blieb unsichtbar. Sein Kontakt mit der Atmosphäre dauerte nur Sekunden. Dann war er in den Fluten verschwunden.

Eine Weile standen sie schweigend nebeneinander, warteten, ob sich der Riese noch ein weiteres Mal zeigen würde. Maria war die Erste, die sich rührte.

«Naaa», fragte sie mit Stolz in der Stimme. «Habt ihr es jetzt gesehen?»

«Ich ... ich kann es kaum glauben», stammelte Tim. «Ein Kalmar dieser Größe ... das ist ... Wahnsinn.» Er lachte. «Vielleicht sind wir die Ersten, die so ein Tier lebend gesehen haben. Stellt euch das vor. Maria hat sogar Fotos gemacht. Wir haben wirklich unverschämtes Glück.»

«*Glück*», wiederholte Paul spöttisch. «Du hast vielleicht Nerven. Ihr Zoologen tickt doch nicht ganz richtig. Du meinst, wir sind die Einzigen, die nach einer solchen Begegnung noch davon erzählen können, was?» Paul schüttelte den Kopf, drehte sich um und verschwand in seinem Führerhaus. «Ich für meinen Teil habe heute mehr als genug Glück gehabt», rief er, während er eine Zigarette aus der Packung zog. «Wie wär's, wenn wir uns auf den Weg machten?»

«Er hat recht», stimmte Tim zu. «An die Arbeit und dann ab nach Hause.»

Die Begegnung mit dem riesigen Tiefseewesen hatte sie in Angst versetzt und gleichzeitig fasziniert. Alle waren mit den Gedanken bei dem, was sie erlebt hatten. Schweigend führten sie ihre Untersuchungen durch, nahmen Wasserproben, maßen die Sichttiefe, versenkten das Hydrophon und lauschten dem Heulen und Jaulen einer Unterwasserwelt, die ihnen unheimlich und fremd geworden war. Barbara drängten sich Gruselgeschichten auf, in denen Türen in verbotene jenseitige Universen geöffnet werden und grausige Kreaturen hindurchschlüpfen. Sie musste sich daran erinnern, dass die Wale die Kalmare fressen, nicht umgekehrt.

Als sie fertig waren, ließ Paul den Motor an und gab vorsichtig Gas. Sie stießen auf kein Hindernis, der Kalmar blieb verschwunden. Auf das Echolot war kein Verlass mehr. Es zeigte massive Signale in Tiefen an, die noch weit vom Meeresboden entfernt waren, Signale, die sie früher nie beobachtet hatten. In diesem Meer gab es nicht mehr viel, auf das man sich verlassen konnte.

Etwa auf der Hälfte der Strecke zu ihrem nächsten und letzten Halt winkte Maria, die wieder auf dem Kajütendach stand, und dirigierte sie seewärts zu einer Stelle, die sie im Fernglas gesehen hatte. Irgendetwas trieb dort an der Wasseroberfläche. Wieder versammelten sie sich auf dem Vorderdeck. Und wieder entpuppte sich dieses Etwas als ein großer Kalmar.

«Was ist heute nur los?», stöhnte Paul. «Ich hasse diese Viecher.»

«Es muss etwas mit der Welle zu tun haben», sagte Barbara.

Der neue Bursche war wesentlich kleiner als der rote Riese zuvor, sein Gewebe war schwammig und weich und, wie bei einer Qualle, den Bewegungen des Wassers ausgeliefert. Mit Fangarmen war er höchstens zwei Meter lang, aber es blieb schwierig, seine Gestalt zu erkennen. Die Arme wanden sich in einem wirren Durcheinander, als suchten sie irgendwo Halt, und seine Haut flackerte dabei wie ein erlöschendes Feuer. Es wirkte, als würde das Tier von unerträglichen Schmerzen gequält, und vielleicht war es ja auch so. Wer konnte schon wissen, was in einem so fremden Geschöpf vor sich ging?

«Seht euch diese Augen an», sagte Barbara und hockte sich hin, um das Tier aus der Nähe zu betrachten. Es waren große, dunkle intelligente Augen, die sie zu mustern schienen. Sie wusste kaum etwas über Kopffüßer, nur, dass sie die Hauptnahrung der Pottwale darstellten, aber sie glaubte, gelernt zu haben, dass sie neben Wirbeltieren und Insekten zu den höchstentwickelten Tieren auf der Erde gehören. Als sie diese Augen sah, fühlte sie, was das bedeuten könnte.

«Wollen wir ihn mitnehmen?», fragte Maria.

«Er ist zu groß», sagte Tim. «Wie sollen wir ihn transportieren?»

«Wir könnten ihn ziehen.»

«Und dann? Was willst du mit ihm anfangen?»

«Außerdem lebt er noch», warf Barbara ein.

«Na ja», brummte Paul verächtlich und nahm einen tiefen Zug aus seiner Zigarette. «Leben kann man das ja wohl kaum nennen.»

2. Der Friedhof-Komplex

Auf ihrem Weg nach Osten hatte die vor Kaikoura geborene Welle nahezu freie Bahn. Sie raste Hunderte von Seemeilen über den Südpazifik, fegte über ein paar versprengte Felsinseln hinweg und würde nach Berechnungen von Experten noch am Abend desselben Tages nördlich der riesigen untermeerischen Chatham-Ebene auf das Forschungsschiff treffen. Die Namen der Berge tief unter dem Kiel der *Otago*, die hier seit ein paar Tagen Station machte, waren kein gutes Omen. Wie Grabsteine eines Friedhofs aus mythischer Vorzeit ragten die Erhebungen aus dem Meeresboden. Jemand mit einer Vorliebe für Horrorfilme hatte sie Graveyard, Zombie, Gothic, Diabolical und Vampire genannt, eine Gegend wie geschaffen für ein tiefes Seemannsgrab.

Die Mannschaft reagierte geschockt auf die Nachrichten aus Kaikoura. Viele kannten den Ort, hatten schon allein oder mit ihren Familien in einem Whale-Watching-Boot gesessen. In den Stunden nach dem Eintreffen der ersten, noch verwirrenden Informationen, in denen die Welle unaufhaltsam auf sie zuraste, herrschte Ungewissheit und bange Erwartung an Bord, auch wenn Forschungsleiter Randolf Shark und der Kapitän immer wieder betonten, dass die *Otago* mit dieser Herausforderung fertigwerden würde, dass es, um einer solchen Welle zu begegnen, keinen besseren Ort gebe als ein Schiff. Um seinen Leuten Mut zu machen, erzählte Shark von einem Küstenort in Thailand, der von dem ungleich gewaltigeren asiatischen Tsunami dem Erdboden gleichgemacht worden war, mit Hunderten von Toten. Die Tauchboote aber, die Kilometer vor der Küste entfernt rund um die Similan Islands unterwegs gewesen waren, hatten kaum etwas davon bemerkt. Erst als sie zurückkamen, hatten die Insassen fassungslos gesehen, dass über Bungalowanlagen und Strandrestaurants eine Katastrophe hereingebrochen war.

Es gab für die *Otago* keine Möglichkeit, sich vor der herannahenden Gefahr in Sicherheit zu bringen. Die Chatham-Inseln im Osten des Plateaus, der einzige Ort, der ihnen Schutz hätte bieten können, waren zu weit entfernt. Also richtete sich die Besatzung für den Abend notgedrungen auf einen unsanften Zusammenprall ein. Bis in den frühen Nachmittag ruhte die Forschungsarbeit, weil die wertvollen Instrumente, Fundstücke und Daten gesichert werden mussten.

Aber die *Otago* hatte Glück. Das unberechenbare Zusammenspiel von atmosphärischen Winden und ozeanischen Strömungen nahm der Woge auf dem weiten Weg ihre Kraft. Als ein Aufklärungsflugzeug gegen fünfzehn Uhr per Funk Entwarnung gab, reagierten Kapitän und Mannschaft mit Jubelschreien. Der Alarm für das Schiff wurde aufgehoben, und die Besatzung begann, ohne noch mehr kostbare Zeit zu verlieren, das Schleppnetz fertig zu machen.

Gegen zwanzig Uhr, gerade als Raymond Holmes sich nach dem Abendessen in den Verarbeitungsraum begeben wollte, hüpfte das schwere Schiff über die harmlosen Reste dessen, was nur wenige Stunden zuvor Tod und Zerstörung über die Küste südlich von Kaikoura gebracht hatte. Raymond musste sich kurz an einer Wand abstützen, eine Bewegung, die ihm seit dem Auslaufen der *Otago* in Fleisch und Blut übergegangen war. Er verschwendete keinen Gedanken daran, dass der

Auslöser eine besondere Welle gewesen sein könnte, die, auf die sie den ganzen Tag gewartet hatten.

Als sich eine halbe Stunde später die hydraulische Bunkerluke in der Decke des Verarbeitungsraumes öffnete, hatte die Mannschaft die drohende Gefahr schon fast vergessen. Vor der meterlangen Metallwanne mit dem Förderband warteten vier Personen, Raymond, die anderen um Haupteshöhe überragend, als Erster, am Ende der Reihe seine Kollegin Susan Brisbane, dazwischen zwei erfahrene Besatzungsmitglieder. Sie steckten von Kopf bis Fuß in wasserfestem Ölzeug und trugen dicke Gummihandschuhe.

Ein Zittern lief durch den Metallkörper der *Otago*, als die beiden schweren rostigen Scherbretter, die unter Wasser dafür sorgten, das Maul des Netzes offen zu halten, gegen die Bordwand schlugen. Durch die Luke waren Rufe der auf Deck im Scheinwerferlicht arbeitenden Männer zu hören, die Motorengeräusche der mächtigen Winde, die den Fang über die Aufschleppe im Heck an Bord zog, das Quietschen des Krans, mit dem der Stert, der tropfende Schleppnetzbauch, über die Bunkerluke gehievt wurde.

Raymond und die anderen waren gespannt, was das Schleppnetz, das wahllos alles verschluckte, was nicht in der Lage war, aus seinem tiefen Schlund zu entkommen, ihnen heute bescheren würde. Aus diesen tiefen Wasserschichten, in die niemand hinabtauchen und gezielt Proben nehmen kann, jedenfalls keine, die so groß sind und sich so schnell bewegen wie die meisten Fische oder Kopffüßer, gab es immer wieder überraschende Fänge. Und heute, nach dem Trubel um die Kaikoura-Welle, die ihre wissenschaftliche Arbeit in den Hintergrund gedrängt hatte, waren sie besonders gespannt. Außerdem war es der erste Hol an den steil abfallenden Flanken eines neuen Seamount. Was ihnen Graveyard und Vampire bisher geboten hatten, war deprimierend, ja, niederschmetternd gewesen. Jetzt hatten sie Zombie im Visier. Sie würden eine neue Wundertüte öffnen, einen Sack voller Geschenke aus einer fremdartigen, verborgenen Welt.

Oben wurde der Stertknoten gelöst, Raymond hörte den Warnruf. Im nächsten Moment ergoss sich ein Wasserschwall durch die Luke, und etliche Zentner zappelnder Fische klatschten auf die metallene Rampe. Sie rutschten herab, stauten sich in einer Art überdimensionalem Trichter und landeten als glitschiges Durcheinander aus roten und silbrig grauen Leibern auf dem Förderband, das Raymond mit einem Tritt auf den Fußschalter in Bewegung gesetzt hatte. Viele der Fische lebten noch, sie machten seltsame pfeifende Geräusche, krümmten sich und katapultierten ihre Körper mit kräftigen Schwanzschlägen in die Luft. Manchen quoll die Schwimmblase aus dem Maul. Die Forscher packten mit geübten Griffen zu und warfen die Fische, nach Arten sortiert, in große Aluminiumbehälter, die auf der anderen Seite des Laufbandes standen und in denen die Tiere weiterzappelten. Alles, was nicht sofort bestimmt werden konnte, landete in großen Behältern hinter ihnen. Für wissenschaftliche Detailarbeit war jetzt keine Zeit. Wenn das Band leer war, trat Raymond auf den Knopf, und sie nahmen sich die nächste Ladung vor.

Seine anfängliche Erregung wich rasch eingespielter Routine, und während er sich einen Fisch nach dem anderen aus der zappelnden Masse griff, hörte er dem Stampfen der Schiffsdiesel zu. Der nasse graublau lackierte Boden vibrierte, als unter seinen Füßen mehrere tausend Pferdestärken in Aktion traten. Die *Otago* fuhr zurück zum Berg, volle Kraft voraus. Die Gefahr war vorüber, die See ruhig, die Wetterprognose günstig. Sie hatten mehr als einen halben Tag verloren, und auf einem Forschungsschiff war jede Minute kostbar. Bevor sie in den

Hafen von Wellington zurückkehrten, war noch ein umfangreiches Programm zu absolvieren. Die Besatzung arbeitete im Schichtbetrieb rund um die Uhr. Kaum war eine Probennahme beendet, startete die nächste. Neben dem Schleppnetz kamen auch Dredschen, Bodengreifer und diverse Planktonnetze zum Einsatz, dazu ihr ROV, ein ferngesteuerter Tauchroboter modernster Bauart, und die Spezialsonde, die gleich ein Dutzend verschiedene Messgeräte trug. An Bord gab es fünfzehn Wissenschaftler, die an fast ebenso vielen Projekten forschten, Ozeanographen, Hydrologen, Sedimentologen, Geophysiker und Biologen der unterschiedlichsten Disziplinen. Wenn alle zu ihrem teuer bezahlten Recht kommen sollten, musste ein strikter Zeitplan eingehalten werden. Ein einziger Tiefseefischzug mit dem Schleppnetz kostete etliche tausend Dollar. Jeder Handgriff musste sitzen.

Raymond war müde und erschöpft und arbeitete wie in Trance, aber er wäre nie auf die Idee gekommen, sich zu beklagen. Die Zeit auf dem Schiff war für ihn ein Höhepunkt seiner Arbeit, ein Privileg, das er als Biologe in Diensten des NIWA, des National Institute of Water & Atmospheric Research, genoss und auf das er sich das ganze Jahr freute. Die Unannehmlichkeiten einer solchen Fahrt nahm er gerne in Kauf, seine Seekrankheit, die schwere körperliche Arbeit bei Wind und Wetter, die engen Räume mit den für ihn viel zu niedrigen Türen, die fehlende Privatsphäre, den nicht immer angenehmen Kontakt mit ehrgeizigen Kollegen, deren Schlafdefizit sich von Tag zu Tag deutlicher bemerkbar machte, auch die wochenlange Trennung von seiner Freundin, falls es denn gerade eine gab, die es länger als ein paar Tage oder Wochen mit ihm aushielt. Er verbrachte mehr Zeit mit toten, stinkenden Cephalopoden als mit Menschen und wusste, dass seine Umgangsformen mitunter etwas zu wünschen übrigließen.

«Hey, schlaft nicht ein», schrie er jetzt, um sich bei dem lauten Maschinenlärm Gehör zu verschaffen. «Wir brauchen neue Kästen.»

Der Container für die Granatbarsche war voll. Aus dem benachbarten Laborraum kamen zwei Männer in Gummistiefeln und unförmigen Latzhosen. Sie winkten entschuldigend, tauschten den vollen gegen einen leeren Kasten aus und fuhren den Container in den Nachbarraum. Durch die Glasscheiben konnte Raymond sehen, wie sie begannen, ein Tier nach dem anderen auf das elektronische FishMeter zu legen, um Länge und Gewicht zu messen. Wenn sie nicht gerade ihren Einsatz verpennten, erledigten die beiden ihre Arbeit in rasender Geschwindigkeit. Das FishMeter war Waage, Messband und Datenspeicher zugleich. Nach Abschluss der Messungen stöpselte man es nur an einen Computer, und sofort erschien auf dem Bildschirm eine Graphik, die zeigte, wie sich die Tiere dieser Stichprobe auf die verschiedenen Größen- und Gewichtsklassen verteilten.

Für Raymond stand das Ergebnis allerdings schon fest: Durchschnittsgröße und -alter der Granatbarsche war zu gering, dabei können sie, wie viele langsam wachsende Tiere der Tiefsee, sehr alt werden, über hundertvierzig Jahre. Sie gehören zu den langlebigsten Fischarten der Welt. Die Fischerei in der Nähe der Graveyard Seamounts sollte eingestellt werden. Wenn es nach ihm ginge, verdienten alle Seeberge strengsten Schutz.

Seit die näher an der Oberfläche lebenden Fischarten selten geworden sind, machen die Trawler Jagd auf den Granatbarsch oder Orange Roughy, den intensiv orange-rot gefärbten, grimmig aussehenden, aber harmlosen Burschen aus der Familie der Schleimköpfe.

Die Tiere, die jetzt auf dem Förderband lagen, maßen keine dreißig Zentimeter. Es waren kräftige Fische, die die Menschen mit großen, sterbenden Augen anglotzten, und doch kaum mehr als junge Erwachsene, weit entfernt von ihrer vollen Größe von fünfundsiebzig Zentimetern. Um die zu erreichen, brauchten sie mindestens weitere fünfzig Jahre ungestörten Wachstums, eine Zeit, die ihnen die Menschen im einundzwanzigsten Jahrhundert sicher nicht zugestehen würden. Die Alten hatte man schon weggefangen, in Mikrowellen-gerechte Gefrierportionen zersägt und zu Fischpaste oder Mehl verarbeitet. Und wenn man weiter so intensiv fischte, würden bald auch die Jungen verschwunden sein. Dabei sind Granatbarsche keine Delikatesse, ihr Fleisch gilt als ziemlich geschmacklos. Immer wieder derselbe Fehler, dieselbe unersättliche Gier, ohne jede Rücksicht, ohne Sinn und Verstand. Besonders in der Nähe der Seamounts mit ihrem begrenzten Angebot an Ressourcen besteht die Gefahr, dass die Populationen zusammenbrechen. Der Weg dahin ist nicht mehr weit.

Raymond wusste, dass er kaum etwas dagegen tun konnte, und gab doch nicht auf. Unter seiner Ölkleidung kam er jetzt ins Schwitzen. Er trat einen Schritt zurück und wischte sich mit einem Handtuch die Stirn ab. Sein Rücken schmerzte, weil ihn das Band zu einer unbequemen Bückhaltung zwang. Bevor er weitermachte, legte er einige Fische zur späteren Präparation in einen Kunststoffkasten. Er wollte ihr Alter bestimmen und die Keimdrüsen entnehmen, um den Reifezustand der Eizellen festzustellen.

Verdammt, er würde ihnen zeigen, was sie anrichteten, mit hartem Zahlenmaterial, das über jeden Zweifel erhaben war. Er würde nachweisen, dass es so keine Zukunft für den Orange Roughy gäbe. Und damit auch nicht für die, die von ihm lebten, die Fischer.

Die Graveyard Seamounts machten ihrem Namen alle Ehre. Der Tauchcomputer und die Sonde hatten ihnen Aufnahmen geliefert, die sie noch wenige Tage zuvor nicht für möglich gehalten hätten. Durch eigentümliche Strömungsverhältnisse und eine üppige Versorgung mit Nahrung hatte sich auf den Kuppen vieler Seeberge ein meterhohes Dickicht aus verzweigten schwarzen Korallen entwickelt, das Jahrtausende brauchte, um heranzuwachsen. Weiter im Süden, auf dem gigantischen Bollons Tablemount, hatten sie gesehen, wie unglaublich vielfältig dieser Lebensraum sein kann, ein Kilimandscharo der Tiefsee. Würde sich dieser Berg auf einem Kontinent befinden, wäre er sicher weltberühmt, und die Menschen hätten seinen Gipfel zum Wohnsitz ihrer Götter gemacht, hätten Tempel und Heiligtümer errichtet. Da er aber mitten im Südpazifik liegt, unter einer Wassersäule von mehreren hundert Metern, kennt ihn kein Mensch. Auf Graveyard und Vampire hatte der Tauchroboter dagegen nur noch spärliche Überreste des Korallenwaldes gefunden. Stattdessen waren überall im Sediment tiefe Schleifspuren zu sehen gewesen, als hätte jemand den Boden gepflügt. Und tatsächlich: Vor dem Schleppnetzgang ziehen die Trawler tonnenschwere Betonketten über die Plateaus, damit ihre Netze nicht in den Korallen hängenbleiben. Eine radikale, blindwütige Zerstörungsorgie, die den Wissenschaftlern die Sprache verschlug. In Momenten wie diesen wurde ihnen klar, wie machtlos sie waren. Hatten sie durch ihre Forschung die außergewöhnliche Zusammensetzung einer Fauna belegt, gab es Gründe, ihren Lebensraum unter Schutz zu stellen, aber wie sollte man etwas schützen, das noch nie ein Menschenauge erblickt hat? Sie waren zu spät gekommen. Die Graveyard Seamounts und alles, was darauf lebte, waren vogelfrei. Niemand würde je erfahren, welche Schätze hier für immer verlorengegangen waren.

Wieder und wieder betätigte Raymond den Fußschalter, um das Band mit Nachschub zu füllen. Seine Gedanken hatten sich nachdrücklich verfinstert. Was geschah mit all den Tieren, die sie umbrachten? Ein Teil wurde konserviert, um die wissenschaftlichen Sammlungen zu ergänzen, einige wurden vom Koch in der Kombüse verwertet, der große Rest aber wanderte nach der Messprozedur in ein Mahlwerk, das selbst stolzeste Meeresbewohner in einen unappetitlichen Brei verwandelte, der unverzüglich über Bord befördert wurde. Sie starben im Dienste der Wissenschaft. Prachtvolle Tiere, die ihr Leben lassen mussten, nur um Größe und Gewicht preiszugeben. Allerdings durfte er nicht vergessen, dass die paar Zentner nichts waren im Vergleich zu dem, was die globale Fischfangflotte jeden Tag, jede Stunde an Beifang aus dem Meer holt und tot – oder dem Tode geweiht – wieder ins Wasser wirft. Kein Forschungsschiff ist dafür ausgerüstet, große Mengen Fisch einzufrieren und zu lagern. Also über Bord damit, zur Freude der Fischschwärme und Seevögel, die ihnen folgen, zurück in den Kreislauf. Manchmal, wenn Ray müde und erschöpft war, dachte er, dass sie keinen Deut besser wären als die Trawler.

Plötzlich sah er ein Leuchten, das die feuchten Fischkörper ringsum aufschimmern ließ. Schnell wischte er die Tiere beiseite. Ein Energiestoß schoss durch seinen Körper. «Yeah», rief er und strahlte. Susan drehte den Kopf, sah ihn mit müden Augen fragend an und nickte, als er auf den Grund seiner Freude zeigte.

Das Tier sah unversehrt aus. Wie junge Farnblätter kringelten sich seine Fangarme auf dem Laufband. Das waren die Momente, auf die Ray wartete, in denen sein Herz schneller schlug: Tiefseekalmare, manchmal grotesk aussehende Kraken. Wenn er Glück hatte, glühten ihre Leuchtorgane noch, ein gespenstischer Anblick, Licht, das von einem sich windenden feuchten, manchmal gallertartigen Wesen ausgeht. Licht ist für Menschen fast immer mit Wärme verbunden. Um es zu erzeugen, brauchten sie Energie, Feuer oder Elektrizität. Den Tiefseewesen reichen ein paar Enzyme. Ihr Licht ist kalt wie das Wasser, in dem sie leben.

Schnell griff Ray zu und setzte den Kalmar in ein Aquarium, das er für solche Fälle immer auf einem Tisch in der Nähe bereitstehen hatte. Das Tier sauste ein paarmal aufgeregt hin und her, stieß dabei wiederholt gegen das Glas und schwebte dann in der Mitte auf der Stelle. Mit heftigen Pumpbewegungen des Mantels versorgte es seine verborgenen Kiemen mit frischem Wasser und schien sich dabei zu erholen und aufzublühen wie eine Blume. Ray zog die Handschuhe aus, trocknete seine Hände ab und griff nach der Digitalkamera, die neben dem Aquarium an einem Haken baumelte.

Ein herrliches Exemplar, dachte er bewundernd. Auf der *Otago* hatte er die Chance, seine Tiere lebend zu sehen, wenigstens für kurze Zeit, lang genug, um wertvolle Fotos zu machen. Ihnen in ihrer natürlichen Umgebung zu begegnen würde wohl für immer ein Traum bleiben.

Wo diese Wesen leben, ist es zu tief und zu dunkel, um sie zu beobachten, und wenn man sie beleuchtet, fliehen sie oder verhalten sich nicht mehr normal, ein unauflösbares Dilemma. Um eine Vorstellung von ihrer unvergleichlich zarten Schönheit, ihrer Eleganz, zu bekommen, davon, wie sie im Wasser liegen, wie sie sich bewegen, wie sie ihre Beute jagen, hatte er nur die wenigen Minuten an Bord der *Otago*. Bevor sie starben und nichts von ihrer Pracht übrig blieb.

Beim Tod vieler Kalmare erlischt buchstäblich ein Lebenslicht, und später, in ihren gläsernen Gräbern in den Sammlungen der Museen, nimmt ihnen das Formalin auch Farbe,

Form und Konsistenz. Die Deformation ist so radikal wie bei kaum einem anderen Lebewesen. Gestalt und Färbung von Insekten, Krebsen, Vögeln, Fischen oder Säugetieren ändern sich mit dem Tode kaum, zumindest kann man sie präparieren und zu lebensnahen prächtigen Schaustücken herrichten. Die meisten Cephalopoden verwandeln sich in einen formlosen, schleimigen Haufen, in ein unansehnliches Stück Fleisch, das allenfalls noch für anatomische Studien taugt.

Ray machte schnell ein paar Aufnahmen und kehrte dann wieder an das Förderband zurück. Er wollte den anderen die anstrengende Arbeit nicht allein überlassen.

Eine halbe Stunde später hatte er das Ölzeug ausgezogen, ging in Jeans und Sweatshirt mit der Kamera in der Hand um das Aquarium herum und nahm allerhand seltsame Posen ein, um das ungewöhnliche Tier in allen Details zu fotografieren. Noch war der Kalmar gut in Form. Mit knapp dreißig Zentimetern war er eigentlich zu groß für das Aquarium, aber nach der hektischen Eingewöhnungsphase verhielt er sich ruhig. Er sah nicht aus wie von dieser Welt. Zaghaft tastete er die Umgebung ab und verbreitete dabei einen geheimnisvollen bläulichen Schimmer. Sein Körper war übersät mit Leuchtorganen, als hätte sich das Tier mit Lichterketten für eine schräge Unterwasserparty ausstaffiert. Zahllose knubbelige glimmende Warzen, kleine komplizierte Wunderwerke, die mit Reflektoren, Filtern und Linsen ausgestattet waren, verwandelten ihn in ein organisches Lichtkunstwerk, das sich pfeilschnell bewegen kann.

«Er ist wunderschön», sagte Susan und lächelte zaghaft. Sie hatte noch das Ölzeug an und zerrte sich die Gummihandschuhe von den Händen.

Ray setzte die Kamera ab und lächelte ihr zu.

Die Bilder der verwüsteten Bergplateaus hatten Susan vollkommen unvorbereitet getroffen, und er glaubte zu wissen, dass die junge Kollegin am Sinn dessen, was sie hier taten, zu zweifeln begann. Sie hatte noch nie von den rücksichtslosen Methoden der Trawler gehört und die Erklärungen der Kollegen zunächst für einen ihrer schlechten Scherze gehalten.

«Ein Segelkalmar», erläuterte Ray. «Ein ausgewachsenes Weibchen.» Er war froh, dass er sich nach den Hiobsbotschaften der letzten Tage und Stunden wieder mit Biologie beschäftigen konnte, mit den Tieren, die ihn faszinierten und die der Grund waren, warum er auf diesem Schiff fuhr. Es war das Einzige, was gegen die finsteren Gedanken half. «Segelkalmare sind typisch für Hänge von Inseln, Kontinentalschelf oder Seamounts wie hier. Sie leben bis in zwölfhundert Metern Tiefe, unternehmen aber ausgeprägte Vertikalwanderungen. Vor allem jüngere Exemplare kommen nachts zum Fressen bis nah an die Oberfläche. Vermutlich ist es Histioteuthis miranda, aber ich bin mir nicht sicher. Man kennt dreizehn verschiedene Segelkalmare. Vielleicht ist es sogar eine neue Art. Ich werde ihn wohl erst bei mir im Labor bestimmen können.»

«Du meinst, wenn er tot ist.»

«Ja, es kommt unter anderem auf die genaue Verteilung der Leuchtorgane an, und du siehst ja, es gibt viele von diesen Photophoren. Solange er lebt, kann ich ihn nicht untersuchen. Außerdem brauchen wir ihn für unsere Sammlung.»

Sie betrachtete das Tier von allen Seiten, dachte offensichtlich nach. «Darf ich eine dumme Frage stellen? Warum leuchtet er überhaupt? Lockt er Beutetiere an? Oder Männchen?»

Ray setzte die Kamera ab. «Vielleicht», sagte er und zögerte einen Moment. «Wir wissen es nicht, um ehrlich zu sein. Geschlechtspartner zu finden ist für diese Tiere sicher ein Riesenproblem. Da unten ist so unglaublich viel Platz, dass man sich selten begegnet. Aber etwas anderes ist wahrscheinlich wichtiger.»

«Tut mir leid, aber Biolumineszenz ist nicht mein Fachgebiet.»

«Die meisten Leute stellen sich solche Fragen gar nicht. Sie gehen von unserer Welt aus und denken, da unten ist es dunkel, also schaltet man, wenn man kann, das Licht an. Klarer Fall. Aber in der Tiefsee herrschen andere Gesetze. Es klingt verwirrend, aber der Kalmar leuchtet nicht, um selbst besser sehen zu können, sondern um sich vor anderen zu verbergen. Jedenfalls glauben wir das.»

«Tarnung?», fragte Susan verblüfft. «In einer stockfinsteren Welt tarnen sie sich mit Licht? Klingt nicht gerade genial.»

«Schau mal genau hin! Die Photophoren sind fast ausschließlich am Rand und auf der Bauchseite. Wenn der Kalmar Licht erzeugt, dann zielt dieses Licht also nach unten, nicht nach vorn, auch nicht nach hinten. Kalmare schwimmen ja rückwärts.»

«Moment. Er schaut nach vorne und bewegt sich nach hinten, aber er leuchtet nach unten. Was hat er davon?»

«In die Tiefen, in denen die Kalmare leben, fällt von oben diffuses Restlicht. Für Räuber, deren empfindliche Augen dafür gemacht sind, kleinste Lichtmengen einzufangen, zeichnet sich davor jedes Tier in Form einer dunklen Silhouette ab. Die Photophoren sollen diese Silhouette auflösen. Die Wellenlänge ihres Lichts entspricht exakt dem blauen Licht, das in der Tiefsee noch ankommt. Die Tiere legen sich quasi einen Tarnmantel um.»

Susan überlegte einen Moment. «Aber das Licht ändert sich doch dauernd, je nach Wetterlage, Tageszeit und so weiter. Sie müssten praktisch ununterbrochen nachregulieren, sonst ist ihre Tarnung futsch.»

Ray nickte. «Das geschieht wahrscheinlich auch. Es gibt dazu schöne Untersuchungen, die an Bord von Schiffen mit Tieren wie diesem hier gemacht wurden. Kalmare besitzen auf der Ober- und Unterseite äußerst empfindliche Sinnesorgane, die die einfallende Lichtmenge messen. Auf eine Weise, die wir noch nicht verstehen, wird diese Information an ihre Photophoren weitergegeben, die dann genau die richtige Lichtintensität erzeugen. Sie haben einen eingebauten Dimmer.»

«Phantastisch», rief Susan begeistert. «Und es sieht auch gut aus, als wäre er mit funkelnden Juwelen besetzt.»

«Es gibt noch schönere Kalmare. Lycoteuthis diadema, zum Beispiel, die Wunderlampe. Sie hat vierundzwanzig Photophoren, die in verschiedenen Blautönen, Rot, Weiß und Perlmuttfarben leuchten. Das Tier sieht aus wie ein mit Pailletten besetztes Abendkleid. Muss ein unvergleichlicher Anblick sein.»

Susan sah ihn herausfordernd an. «Interessant. Blau, rot, weiß, perlmuttern. Dient diese poppige Lichtkunst auch der Tarnung?»

Ray schmunzelte. Er hatte es geschafft, sie auf andere Gedanken zu bringen. «Vielleicht nutzen Cephalopoden die Biolumineszenz auch für andere Aufgaben, zur Übermittlung von Signalen zum Beispiel.»

«Kommunikation. Hab ich mir gedacht. Dafür sind diese Organe doch ideal.»

«Sepien und Riffkalmare benutzen dazu wechselnde Farbmuster, das ist bekannt. Balztänze und Imponiergehabe sind bei ihnen unglaublich farbenprächtig. Mein Freund John Deaver in Sydney arbeitet gerade darüber. Aber ob Tiefseekalmare mit Hilfe von Biolumineszenz kommunizieren, wissen wir nicht. Und», er zog die Mundwinkel nach unten, «ich weiß, ehrlich gesagt, nicht, wie sich daran mal etwas ändern sollte.

Man müsste dabei sein können, wenn sie sich zublinzeln, aber, na ja ...» Er zuckte mit den Achseln.

Die Hände auf die Oberschenkel gestützt, standen Ray und Susan eine Weile nebeneinander und blickten in das Aquarium. Der Kalmar schwebte bewegungslos im Wasser, den Kopf mit den zusammengelegten Fangarmen schräg nach unten gerichtet.

«Was meinst du?», fragte Susan nachdenklich. «Wie viele Menschen haben ein solches Tier schon mal gesehen?»

«In diesem Zustand? Lebend? Leuchtend?»

«Hmhm.» Sie nickte, ohne den Blick von dem Kalmar abzuwenden, so, als müsse sie jedes Detail in sich aufnehmen.

«Keine Ahnung», antwortete Ray. «Sehr wenige, ein paar Wissenschaftler, die so viel Glück hatten wie wir. Man kann diese Tiefseekalmare nicht in Aquarien halten.» Noch nicht, dachte er.

«Mit anderen Worten: So gut wie niemand.»

«Ist das bei unseren Tieren nicht fast immer so, bei Meerestieren, meine ich? Tut mir leid, aber wer kennt schon deine Hüpferlinge?»

Ein zaghaftes Lächeln huschte über ihr Gesicht, das erschöpft und übernächtigt wirkte. Mit Hüpferlingen meinte er die mikroskopisch kleinen Planktonkrebse, auf die sie sich spezialisiert hatte. Sie arbeitete über deren Rolle im Nahrungsnetz auf den Plateaus der Seamounts.

«Ich weiß», sagte sie. «Vielleicht geht man so achtlos mit ihnen um, weil man sie nicht kennt und nicht sehen kann.»

Als sie sich aufrichtete, wurde der Kalmar unruhig. Seine Hautfarbe wechselte in ein glühendes Rot. Er flackerte wie eine Warnlampe, raste im nächsten Moment panisch im Aquarium herum, knallte ein paarmal gegen die Scheiben und schoss plötzlich wie eine Rakete oben aus dem Wasser. Es spritzte.

Das Tier prallte gegen Susans Oberschenkel und klatschte vor ihr auf den nassen Metallboden. Susan schrie auf und sprang einen Schritt zurück.

Ray versuchte sofort, den Kalmar aufzuheben, aber er hatte keine Gummihandschuhe an, und glitschig wie ein nasses Stück Seife fiel das Tier wieder auf den Boden und entglitt ihm ein zweites Mal. Endlich konnte er es zwischen seinen Füßen festklemmen. Saugnäpfe hefteten sich sofort an seine Turnschuhe. Er musste kräftig ziehen, ehe das Tier losließ und es ihm gelang, es zurückzusetzen.

«Tut mir leid. War ich das?», fragte Susan atemlos. Sie schaute an sich hinunter. «Gut, dass ich noch meine Ölsachen anhabe.»

«Keine Ahnung, was in ihn gefahren ist.» Ray griff nach dem Handtuch, wischte sich den Schleim von den Händen. «Wie du siehst, können Kalmare ziemlich dynamisch sein.»

Das Tier kam nur langsam wieder zur Ruhe. Es war blass geworden, fast weiß. Kein Leuchten mehr, kein Flackern. Ray legte eine Plexiglasplatte auf das Becken und beschwerte sie mit seinen Gummistiefeln, weil er nichts anderes zur Hand hatte. Er wusste, dass Kalmare manchmal aus den Becken hopsen, was ihrem Zustand aber nicht gerade zuträglich war. Kraken sind sogar echte Befreiungskünstler. Mit ihren extrem beweglichen Armspitzen tasten sie ihr Gefängnis nach Flucht- und Versteckmöglichkeiten ab und zwängen sich an Stellen durch engste Spalten und Löcher, die jeder für viel zu klein gehalten hätte. Ihre Aquarien müssen deshalb sorgfältig verschlossen werden, sonst liegen die Tiere, wenn man Pech hat, am Morgen verendet in einer Laborecke.

«Was ist mit seinem Auge passiert?», rief Susan plötzlich. «Es ist angeschwollen. Er hat sich verletzt.»

«Keine Sorge!» Ray konnte sich einen kleinen Sarkasmus

nicht verkneifen. «Er stirbt zwar bald, aber mit seinen Augen ist alles in Ordnung.»

Auf diese merkwürdigen Augen hatte er es abgesehen. Das linke war viel größer als das rechte, eine Asymmetrie, die typisch ist für Segelkalmare. Ein Auge ist für die Welt unter dem Kalmar zuständig, das andere, nach oben gerichtete für potenzielle Beute. Er erklärte Susan dieses Phänomen und machte ein paar Nahaufnahmen.

«Ist mir vorhin gar nicht aufgefallen.» Sie schüttelte müde den Kopf und trat vorsichtig ein paar Schritte zurück, um das Tier nicht erneut zu erschrecken. «Ich glaube, ich bin reif für meine Koje. Bald kommen die neuen Planktonproben, und ich sollte versuchen, bis dahin noch ein wenig zu schlafen.»

«Klar, kann ich gut verstehen. Wenn wir wieder zu Hause sind, werde ich mein Bett eine Woche lang nicht verlassen.»

«Du? Na, so wie ich dich kenne, wird dieses Bett dann aber in deinem Labor stehen müssen.» Sie lachte und winkte ihm zu. «Bis später, Mr Architeuthis!»

Er blickte ihr kurz hinterher. Sie könnte recht haben. Wenn ihm gelänge, was er vorhatte, würde es für ihn keinen interessanteren Ort auf der Welt geben als sein Labor und die beiden großen Tanks, die er auf dem NIWA-Gelände vorbereitet hatte. Besonders jetzt, da ihm die Japaner in die Parade gefahren waren.

Die Kollegen hatten schon vor ihm von den ersten Fotos eines lebenden Architeuthis erfahren. Manchmal hatte er sich über besorgte Blicke gewundert, sie hinter seinem Rücken tuscheln hören. Wenn er sich umgedreht hatte, sah er lächelnde Unschuldsmienen. Sie meinten es gut, aber er war keine Mimose, die bei der geringsten Erschütterung zusammenbrach. Jedenfalls noch nicht, nicht so schnell und bestimmt nicht in aller Öffentlichkeit. Glücklicherweise hatte er auf der

Otago keine Zeit, sich zu ärgern, und wenn ihm doch einmal bewusst wurde, dass ein zentrales Projekt seiner Arbeit durch den Handstreich der Japaner gegenstandslos geworden war, stürzte er sich in irgendeine der unaufschiebbaren Aufgaben, die er zu erledigen hatte, bis er vor Müdigkeit keinen zusammenhängenden Gedanken mehr fassen konnte. Irgendwann könnte diese Verdrängungsstrategie auf ihn zurückfallen, darüber war er sich im Klaren, aber nicht solange er auf der *Otago* war. Außerdem hatte er selbst noch ein Eisen im Feuer, etwas, neben dem die Aufnahmen der Japaner zu lächerlichen Amateurschnappschüssen verblassen würden. Was er vorhatte, war unter diesen Umständen noch wichtiger geworden. Er war zum Erfolg verurteilt, schon aus Gründen der Selbstachtung und um seinen Namen zu rechtfertigen, auf den er stolz war wie auf einen Titel. Er war Mr Architeuthis.

Ray ersetzte die Gummistiefel auf dem Becken durch eine Werkzeugkiste und begab sich in einen Raum mit Dutzenden von Aquarien, mittschiffs, auf demselben Deck. Seine Schützlinge fraßen ihm mittlerweile die Haare vom Kopf. Er musste sie mit frischem Futter bei Laune halten, sonst würden sie in ihrer Fressgier übereinander herfallen. Wenn das so weiterginge, könnte die Nahrungsbeschaffung bald zum Problem werden. Sie waren ihm gleich zu Anfang ihrer Expedition ins Netz gegangen, vielleicht zu früh, das war seine größte Angst.

Als er wieder zurückkam, war der Segelkalmar in seinem Becken nach unten gesunken. Mit Mantelspitze und schlaff herabhängenden Fangarmen berührte er den Aquariumboden, seine Flossen bewegten sich kaum noch. Kalmare verfügen über keine harten Innen- oder Außenskelette und sind deshalb sehr empfindlich gegenüber Stößen. Zusammengezwängt mit Hunderten von panischen Fischen in einem Schleppnetz aber, sind heftigste Stöße unvermeidlich. Der Sprung aus dem

Aquarium dürfte ihm dagegen kaum etwas ausgemacht haben. Ray konnte nichts für ihn tun. Zumindest in der Sammlung des Museums würde ihm ein Ehrenplatz sicher sein, obwohl von seiner Schönheit dann nur noch die Fotos blieben, die er gemacht hatte. Seine nicht mehr ganz so kleinen Lieblinge waren wichtiger, viel wichtiger. Er musste sie unbedingt am Leben erhalten.

3. Tage am Wasser

West End, Kaikoura

Im Craypot, wo Hermann zu Abend aß, waren nur wenige Tische besetzt. Tagsüber sah man noch Touristen. Doch statt mit *Swimming with the Dolphins* oder *Whale Watching* auf Erlebnistour zu gehen, saßen sie jetzt in den Cafés herum, schlenderten mit ernsten Mienen die Esplanade rauf und runter und zogen sich schon am späten Nachmittag in ihre Motelzimmer zurück. Sogar die jungen Rucksacktouristen waren zu Stubenhockern geworden und zechten, wenn überhaupt, in den billigeren Bars ihrer Backpacker-Hotels. Nur eine Tag für Tag anwachsende Pressemeute fiel in die Pubs ein und sorgte für Getränkeumsatz.

Auch die wenigen Gäste, die wie früher ratlos vor ihren roten Hummern, der Craypot-Spezialität, saßen, unterhielten sich im Flüsterton, anstatt zu lachen oder zu kichern, weil sie nicht wussten, wie sie den Krebspanzer knacken sollten. Obwohl die wenigsten etwas gesehen oder selbst erlebt hatten, war den Menschen die Lust auf feuchtfröhliche Gelage vergangen. Mindestens fünfzehn Tote waren zu beklagen, darunter zwei komplette Familien mit jeweils drei Kindern, die mitsamt ihren Häusern innerhalb von Sekunden ausgelöscht worden waren, mehr als zwanzig Personen wurden vermisst, und weit über hundert waren verletzt. Suchmannschaften waren noch immer rund um die Uhr im Einsatz, aber die Hoffnung, Überlebende zu finden, schwand mit jeder Stunde.

Alles in allem handelte es sich um eine der schlimmsten Katastrophen, die Neuseeland je heimgesucht hatten. Im ganzen Land herrschte Staatstrauer. Mit Stürmen und anderen Wetterkapriolen, mit Erdrutschen und Überschwemmungen hatten die Bewohner dieser Küste leben gelernt. Sie wussten, auf welche Zeichen sie zu achten hatten, und verhielten sich danach. Aber worauf sollten sie sich in Zukunft noch verlassen, wenn dieses an Naturschätzen so reiche Meer von einem Moment auf den anderen derart Amok laufen konnte, ohne jede Vorwarnung?

Glücklicherweise hatte die Katastrophe Kaikoura nicht in der Hochsaison getroffen. Der Winter stand vor der Tür. Die vielen japanischen Touristen wären ohnehin auf andere Reiseziele ausgewichen, die letzten Europäer gaben ihre Mietwagen ab und traten die weite Heimreise an.

Die Familie aus Gießen traf Hermann kurz vor ihrer Abreise im Supermarkt. Lenas Vater sah übernächtigt aus und klagte, er habe bis jetzt kaum begriffen, dass sie einen harmlosen Bootsausflug um ein Haar mit dem Leben bezahlt hätten. Ihre Tochter sei jetzt noch völlig verstört. Er bedachte das Pflaster auf Hermanns Stirn mit einem vorwurfsvollen Blick, als machte er nicht zuletzt sein furchterregendes Aussehen auf dem Schiff für die Verstimmung des Mädchens verantwortlich. Während sie miteinander redeten, versteckte sich Lena hinter den Beinen ihrer Mutter. Und gerade wenn man sich etwas zu erholen beginne, fügte ihr Vater hinzu, belagerten einen die Sensationsreporter. Er habe ja schon öfter davon gehört, aber es selbst zu erleben ... Widerwärtig finde er das, unerträglich. Nicht einmal das Kind ließen sie in Ruhe. Für ihre letzten Urlaubstage werde sich die Familie einen ruhigeren Ort suchen.

Auch Hermann wollte Kaikoura bald verlassen. Er konnte von Glück sagen, dass er für seine Whale-Watching-Tour nicht direkt zum Hafen in South Bay gefahren war, sonst hätte auch er die erste Nacht unter freiem Himmel in einem dieser quietschenden Feldbetten schlafen müssen, und sein schöner Campingbus läge jetzt neben anderen Fahrzeugen zerbeult und triefend auf dem Dach, mitten auf dem in einen schlammigen Schrottplatz verwandelten Gelände der Pferderennbahn oder in den Trümmern eines Hauses. Die Polizei hatte die Freifläche vor dem umgebauten Bahnhof schnell für Camper und Einheimische freigegeben, die durch die Welle obdachlos geworden waren, sodass er seinen Wagen nach der Rückkehr gar nicht mehr hatte bewegen müssen. Mittlerweile erinnerte ihn der Parkplatz allerdings fatal an ein Flüchtlingslager, wie man es aus den Fernsehnachrichten kannte, nur dass die Insassen keine unterernährten Afrikaner waren, sondern weiße Wohlstandsbürger.

Im Laufe des gestrigen Tages waren zwei große Gemeinschaftszelte aufgestellt worden, daneben eine Feldküche, ein Sanitätszelt und einige Klohäuschen. Das Terminalgebäude blieb vorerst geschlossen. Nach etlichen Beschwerden war der Platz für die Presse tabu. Zwei Beamte kontrollierten den Zugang. Einige Reporter standen jetzt an der Auffahrt hinter der Eisenbahnbrücke und warteten dort auf Menschen, die den Platz verließen. Es gab nicht wenige, die mit ihnen redeten, für andere aber war der Gang in die Stadt zum Spießrutenlauf geworden. In der Nähe des Kinos an der Esplanade hatte Hermann fünfzehn Übertragungswagen gezählt und gesehen, wie Kamerateams die Hauptstraße entlangpatrouillierten und Passanten ansprachen. Bisher hatte er ihnen aus dem Wege gehen können.

Hermann saß vor seinem Teller mit dem leeren Krebspanzer, nippte an seinem Bier und dachte an die vergangenen zwei Tage zurück, die er trotz des herrlichen Herbstwetters im Bett seines Busses verbracht hatte. Der Arzt, der die Passagiere der *Maui* nach ihrer Ankunft in Empfang nahm, hatte seine Platzwunde genäht, eine leichte Gehirnerschütterung diagnostiziert und strickte Bettruhe verordnet.

Wieder hatte er viel Zeit zum Nachdenken, es ging ihm jedoch überraschend gut dabei. Er verzichtete sogar auf die übliche musikalische Dauerbeschallung. In dieser Umgebung erschien ihm seine Musik unpassend, und er hatte ohnehin den Verdacht, dass es ihm oft nur darum ging, gegen die Stille anzukämpfen, die er nicht ertragen konnte. Etwas war in Bewegung geraten. Der Vorsatz, den er an Bord der *Maui* gefasst hatte, schien zu wirken. Er konnte sich erinnern und Fragen stellen, ohne sich zu quälen. Langsam begann er zu verstehen, was mit ihm geschehen war. Er fühlte sich sogar bereit für ein paar unangenehme Wahrheiten.

Die Vorstellung, vor Brigittes Krankheit wäre alles in bester Ordnung und er ein lebensfroher, tatkräftiger Mensch gewesen, hatte er endgültig als Selbstbetrug eingestuft. Seine Probleme hatten lange vor ihrem Tod begonnen. Das war auch die Meinung des Therapeuten gewesen, mit dem er sich, mehr oder weniger widerwillig, ein paarmal getroffen hatte. Vielleicht war es ihm zu gut gegangen. Er hatte keine Schicksalsschläge oder Misserfolge erlebt, die ihn aus der Bahn geworfen hätten, im Gegenteil. Er hatte Karriere gemacht, war Hochschullehrer geworden. Mehr war in seinem Beruf nicht drin. Ein Posten als Institutsleiter oder in der Forschungspolitik hatte ihn nie interessiert.

«Sei doch zufrieden», hatte Brigitte immer gesagt, wenn er sich beklagte. «Du bist Professor, was willst du noch mehr?»

Er hatte es selbst nicht gewusst, war einfach nur ganz und

gar unzufrieden, beklagte den Zustand der Welt im Allgemeinen und seiner Wissenschaft im Besonderen und brachte es auf diese Weise fertig, jede Form von Geselligkeit zu torpedieren, die seine Frau organisierte. Jeder, ob es ihn interessierte oder nicht, bekam seinen Vortrag über den Verfall von Universitäten und speziell der Biologie zu hören. Sie sei zwar zur Leitwissenschaft des einundzwanzigsten Jahrhunderts hochstilisiert worden, verkomme aber mehr und mehr zur bloßen Technologie. Die Biologen hätten vergessen, woher sie kämen und worin ihre Aufgabe bestehe. Sie hätten sich dem Studium der Lebenserscheinungen einmal mit Hingabe, Respekt und Bewunderung genähert – ihm war natürlich bewusst, dass er grob vereinfachte; letzten Endes war es in der Zoologie schon immer darauf hinausgelaufen, massenhaft Tiere zu quälen und zu töten –, heute dagegen gehe es vor allem um Karrieren, Patente und gutgefüllte Wertpapierdepots. Einige Kollegen führten nebenbei schon kleine Start-up-Unternehmen. Früher habe die Biologie nur Geld gekostet, jetzt könne man als findiger Unternehmer damit reich werden. Wenn es darum gehe, etwas zu versprechen, seien die Biotechnologen einsame Spitze. Während die Biosphäre ringsum in beispielloser Weise verarme, schiele die Neue Biologie vor allem auf ihre rasche und möglichst lukrative Verwertbarkeit, eine Art Leichenfledderei, ausschlachten, solange es noch etwas auszuschlachten gebe. Die Vielfalt der Lebensformen verkomme zur bloßen genetischen Ressource.

Wenn er einen Fehler gemacht hatte, dann vielleicht mit der Wahl seines Forschungsgebiets. Studien zur Kommunikation und Sinnesphysiologie von Cephalopoden lagen weitab vom wissenschaftlichen Mainstream, in dem Gene und Proteine von alles überragender Bedeutung waren. Und im Gegensatz zu vielen seiner Kollegen, die ihre Fähnchen in den aus ständig wechselnder Richtung wehenden Wind der Forschungsförderung hängten, war er Thema und Tiergruppe über Jahrzehnte treu geblieben. Außerhalb einer überschaubaren Zahl von Spezialisten war seine Arbeit unbekannt, aber dieses Schicksal teilte er mit vielen Kollegen. In seinem Labor gab es keine Sequenzierroboter, nur Bücher, eine kleine Cephalopodensammlung, Unmengen an Dias und Videofilmen, einen leistungsfähigen Rechner für die Archivierung und Analyse der Farbmuster und, im Keller des Instituts, ein modernes Elektronenmikroskop, mit dessen Hilfe er die Feinstruktur der bemerkenswert leistungsfähigen Tintenfischaugen untersuchte.

Wenn er ehrlich war, hatte er die Krise seit Jahren kommen sehen, Brigittes Tod war nur der Auslöser gewesen, der ihn auf sich selbst zurückwarf. Der mürrische, bis zur Überheblichkeit selbstbewusste und zielstrebige junge Mann war über die Jahre zu einem noch mürrischeren, einsamen Endfünfziger geworden, der kraft- und ideenlos seiner Pensionierung entgegendämmerte. Er war ein desillusionierter alter Mann, der nichts an sich heranließ, den nichts mehr interessierte.

Als Student und Gitarrist der Electric Hookers hatte er das Leben noch in vollen Zügen genossen, tagsüber in den Seminarräumen und Labors der Universität, abends und nachts im Übungsraum oder in den Kneipen der Stadt. Die Welt erschien ihm wie ein bunter Basar faszinierender Möglichkeiten. Er war fest entschlossen, viele davon zu ergreifen, und platzte vor Energie und Tatendurst. Was war daraus geworden? Wo war sein Interesse für Politik geblieben, für Literatur? Warum hatte er aufgehört, Gitarre zu spielen? Und wann? Er wusste es nicht, konnte sich nicht einmal erinnern, bei welcher seiner vielen Stationen er das Instrument zurückgelassen hatte. Er hätte doch weiterspielen können, wie Bennie, für sich selbst, um sich auf andere Gedanken zu bringen, schlicht und einfach aus Spaß. Aber der muss ihm wohl auf dem langen Weg nach oben abhandengekommen sein, genau wie seine alten Weggefährten und Freunde.

Der Zeit des Studiums war ein langes, arbeitsreiches wissenschaftliches Globetrotterdasein gefolgt. Wenn er es zu akademischen Meriten bringen wollte, gab es keinen anderen Weg. Diplomarbeit in Göttingen, Promotion in Kiel, Postdoc in Southampton, Habilitation in Hamburg, eine nervenaufreibende Warteschleife und endlose Bewerbungen, unterbrochen von jeweils mehrwöchigen Forschungsaufenthalten im australischen Darwin und in Woods Hole bei Boston, dem amerikanischen Mekka für Meeresbiologen. Überall neue Gesichter, aber kaum neue Freunde, die jüngeren auf demselben atemlosen Trip wie er. Sie wurden bestenfalls zu Kollegen, wenn er Pech hatte, waren es Konkurrenten. Dann endlich, mit Anfang vierzig, der Ruf an die Christian-Albrechts-Universität in Kiel.

Brigitte hatte ihn auf den ersten Stationen seiner Auslandsaufenthalte begleitet, später blieb sie in Deutschland, arbeitete in einer Klinik, kümmerte sich um ihre kleine Tochter und beschränkte sich wegen der großen Entfernungen auf gelegentliche Besuche. Als sie in Kiel wieder zusammen waren, brauchten sie Monate, um sich an ein gemeinsames Familienleben zu gewöhnen. Endlich an seinem beruflichen Ziel, sah er sich plötzlich der Bürokratie und den kleinkarierten Strukturen einer deutschen Provinzuniversität ausgesetzt. Es kam ihm vor, als hätte er sich in einem Spinnennetz verfangen, aus dem er sich von morgens bis abends zu befreien versuchte. Aber je wilder er strampelte, desto mehr verfing er sich in seinen klebrigen Fäden, ein aussichtsloser Kampf gegen die Windmühlenflügel seiner eigenen Ansprüche, denen weder er selbst noch irgendjemand in seinem Umfeld genügen konnte. Er hatte seine Kräfte überschätzt, hatte es versäumt innezuhalten, um den Akku wieder aufzuladen und seinen Tunnelblick zu weiten, der im Laufe der Jahre enger und enger geworden war.

Dieses Forschungssemester in Australien, sicher das letzte, das ihm die Universität genehmigte, war ihm wie ein Geschenk des Himmels erschienen. Er würde endlich wieder Luft holen können und das vor Augen haben, was ihn vor fast vierzig Jahren dazu gebracht hatte, Biologe zu werden. Ein paar Monate konzentrierter Arbeit würden ihm helfen, wieder Linie in sein Leben zu bringen.

Dann aber kam der Krebs. Tochter Marion war längst aus dem Haus, und natürlich hätte Brigitte ihn nach Australien begleitet, wenigstens für ein paar Wochen. Sie freute sich auf ihre gemeinsamen Touren ins Outback, auf die Wüste, die sie unbedingt sehen wollte, auf die Zeit im tropischen Norden und am Barrier Reef. Mit der Bestätigung der Diagnose stürzte ihre gesamte Lebensplanung wie ein Kartenhaus in sich zusammen.

In einem der häufigen Anfälle von Verzweiflung nach ihrem Tod, diesen Momenten, in denen er sich nur noch betäuben und verkriechen wollte, erwog er, die Reise abzusagen, aus heutiger Sicht der reinste Irrsinn. Er wäre endgültig in der Depression versunken, ein Selbstmordkandidat.

Seine Tochter reagierte entsetzt und bearbeitete ihn stundenlang. Du *musst* fahren, sagte sie. Es klang ungeduldig und ein wenig streng. Marion war selbst am Ende ihrer Kräfte. Sicher hatte sie Angst, dass sie nach der Mutter auch noch den Vater verlieren könnte. Er war so hilflos, der Prototyp eines Mannes, der vergessen hatte, welche Unterhosen- und Hemdengröße er brauchte und wie man sich ein warmes Essen kochte, das aus mehr als einem Spiegelei bestand. Seit Brigittes Tod aß er belegte Brote, Käsebrote, Wurstbrote, Schinkenbrote, morgens, mittags, abends, tagaus, tagein. Nach der Arbeit hielt er an einem Tankstellenshop, um seine Einkäufe zu erledigen, raffte dort in aller Eile immer dieselben eingeschweißten Salami- und Käsescheiben zusammen. Es war ihm völlig egal, was er in sich hineinstopfte. Hin und wieder ging er mit Marion essen, saß mit hängenden Schultern vor seinem Teller und hörte sich ihre Appelle an: Tu das, was du immer am liebsten getan hast. Arbeite! Fahr nach Australien!

Er bekam das zunächst in den falschen Hals, hörte statt des gutgemeinten Ratschlags einen Vorwurf. Fahr! Lass mich ruhig hier sitzen. Für dich hat es doch immer nur deine Arbeit gegeben. Als Großvater haben wir dich abgeschrieben. Wir sind froh, dich für eine Weile los zu sein, diesen selbstsüchtigen Alten, der nur noch jammert und vor sich hin grübelt.

Er konnte selbst kaum ertragen, was aus ihm geworden war.

Erstaunlicherweise war es dann aber nicht seine Arbeit, die ihm langsam auf die Beine half, sondern das Tauchen. Tauchen war Therapie, Meditation. Es zwang ihn, sich zu konzentrieren, sich zusammenzureißen und das bisschen Aufmerksamkeit, das sein Gehirn hergab, auf ein Ziel auszurichten: auf die Welt unter Wasser, und auf das Wesentliche, sein Überleben. Er ertappte sich immer wieder dabei, wie seine Gedanken abschweiften, hin zu völlig anderen Dingen als seinem Atem und dem Tiefenmesser und dem bunten, quirligen Leben, das ihn umgab. Er hatte Schwierigkeiten beim Tarieren und verbrauchte Unmengen an Luft. Er schaffte es kaum, sich ruhig im Wasser zu halten. Beim Einatmen füllte er seine Lunge bis zum Platzen, trieb nach oben wie ein Ballon, um dann beim Ausatmen genauso unkontrolliert abzusacken. Sein Luftverbrauch war immens, meistens musste er trotz geringer Tauchtiefe schon nach einer halben Stunde an die Oberfläche, weil sich der Inhalt seiner Flasche bedrohlich der Reserve näherte. Vor allem, wenn er gegen eine der unberechenbaren Strömungen anschwimmen musste, merkte er, dass er die letzten Jahre ausschließlich am Schreibtisch verbracht hatte. Er musste mit aller Kraft schwimmen, um der Strömung Zentimeter für Zentimeter abzutrotzen und nicht abgetrieben zu werden, und mitunter blieb ihm kein anderer Ausweg, als sich schweratmend an einem Felsvorsprung oder einem Korallenblock festzuhalten, um dort, wie eine Fahne im Wind, im Wasser hängend, zu warten, bis sein Atem sich beruhigt hatte. Er begann diese Strömungen zu fürchten. Nachts träumte er, dass sie ihn vom Riff ins tiefe Blau fortrissen und er hilflos und desorientiert durch das Wasser trudelte, immer weiter weg vom Boot und von jeder Aussicht auf Hilfe und Rettung.

Wie ein blutiger Anfänger war er ausschließlich mit sich selbst beschäftigt. Manchmal überkamen ihn Anfälle von Euphorie, das sichere Gefühl, alle Schwierigkeiten überwunden zu haben, aber sie schlugen genauso plötzlich in tiefes Unbehagen um. Jeden zweiten, dritten Tag brauchte er ein neues Mundstück, weil er, ohne es zu merken, mit aller Kraft auf dem Gummi herumbiss, bis seine Kaumuskeln schmerzten. Er hatte Angst, es könnte ihm beim Ausatmen aus dem Mund rutschen, und er traute sich nicht zu, dabei ruhig zu bleiben, das Mundstück einfach wieder hineinzustecken und weiterzuatmen, eine Übung, die jeder Tauchschüler beherrschen musste. Mehrmals hatte er den Eindruck, er wäre kurz davor gewesen, das lästige Ding einfach auszuspucken, weil er vergessen hatte, wo er sich befand.

Dass John ihn so erleben musste, war ihm grenzenlos peinlich. Er sei ein erfahrener Taucher, hatte er im Vorfeld gesagt, mehr als zweihundertfünfzig Tauchgänge, aber das war irgendwann einmal, in einem anderen Leben. Jetzt war das alles wie weggeblasen. Er grübelte, was der Grund sein könnte, schrieb es mal seinem Alter zu, mal den seelischen Belastungen der letzten Wochen und Monate. Er war verzweifelt und kurz davor, zu resignieren und alles hinzuwerfen. John sagte, er müsse Geduld haben. Er war sehr verständnisvoll. Wenn er sich Sorgen um ihre Arbeit machte, dann ließ er sich nichts anmerken.

Er hatte John gleich in den ersten Tagen erzählt, was in Deutschland geschehen war, und hoffte, dass sein Kollege das als Erklärung für sein ungeschicktes Verhalten akzeptierte, für seine Müdigkeit und Konzentrationsschwäche, die sich auch über Wasser kaum verbergen ließ. Er konnte ihn ja nicht im Unklaren lassen, schließlich würden sie einige Wochen intensiv zusammenarbeiten. Glücklicherweise hatten sie eine gemeinsame Eingewöhnungsphase eingeplant, die sie weit oben im tropischen Queensland verbrachten. In Port Douglas bestiegen sie ein Tauchboot, das sie in das nördliche Great Barrier Reef und die angrenzende Coral Sea brachte.

Einmal musste er sich übergeben, in fünfzehn Metern Tiefe. Frühstückstoast und der Salat vom Vorabend schossen ihm in den Mund, ein widerlicher saurer Brei, den er mit seiner Atemluft durch den Automaten blies, der alles zerkleinerte und in eine bräunliche Partikelwolke verwandelte. Kleine rote Riffbarsche schossen heran und fraßen sein Erbrochenes direkt vor dem Glas seiner Taucherbrille. Sie wirbelten durcheinander und jagten sich gegenseitig die dickeren Brocken ab. Er dachte, wenn er hier unten sterben und zu Boden sinken würde, dann wäre sein ganzer Körper nichts anderes als Fischfutter. Er war kurz davor durchzudrehen, wollte so schnell wie möglich nach oben, ungestört Luft holen, diesen widerlichen Geschmack loswerden, nie mehr tauchen, nur weg, raus!

John erkannte, was los war. Mit kräftigen Flossenschlägen schwamm er auf ihn zu, packte ihn an den Gurten seiner Weste und zog ihn hinunter auf den sandigen Boden. Hermann pumpte Luft in sich hinein und hatte doch das Gefühl, ersticken zu müssen. Er wehrte sich, aber John hielt ihn fest und präsentierte ihm seinen ausgestreckten Zeigefinger. Hermann wusste, was der Finger bedeutete: Pass auf! Achtung!

Er hätte ihn in diesem Moment umbringen können, diesen großen Jungen mit seinem ewigen, ach so verständnisvollen Lächeln. Warum ließ er ihn nicht gehen? Er hatte genug. Er war am Ende, ein alter, erschöpfter Mann. Warum tat John ihm das an? Warum quälte er ihn? Sein Atem ging schnell und flach, ihm war noch immer zum Kotzen, und der aufgerichtete Zeigefinger schwebte dicht und drohend vor seinem Gesicht. Aufgepasst! Reiß dich zusammen! Konzentrier dich! Ich lass dich nicht gehen.

Plötzlich wurde er ruhiger. Es war, als hätte John ihn hypnotisiert. Die Übelkeit verschwand, sein Widerstand erlahmte. Der Australier nahm sein Mundstück heraus, öffnete den Mund, schloss ihn, spülte, steckte das Mundstück wieder hinein, blies Wasser und Luft durch den Automaten und atmete ein. Dann das O. K.-Zeichen und ein Wink in seine Richtung.

Hermann verstand. Er sollte es nachmachen. Aber er konnte nicht. Ausgeschlossen. Schon der Gedanke daran machte ihn wahnsinnig, trieb seine Atemfrequenz wieder in die Höhe. Er verschluckte sich, verspürte einen Hustenreiz und musste würgen, sein Hinterteil trieb nach oben.

John zog ihn noch einmal auf den Sand und legte ihm beruhigend die Hand auf den Arm. Er wiederholte den ganzen Ablauf und ließ ihn dabei keine Sekunde aus den Augen. Dann die Aufforderung, es ihm nachzumachen.

Also gut. Hermann nickte hastig, konzentrierte sich, holte

tief Luft, nahm das Mundstück heraus, spülte ein wenig und jagte den Inhalt seiner Mundhöhle anschließend durch den Automaten. Sein Herz pochte, aber er schaffte es. Es war einfach, kein Problem. John machte das O. K.-Zeichen. Er antwortete, O. K., ja, er fühlte sich besser. Er spülte ein zweites Mal. Danach setzten sie ihren Tauchgang noch zwanzig Minuten lang fort. Er dachte nicht ein einziges Mal daran, ihn vorzeitig zu beenden.

Als sie wieder im Boot saßen, teilten sie sich eine Mango und lachten über ihr Erlebnis, besonders über die hungrigen Riffbarsche. Der Geschmack in seinem Mund war noch immer widerlich, eine Mischung aus Mango, Magensaft und Meerwasser. Aber er hatte es überstanden, es ging ihm besser, und er war John unendlich dankbar. Ohne ihn hätte er es nicht geschafft, niemals. Er wäre aufgestiegen und nie wieder abgetaucht. Jedenfalls bildete er sich das ein. John erzählte ihm, er habe schon ein paarmal erlebt, dass Menschen sich unter Wasser übergeben mussten. Das sei kein Drama.

Situationen wie diese waren nicht lebensbedrohend, aber eindringliche Warnungen zur rechten Zeit. Hermann! Wach endlich auf! Pass auf, was du tust! Hab Vertrauen zu dir! Unter Wasser spürte er so intensiv wie seit langem nicht mehr, dass sein Körper leben wollte.

Besonders wenn sie im Dunkeln ins Wasser gingen, wenn Korallen, Haarsterne und Gorgonenhäupter sich entfalteten und wenn die Welt aus nichts anderem als dem Blubbern ihres Atems und dem Lichtkegel ihrer Lampen bestand, fühlte er sich lebendig wie schon lange nicht mehr. Seine Sinne waren hellwach, alle Antennen ausgefahren und auf höchste Empfindlichkeit gestellt, und trotzdem überkam ihn ein von Mal zu Mal intensiveres Gefühl der Ruhe und Entspannung. Manchmal schalteten sie die Lampen aus, schwebten in völliger Dunkelheit. Wenn sie mit den Händen durch das Wasser fächelten, blitzten winzige Mikroorganismen auf wie Miniatursternschnuppen.

Es war auf einem dieser Nachttauchgänge, als er ihnen zum ersten Mal begegnete. Plötzlich schossen sie durch den Lichtstrahl, mittelgroße schlanke Tiere, etwa einen halben Meter lang. Sie kehrten zurück, neugierig, schwebten einen Moment im Wasser, ihre großen Augen blitzten im Schein der Lampen. Die transparenten Flossensegel bewegten sich elegant und mit großer Leichtigkeit und stabilisierten ihre Lage im Wasser. Mit ihren Fangarmen fingerten sie ein wenig in die Richtung der beiden Taucher, als wollten sie ertasten, wer da nachts das Riff beleuchtete. Dabei schien ihre Haut in einem nervösen Flackern der Farben zu pulsieren. Einen Wimpernschlag später waren sie verschwunden.

Anfangs war es ihm unmöglich, sich auf einen Riffbewohner zu konzentrieren, weil hundert andere seinen Weg kreuzten und ihn ablenkten. An Land sind alle Lebewesen, die sich bewegen können, auf Abstand bedacht. Unter Wasser schrumpft diese Fluchtdistanz auf wenige Zentimeter. Sofort ist man mitten unter ihnen, ob man will oder nicht. Armlange Trompetenfische nutzen Taucher als Deckung für Attacken auf die ausgespähte Beute, Putzerfische bieten ihre Dienste an, knabbern an Leberflecken und Ringen, Anemonenfische attackieren die Hände von Tauchern, die sie als unerwünschte Eindringlinge betrachten. Aus dem Gewimmel der nesselnden Tentakel starten sie Scheinangriffe, und wenn man es zu weit treibt, machen sie sogar Ernst.

Hermann konnte nicht anders, wann immer er diesen clownsbunten Winzlingen begegnete, musste er sie provozieren und mit der Hand vor ihren Revieren herumfuchteln. Er fand es komisch und respekteinflößend zugleich, wie kaum streichholzschachtelgroße, cholerisch veranlagte Davids sich todesmutig auf gigantische Goliaths stürzten.

Um sich in dieser Umgebung zurechtzufinden, etwas zu verfolgen oder zu suchen, brauchte man Zeit und viel Erfahrung. Natürlich galt das erst recht, wenn die Tiere, für die man sich interessierte, als unübertreffliche Meister der Tarnung galten und sich nahezu unsichtbar machen konnten. Hermann musste wieder lernen zu sehen, und er hatte das Glück, in John einen hervorragenden Lehrmeister an seiner Seite zu haben. John war Spezialist für Sepien, eine der beiden großen Gruppen von zehnarmigen Kopffüßern, aber er kannte sich auch mit den Octopoden aus, die im Riff leben, den achtarmigen Kraken. Die australischen Küstengewässer, besonders im tropischen Norden, haben eine sehr reiche Cephalopodenfauna. Das von den Philippinen, Thailand und Nordaustralien begrenzte Dreieck, der Indo-Malaiische Archipel, ist ein sogenannter *hot spot* im globalen Muster der Artenvielfalt. Im Grunde hatte man mit der systematischen Erfassung gerade erst begonnen, und John war maßgeblich daran beteiligt. Durch seine Arbeit hatte sich die Zahl der bekannten australischen Arten innerhalb weniger Jahre mehr als verfünffacht.

Große, schnellschwimmende Kopffüßer wie die Südlichen Riffkalmare, die ihnen bei ihren Nachttauchgängen begegneten, waren die Ausnahme. Kalmare leben in der Tiefsee oder im offenen Ozean und kommen nur selten ins flache Wasser. Die Riffe, Schelfmeere und Küsten gehören ihren Verwandten, den Sepien und Kraken. John zeigte ihm Tiere, die er noch nie gesehen hatte, etwa hummelgroße, buntschimmernde Stummel- und Flaschenschwanzsepien, die sich tagsüber im Sand vergraben und nachts auf die Jagd gehen.

Einmal tauchten sie an einem Hang entlang, der von Korallengeröll übersät war. Plötzlich hielt John an und deutete auf etwas unten am Boden. Hermann schwamm näher heran und suchte, konnte aber nichts entdecken. Wieder zeigte John auf eine Stelle inmitten der Korallentrümmer. Hermann suchte und suchte. Nichts. Er zuckte mit den Achseln.

John zückte sein Messer und deutete mit der Spitze auf einen orangefarbenen Korallenast. Hermann sah genau hin, und jetzt glaubte er Augen zu sehen, intelligente Augen mit schwarzen, strichförmigen Pupillen. Als Johns Messerspitze zu nah kam, verfärbte sich der Korallenast plötzlich in ein helles Weiß. Braunrote Längsstreifen flackerten auf, und unterhalb der nun deutlich sichtbaren Augen entstanden zwei leuchtend blaue Kreise. John hatte einen Augenfleckkraken entdeckt. Ein Biss dieses schönen Tiers ist hochgiftig, es empfahl sich also, ihn besser nicht zu ärgern. In typischer Krakenmanier hangelte er sich mit seinen Fangarmen über den Untergrund davon, noch immer in Warnfärbung. Seine Augen verloren die beiden Taucher nie aus dem Blick. Nach ein paar Metern zwängte er sich zwischen zwei Korallenbruchstücke, und als hätte jemand einen Schalter umgelegt, verschwanden die weiße Färbung, die Längsstreifen und die blauen Ringe, und das Tier verschmolz mit seiner Umgebung.

Wenig später waren sie weitergezogen, nach Süden, nach Whyalla, einer kleinen Industriestadt in der Nähe von Adelaide, wo sie vor der Küste ihre Forschungsarbeit aufnahmen. Die Gegend ist alljährlich Schauplatz eines grandiosen Unterwasserspektakels, das weltweit seinesgleichen sucht: der Massenhochzeit von Sepia apama, der Australischen Riesensepie.

Hermann hatte zu diesem Zeitpunkt längst zu alter Routine zurückgefunden. Der Tauchreflex funktionierte wieder. Sobald er unter Wasser war, wurde er ruhiger, entspannter, seine Herzschlagfrequenz sank, sein ganzer Körper schaltete in einen Energiesparmodus. Mit minimalen Bewegungen glitt er durch das Wasser, nicht viel anders als seine Studienobjekte, kein Fuchteln mehr, kein Strampeln.

Strawberry Tree

Nach seinem Mahl im Craypot hatte Hermann einen Spaziergang gemacht und aus dem Internet-Café eine Mail an seine Tochter geschickt. Sie sollte sich keine Sorgen machen, wenn sie aus der Presse von den Ereignissen in Neuseeland erfahren würde.

Auch im Strawberry Tree nebenan war nichts los. Ein nahezu glatzköpfiger alter Mann saß allein am Tresen vor seinem Bier, paffte an einer Pfeife und musterte Hermann aus schläfrigen Augen. Aus dem hinteren Raum war das Klacken von Billardkugeln zu hören. Hermann nickte dem alten Mann zu, ließ sich ein Bier zapfen und setzte sich dann mit dem randvollen Glas auf das Sofa in der Nähe des Eingangs, das sonst immer besetzt war. Gegenüber im Kamin brannten dicke Holzscheite und verbreiteten angenehm warmes Licht, eine Gemütlichkeit, die Hermann gernhatte. Er mochte diesen Pub mit seinen dunklen Holztäfelungen, den Walknochen, die an der Wand rings um den Kamin drapiert waren. Kurz musste er an die Pottwale draußen vor der Küste denken. Was aus denen wohl geworden war?

Hermann leerte das halbe Glas in einem Zug und stellte es neben sich auf den Boden. Seine Augen blieben an dem Fernseher oben in der Ecke hängen, in dem heute ausnahmsweise keine Rugbyspiele liefen, sondern neuseeländische und internationale Musikvideos. Martialisch aussehende Maori-Rapper versuchten, ihre afroamerikanischen Vorbilder in den Schatten zu stellen, und eine kaffeebraune Schönheit, in feine Seidentücher gehüllt, wandelte einen menschenleeren Strand entlang und sang von verlorener Liebe. Hermann sah eine Weile zu, trank dabei sein Bier und holte dann die Landkarte aus der Jackentasche. Er hatte sich vorgenommen, heute Abend zu entscheiden, ob er bleiben oder weiterfahren sollte.

Das vielversprechende Buchtengewirr von Marlborough fiel ihm ins Auge, nur wenige Autostunden entfernt, dann im Nordwesten eine lange, zerbrechlich wirkende Landzunge, die in die Cook Strait ragt. Er hielt den Kopf schräg, um die kleine Schrift lesen zu können. *Golden Bay.* Klang vielversprechend. Er könnte eine Rundfahrt durch das obere Drittel der Südinsel machen. Erst nach Marlborough, dann über Nelson auf die andere Seite in die Golden Bay und an der Westküste wieder zurück. Das müsste zu machen sein. Er hatte zehn Tage Zeit. Und er spürte sogar dieses leichte Kribbeln der Vorfreude im Bauch. Er konnte reisen, sich dieses wunderbare Land ansehen. Er lächelte in sich hinein, griff nach seinem Glas, das schon lange leer war. So hatte er sich das vorgestellt. Es ging ihm erstaunlich gut. Ausgerechnet hier, nach allem, was passiert war.

Er stand auf und ging zum Tresen, um sich ein neues Bier zu holen. Der Alte saß noch immer inmitten einer Qualmwolke auf seinem Hocker. Er grinste, als Hermann näher kam.

«Ich hoffe, du nimmst mir das nicht übel, Kumpel», empfing er ihn. «Aber ich habe dich beobachtet. Du scheinst mir der Einzige in diesem Kaff zu sein, der seine gute Laune nicht verloren hat. Das gefällt mir.» Er machte eine einladende Geste. «Willst du dich nicht einen Moment zu mir setzen?»

Hermann überlegte nur kurz, dann nickte er, zog sich einen der Barhocker heran und prostete dem Alten zu. «Cheers! Was soll man machen? Kann ja eigentlich nur besser werden, oder?»

Der Alte ließ ein meckerndes Lachen hören und klopfte ihm anerkennend auf den Rücken. Die Bedienung servierte zwei frischgezapfte Biere. Sie tranken und stellten ihre Gläser gleichzeitig zurück auf den Tresen.

«Ich heiße Stuart», sagte der Alte mit krächzender Stimme und entblößte dabei seine tabakbraune Zahnprothese. «Stuart Sandman. Freunde nennen mich Sandy.»

«Freut mich. Hermann.» Sie schüttelten sich die Hände.

«Damit wir uns nicht falsch verstehen», Sandy richtete sich auf und setzte sich auf seinem Hocker zurecht. «Was passiert ist, ist schrecklich. Grauenhaft. So viele Tote. Diesmal hat es uns hart erwischt. Das Meer hat uns eine Lektion erteilt, so seh ich das, eine schallende Ohrfeige. Es hat gezeigt, wer hier an der Küste das Sagen hat. Damit wir es uns wieder für ein paar Jahre merken.» Sandy sah an die Decke und stieß eine Rauchwolke aus. «Weißt du, Hermann, die Leute sind doch ein bisschen größenwahnsinnig geworden, haben gedacht, sie hätten für immer und ewig alles unter Kontrolle, könnten machen, was sie wollen.»

Hörmen, er hat diesen Klang schon fast vergessen. Sandy wandte ihm sein hageres, von unzähligen Falten durchzogenes Gesicht zu. Wahrscheinlich war er weit über siebzig.

«Gibt es da, wo du herkommst, auch ein Meer, Hermann?», fragte er.

«Ich komme aus Deutschland, nicht gerade eine der ganz großen Seefahrernationen, aber auch wir haben eine Küste, ich lebe in einer Hafenstadt. Unser Meer ist allerdings mit diesem hier nicht zu vergleichen. Es ist flach, im Durchschnitt nur gut fünfzig Meter tief.»

«Fünfzig Meter?» Sandy sah ihn an, als wäre er nicht ganz richtig im Kopf. «Hol mich der Teufel, was ist denn das für ein Meer? Klingt wie 'ne bessere Pfütze. Da haben wir ja in unseren Seen mehr Wasser unter dem Kiel.»

«Die Ostsee», sagte Hermann, und es klang fast wie eine Entschuldigung.

Sandy zuckte nur mit den Achseln. «In Kaikoura ist es schon immer besonders gefährlich gewesen. Früher, als man nur über das Meer hierherkam, sind die Leute zu Dutzenden ersoffen, weil ihre Schiffe auf die Felsriffe vor der Küste gelaufen sind. Glaub mir, ich weiß, wovon ich rede. Ich bin vor einem verdammten halben Jahrhundert selbst da draußen gekentert, und ich hab's gerade noch so ans Ufer geschafft. Und an Land ist es nicht viel besser. Vor zwölf Jahren, ich kann mich noch daran erinnern, als ob's gestern war, da ist unser Lyall Creek über die Ufer getreten. Es hätte nicht viel gefehlt, und halb Kaikoura wäre zum Teufel gegangen.»

Jetzt war Hermann erstaunt: «Dieses kleine Flüsschen?»

«Kleines Flüsschen», wiederholte Sandy. «Das ist Neuseeland, mein Freund. Da werden kleine Flüsse über Nacht zu reißenden Strömen. Die Natur ist mächtiger als wir, nur die Leute begreifen's nicht. Sie haben gedacht, sie könnten dem Fluss mit ein bisschen Erde eine andere Richtung aufzwingen, und wenn ein paar Jahre nichts passiert, vergessen sie's einfach und denken, es wäre schon immer so gewesen. Aber dann kam der Regen, und der Fluss holte sich sein altes Bett zurück, mitten durch die Stadt. Da draußen die Straße», er zeigte mit dem Pfeifenstiel auf die offene Eingangstür, durch die man parkende Autos und die Ladenfront gegenüber sah, «das war eine einzige Stromschnelle. Das braune Wasser raste nur so, Kadaver von ertrunkenen Schafen trieben vorbei, sogar Autos. Es war lebensgefährlich.» Er schüttelte den Kopf. «Aber was hilft's.

Das Leben geht weiter, hab ich recht? Heute erinnert kaum noch etwas daran. Die Touristen staunen, wenn sie im Museum die alten Fotos sehen.»

Sie saßen einen Moment schweigend nebeneinander und hoben ab und an die Gläser. Sandys Pfeife hing im rechten Mundwinkel, er paffte.

«Wie lange lebst du schon hier, Sandy?»

«Ich bin vor siebzig Jahren nach Kaikoura gekommen», antwortete der Alte stolz. «Zusammen mit meinem älteren Bruder. Damals war ich zwölf.»

«Unglaublich», staunte Hermann. Sandy war über achtzig.

«Ich habe alles gemacht. Ich war Tischler, Mechaniker, Koch, aber meistens war ich draußen auf See. Ich habe als Walfänger gearbeitet und viele Jahre Hummer gefischt. Und, wie du siehst, ich lebe immer noch. Kaikoura hält jung.»

«Du hast hier selbst noch Wale gejagt?»

«Und ob, bis 1964. Sind nicht mehr viele übrig, die damals mit dabei waren. Ich war Flenser, hab die Biester in Streifen geschnitten sozusagen. Aber frag mich nicht danach. Ich bin nicht besonders stolz darauf, war eine beschissene Zeit, wenn du 's genau wissen willst, eine elende Schufterei. Es gab damals kaum Arbeit. Man musste nehmen, was man kriegen konnte. Wir waren Killer, weißt du, regelrecht besoffen von Walblut. Mir wird heute noch schlecht, wenn ich daran denke. Zum Schluss haben wir in nur zwei Jahren fast zweihundertfünfzig Wale getötet. Kannst du dir vorstellen, was das bedeutet?»

«Mein Gott.»

«Das ging wie am Fließband. Wir haben sehr viel Blut vergossen. Damit könntest du da draußen den ganzen verdammten Canyon füllen. Für einen Hungerlohn.» Die Erinnerung schien ihn aufzuregen. Er zog schnell und gierig an seiner Pfeife. «Nein, ich bin wirklich nicht stolz darauf. Ich wollte, es hätte damals schon so etwas wie Whale-Watching gegeben. Klingt zwar seltsam für einen, der geholfen hat, so viele von ihnen umzubringen, aber glaub mir, ich mag diese Tiere.»

Hermann war fasziniert. «Du kennst dich hier aus, Sandy. Diese Welle. Was war das? Was ist da draußen passiert?»

Der Alte paffte nachdenklich vor sich hin. «In den Zeitungen steht: Die schlimmste Katastrophe seit Menschengedenken. Was heißt das schon, hier in Neuseeland, meine ich. Das schreiben die Journalisten, die hier plötzlich herumhängen und keine Ahnung haben. Weiße kennen dieses Land erst seit zweihundert Jahren, und am Anfang waren es nur eine Handvoll Leute, die furchtbares Heimweh hatten und sich an wenigen Flecken zusammentaten. Als ich hierherkam, war Kaikoura noch ein winziges Dreckloch, man kann sich das heute gar nicht mehr vorstellen. Die Maoris sind auch nicht viel länger hier, nur ein paar hundert Jahre, und die meiste Zeit haben sie damit zugebracht, sich gegenseitig die Köpfe einzuschlagen. Trotzdem spielen sie sich auf, tun so, als würden sie die tiefsten Geheimnisse dieses Landes kennen.» Er lachte spöttisch. «*Seit Menschengedenken.* Das klingt so großartig, aber es heißt nichts, gar nichts. Wir halten uns für die Größten und haben in Wirklichkeit keine Ahnung.»

«Meinst du, es war ein Erdbeben?»

«Ein Beben.» Er zuckte mit den Achseln. «Ja, vielleicht. Sie sagen, hier verläuft eine Subdi... Subdu..., ach, ich vergesse immer, wie das heißt.»

«Eine Subduktionszone.»

«Genau, so nennen sie das.»

Sandy trank aus seinem Glas, stieß Rauchwolken aus und sah ihn eine Weile schweigend an. Dann tippte er sich plötzlich mit dem Finger an die Stirn. «Wolltest du mit dem Kopf durch die Wand?»

Hermann glaubte, Sandy würde über seine Frage nachdenken, und wurde von dem abrupten Themenwechsel völlig überrascht. «Durch die Wand? Ich verstehe nicht. Wie kommst du darauf?»

«Na, die Verletzung.» Er fasste sich noch einmal an die Stirn.

«Ach so», sagte Hermann und griff in einem Reflex an das Pflaster. «Eine Platzwunde. Sieben Stiche.» Er überlegte kurz, ob er von seinem Abenteuer erzählen sollte. «Ich war auf einer Whale-Watching-Tour, als es passiert ist, an Bord der *Maui*. Bin gegen irgendetwas geschleudert worden.»

Sandy zeigte sich beeindruckt. Er blies lautstark Luft und Rauch durch seine Zähne. «Du warst draußen auf See?»

«Ja, ich habe die Welle kommen sehen. Und ich habe auch beobachtet, was sich vorher abgespielt hat. Ich bin Meeresbiologe, Sandy. Ich habe in meinem Leben viel Zeit auf Schiffen verbracht, aber so etwas habe ich noch nicht erlebt. Das Meer hat gebrodelt wie in einem Kochtopf. Schon vorher sind Tonnen von Sediment aufgewühlt worden, obwohl das Wasser viele hundert Meter tief ist.»

Sandy nickte. Starr geradeaus blickend, sagte er: «Ich habe davon gehört. Aber es ist nicht nur Schlamm. Da sind noch ganz andere Dinge ans Licht gekommen.»

«Wie meinst du das?»

Der Alte sah sich kurz um und beugte sich dann mit Verschwörermiene zu ihm hinüber. «Hast du schon mal einen Kalmar gesehen?»

Hermann konnte sich ein Schmunzeln kaum verkneifen. «Ja, habe ich. Ich sage doch, ich bin Biologe. Und Tintenfische sind zufällig meine Spezialgruppe.»

«Sooo ...», sagte Sandy gedehnt, rieb sich mit der Linken über seinen Brustkorb und setzte ein vielsagendes Grinsen auf.

«Ein Experte. Na, dann pass mal auf, dass dir hier nicht was Entscheidendes durch die Lappen geht.» Er kicherte, schien sich diebisch zu freuen, wie jemand, der gerade einen gelungenen Streich in Szene setzt. «Du kannst dich auf was gefasst machen, mein Freund. *Einen* Kalmar kennst du. Okay. Aber was ist mit Hunderten davon, he? Wie klingt das? Ich habe sie gesehen, und ob du's glaubst oder nicht, es ist erst ein paar Stunden her. Riesige Biester, so weit das Auge reicht, ein verdammter Kalmar neben dem anderen. Das war ein Anblick, den ich mein Lebtag nicht vergessen werde. Einige haben noch im Sterben mit ihren widerlichen Tentakeln herumgefingert. Echte Ausgeburten der Hölle sind das, manche so groß wie ein Auto.»

«Wovon redest du?»

Wollte der Alte sich über ihn lustig machen? Was sollte der Unsinn? Er hätte nicht sagen sollen, dass er Wissenschaftler ist. Offenbar fühlte Sandy sich herausgefordert und glaubte, ihn mit Horrorgeschichten beeindrucken zu müssen. Das war Stoff für Leute wie Degenhardt. Sandy war an den Falschen geraten.

«Ich rede von der ganzen Küste zwischen South und Goose Bay», sagte der Alte mit glänzenden Augen.

«Ja, und?»

«Also, wenn ich Tintenfischforscher wäre, würde ich mir das mal ansehen.»

Hermann wusste plötzlich nicht mehr, was er von dem Geschwafel des Alten halten sollte. «Wo genau?», fragte er vorsichtig.

«Sie sind überall, aber am besten ist es hinter dem Flugplatz, dem ehemaligen Flugplatz. Wird 'ne Weile dauern, bis da wieder ein Flugzeug landen kann.»

«Meinst du etwa den Campingplatz?»

«Genau, den Peketa Beach Holiday Park.»

Er sah an Hermann hinunter, bis er bei den braunen Trampersandalen landete.

«Ich geb dir noch 'n guten Rat.» Er hob den rechten Fuß und stellte ihn auf einen Barhocker. Für sein Alter war er erstaunlich beweglich. «Zieh dir 'n Paar feste Schuhe an, am besten Gummistiefel.»

Feierlich zog er sein Hosenbein hoch, als lüftete er einen Theatervorhang. Auf der schlaffen Haut prangten knapp oberhalb der Knöchel ein halbes Dutzend gut kirschkerngroße, dunkelrot gefärbte, kreisrunde Abdrücke, aufgereiht wie auf einer Perlenschnur.

«Die Scheißdinger hatten sich so festgesaugt, dass ich sie einzeln abschneiden musste», sagte er stolz. «Dabei war das Vieh so gut wie tot.»

Carl Donovan Field Station

Ein paar hundert Meter entfernt saß Barbara in einem kleinen Büroraum und telefonierte. Sie sprach leise, trotzdem hallte ihre Stimme durch die offene Tür in den Flur hinaus. Die Handwerker hatten ihre Arbeiten abgeschlossen und vor Stunden das Haus verlassen. Tim und Maria waren in der Stadt, um Pizza zu essen. Sie war allein in der Station geblieben. Vielleicht ahnte sie, dass Mark anrufen würde. Sie selbst hatte es nicht mehr versucht.

Natürlich war sein Anruf mehr als überfällig – wann hatten sie sich das letzte Mal gesehen? Vor drei Wochen? Vor einem Monat? –, eine Selbstverständlichkeit in Anbetracht der Katastrophe, die über sie und Kaikoura hereingebrochen war. Aber sie freute sich trotzdem, dass er sich endlich meldete, freute sich wirklich, und begann sofort zu erzählen. Von ihrer Angst davor, dass sich das dramatische Geschehen wiederholen könnte, und dass sie trotzdem zwei Tage lang durch ihr Untersuchungsgebiet über dem Canyon gefahren seien. Von dem schaurigen Geheul, das sie überall zu hören bekämen, und wie es sie bis in ihre Träume verfolgte. Für einen Moment hatte sie alles vergessen, die lange Funkstille, ihre vergeblichen Versuche, ihn zu erreichen, seine Sprüche und höhnischen Kommentare, die sie ihr ganzes Studium hindurch begleitet hatten und von denen sie in wohlwollenden Momenten dachte, dass sich dahinter nur seine Angst versteckte, sie zu verlieren. Von Mark kam nichts, nur hin und wieder ein Brummen oder eine knappe Bemerkung. Es reichte ihm zu wissen, dass sie nicht zu Schaden gekommen war. Alles andere interessierte ihn nicht. Es hatte ihn nie interessiert.

Barbara beugte sich über die Schreibtischplatte und stützte den Kopf auf die linke Hand. «Du kommst also nicht?»

Das war mehr eine Feststellung als eine Frage. Sie ärgerte sich, dass sie ihn wider besseres Wissen darum gebeten hatte, inständig gebeten. Sie brauche ihn, hatte sie gesagt, nicht nächste Woche, sondern jetzt. Sicher, sie hatte ihn unter Druck gesetzt, was er auf den Tod nicht ausstehen konnte. Aber ihr neues Leben drohte seinen Inhalt zu verlieren, deswegen gab es für sie nur noch ein Entweder-oder. Ohne Pottwale, deren Anwesenheit sie als selbstverständlich vorausgesetzt hatten, würde es keine Doktorarbeit geben, weder ihre noch irgendeine andere, nicht einmal eine lächerliche Tabelle. Ohne Pottwale war der Traum von einem aufregenden und erfüllten Leben als Meeresbiologin vorerst ausgeträumt. Deshalb wollte sie wissen, ob sie noch auf ihn zählen könnte. Aus seinem Mund. Und sie bekam ihre Antwort.

«Nein, ausgeschlossen.» Mark klang regelrecht entrüstet und hob an, alles noch einmal zu erzählen, die ganze Litanei. Wie sie sich das vorstelle. In zwei Tagen sei Wiedereröffnung und die Bar noch immer eine einzige Baustelle. Für sie sei das offenbar ohne Bedeutung, obwohl sie einige Jahre recht gut davon gelebt habe, aber ihn habe das Ganze unglaublich Nerven gekostet und entwickele sich zu einem Albtraum. Er benutzte tatsächlich das Wort Albtraum, obwohl er die Bilder aus Kaikoura gesehen hatte, obwohl er wusste, dass sie genauso gut tot sein könnte.

Sie ließ den Hörer sinken, aus dem leise Marks Stimme zu hören war, und legte auf.

Eine Stunde später saß sie mit gesenktem Kopf zwischen Maria und Tim an einem großen Labortisch. Im Halbkreis um sie herum standen leere Bierbüchsen. Normalerweise wurde der Raum, in dem sie jetzt saßen, von Studentengruppen aus Christchurch genutzt, aber momentan liefen keine meeresbiologischen Praktika. Die Station hatte endlich eine Heizung bekommen, und die gesamte Elektrik wurde überholt. Das Haus war verlassen, und die drei Pottwalforscher konnten sich ausbreiten. In dem winzigen Büro, das sie sich sonst zu dritt teilen mussten, konnte man vor Computern, Literaturstapeln, Kabeln und Hydrophongestänge kaum treten.

Während die beiden auf sie einredeten, fuhr Barbaras ausgestreckter Zeigefinger wie unter Zwang an alten Kratzspuren in der Tischplatte entlang. Sie wusste nicht, ob Tim ihr etwas angemerkt hatte. Er kannte Mark, und sie war ziemlich sicher, dass er ihn nicht mochte. Sein dicker Wagen, seine teuren Markenklamotten, sein Alter – er war zwölf Jahre älter als sie –, sein angewiderter Blick, mit dem er den Inhalt ihres Kühlschranks bedachte, die Art, wie er sich weigerte, in den Etagenbetten der

Station zu schlafen, und sie in ein Motel entführte. Der Besitzer der angesagtesten Bar Dunedins und der Freilandbiologe, der nur für seine Arbeit lebte – da prallten Welten aufeinander. Aber jetzt ging es nicht um Mark, nicht mehr. Es ging um sie und ihre Wale.

«Sie sind schon Jahrhunderte hier, vielleicht Jahrtausende», sagte Tim nicht zum ersten Mal. «Glaub mir, du musst dir keine Sorgen machen. Sie kommen zurück.»

«Das bezweifele ich ja gar nicht. Aber wann? *Wann?*» Sie hörte seine Beschwichtigungen nicht ungern, sie waren gutgemeint. Im Gegensatz zu Mark, der nicht einen aufmunternden Satz über die Lippen gebracht hatte, versuchte Tim wenigstens, sie zu beruhigen. Er wusste, was das Verschwinden der Wale für sie bedeutete. Ihr Stipendium lief nur über zwei Jahre. Und auch er würde sich über kurz oder lang nach einem neuen Forschungsgebiet umsehen müssen. Er war zwar durch einen langfristigen Vertrag abgesichert, aber sein Projekt eines fest installierten 3-D-Hydrophonfeldes, das die Klicks der Pottwale kontinuierlich aufzeichnet, könnte er vergessen. Dabei waren die Möglichkeiten faszinierend, Barbara hatte gehofft, dass sie selbst einmal damit arbeiten könnte. Es war zum Heulen: so viele Monate der Vorbereitung und Planung. Alles für den Papierkorb.

«Nächstes Jahr ist es für mich zu spät», sagte Barbara. «Ich kann nicht sechs Monate warten, nicht einmal drei.» Sie kämpfte gegen die Panik an, die in ihr aufzusteigen begann, gegen die lähmende Enttäuschung. «Eigentlich kann ich mir überhaupt keine Verzögerung leisten.»

«Dein Stipendium wird ausgesetzt oder verlängert. Es sind außergewöhnliche Umstände, da muss es einen Weg geben. Ich werde einen Brief an die Kommission schreiben. Auch Adrian wird sich darum kümmern. Er lässt dich nicht hängen.»

Professor Adrian Shearing von der University of Otago in Dunedin, der Leiter ihrer Arbeitsgruppe, war eine landesweit geschätzte und gefürchtete Institution, wenn es um den Schutz mariner Ressourcen ging. Sein Wort hatte Gewicht, aber er kümmerte sich um zu viele Projekte gleichzeitig und musste sich mit Sponsoren und der mühseligen Mittelbeschaffung herumschlagen. Deshalb schaffte er es nur selten nach Kaikoura. Sein Statthalter vor Ort für die laufende Pottwalforschung war Timothy Garland, der jetzt seine Hand auf Barbaras Unterarm legte. «Es gibt keinen Grund, so schwarzzusehen», sagte er. «Der Canyon bietet für Pottwale optimale Bedingungen. Das letzte Mal sind sie nur ein paar Wochen weggeblieben.»

«Das letzte Mal?» Maria sah ihn erstaunt an. «Die Wale sind schon einmal verschwunden?» Auch sie hatte versucht, Barbara zu trösten, aber wie sollte man jemanden beruhigen, wenn es zur Beruhigung nicht den geringsten Anlass gab?

Tim stand auf und ging zu dem Kühlschrank, der neben einer Reihe großer Spülbecken in einer Ecke des Raumes vor sich hin summte. «Wollt ihr noch ein Bier?» Beide Frauen schüttelten den Kopf. Es knackte, als Tim seine Büchse öffnete.

«Es ist schon ein paar Jahre her», sagte er auf dem Weg zurück, ließ sich auf seinen Stuhl fallen und legte die Füße auf der Tischkante ab. «Ich war noch Student und kenne die Geschichte nur aus Adrians Erzählungen. Auch damals verschwanden die Wale innerhalb weniger Stunden, buchstäblich über Nacht, als hätten sie alle dasselbe Zeichen empfangen oder sich untereinander abgestimmt. Bei den Whale Watchers herrschte ziemliche Aufregung. Ein paar Tage fuhren sie noch weiter raus und taten so, als wäre nichts geschehen, aber dann begannen die Touristen, sich zu beschweren. Kann man sich ja denken. Sie zahlten eine Menge Geld, und die Walsichtungen waren nicht mehr garantiert. Das gab Ärger.» Er setzte die Bierdose an den Mund und trank. «Das werden wir jetzt wieder erleben. Kneipen, Restaurants, Geschäfte, die anderen Tourveranstalter, alles hängt an den Walen, die die Leute hierherlocken. Wenn sie zu Hause bleiben, weil keine Pottwale mehr da sind, gibt es über kurz oder lang ein Problem.»

Während Tim redete, waren Barbaras Augen immer größer geworden. «Wie interessant», sagte sie erbost. «Kaikoura bekommt ohne Wale ein Problem, aber wenn ich mir Sorgen um meine Zukunft mache, dann ist das übertrieben, so meinst du das doch?»

Tim verdrehte die Augen. «Mensch, Barbara, ich will nur ...»

Sie winkte ab. «Ich weiß, Tim, du meinst es gut. Entschuldige.»

«Erzählt mal», drängte Maria. «Was ist denn damals passiert?»

«Genau weiß ich es auch nicht. Offenbar zogen weiter draußen vor der Küste ein paar Kühe vorbei, und, na ja, da waren unsere Jungs hier nicht mehr zu halten.» Tim trank einen Schluck und schmunzelte. «Sie holten sich allesamt eine herbe Abfuhr und kamen um die Erkenntnis reicher zurück, dass sie besser noch ein paar Jahre fressen und wachsen sollten.»

«Du bist gemein.» Maria mochte es nicht, wenn man sich über die jungen Pottwalbullen lustig machte. Deren einsames Leben erschien ihr schwer genug.

Barbara ignorierte Tims heiteren Ton. «Diese beiden Ereignisse kann man nicht vergleichen. Wenn die Theorie stimmt, mehr als eine Theorie ist es nämlich nicht, weil niemand gesehen hat, dass sie mit den Kühen zusammengetroffen sind, dann wurden die Tiere damals vom Canyon weggelockt. Sie hörten die Klicks der vorbeiziehenden Kühe. Diesmal aber wurden sie vertrieben, und zwar von einem katastrophalen Ereignis, dessen Ursache und Ausmaß wir nicht mal ansatzweise verstehen. Damals verwandelte sich das Meer auch nicht in eine Schlammsuhle, mit Sichtweiten von dreißig Zentimetern.»

«Einen Meter», verbesserte Maria. «Wir haben heute stellenweise knapp einen Meter gemessen.»

«Du wirst sehen, Barbara, die Strömung sorgt dafür, dass die Brühe schnell abtransportiert wird. In einer Woche ist das Wasser wieder klar. Aber findest du denn wirklich, dass wir von den Ereignissen so wenig verstehen? Wir haben doch heute auf See darüber gesprochen. Der Kaikoura Canyon ist durch solche Vorgänge entstanden. Das war eine Art reinigendes Gewitter. Der Tiefseegraben wurde einmal kräftig durchgespült, so wie sie in Amerika ab und zu eine reinigende Flutwelle des Colorado River durch den Grand Canyon jagen. Ich finde das absolut überzeugend. Und wenn das alles stimmt, kann es für die Pottwale auf Dauer kein Hindernis sein, sich hier weiter den Bauch vollzuschlagen.»

Seit der Katastrophe wurde auf allen Ebenen darüber gestritten, was in Kaikoura geschehen war. In der Presse, an Stammtischen, in Instituten, Forschungseinrichtungen und Diskussionsforen im Internet. Zumindest in Fachkreisen herrschte weitgehend Einigkeit darüber, dass es kein einfaches Beben war. Dafür sprachen auch die ungewöhnlichen seismologischen Daten. Nach Meinung internationaler Experten war die Welle vielmehr die Folge einer sogenannten Turbidit- oder Trübeströmung, möglicherweise verstärkt durch die starken Regenfälle der letzten Zeit: Unaufhörlich transportieren die Flüsse aus den entwaldeten Bergen große Massen an Sediment heran. Und wenn nicht für einen reibungslosen Abfluss gesorgt ist, bilden sich irgendwann Wasserströme, die schwer von Sedimentpartikeln sind und wie Sandstrahlgebläse eine ungeheure Zerstörungskraft entfalten. Sie zerreißen Telegraphenkabel und fräsen mit der Zeit spektakuläre kilometerlange Schluchten in die Festlandssockel.

Noch kursierte diese Theorie ausschließlich unter Fachleuten. Die meisten Menschen hatten Schwierigkeiten, sich einen solchen Zwitter von Wasserstrom und Erdrutsch vorzustellen. Außerdem führten diese Überlegungen zu einer verwirrenden Konsequenz, mit der sich Presse und Öffentlichkeit schwertaten: Wenn der Kaikoura Canyon tatsächlich durch Trübeströmungen geformt worden war, konnte man das Geschehen schlecht als verheerende Katastrophe bezeichnen, wie das allgemein geschah. Der Canyon war schließlich der Grund für die Anwesenheit der Pottwale, und ohne die Meeressäuger wäre Kaikoura ein abgelegener und ärmlicher Küstenflecken, der niemanden interessierte.

Tim schwang seine Beine vom Tisch, leerte sein Bier und stand auf.

«Warum gehen wir zur Abwechslung nicht mal konstruktiv an die Sache heran.» Er schlängelte sich an Tischen und Stühlen vorbei und lief auf die gegenüberliegende Wand zu.

Hier hingen Poster, die Ergebnisse wissenschaftlicher Untersuchungen präsentierten, aber auch bunte Karten diverser ozeanographischer Phänomene. Tim hängte eine der Schautafeln ab, ging damit zurück und legte sie vor den beiden Frauen auf den Tisch. «Lasst uns doch mal überlegen: Wenn unsere Freunde nicht ins offene Meer abgewandert sind wie damals, wo könnten sie sonst sein?»

Maria strich mit der Hand liebevoll über den glatten Karton. «Diese Darstellung ist einfach grandios», sagte sie begeistert. «Wenn ich mir ein Andenken an meine Zeit in Neuseeland mit nach Hause nehme, dann dieses Poster.»

Es war eine bathymetrische Karte, in der Meerestiefen durch leuchtende Farben symbolisiert wurden. In der Mitte, rings um die beiden, in dezentem Grau gehaltenen neuseeländischen Inseln, dominierte das Rot des Festlandssockels mit einer Wassertiefe bis zu tausend Metern, dann ging es über Orange, Gelb, Grün, Türkis und Blau ab in die dunklen Tiefen. Violett kennzeichnet die ozeanischen Gräben im Norden, die bis zu zehntausend Meter tief hinabreichen.

Das Land war berühmt für seine Naturschönheiten, aber in dieser Darstellung zeigte sich, dass sie nur ein kleiner Teil einer noch viel sensationelleren Szenerie sind: eines Gebirgsmassivs von schlichtweg atemberaubenden Dimensionen. Es gibt dort unten Vulkanketten von mehreren tausend Kilometern Länge, dramatische Schluchten, weite Ebenen, grandiose Taltröge, imposante Gebirge, majestätische Tafelberge – ein Land der Superlative. Beides, Festland und Unterwasserwelt, bilden ein gemeinsames Ganzes und stehen in engster Verbindung. Riesige Gebiete des Meeresbodens ringsum sind mit Zerfallsprodukten der beiden Inseln bedeckt, mit ungeheuren Mengen von Sand, Geröll und Schlamm, die einmal Teil der Bergwelt Neuseelands waren.

Die farbenprächtige Darstellung der Karte allerdings sagte nichts darüber, dass der größte Teil dieser Unterwasserwelt unerforschtes Terrain war. Mit Hilfe von Fernerkundungssystemen war ihre Topographie zwar grob aufgeklärt, aber kaum eine der Bergketten und Ebenen war näher untersucht worden, kein Mensch hatte sie je mit eigenen Augen gesehen. Die Pottwale waren die Einzigen, die sich ohne Hilfsmittel und beinahe nach Belieben in allen drei Dimensionen dieser spektakulären Kulisse bewegen konnten. Diese Welt war eine Spielwiese des größten Raubtiers des Planeten und Lebensraum seiner Beute.

«Kaikoura», sagte Tim und zeigte auf einen Punkt im oberen Drittel der langgestreckten Südinsel.

Selbst für ein unbedarftes Auge war zu erkennen, dass dieser Ort etwas Besonderes sein musste. Nirgendwo sonst an der Ostküste reicht das Grün der Tiefsee so nah an das Festland heran. Ein Kontinentalschelf existiert praktisch nicht, stattdessen fällt das bergige Land fast übergangslos in eine tiefe Meeresrinne ab, den Hikurangi-Trog. Er nimmt hier, nur wenige Kilometer vor der Küste, seinen Ursprung und erstreckt sich weit nach Norden, wo er nach Tausenden von Kilometern in den noch tieferen Kermadec-Graben übergeht. Ein kleiner seitlicher Zipfel, in Wirklichkeit ein Tal mit steilen, zwölfhundert Meter hohen Hängen, führt fast bis vor ihre Haustür: der Kaikoura Canyon.

«Warum sind die Pottwale hier?», fragte Tim.

«Um sich zu mästen», sagte Maria.

«Genau, Pottwalbullen müssen fressen, um groß und stark zu werden, sonst bleiben sie ohne Nachkommen. Sie brauchen ergiebige Jagdgründe.»

«Und diese Jagdgründe liegen vor allem in der Nähe der steilen Canyonwände», erklärte Barbara.

Sie fuhr ihren Laptop hoch und präsentierte den anderen eine Graphik. «Seht euch das mal an! Ich war fleißig letzte Nacht, konnte nicht schlafen. Das ist die Küstenregion von Kaikoura, und die eingezeichneten kleinen Kreuze sind die Koordinaten sämtlicher Pottwaltauchgänge, die hier in den letzten Jahren aufgezeichnet wurden, nach Jahreszeiten getrennt. Wie ihr seht, folgt die Verteilung der Pottwale an der Oberfläche perfekt den Konturen des Canyons darunter, vor allem im Sommer.»

«Wahnsinn», staunte Maria.

«Also?», fragte Tim. «Was schließt du daraus?»

«Sie jagen an den Hängen», antwortete Barbara. «Je steiler, desto besser.»

«Und?»

«Sie sind wahrscheinlich nicht nach Osten abgewandert.»

«Warum nicht?»

«Weil es dort kaum steile Hänge gibt. Ein paar Seamounts am Rande, hier zum Beispiel», sie zeigte auf einen Bereich der Karte, «der Graveyard-Komplex. Aber gleich daneben liegt eine riesige Ebene, wo für die Wale kaum etwas zu holen ist.» Barbara war aus ihrer Lähmung erwacht. Ihr Verstand arbeitete auf Hochtouren, die grünen Augen leuchteten. Endlich tat sie etwas. «Vielleicht sind die Bullen damals zurückgekommen, weil sie nicht genug Nahrung gefunden haben.»

Tim nickte. «Okay. Klingt überzeugend. Nicht nach Osten. Aber wohin dann?»

«Sie folgen dem Graben, parallel zur Küste.»

«Nach Norden.»

«Ja, den Hikurangi-Trog hinauf», sagte Barbara. «Für die *Warrior* ist das vermutlich zu weit. Um die Wale zu finden, bräuchten wir ein Flugzeug.»

«Wir könnten es immerhin versuchen, einfach so weit, wie wir kommen, nach Norden fahren und ab und an unsere Lauscher ins Wasser halten. Vielleicht hören wir sie ja. Ich werde mal mit Adrian darüber reden. Einen Versuch ist es wert. Und was das Flugzeug betrifft, vielleicht lässt sich da doch was organisieren.»

Barbara zog skeptisch die Mundwinkel nach unten. «Wie stellst du dir das vor? Bei unserem Budget?»

South Bay

Hermann wachte am nächsten Morgen noch vor Sonnenaufgang auf und dachte sofort an Sandy. *Hast du schon mal einen Kalmar gesehen, Hörmen?* Er sah den knochigen Altmännerunterschenkel mit den runden roten Malen vor sich und wälzte sich von einer Seite auf die andere. *Ausgeburten der Hölle, so weit das Auge reicht.* Lächerlich. Dass ausgerechnet er sich so etwas anhören musste. Eine halbe Stunde quälte er sich mit dem aussichtslosen Versuch, wieder einzuschlafen. Dann schlug er die Decke zur Seite, schlüpfte in seine Hose, öffnet die Tür und schlurfte in der zaghaft anbrechenden Morgendämmerung quer über das Gelände zu einem der widerlichen Toilettenhäuschen, die am Rande des umfunktionierten Parkplatzes standen. Dahinter begann der Kiesstrand. Ringsum schliefen die Menschen. Aus den großen Zelten war vielstimmiges Schnarchen zu hören. Wieder zurück in seinem Bus, kochte er sich auf dem kleinen Gasherd einen starken Kaffee.

Er hatte leichte Kopfschmerzen, aber die waren wohl eher eine Nachwirkung des ungewohnt ausgiebigen Bierkonsums im Strawberry Tree als Zeichen seiner Gehirnerschütterung. Wenn er tatsächlich an einer Erschütterung des Gehirns litte, dann wäre sie von einer Art, gegen die Mediziner machtlos sind. Er musste hier weg, und zwar so schnell wie möglich. Lagerkoller oder wie immer man es nennen wollte. Er war dem Tod knapp von der Schippe gesprungen, es gab keine Wale mehr, weder Pelzrobben noch Delphine, die Leute liefen mit Trauermienen herum, und abends wurde der Ort zur Geisterstadt, belagert von einer Meute trinkfester Reporter – was sollte er noch in Kaikoura?

Hermann musterte sein verschlafenes, von einem grauen Drei-Tage-Bart bedecktes Gesicht im Spiegel und beschloss, keine Sekunde länger zu warten. Er griff nach einem Apfel, setzte sich kauend hinter das Steuer, ließ den Motor an und lenkte den Wagen an Zelten und Campingmobilen vorbei in Richtung Hauptstraße. Als er die Kreuzung erreichte, zögerte er. Er glaubte zwar kein Wort von Sandys Gefasel, aber obwohl er sich dagegen wehrte, ließ es ihm keine Ruhe. *Pass auf, dass dir nicht was Entscheidendes entgeht.* Die roten Male an seinem Bein hätten tatsächlich frische Spuren von Saugnäpfen sein können – aber genauso gut uralte Muttermale, die der Alte seit achtzig Jahren mit sich herumtrug.

Er stand mit laufendem Motor an der Kreuzung. Es wäre nur ein kurzer Abstecher, wenige Kilometer in die entgegengesetzte Richtung. Nur rasch an den Strand und sich selbst überzeugen. Damit er sich später keine Vorwürfe machen müsste. Noch war es so früh am Tage, dass er danach problemlos bis hinauf nach Marlborough fahren könnte. Und wenn es dort am Meer nichts gäbe, keine Ausgeburten der Hölle, wovon er ausging, dann war das Ganze eben eine Art Abschiedsbesuch bei den Delphinen, die ihm morgens eine kostenlose Frühstücksgala geboten hatten, und bei der grandiosen Bergkulisse ringsum. Goodbye Kaikoura.

Ihm fiel der junge Walbulle ein. Seit die Welle auf ihn zugerast war, hatte er nicht mehr an ihn gedacht, an seine schwere Verletzung, aus der das Blut quoll, vor allem an das rätselhafte längliche Etwas, das an seiner Kopfhaut klebte. Er hatte die Idee zuerst verworfen, aber wenn Sandy recht hätte und es hier so viele Kalmare gäbe, warum sollte das Ding nicht von einem Kopffüßer stammen? Oder umgekehrt: Wenn an dem Wal tatsächlich ein abgerissener Fangarm klebte, dann könnten die Geschichten des Alten … Hermann nickte vor sich hin. «Okay, Sandy, du hast es geschafft.» Er drehte das Steuer nach links.

Solange er in der Deckung der Halbinsel fuhr, war alles unverändert, aber kaum öffnete sich die Landschaft auf der Südseite, sah er die verheerende Wirkung der Welle. Wie weit war der Highway befahrbar? Der Zugverkehr nach Süden ruhte noch immer, und die Straße lag direkt neben den Gleisen, die Straßentunnel direkt neben den Bahntunneln. Die Fahrbahn war geräumt worden, aber wie Schneehaufen neben winterlichen Alpenstraßen lagerten rechts und links schmutzig graue Wälle aus Schlamm und Erde, die immer höher wurden, je weiter er kam.

Unten, auf der ehemaligen Pferderennbahn, türmten sich große Trümmerhaufen, von schweren Maschinen zusammengeschoben, ein Chaos aus geborstenen Balken, Dachziegeln, Holzlatten, Mauerbruchstücken, Hausrat, entwurzelten Bäumen und getrocknetem Schlamm, daneben warteten einige Dutzend Wracks, Boote und Autos, auf ihre Verschrottung. Wie groß die Zerstörungen in der Siedlung waren, konnte man vom Highway aus nicht erkennen, aber in dem improvisierten Lager auf dem Whale-Watch-Parkplatz kannten die Menschen kein anderes Thema. South Bay hatte Glück im Unglück gehabt. Vorgelagerte Felsriffe und vor allem eine kleine Landzunge, die vom Rücken der Halbinsel gerade nach Süden ragt, hatten sich der Welle in den Weg gestellt und ihr einen Teil ihrer Kraft genommen. Nur die erste Häuserreihe in Ufernähe hatte die volle ungebremste Gewalt des Wassers zu spüren bekommen, und natürlich der kleine Hafen, die aufgebockten Boote und geparkten Fahrzeuge, die das Wasser wie Spielzeuge vor sich her durch die Siedlung gespült und zu zerstörerischen Geschossen gemacht hatte.

Die Zufahrtsstraße nach South Bay war gesperrt. Er fuhr den Highway weiter geradeaus, passierte die edle Country Lodge, die jetzt trotz ihrer erhöhten Lage so aussah, als hätte sie eine gründliche Renovierung nötig. Die Fensterscheiben im Erdgeschoss waren zerbrochen, die Fassade feucht und verdreckt. Der geschniegelte Golfplatz daneben mit seinen makellosen Rasenflächen glich nun eher einem Truppenübungsgelände.

Die Sonne stieg aus dem Meer, und er bildete sich ein, das Wasser sähe nicht mehr so grau aus, wie er es in Erinnerung hatte. Aber was hieß das schon? Je größer der Abstand zu den dramatischen Stunden auf der *Maui* wurde, desto misstrauischer war er gegenüber den Bildern, die er in sich trug. Es war eine Extremsituation, das Geschehen mit nichts vergleichbar, was er je erlebt hatte, zu unwirklich, zu albtraumhaft, um mit normalen Maßstäben gemessen zu werden. Außerdem hatte er ja diesen Schlag gegen den Kopf bekommen, da war vielleicht einiges durcheinandergeraten. Er ärgerte sich, dass er keine Fotos gemacht hatte. Sie hätten ihm geholfen, sich das Geschehen noch einmal zu vergegenwärtigen. Was von dem, an das er sich zu erinnern glaubte, hatte er wirklich gesehen? Zum Beispiel die Welle. Er sah sie immer noch als haushohes, brüllendes Monstrum vor sich, dabei wusste er doch, dass sie weiter draußen, über tiefem Wasser, nicht höher als drei, maximal vier Meter gewesen war. Wem sollte er trauen?

Er hielt kurz an und blickte aufs Meer hinaus. Würde er es jemals wieder unbefangen betrachten können? Es herrschte nahezu Windstille, eine träge Dünung, die ihren Ursprung weit draußen auf offener See hatte, wälzte sich in die Bucht. *Sie sind überall,* hatte Sandy gesagt. Der breite Strand aus Kieseln war nicht weit weg, Hermann hörte durch das offene Wagenfenster die Brandung, aber er konnte ihn von der Straße aus nicht sehen.

Über das saftige Grün der Küste hatte sich ein graubrauner Schmutzschleier gelegt, überall waren umgeknickte Bäume und Sträucher zu sehen und auf den Weiden große Fladen trocknenden Schlamms. Die Bäume, die den Fluten widerstanden hatten, sahen aus, als wären sie bis in die Krone hinein in Kalk und Zement getunkt worden. Hermann fragte sich, ob sie ohne einen kräftigen Regenschauer überleben könnten. Überall in den Senken hatte sich das Wasser gesammelt, eine modrige Brühe, an deren Rändern sich durch die beginnende Verdunstung Salzkrusten bildeten. Hin und wieder ragten die Beine toter Schafe und Rinder aus dem Matsch, die man noch nicht entsorgt hatte. Auf einer Wiese, zwei Kilometer außerhalb der Stadt, war er an einem qualmenden Haufen von Kadavern vorbeigefahren. Hunderte von Tieren waren ertrunken. So endeten die eigentlichen Herren dieser Inseln, die Schafe und Rinder, auf dem Scheiterhaufen. In Neuseeland gab es zwanzigmal mehr Schafe als Menschen.

Mitten auf einer ehemaligen Weide lag unverkennbar der spindelförmige Körper eines großen Delphins. Hermann hielt an und sah sich die Szene durch sein Fernglas an. Vom Strand des Campingplatzes aus hatte er die Meeressäuger nur fünfzig Meter hinter dem Brandungssaum spielen sehen. Sie hatten alles geboten, was man von ihnen kennt, einschließlich spektakulärer Sprünge und Salti. Diesem hier war die gefährliche Strandnähe zum Verhängnis geworden. Möwen und Krähen hockten auf dem Kadaver und hackten in seinen Wunden herum. Alles in allem boten sich beklemmende und trostlose Bilder von Verwüstung und Tod, die auch die aufgehende Sonne nicht aufzuhellen vermochte. Nur für Aasfresser waren fette Tage angebrochen.

Er kam problemlos voran. Die Brücke über den ersten der beiden Flüsse schien erstaunlicherweise intakt geblieben zu sein. Hermann sah Reifenspuren in der Schlammauflage der Fahrbahn, er war also nicht der Erste, der sie überquerte. Langsam fuhr er weiter und lauschte auf verdächtige Geräusche, ein Knacken im Brückenfundament zum Beispiel. Aus dem Augenwinkel sah er formlose Gebilde, die unten am Flussufer lagen, aber er hielt nicht an, wollte so schnell wie möglich wieder festen Boden unter den Reifen haben. Noch immer war keine Straßensperre zu sehen.

Fast hätte er nicht gemerkt, dass er den Flugplatz passierte. Er hörte Sandys Stimme, als ob er neben ihm säße: *Wird 'ne Weile dauern, bis da wieder ein Flugzeug landen kann.* Die Reklametafeln und das kleine Abfertigungsgebäude, eher eine Baracke als ein festes Haus, existierten nicht mehr. Als er sich nach rechts zum Landesinneren hinwandte, sah er das Wrack einer zweimotorigen Maschine, die zwischen zwei alten Baumriesen hängengeblieben war. Ein Flügel war abgebrochen, die Flugzeugnase hatte sich in einen Erdhügel gebohrt.

Da, wo der Campingplatz begann, endete die Straße abrupt in einem haushohen Schlammberg, aus dem Äste und Baumstämme ragten. Ein mächtiger Bulldozer stand mitten auf der Fahrbahn, seine riesige Schaufel lag zu Füßen des Haufens auf dem Asphalt. Links öffnete sich die Zufahrt zum Campingplatz.

Hermann steuerte den Wagen an dem Schaufelbagger vorbei, machte den Motor aus, blieb dann minutenlang im Bus sitzen und starrte geradeaus durch die Windschutzscheibe, auf die Überreste der Rezeption, ein Gerippe aus Balken und Stahlstreben. Der Garten davor war eine Schlammwüste, zur Hälfte von dem Abraum bedeckt, den der Schaufelbagger von der Straße geschoben hatte. Schweiß trat ihm auf die Stirn, seine Hände zitterten, und er hörte, wie sein Herz klopfte. Hier, in dem kleinen Supermarkt, hatte er morgens Eier und Milch gekauft und ein Schwätzchen mit der Frau hinter dem Tresen gehalten, einer attraktiven, sportlichen Mittvierzigerin. Was war aus ihr geworden? Er merkte, dass er auf all das nicht vorbereitet war. Er hatte nur einen kurzen Abstecher zum Campingplatz und an den dazugehörigen Strand machen wollen und keine Sekunde daran gedacht, dass seine Fahrt ihn durch eine verwüstete Landschaft führen und mit dem Zerstörungswerk der Welle konfrontieren würde, aber auch mit seiner eigenen Erinnerung an die dramatischen Minuten auf der *Maui*. In Kaikoura war die Welt in Ordnung. Abgesehen von dem Lager hatte nichts darauf hingedeutet, was ihn hier erwartete.

Durch das Fenster drangen Meeresluft und ein fauliger Geruch ins Wageninnere. Ihm war flau im Magen, und er dachte daran, dass er außer einem Apfel noch nichts gegessen hatte. Was ihn auf dem Gelände hinter dem Schlammberg erwarten würde, wusste er nicht, aber er wollte sich dem nicht mit leerem Magen aussetzen.

Er stieg aus, lief vorne um den Wagen herum zur Seitentür und kletterte hinein. Rechts lagen seine Bettdecke und das zerwühlte Laken. Er öffnete ein Schränkchen über der kleinen Spüle, nahm einen buntbedruckten Karton heraus und schüttete Müslimischung in eine hellblaue Plastikschale. Flocken und Nüsse landeten auf Fußboden und Arbeitsfläche. Fluchend griff er nach einem Handbesen. Er hasste es, in der Enge des Busses mit jedem Schritt auf Speisereste zu treten. Dem kleinen Kühlschrank entnahm er Milch und den für seinen Geschmack viel zu sauren Joghurt, den er sich gekauft hatte.

Plötzlich hielt er inne und schüttelte den Kopf. Was tat er hier? Kühlschrank, Schale, Müsli, dieses Morgenritual, dieser Anschein von Normalität, all das war absurd, wirkte in der zerstörten Welt, in der er sich befand, völlig deplatziert. Überdeutlich hörte er jetzt den Gesang der Vögel, die das alles nicht zu stören schien. In Neuseeland lebten ungewöhnliche Vögel, und Australiens Vogelwelt war erst recht spektakulär. Die kreischenden Kakadus und die vielen verschiedenen bunten Sittiche hatten ihn immer wieder begeistert. Sein Gehirn klammerte sich an diesen Gedanken.

Er rührte in seiner Schale herum, nahm einen Löffel voll in den Mund, begann zu kauen und musste dann doch an die Toten denken, daran, dass er neben einem Friedhof frühstückte. Ein altes Ehepaar war hier in seinem Wohnwagen ertrunken. Und es wurden Menschen vermisst, die einzigen, die auf dem weiträumigen Gelände gezeltet hatten.

Bevor die Welle kam, hatte der Platz vor allem den neuseeländischen Dauercampern mit ihren von kleinen Gärten umgebenen Wohnwagen und Hauszelten gehört. Nicht auszudenken, wie viele Opfer das Unglück im Hochsommer gefordert hätte, wenn sich hier Hunderte von Menschen aufhielten. Aber das Wochenende war vorbei gewesen, das Wetter schlecht, und man näherte sich ohnehin dem Saisonende. Bis auf das alte Ehepaar war niemand auf dem Platz, nur ein paar Urlauber mit Campervans, die tagsüber die Gegend erkundeten oder auf einem Whale-Watching-Boot saßen, und die beiden Holländer mit ihrem winzigen Ultraleichtzelt, das man später zerfetzt und triefend nass, irgendwo in einer Baumkrone hängend, gefunden hatte. Von dem jungen Paar fehlte jede Spur. Sie hatten sich in einer entlegenen Ecke des Geländes niedergelassen, in größtmöglicher Nähe zum Meer und weit weg von der spießigen Wohnwagenanlage. Zwischen ihrem Zeltplatz und dem Kiesstrand lag nur der Dünengürtel und ein schattenspendender Gebüschstreifen. Vielleicht saßen sie gerade vor dem Zelt im Gras und bissen in ihre Sandwiches, nicht ahnend, welches Unheil sich bei schönstem Wetter vor der Küste zusammenbraute. Hermann hatte sie gekannt, hatte im Küchenhaus mit ihnen geredet, während sie sich ihre Spaghetti kochten. Wanderer, Naturfreunde, nette Leute …

Er schluckte. Wenn er den Campingplatz an diesem Tag nicht verlassen hätte, wäre es ihm genauso ergangen wie den Holländern. Obwohl er auf der *Maui* fast gestorben wäre, hatte er der Pottwal-Tour sein Leben zu verdanken. Ein verwirrender Gedanke, und ein ungewohntes Gefühl. Plötzlich hatte sich die Lage geändert, plötzlich wurde er verschont, obwohl er oben auf dem Brückendeck geblieben war, gegen die Anordnungen des Personals, als wollte er sein Schicksal herausfordern und sich einer Art Gottesurteil unterwerfen.

Schnell lief er um die zerstörte Rezeption herum. Er wollte es hinter sich bringen, wollte einen Blick auf den verdammten Strand werfen und dann weg von hier.

Der Boden war unberechenbar, manchmal knochenhart und staubig, im nächsten Moment rutschig wie Schmierseife. Einmal brach eine oberflächlich trockene Kruste, als er seinen Fuß daraufsetzte, und er stand knöcheltief im Schlamm.

Erst als er um die zerzausten Reste einer Gebüschgruppe herumgelaufen war und auf die Wiese dahinter blickte, erkannte er das ganze Ausmaß der Verwüstung. Er hielt unwillkürlich die Luft an. Das Wasser hatte alles von der Wiese gespült, die Haus- und Vorzelte aus ihren Halterungen gerissen und die Wohnwagen vor sich hergetrieben, bis ihnen, zwischen Campingplatzgelände und Straße, wie die Zinken eines Riesenkammes eine Reihe großer europäischer Pappeln im Weg standen. Es sah aus, als hätte jemand die einstige Campingidylle mit einem gigantischen Besen zusammengekehrt, um sie ein für alle Mal aus der Welt zu schaffen. Hermann blieb stehen, um dieses seltsame Konglomerat ausrangierter Freizeitutensilien zu fotografieren. In dem Schrottberg türmten sich bis zu drei Wohnwagen übereinander, die obersten regelrecht aufgespießt von den kräftigen Ästen der Bäume. In einem musste das alte Ehepaar gelebt haben. Türen baumelten an ihren

Scharnieren, aus den Fenstern, deren Glasscheiben zerborsten waren, hingen schmutzige Gardinen mit Blümchenmuster. Achsen und Reifen ragten in den Himmel, zerbeulte Satellitenschüsseln lagen in der Gegend herum. Aus Zeltwänden waren zerrissene und verdreckte Planen geworden, wie von Baustellen, dazwischen Campingmobiliar und verbogenes Gestänge.

Das Wasser hatte die Topographie des Platzes vollkommen verändert. Hinter einem Toilettenhaus, dort, wo sich in Hermanns Erinnerung ein Pfad zum Strand befand, hatte sich ein Haufen dornigen Gestrüpps verfangen, der ihm den Durchgang verwehrte. Von dem Holzhaus selbst war nur das Betonfundament übrig geblieben und ein paar verbogene Rohre, die sinnlos in die Luft ragten. Einen Teil des Daches entdeckte er in dem Schrottwall vor den Bäumen. Dafür waren in den Gebüschen, die den Platz zum Strand hin abschirmten, neue Lücken entstanden.

Vorsichtig darauf achtend, wohin er seinen Fuß setzte, ging Hermann durch eine dieser Schneisen Richtung Meer, genau auf die tiefstehende Sonne zu. Stark geblendet kniff er die Augen zusammen. Er hörte die Brandung, das Geräusch von Kieselsteinen, die mit dem ablaufenden Wasser übereinanderrollten, lautes Vogelgezänk und Möwengeschrei. Rasch passierte er den rundgewaschenen Dünenrücken. Der Boden hier war seit Tagen ungeschützt der Sonnenstrahlung ausgesetzt, netzartig von Rissen durchzogen und hart wie Beton.

Ein intensiver säuerlicher Geruch stieg ihm in die Nase, dann spürte er die leichte Brise, die vom Meer wehte, und mit einem Schritt hatte er plötzlich freie Sicht auf den gesamten Küstenstreifen, von South Bay bis zum ersten Tunnel in der Steilküste. Der Blick weitete sich so plötzlich, dass Hermann gegen die Sonne zunächst kaum Details wahrnahm. Er blickte erst nach Süden, dann nach Norden, nach Kaikoura. Abgesehen von ungewöhnlich vielen Seevögeln, die gruppenweise am Boden hockten, wirkte der abschüssige kilometerlange Kiesstrand wie leergefegt. Hermann war ihn mehrmals entlanggelaufen und musste jetzt doch einen Moment überlegen, was anders war. Dann fiel es ihm ein. Das Totholz fehlte, die ausgebleichten Baumstämme, Äste und knorrigen Wurzelballen waren verschwunden, die früher überall am Strand verteilt lagen, eine leichte Beute der Wassermassen.

So weit er blicken konnte, verlief parallel zum Wasser eine scharfe Trennlinie. Unterhalb dieser Hochwasserlinie waren die Steine weitgehend sauber gewaschen, darüber war alles von einer grauen Schicht bedeckt. Das aufgewühlte Sediment, das er im Wasser gesehen hatte? Bis heute hatte er keine Erklärung dafür. War dieses Zeug für den penetranten Geruch verantwortlich? Hermann hob ein paar Steine auf und roch daran. Nichts. Vielleicht lagen oben ein paar Schafkadaver im Gebüsch. Jetzt hatten ihn die Fliegen entdeckt. Sie umschwirrten seinen Kopf und machten ihn nervös. Er fuchtelte mit der Hand durch die Luft, um sie zu vertreiben, aber so konnte er seine Augen nicht schützen, musste die Lider zusammenkneifen und wurde von der Sonne und den weißen Kieselsteinen geblendet. Er fluchte, nahm sich vor, auf dem Weg nach Norden in Kaikoura zu halten, um eine neue Sonnenbrille zu kaufen.

Da ist nichts, dachte er, nichts außer Steinen, Fliegen und Gestank. Du hast doch nicht wirklich daran geglaubt?

Er spürte einen heftigen Wutanfall in sich aufsteigen. *Du kannst dich auf was gefasst machen, mein Freund.* Die eigene Dummheit war es, die er vor Augen geführt bekam. Ein seniler Säufer hatte ihn reingelegt. Er stampfte wütend auf den Boden und wünschte, er wäre direkt nach Norden gefahren. Jetzt würde er Tage brauchen, um diese modrig graue Endzeitszenerie aus dem Kopf zu bekommen.

Er lief noch ein paar Schritte über die Hochwasserlinie hinaus und trat plötzlich auf etwas Weiches, das vor ihm auf den Steinen lag. Er sah nach unten, blinzelte ungläubig. Ein tütenförmiges Gebilde, von Fliegen übersät. Er brauchte ein paar Sekunden, um es zu erkennen, dann saugte er geräuschvoll die Luft ein. Das Tier war einen halben Meter lang und durch das helle Muskelgewebe weiß wie viele der Kiesel, deshalb hatte er es wohl übersehen. Die zarte Haut war aufgeplatzt und zu steifen, brüchigen Löckchen zusammengeschnurrt. Hermann legte die Handfläche an die Stirn. Wo hatte er nur seine Augen gehabt? Ein paar Meter weiter lag das nächste Tier, größer als das erste.

Kurz entschlossen lief er den Strand hinunter, bis er im Wasser stand, und drehte sich dann mit dem Rücken zur Sonne. Mein Gott, wie amorph Kalmare auf den Steinen am Ufer wirken, dachte er. Seine Augen mussten sich erst an diese ungewohnten Formen gewöhnen, die wenig mit den lebenden Tieren zu tun hatten, um sie dann überall zu entdecken, die größten vor allem da, wo die Vögel saßen. Die vielen Vögel, das hätte ihn stutzig machen müssen. Genauso wie die Fliegen und der ekelhafte Gestank.

Schnell setzte er seinen Rucksack ab und lief von einem Tier zum anderen, kniete sich hin, um ein Exemplar aus der Nähe zu betrachten, entdeckte dabei schon das nächste und übernächste und hastete weiter. Im Nu hatte er sich zwei-, dreihundert Meter von seinem Ausgangspunkt entfernt. Er konnte kaum fassen, wie viele es waren, Sandy hatte nicht übertrieben. Der Strand war übersät mit toten Kalmaren. Viele waren bereits ausgetrocknet und bleich, andere glänzten noch von Feuchtigkeit. Was Hermann restlos begeisterte, war ihre sensationelle Vielfalt. Wenn er überhaupt eine Vorstellung von dem gehabt hatte, was hier geschehen war, dann die vom Massensterben eines irregeleiteten Schwarms. Aber es waren viele verschiedene Arten, darunter abenteuerliche Gestalten, die er noch nie gesehen hatte. Mit jeder neuen Entdeckung wurde er aufgeregter, ja, euphorischer. Die kleinsten waren so groß wie Salatgurken, die Mehrzahl hatte das Format einer gutgefüllten Schultüte, aber dann entdeckte er einen wahren Riesen mit zentimeterlangen Haken an den Saugnäpfen, der aus der Entfernung unter Scharen von hungrigen Vögeln kaum zu erkennen war. Trotz des Gestanks stand Hermann minutenlang mit offenem Mund vor der imposanten Gewebemasse, starrte auf die fast kindskopfgroßen Augenhöhlen, deren Inhalt bereits den Vogelschnäbeln zum Opfer gefallen war. Respektvoll betrachtete er den riesigen Eingeweidesack, der flach auf den Steinen lag und mehrere Quadratmeter bedeckte. Was für ein Bursche, der größte Kopffüßer, den er je gesehen hatte, jeder Fangarm so dick wie der Unterschenkel eines kräftigen Mannes. Hermann dachte sofort an den jungen Wal. Jetzt zweifelte er nicht mehr daran, dass er einen Fangarm oder Tentakel gesehen hatte, abgerissen oder abgebissen. Ein Kalmar dieser Größe lässt sich nicht kampflos verschlucken, das ist sicher. Vielleicht schüttelt ein Wal, wie andere Raubtiere, seine Beute heftig hin und her. Nur die Wunde konnte Hermann sich noch immer nicht erklären, den tiefen blutenden Riss.

Nach einer Stunde kehrte er verschwitzt zu seinem Rucksack zurück und trank gierig aus der Wasserflasche. Sein Herz raste, und ihm schwirrte der Kopf. Trotz aller Unkenntnis und Ratlosigkeit im Detail – hier am Strand lag eine wissenschaftliche Sensation ersten Ranges, eine Kollektion, die die Ausbeute jeder teuren Tiefseeexpedition weit in den Schatten stellte. Und da war noch mehr, nicht nur die Kadaver. Immer wieder hatte er Flossen oder jedenfalls Teile von größeren Tieren aus dem Wasser ragen und wieder verschwinden sehen. Einmal peitschte etwas durch die Luft, schlug lautstark auf das Wasser ein und war, als er herumfuhr, verschwunden. Ein Spukbild, ein Produkt seiner überreizten Sinne oder nur ein springender Delphin?

Er platzte vor Energie, hatte keine Ahnung, was er zuerst tun sollte. Konnte es Zufall sein, dass all das ausgerechnet einem Cephalopodenexperten vor die Füße fiel? An Abreise war jetzt nicht mehr zu denken. Er musste etwas unternehmen, schnell, ohne zu zögern. Wenn er es nicht tat, machte es vermutlich niemand. Hier wartete viel Arbeit auf ihn.

Hermann biss hungrig in den Apfel aus seinem Rucksack, riss ein Blatt Papier aus seinem Notizbuch, setzte sich auf die Steine und begann eine lange Einkaufsliste zusammenzustellen. In seinem Rücken hörte er, wie oben auf der Straße der Motor des großen Bulldozers ansprang.

Warrior

Barbara hatte nicht gezählt, wie oft sie schon mit der *Warrior* hinausgefahren war. Was sie zu Anfang Tag für Tag wie ein großes Abenteuer empfunden hatte, war längst Routine geworden. Wissenschaft, das hatte sie gelernt, wird selten von genialen Gedankenblitzen erhellt. Die eigentliche Herausforderung besteht darin, die immergleichen Arbeitsschritte präzise und mit nie nachlassender Konzentration auszuführen. Monotone Fleißarbeit. Mehr als einmal war sie daran verzweifelt, aber sie wusste, dass es nicht anders ging, wenn am Ende ein überzeugendes Resultat herauskommen sollte. In den letzten Wochen und Monaten hatte sie Daten gesammelt, um ihre Auswertungen auf eine solide Basis zu stellen, mit neuen Entwicklungen rechnete sie nicht mehr.

An diesem Morgen aber war die Anspannung wieder da. Sie war schon in enthusiastischer Stimmung aufgestanden, und als sie das Hydrophon einstöpselte und auf ihrem Laptop das Computerprogramm startete, kribbelte es in ihrem Bauch wie am ersten Tag. Gab es in der Nähe Pottwale? Und wenn ja, waren sie nur ein paar Kilometer nach Norden geschwommen und machten weiter wie bisher, jeder für sich, oder zeigten sie in dieser Ausnahmesituation eine neue Form von Zusammenhalt, von sozialem Verhalten? Würde sie vielleicht Codas, Creaks oder Slow Clicks hören, all das, was sie bislang nur aus der Literatur kannte? Oder hatten sie das Weite gesucht? Pottwale sind mit einer durchschnittlichen Reisegeschwindigkeit von vier Kilometern pro Stunde unterwegs. Sie könnten jetzt bereits über hundert Kilometer entfernt sein.

Vom Steg am alten Pier Hotel, wo jetzt oft Gedränge herrschte, weil der Hafen in der South Bay nicht mehr zur Verfügung stand, waren sie mit der *Warrior* nach Norden gefahren. Tim hatte früh am Morgen mit Adrian in Dunedin telefoniert und sofort grünes Licht bekommen. Shearing versprach sogar, die Mittel für einen Rundflug aufzutreiben, falls das erforderlich sein sollte.

Mit Hilfe von Echolot und GPS war die *Warrior* dem Verlauf des Hikurangi-Troges gefolgt und befand sich jetzt über dessen westlichem Hang. Nördlich der Halbinsel gab es keinen Canyon mit großen Tiefen nah an der Küste, sodass sie in ungewohnter Entfernung vom Land arbeiten mussten. Die *Warrior*, Kaikoura, die Halbinsel, alles erschien ihnen kleiner als sonst und das Meer ungleich größer und gewaltiger. Die Bedingungen waren ideal. Es herrschte ein frischer, nicht zu starker Wind. Das Schiff lag ruhig, schaukelte in einer sanften Dünung. Trotzdem fühlten sie sich ohne die unmittelbare Nähe der Berge und der vertrauten Küstenlinien exponierter und verletzlicher als sonst.

Als das Hydrophon im Wasser war, herrschte gespannte Erwartung im Boot. Paul lehnte scheinbar unbeteiligt an seinem Steuerrad, zündete aber eine Zigarette nach der anderen an, Maria knabberte nervös auf einer schwarzen Haarsträhne, und Tim trommelte ungeduldig einen schweren Rockrhythmus auf das Sitzpolster. Alle wussten, wie viel von diesem Ausflug abhing.

Es knackte im Lautsprecher, aber noch war das System nicht empfangsbereit. Barbaras Finger flogen über die Tastatur, dann war das charakteristische Rauschen zu hören, der Recorder war startbereit. Sie kam sich vor wie eine Exobiologin, wie Jodie Foster in *Contact,* eine streitbare Einzelkämpferin, die in den Weltraum horcht, um außerirdische Intelligenzen auszumachen, und dabei mit ihrem Team um ihr wissenschaftliches Überleben kämpft. Auch für Barbara ging es um alles oder nichts. Über das, was sich unter der *Warrior* abspielte, wussten sie nicht viel mehr als über ferne Galaxien. Das Moby-Klick-Team betrat marines Neuland.

Sie sprachen kein Wort, lauschten gespannt den Geräuschen, die das Hydrophon auffing. Knacken, Rauschen, Knistern, Heulen, die bekannten Stimmen dieses Meeres, obwohl nur die wenigsten ein Gesicht für sie hatten. Nach ein paar Minuten aber wussten sie, dass eine Stimme fehlte, die wichtigste. Keine Klicks, keine Pottwale. Sie horchten weiter, während Tim das Hydrophon ein wenig nach rechts drehte und auf ein neues Gebiet weiter östlich ausrichtete.

Nach einer halben Stunde brachen sie die Suche ab und fuhren zwei Meilen weiter nach Norden, wo sie die ganze Prozedur mit demselben Ergebnis wiederholten. Bald passierten sie Hapuku, die erste Ortschaft nördlich von Kaikoura, und gleichzeitig die letzte für fünfzig Kilometer Steilküste. Dahinter ragte eine wilde, menschenleere Bergwelt auf, eine Art Negativbild des unsichtbaren Grabens tief unter ihnen. Noch hatte Barbara die Hoffnung nicht aufgegeben, aber eines war jetzt schon klar: Die Pottwale waren nicht um die Halbinsel herum in den Hikurangi-Trog abgewandert, um dort zu warten. Sie waren weitergeschwommen. Oder tot.

Peketa Beach

«He, Mister», brüllte der Mann aus der geöffneten Tür des Bulldozers. «Das is' kein Campingplatz mehr.» Er wedelte mit dem Zeigefinger. «No Camping!»

Hermann hatte seinen Wagen wieder auf der ehemaligen Platzeinfahrt abgestellt, wo jetzt auch ein dreckiger roter Toyota stand, vermutlich der Wagen des Baggerführers. Er schlug die Fahrertür zu und lief um den Bus herum, um seine Einkäufe auszuladen. «Danke für den Hinweis», rief er dem Fahrer zu. «Ich dachte mir schon, dass die Duschen wohl nicht mehr funktionieren werden.»

«Was haben Sie gesagt?» Der Mann trug Ohrenschützer, die er jetzt abnahm.

«Nicht so wichtig», sagte Hermann und fügte schreiend hinzu: «Kümmern Sie sich nicht um mich. Ich will nur an den Strand.»

Er öffnete die Tür und hob ein Sortiment orange-gelber Plastikwannen aus dem Wagen. Der Mann in dem Bulldozer deutete auf seine Ohren und schüttelte den Kopf. Dann schlug er die Kabinentür zu, der Motor heulte auf, und die riesige Maschine fuhr mit gesenkter Schaufel auf den Erdhaufen zu, um ein weiteres Stück der Fahrbahn freizulegen.

Hermann war schon in der Stadt gewesen und hatte beim Vorbeifahren gesehen, dass die Aufräumarbeiten in South Bay in vollem Gange waren. Aber auf der Küstenstraße, von der Stadt bis hierher, waren ihm nur zwei schlammbespritzte Geländewagen von ortsansässigen Farmern entgegengekommen. Er war nicht der Einzige, der Kaikoura den Rücken kehren wollte. Der umfunktionierte Parkplatz leerte sich rapide.

Es hatte drei Stunden gedauert, bis er die wichtigsten Utensilien von seiner Liste gefunden hatte. Er wurde von Laden zu Laden geschickt und angestarrt, als hätte er den Verstand verloren. Dem Apotheker, einem kleinen rotgesichtigen Mann mit kugelrundem Bauch, klappte der Unterkiefer runter, als Hermann in sein Geschäft stürzte, den gesamten Vorrat an medizinischem Alkohol aufkaufte und damit längst nicht zufrieden war. Er brauche nicht Milli-, sondern Hektoliter, sagte er mit einem mitleidigen Blick auf die zwei Flaschen, die der Apotheker aus seinen Beständen geholt hatte, Äthanol oder Isopropylalkohol, und am besten auch Formalin. Hermann hatte nicht vor, sich bei seiner Arbeit stören zu lassen, deshalb vermied er es, dem vor Neugierde platzenden Apotheker Begründungen für seine Wünsche zu nennen. Er sagte nur, dass er die Substanzen zu Konservierungszwecken benötige.

«Für Ihren Hund oder Ihr Pferd?», fragte der Apotheker und fügte mit einem schelmischen Lächeln hinzu: «Oder etwa für die Schwiegermutter?» Das schien ihn zu amüsieren. Er lachte. Als er aber sah, dass Hermann ernst blieb, fügte er schnell hinzu: «Entschuldigung, ein dummer Scherz. Es ist nur ... wir reden hier über ungewöhnliche Größenordnungen.»

«Ich weiß. Machen Sie sich keine Sorgen. Ich bin Wissenschaftler. Es ist für einen Architeuthis.»

Der Dicke bekam einen beängstigend roten Kopf und lachte übertrieben. Es war klar, dass er keine Ahnung hatte, wovon Hermann sprach.

«Also, solche Mengen führen wir normalerweise nicht», sagte er und lachte weiter, obwohl er sich in seiner Haut sichtlich unwohl fühlte. «Hektoliter ...», er schüttelte den Kopf, als könnte er es noch immer nicht fassen. «Ich müsste bei unseren Lieferanten in Christchurch nachfragen, aber ich sage Ihnen gleich, derartige Mengen sind auch dort nicht vorrätig, das dauert mindestens ...»

«Ohne Plastikwannen hat es sowieso keinen Sinn», unterbrach Hermann, weil ihm die Überlegungen des Apothekers zu lange dauerten. «Wissen Sie zufällig, wer hier so etwas führen könnte? Sie müssten allerdings verschließbar sein, mit Dichtungen und Schnappverschlüssen, damit sie beim Transport nicht auslaufen, und sie müssten groß sein und mehrere hundert Liter fassen, so groß wie ... wie ...» Ihm fiel kein passender Vergleich ein.

Der Apotheker hatte aufgehört zu lachen. «Ein Sarg?»

«Ja, genau, so groß wie ein Sarg, für einen erwachsenen Menschen. Zwei Meter oder mehr. Wenigstens zwei, drei dieser Größe bräuchte ich bestimmt, der Rest könnte erheblich kleiner sein.»

Der Apotheker atmete tief ein. «Ich fürchte, da kann weder ich noch irgendjemand sonst in Kaikoura Ihnen weiterhelfen. Versuchen Sie's bei Simpsons Farmbedarf direkt an der Esplanade, aber ...», er bedachte ihn mit einem strengen Blick. Seine Augen wanderten von Hermanns Füßen bis zur Haarspitze. «... ich glaube kaum, dass Sie da mehr Glück haben werden.»

Hermann war so beschäftigt, dass ihm erst im Nachhinein aufging, welch verheerenden Eindruck er gemacht haben musste, mit verschorften Schrammen im Gesicht, übermüdet, unrasiert und aufgewühlt durch das, was er am Strand gefunden hatte. Insgeheim rechnete er damit, dass man ihn auf offener Straße verhaften würde, wegen Erregung öffentlichen Ärgernisses. Aber nichts geschah, niemand interessierte sich für ihn. Nachdem er seine Einkäufe erledigt hatte, aß er gegenüber vom Strawberry Tree unbehelligt ein Sandwich und machte sich auf den Weg hinaus zum Peketa Beach.

Jetzt schleppte er die Gegenstände, die er erstanden hatte, an den Strand, wo er im groben Sand weit oberhalb der Hochwasserlinie seinen Campingtisch aufbaute und ein provisorisches Lager aufschlug. Während er mehrmals zwischen seinem Bus und dem Strand hin- und herlief, dachte er an seine Versuche, von einer Telefonzelle aus Raymond Holmes und John Deaver anzurufen. Holmes war noch immer auf See, der Termin seiner Rückkehr unklar, und John war weder im Museum noch zu Hause zu erreichen. Offenbar sollte er diesen Job allein erledigen. Hermann wünschte sich sehr, der Australier könnte jetzt hier sein und ihn unterstützen.

Als er mit den letzten Utensilien am Rand des Strandes angekommen war, ließ er sich erschöpft in den aufgeklappten Campingstuhl fallen, nahm die neuerstandene Sonnenbrille von der Nase und wischte sich den Schweiß von der Stirn. Er sehnte sich nach einer Dusche, brauchte dringend eine Pause, aber er war zu aufgeregt, um länger sitzen bleiben zu können. Bald hängte er sich die Kamera um, griff sich Käscher, Gießkanne, einen Messstab und zwei große weiße Plastikschüsseln und lief damit hinunter zum Wasser, das träge auf die Strandkiesel schwappte. Schon nach wenigen Schritten fand er einen äußerlich unverletzten Kalmar, packte ihn an den beiden Flossen, hob ihn hoch und legte ihn in eine der Plastikschüsseln.

Mit Hilfe der Gießkanne, die er mit Meerwasser gefüllt hatte, wusch er vorsichtig die empfindliche Haut: Dann betrachtete er das Tier von allen Seiten, untersuchte den Kopf und die Fangarme mit den Saugnäpfen und sah sich die Spitzen des Schnabels in der Mundhöhle an. Schließlich breitete er das Tier auf den Steinen aus, achtete darauf, dass die beiden langen Tentakel gut zu erkennen waren, legte den Messstab daneben und machte ein Foto. Er notierte: Familie: Onychoteuthidae, Hakenkalmare, Gattung/Art: Fragezeichen. Mantellänge: 37 Zentimeter. Er war sich sicher, dass er noch besser erhaltene Exemplare finden würde, deswegen schnitt er mit seinem Taschenmesser der Länge nach durch den muskulösen Mantel. Ein federförmiges schneeweißes Kiemenpaar wurde sichtbar und feuchtglänzende Eingeweide. Es war ein Weibchen, die Eier noch unreif. Er fotografierte den geöffneten Kopffüßer und Teile der Fangarme mit Saugnäpfen und sang dabei leise vor sich hin: *Boom, boom, boom, boom …*

Warrior

«Ich glaube nicht, dass sie soziale Gemeinschaften bilden.» Tim nahm einen Schluck aus seiner Kaffeetasse. «Bisher haben wir nichts gefunden, was darauf hindeuten würde. Es handelt sich bestenfalls um lockere Aggregationen.»

«Du bist gut», antwortete Barbara. «Ich wäre dankbar für einen einzigen Klick, und du redest von sozialen Gemeinschaften und Aggregationen.»

Wieder ein verlorener Tag, und wenn nicht ein Wunder geschähe, der endgültige Todesstoß für ihre Arbeit. Sie versuchte, sich nicht anmerken zu lassen, wie sehr sie das mitnahm. Eine

Chance gab es noch, aber sie glaubte nicht mehr an einen Erfolg. Aus, vorbei, die Pottwale waren weg, vielleicht auf Nimmerwiedersehen. Vermutlich trieben sie sich jetzt vor der Küste der Nordinsel herum, weit jenseits der Cook Strait. Bisher war es noch nie gelungen, abwandernden Tieren auf den Fersen zu bleiben oder sie anderenorts wiederzufinden. Warum sollten sie mehr Glück haben? Sie musste sich damit abfinden und ganz von vorne beginnen. Beruflich und privat.

Fast dreißig Seemeilen waren sie mit der *Warrior* nach Norden gefahren, hatten neun erfolglose Versuche mit dem Hydrophon hinter sich, neun Mal Hoffnung und neun Mal nichts als Rauschen und Geheul. Wenn es nach ihr gegangen wäre, hätten sie die Suche abbrechen können, der Heimweg würde ohnehin Stunden dauern, deprimierende Stunden, und mit jedem Meter, den sie jetzt noch nach Norden führen, würde die Zeit länger. Aber sie sagte nichts. Am liebsten würde sie jetzt allein sein, zusammengekringelt auf ihrem Etagenbett in der Station liegen, sich die Decke über den Kopf ziehen und heulen, bis sie vor Erschöpfung einschliefe. Sie hatte Heimweh nach Dunedin, wollte endlich andere Gesichter sehen, ihre Freundinnen treffen, überhaupt wieder Mensch sein, nicht nur eine Arbeitsmaschine, die Tag für Tag dasselbe Programm abspult, um am Ende doch mit leeren Händen dazustehen.

Auf der *Warrior* aber gab es keine Türen, die sie hinter sich hätte schließen können. Also biss sie die Zähne zusammen und machte weiter. Paul hatte vorgeschlagen, einen Kaffee zu trinken und dann einen letzten Versuch zu wagen, den zehnten, damit eine schöne runde Zahl zusammenkäme. Keine halben Sachen, hatte er gesagt und Barbara aufmunternd auf die Schulter geklopft. Seit er seine Familie nach der Katastrophe wieder gesund in die Arme geschlossen hatte, war er ungewohnt liebenswürdig.

«Und was das Sozialverhalten angeht», nahm sie den Faden wieder auf, «wisst ihr ja, dass ich diesbezüglich nicht viel von Männern halte. Bei unseren Pottwalbullen aber wäre ich mir nicht so sicher. Denkt an die Elefanten.» Eigentlich verspürte sie wenig Lust, mit Tim zu diskutieren, aber in diesem Punkt glaubte sie, gute Gründe für ihre Ansicht zu haben. Außerdem lenkte die Diskussion sie ab. Der Zusammenhalt der Bullengesellschaft vor Kaikoura war das große Thema, um das sich ihre Arbeit drehte. Hatten sie es wirklich nur mit einem losen Haufen Halbstarker zu tun oder mit einer Jagdgemeinschaft, einer Art Bande oder Rudel mit strenger Hierarchie? Im Augenblick sah es zwar nicht so aus, als könnte sie noch etwas zur Beantwortung dieser Fragen beitragen, aber es ging ums Prinzip. Und sie wollte nicht, dass Maria etwas Falsches mit nach Hause nahm. Bei ihren Besprechungen hing sie an Tims Lippen, als verkündete er eine Art Offenbarung. Jemand musste ihr deutlich machen, dass es in der Wissenschaft fast immer konkurrierende Meinungen gibt. Ernstzunehmende Forscher, keine Scharlatane, bezweifelten zum Beispiel, dass die Klicks der Pottwale der Echoortung dienen, zweifellos waren das Außenseiterpositionen, aber man musste sich damit auseinandersetzen und sie widerlegen. Andere behaupteten sogar, unter den schätzungsweise sechshunderttausend heute lebenden Pottwalen gebe es verschiedene Kulturen, deren Angehörige sich in unterschiedlichen Klick-Dialekten verständigen. Ihr eigener Chef gehörte dazu, Professor Adrian Shearing, gewiss kein Phantast.

«Du weißt doch», fuhr sie mit ihrer Argumentation fort, «bei Elefantenbullen dachte man lange, es gäbe keine Gefährten oder Kumpel oder Freunde, wie immer man es nennen will, keinerlei sozialen Zusammenhalt. Und dann, als endlich jemand lange und gründlich genug nachschaute, stellte sich heraus, dass es unter den Bullen durchaus langjährige Beziehungen gibt, dass die Einzelgänger sich in großen Abständen treffen und dass es ihnen nicht egal ist, mit wem. Warum sollte das bei den Pottwalen nicht ähnlich sein? Es ist nur viel schwerer, sie zu beobachten.»

Maria sah Tim an, als erwartete sie von ihm nun eine entschiedene Erwiderung.

«Es gibt da eine interessante Geschichte», hob Tim an, lächelte und rückte näher an Maria heran. Wie primitiv, dachte Barbara. Erst gehen sie zusammen Pizza essen, und jetzt lässt er sich von dem Püppchen um den Finger wickeln. Es war nicht zu übersehen, dass ihm die Amerikanerin gefiel, heute besonders, mit ihrem kurzärmeligen T-Shirt, das ihre Arme und einen schmalen Streifen ihres hübschen kaffeebraunen Bauches frei ließ. Vielleicht war ihm der Gedanke gekommen, dass Maria nicht ewig bei ihnen bleiben würde und dass er sich beeilen müsste, wenn er bei ihr noch zum Zuge kommen wollte. Bei mir hat er's noch nie versucht, ich bin ihm sicher zu schwierig oder zu alt.

Sie war gereizt und frustriert, und seit ihre Arbeit auf der Kippe stand, reagierte sie zunehmend unleidlich auf die Praktikantin. Plötzlich störte sie deren Naivität, die rehbraunen Äuglein, die Art, wie sie Tim umgarnte, die Tatsache, dass sie hier an allem teilhatte, ohne irgendein Risiko zu tragen, dass sie es ihr so leichtmachten. Die Liste ihrer Verfehlungen wurde in Barbaras Kopf länger und länger. Aber sie wollte keinen Streit in der Gruppe, wollte auch nichts von Tim, jedenfalls gab es momentan Dinge, die wichtiger waren. Wenn er an der Kleinen interessiert war, sollte er zupacken, sie wollte ihm nicht im Wege stehen. In wenigen Wochen würde Kaikoura für Maria sowieso nur noch Erinnerung sein.

«Es geht um Pottwale und Elefanten», dozierte Tim. «Sie

sind auf den ersten Blick natürlich sehr verschieden, die größten marinen Raubtiere und die pflanzenfressenden Dickhäuter. Sie sind nur sehr weitläufig miteinander verwandt, trotzdem verfolgen sie verblüffend ähnliche Lebensstrategien. Man nennt das kolossale Konvergenz. Die Ähnlichkeiten reichen bis in die Sozialstruktur.»

Maria klimperte mit den Lidern. «Kolossale Konvergenz. Ist ja irre. Das habe ich noch nie gehört. Warum ...»

Paul räusperte sich. «Entschuldigt, wenn ich euer kleines Tête-à-Tête unterbreche», sagte er und zog den Gashebel zurück in den Leerlauf. «Aber wir sind da.»

Barbara verbiss sich ein lautes Auflachen, wandte sich sofort ab und kümmerte sich um das Hydrophon. «Du kannst ruhig weitersprechen, Tim», sagte sie, während sie mit den Kabeln hantierte. «Ich höre dir immer gerne zu. Und bisher stimmte alles.»

Tim war aufgestanden und nahm mit beleidigtem Gesicht seinen Platz an der Steuerbordreling ein. «Maria hat mich etwas gefragt, und ich habe geantwortet.»

«Natürlich, genau so war's. Und wir sind wahnsinnig gespannt, wie es weitergeht, hab ich recht, Paul?»

Der Bootsführer prustete, hütete sich aber, Partei zu ergreifen. Er hielt sich einfach an seiner Zigarettenpackung fest und sah auf das Wasser hinaus.

Barbara übergab Tim das Gestänge. «Hier! Du kannst gleich weitererzählen. Maria möchte bestimmt noch mehr wissen.»

«Allerdings», sagte die Amerikanerin. Sie schaute herausfordernd von einem zum anderen. «Das will ich wirklich. Ist doch spannend.»

«Ihr spinnt», sagte Tim und drehte sich mit dem Hydrophon in Richtung Meer.

Barbara startete das Messprogramm. «Okay, Programm

läuft.» Zum zehnten Mal an diesem Tag trat der kleine Lautsprecher in Aktion, und wieder hustete und spuckte er die Geräusche des Meeres aus.

Maria suchte mit dem Fernglas scheinbar ungerührt die Umgebung der *Warrior* ab, aber Barbara kannte sie mittlerweile gut genug, um zu wissen, dass es in ihr rumorte.

«Jetzt mal im Ernst, Maria», sagte sie, um den Bogen nicht zu überspannen. «Kolossale Konvergenz zwischen Pottwalen und Elefanten, das heißt große Körper, großes Gehirn, weite Wanderwege, also riesige Reviere, dazu kommt eine geringe Geburtenrate, lange Abhängigkeit der Kälber und kooperatives Verhalten der Kühe.»

«Genau», sagte Tim. Er sah auf das Wasser hinaus und sprach weiter, ohne sich umzublicken. «Beide, Elefanten und Pottwale, werden etwa sechzig Jahre alt, Bullen und Kühe werden jeweils im selben Alter geschlechtsreif. Beide kalben etwa im selben Abstand und haben ähnliche Gruppengrößen.»

«Und bei beiden Arten sind die Bullen Einzelgänger und viel größer als die Kühe», ergänzte Barbara. «Bei Pottwalen ist der Größenunterschied extrem. So ausgeprägt wie bei keinem anderen Wal.»

«Ich weiß.» Maria nickte. «Die Bullen werden viermal so schwer.»

Die beiden Frauen sahen sich an und lächelten. Barbara senkte ein wenig beschämt die Augen. Maria konnte nichts dafür, dass die Wale verschwunden waren und Mark sich als engstirniger, blasierter Ignorant entpuppt hatte. Weder Maria noch Tim noch ...

In diesem Moment geschah es.

Klick Klick Pause Klick

Ihre Köpfe fuhren herum. Vier Augenpaare waren auf den Lautsprecher gerichtet, der oben am Kajütendach befestigt war.

Keiner sagte etwas; sie hielten den Atem an und lauschten. Barbara bewegte stumm die Lippen.

«Habt ihr es auch gehört?», fragte sie schließlich leise, fast flüsternd.

Maria war außerstande, etwas zu sagen. Ihre Augen waren weit aufgerissen. Sie hatte die Hand vor den Mund geschlagen und nickte nur.

«Und ob», sagte Paul.

Tim grinste. «Klar und deutlich. Eine ...»

Barbara sog die Luft ein. «Der Recorder läuft nicht.» Sie wagte kaum, sich zu rühren, als könnte die geringste Bewegung, das kleinste Geräusch alles zerstören.

«Dann mach ihn an, verdammt noch mal», zischte Tim. «Schnell!»

Ihr Arm zuckte nach vorn und betätigte die Taste. Gerade noch rechtzeitig.

Klick Klick Pause Klick

Klick Klick Pause Klick

Jetzt hatten sie es auf Band. Ein unumstößlicher Beweis, eine kleine Sensation. Tim und Barbara sahen sich an.

«Du weißt, was das ist, Barbara, oder nicht?»

Sie rieb sich mit den Händen über das Gesicht. Noch schwankte sie zwischen Lachen und Weinen. «Ich habe es noch nie live, mit eigenen Ohren gehört», sagte sie und kicherte unmotiviert. «Nur von der Konserve. Aber das waren keine Such-Klicks. Das waren Codas, richtig?»

«Wie aus dem Lehrbuch.» Tims Stimme klang fast andächtig. «Es müssen mehrere Tiere sein. Ich habe es nicht für möglich gehalten, aber du hattest recht, Babs. Sie scheinen miteinander zu kommunizieren.»

Maria hatte auf dem Vorschiff Position bezogen und beobachtete die Wasseroberfläche. Plötzlich sah alles aus wie früher, als hätte es die Welle und die Zerstörung von South Bay nie gegeben: Paul rauchend am Steuer, Maria auf ihrem Beobachtungsposten, Tim am Hydrophon und Barbara vor ihrem Rechner.

«Da sind sie», schrie Maria plötzlich. Ihre Stimme überschlug sich fast. «Ich glaube, es sind zwei, nein, sogar drei. Backbord voraus.»

Paul kurbelte am Lenkrad und versuchte, die *Warrior* ohne große Geräuschentwicklung in Position zu bringen, damit Maria die Fluken fotografieren könnte. Er wusste, wie wichtig es war, diese Tiere korrekt zu identifizieren.

Klick Klick Klick Pause Klick, machte der Lautsprecher, danach ein Durcheinander von verschiedenen Klick-Abfolgen. Es klang, als hätten sie sich plötzlich viel zu erzählen.

«Kneif mich mal», sagte Barbara, die zu Tim an die Reling getreten war. Sie schüttelte ungläubig den Kopf.

«Da ist noch einer», kreischte Maria vorne im Bug. Sie konnte kaum fassen, was sie sah. «Jetzt sind es vier. Mein Gott, könnt ihr euch das vorstellen, vier dicht nebeneinander. Man könnte von einem Rücken auf den anderen springen. So etwas habe ich noch nie gesehen.»

«Wir haben sie tatsächlich gefunden», sagte Barbara zu Tim. Tränen kitzelten ihre Augen. «Ich habe nicht mehr daran geglaubt.»

«Ich weiß.» Er strich ihr mit einer liebevollen Geste die Haare aus dem Gesicht. «Ich will deine Euphorie nicht bremsen, Barbara, aber noch wissen wir nicht, was das für Tiere sind.»

Sie runzelte die Stirn.

«Na ja, es könnten tatsächlich unsere Wale sein, die aus dem Canyon. Aber ...»

«Es könnten auch andere sein, meinst du?»

Tim nickte.

«Wenn es keine Durchzügler sind, wäre es mir, ehrlich gesagt, egal. Hauptsache, es sind männliche Pottwale. Klick ist Klick.»

«Jetzt», schrie Maria. «Sie tauchen.» Die Amerikanerin redete wie aufgezogen weiter, während sie durch den Sucher der Kamera schaute und ein Foto nach dem anderen schoss. «Seht euch das an! Sie tauchen alle zusammen. Wie auf ein Kommando. Wow, was für ein Anblick! Vier Fluken nebeneinander. Mein Gott, Big Scar ist dabei. Tim, Barbara, habt ihr gehört? Der Zweite von rechts ist Big Scar. Es sind unsere Wale.»

Geräuschlos und fast gleichzeitig verschwanden die riesigen Schwanzflossen im Wasser. Maria setzte die Kamera ab und wandte sich Barbara und den beiden Männern zu. Ihr Gesicht war vor Aufregung gerötet. Auch die anderen hatten Big Scar jetzt erkannt und waren vom Anblick der zusammen abtauchenden Pottwale wie verzaubert. Vier Bullen, die an der Oberfläche dicht nebeneinanderschwimmen und ihr Verhalten synchronisieren, das hatte es noch nicht oft gegeben. Später würde Tim in ihren Aufzeichnungen nachsehen. Genau sechs Mal war vor Kaikoura eine Gruppe von vier Tieren beobachtet worden, sechs Mal in fast fünfzehn Jahren Pottwalforschung.

«Bei Big Scar bin ich mir sicher», sagte Maria, als sie zu den anderen hinunterkletterte. «Der ganz links könnte White Dot gewesen sein.»

Mit hastigen Schlucken trank sie aus der Plastikflasche, wobei ihr das Wasser über beide Wangen rann. Sie lachte, wischte sich mit dem Handrücken über den Mund und strahlte über das ganze Gesicht. «Ist das nicht toll? Ich dachte schon, ich muss zurück nach Hause, ohne zu erfahren, was aus unseren Walen geworden ist. Ich bin so froh, dass sie nicht umgekommen sind.»

«Und ich erst», sagte Barbara, legte Maria den Arm um die

Schultern und drückte sie kurz an sich. Sie hätte die ganze Welt umarmen können.

Klick Klick Klick ... machte der Lautsprecher. Für Barbara war es das schönste Geräusch, das ihr seit Tagen zu Ohren gekommen war. Jetzt hörten sie keine Codas mehr wie vorhin, sondern normale Such-Klicks. Die Frequenz war höher als sonst, die Abstände waren unregelmäßiger, weil vier Pottwalbullen durcheinanderklickten. Aber wenn sie nicht geträumt hatte, waren auf dem Band die ersten Codas von männlichen Pottwalen, die jemals in diesen Gewässern aufgezeichnet worden waren.

Peketa Beach

Kurz nachdem die Sonne hinter den Bergen verschwunden war, erstarb das Motorengeräusch des Bulldozers. Hermann schaute auf, als der Lärm, der ihn den ganzen Nachmittag begleitet hatte, plötzlich abbrach. Er war so in seine Arbeit vertieft, dass er zuerst nicht wusste, was ihn irritierte, er spürte nur, dass sich etwas in seiner Umgebung verändert hatte. Dann fiel ihm die Stille auf, sogar die Vögel hielten den Schnabel. Sie hatten sich an seine Anwesenheit gewöhnt, und viele waren nach einem weiteren Tag im Überfluss so vollgefressen, dass sie ein spätnachmittägliches Nickerchen übermannt hatte. Der Wind, der die Hitze tagsüber erträglicher machte, hatte sich gelegt, und die See war so ruhig, dass jedes Geräusch von der Straße klar und deutlich zu ihm drang. Er hörte, wie Wagentüren zugeschlagen wurden. Ein Pkw startete, vermutlich der Toyota, und fuhr davon. Danach war nur noch das Plätschern der Wellen zu hören. Hermann wunderte sich, dass der Baggerfahrer nicht die paar Meter zum Strand gekommen war, um nachzusehen, was dieser seltsame Tourist hier trieb mit seinen Käschern und Plastikwannen. Vielleicht hatte ihn der Gestank abgehalten, der jetzt schwer auf dem verwüsteten Küstenstreifen lag. Tagsüber war es Hermann gelungen, ihn zu ignorieren, aber jetzt wurde er unerträglich, ein deutlicher Hinweis, dass ihm nicht viel Zeit blieb.

Während der Bulldozer Tonnen von Schlamm und Erdreich bewegt und sich weiter nach Süden vorgearbeitet hatte, war Hermanns Liste auf über zwanzig Kalmare angewachsen. Jedes Tier hatte er genau untersucht, vermessen und in vielen Details fotografiert. Wenn möglich, hatte er sein Geschlecht bestimmt und mit Pinzette und einer scharfen Hautschere aus seinem Reisenecessaire für eine spätere DNA-Analyse Gewebeproben entnommen, die er zunächst in kleine Schnappdeckelgläser mit Alkohol tat und dann in Kühlboxen sammelte.

Hin und wieder leckte er kurz über eine glatte, saubergewaschene Haut. Es kostete ihn Überwindung, und er tat es nur bei Tieren, die frisch und unversehrt aussahen, aber er musste einfach wissen, ob ihr Gewebe Ammoniak enthielt. Da die Tiere nicht danach rochen und er kein Labor zur Verfügung hatte, blieb ihm zum Testen nur sein Geschmackssinn. Kalmare, die viel Ammoniak in ihrem Gewebe haben, können schwerelos im Wasser treiben, sogar die größten, die Riesenkalmare. John Deaver hatte ihm diesen Trick verraten, nicht ohne grinsend hinzuzufügen, die Methode sei nur etwas für Feinschmecker und für Cephalopodomanen. Jetzt wusste er, was der Australier damit gemeint hatte.

Tatsächlich konnte er den Stoff bei vielen Kalmararten schmecken. Es waren also keine ausdauernden Schwimmer, sondern eher passive Kreaturen, die sich den Strömungen überließen. Pottwalen und den Vögeln hier am Strand schien der penetrante Beigeschmack nichts auszumachen. Für Menschen waren diese Kalmare aber vollkommen ungenießbar. Hermann musste viel Trinkwasser verschwenden, um sich immer wieder den Mund auszuspülen. Einmal ging er hoch zu seinem Wagen, um nach Kaugummis oder Bonbons zu suchen, irgendetwas, was ihm helfen sollte, den Geschmack loszuwerden. Aber er fand nichts und putzte sich nur ausgiebig die Zähne. Als er nach einem besonders erfolgreichen Geschmackstest heftig zu würgen begann, beschloss er, zukünftig darauf zu verzichten. Er hatte erfahren, was er wissen wollte.

Einige seltsam aussehende Tiere hatte er, bis zu den Knien im Wasser stehend, aus der Brandung gefischt und gleich in Alkohol überführt. In dieser Ansammlung von Monstrositäten waren sie die Zwerge, kaum zehn Zentimeter lang, mit einem nahezu transparenten Körper.

Die meisten Kalmare hatten große Augen und Leuchtorgane, deshalb glaubte er, dass es sich ausschließlich um Tiefseeformen handelte, die aus den unteren Regionen des Canyons stammten. Viele hatte Hermann nur flüchtig angesehen. Auf seiner Liste endeten sie als Striche, hinterließen weder Namen noch Messwerte. Von einer kleineren Art, die er wegen ihres T-förmigen, druckknopfartigen Verschlussmechanismus am Mantel für Pfeilkalmare hielt, gab es Hunderte am Strand. Er konnte sie unmöglich alle untersuchen, aber er machte Stichproben, bestimmte das Geschlecht und ließ die Tiere dann für die Vögel liegen.

Im Laufe der Arbeit erschien ihm das, was er hier am Strand fand, immer rätselhafter und undurchsichtiger. Es musste eine Folge der Meereserscheinungen sein, deren Zeuge er geworden war, denn mit einer Laichversammlung hatte es nichts zu tun. Daran hatte er zuerst gedacht, weil Kalmare, die nach dem Ablegen der Eier sterben, zu Millionen hinab auf den Meeresboden sinken und eine Armada an gefräßigen Geschöpfen anlocken. Darunter auch große Räuber, wie Haie und sogar Pottwale, die sich mit jedem Biss ihrer riesigen Kiefer ganze Wagenladungen der sterbenden Kopffüßer einverleiben. Aber Hermann hatte kaum reife Weibchen gefunden, und von einer Tintenfischhochzeit, bei der sich Dutzende dieser Spezies gleichzeitig verpaaren, hatte er ohnehin noch nie gehört.

Er hatte sich kaum Pausen gegönnt und trotzdem nur ein Zehntel des Strandabschnitts zwischen den beiden Flussmündungen durchsucht, vielleicht dreihundert Meter. Die Arbeit hatte ihn in den letzten Stunden vollkommen ausgefüllt, aber er wusste, dass er alleine überfordert war. Was er tat, war sicher besser als nichts, viel besser, als die Tiere unbeachtet verrotten und als Vogelfutter enden zu lassen, aber mit Wissenschaft hatte das alles nicht viel zu tun. Wenigstens die Fotos würden später noch von Nutzen sein, sagte er sich zur eigenen Beruhigung. Und die Gewebeproben, wenn es ihm gelingen sollte, ein molekularbiologisches Labor dafür zu begeistern. Aber mit seiner Liste würde man nicht viel anfangen können. Sie enthielt zu viele Fragezeichen, fast jede seiner Bestimmungen war unsicher. Bisher war er auf acht Spezies gekommen, aber es könnten genauso gut sechs oder zwölf sein, und es würde ihn überraschen, wenn darunter nicht mehrere völlig unbekannte Arten wären. Er hatte sonderbar aussehende Kalmare gefunden, die er nur zu gerne konserviert hätte, aber sie waren viel zu groß, und er hatte nicht genug Alkohol. Ein schneeweißer Anglerkalmar, mit Augen groß wie Tennisbälle, gehörte dazu, und, wohl die größte Rarität, auf die er gestoßen war, ein Mastigoteuthis, ein ein Meter langer, schlanker Peitschenschnurkalmar, dessen hoher Gehalt an Ammoniumchlorid es war, der ihm weitere Geschmackstests verleidet hatte. Er gehörte zu einer kaum bekannten Tiergruppe der Tiefsee mit extrem langen und dünnen Tentakeln, die zusammengeschnurrt, wie chaotische Haufen von Wollfäden, auf den Strandkieseln lagen. Seine Keulen waren abgerissen, sodass Hermann nicht überprüfen konnte, ob sie wirklich mit Tausenden winziger Saugnäpfe besetzt und klebrig wie Fliegenfänger waren, wie er irgendwo gelesen hatte. Weil er hoffte, in den nächsten Tagen neuen Alkohol zu erhalten, bewahrte er den Peitschenschnurkalmar in einer Schüssel mit Seewasser auf, die er in seinen Campingkühlschrank gezwängt hatte.

Es wäre ohnehin nicht damit getan, die Kalmare einfach in Konservierungsmittel zu werfen. Damit auch feine Strukturen erhalten blieben, müsste man die Flüssigkeit behutsam in das Gewebe injizieren. Dafür aber hatte er weder die Zeit noch die nötige Ausrüstung. Bei diesen Temperaturen wurde das ganze Unternehmen ohnehin ein Wettlauf mit der Zeit. Er konnte es kaum ertragen, mit anzusehen, wie der Rekordhalter dieses Nachmittags, ein fast drei Meter langer, sensationeller Bursche, den er für einen Moroteuthis hielt, den ganzen Tag ungeschützt in der Sonne lag und regelrecht zusammenschrumpfte, obwohl er ihn so oft wie möglich mit Meerwasser übergoss. Arten dieser Größe gab es nur eine Handvoll, und er wusste, dass Moroteuthis-Kalmare in vielen Meeren der Welt die Leib-und-Magen-Speise der Pottwale darstellten. Das passte. Ansonsten bewegte er sich überwiegend im Bereich der Spekulation.

In der ganzen Welt gab es nur noch eine Handvoll Männer und Frauen, die dieses spezielle Strandgut genauer einordnen könnten. Systematiker wie John, die mit ihrer akribischen Arbeit die Grundlage für die gesamte Biologie schufen, würden bald wegrationalisiert werden. Sie starben genauso aus wie ihre Studienobjekte. Was sie tun, gilt als altmodisch. Das Image ist schlecht, die Bezahlung mäßig, kaum einer der Jungen will in ihre Fußstapfen treten.

Die Menschheit lebt in einer selbstgestalteten Hightech-Umwelt, dachte Hermann, aber das Meer, sogar die Küstengewässer vor der eigenen Haustür sind zu großen Teilen eine Terra incognita, die Tiefsee gar ein fremdes Universum. Es deprimierte ihn zutiefst, dass die Faszination, die Menschen wie ihn und John antrieb, nur von wenigen Zeitgenossen geteilt wurde, dass viele sie belächelten und dass den meisten Menschen die biologische Vielfalt dieses Planeten, ob an Land oder im Wasser, vollkommen egal war, solange man nichts davon essen oder irgendwie versilbern konnte.

Hier am Strand erlebte er etwas, was ihm wie ein Wunder vorkam, etwas, womit er nie im Leben gerechnet hätte. In seinen dunkelsten Momenten hatte er geglaubt, diese Welt habe ihm nichts mehr zu bieten außer Schmerzen, Siechtum und eintönigen Wiederholungen, und nun hob sich plötzlich ein Vorhang, und er erblickte Dinge, die noch kein Mensch vor ihm gesehen hatte.

Wer führte hier Regie? Die Aufführung war umwerfend, die Akteure grandios, das Bühnenbild spektakulär, all das hätte ein großes Publikum verdient. Aber im Zuschauerraum saß nur er allein. Immer wieder fragte er sich: Wie kann das sein?

Seit sich das Meer ohne Vorwarnung auf ihre friedliche Küste gestürzt hatte, mieden die Menschen seine Nähe. Der kiesige Peketa Beach war auch vor der Welle nicht überlaufen gewesen, aber ein paar einheimische Surfer, Angler oder Spaziergänger waren immer unterwegs, selbst bei schlechtem Wetter. Jetzt herrschte den ganzen Tag Sonnenschein, und niemand kam, niemand fuhr hinaus in die Bucht. Als wäre das Gebiet verseucht.

Nur aus der Luft hatte er Besuch bekommen, mit viel Wind und so lautem Rotorengeknatter, dass er sich die Ohren zuhalten musste. Glücklicherweise hatte er seine kostbaren Aufzeichnungen mit einem Stein beschwert, sonst wären sie davongeflattert. Ein Helikopter flog in geringer Höhe die Küstenlinie ab, verscheuchte die Vögel von ihren Calamari, drehte über seinem Strandabschnitt eine Schleife und flog dann zurück in die Richtung, aus der er gekommen war.

Es begann zu dämmern, und Hermann beschloss endgültig, für heute Schluss zu machen. Im Laufe des Abends würde die Flut kommen und mit ihr vielleicht frische, unversehrte Kalmare. Um den Vogelschnäbeln zuvorzukommen, würde er noch vor Sonnenaufgang aufstehen und weitermachen.

Er freute sich auf das kalte Bier in seinem Wagen, abgesehen von einem Stück Butter das Einzige, was in seinem Kühlschrank neben der Plastikschüssel mit dem Peitschenschnurkalmar noch Platz hatte.

Er wärmte eine Büchse mit Bohneneintopf auf, legte zwei trockene Scheiben Toastbrot dazu und stellte alles auf ein Tablett. Vorsichtig ging er durch die Dünen zurück zu seinem Lagerplatz, wo er aß und trank und die friedliche Abendstimmung genoss.

Er war zufrieden, dachte weder an Deutschland noch an das, was vor wenigen Tagen auf diesem Campingplatz geschehen war. Ein leichter ablandiger Wind machte sogar den Gestank erträglicher.

Bald verschlang eine mondlose Finsternis die Landmarken der Umgebung, und die Welt schrumpfte auf die wenigen Quadratmeter, die er noch erkennen konnte. Vielleicht würde er morgen ein Feuer machen, aber an diesem Abend war ihm die Dunkelheit gerade recht. Als es kalt wurde, zog er seinen Pullover über, blieb draußen sitzen und tat nichts, außer in den klaren Sternenhimmel zu schauen. Zweimal stand er auf, um sich ein neues Bier aus dem Kühlschrank zu holen. Früher hatten auf dem Campingplatzgelände diverse Lichter gebrannt, jetzt war es so dunkel, dass er ohne seine Stirnlampe niemals den Weg gefunden hätte. Er wagte kaum, die Bustür zuzuschlagen, weil es so still war.

Als die Flut kam, saß er immer noch an seinem Tisch, und obwohl man von einer Brandung kaum sprechen konnte, hörte er, wie das Meer und alles, was darin lebte, im Schneckentempo auf ihn zu kroch. Und noch etwas anderes hörte er, den ganzen Tag über hatte er diese Geräusche schon wahrgenommen, jetzt im Dunkeln aber schienen sie näher zu sein, lautes, energisches Platschen, als würden schwere Körper auf die Wasseroberfläche fallen. Vor diesem Wasser hatte er Respekt. Er musste es immer im Auge haben, als könnte sonst irgendetwas unbemerkt an Land kriechen. Nur einmal, mit klopfendem Herzen, hatte er sich hineingewagt, als er mit dem Käscher die transparenten Zwergkalmare herausfischte.

Er musste an Sandy und sein Bein denken. *Die Scheißdinger hatten sich so festgesaugt, dass ich sie einzeln abschneiden musste.*

Was den Strand betraf, hatte sich die Beschreibung des Alten als durchaus präzise herausgestellt, aber in diesem Punkt hatte er übertrieben. Kein einziger der am Strand liegenden Kalmare hatte irgendein Lebenszeichen von sich gegeben. Im Wasser jedoch, nur wenige Meter vom Strand entfernt, schien es von Leben zu wimmeln. Vermutlich sind es sterbende Kalmare, dachte Hermann. Hier und da hatte er ein totes Tier auf der Wasseroberfläche schaukeln sehen. Im Wagen lag seine Tauchausrüstung, er müsste sich in Kaikoura nur eine Flasche holen. Es war verlockend. Unter Wasser bekäme er die Kalmare lebend zu sehen, Tiere, die normalerweise nie im Aktionsradius eines Tauchers anzutreffen sind. Darunter waren aber auch drei Meter lange Moroteuthis, oder solche, wie der noch größere, krallenbewehrte Bursche, den er schon am Morgen gefunden hatte, also würde er doch lieber warten, bis sie bei ihm am Strand landeten. Kalmare sind nun mal keine Kuscheltiere. Außerdem dürfte so viel potenzielle Nahrung auch entsprechende Raubtiere anziehen. Er hatte abgetrennte Fangarme gefunden und Kalmare mit eindeutigen Bissmarken. Da draußen wurde auch ohne Pottwale das große Fressen gefeiert.

Wieder hörte er laute klatschende Geräusche. Er konnte nichts erkennen. Diesmal hielten sie länger an, vielleicht ein Kampf. Vermutlich waren es Haie und die größeren Kalmare, die sich über die kleinen hermachten. Plötzlich konnte er die Menschen verstehen, die ihre Angeltouren verschoben und lieber zu Hause blieben.

Gerade als er ins Bett gehen wollte, begann es. Er war müde und dachte zuerst an ein Trugbild seines überanstrengten Gehirns, rieb sich über das Gesicht, blinzelte, glaubte, es wäre verschwunden, entdeckte es im nächsten Moment wieder. Noch immer war es so schwach, dass er sich nicht sicher war, und er wollte sich schon abwenden, da wurde es deutlicher, heller. Ein Glimmen, etwa zwanzig, dreißig Meter von der Wasserlinie entfernt. Dort war es schon tief, der Boden fiel steil ab. Er kniff die Augen zusammen: ein kaltes bläuliches Leuchten, diffus, aber ohne Zweifel real. Es schwoll an und ab, als betätigte jemand einen Dimmerschalter, und wurde mit jedem Mal heller. Hermann stand auf, seine Augen waren starr auf diesen einen Lichtpunkt gerichtet, und wie hypnotisiert ging er, vorsichtig einen Fuß vor den anderen setzend, den Strand hinunter. Erst als er das kalte Wasser an seinen Füßen spürte, blieb er stehen.

Ein zweites Licht war dazugekommen, weiter entfernt. Es flackerte nervös, als fänden seine Flammen noch nicht genug

Nahrung, es erlosch und glomm wieder auf. Dann ein drittes, viertes, bald sah er überall Lichter. Wie eine Welle breitete sich das Leuchten über die ganze Bucht aus. Aus einem chaotischen Rhythmus formte sich ein gleichförmiges, synchrones An und Aus. Die Lichter fanden zusammen, und in weitem Umkreis schien das Wasser zartblau zu pulsieren. Er musste an die Glühwürmchen in Südostasien denken, die entlang der Flussufer zu Millionen synchron die Baumkronen aufblitzen lassen. Es waren Hunderte, er konnte sie unmöglich zählen.

Als ein Licht nach dem anderen erlosch, erwachte er wie aus einer Trance. Er wusste nicht, wie lange das Schauspiel gedauert hatte.

In jedem Millimeter seines Körpers spürte er intensives prickelndes Glück. Und er hatte Angst, dieses Gefühl zu zerstören, wenn er sich zu früh bewegte. Also rührte er sich nicht und schloss die Augen, um das Wunder aus dem Gedächtnis zurückzurufen.

Es sind die Kalmare, dachte er. Aber welche? Und warum? Eine Jagd als soziales Großereignis zu inszenieren machte keinen Sinn. Es war überwältigend, so wunderschön. Flüssigkeit sammelte sich in seinen Augenwinkeln. Er wischte sich mit dem Handrücken über Mund und Nasenlöcher. Seine Knie zitterten, sein Oberkörper begann zu beben. Tränen kullerten ihm über die Wangen, seine Nase begann zu laufen. Er starrte auf das dunkle Wasser und ließ den Tränen ihren Lauf.

4. *Otago*

In einem winzigen Raum, dessen Wände mit Fotos und Computergraphiken tapeziert waren, drängten sich drei Männer vor einer Reihe von Monitoren. Auf einem davon war ein gestochen scharfes Schwarzweißbild.

«Es könnte einfach eine Art Bodenwelle sein», sagte der mittlere der drei, ein Mann mit einer außergewöhnlich breiten Schulterpartie. «Jedenfalls ist es nicht das übliche Sediment. Es sieht fast aus wie poröser Tuffstein.»

«Nick, das Plateau ist platt wie ein Bügelbrett», widersprach der Fischkundler der *Otago*. «Wie ein geköpftes Ei. Da gibt es keine Bodenwellen.»

«Ein Felsen vielleicht?»

«Warum kein Raumschiff wie in *Sphere?* Kennt ihr den Film? Nein, im Ernst. Ein Felsen wäre genauso aufgefallen. Wo sollte der plötzlich herkommen? Vom Himmel gefallen?»

«Du tust so, als würden wir da unten jeden Quadratmeter kennen. Unser Raster ist viel zu grob.»

«Es ist ein Kadaver», sagte Raymond Holmes, der außen saß und sich weit herüberbeugen musste, um auf den Bildschirm sehen zu können. «Vermutlich ein großer Wal.»

«Klar», spottete der Fischkundler. «Warum nicht gleich einer deiner monströsen Kalmare? Mr Architeuthis sieht mal wieder Gespenster.»

Sie alberten herum und lachten, dankbar für jede Ablenkung. Das Leben an Bord eines Forschungsschiffes war sehr eintönig. Endlich hatten sie mit Gothic einen intakten Seamount gefunden, aber wenn man die fünfzigste Bodengreifer- oder Planktonprobe aussortiert hat, verliert irgendwann sogar das Entdecken neuer Lebensformen seinen Reiz.

Die Fotos stammten von einer Sonde, mit deren Messgeräten das Gipfelplateau von Gothic abgetastet wurde. So bekamen sie hochauflösende Bilder vom Meeresboden, auf denen sie Objekte von zwei Millimetern Größe erkennen konnten. Wenn sie allerdings zwanzig Meter groß waren, gab es Schwierigkeiten mit der Identifizierung.

«Zeig mal das nächste Bild», sagte Ray, als sich die Heiterkeit gelegt hatte.

Nick klickte auf einen Pfeil. Die neue Aufnahme zeigte drei schlangenähnliche Wesen, die sich dicht über dem Boden durch das Wasser ringelten.

«Hey, was ist das?», fragte er. «Aale?»

Der Fischkundler beugte sich nach vorn und zog die Augenbrauen zusammen. «Nein. Das sind Inger, Kieferlose, Verwandte der Neunaugen.»

«Seht ihr?» Raymond zeigte aufgeregt auf den Bildschirm. «Inger sind typisch für große Kadaver. Sie sammeln sich darauf zu Hunderten. Das ist ein Wal, ich sag's euch. Jede Wette. Sie schwimmen in seine Richtung.»

«Oder die Sonde hat sie aufgeschreckt.»

Das nächste Bild war fünfzig Meter entfernt von dem unidentifizierten Objekt aufgenommen worden und zeigte eintöniges Grau.

«Nichts», sagte Nick. «Normales Sediment, Seegurken.» Damit kannte er sich aus. Wenn Dr. Nick Henman nicht im Fitnessstudio an der Vervollkommnung seiner Muskulatur arbeitete, saß er im Museum in Auckland. Er war ein bekannter

Spezialist für Stachelhäuter, und es gab kaum einen Aspekt der Seegurkenbiologie, den er nicht bearbeitet hatte. In den Sedimenten der Tiefsee wimmelt es von diesen seltsamen Verwandten der Seeigel. Feinden, die sie bedrängen, werfen sie ihre Eingeweide zum Fraß vor, um selbst auf Hunderten von winzigen Saugfüßchen im Schneckentempo das Weite zu suchen.

«Wir müssten das ROV runterschicken», sagte Ray. «Dann wüssten wir's genau.»

«Vergiss es!» Nick schüttelte entschieden den Kopf. «Aussichtslos. Der Zeitplan ist so eng, das erlaubt Sharky niemals.»

Ohne die Zustimmung von Randolf Shark, dem wissenschaftlichen Leiter der Expedition, wurde auf der *Otago* nicht einmal eine Angel ausgeworfen, geschweige denn ein ferngesteuertes Hightech-Unterwasserfahrzeug, ein Remotely Operated Vehicle, in Gang gesetzt, dessen Einsatz stündlich Tausende von Dollars kostete. Der Tauchroboter der *Otago* hatte seinen Einsatz auf dem Plateau des Tafelberges bereits hinter sich. Wie sich jetzt zeigte, offenbar an der falschen Stelle.

«Aber das ist eine einmalige Gelegenheit.» Raymond war schon auf dem Weg zum Bordtelefon.

«Lass es sein, Ray. Du kennst Sharky.»

«Wir müssen ihn überzeugen. Die Chance, in der Tiefsee auf einen Walkadaver zu stoßen, ist normalerweise gleich null. Und wir müssen ihn nicht mal suchen. Wir haben seine genaue Position. Den hat uns der Himmel geschickt.»

Noch ehe er am Telefon war, hörte Ray seinen Namen aus einem Lautsprecher über der Eingangstür des kleinen Raumes. «Raymond Holmes bitte an Deck!»

«Dein Typ wird verlangt.» Nick verschränkte die muskelbepackten Arme hinter dem Kopf und grinste ihn an. «Eine kleine Abkühlung zur rechten Zeit, würde ich sagen. Um den da», er machte eine Kopfbewegung in Richtung Monitor, «würde ich mir keine Sorgen machen. Der läuft nicht weg.»

«Mist.» Raymond machte keine Anstalten, der Aufforderung zu folgen, sondern zwängte sich an den Kollegen vorbei zum Fenster, an dem wahre Sturzbäche herunterliefen. Es regnete in Strömen. Die Außentemperatur lag bei zehn Grad. Aber es war nicht das schlechte Wetter, das ihn zurückhielt.

«Ein solcher Kadaver, das ist ... das sind Tonnen organischer Substanz. Bei den niedrigen Wassertemperaturen dauert die Zersetzung Wochen und Monate. Da laufen Prozesse ab, die noch niemand beobachtet hat. Vielleicht sind Kadaver ganz wesentlich für diese isolierte Lebensgemeinschaft. Ich wette: Wenn wir Proben nehmen könnten, würden wir auf Dutzende unbekannter Arten stoßen.»

Nick zuckte mit den Achseln. «Ray, hier ist fast alles, was wir finden, neu und unbekannt. Wie auf einem fremden Planeten. Ich glaube nicht, dass du Sharky mit der Aussicht auf ein paar neue Wurmarten beeindrucken kannst.»

«Schlag's dir aus dem Kopf.» Auch der Fischkundler versuchte Ray zu beschwichtigen. «Um das ROV startklar zu machen, bräuchten wir einen halben Tag.»

«Na und?» Raymond wurde lauter. «Wir sind doch Wissenschaftler. Können wir denn nicht mal spontan reagieren?»

«Hey, beruhige dich, Mann. Natürlich können wir das.» Nick zeigte auf den Monitor. «Ich werde davon einen Ausdruck machen und ihn Sharky später vorlegen, okay? Aber mach dir keine allzu großen Hoffnungen.»

«Ray», dröhnte es aus dem Lautsprecher. Diesmal war es unverkennbar die tiefe Stimme von Randolf Shark, der vermutlich oben auf der Brücke stand. «Brauchst du eine Extraeinladung? Die Jungs haben was für dich.»

Nick erhob sich. «An deiner Stelle würde ich mich in Bewegung setzen. Wenn Sharky so ungeduldig klingt, ist irgendwas im Busch.»

Raymond hatte es nicht eilig und beschloss, noch kurz bei seinen Schützlingen vorbeizuschauen. Von Tag zu Tag wurden es weniger, aber der größte Teil lebte, und es war unglaublich, wie schnell sie wuchsen. Bei der letzten Tour waren ihm alle Tiere eingegangen, noch bevor das Schiff den Hafen erreicht hatte. Aber diesmal hatte er alles besser im Griff.

Schließlich lief er den Gang entlang, der in den Raum mit dem Förderband führte, und zog sich sein Ölzeug über. Offenbar hatten sie das Schleppnetz eingeholt. Drei Männer, Kollegen, Wissenschaftler wie er, standen vor dem Band und sortierten den Fang. Fische flogen durch die Luft und landeten in den bereitgestellten Behältern. Er warf einen kurzen Blick in die Metallwanne. «Passt auf die Cephalopoden auf», rief er den Männern zu.

«Meinst du die hier», brüllte einer, hielt einen kleinen Kalmar in die Höhe, dessen Fangarme schlaff in der Luft baumelten, und schleuderte ihn in seine Richtung. Der Kopffüßer klatschte vor Ray auf den Boden und rutschte auf ihn zu. Er bückte sich, warf das Tier zurück auf das Band und drohte den Männern mit der Faust. Er hörte ihr Lachen noch, als er schon im Gang war und eine der Treppen zu den oberen Decks ansteuerte.

Er dachte an den Kadaver auf dem Gipfel von Gothic. Natürlich sah er ein, dass der wissenschaftliche Leiter einer Forschungsfahrt nicht jeder spontanen Eingebung seiner Crew nachgeben kann, aber er ärgerte sich oft über die Schwerfälligkeit des Behördenbetriebs. Nie konnte man einfach handeln. Immer waren seitenlange Anträge zu formulieren, Monate im Voraus, jedes Reagenzglas musste begründet, jede Einzelheit beschrieben werden. Irgendwelche Sesselfurzer entschieden dann über die Mittelvergabe, für spontane Geistesblitze und ausgefallene Ideen war da kein Platz. Genau das war der Grund, warum ihm die verdammten Japaner zuvorgekommen waren. Eigentlich hätte er, Raymond Holmes, das Rennen machen müssen.

Er stieg eine steile Treppe hinauf und stand kurz darauf in einem Nasslabor, das mit verschiedensten Gerätschaften vollgestopft war, Bojen, Netze, Käscher, Plastikschüsseln, Behälter für Wasser- und Planktonproben, alles sicher verstaut, aufgehängt oder festgeschnallt, damit es bei schwerer See nicht durch die Gegend polterte. An den Wänden waren Hähne mit Metallbecken davor. In einem hockte reglos eine riesige Seespinne, die sie mit einem Bodennetz gefangen hatten.

Eine Tür führte auf das Achterdeck. Zwischen den großen Winden baumelte, schlaff und leer, das Schleppnetz. Die Luke, die nach unten auf die Rutsche und das Förderband führte, wurde gerade geschlossen. Daneben standen dichtgedrängt einige Seeleute. Sie betrachteten irgendetwas, das vor ihnen auf dem Deck lag.

Raymond verschnürte seine Kapuze, öffnete die Tür und trat hinaus. Sofort umfing ihn das Tosen des Meeres. Kalte Regentropfen klatschten ihm ins Gesicht. Das Schiffsheck hob und senkte sich in der Dünung, sodass er mal in den grauen Himmel, mal auf die See mit den weißen Schaumkronen blickte. Er füllte seine Lunge mit der salzigen Luft und lief schwankend auf die Gruppe neben der Luke zu. Einer bemerkte ihn, brüllte etwas, worauf auch die anderen aufblickten. Sie wichen auseinander, bildeten eine Art Spalier, und Raymond sah, dass zwischen ihnen etwas auf dem nassen Stahlboden lag, ein unförmiger Haufen. Sofort spürte er ein Kribbeln im Bauch, und alles andere war vergessen.

Vermutlich ist es ein Architeuthis. Noch nie hatte es eine Zeit gegeben, in der so viele Riesenkalmare an die Oberfläche gekommen waren, aber auf dieser Reise wartete er noch immer auf das erste Tier. Die neuseeländische Variante, Architeuthis dux, war zwar kleiner als ihre Verwandten im Nordatlantik, vielleicht sogar eine andere Art, aber dafür wurden sie häufiger gefangen und erreichten mit ausgestreckten Tentakeln immerhin Längen von zehn, zwölf Metern, groß genug, um jedes Institut der Welt vor ernste Platzprobleme zu stellen. Die Trawler zogen sie mit ihren Netzen an Deck, und manchmal froren sie sie ein und brachten sie als Eisblock mit nach Wellington. Es hatte sich herumgesprochen, dass es in der Hauptstadt jemanden gab, der sich dafür interessierte. So fanden viele große Kalmare in sein Labor. Er konnte schon lange nicht mehr alle Tiere konservieren, die in seine Hände gelangten, wusste nicht mehr, wohin mit den riesigen Körpern, aber er untersuchte jedes einzelne Exemplar so gewissenhaft wie möglich. Das war der einzige Weg, um etwas über diese geheimnisvollen Tiere in Erfahrung zu bringen.

Beim Näherkommen sah Ray, dass der Haufen sich schwach bewegte. Armdicke Fangarme wanden sich auf blauem Stahl. Mittendrin steckte ein langer Bootshaken. Vermutlich hatten sie das Tier damit aus dem Netz gezogen, bevor sie den Fang durch die Luke schickten. Für die großen Brocken war unten kein Platz.

Dann stand er davor, nickte den Männern zu, die ihn fragend ansahen, senkte den Blick und …

Ihm stockte der Atem.

Der Anblick großer Cephalopoden war ihm vertraut. Aber etwas Derartiges hatte er noch nie gesehen. Es hatte dieselbe Farbe, war aber mit Sicherheit kein Architeuthis. Das Tier bestand im Wesentlichen aus einem prallgefüllten kugeligen Sack und glitzerte vor Feuchtigkeit und Schleim. Ray hockte sich auf den Boden, um die Details besser im Blick zu haben. Er überlegte und ging in Gedanken durch, welche der Riesen aus den lichtlosen Tiefen, die kein Mensch je in Aktion gesehen hatte, in Frage käme. Riesenkalmare haben da unten beachtliche Konkurrenz. Aber auch Mesonychoteuthis kam nicht in Frage, der vielleicht noch größer und massiger war. Erst vor ein paar Monaten hatte ein gewaltiges Exemplar auf seinem Präpariertisch in Wellington gelegen. Das hier war kein Taningia, kein Kondakovia longimana, kein Moroteuthis. Es war überhaupt kein Kalmar. Vor ihm lag der größte und massigste Krake, der je von Menschen aus dem Meer gezogen worden war.

Raymond richtete sich auf und stand minutenlang schweigend da. Er nahm weder die Männer neben ihm wahr noch das Meer ringsum. Er hatte nur Augen für das prachtvolle Tier zu seinen Füßen.

«Dr. Holmes», brüllte einer der Männer. «Was ist nun?» Er zeigte ungeduldig auf den Kraken. «Über Bord damit?»

Es dauerte einen Moment, bis Raymond verstand, was der Mann gesagt hatte.

«Über Bord?» Er blickte von einem zum anderen und versuchte, ruhig zu bleiben. Es sind einfache Männer, sagte er sich, Seeleute, die seit Stunden auf Deck schuften. Schleppnetz bleibt Schleppnetz, auch wenn es im Dienste der Wissenschaft eingeholt wird. Gefährliche Knochenarbeit. Sie hatten eine halbe Stunde auf ihn gewartet. Er versuchte, Verständnis aufzubringen, aber es gelang ihm nicht.

«Lassen Sie bitte die Finger davon», schrie er gegen Regen und See an. «Dieses Tier ist eine Sensation.»

Das Schleppnetz wurde gerade ein weiteres Mal durch das Meer gezogen, diesmal über dem steil abfallenden Südhang von Gothic, als sich die Wissenschaftler der *Otago* nach dem Abendessen in der geräumigen Offiziersmesse versammelten. Während auf Deck die Winde in Aktion trat, stand Randolf Shark, ein schlanker, drahtiger Mann Mitte fünfzig, in der Eingangstür und begrüßte jeden Einzelnen per Handschlag und Schulterklopfen. Susan bekam einen Kuss auf beide Wangen.

Der Chef hatte zu einem Umtrunk geladen. Auf die Mannschaft, die noch an Deck und im Verarbeitungsraum schuftete, warteten ein paar freundlich mahnende Worte über den Umgang mit unbekannten Meereslebewesen sowie zwei Flaschen Whiskey, zur Feier des Tages und weil sie so hervorragende Arbeit geleistet hatten. Den Forschern spendierte Shark eine Kiste Bier und drei Flaschen Sekt.

Die wissenschaftliche Ernte ihrer Fahrt würde erst nach Monaten mühevoller Arbeit eingefahren werden. Irgendwann, nach Jahren, würden Dutzende gelehrter Abhandlungen die Bibliotheken füllen. Für die Öffentlichkeit, die ihre Forschung finanzierte, dauerte das viel zu lange. Immer wieder mussten sie sich die Frage anhören, wozu ein kleines Land wie Neuseeland so teure Forschungsschiffe brauchte. Über Rays Rekordoktopus aber, der unterdessen im Kühlraum zu einem zentnerschweren Eisblock erstarrte, würden die Medien berichten, und seine Entdeckung würde für immer mit dem Namen *Otago* verbunden bleiben. Die Menschen würden wieder einen Anlass haben, über die Wunder des Meeres zu staunen, und in die Museen und Aquarien strömen. Superlative sind durch nichts zu ersetzen. Das National Institute in Wellington war informiert worden und hatte herzliche Glückwünsche zurückgefunkt. Das Digitalfoto, das sie übermittelt hatten, würde in den nächsten Tagen veröffentlicht. Es gab Grund zu feiern.

Shark trat vor die weißlackierte Metallplatte, die an einer Wand des quadratischen Raumes befestigt war und als Tafel und Leinwand zugleich diente. Ringsum hingen Poster mit Tierfotos, Satellitenaufnahmen, Karten und Darstellungen diverser Forschungsergebnisse. Gegenüber war ein Regal eingelassen mit Dutzenden von zerlesenen Taschenbüchern. Er klatschte in die Hände, das Stimmengewirr ebbte ab. Jeder suchte sich rasch einen Sitzplatz.

«Liebe Kollegen», begann Shark. «Wir hatten einige Enttäuschungen zu verkraften, aber jetzt ist uns ein großer Coup gelungen, ein Fund, der in die Geschichte der Wissenschaft eingehen wird. Natürlich ist die winzige unbekannte Meeresgrundel, die Jacob gestern gefunden hat, für uns genauso bedeutend wie ein neuer Riesenkrake, aber die Menschen im Land sehen das anders. Die Chancen stehen gut, dass es auch in Zukunft Fahrten wie diese geben wird.» Jubel. Fünfzehn Fäuste klopften mit den Fingerknöcheln auf die Tischplatten. Shark hob abwehrend die Hände. «Allerdings, in einem so glücklichen Moment ist es wichtig, sich an etwas zu erinnern: Wir haben einen Schatz gehoben, darauf können wir stolz sein. Aber wir fischen im Trüben und hatten einfach unverschämtes Glück, dass wir zur richtigen Zeit am richtigen Ort waren.» Er hielt sein Sektglas in die Höhe. «Danken wir also dem Ozean, den wir alle lieben, dass er uns ein solches Geschenk gemacht hat. Auf das Meer und seine Berge!»

«Auf das Meer», antworteten die anderen, und einige, die schon länger dabei waren, verbargen nur mühsam ein Grinsen, weil sie Sharkys demütige und sentimentale Liebeserklärungen an die Weltmeere nicht zum ersten Mal hörten. Sie hoben ihre Gläser und stießen an. Einen Moment herrschte Stille im Raum. Tief unten im Leib der *Otago* dröhnten die Schiffsdiesel.

«Ahhh», machte Shark und setzte das Glas ab. Er blickte zufrieden in die Runde. «Ich habe Raymond gebeten, ein paar Worte zu diesem Prachtkerl zu sagen. Damit wir alle im Bilde sind, wenn wir zu Hause gefragt werden.»

Er setzte sich, und Ray trat an seine Stelle.

«Also, ich will sofort zur Sache kommen, da einige ja gleich zurück an die Arbeit müssen. Wir haben ein wahres Monstrum von Krake aus dem Meer gefischt, genauer gesagt aus neunhundertzwanzig Metern Tiefe. So sieht dieses Baby aus.»

Er betätigte die Pfeiltaste seines Laptops, und das Bild erschien an der Wand. Viele der Anwesenden waren im Laufe des Tages zu Ray gekommen, um sich das Tier anzusehen. Trotzdem ging ein Raunen durch die Reihen.

Raymond blickte stolz in die Runde, als hätte er den Kraken eigenhändig aus dem Meer gefischt. Er grinste. «Er ist keine Schönheit. Aber das gilt für alle toten Cephalopoden und, mit Verlaub, auch für die meisten hier im Raum. Von Susan natürlich abgesehen.»

Lachen, Buhrufe.

Auf dem Bild lag das Tier auf dem Boden und Ray mit seinen zwei Metern Länge ausgestreckt daneben, so konnte man die Größe des Oktopus gut abschätzen. Susan hatte ihm assistiert und das Foto gemacht. Anders als an Deck war die typische Krakengestalt sofort zu erkennen; sie hatten die acht Fangarme fächerförmig ausgebreitet.

«Das sind seine Daten: Gewicht 61 Kilo, Gesamtlänge 2,90 Meter, Mantellänge 69 Zentimeter. Für diejenigen unter euch, die mit der Cephalopodenanatomie nicht so vertraut sind: Der Mantel, das ist dieser Sack. Er enthält die Eingeweide und Kiemen, außerdem jede Menge Eier. Ich würde sagen, die Tage des Kraken waren gezählt. Cephalopoden wachsen in einer enormen Geschwindigkeit, werden aber meist nicht älter als ein Jahr, sogar große Arten wie dieser hier leben nur zwei oder drei Jahre. Ich vermute, dass es sich um einen Haliphron atlanticus handelt, wie der Name schon sagt, nicht unbedingt etwas, was wir bei uns im Südpazifik erwarten würden. Vermutlich ist er mit einer Tiefenströmung hierhergelangt. Weltweit kennt man bisher nur juvenile Tiere. Zwei Meldungen für neuseeländische Gewässer sind wohl Fehlbestimmungen. Wir hätten also einen Erstnachweis und das erste erwachsene Tier dieser Art.»

Lauter Beifall. Sie klatschten, trommelten auf die Tischplatten und pfiffen, dass Ray die Ohren klangen. Die Neuentdeckung eines derart spektakulären Tieres war das Größte, was einem Biologen widerfahren konnte. Sogar die anwesenden Geophysiker ließen sich von der Begeisterung ihrer Kollegen mitreißen.

«Er sieht ziemlich ramponiert aus», sagte einer der Zuhörer, als langsam wieder Ruhe einkehrte. «Ist das beim Fang passiert oder …?»

«Richtig, hätte ich fast vergessen.» Ray sprach schnell, wie aufgedreht. Der Tag war wie im Rausch vergangen. Er hatte stundenlang präpariert, zahllose Fotos geschossen und mit den Kollegen gesprochen, die vorbeikamen, um sich das Tier anzusehen. Sharkys Weigerung, das ROV einzusetzen, um den Walkadaver zu untersuchen, hatte er kaum registriert, weil er ohnehin nicht wusste, was er zuerst tun sollte. Er war vollkommen erledigt, aber das Restadrenalin in seinen Adern ließ ihn nicht zur Ruhe kommen. «Man sieht deutlich, hier und hier zum Beispiel», er zeigte auf zwei Armstümpfe, «dass Fangarme abgerissen oder abgebissen wurden. Das Gewebe dieses Kraken ist weich und gallertartig und daher sehr empfindlich. Vielleicht ist es im Schleppnetz passiert, oder ein großer Räuber hat schon vorher zugebissen. Das vollständige Tier wäre ausgestreckt etwa vier Meter lang, schätze ich. Zwischen seinen Armen sind Schwimmhäute, sodass er wie ein riesiger Schirm im Wasser schwebt. Wir alle hier im Raum hätten darunter Platz.» Er blickte in die Gesichter seiner Kollegen. «Viel mehr kann ich jetzt noch nicht sagen. Wir betreten mal wieder absolutes Neuland. Sind noch Fragen?»

«Der Architeuthis, den die Japaner fotografiert haben, war noch größer, oder?» Die Frage kam von einem der Geophysiker, und obwohl der Mann sicher nicht wusste, dass seine Frage mitten in eine offene Wunde zielte, musste Ray einen kurzen Impuls niederringen, der ihn quer durch den Raum treiben wollte, um dem Kerl das Maul zu stopfen. Raymond kannte nicht einmal seinen Namen. Die Physiker saßen ununterbrochen vor ihren Rechnern und analysierten die eingehenden Messdaten. Sie waren sich höchstens ab und zu beim Essen begegnet.

Es gelang ihm, ruhig zu bleiben. «Ja», sagte er und nickte müde. «Er war acht Meter lang. Aber Architeuthis ist ein Kalmar, ein zehnarmiger Tintenfisch. Für Kraken ist dieser Bursche hier einsamer Rekord.»

Er beugte sich zu seinem Rechner hinunter und suchte in einer langen Liste von Dateien nach einer bestimmten Graphik. «Ich habe irgendwo eine ganz interessante ... ja, hier.» Auf der Leinwand erschien ein Koordinatenkreuz mit zwei annähernd parallel verlaufenden zackigen Kurven.

«Was die maximale Größe von Cephalopoden angeht, sind wir auf Vermutungen angewiesen, und auf die Pottwale. Die durchgezogene Linie stellt die Mantellänge von Kalmaren dar, die mit Schleppnetzen gefangen wurden. Die gestrichelte Linie darüber zeigt die Größe von Tieren, die aus Walmägen stammen. Ein englischer Forscher, der jahrelang als Beobachter auf Walfängern mitfuhr, hat diese Daten zusammengestellt. Wie ihr seht, sind die Beutetiere der Wale durchgehend um den Faktor zwei oder drei größer, in manchen Fällen sogar um das Zehnfache.»

«Die Großen können entwischen», sagte jemand im Publikum.

«Genau, die Netze sind zu langsam und fischen nicht tief genug. Auf kurzen Strecken sind Kalmare phantastische Schwimmer. Sie drücken einmal auf die Tube, und weg sind sie. Wir fangen nur die jüngeren Tiere, die sich manchmal zu riesigen Schwärmen zusammenfinden. Wenn sie erwachsen werden, wandern sie in größere Tiefen ab. Trawler holen zum Beispiel geschlechtsreife Architeuthis aus fünfhundert bis tausend Metern Tiefe. Die Jungtiere leben nahe der Oberfläche.»

«Und wie sieht es in drei- oder viertausend Metern aus?», fragte der Physiker.

«Das ist pure Spekulation.» Raymond lehnte sich gegen die Wand, weil er sich vor Erschöpfung kaum noch auf den Beinen halten konnte. «Vielleicht gibt es da unten Giganten, von denen sich selbst die Pottwale fernhalten.»

Ein durchdringender Sirenenton meldete, dass das Schleppnetz an Deck war.

«Tut mir leid, die Feierlichkeiten stören zu müssen», plärrte eine Stimme aus den Deckenlautsprechern. «Ein paar Zentner Frischfisch warten auf euch.»

Aufbruchstimmung. Die meisten erhoben sich.

«Und Ray», fügte die Stimme hinzu. «Ich fürchte, du musst noch mal raus an die frische Luft. Wir haben offenbar noch so ein Riesenvieh gefangen.»

Schlagartig herrschte Stille im Raum. Alle Blicke waren auf Ray gerichtet, der sich blass und erschöpft auf einen Stuhl fallen ließ. «Noch einen?»

«Hey, was ist los mit dir, Mann?», dröhnte neben ihm Nicks

unverwechselbares Organ. «Ich wünschte, wir würden zur Abwechslung mal was Spektakuläres fangen, ’ne Riesenseegurke oder so etwas, aber nein, immer nur Kraken. Freu dich wenigstens. Sieht so ein glücklicher Wissenschaftler aus?»

Als Ray ihn zaghaft anlächelte, wurde das Gesicht des Kollegen schlagartig ernst. «Übrigens», sagte er leise und beugte sich vor. «Ich wusste gar nicht, dass du von den Fotos der Japaner gehört hast.»

«Doch, hab ich.»

«Verstehe», sagte Nick, sah ihn eindringlich an und klopfte ihm dann im Gehen freundschaftlich auf die Schulter.

5. Die Station

Über dem Trog

Vom nahen Strand war Möwengeschrei zu hören, aus einem der Zelte drang Musik. Eine Gruppe Jungs rannte hinter einem Rugby-Ei her, Frauen saßen in Campingstühlen vor den Zelten, sahen den Kindern zu, unterhielten sich und tranken Tee. Es hätte irgendein Ferienlager sein können. Aber die Idylle trog. Manche der Menschen hier hatten alles verloren.

Zusammen mit Tim und Maria war Barbara zu Fuß bis in die Stadt gelaufen, dann das West End entlang und unter der Eisenbahnbrücke hindurch. Jetzt ging sie quer über den Parkplatz von Whale Watch Ltd. In der klaren Morgenluft schrumpften die Entfernungen, und die schneebedeckten Gipfel des Hinterlandes schienen zum Greifen nah. Jedes Detail war wie durch ein Vergrößerungsglas zu erkennen, jeder Felsen, jeder Baum, jede Erosionsrinne. Barbara wusste, dass dieses Gebirge und der unsichtbare Tiefseegraben im Meer Teil und Ergebnis desselben Prozesses waren, Bruchkanten und Knautschzonen zweier Kontinentalplatten. Seit Jahrmillionen wurde an diesem Ort Erdgeschichte geschrieben. Hier entstand und verging Landschaft. Menschen wie Pottwale waren diesen Gewalten hilflos ausgeliefert.

Sie wünschte sich auf den Mount Fyffe, von dem man vermutlich eine phantastische Sicht bis weit ins menschenleere

Landesinnere hatte. Hier unten fühlte sie sich wie ein Eindringling. Sie vermied es, die Leute anzustarren, lief schweigend geradeaus, den Blick starr auf die Berge gerichtet. Aber es beachtete sie ohnehin kaum jemand. Zwei Greise saßen auf der Begrenzungsmauer oberhalb des Kiesstrandes, sonst waren keine Männer zu sehen. Die halfen wohl bei den Aufräumungsarbeiten in South Bay auf der anderen Seite der Halbinsel.

Noch vor einer Woche war es auf dem Parkplatz zugegangen wie in einem Bienenstock. Nun war das Terminal geschlossen, und Grund zur Vorfreude gab es für die, die hier leben mussten, kaum, es sei denn, es bestand Aussicht, diesen Ort schnell wieder zu verlassen. Bisher waren es nur wenige Glückliche, die in ihre Häuser zurückkehren konnten. Die meisten mussten warten, bis die Bagger ihre Arbeit beendet hätten, bis Strom und Wasser wieder fließen würden und die Zufahrtsstraßen freigegeben wären. Wenn die Nächte zu kalt würden, müssten sie wahrscheinlich in leerstehende Motels umziehen. Die Stadt brauchte den Platz irgendwann wieder für seinen eigentlichen Zweck. Es konnte, es durfte sich nur um eine vorübergehende Durststrecke handeln. Denn was es bedeutete, wenn die Wale sich dauerhaft von Kaikoura verabschiedeten, wagte kaum jemand auszusprechen.

Die Campingwagen waren verschwunden. Abgesehen davon, dass Kaikoura seiner wichtigsten Attraktion beraubt war, fanden Touristen es nicht besonders unterhaltsam, auf einem Parkplatz und in der Nachbarschaft obdachloser Einheimischer zu übernachten. Die Fläche war so leer, dass der Helikopter auf seinem angestammten Platz hinter dem Flachbau stehen konnte.

Barbara hörte, dass die Maschine startklar gemacht wurde. Sie wurden erwartet. Keiner von ihnen hatte schon einmal in einem Hubschrauber gesessen, und sie spürte nun doch ein wenig Angst vor dem, was ihr bevorstand. Zu ihrer Verblüffung war es kein Problem gewesen, den Flug zu organisieren. Und das Schönste war: Er würde ihren knappen Etat mit keinem einzigen Cent belasten.

Gestern Abend, sie waren spät von einem zweiten Ausflug zum Hikurangi-Trog zurückgekehrt, hatte in der verlassenen Station das Telefon geklingelt. Am Apparat war ein hörbar erregter Mitarbeiter des Bürgermeisters, der wissen wollte, ob sie wirklich Pottwale gesehen hätten. Er habe gerüchteweise davon gehört. Für alle Menschen in Kaikoura wäre das eine grandiose Nachricht.

Noch nie hatte sich jemand von der Stadtverwaltung nach den Ergebnissen ihrer Forschung erkundigt. Seit sie ein Gutachten über die Auswirkungen der Whale-Watching-Aktivitäten auf das Verhalten der Wale erstellt hatten und das Naturschutzministerium den Veranstaltern daraufhin strenge Auflagen erteilte, wurde ihre Arbeit mit konsequenter Nichtbeachtung gestraft. Einige Hardliner hätten sie lieber heute als morgen aus dem Ort gejagt, aber die Donovan Field Station war seit langem Eigentum der Universität von Christchurch und somit ein zwar ewig störender, aber nicht zu beseitigender Dorn im Auge einiger Provinzgrößen.

Adrian Shearing hatte schallend gelacht, als er vor zwei Stunden am Telefon vom plötzlich erwachten Interesse des Bürgermeisters gehört hatte. Umweltschützer, zumal so hartnäckige und einflussreiche wie er, waren nirgendwo gern gesehen, schon gar nicht dort, wo Menschen davon lebten, die vorhandenen natürlichen Ressourcen auszubeuten, und es vorzogen, dass ihnen dabei niemand auf die Finger schaute. Kaikoura war eine ehemalige Walfängerstation, deren letzte Blütezeit nur vierzig Jahre zurücklag. Auch wenn die Jagd mit

Harpunen und Explosivgeschossen nichts Heldenhaftes mehr hatte, die Jäger der Pottwale waren ein stolzes Geschlecht, und in vielen Familien, die hier lebten, gab es noch Menschen, die sich an diese Zeit erinnerten. Damit, dass man die Wale nicht mehr töten durfte, hatten sich die Leute abgefunden, aber dass sie jetzt zu sensiblen Halbgöttern stilisiert wurden, denen man sich nur mit andächtig gesenkter Stimme und unter Einhaltung schikanöser Vorsichtsmaßnahmen nähern durfte, daran hatten die Einheimischen sich erst gewöhnt, als sie merkten, dass sie mit den Tieren trotzdem gutes, sogar sehr gutes Geld verdienen konnten. Kaikoura war nicht als Mekka des Ökotourismus geboren worden, es musste in diese Rolle hineinwachsen. Ohne ein wenig Nachdruck vonseiten der Politik und der Walschützer wäre das kaum gelungen.

Auf den Stirnen von Motelmanagern und Restaurantbesitzern zeichneten sich schon tiefe Sorgenfalten ab. Es war, als wollte man die Touristen dazu animieren, in den Krater eines grummelnden und Rauchwolken ausstoßenden Vulkans zu klettern. Zu viele misstrauten jetzt diesem Meer, dem der Ort von jeher Existenz und Wohlstand verdankte. Man müsste dringend deutlich machen, dass sich die schrecklichen Ereignisse nicht wiederholen würden, dass nun für Jahrhunderte alles unter Kontrolle wäre. Aber Kaikoura allein war damit überfordert. Was die Ursache der Katastrophe anging, tappten alle weiter im Dunkeln. Wo blieben die Damen und Herren Wissenschaftler, die immer alles besser wussten, die Spezialisten des Naturschutzministeriums oder des NIWA?

Die Menschen fühlten sich im Stich gelassen.

Als Tim dem Mann am Telefon bestätigt hatte, dass sie über dem Hikurangi-Trog, etwa zwanzig Seemeilen nördlich von Kaikoura, tatsächlich Wale entdeckt hätten, dass sie aber einen Rundflug brauchten, um sich ein genaueres Bild von der Zahl und Verteilung der Tiere zu machen, versicherte der wortreich, der Bürgermeister habe größtes Interesse an der Fortsetzung ihrer Arbeit und werde sich sofort darum kümmern. Eine Stunde später kam die Zusage. Ein Helikopter stünde schon morgen früh zu ihrer Verfügung, und zwar nicht nur für einen Rundflug, sondern – Tim traute seinen Ohren kaum – wann immer sie ihn benötigten, bis auf weiteres jedenfalls. Für die Kosten würden Whale Watch Kaikoura und eine Reihe anderer lokaler Unternehmen aufkommen. Ein aus der Not geborenes Forschungssponsoring.

Jetzt war es so weit. Der große Rotor holte Schwung und peitschte einen immer schneller werdenden Rhythmus in die Luft. Ein Mann beugte sich aus der offenen Tür und winkte die drei Walforscher heran. Nach kurzem Zögern liefen sie in gebückter Haltung auf die Maschine zu, Tim vorneweg, Maria und Barbara dicht dahinter. Der Mann schüttelte ihnen nacheinander die Hand, sie begrüßten sich brüllend. Er wies ihnen die Plätze zu, forderte sie auf, die Schwimmwesten anzulegen, sich anzuschnallen und die Helme aufzusetzen. Tim saß neben dem Piloten, die beiden Frauen bekamen zwei nebeneinanderliegende Sessel dahinter. Kaum schnappte Barbaras Gurtschnalle ein, schloss der Mann die Tür und ließ sich auf dem Sitz ihr schräg gegenüber nieder.

Der Pilot begrüßte sie über die Bordsprechanlage in ihren Helmen, und gleichzeitig begann das gesamte Fluggerät zu zittern, schließlich zu beben, so als ob ein wildes, kraftstrotzendes Tier nur noch mit Mühe am Boden gehalten werden kann. Sie prüften kurz, ob ihre Sprechverbindung funktionierte, dann schraubte sich der Helikopter in die Höhe. Barbara hatte nicht mit einem so schnellen Start gerechnet und krallte sich mit beiden Händen in die Polster ihrer Armlehnen. Kaum hatte sie sich an die Bewegung der Maschine gewöhnt, setzte der Pilot unvermittelt zu einer Schleife über den Parkplatz an. Dann senkte sich die Nase des Helikopters, und sie flogen in leichter Schräglage nach Nordosten, auf das offene Meer hinaus.

Die Richtungswechsel hatten die Insassen heftig durchgeschüttelt. Barbara war blass geworden und schluckte mehrmals. Sie fragte sich, ob der Pilot mit Absicht so einen ruppigen Start hingelegt hatte. Sie waren schließlich keine zahlenden Passagiere. Stocksteif saß sie in ihrem Sessel, presste den Kopf gegen die Rückenlehne und versuchte, den Mann zu ignorieren, der sie in Empfang genommen hatte. Er grinste und starrte sie an.

Der Parkplatz mit den Zelten, die Stadt, die ganze Halbinsel, alles blieb rasch zurück. Was die *Warrior* in drei Stunden schaffte, erreichten sie in wenigen Minuten. Irgendwann meldete sich der Pilot und sagte, dass sie jetzt etwa den Westhang des Hikurangi-Troges erreicht hätten. Er änderte erneut die Flugrichtung und steuerte einen geraden Kurs direkt nach Norden.

«Na, alles okay bei euch?»

Barbara sah, dass sich Tims Lippen bewegten, aber die dazugehörige Stimme entstand mitten in ihrem Kopf. «Alles okay», versuchte sie zu antworten, musste sich aber räuspern, weil ihre Stimmbänder nicht gehorchten. Maria, die aus dem Fenster sah, schien keine Eingewöhnungsprobleme zu haben. Sie nickte nur und starrte weiter angestrengt auf das Wasser hinunter.

Auf dem Weg zum Parkplatz hatten sie darüber gesprochen, dass es nicht einfach werden würde, die Wale zu finden. Sie würden ihre Klicks nicht hören und wüssten daher nicht, wo es sich lohnte, zu suchen oder zu warten. Mit dem Hydrophon konnten sie die Tiere auch während der langen Tauchphasen aufspüren, jetzt, aus der Luft, blieben ihnen nur die wenigen Minuten, die die Wale an der Oberfläche verbringen.

Barbara hatte keine Ahnung, wie hoch sie flogen. Sie schätzte, dass es wenige hundert Meter waren, aber ihr fehlte jeder Maßstab. Draußen, über dem offenen Meer, konnte sie eine überraschend scharfe Grenze zwischen sauberen und verschmutzten Wassermassen ausmachen. In den letzten Tagen hatte sie sich so sehr an das verdreckte Wasser gewöhnt, sodass sie anfangs kaum glauben wollte, wie dunkel das saubere aussah. Sie beugte sich zur Seite, um an ihrem Sitz vorbei nach hinten zu sehen, nach Kaikoura und der Landzunge, die erstaunlich klein wirkte, Mauis Sitz, ein Wurmfortsatz der riesigen Südinsel. Sowohl vor der Halbinsel als auch in der South Bay waren große Gebiete intensiv graubräunlich verfärbt. Diese Wassermassen wurden parallel zur Küste nach Norden gespült. Die kräftige, sonst unsichtbare Strömung war sichtbar geworden, weil die Schwebstoffe wie ein Farbstoff wirkten. Sie machte die anderen darauf aufmerksam.

«Ja, es ist gigantisch», erwiderte Tim. «Am besten kann man es wahrscheinlich von einem Satelliten aus erkennen. Ich bin gespannt, wie weit das Schmutzwasser schon nach Norden vorgedrungen ist.»

«Das kann ich Ihnen sagen», meldete sich der Pilot zu Wort. «Gestern waren es mehr als sechzig Meilen. Dieser Dreck hat fast die Cook Strait erreicht. Bisher konnte mir übrigens noch keiner erklären, woher das Zeug kommt.»

Tim erzählte von den Trübeströmungen. Der Pilot warf ihm einen skeptischen Blick zu. Offenbar wusste er nicht, was er von seinem Nachbarn halten sollte. Tim hatte für diesen Ausflug ein uraltes Greenpeace-T-Shirt mit ausgewaschenen Darstellungen verschiedener gefährdeter Walarten angezogen. Er musste es aus den tiefsten Tiefen seines Schrankes hervorgekramt haben, denn es war völlig zerknittert. Barbara hatte es noch nie an ihm gesehen. Offenbar machte ihm diese Verkleidung Spaß. Mit seiner Sonnenbrille, den ausgewaschenen Jeans und dem T-Shirt wollte er wohl dem jungen Naturschutzaktivisten ähneln, der er einmal war. Aber sie hatte ihre Zweifel, ob die Aufmachung geschickt gewählt war. Die Auseinandersetzungen zwischen den Forschern und der Stadt hatten vor ihrer Zeit stattgefunden, sie wusste nicht, welche Rechnungen da noch offen waren.

Während Maria weiter aus dem Fenster starrte, hörte Barbara, Tim und dem Piloten zu, die über Wellen, Schlamm, Sedimentpartikel und Strömungen redeten, und sie hatte den Verdacht, dass ihr Kollege nur deshalb über das Wasser dozierte, weil sie keine Wale sahen. Gestern hatten sie mit der *Warrior* weit nach Norden fahren müssen, um die ersten Tiere zu entdecken. Wieder hörten sie Codas. Trotzdem war Barbaras Freude nicht ungetrübt geblieben. Es war nicht zu übersehen gewesen, dass die Pottwale sich lange an der Oberfläche aufhielten, viel länger als in ihren Jagdrevieren über dem Canyon.

«Da sind sie», schrie Maria plötzlich. Sie bäumte sich förmlich auf, und nur der Sicherheitsgurt verhinderte, dass sie aus ihrem Sitz sprang. Ihre Stimme kam so laut durch die winzigen Lautsprecher in den Helmen, dass alle zusammenzuckten. «Entschuldigung», sagte sie, blickte von einem zum anderen und zog die Schultern hoch. «Tut mir leid, aber sie sind direkt unter uns. Wir wären fast über sie hinweggeflogen.»

Alle beugten sich zu den Fenstern, aber der Pilot hatte die Maschine schon auf die Seite gelegt und flog einen Bogen, um sich den Tieren ein zweites Mal zu nähern. Augenblicke später hielt er den Hubschrauber in geringer Höhe im Schwebeflug, so konnten sie die Wale durch die großen Frontscheiben direkt vor sich sehen. Es waren drei, die dicht nebeneinander im Wasser lagen. Maria hatte schon die Kamera in der Hand und fotografierte.

Barbaras Puls begann zu rasen. Zum ersten Mal sah sie die Tiere in ihrer ganzen Größe, von der Melone, dem riesigen Fettkörper am Kopf, bis zur Schwanzspitze. Mit ruhigen Bewegungen der Fluke trieben sie ihre tonnenschweren Körper durch das Wasser. Ein erhabener Anblick, sehr schön und sehr traurig. *See the whole whale* war der Werbespruch von *Wings over Whales,* dem kleinen Unternehmen, das die kommerziellen Rundflüge organisierte. Sie hatte sich lange gewünscht, das einmal erleben zu dürfen. Jetzt – vielleicht zum Abschied – ging ihr Wunsch in Erfüllung.

Während der Pilot die Wale zu umkreisen begann, ließ Tim sich ihre Position geben und verglich sie mit den Eintragungen auf seiner Karte. «Sie sind noch weiter nördlich als gestern», sagte er und riss Barbara aus ihren Gedanken.

«Woher weißt du, dass es dieselben Tiere sind?», fragte sie.

«Das kann ich natürlich nicht wissen. Aber es sind die ersten, die wir sehen.»

Der Pilot kam den Pottwalen ziemlich nah. Wenn sie gestört werden, legen sie normalerweise einen kurzen flachen Tauchgang ein, um sich aufdringlichen Verfolgern zu entziehen, aber im Augenblick schien es so, als würden sie ungerührt ihre Bahn ziehen. Barbara wusste jetzt, dass ihre Befürchtung zutraf. Die Tiere gaben ihre Abschiedsvorstellung.

«Sie jagen nicht, Tim», sagte sie. «Sie haben es nicht eilig, aber sie sind eindeutig im Vorwärtsgang. Das haben wir über dem Canyon so gut wie nie gesehen.»

Er nickte mit ernstem Gesicht, ohne die Tiere aus den Augen zu lassen. «Du hast es gestern schon geahnt, oder?»

«Was soll das heißen: im Vorwärtsgang?», schaltete sich Maria ein. «Ihr meint, sie verlassen Kaikoura?»

Der Pilot drehte seinen Kopf und sah Barbara aus den Augenwinkeln an. Das Grinsen auf dem Gesicht des zweiten

Mannes gefror. Bei dieser Frage hörte für die beiden der Spaß auf. In einem Kaikoura ohne Wale würde es für sie keine Arbeit mehr geben.

«Vielleicht kehren sie irgendwann um», sagte Barbara. «Das hoffe ich sehr. Aber im Augenblick schwimmen sie direkt nach Norden, weg von Kaikoura.»

Über die Kopfhörer erklang ein unterdrückter Fluch. Der Mann gegenüber nagte an seiner Unterlippe und wich ihrem Blick aus.

Tim wandte sich den beiden Frauen zu. «Ich finde, wir sollten heute noch in die South Bay rausfahren und uns ein wenig umhören. Wir müssen uns vergewissern, dass nicht doch ein paar Wale zurückgekehrt sind.»

«Optimist», sagte Barbara.

«Sollen wir umdrehen?», fragte der Pilot.

Tim schüttelte den Kopf. «Nein, nein, fliegen Sie bitte weiter. Ich hoffe, wir sehen noch mehr Tiere. Mit unserem Schiff haben wir keine Chance, ein so großes Gebiet zu überprüfen. Wenn sie wirklich auf Wanderschaft sind, bleiben sie länger an der Oberfläche, und wir können sie leichter finden.»

«Wenn Sie wollen, machen wir am Schluss noch einen Schlenker über die South Bay», schlug der Pilot vor. «Waren Sie in letzter Zeit mal dort? Am Strand, meine ich?»

«Nein, wieso?»

«Na ja, wir sind ein paarmal rübergeflogen in den letzten Tagen. Wir sollten den Zustand der Straße und der Gleisanlagen erkunden. Da liegt seltsames Viehzeug rum. Ich könnte mir vorstellen, das ist was für Sie.»

Tim verzog den Mund. Viehzeug war eine Bezeichnung, die in seinem Wortschatz nicht vorkam. «Geht es vielleicht etwas genauer?», fragte er.

Der Pilot zuckte mit den Achseln. «Ich weiß nicht, was es

ist. Keine Ahnung. Ich hab's nicht so mit Viechern. Was meinst du, Ron?»

Zum ersten Mal war die tiefe Stimme des zweiten Mannes klar über die Lautsprecher zu hören. «Woher soll ich das wissen?», brummte er und wirkte dabei noch unsicherer als sein Kollege. Die Abwanderung der Pottwale schien ihnen einen Schock versetzt zu haben. Dann fiel ihm doch etwas ein. «Einige der Biester sind verdammt groß. Vielleicht so was wie ... wie riesige Quallen.»

«Quallen? Nee», widersprach der Pilot. «Wissen Sie, man sieht zwar 'ne Menge aus so einer Maschine, aber aus zwei- oder dreihundert Metern Höhe können Sie kaum 'n Hund von 'ner Katze unterscheiden. Übrigens treibt sich da seit Tagen ein Mann am Strand herum. Niemand aus der Gegend, glaube ich. Er scheint die Biester zu untersuchen, jedenfalls war er immer mit ihnen beschäftigt, wenn wir ihn überflogen haben. Vielleicht so etwas wie ein Kollege von Ihnen, aber eigentlich glaube ich das nicht. Er fährt einen Moa-Campingbus. Ich wette, er ist ein Tourist, vermutlich aus Deutschland oder Holland. Moa Cars vermietet über Reiseveranstalter ausschließlich an Deutsche und Holländer.»

Barbara war in ihrem Sitz zusammengesunken und beantwortete Tims Blick mit einem müden Kopfschütteln. Sie hatte nicht die geringste Idee, was sich da zugetragen haben könnte. Sie dachte nur daran, dass sich unter ihnen, in Gestalt der drei Pottwalbullen, ihre Forschungsarbeit verabschiedete. Die Freude über die Wiederentdeckung der Tiere, die Begeisterung über die erstmalige Aufzeichnung ihrer Codas, all das war nur ein letztes Aufflackern vor dem endgültigen Aus gewesen.

«Ich habe eine Idee», sagte Maria plötzlich. «Vielleicht sind es Kalmare. Was meint ihr? Wir haben doch auch welche gesehen. Einen Riesenburschen sogar.»

Barbara und Tim sahen sie verblüfft an.

«Was guckt ihr so? Erinnert ihr euch nicht?»

Barbara hob kraftlos die Schultern. Jetzt, da Maria davon sprach, war ihr natürlich alles wieder präsent. Sie erinnerte sich an die große Tentakelkeule am Bootsrumpf der *Warrior,* an das sterbende Tier im Wasser. In dem Trubel um das Verschwinden der Wale hatte sie die Kalmare vollkommen vergessen.

Peketa Beach

Es war Hermanns dritter Tag am Strand. Immer noch sehr warmes, ruhiges Herbstwetter. Er saß an seinem Campingtisch in der Sonne und schrieb auf, was er in Kaikoura erledigen musste. Von unten war lautes Platschen zu hören, aber er zeigte keine Reaktion, wedelte nur mit einem Stück Karton durch die Luft, um die penetranten Fliegen zu vertreiben. Würde er seine Arbeit jedes Mal unterbrechen, wenn sich im Wasser etwas regte, käme er zu nichts. Bis er sein Fernglas zur Hand hatte, war es fast immer zu spät. Bestenfalls sah er noch ein paar Wellen, eine gekräuselte Wasseroberfläche, selten eine schnelle Bewegung durch Luft oder Wasser. Er ging davon aus, dass alles, was sich jetzt noch in Ufernähe regte, früher oder später bei ihm am Strand landen würde. Die Vorstellung war keineswegs vorbei. Der Vorhang hatte sich noch nicht geschlossen. Nach jeder Flut fand er neue Kalmararten, gestern auch einen seltsamen Kraken, der wie ein außer Form geratener Regenschirm ausgebreitet auf den Steinen lag.

Das Wort *Apotheke* hatte er mit drei Ausrufezeichen versehen. Ohne Alkohol könnte er all diese leichtverderblichen

Schätze nicht retten, er wäre nicht einmal in der Lage, die Gewebeproben sicher zu konservieren, das Einzige, was neben den Fotos von den meisten Tieren übrig bleiben würde, übrig bleiben musste. Für Saugnäpfe, größere Organe oder ganze Tiere reichten weder Gefäße und Konservierungsflüssigkeit noch der Stauraum in seinem Bus.

Telefonieren, ein weiterer wichtiger Punkt auf seiner Liste. Nicht erst, seit er heute Morgen unerwartet Besuch bekommen hatte, wusste er, dass er so nicht weitermachen konnte. Die Fahrt in die Stadt hatte er mehrmals hinausgeschoben, weil er das Gefühl hatte, den Strand nicht verlassen zu dürfen, und jeder neue Fund bestätigte ihn darin. Aber er stieß an seine Grenzen. Obwohl er bis zur Erschöpfung arbeitete und sich insgeheim in der Rolle des unter Entbehrungen einsam vor sich hin schuftenden Naturforschers gefiel, musste er einsehen, dass er Hilfe brauchte. Angesicht der in seinem Wagen an allen möglichen und unmöglichen Stellen aufgetürmten Gefäße und Kühlboxen fühlte er sich allmählich wie ein Idiot, der allein das Gewicht der ganzen Welt zu stemmen versuchte. Dabei war, was er tat, lediglich eine erste improvisierte Sicherungsmaßnahme, die eigentliche wissenschaftliche Arbeit konnte er nicht leisten. Er musste endlich mit John reden, oder mit diesem Neuseeländer, mit Raymond Holmes. Die Sachen gehörten schnellstens in fachkundige Hände, in ein Institut oder Museum, hier in Neuseeland. Schon gestern Abend, als er vergeblich auf das Licht der Kalmare wartete, hatte er sich vorgenommen, wenigstens die Behörden oder das NIWA zu informieren, falls er sonst niemanden erreichte.

Überhaupt brauchte er eine Pause vom Peketa Beach. Die unbarmherzig vom Himmel brennende Sonne hatte die älteren Kalmare in ledrig-steifen Trockenfisch verwandelt, der, von Fliegenwolken umschwirrt, fest an den Steinen klebte und einen scharfen, widerwärtigen Geruch verströmte. Bohrende Kopfschmerzen machten ihm das Bücken zur Qual, und er begann sich zu ekeln. Er versucht zwar, sich ganz auf die wissenschaftliche Arbeit zu konzentrieren und seinen Widerwillen zu überwinden, aber der Gestank hatte sich in jedes Kleidungsstück eingenistet, in seine Bettwäsche, sein Handtuch. Es gab kein Entkommen. Alles, was er zu sich nahm, schmeckte und roch nach verwesendem Kalmarfleisch. Diese Kollektion zusammengefallener, vertrockneter, ausgebleichter und verstümmelter Kadaver begann ihm aufs Gemüt zu schlagen. Seine Kapitulation stand kurz bevor, und er ahnte gleichzeitig, dass er sich ein solches Versagen nie verzeihen würde. Ekel vor Tieren durfte im Gefühlsleben eines Zoologen keinen Platz haben.

Als eine Art Gegenmittel rief er sich die Pracht und Schönheit der lebenden Kopffüßer in Erinnerung. Während er mit einem Geschirrtuch vor dem Gesicht stinkende Kalmarleichen sezierte, dachte er an seine Arbeit in Whyalla. An einen ganz besonderen Tag, den Tag der Anschleicher.

Es musste gleich in der ersten oder zweiten Woche am Point Lowly gewesen sein. Das Hochzeitsspektakel der Riesensepien war in vollem Gange. Mit jedem Tag schien es mehr von ihnen zu geben. Auf dem Hang, den John und Hermann sich ausgesucht hatten, herrschte mittlerweile großes Gedränge, und ein eklatanter Weibchenmangel. Die besten Brutplätze waren besetzt, und Neuankömmlinge hatten mit der zweiten Reihe vorliebzunehmen oder sich mit den Platzhirschen auseinanderzusetzen. Den beiden Zuschauern war das nur recht. Je mehr Sepien es gab, desto lebhafter wurde ihr Farbenspiel und Verhalten. Vor Beginn der Laichzeit, als die Tiere sich noch nicht im Liebestaumel befanden, hatten sie oft regungslos dicht über dem Boden verharrt und sich in algenbewachsene Steine verwandelt, sodass John und Hermann über kopfkissengroße Sepien hinwegtauchten, ohne sie zu bemerken. Jetzt war Tarnung zweitrangig. Auffallen hieß die Devise. Überall wurde gebalzt, gedroht, imponiert und gekämpft.

Anfangs hatte er einen Heidenrespekt. Der Name Riesensepie kommt nicht von ungefähr, ausgewachsene Männchen wiegen bis zu fünf Kilogramm, werden einen Meter lang, und der Vergrößerungseffekt des Wassers lässt sie noch größer erscheinen. Sie können zwar nicht bellen oder knurren, aber wenn sie sich, zur Größe einer Bulldogge aufgebläht, in seine Richtung orientierten, bekam es Hermann mit der Angst. Er hatte die Narben auf der Haut der Männchen gesehen. Die Rivalenkämpfe waren zwar streng ritualisiert, aber es blieb nicht beim bloßen Präsentieren, Konkurrenten wurden gerammt und gebissen.

Wie die Kalmare gehören Sepien zu den zehnarmigen Kopffüßern, aber ihr Körper ist kompakter, von rundlich-ovaler Form, ähnlich einem großen Holzschuh. Es sind keine Hochgeschwindigkeits- und Dauerschwimmer, sondern gemächlich manövrierende Mini-U-Boote. Ihre unbeweglichen Augen sehen aus, als würden sie von Hängelidern zu Schlitzen verengt, und die Tiere scheinen schlaftrunken durch das Wasser zu taumeln. Aber der Eindruck täuscht. Sie sind hellwach. An den beiden äußeren Fangarmen tragen die Männchen Hautsegel mit lebhaften Punkt- und Streifenmustern, die sie aufstellen und zu einer breiten Schaufel formen können. Wie Bulldozer treiben sie herum und bewachen ihre Weibchen. Zebrastreifen laufen über ihren Körper und erzeugen irritierende, regelrecht hypnotische Effekte. Das können nur Kopffüßer. Im ganzen Tierreich gibt es nichts Vergleichbares.

Am Tag seines Lieblingstauchgangs kam es direkt unter ihnen wieder zu einer der üblichen Rangeleien. Sie hielten an und sahen zu, die Finger auf den Auslösern der Kameras. Ein Weibchen hatte sich zwischen zwei Felsbrocken zurückgezogen, wo vermutlich sein Gelege versteckt war. Das Männchen schwebte über ihr, wie ein Fernseher mit Bildstörung, erregt flackernd und mit vollausgebildeter Schaufel. Von rechts näherte sich langsam ein zweites Männchen. Beide pumpten sich auf, sie schienen regelrecht zu wachsen, und ihre blau irisierenden Flossensäume manövrierten die massigen Körper aufeinander zu. Wie zwei Schlachtschiffe präsentierten sie sich ihre Breitseiten, braun-schwarze Farbwellen jagten über ihre Haut, immer schneller und intensiver.

Hermann spürte Johns Hand an seinem Arm. Der Australier zeigte auf ein weiteres Tier, das sich von links näherte, ein großes Weibchen. Es verhielt sich ungewöhnlich. Während die beiden Männchen sich an Pracht und Größe zu übertrumpfen versuchten, pirschte es sich dicht über dem Boden, Zentimeter für Zentimeter, immer näher an das andere Weibchen heran. Eigentlich war es zu groß für eine weibliche Riesensepie, aber es zeigte das typische braun-schwarze Fleckenmuster. Im Vergleich zu den leichterregbaren Männchen wirkte es scheu. Verstohlen befingerte es das Weibchen, das zurückwich, aber nicht uninteressiert wirkte. Ein schwaches Zittern lief über seinen Körper, ein zaghaftes Pulsieren des Fleckenmusters verriet seine Erregung. Weiteres Tasten des Eindringlings, zudringlicher, fordernder. Der Widerstand war schwach und schnell gebrochen, Kopf an Kopf umschlangen sich die Fangarme der beiden. Hermann spürte, wie sich sein Herzschlag beschleunigte. Was ging da unten vor? Das sah aus wie eine Begattung, als versuchte das Tier – ein Weibchen? – Samenpakete im Mundraum seiner Partnerin zu deponieren. Wie war das möglich?

Mittlerweile hatte der Hausherr die Auseinandersetzung

mit seinem Herausforderer siegreich beendet und kehrte zu seiner Partnerin zurück. Zwischen den Steinen erwartete ihn ein merkwürdiges Schauspiel: zwei Weibchen, eines deutlich größer als das andere, in innigster Umarmung. Das Männchen, noch immer erregt und in Kampfstimmung, kam näher, aber ... es tat nichts, nahm nur seinen Wachposten über den beiden Liebenden ein.

Nach einer Weile löste sich das eingedrungene Tier von dem Weibchen, und – Hermann stieß vor Verblüffung laut blubbernd die Luft aus – es verwandelte sich vor ihren Augen binnen Sekunden in ein Männchen. Die Fleckenfärbung verwandelte sich in ein Muster, das wie Gehirnwindungen aussah, die schwarzen Wellen erschienen, die Schaufel. Der wesentlich größere Hausherr reagierte sofort. Er schoss auf den Nebenbuhler zu, der unverzüglich die Flucht ergriff. Eine Tintenwolke schwebte im Wasser. Das Weibchen verkroch sich tief zwischen den Felsen.

Sie tauchten auf.

Kaum hatte John die Wasseroberfläche durchstoßen, blies er mit der Druckluft des Inflators seine Weste auf und riss sich die Tauchermaske vom Gesicht.

«Das war ein Anschleicher», rief er und spuckte Seewasser aus. «Ich habe darüber gelesen, aber es selbst zu sehen ... phantastisch.»

Hermann schob die Maske hoch auf die Stirn und wischte sich über das Gesicht. «Eine Strategie der unterlegenen Männchen», sagte er.

«Ja, wozu diese Farbzellen alles gut sind. Auf normalem Wege kommen sie gegen die großen Rivalen nicht zum Zuge. Also tarnen sie sich als Weibchen.»

«Hast du gesehen, wie er die Fangarme gehalten hat? Dicht unter dem Kopf. Das tun Männchen sonst nie.»

«Nicht, wenn sie um Weibchen werben.»

«Sie hat's nicht gestört.»

«Überhaupt nicht.» John grinste. Sein Gesicht wirkte verändert, weil die Tauchermaske auf Stirn und Schläfen einen dunklen Abdruck hinterlassen hatte. «Verdammt hinterhältige Methode», fügte er hinzu.

«Viel Überredung war nicht nötig. Ich glaube, sie hat ihn von Anfang an durchschaut.»

Die beiden erreichten das Boot. John warf seine Flossen über die Bordwand, schlüpfte mit Hermanns Hilfe aus der Weste und kletterte über die Leiter hinein. Hermann hielt sich an einer Sprosse fest, reichte John die Ausrüstung und stieg dann selbst aus dem Wasser, ein eingespielter Ablauf.

«Wie schnell der war», sagte Hermann, als sie nebeneinander auf der Sitzbank hockten.

«Ein Quickie.» John kicherte. «Ich frage mich, ob das Weibchen noch ein zweites Gelege ablegen wird.»

«Sie erkennen sich offenbar rein optisch, an Färbung und Verhalten. Das große Männchen hat erst reagiert, als der Anschleicher sich als Rivale zu erkennen gab. Das hatte etwas Triumphierendes. Sieh her, du Dummkopf, ich hab dir Hörner aufgesetzt. Warum er das wohl getan hat? Wäre nicht nötig gewesen.»

«Ich finde das extrem spannend», sagte John, während er sich mit einem Handtuch die Haare abrubbelte. «Wir sollten versuchen, es zu quantifizieren. Wie viele von diesen unterlegenen Männchen gibt es in der Population? Wie viele sind auf diese Weise erfolgreich? Wie groß ist ihr Beitrag zum Genpool?»

«Das wird nicht einfach.»

John sah ihn an, war Feuer und Flamme für seine Idee. «Sie bleiben bei ihren Gelegen, sind zumindest zeitweilig ortstreu.

Vielleicht finden wir einen Weg, sie zu identifizieren, an den Mustern auf den Hautsegeln zum Beispiel, die scheinen mir sehr individuell zu sein. Ich hab versucht, die Männchen immer von vorne zu fotografieren. Wir kartieren ihre Reviere und sehen, wer herumvagabundiert.»

Ja, so könnte es gehen. Hermann nickte begeistert. Momente wie diese waren wie Jungbrunnen.

Wieder ein Platschen, laut und energisch. Diesmal zuckte Hermann zusammen, blickte auf und hatte Glück, auch wenn er zunächst nicht deuten konnte, was er sah. Etwa fünfzig Meter vom Ufer entfernt ragte eine rote Masse aus dem Wasser, so groß, massiv und unbeweglich, als hätte sie sich schon immer an dieser Stelle befunden. Er dachte zuerst an einen Felsen. Allerdings herrschte Hochwasser. Bei Ebbe müsste der Brocken so weit aus dem Wasser ragen, dass er ihn unmöglich tagelang hätte übersehen können.

Form und Größe entsprachen dem Buckel eines rastenden Pottwals, aber ein Wal kam nicht in Frage, nicht so nah am Ufer und vor allem nicht mit dieser Farbe, diesem dunklen, fast bräunlichen Rot. Nein, es musste etwas anderes sein. Ein Bootsrumpf, ein Schiff aus South Bay, das von der Welle mitgerissen worden war und seitdem kieloben auf dem Wasser schwamm. Vielleicht hatte es mit dem Geräusch, das er gehört hatte, gar nichts zu tun. Ein Zufall. Es bewegte sich nicht.

Hermann legte den Stift aus der Hand und griff zum Fernglas. Das Ding glänzte feucht in der Sonne und war vollkommen glatt, keine Spur eines Kiels, nicht die geringste Unebenheit. Er stutzte. Die Farbe. Das Rot schien sich zu verändern, wurde schwächer, ein kaum merkliches Flackern. Hermann wurde unruhig, sprang auf und stolperte über das lose Gestein zum Wasser hinunter. Er musste näher ran. Unterwegs blieb er mehrmals stehen, aus Angst, der Riese könnte untertauchen und verschwinden.

Auf einer kleinen Erhebung, zwanzig Meter weiter unten, blieb er stehen, und jetzt war er sich sicher. Dieser Gigant lebte. Noch immer verharrte er völlig unbeweglich, ließ sich in der spiegelglatten See treiben, aber in seiner Haut schien es zu brodeln.

Hermann stöhnte laut auf, als Bewegung in den Koloss kam. Das Wesen tauchte unter, wurde wieder sichtbar und begann sich langsam zu drehen. Etwas hob sich heraus, Flossen, eine meterlange schwere ledrige Decke, die auf das Wasser klatschte. Mein Gott, dachte Hermann atemlos, das ist das Geräusch, das ich gehört habe.

Es war tatsächlich ein Kalmar, riesenhafter als alles, was er je gesehen hatte. Die Flosse wedelte erneut durch die Luft und peitschte eine Gischtfontäne in die Höhe. Dann schwappte das Wasser über dem abtauchenden Koloss zusammen. Hermann ließ das Fernglas sinken und verharrte noch minutenlang mit offenem Mund. Aber der Rote blieb verschwunden. Hermann lächelte, konnte sein Glück kaum fassen. Ja, der Name passte. Er würde ihn der Rote nennen.

Aus der Ferne näherte sich der Hubschrauber. Er kam jeden Tag, fast schon ein alter Bekannter. Der Pilot dieser Maschine war bis heute sein einziger Kontakt mit der Außenwelt, ein sporadischer Kontakt zwar, der sich auf Blicke und ein beiläufiges Winken beschränkte, aber es hatte gereicht, um jetzt Wiedersehensfreude aufkommen zu lassen. In Hermann tobte noch immer ein triumphales Glücksgefühl. Erst das nächtliche Leuchten, und jetzt dieses gewaltige Tier. Er wollte seine Begeisterung teilen und herausschreien. Allerdings gab es einen Wermutstropfen: Er hatte den Roten nicht fotografiert. Er hätte sich ohrfeigen können, die Kamera hatte in Griffweite vor ihm auf dem Tisch gelegen. Vielleicht hätte das Wort eines Zoologieprofessors mehr Gewicht als das eines der üblichen Kryptospinner, aber ihm fehlten Beweise.

Anders als in den Tagen zuvor nahm der Helikopter nicht den direkten Weg quer über die Bucht, sondern folgte dem weiten Bogen des Strandes und schwebte zwischenzeitlich immer wieder wie eine riesige Libelle stehend in der Luft. Auch als sie direkt über ihm war, stoppte die Maschine, flatterte geräuschvoll auf der Stelle, und Hermann glaubte, mehrere neugierige Gesichter zu sehen, die ihn durch die Scheiben der Kabine anstarrten. Jemand fotografierte. Er hob die Hand und winkte, lebhafter als an den Tagen zuvor, und mehrere Hände winkten zurück. Dann drehte die Maschine und flog hinaus in die Bucht. Ihr seid ein paar Minuten zu spät gekommen, dachte Hermann.

Als das Rotorengeräusch verklungen war, wurde er den Gedanken nicht mehr los, dass der Besuch ihm gegolten hatte, ihm und den gestrandeten Kalmaren. Wundern würde es ihn nicht, nicht nach diesem Morgen. Plötzlich schien man sich für ihn zu interessieren. Er spürte, dass die Zeit seiner Isolation zu Ende war.

Der Tag hatte mit einem Paukenschlag begonnen. Jemand klopfte energisch an die Bustür und riss ihn aus dem Tiefschlaf. Die Vorhänge waren zugezogen, die Wagenfenster beschlagen. Außer schemenhaften Umrissen hatte er nichts erkennen können. Als er sich an dem Fenster neben der Tür mit dem Handballen ein Guckloch geschaffen hatte, sah er direkt in das Gesicht eines Polizisten.

«Moment, bitte», rief er. «Ich bin gleich so weit.»

Er schwang sich aus dem Bett. Sicher sah er ziemlich heruntergekommen aus. Er war unrasiert, ungepflegt und hatte eine verschorfte Platzwunde auf der Stirn. Die Fäden hatte er sich mit Hilfe seines Rasierspiegels und einer Pinzette selbst gezogen. Außerdem stank er wie ein Fischhändler. Er hatte sich seit mindestens drei Tagen nicht gewaschen.

Er steckte den Stopfen in den Abfluss, betätigte die Pumpe, und der Hahn spuckte einen dünnen Wasserstrahl in das Becken. Rasch benetzte er Gesicht, Nacken und Haare. Er müsste dringend den Tank füllen, schon deshalb war eine Fahrt nach Kaikoura unumgänglich.

Nachdem er sich notdürftig abgetrocknet hatte, öffnete er die Tür. Sonnenlicht fiel in den chaotischen Innenraum des Campingbusses. Der Polizist, ein junger, zu Übergewicht neigender Mann Anfang dreißig, musterte ihn streng und tippte zur Begrüßung mit dem Finger an seine Mütze.

«Guten Morgen, Sir.»

«Morgen.»

«Dieser Campingplatz ist geschlossen. Haben Sie das Schild nicht gesehen, vorne an der Straße? Hier ist Camping verboten.»

Hermann konnte sich an kein Schild erinnern. «Tut mir leid. Ich stehe hier schon seit drei Tagen. Das Schild muss neu sein.»

«Jetzt gibt es das Schild, und es gilt auch für Sie, Mister. Die Maßnahme ist zu Ihrer eigenen Sicherheit. Ich muss Sie bitten, den Platz zu räumen. Camping ist bis auf weiteres nur in Kaikoura erlaubt. Kann ich mal Ihre Papiere sehen?»

«Natürlich, einen Moment.»

«Ist das Ihr Wagen?»

«Gemietet», rief Hermann aus dem Wageninneren, während er nach seiner Brieftasche suchte. Sieht man das nicht? dachte er verärgert. Steht doch deutlich außen dran.

Der Polizist blätterte lange und schweigend in Hermanns Reisepass.

«Sie sind Deutscher», sagte er schließlich, ohne aufzublicken.

«Hm.»

«Vorher lange in Australien, mit einem Arbeitsvisum, jetzt seit zehn Tagen in Neuseeland.»

Hermann nickte. «Ich habe eine Tagung in Auckland besucht und mache noch ein paar Tage Urlaub.»

«Hier, an diesem Strand?»

«In Kaikoura. Eigentlich wollte ich schon lange weg sein, aber dann bin ich hier, wie Sie wahrscheinlich auch, von den Ereignissen überrascht worden.»

Der Mann sah an Hermann vorbei ins Wageninnere, fixierte den Haufen Schmutzwäsche in der Ecke, die Einweckgläser und Plastikflaschen vor dem Bettenpodest und die Kühltaschen neben der Tür. Er wippte kaum merklich auf seinen Fußballen, atmete tief ein und schien um ein paar Zentimeter zu wachsen.

«Und was tun Sie hier, seit drei Tagen?», fragte er.

«Ich bin Wissenschaftler, Officer, Zoologe, Hochschullehrer an einer Universität in Deutschland. Vielleicht ist es Ihnen ja entgangen ...» – er konnte sich diese Bemerkung nicht verkneifen, sah an einem Augenbrauenzucken seines Gegenübers, dass er sie besser für sich behalten hätte, und fuhr betont sachlich fort: «An diesem Strand ist Außergewöhnliches geschehen. Ich versuche die Ereignisse, soweit es mir möglich ist, zu dokumentieren und möglichst viele Fundstücke zu sichern.»

«Und was für Fundstücke sind das?»

«Cephalopoden.»

«Was?»

«Kopffüßer, genauer gesagt Kalmare.»

«Tintenfische?»

«Genau. Zehnarmige Tintenfische.»

«Und wie kommen Sie dazu?»

«Ich verstehe nicht.»

«Hat Sie jemand dazu aufgefordert, sich um diese Tintenfische zu kümmern?»

«Nein.»

«Hat Ihnen jemand die Erlaubnis dazu gegeben?»

«Nein.»

«Hier ist nicht Deutschland. Sie befinden sich in Neuseeland.»

«Das ist mir klar.»

«Also ...» Der Polizist begann, die Finger seiner linken Hand, einen nach dem anderen, umzuknicken. «Sie befinden sich in einem fremden Land, Sie hatten keine Erlaubnis, niemand hat Sie aufgefordert. Ich frage noch einmal: Wie kommen Sie dazu?»

Hermann kniff die Augen zusammen. Der Ton dieses Mannes gefiel ihm überhaupt nicht. Hatte ihn jemand bei der Polizei angezeigt? Der Baggerfahrer? Der Hubschrauberpilot? Oder war dieser Mann ein übereifriger Beamter, der einen Privatfeldzug für Recht und Ordnung führte? Vielleicht hatte er das Verbotsschild gerade erst eigenhändig aufgestellt.

«Hören Sie!» Hermann versuchte es mit Vorwärtsverteidigung. «An diesem Strand liegen Hunderte, wenn nicht Tausende von Kalmaren, und jeden Tag kommen neue dazu, eine wissenschaftliche Sensation ersten Ranges. Trotzdem habe ich hier in den letzten Tagen nicht eine Menschenseele gesehen. *Nicht eine*. Die Tiere sind empfindlich, man muss sie schnell konservieren, sonst verrotten sie. Ich habe mich nicht aufgedrängt, und meine Möglichkeiten sind äußerst bescheiden, aber als Wissenschaftler habe ich mich verpflichtet gefühlt zu handeln. Etwas Derartiges hat es noch nirgendwo in der Welt gegeben. Es war keine Zeit, sich um eine Genehmigung zu kümmern.»

Der Polizist zeigte sich unbeeindruckt. «Wenn das hier so sensationell ist, wie Sie sagen, dann wäre das erst recht ein Grund gewesen, die Behörden zu informieren. Sie befinden sich auf neuseeländischem Boden. Wir haben eigene Wissenschaftler, die sich ebenso brennend dafür interessieren wie Sie.»

«Ich sagte bereits, ich habe mich nicht um diese Aufgabe gerissen. Niemand hat sich um die Tiere gekümmert, also habe ich es getan. Ich wollte mir hier nichts unter den Nagel reißen, falls Sie das glauben.»

«Was ich glaube, spielt keine Rolle. Sie packen jetzt bitte Ihre Sachen zusammen, fahren in die Stadt und melden sich auf dem Polizeirevier. Dort geben Sie alles ab, was Sie hier zusammengetragen haben.» Er deutete mit einer Kopfbewegung auf die Kühlboxen und die Gefäße im Wagen. «Ich werde später noch einmal vorbeikommen. Sollte ich Sie dann noch vorfinden, werde ich alles, was hier oder am Strand herumliegt, beschlagnahmen und Sie vorläufig festnehmen. Haben Sie mich verstanden?»

Hermann traute seinen Ohren nicht. Der Kerl hatte es aus irgendeinem Grunde auf ihn abgesehen. Sein Ton war unangemessen scharf, fast unverschämt.

Mittlerweile hatte er ein Funkgerät in der Hand.

«Was sind das für Viecher, die hier liegen sollen? Wie haben Sie die genannt?»

«Kopffüßer», presste Hermann hervor. «Kalmare.» Ich wette, er ist nicht am Strand gewesen, dachte er wütend. Er hat sich die Tiere nicht einmal angesehen. Er weiß überhaupt nicht, worum es hier geht.

«Meine Kollegen werden die Wissenschaftler in der Donovan Station informieren. Die werden sich der Sachen hier annehmen und sich um alles Weitere kümmern. Ich würde davon ausgehen, dass Ihr Job beendet ist.»

«Was für eine Station?», fragte Hermann entgeistert. «Was sind das für Leute?»

«Die Station liegt in der Stadt, direkt an der Esplanade», sagte der Polizist. «Sie gehört zur University of Canterbury in Christchurch. Ich sagte doch, wir haben unsere eigenen Wissenschaftler.»

Hermanns Verblüffung stand ihm derart ins Gesicht geschrieben, dass sogar der Polizist zum ersten Mal seine Miene verzog. Er wandte sich ab, hielt sich mit einem unterdrückten Grinsen das Funkgerät ans Ohr und begann zu sprechen.

Jetzt, Stunden später, nahm Hermann den Zettel in die Hand und las laut den Namen, den er sich aufgeschrieben hatte, nachdem der Polizist abgefahren war. Carl Donovan Field Station. Wenn es angesichts der verlorenen Zeit nicht so traurig wäre, würde er schallend lachen. Die Unterstützung einer wissenschaftlichen Institution war genau das, was er jetzt brauchte, was er die ganze Zeit vermisst hatte. Solche Forschungseinrichtungen haben Bibliotheken, Kühlräume und Gefriertruhen, dort lagern Mengen an Glas- und Plastikgefäßen und zu Konservierungszwecken große Kanister voller Alkohol und Formalin. Er würde die Station heute noch besuchen, mit den Leuten reden, ihnen erklären, was er getan hatte und was er brauchte, und dann diesen Kollegen und niemandem sonst seine Sammlung übergeben, eine Sammlung, die in die Wissenschaftsgeschichte eingehen würde. So weit käme es noch, dass all die wertvollen Fundstücke in irgendeiner Rumpelkammer vergammeln, weil ignorante Polizisten sie unsachgemäß lagern. Er konnte fast nicht glauben, dass die Station an der Esplanade lag. In den ersten regnerischen Tagen in Kaikoura musste er daran vorbeigelaufen sein.

Zwei Stunden später war er rasiert, hatte in einem Sanitärzelt auf dem nur noch spärlich besetzten Parkplatz von Whale Watch Kaikoura geduscht, saubere Kleidung angezogen und im Ort einen Kaffee getrunken. Obwohl der Gestank noch immer in seiner Nase war, fühlte er sich wie neugeboren. Er betrat eine Telefonzelle mitten im verlassen wirkenden Ortszentrum, nur ein paar Schritte vom Strawberry Tree entfernt. Beim Vorbeilaufen hatte er kurz hineingeschaut, um zu sehen, ob der alte Sandy vielleicht auf seinem Platz am Tresen säße. Er hätte sich gerne bei ihm bedankt. Aber Sandy war nicht da.

Er tippte eine schier endlose Zahlenfolge ein, die er von seiner Telefonkarte ablas, dann die Vorwahl und die eigentliche Nummer, hörte eine Frauenstimme, die sagte: Sie haben zweiunddreißig Minuten und zwanzig Sekunden, und stellte sich insgeheim darauf ein, dass er diese Prozedur noch oft wiederholen müsste. Aber schon beim ersten Versuch hatte er Glück. Ein paar tausend Kilometer westlich von hier, jenseits der Tasmanischen See, griff jemand zum Hörer.

«Australian Museum, Deaver.» Die Stimme klang gehetzt.

«Guten Tag, John. Hier ist Hermann Pauli.»

«Hermann», rief der Australier. «Wo bist du?»

«John, du glaubst gar nicht, wie froh ich bin, deine Stimme zu hören. Ich bin noch in Neuseeland, auf der Südinsel. Hier ist die Hölle los, ich brauche dringend deine Hilfe.»

«Tut mir leid, Hermann, aber wenn wir länger reden wollen, müssen wir am frühen Abend telefonieren. Eine Studentengruppe wartet auf mich. Wir wollen zum Hafennationalpark. Du hast Glück, dass du mich überhaupt erwischst.»

«Wie immer auf Achse», sagte Hermann lachend. «Glaub

mir, wenn du hörst, was hier los ist, wirst du dich sofort in ein Flugzeug setzen wollen, ob mit oder ohne Studenten. Ich weiß gar nicht, wo ich anfangen soll.»

«Du machst mich neugierig. Schieß los! Zwei Minuten habe ich Zeit.»

Hermann begann zu erzählen. Seine eigenen Worte rissen ihn mit, er schwärmte in den höchsten Tönen von dem, was er in den letzten Tagen erlebt hatte. Nach wenigen Sätzen war klar, dass Johns Studenten noch eine Weile ohne ihren Betreuer auskommen müssten. Den roten Riesen erwähnte Hermann mit keinem Wort.

Als er seine Einkäufe erledigt hatte und mit dem Bus West End und Esplanade entlangfuhr, war es schon später Nachmittag. Hermann hatte zwar wieder volle Wassertanks, aber nur zwei lächerliche Liter Äthylalkohol bekommen. Er hatte darauf verzichtet, mit dem Apotheker zu streiten, mit Hilfe der Kollegen bei der Donovan Field Station würden diese Probleme wohl bald der Vergangenheit angehören. John Lee räsonierte mit tiefer Reibeisenstimme über das *Up and down* des Lebens. *On my knees, on my knees. I'm so tired, baby, going up and down.* Der Mann hatte recht. Wie so oft. Nie wieder auf die Knie fallen.

Die ganze Zeit hatte er ein für diese Küstengewässer ungewöhnlich großes Schiff im Blick, das er hier noch nie gesehen hatte. Es schwamm in der Nähe von Point Kean, der Nordostspitze der Halbinsel, in der Bucht, wo Robert Fyffe vor einhundertfünfzig Jahren Kaikouras erste Walfangstation gegründet hatte. Er konnte nicht erkennen, was für eine Art von Schiff es war, ob es dort vor Anker lag oder ob es langsam vorbeifuhr. Je näher er kam, desto deutlicher sah er aber, dass es sich um ein Forschungsschiff handelte. Als er kurz hielt, konnte er durch sein Fernglas die charakteristischen Aufbauten erkennen, den Kran, rotlackierte Stahlbrücken über dem Heck, die Winden für das Schleppnetz. Er identifizierte sogar einen Bodengreifer und ein meterlanges torpedoförmiges Gebilde, mit dem man aus unterschiedlicher Tiefe Planktonproben holte. Ein Forschungsschiff, kein Zweifel. Er konnte Name und Heimathafen lesen: *Otago, Wellington.*

Ein zufälliger Besuch? Oder hatte das Schiff hier einen Auftrag zu erfüllen? Es wäre höchste Zeit. Hermann hatte sich jeden Tag gefragt, warum staatliche Institutionen bislang keine Anstrengungen unternommen hatten, die Ereignisse zu erforschen. Die müssten doch wenigstens versuchen zu verstehen, was hier geschehen war. Vielleicht würden sie das jetzt nachholen.

Da, wo die Küste der Halbinsel einen scharfen Bogen nach Norden machte, fand er schließlich die Station, eine Ansammlung unscheinbarer Flachbauten, die sich eng an einen dahinter aufragenden Hügel schmiegten. Kein Wunder, dass er sie übersehen hatte. Der kleine Parkplatz hinter den Büschen war leer, nirgendwo ein Zeichen von Leben, kein Licht. Er ging an den Gebäuden vorbei Richtung Eingangstür. Durch die Fenster konnte er in Büroräume blicken. Stapel von Akten und Papieren, Computermonitore, aber niemand saß an den Schreibtischen. Die Eingangstür war verschlossen, einen Pförtner gab es nicht. Sein Klingeln blieb ohne Antwort. Er sah auf die Uhr. Es war erst fünf. In jedem anderen Forschungsinstitut der Welt herrschte um diese Zeit noch Hochbetrieb.

Enttäuscht setzte er sich auf die Betoneinfassung eines Blumenbeetes. Er war sich seiner Sache so sicher gewesen, hatte fest damit gerechnet, dass man ihn mit offenen Armen empfangen würde. Insgeheim hatte er sich eine triumphale Übergabe seiner Sammlung ausgemalt, Freude auf beiden Seiten über die sensationellen Tiere, die er vor dem Verfall gerettet hatte. Aber hier war niemand, der sie in Empfang nehmen könnte. Der Polizist hatte von der Station gesprochen. Wusste er, dass die Station geschlossen war?

Carl Donovan Field Station

Barbara versuchte sich einzureden, dass ein eindeutiges Ergebnis besser ist als ein andauerndes Hin und Her. Sie durfte sich nicht an die vage Aussicht klammern, dass sich alles noch zum Guten wenden würde. Jetzt, am Ende dieses langen, anstrengenden Tages, wusste sie endlich, woran sie war. Sie müsste Entscheidungen treffen. Doch diese Appelle an das eigene Durchhaltevermögen wirkten nicht besonders aufmunternd. Ihr war nur nach Heulen zumute.

Was für ein Tag, vollgepackt mit neuen Eindrücken und rastloser Aktivität. Sie hatte die Wale in ihrer ganzen prachtvollen Größe bewundern können, und sie hatte einen Strand gesehen, auf dem Hunderte toter Kalmare lagen, manche von ihnen größer als ein Mensch. Trotzdem zählte all das nichts, angesichts der traurigen Wahrheit, dass es in den trüben Wassern der South Bay keine Pottwale mehr gab. Wer hätte das je für möglich gehalten? Kaikoura ohne Pottwale, das war wie eine Serengeti ohne Löwen, Galapagos ohne Finken oder Australien ohne Kängurus.

Die Wale wanderten nach Norden ab, und es bereitete Barbara keinerlei Genugtuung, dass sie dabei genau die Route einschlugen, die sie vor Tagen selbst vorhergesagt hatte. Auf dem Helikopterflug hatten sie insgesamt sieben Wale ausgemacht, und alle schwammen in dieselbe Richtung. Sie folgten den

Hängen des Hikurangi-Troges, wo sie ab und an hinuntertauchen könnten, um sich etwas Wegzehrung zu schnappen, einen am Boden lebenden Hai oder ein paar Zentner frischen Tiefseetintenfisch, Tiere, wie sie tot am Strand lagen. War das vielleicht der Grund für das Verschwinden der Wale? Hatten sie im Canyon nicht mehr genug Nahrung gefunden? Bei dem Tempo, das sie eingeschlagen hatten, würde es nur noch wenige Tage dauern, bis sie die Tiere mit der *Warrior* nicht mehr erreichten. Dann war endgültig Schluss. Barbara sah schon jetzt keinen Grund mehr, ihnen hinterherzufahren.

Sie würde sich nicht nur nach einer anderen Arbeit umsehen müssen. Sie würde auch nicht zu Mark zurückkehren, würde nicht einmal ihre wenigen Habseligkeiten abholen, die er wahrscheinlich in Kisten gestopft und in seiner Garage abgestellt hatte. Ihr Traum war geplatzt wie eine Seifenblase, und sie könnte den Triumph in seinen Augen nicht ertragen. Sie hatte gedacht, endlich gefunden zu haben, was sie erfüllte, hatte ihr Leben ganz der Biologie widmen wollen, dem Schutz und der Erkundung der Meere. In ihren Tagträumen hatte sie sich schon als Forscherin vom Schlage einer Jane Goodall oder Dian Fossey gesehen, als Beschützerin der Meeressäuger und unerschrockene Kämpferin. Was diese starken Frauen für die afrikanischen Menschenaffen geleistet hatten, wollte sie für Wale und Delphine in Neuseeland tun. Aber sie war gescheitert, sie alle werden scheitern. Gorillas werden bald nur noch in Zoos existieren, als haarige Clowns für verwöhnte Menschenkinder, und ob Wale und Delphine noch eine Chance haben würden, hing mit Sicherheit nicht von jemandem wie ihr ab, einer gescheiterten Doktorandin. Was für ein romantischer Blödsinn, dachte sie verbittert, dumme Kleinmädchenträume.

Tim sah die Lage nicht so dramatisch, aber sie wusste nicht, was hinter der hübschen, lockengekrönten Stirn wirklich vorging. Sie hatte den Verdacht, dass er sie nur beruhigen wollte. Schon auf dem Schiff hatte er angekündigt, noch heute Abend mit Shearing telefonieren zu wollen. Sie müssten sich bald alle zusammensetzen und nachdenken, wie es weitergehen solle, sagte er. Und sie würden sicher eine Lösung finden. Dabei hatte er ihr beruhigend den Arm um die Schulter gelegt und sie an sich gezogen. Du gehörst zu uns, sollte das wohl heißen. Er hatte versprochen, schon vorher ihr Material durchzugehen. Vielleicht würde es ja für eine Promotion reichen. Man müsse nicht mit jedem Forschungsprojekt die Welt aus den Angeln heben. Er wisse, dass Adrian das genauso sehe. Eine solide überschaubare Arbeit, die Hand und Fuß habe, sei ihm allemal lieber als größenwahnsinnige Versuche, die Biologie zu revolutionieren.

Leider war sie von Tims Zuversicht weit entfernt. Vielleicht könnte sie in Adrian Shearings Gruppe bleiben, könnte mit Delphinen arbeiten statt mit Pottwalen, aber sie würde in jedem Fall ganz von vorn anfangen müssen. Im Augenblick fühlte sie sich ausgepresst wie eine leere Zahnpastatube. In ihr war nicht die kleinste Kraftreserve, schon gar nicht für einen kompletten Neuanfang. Sie war siebenunddreißig, eine Spätberufene, und jetzt fürchtete sie, sie könnte *zu* spät angefangen haben.

Nie zuvor war die Rückfahrt zur Station derart deprimierend gewesen. Seit sie die Hydrophone zurück in ihre Transportkisten gepackt hatten, war sogar Maria ungewöhnlich still. Das Verschwinden der Pottwale hätte für sie, deren Zeit in Neuseeland bald endete, keine negativen Konsequenzen, aber ein Anlass zum Nachdenken war es allemal.

Paul fuhr wie immer äußerst schwungvoll über die Auffahrt auf den Stationsparkplatz, der eigentlich leer sein sollte, als plötzlich hinter den Büschen ein weißer Campervan auftauchte, der ihren Stammplatz okkupierte. Der Bootsführer fluchte lautstark, und alle schreckten aus ihren Gedanken auf. Im letzten Moment riss er das Steuer herum, umkurvte den mit angetrockneten Schlammspritzern gesprenkelten Bus und brachte den Wagen unsanft zum Stehen. Aufdringliche Touristen waren ihm ein Gräuel, er hämmerte auf das Lenkrad und schrie, er werde die «Dreckkarre» sofort abschleppen lassen.

Tim, Barbara und Maria würdigten den Bus kaum eines Blickes, als sie aus dem alten Pick-up kletterten. Schweigend luden sie die Kunststoffkisten mit ihrer Ausrüstung aus, Paul schloss den Wagen ab. Sie waren müde und liefen im schwachen Dämmerlicht auf den Stationseingang zu, Maria als Erste, Paul dahinter. Tim grub in seinem Rucksack nach dem Schlüssel. Barbara bildete das Schlusslicht. Sie hatte das Gefühl, all das zum letzten Mal zu erleben, jede dieser vertrauten Handlungen, die seit Monaten zu ihrem Leben gehörten.

«Huch!» Maria blieb abrupt stehen, sodass Paul fast auf sie auflief. «Da sitzt einer», sagte sie und hielt sich die Hand auf die Brust. «Hab ich mich erschreckt.»

Paul drängte an ihr vorbei. Ein Mann, der neben der Eingangstür hinter einem der Büsche gesessen hatte, erhob sich gerade. «Gehört Ihnen etwa der Campingbus?», fuhr Paul ihn an. «Können Sie nicht lesen? Dies ist ein Forschungsinstitut. Wir brauchen den Platz für unseren eigenen Fuhrpark.»

Fuhrpark, dachte Barbara, dass ich nicht lache. Es gibt einen einzigen klapprigen Pick-up und ein paar rostige Fahrräder. Schrottplatz trifft die Sache wohl eher, in jeder Beziehung. Hier liegt alles in Trümmern.

«Hey, hey, hey, nun mal langsam», sagte Tim und legte seinem Mitarbeiter beruhigend die Hand auf die Schulter. Wie schon in den letzten Tagen waren sie spät dran, und Paul wollte endlich zu seiner Familie.

Tim sagte ihm leise ins Ohr, dass er gehen könne. Paul zögerte keine Sekunde. Er zwinkerte den Frauen zu, bedachte den Fremden mit einem finsteren Blick und lief zurück zum Parkplatz, wo sein Fahrrad angeschlossen war. Sekunden später fuhr er mit klappernden Schutzblechen die Auffahrt hinunter und raste in Richtung West End davon.

Tim wandte sich an den Fremden. «Unser Fuhrpark ist in Wirklichkeit ziemlich klein, aber das mit dem Forschungsinstitut stimmt schon. Suchen Sie etwas Bestimmtes? Können wir Ihnen helfen?»

«Tut mir leid, wenn ich Sie behindert habe», sagt der Mann und kam der Gruppe zwischen Sträuchern und bepflanzten Betonkübeln auf dem Kiesweg entgegen.

Er hat einen Akzent, vielleicht ein Deutscher, dachte Barbara, die froh war über jede Ablenkung. Sie stand neben Tim und sah einen Mann mit struppigen braunen Haaren auf sie zukommen. Er trug Trampersandalen, Jeans und eine grünschwarze Goretex-Jacke, die aussah, als hätte sie schon diverse Unwetter überstanden. Dasselbe galt für den ganzen Mann. Er war nicht mehr der Jüngste, seine Schläfen waren grau, der Mund wurde von tiefen Falten eingerahmt. Aber das markante, sonnengebräunte Gesicht mit den buschigen Augenbrauen war ihr nicht unsympathisch. Sie schätzte ihn auf Mitte fünfzig. Ihr Erscheinen und Pauls unfreundliche Begrüßung hatten ihn keineswegs erschreckt oder verunsichert. Er wirkte eher erleichtert.

«Ja, ich hoffe sehr, dass Sie mir helfen können», sagte er. «Mein Name ist Hermann Pauli. Ich bin Zoologe, Professor an der Universität Kiel, in Deutschland. Ich weiß nicht, ob Sie ... ich wollte ...» Er schüttelte den Kopf und lachte. «Entschuldigen Sie! Ich bin so durcheinander, dass ich gar nicht weiß, wo ich anfangen soll.» Er deutete auf die Gebäude hinter ihm. «Ich hatte die Hoffnung schon aufgegeben, wissen Sie. Ich dachte, die Station wäre geschlossen.»

«Ist sie eigentlich auch. Wir sind die Einzigen, die momentan die Stellung halten.» Tim streckte dem Mann die Hand entgegen. «Freut mich, Sie kennenzulernen, Hermann. Mein Name ist Timothy Garland, das sind meine Kolleginnen Barbara MacPherson und Maria Gonzales.»

«Ich hatte gehofft, dass ich jemanden wie Sie hier treffen würde», sagte der Fremde sichtlich erfreut, schüttelte Tim die Hand und nickte den beiden Frauen lächelnd zu. «Ich brauche dringend kompetente Hilfe. Ich weiß nicht, ob Ihnen bekannt ist, dass nicht weit von hier, am Peketa Beach, Hunderte von spektakulären Cephalopoden am Strand liegen.»

«Ach», sagte Maria, die den Besucher die ganze Zeit angestarrt hatte. «Sie sind der Mann vom Strand.»

Er blickte verwirrt von einem zum anderen. «Ich verstehe nicht.»

«Du meinst den vom Peketa Beach?», fragte Tim.

«Ja, natürlich. Erkennt ihr ihn nicht? Er hatte andere Sachen an, eine kurze Hose, aber das ist der Mann, den wir heute gesehen haben. Ich bin mir ganz sicher.»

«Sie haben mich gesehen?»

«Der Helikopter», erklärte Tim. «Wir sind heute über die Bucht geflogen. Sie haben uns zugewinkt.»

«Ach, Sie waren das. Ich habe nur gesehen, dass in der Maschine mehr Leute saßen als sonst. Jetzt verstehe ich.» Er nickte aufgeregt. «Ja, das ist der Strand, den ich meine. Dann wissen Sie ja Bescheid. Ich bin schon seit Tagen dort. Eigentlich bin ich nach Kaikoura gekommen, um Urlaub zu machen, aber erst begann vor meinen Augen das Meer zu kochen, und dann landete ich an einem Strand voller Tiefseekalmare. Es ist wirklich unglaublich.»

«Wir haben uns gefragt, was Sie da unten wohl machen.»

«Sie wussten nichts davon? Von den Kalmaren, meine ich.»

«Bis heute Vormittag nicht, nein.»

«Wir haben welche im Wasser gesehen», schaltete sich Barbara ein. «Vor Tagen schon, draußen in der Bucht.»

«Lebend?» Der Deutsche sah sie interessiert an.

«Eher sterbend, würde ich sagen. Aber sehr groß, wirklich riesig. Maria hat Fotos gemacht.» Sie sah ihn fragend an. «Kennen Sie sich mit Kalmaren aus?»

«Ich bin kein Spezialist, kein Taxonom, wenn Sie das meinen. Aber soweit ich das beurteilen kann, sind viele der Kalmare am Peketa Beach unbekannt. Sie haben sie ja gesehen, es sind sensationelle Exemplare darunter. Deswegen habe ich kurzerhand meine Pläne über den Haufen geworfen und versucht, zu retten, was zu retten ist, aber …» Hermann senkte den Kopf. Plötzlich war ihm anzusehen, dass er eine aufreibende Zeit hinter sich hatte. Seine Wangen waren eingefallen, und die Falten zwischen Mund und Nase schienen sich noch tiefer einzugraben. «Ich wusste nicht, dass in Kaikoura Meeresbiologen arbeiten, sonst wäre ich schon früher gekommen. Ich hatte heute Morgen einen unerfreulichen Besuch von einem Polizisten. Durch den habe ich von der Station erfahren.»

«Polizei? Was wollten die denn von Ihnen?» Tim fischte ein großes Schlüsselbund aus seinem Rucksack und wandte sich der gläsernen Eingangstür zu. Einige Lampen, die über Bewegungsdetektoren gesteuert wurden, gingen an. «Kommen Sie, gehen wir rein. Da drinnen können Sie uns alles in Ruhe erzählen. Und ein Bier sollte sich auch finden lassen.»

II Der Koloss

Eine Schleimmasse, die einen Willen hat, etwas Klebriges von Hass durchdrungen – was kann es Schrecklicheres geben?
Im schönen Azurblau des klaren Wassers taucht dieser abscheuliche, gefräßige Seestern plötzlich auf. Man bemerkt sein Nahen nicht, das ist entsetzlich. Wenn man ihn sieht, hat er einen zumeist schon ergriffen.

Victor Hugo, *Die Arbeiter des Meeres*

6. Julio und Taningia

Es war noch dunkel, als der Reisewecker zu piepen begann. Hermann kletterte schwerfällig vom Bettenpodest, kochte Kaffee, trank eine Tasse im Dunkeln, weil ihn die grelle Leuchtstoffröhre an der Busdecke in den Augen schmerzte, füllte den Rest in seine Thermoskanne und setzte sich dann hinter das Steuer. Draußen herrschte dichter Nebel.

In Zukunft würde er die kälter werdenden Nächte wohl in Kaikoura verbringen, trotz des hässlichen Parkplatzgeländes, das er gerade verließ, und obwohl ihn der Gedanke quälte, das nächste Leuchtspektakel im Wasser der South Bay könnte ohne ihn stattfinden. Die Stadt bot eindeutig Vorteile, vor allem war es geselliger, und er hatte wieder einmal gemerkt, wie gut es ihm tat, unter Menschen zu sein.

Keine Übernachtung in Strandnähe mehr, so weit würde er dem Schild und den Anweisungen des Polizisten Folge leisten. Er wollte nicht unnötig provozieren. Aber niemand konnte ihm verbieten, am Meer spazieren zu gehen, solange und sooft er mochte. Von seinem Strand würde er sich nicht vertreiben lassen, weder von einem unverschämten Polizisten noch von sonst jemandem, und jetzt, mit der Unterstützung der Kollegen aus der Donovan Field Station im Rücken, schon gar nicht. Tim hatte versprochen, gleich heute früh mit Polizei und Stadtverwaltung zu sprechen. Wenn es nötig wäre, würde er auch die Kollegen in Christchurch anrufen, und natürlich Adrian Shearing, seinen Chef in Dunedin, der, wie Tim versichert hatte, für ein freundliches Gespräch mit den Behörden der Stadt immer zu haben war. Es sei ausgeschlossen, dass die Polizei ihm das Betreten des Strandes untersage. Ohne ihn hätten sie womöglich gar nichts von den Ereignissen am Peketa Beach erfahren, von den Tieren, die auch Tim und seine Kollegen brennend interessierten. Vermutlich war es die Beute ihrer Pottwale, die dort angeschwemmt wurde, Wesen, die sonst immer im Dunkeln blieben. Und wenn die Walforscher schon nicht genau wussten, *wie*, dann wollten sie doch wenigstens erfahren, *was* oder *wen* ihre Schützlinge jagten. Tim hatte schon gestern Abend mit Shearing telefoniert, um ihm die Ergebnisse des Helikopterfluges mitzuteilen, und Hermann war während dieses Gespräches im Raum gewesen. Zu seinem großen Erstaunen wusste Shearing schon von den Kalmaren. John Deaver saß zwar im fernen Sydney, aber das hatte ihn nicht gehindert, von dort aus seine Fäden zu spinnen. John und Adrian kannten einander. John hatte dem Neuseeländer schon am frühen Abend alles erzählt.

Hermann war erleichtert, und obwohl er derartigen Stimmungen aus alter Gewohnheit zutiefst misstraute, spürte er während der Fahrt durch den noch schlafenden Ort etwas, das sich wie ... ja, wie Glück anfühlte. War das die Möglichkeit? Ausgerechnet an diesem trüben, verkaterten Morgen. Ein verwirrendes Gefühl. Plötzlich war es da, als wäre es die ganzen Monate über in der Nähe gewesen und er hätte nur die Hand ausstrecken und danach greifen müssen. Es kam ihm vor, als erwachte er aus einem langen Albtraum. Könnte es denn sein, dass man an irgendeinem Tag als neuer Mensch erwacht? Hatte er monatelang auf einen dämlichen Zufall gewartet? Musste einfach nur Zeit vergehen? So simpel konnte es nicht sein. Aber was hatte den Ausschlag gegeben? Was hatte ihn da rausgeholt? Die Kalmare? Ihr nächtliches Leuchtspektakel? Der Rote, der eine nie gekannte euphorische Begeisterung in ihm ausgelöst hatte? Oder war es die ansteckende Altersgelassenheit seines wiederentdeckten Freundes John Lee Hooker, seine lakonischen Kommentare über die Wechselfälle des Lebens? *Change, change, change* ... Er würde es gerne genau wissen. Für die Zukunft. Wer weiß, was ihm noch bevorstand.

Er wollte jetzt nicht länger darüber nachdenken, wünschte seine ewige Grübelei zum Teufel. Er hatte gestern eindeutig zu viel getrunken und kaum vier Stunden geschlafen. Aber wann hatte er sich das letzte Mal so stark gefühlt? Tim Garland gefiel ihm und die unglückliche Barbara mit ihren reizenden Sommersprossen erst recht. War er vielleicht ein bisschen in sie verliebt? Herrgott nein, er hatte ja nur ein paar Stunden mit ihr verbracht.

Zuerst war er mit allen dreien in der Station zusammen gewesen, dann mit Tim und Barbara im Strawberry Tree und schließlich noch mit Barbara alleine. Ziemlich schnell war ihm klargeworden, dass er hier weniger auf Retter und Helfer als auf Leidensgenossen gestoßen war. Man hätte darüber streiten können, wer mehr Hilfe und Zuspruch nötig hatte. Sein Problem war der Überfluss. Er konnte sich nicht retten vor Kopffüßern. Den Walforschern aber waren die Wale abhandengekommen. Für Barbara schien ohne die Meeressäuger eine Welt zusammenzubrechen. Er wusste fast nichts über diese Frau, die eigentlich zu alt für eine Doktorandin zu sein schien, aber er hatte versucht, ihr Mut zu machen. Und weil es so viel zu besprechen, zu trösten und zu organisieren gab, war er erst gegen zwei Uhr morgens in das klamme Bett seines Campingbusses gestiegen.

Auch wenn er sich die Rollenverteilung anders vorgestellt hatte, freute er sich, das Moby-Klick-Team auf seiner Seite zu wissen. Es war wirklich so einfach: Geteiltes Leid ist halbes Leid. In seinem Bus konnte er sich wieder bewegen, ohne gegen Kühltaschen und mit Alkohol gefüllte Plastikflaschen zu stoßen, nichts klapperte und klirrte mehr, wenn er fuhr, und in seinem Kühlschrank war Platz für Lebensmittel und Getränke. Der Peitschenschnurkalmar war in eine Tiefkühltruhe umgezogen.

Die Möglichkeiten der Station waren allerdings begrenzt, es war in erster Linie eine Einrichtung für meeresbiologische Praktika, Forschung wurde nur sporadisch betrieben. Daher gab es wenig Alkohol, kein Formalin, kaum größere Sammelgefäße und nichts, worin man einen ganzen Moroteuthis hätte aufbewahren können oder gar den Roten, der draußen noch auf ihn wartete. Aber immerhin konnten sie einen fast leeren trockenen Kellerraum benutzen, mehrere Kühlschränke und die große Gefriertruhe, deren Inhalt, diverses Meeresgetier für die Präparationsübungen der Studenten, sie kurzerhand der für Tierabfälle vorgesehenen Mülltonne überantwortet hatten. Es war nicht das, was er erhofft hatte, aber zweifellos ein Fortschritt. Bis Nachschub einträfe, sollten sie zurechtkommen. In zwei Stunden wollte er ihnen die Kalmare zeigen, und sie würden vor Ort besprechen, welche Ausrüstung sie für die noch anstehenden Arbeiten benötigten. Adrian hatte versprochen, dafür zu sorgen, dass die erforderlichen Mittel zur Verfügung stünden. Kaikoura war noch immer nur von Norden, über weite Umwege zu erreichen, aber nach drei Tagen ohne professionelles Gerät kam es auf ein paar Stunden mehr oder weniger nicht an.

Das zoologische Wunder am Peketa Beach konnte nicht mehr in Vergessenheit geraten. Was er zusammengetragen hatte, war in Sicherheit und würde bei kompetenten Zoologen landen, das hatten die Neuseeländer ihm zugesichert. Shearing und sein Team arbeiteten mit Meeressäugetieren, mit Walen und Delphinen. An seiner kleinen Universität gab es keinen Cephalopodenspezialisten. Deshalb waren sie froh über seine Arbeit.

Die Fahrt dauerte Hermann viel zu lange. Er wollte sich noch ein wenig umsehen, allein. Wenigstens für ein paar Minuten. Trotz des Nebels fuhr er schnell, fieberte dem Strand entgegen. Das alles hier, der außergewöhnliche Zustand der Bucht und des Wassers, würde auf keinen Fall Bestand haben. Die Lage änderte sich stündlich. Der Lebensraum dieser Tiere ist die Tiefsee. Entweder sie ziehen sich dorthin zurück, oder – und das ist das Wahrscheinlichste – sie sterben. Alle. Auch der Rote. Dass er die weitere Entwicklung nicht selbst vor Ort miterleben könnte, war für Hermann nur zu ertragen, weil er davon überzeugt war, das Pendel würde bald in die Ausgangsposition zurückschwingen. Das Fenster könnte sich jeden Moment schließen.

Deswegen war er so früh aufgestanden, deswegen wollte er vor den anderen am Peketa Beach sein. Er wollte seinen Strand noch einmal ganz für sich allein haben. Erst der Polizist, heute die Wissenschaftler, die Ruhe war vorbei. Er wusste, es würde das letzte Mal sein, die letzte Chance, etwas nachzuholen, was er sträflicherweise versäumt hatte.

Die anderen hatten versprochen, ihm später zu helfen. Barbara sagte, sie wolle jetzt einen dicken Schlussstrich, da komme die neue Aufgabe wie gerufen. Sollte das Angebot des Bürgermeisters weiterhin gelten, würden sie die Abwanderung der Wale mit dem Helikopter verfolgen, aber vorerst keine bioakustischen Messungen mehr durchführen. Hätte man Tims 3-D-Hydrophonfeld realisiert, könnte man heute die ganze Bucht automatisch überwachen. Ob am Tage oder in der Nacht, kein klickender Wal würde ihnen durch die Lappen gehen, sie hätten ihre Unterwasserohren jederzeit überall. Aber der Antrag war von der zuständigen Kommission abgelehnt worden. Sie standen mit leeren Händen da. Das Moby-Klick-Projekt lag vorerst auf Eis.

Hermann wippte unruhig mit dem Oberkörper, während er die Küstenstraße entlangbrauste. Bis er in die Einfahrt des ehemaligen Campingplatzes bog, hatte er Angst, ein Polizeiwagen könnte sich ihm mit quietschenden Reifen in den Weg stellen. Schließlich war er weder auf dem Revier gewesen, noch hatte er seine Sammlung abgegeben. Von dem Bulldozer war nichts zu sehen. Wahrscheinlich stand er irgendwo im Nebel, in der Nähe des Tunnels.

Mit fahlem grauem Licht brach langsam der Tag an. Hermann packte nur die Thermoskanne und ein paar Äpfel ein sowie, für alle Fälle, zwei große, mit Alkohol gefüllte Schraubdeckelgläser. Eilig hängte er sich die Kamera um und marschierte los. Bald würde die Sonne den Nebel vertreiben, und in gut einer Stunde könnten Tim und Barbara und die kleine Amerikanerin schon hier sein. Er stellte sich vor, wie erstaunt die Neuseeländer sein würden, wenn sie die Tiere aus der Nähe sähen. Es war wunderbar. Man musste nur ein paar Kilometer aus der Stadt fahren, um sich auf einem fremden Planeten wiederzufinden.

Als er durch die Dünen und das von der Welle zerfetzte Gebüsch lief, sah er diffuses, immer heller werdendes Licht. Draußen über dem Wasser der Bucht leuchtete der Nebel. Und ein seltsames Geräusch, das er hier noch nie gehört hatte, ein mechanisches Dröhnen, schwoll an, je näher er dem Wasser kam. Obwohl er sich sagte, dass es nicht sein könne – es war die falsche Tageszeit, und das Geräusch passte nicht zum stillen Leuchten der Kalmare –, beschleunigte sich sein Herzschlag, und er ging schneller, rannte die letzten Meter durch den Sand und stand schließlich schweratmend auf dem Dünenkamm.

Er musste die Lichtquelle nicht lange suchen, sie war unübersehbar, direkt vor ihm. Keine untermeerische Lightshow, kein kollektives Leuchten heimatlos umherirrender Tiefseewesen. Mit stampfenden Maschinen glitt ein stählernes Ungetüm durch die Nebelschwaden, so nahe, dass es jeden Moment auf Grund zu laufen drohte. Ein hell erleuchtetes Schiff: die *Otago* auf dem Weg nach Süden.

Hermann war starr vor Überraschung. Er hatte von dieser Stelle aus den ungehinderten Blick aufs Meer genossen. Ein paar Meter entfernt stand sein Tisch. Von hier hatte er dem Leuchten zugesehen. Und die ganze Zeit war er der einzige Mensch weit und breit gewesen. Obwohl er wusste, dass es eine wichtige Aufgabe hatte, kam ihm das Forschungsschiff mit seinen Lichtern, Stahlaufbauten und Maschinen wie ein monströser Eindringling vor, ein Zerstörer. Gestern in der Station hatte Tim ihm ein Fax des National Institute of Water and Atmospheric Research gezeigt, in dem die Ankunft der *Otago* angekündigt wurde.

Auf einem der oberen Decks des Schiffes stand ein Mann an der Reling und blickte mit seinem Fernglas in Richtung Land. Er winkte mit beiden Armen, rief etwas, deutete auf den Strand oder den Küstenstreifen dahinter. Während die *Otago* rasch vorbeiglitt, hörte Hermann ihn schreien, aber gegen die Brandung und das Dröhnen der Maschinen war er nicht zu verstehen. Verwirrt blickte Hermann sich um und spürte gleichzeitig tiefe Empörung darüber, dass dieses Schiff seine letzten einsamen Minuten am Peketa Beach ruinierte.

Plötzlich glaubte er zu wissen, was der Mann ihm hatte mitteilen wollen. Er lachte kurz auf. Auf die Kalmare musste ihn niemand aufmerksam machen. Er konnte sich lebhaft vorstellen, dass die Wissenschaftler der *Otago* an den Tieren interessiert waren, ja, dass ihnen die Augen übergingen. Aber sie kamen zu spät.

Hermann legte die Handflächen als Schalltrichter neben die Mundwinkel. «We know», brüllte er, so laut er konnte, zum Schiff hinüber und winkte zurück. Der Plural ging ihm leicht über die Lippen, er war wieder Teil eines Teams.

«It's okay! We take care.»

Hatte er ihn verstanden? Die *Otago* war so mächtig, so präsent, dass er nicht aufhören konnte, ihr nachzusehen. Bald würde sie die Flussmündung passieren. Dahinter begann die von dichten Nebelschwaden verhüllte Steilküste. Der Mann stand noch immer an der Reling und gestikulierte. Ist ja gut, dachte Hermann, beruhige dich. Die Kalmare, ich weiß.

Endlich löste er sich von dem Schiff und schaute die Küste entlang. Ein großer dunkelgrauer Fremdkörper, etwas, das gestern noch nicht da war, lag zwischen ihm und dem Schiff auf dem schrägabfallenden Strand.

Mit einem Schrei ließ Hermann sich in den Sand fallen. Er konnte es nicht glauben, blinzelte und rieb sich mit den Händen über das Gesicht, aber was er sah, war keine Einbildung. Erst die *Otago*, wie ein Gespensterschiff, eine Erscheinung im Nebel, und nun ... Er brauchte eine Weile, um diesen Doppelschlag zu verkraften. Seine Pläne für diesen Morgen waren Makulatur. Wie würden die Pottwalforscher reagieren?

Nachdem er in den letzten Tagen nur Kalmare gesehen hatte, Tiere ohne stützendes Skelett, die der Schwerkraft an Land kaum etwas entgegenzusetzen hatten, kam ihm der Körper wie ein mächtiger glatter Felsmonolith vor, der über Nacht in das Kiesbett dieses einsamen Strandes gefallen war. Ein mannsgroßer Kopffüßer, der ein paar Meter entfernt lag, schrumpfte daneben zu einem mundgerechten Happen zusammen.

Er wollte dem Mann an der Reling der *Otago* signalisieren, dass er endlich verstanden hätte, aber das Forschungsschiff war schon zu weit entfernt. Längst übertönte die Brandung das Motorengeräusch, und im nächsten Moment wurden das Schiff und seine Lichter ganz vom Nebel verschluckt.

Von seinem Platz knapp unterhalb des Dünenkammes konnte Hermann jetzt seltsame Geräusche hören. Mein Gott, der Wal lebte noch. Er hatte viel über Strandungen gelesen, kannte Fotografien und ausgebleichte Knochen, aber nichts hatte ihn auf dieses furchtbare Schnaufen und Röcheln vorbereitet. Das Tier litt. Sein eigenes Gewicht wurde ihm zum Verhängnis, das, wofür die Bullen in Kaikoura lebten und jagten, wofür sie hier jahrelang einsam vor sich hin fraßen. Hermann wollte nicht tatenlos zusehen. Er hasste dieses Gefühl der Ohnmacht. Aber alles, was ihm einfiel, war mit diesem Burschen nicht zu machen. Man soll gestrandete Wale zum Beispiel mit dem Gesicht zum Land ausrichten, damit sie die Wellen mit der Schwanzflosse spüren und rechtzeitig das Blasloch schließen können, bevor Wasser in ihre Lungen gelangt und die Qualen noch größer werden. Bei Delphinen oder Pilotwalen mochte das möglich sein, Riesen wie diesen Pottwal, der etliche Tonnen wog, konnte man nur noch erlösen. Aber Hermann hatte nur ein Taschenmesser.

Seine Gedanken überstürzten sich. Wie lange mochte das Tier hier liegen? Trieb es schon länger im ufernahen Wasser, ohne dass er es gesehen hatte? War es einer der Wale aus dem Canyon, womöglich sogar eines der Tiere, die er von Bord der *Maui* aus gesehen hatte? Er war nicht einmal vierundzwanzig Stunden weg gewesen. Hatte ihn die letzte Flut gebracht, oder die vorletzte? Was war mit ihm geschehen?

Der Pottwal lag auf dem Bauch, knapp oberhalb der Wasserlinie. Er hatte sich ein wenig zum Land hin geneigt, sodass

Hermann auf Kopf, Rücken und die linke Seite schaute. Es waren groteske Proportionen. Mehr als ein Drittel des Körpers war Oberkiefer und Kopf. Den Unterkiefer konnte er nicht sehen, er musste unter der riesigen Melone begraben sein, deren vielfältige Funktionen wohl immer ein Geheimnis bleiben würden.

Hermann saß etwa dreißig Meter entfernt im Sand. Es schien ihm pietätlos, näher heranzugehen, am liebsten hätte er sich abgewendet, eine Tür geschlossen. Außerdem könnte der Wal durch eine Welle oder ein plötzliches Aufbäumen zur Seite rollen. Hermann hatte keine Ahnung, zu welchen Kraftanstrengungen dieser Riese noch fähig wäre. Er wollte ihn nicht beunruhigen und sich selbst nicht gefährden.

Hin und wieder bewegte der Riese seine linke Seitenflosse, dann kratzte das große fleischige Paddel über die Kieselsteine. Es war eine hilflose Bewegung, die er seit Stunden ausführen musste, denn die Spitze der Flosse war schon wundgescheuert, blutrot, und hatte zwischen den Steinen eine tiefe Rinne hinterlassen. Hermann konnte den Anblick kaum ertragen. Eines der mächtigsten Tiere, die je auf diesem Planeten gelebt haben, krepierte vor seinen Augen.

Vielleicht sollte er zu seinem Wagen gehen und dort auf die Neuseeländer warten. Tim würde wissen, was in einem solchen Fall zu tun wäre. Sicher gab es Vorschriften. Es gab immer Vorschriften.

Aber Hermann schaffte es nicht aufzustehen. Er konnte jetzt nicht gehen. Der Wal, die Kalmare – vielleicht gab es einen Zusammenhang. Von seinem Platz, der höchsten Erhebung innerhalb der Stranddünen, hatte er alles im Blick. Um das flaue Gefühl in seinem Magen zu bekämpfen, holte er einen Apfel aus seinem Rucksack, aber schon beim ersten Bissen hielt er inne. Der Wal stöhnte mit einem fast menschlichen

Laut auf, hob seine im flachen Wasser liegende Schwanzflosse und ließ sie laut platschend wieder fallen. Der ganze Körper geriet in Bewegung, schaukelte hin und her, und schließlich wälzten sich etliche Tonnen Muskeln und Fett schwerfällig auf die linke Seite, sodass nur noch der Rücken zu sehen war. Hermann hörte ein Geräusch, dass sich wie das Brechen von Knochen anhörte, und wurde blass. Dann ein tiefes, schier endloses Seufzen. Das rechte Flossenpaddel, das bisher verdeckt gewesen war, stand jetzt steif vom Körper ab und zeigte hinaus auf den nebelgrauen Pazifik. Die nutzlose Fluke hatte sich zur Hälfte aus dem Wasser gehoben und bewegte sich nicht mehr.

Plötzlich musste er daran denken, dass draußen vor der Küste noch mehr Wale sein könnten, ein Gedanke, der aus dem Nichts kam und ihn sofort packte und nicht mehr losließ. Er sprang auf, so schnell seine steifen Beine es zuließen, und blickte suchend auf das Meer hinaus. In der Waschküche über der Bucht war kaum etwas zu erkennen, aber stellenweise riss der Vorhang auf. Einen entsetzlichen Moment lang glaubte Hermann tatsächlich, zwischen Nebelschwaden und Wellenkämmen glänzende Walrücken zu erkennen, die sich durch das Wasser wälzten. Gleißend helle Lichtpfeile, die ersten Sonnenstrahlen, schossen über den Horizont und verstärkten den Eindruck, dass Wasser und Wale auf ihn zukämen. Er glaubte sogar ihr Blasen zu hören, kniff die Augen zusammen, sah aber weiter nur undeutliche, verschwommene Konturen. Da ist nichts, ermahnte er sich. Du bildest dir die Tiere ein. Es ist nur der Nebel.

Lang und breit hatten ihm Barbara und Tim von ihren vergeblichen Bemühungen, Wale aufzuspüren, erzählt. Die Funkstille hatte schon vor der Welle eingesetzt, vor dem Aufruhr im tiefen Wasser der Bucht. Wenn es im Canyon noch Pottwale gäbe, hätten sie ihr Klicken aufgefangen, versicherten die beiden, ihr Hydrophon habe eine Reichweite von mehreren Kilometern. Gestern Abend hatte das alles sehr überzeugend geklungen. Aber ein Mikrophon, das irgendwo unter die Wasseroberfläche gehalten wird, ist wohl doch ein zu primitives Überwachungsinstrument. Wer könnte unter den Umständen ausschließen, dass in der Bucht noch mehr Tiere herumschwimmen?

Es war Tag geworden, die Sonne stand als diffuse Scheibe dicht über dem Horizont und kämpfte gegen den Dunst. Hermann starrte noch immer mit zusammengekniffenen Augen in die Bucht. Eine leichte Brise drückte den Nebel weiter aufs Meer hinaus, wo er zusehends löchriger und transparenter wurde. Die vermeintlichen Walrücken waren verschwunden, stattdessen rollten unspektakuläre Wellen ans Land. Trotzdem ließ ihn der Gedanke an eine Massenstrandung nicht los. Er wusste von einem Ereignis, bei dem neunundfünfzig Pottwale den Tod gefunden hatten. Neunundfünfzig! Über eintausend Tonnen Knochen und Muskeln, Öl, Nervenmasse und Darmschlingen, verteilt über einen tausend Meter langen Strandabschnitt. Nirgendwo sonst stranden so viele Wale und Delphine wie hier, fast fünfzehntausend in einem Vierteljahrhundert, er hatte darüber im Historischen Museum gelesen. Die dramatische Unterwasserlandschaft Neuseelands schien für Meeressäuger gefährliches Terrain zu sein, und doch kehrten sie immer wieder zurück. War die Lust auf ein Leben voller Risiken und Gefahren ein Zeichen von Intelligenz? Seltsam, bisher hatte er dieses Gefühl für ein typisch menschliches gehalten.

Ein paar Möwen ließen sich in der Nähe nieder, ihr Zetern lenkte Hermann ab. Er sah zu, wie sie zankten und ihre Köpfe auf und ab bewegten. Dieser vertraute Anblick beruhigte ihn. Gestern hätte er sie noch verscheucht.

Er beschirmte die Augen und sah wehmütig die Küste entlang. Sie wirkte noch verlassener als sonst, von den Menschen gemieden und vergessen. Hinter dem einstigen Flughafengelände verloren sich der Dünenrücken und der breite Kiesstreifen davor im abziehenden Dunst.

Er verspürte einen Stich, einen Hauch von Bitterkeit. Was er wohl alles übersehen hatte? Über den Flughafen war er nicht hinausgekommen. Er hatte bei weitem nicht das geschafft, was er tun wollte, was hätte getan werden müssen. Obwohl er gearbeitet hatte bis zum Umfallen. Jenseits des Flughafens gab es noch lange Strandabschnitte, die er nicht einmal kannte.

Von hinten aus den Dünen hörte er den Schrei einer Frau. Sie sind da, dachte er. Und so ähnlich hatte er sich ihren Auftritt vorgestellt: Schreie, entsetzte Gesichter, Tränen. Er verbot sich diese Gedanken, aber er konnte sie nicht unterdrücken. Er wünschte sie alle zum Teufel, die Menschen und den Wal. Er hätte gerne noch etwas mehr Zeit gehabt.

«O Gott», hörte er eine Frauenstimme rufen. «Es ist wirklich ein Pottwal.»

Jetzt drehte er sich um und erkannte die junge Amerikanerin, die mit wehenden schwarzen Haaren an ihm vorbei zum Wasser hinunterlief. Zuerst rannte sie noch, aber bald machten größere Steine und ein starkes Gefälle das Laufen beschwerlich, sie stolperte über das lockere Geröll, kam ins Wanken, fing sich mit rudernden Armen und lief weiter.

«Maria», rief Tim ihr hinterher.

Wie steifgefroren stand er mit Barbara ein paar Meter landeinwärts zwischen halb aus dem Boden gerissenen Sträuchern. Beide trugen Sonnenbrillen, trotzdem war ihren Gesichtern die Fassungslosigkeit anzusehen. Für sie muss der Schock noch größer sein, dachte Hermann. Bei ihnen ging es um mehr als bloßes Mitleid mit einer leidenden Kreatur. Ihre Theorie brach zusammen. Bis vor wenigen Sekunden wähnten sie ihre Pottwale weit weg von hier auf dem Weg nach Norden. Er hoffte, sie würden einen kühlen Kopf bewahren. Er war jetzt nicht in der Verfassung, sie aufzumuntern oder zu trösten.

«Maria», brüllte Tim noch einmal. Diesmal klang seine Stimme energischer. «Es ist gefährlich. Er könnte plötzlich zur Seite rollen.»

«Tim hat recht.» Hermann rief so laut, dass alle es hören konnten. «Er hat sich gerade erst gedreht.»

Jetzt wurde die Amerikanerin langsamer. Als sie sich dem Wal bis auf zehn Meter genähert hatte, blieb sie stehen und blickte sich unsicher um, um festzustellen, ob die anderen ihr folgten.

Hermann griff nach seinem Rucksack und ging auf Barbara und Tim zu.

«Er lebt noch?», fragte Barbara mit einem Zittern in der Stimme. Sie sah an Hermann vorbei zum Wasser hinunter.

«Er hat sich noch heftig bewegt», antwortete Hermann. «Vielleicht vor einer Viertelstunde. Seitdem liegt er so auf der Seite. Ich glaube, ich habe ihn nicht mehr schnauben hören, aber ich bin mir nicht sicher, ich habe noch nie eine Walstrandung erlebt. Eigentlich kann er seit höchstens einem Tag da liegen. Ich dachte immer, das Sterben dauert länger.»

«Es kommt auf ihren Zustand an», sagte Tim mit ernstem Gesicht. «Bei gesunden Tieren kann es mehrere Tage dauern.»

«Na ja», Hermann seufzte, «hoffen wir, dass es ein letztes Aufbäumen war.» Er sah Tim und Barbara mitfühlend an und senkte den Kopf. «Es tut mir leid. Ich kann mir vorstellen, dass ihr nicht gerade begeistert seid. Ich habe mir diesen Morgen auch anders vorgestellt. Wenn ich die Möglichkeit dazu gehabt hätte, hätte ich euch vorgewarnt.»

Er erzählte, dass er schon seit einer Stunde am Strand sei

und ihn zuerst nicht gesehen habe. «Die *Otago* hat mich abgelenkt. Sie ist hier ziemlich nah vorbeigefahren.» Er zeigte auf das Wasser. Im Süden, wo das Schiff verschwunden war, endete die Küste auf Höhe der ersten Straßentunnel im Nebel.

«Sie vermessen die Bucht», sagte Tim.

Einen Moment standen sie schweigend da, dem Wal zugewandt. Aus ihrer Position erinnerten nur die beiden Flossen daran, dass es sich bei dem Koloss um ein riesiges Lebewesen handelte. Die rechte Brustflosse zeigte regungslos aufs Meer hinaus, aber die Schwanzfluke wurde ab und zu von einer Welle in wippende Bewegung versetzt.

«Wo bleibt ihr denn?»

Hermann musterte Tim und Barbara aus den Augenwinkeln und fragte sich, was in den beiden vorging. Sie waren natürlich überrascht, aber keineswegs so erschüttert, wie er befürchtet hatte. Nach dem ersten Schock wirkten sie ruhig und gefasst. Er spürte weder Angst noch Niedergeschlagenheit bei ihnen, nur eine verständliche Anspannung und Nervosität. Er selbst hatte kopfloser reagiert.

«Für mich ist es auch das erste Mal», sagte Barbara.

«Das erste Mal?»

«Die erste Walstrandung, meine ich.» Sie holte tief Luft. «Ich hätte es natürlich lieber gehabt, wenn es kein Pottwal wäre, aber ... vielleicht können wir ja noch etwas dazulernen. Ich habe sie noch nie aus solcher Nähe gesehen. Warst du es nicht, der mir geraten hat, ich soll das Positive sehen?»

Hermann nickte. Das hatte er gesagt, vor nicht einmal zwölf Stunden.

Maria hatte sich zu ihnen umgedreht und winkte ungeduldig.

Tim forderte sie mit einer Kopfbewegung auf, näher heranzugehen. Bald waren sie bei Maria und blieben neben ihr stehen. Die junge Frau war wesentlich aufgeregter als die beiden Neuseeländer. Immer wieder ließ sie ihre großen dunklen Augen von einem zum anderen wandern, wendete sich dem Wal zu und dann wieder den Kollegen. Als keiner Anstalten machte, mit ihr zu sprechen, platzte es schließlich aus ihr heraus. «Könnt ihr mir das erklären? Ich dachte, die Wale sind weg. Oder habe ich da was falsch verstanden? Wir haben sie nicht mehr gehört. Seit Tagen schon.»

Tim nickte, holte tief Luft und zog die Schultern hoch.

«Es ist ein sehr junges Tier», sagte er nach einer Weile. Als könnte das Alter des Wals irgendetwas erklären.

Hermann wollte spontan widersprechen. Der Walkörper wirkte aus der Nähe noch massiger. Noch nie hatte er vor einem so großen Tier gestanden. Die Spitze der Brustflosse dürfte Maria mühelos überragen. Ein sehr junges Tier? Er verglich es noch einmal mit dem Moroteuthis daneben, den er selbst vermessen hatte, und plötzlich rückten sich die Maßstäbe zurecht. Der Wal war keine zehn Meter lang. Ausgewachsene Bullen werden doppelt so groß. Der vermeintliche Riese war nur ein Halbstarker, vielleicht ein Neuling in Kaikoura. Oder ein Weibchen.

«Vielleicht war er zu unerfahren, um sich wie die anderen rechtzeitig aus dem Staub zu machen», sagte Barbara.

Maria sah sie mit heruntergezogenen Mundwinkeln an. Ihr Gesicht verriet ihre Skepsis, die ganze Verunsicherung, in die der gestrandete Wal sie gestürzt hatte. Sie war von den dreien am ehesten bereit, alles, was sie über die Lage zu wissen glaubten, über den Haufen zu werfen.

Tim überging Barbaras Bemerkung und schüttelte den Kopf. Man sah ihm an, dass er fieberhaft nach Erklärungen suchte. «Ich verstehe das nicht. Das Gelände ist nicht typisch für eine Strandung, viel zu steil.»

«Er könnte krank gewesen sein», sagte Barbara. «Oder verletzt.»

«Ich kann nichts erkennen. Und was für Verletzungen sollten das sein? Ein Kampf? Schiffsschrauben? Eine andere Möglichkeit sehe ich nicht, und beides ist hier extrem unwahrscheinlich.»

«Ich denke, es muss etwas mit dem Beben zu tun haben», schaltete sich Hermann ein. «Es kann kein Zufall sein, dass es gerade jetzt passiert. Vielleicht ist sein Sonarsystem irgendwie beschädigt. Wäre doch möglich. Könnte das nicht erklären, dass ihr keine Klicks mehr gehört habt?»

Tim schüttelte entschieden den Kopf. «Es kann fehlgeleitet werden, aber ich wüsste nicht, was da beschädigt werden könnte. Wir wissen ja noch nicht mal, wie dieses Sonar funktioniert. Es steckt irgendwo in diesem riesigen Kopf.»

Tim ging noch ein paar Schritte weiter, wartete einen Moment, um zu sehen, ob das Tier reagierte, und lief dann in einem weiten Bogen links um den Kopf herum. Die anderen folgten ihm, bis er nach ein paar Schritten wieder abrupt stehen blieb. «Da, habt ihr das gesehen? Die Lippen um das Blasloch haben sich zusammengezogen. Er lebt noch. Wir müssen wirklich vorsichtig sein. Ich habe es erlebt. Sie liegen eine halbe Stunde und länger völlig bewegungslos herum, und wenn man nicht mehr damit rechnet, bäumen sie sich plötzlich auf.»

Hermann hatte die Bewegung nicht gesehen, aber ihm fielen vorn am Oberkiefer tiefe Kratzer auf. Die Melone sah aus wie aufgebläht, ein mächtiger fleischiger Rammbock, der nur aus Fett und schwammigem Gewebe besteht und keine Knochen enthält. Stirn und Oberkiefer alter Pottwale sind verschrammt und vernarbt wie Fußballerknie. Der hier hätte seine wilde Zeit noch vor sich gehabt, und doch zierten ihn schon deutliche Blessuren.

Hermann ging noch zwei Schritte weiter. Das, was er jetzt sah, war schwer zu ertragen. Barbara, direkt neben ihm, schüttelte entsetzt den Kopf und wandte sich mit einem erstickten Laut ab. Der junge Wal war furchtbar entstellt. Sein Unterkiefer hing in einem rechten Winkel zum Körper wie ein loses Brett schlaff herunter, und mitten aus dem weit offen stehenden Rachen quoll ein blutroter Klumpen Fleisch: die Zunge. Hermann suchte das kleine Auge, konnte es aber nicht finden. Endlich entdeckte er es, viel weiter hinten, als er gedacht hatte. Wie die ganze rechte Kopfseite war es zerstört, zerschnitten, zerfleischt.

«Er hat gar keine Zähne», stellte Maria verblüfft fest. Sie hatte ihre Kamera in der Hand und fotografierte.

«Sie brechen gerade erst durch.» Tim zeigte auf das weit aufgerissene Maul. «Man sieht schon ein paar Spitzen. Ich sage ja, das ist ein sehr junges Tier. Ich schätze ihn auf acht, höchstens zehn Jahre.»

«Was hat ihn nur so zugerichtet?» Barbara griff nach Tims Arm und versteckte sich halb hinter seinem Rücken. «Er sieht schlimm aus», sagte sie und hielt die Hand vor den Mund.

Haut, Blubber und die weißlichen Lippen waren an vielen Stellen aufgerissen und hingen in Fetzen. Der Kopf war mit schleimigen Blutgerinnseln übersät, auf denen es von Fliegen wimmelte. Diese Wunden waren nicht erst gestern entstanden. Als wäre der junge Wal in irgendeine messerscharfe Klinge geraten und nicht wieder losgekommen. Stellenweise war sogar die dicke Speckschicht durchschnitten, darunter schimmerte rotes Muskelfleisch hervor.

«Ich weiß, es klingt verrückt», sagte Hermann. «Aber für mich sieht es so aus, als ob dieser Bursche mit jemandem aneinandergeraten ist. Jemandem, der eine Nummer zu groß für ihn war.»

«Größer als ein Pottwal?», fragte Maria ungläubig.

«Ich glaube, er meint es nicht wörtlich, oder?» Barbara sah ihn an und erwartete eine Bestätigung.

Er zuckte mit den Achseln. Was sollte er sagen? Er war nur eine Idee, die ihm selbst aberwitzig vorkam. Aber jemand, etwas, musste diese Wunden verursacht haben.

«Ein anderer Pottwal kann es nicht gewesen sein», sagte Tim, der sich auf seine Fersen gehockt hatte und die verwüstete Kopfpartie genau inspizierte. «Die Wunden würden ganz anders aussehen.»

Hermann beugte sich nach vorne und stützte sich mit den Händen auf die Knie. Besonders die untere Hälfte des Kopfes war betroffen, das Maul und seine Umgebung. Das Tier hätte auf dem Rücken oder auf der Seite schwimmen müssen, um dort von einer Schiffsschraube getroffen zu werden. Nein, es waren Kampfspuren, und Hermann wusste selbst am besten, dass für solche Wunden nur wenige Tiere in Frage kamen, Tiere, die Schnäbel haben mit Spitzen und messerscharfen Kanten. Sie lagen in Massen verendet auf den Steinen dieses Strandes, allerdings hatte nicht einer annähernd die Größe, um einen Wal derart zuzurichten. Noch vor vierundzwanzig Stunden hätte er den Gedanken an einen so großen Kopffüßer vehement zurückgewiesen, ins Reich der Kryptophantasten à la Degenhardt, die sich eine von Monstern bevölkerte Welt wünschten. Inzwischen aber hatte er den Roten erlebt.

Er sah Tim an, der noch immer auf dem Boden hockte und auf seinen Nägeln kaute. «Einverstanden», sagte Hermann. «Das war kein Pottwal. Aber es sind Bisswunden, oder?»

Der Neuseeländer warf ihm einen raschen Blick zu. «Möglich», brummte er.

Er weiß, dass ich recht habe, dachte Hermann. Aber es ist zu ungewöhnlich. Er ist noch nicht bereit.

«Mir fällt da etwas ein.» Barbara fasste sich an die Stirn. «Wahnsinn! Wir haben es im Trubel vollkommen vergessen. Der blutende Wal, erinnert ihr euch?»

Maria nickte aufgeregt. «Natürlich, du hast recht, kurz bevor wir die Nachricht von der Welle bekommen haben. Der Kapitän der *Maui* hat uns angerufen. Du hast mit ihm gesprochen, Tim.»

«Ich weiß. Du dachtest, es könnte Julio sein, stimmt's?» Er stutzte. «Ihr meint, es ist dasselbe Tier?»

Maria war beim Namen ihres Lieblingswals zusammengezuckt. Nervös trat sie von einem Bein auf das andere, wollte erst weitergehen, drehte dann aber um, weil sie der Weg durch das auflaufende Wasser geführt hätte. Stattdessen schlug sie einen weiten Bogen um den Pottwal herum und gelangte schließlich auf der anderen, landzugewandten Seite zur Schwanzflosse.

«Es hat keinen Sinn, Maria», rief Tim ihr über den Walkörper hinweg zu. «Wir können ihn so nicht sicher identifizieren.»

«Ich mache nur ein paar Fotos.»

Hermann hatte sich aufgerichtet und rieb sich mit der Hand nachdenklich das Kinn. «Ich habe diesen blutenden Wal gesehen. Ich war ja auf der *Maui*. Die Größe könnte stimmen.»

«Okay.» Tim zog ein Mobiltelefon aus seiner Jackentasche. Er sah aus, als habe er einen Entschluss gefasst. «Wir verlieren Zeit. Das sind alles nur Spekulationen. Wir müssen etwas unternehmen.»

«Wen willst du anrufen?», fragte Hermann. Seine Stimme klang schärfer als beabsichtigt, aber das Telefon verhieß ihm nichts Gutes.

«Von Wollen kann keine Rede sein. Ich muss.» Tim tippte mit dem Daumen auf den Handytasten herum. «Für den Fall einer Walstrandung hat Neuseeland ziemlich genaue Vorschriften. Barbara kann dir das bestätigen. Gerade wir sind verpflichtet, uns daran zu halten. Tut mir leid. Ich hätte auch gerne mehr Zeit gehabt, das kannst du mir glauben, ich habe bisher kaum einen Blick auf die Kalmare geworfen. Aber wir können das Tier nicht einfach hier liegenlassen und zur Tagesordnung übergehen. Ich muss Shearing informieren, und vor allem muss ich das Naturschutzministerium benachrichtigen. Die werden sich um alles Weitere kümmern. Wir werden hier nicht mehr lange allein bleiben.»

Hermann nickte und wandte sich ab. Es mussten nicht alle merken, wie sehr ihn das störte. «Hab ich mir gedacht», sagte er leise auf Deutsch.

Vier Stunden später, seine Armbanduhr zeigte kurz nach zwölf, kniete Hermann Pauli mit dem Maßband in der Hand neben einem großen Achtarmkalmar. Er schaute flüchtig auf, als die *Otago* vorbeifuhr, die im Laufe des Vormittags zu einem vertrauten Anblick geworden war. Sie absolvierte bereits ihre dritte Tour über den unsichtbaren Tiefseecanyon, von Norden nach Süden quer über die weite Bucht und wieder zurück. Da ihr Abstand zur Küste mit jeder Passage größer wurde, war sie mittlerweile auf Normalmaß geschrumpft, und die Brandung verschluckte jedes ihrer Geräusche. Lautlos folgte sie einem genau festgelegten Messraster. Hermann hoffte, dass er das Ergebnis noch erfahren würde.

Er wandte sich wieder dem imposanten, mindestens dreißig Kilogramm schweren Tier zu, das knapp unterhalb der Hochwasserlinie lag. Streitende Vögel hatten Hermann den Weg gewiesen, aber glücklicherweise noch keinen großen Schaden angerichtet. Das Tier war frisch, vermutlich hatte es erst die letzte Flut gebracht. Nur die faustgroßen dunklen Augen waren zerstört, der Körper war unversehrt, die Haut nahezu unverletzt. Sie begann, in der prallen Sonne stumpf und matt zu werden, aber als Hermann den Kalmar befeuchtete, glänzte er wieder in einem satten dunklen Braunrot-Ton, der seiner Ansicht nach der natürlichen Färbung entsprach. Problemlos konnte er Barbara und Maria die charakteristischen Merkmale erläutern: ein kräftiger Körper mit nur acht statt zehn Fangarmen, zwei davon trugen Photophoren so groß wie Laternen, was sie in gewisser Weise auch sind, die größten Leuchtorgane im Tierreich. Er wies auf die vergleichsweise riesigen Flossen hin, die nicht wie bei anderen Kalmaren am Körperende sitzen, sondern die ganze Mantellänge einnehmen. Die Tiere haben deshalb auch keine Pfeilform, sie sind fast so breit wie lang und könnten, wie Mantarochen, mit eleganten Auf- und Abbewegungen ihrer Flossenflügel durch das Wasser gleiten. Gesehen hatte das natürlich noch niemand. Hermann hatte die unverwechselbare Gestalt sofort erkannt, aber er hoffte, bald auch für ausgefallenere Fundstücke gerüstet zu sein. In der Station dürfte mittlerweile ein dicker Stapel Faxe eingetroffen sein. John hatte versprochen, einschlägige Literatur zu schicken.

Auf die beiden jungen Frauen wirkte der Achtarmkalmar wie ein Weckruf. Zum ersten Mal an diesem Vormittag erkannte Hermann in ihren Gesichtern etwas von der ungläubigen Faszination, mit der er selbst in seinen Tagen am Strand jede Neuentdeckung bewundert hatte.

Er sagte ihnen, das Tier heiße Taningia, Taningia danae, und sie wiederholten den Namen mehrmals, fanden ihn von Mal zu Mal schöner und geheimnisvoller, vielleicht sogar ein wenig zu schön für eine primitive Molluske, das aussehe wie ein gebrühter Hummer, der ein wenig außer Form geraten sei. Hermann protestierte. Das Wort *primitiv* sei völlig fehl am Platze. Scherzhaft warf er ihnen vor, sie hätten nur ihre fetten Pottwalbullen im Kopf. So jung und schon Fachidioten. Ein beliebtes

Spiel unter Zoologen. Machst du mir meine Tiergruppe madig, mäkele ich an deiner herum. Sie stichelten und lachten. Die Verkrampfung, die sie den ganzen Vormittag fast gelähmt hatte, begann sich endlich zu lösen.

Weil er Distanz zwischen sich und den gestrandeten Wal bringen wollte, war Hermann mit den beiden Frauen so weit nach Norden vorgedrungen wie nie zuvor, und doch war dieses Exemplar das erste, das eine genauere Untersuchung lohnte. Obwohl die See merklich lebhafter war und kraftvoller gegen den Strand rollte als in den Tagen zuvor, waren kaum neue Kalmare hinzugekommen.

Hermann hatte auf mehr gehofft, aber das Wunder vom Peketa Beach war vorbei. Der Großteil der Tiere war in den ersten Tagen nach dem Einschlag der Welle angespült worden. Er brauchte eine Weile, um sich damit abzufinden, aber dann überwog doch die Erleichterung. Er wusste jetzt, dass er rechtzeitig zur Stelle gewesen war. Heute wäre es schon zu spät. Die meisten Tiere waren in einem miserablen Zustand. Barbara und Maria waren überrascht gewesen und erstaunt über die Größe mancher Kalmare, aber angesichts der amorphen, stinkenden Haufen, denen ihre zoologische Zugehörigkeit nur noch mit Mühe anzusehen war, hatten die beiden Frauen aus ihrem Abscheu keinen Hehl gemacht.

Der Achtarmkalmar veränderte die Stimmung. Endlich. Ein paar Meter weiter entdeckten sie sogar noch ein zweites Tier. Plötzlich war das Interesse der Frauen geweckt, für einen Moment vergaßen sie den sterbenden Wal. Vielleicht begannen sie zu ahnen, was all das bedeutete. Er musste es sich selbst immer wieder vor Augen führen. Nur wenige hundert Meter entfernt von hier, tief unter der *Otago,* die noch immer draußen in der Bucht zu sehen war, existierte eine vollkommen fremdartige Welt, die von leuchtenden Weichtieren bevölkert war, Wesen mit hochentwickelten sensorischen Fähigkeiten und einem leistungsfähigen Gehirn. Pottwale waren weniger Herrscher als Nutznießer dieser außergewöhnlichen Lebensgemeinschaft. Nur für Minuten stießen sie von oben herab, um sich aus dem Gewimmel im Dunkeln die besten Bissen herauszuschnappen. Hermann hielt es für möglich, dass diese fremdartige Szenerie für den Blauen Planeten viel typischer und weiter verbreitet war als alles, was Menschenaugen bisher zu Lande und zu Wasser wahrgenommen hatten.

Schon jetzt stand für ihn fest, dass die Tiergesellschaft des Canyons viel komplexer war, als er gedacht hatte, und er vermutete, dass da noch mehr war. Nein, er wusste es. Das Bild war nicht vollständig. Die Spitze der Pyramide fehlte. Jemand, der in der Lage war, einem vorwitzigen, unerfahrenen Pottwal eine Lektion zu erteilen. Hermann ertappte sich dabei, wie er häufiger als sonst auf das Meer hinausschaute.

Aber es war wie immer in solchen Fällen: Tagelang hatte er Geräusche und Aktivitäten im Wasser ignoriert, und jetzt, da er darauf wartete, blieb alles ruhig. Er hatte bisher nichts von seinem Verdacht erzählt. Vom Aussehen des Roten hatte er nur eine vage Vorstellung. Er wusste, dass er so rot war wie der Taningia, der vor ihm lag. Sie stammten aus demselben Lebensraum, einer Tiefe, wo das dunkle Rot zur Tarnung wird. Einen Zusammenhang zwischen dem Kopffüßer und den Verletzungen des Pottwals herzustellen war pure Spekulation. Er wollte sie sich später noch einmal genau ansehen, aber selbst wenn er etwas fände, würde er den Roten nicht erwähnen, nicht ohne eindeutige Beweise. Er wollte sich nicht zum Gespött der Leute machen. Sie würden Fragen stellen, auf die er keine Antwort wüsste.

Als er sich bückte, um das Maßband anzulegen, war aus der Richtung des Wals ein lauter Knall zu hören. Wie ein akustischer Blitz fuhr er in das seit Stunden gleichförmige Rauschen der Brandung. Hermann hatte gewusst, dass es irgendwann passieren würde, trotzdem fuhr er zusammen, und sein Herz begann zu rasen. Die Steilwand im Süden und die Berge im Hinterland warfen ein vielfaches Echo zurück, und ringsum stoben Hunderte von Seevögeln in panischem Geflatter auf und formierten sich zu einer rasch größer werdenden dahinrasenden Wolke. Obwohl er schon auf dem Boden kniete, duckte sich Hermann unwillkürlich, und die beiden Frauen neben ihm schützten mit den Armen reflexartig Kopf und Gesicht. Die Vögel drehten sofort nach Norden ab und legten mindestens fünfhundert Meter Kiesstrand zwischen sich und den Wal, bevor sie sich niederließen. Auf dem Weg schrien sie lautstark ihren Protest heraus.

Hermann und die beiden Frauen starrten gebannt nach Süden. Keiner sagte etwas, aber alle drei hatten denselben Gedanken: Hoffentlich versteht der Mann sein Handwerk. Hoffentlich hat der Schuss gesessen und die Quälerei ein Ende.

Tim, der bei dem Pottwal zurückgeblieben war, hatte es angekündigt. Man werde das Tier töten, hatte er gesagt und von einem SWED gesprochen, das zum Einsatz kommen werde, einem speziell entwickelten *Sperm Whale Euthanasia Device*. Nach Tests mit unterschiedlichen Waffen und Projektilen hatte sich das Naturschutzministerium für ein modifiziertes Flugabwehrgeschoss entschieden, 14,5 × 114 Millimeter. Man würde den Knall bis nach Kaikoura hören.

Er hatte gewusst, dass unter den Zuschauern auch Journalisten waren, und versucht, die Gunst der Stunde zu nutzen, um für die bevorstehenden Auseinandersetzungen Punkte zu sammeln. Er hatte Hermann als bekannten deutschen Universitätsprofessor vorgestellt, der gerade ihre Forschungsgruppe besuche. Stolz und laut, damit alle es verstehen konnten, hatte er ihm erklärt, dass die ehemalige Walfängernation Neuseeland sich für eine kompromisslose Politik des Walschutzes entschieden habe. Im Falle einer Strandung hieße das: Die Lanzen, mit denen man früher die Adern gestrandeter Wale öffnete, sind verboten, ebenso die in anderen Ländern verwendeten Injektionen, die zu Atemlähmung und einem ziemlich qualvollen Erstickungstod führen. Wenn schon Euthanasie, dann so sicher und schmerzlos wie möglich. Deshalb eine Munition, bei der in der Hand eines geschulten Schützen kaum etwas schiefgehen kann.

Hermann hatte den Eindruck gehabt, dass Tims enthusiastisches Plädoyer bei einigen der Umstehenden keineswegs auf Begeisterung stieß.

Mit der eigenartigen Idylle dieses Ortes war es endgültig vorbei. Hermann trank aus seiner Wasserflasche, aber der metallische Geschmack in seinem Mund ließ sich nicht hinunterspülen. Sie hatten sich mindestens einen Kilometer von dem Wal entfernt, aber selbst aus dieser Distanz war zu erkennen, wie sehr sich die Szenerie am Peketa Beach veränderte. Das Meer kam zurück, die Fluke lag jetzt ganz im Wasser. Oberhalb des Wals standen Dutzende von Menschen in Gruppen auf dem ansteigenden Gelände. Einer von ihnen musste der Mann aus Nelson sein, sonst wäre der Schuss nicht gefallen. Sie hatten lange auf ihn gewartet, und als er endlich eintraf, fehlte noch ein Podest oder eine Leiter, weil der korrekte Todesschuss von einer leicht erhöhten Position abgefeuert werden musste. Das Gehirn des Pottwals war zwar das größte aller Tiere, aber es lag verborgen inmitten eines noch sehr viel größeren Kopfes, und eine minimale Abweichung, ein falscher Winkel beim Ansetzen der Waffe, würde das Tier nicht töten, sondern seine Qualen noch vergrößern. Niemand aus Kaikoura oder der näheren Umgebung hatte sich diesen Schuss zugetraut. Also war der Mann aus Nelson gekommen, einer, der gelernt hatte, wie man einen Wal schnell und schmerzlos tötet.

Sie warteten mit angehaltenem Atem, aber es fiel kein zweiter Schuss. Das Tier war erlöst. Nach einer Weile entspannte sich Hermann und blies die Luft aus seinen Lungen. «Das war's wohl», sagte er. Barbara nickte mit ernstem Gesicht.

Marias Augen waren feucht geworden. Sie war fest davon überzeugt, dass es nur ihr Wal sein konnte, und die anderen hatten aufgegeben, es ihr ausreden zu wollen. Julio und Taningia, das klinge ja wie Romeo und Julia, hatte Hermann unpassenderweise gescherzt. Sollte sie doch daran glauben.

Die Amerikanerin hatte sich Hermanns Fernglas umgehängt und blickte stumm in die Richtung, aus der sie gekommen waren. Ab und an rieb sie sich die Nase, setzte das Glas ab und wischte sich mit dem Handrücken eine Träne aus den Augen.

Hermann berührte der Anblick der still weinenden Frau. Er konnte kaum fassen, dass er schon wieder einen solchen Tag voller Extreme erlebte. Gestern die Vertreibung durch den Polizisten, dann der Auftritt des Roten und der Besuch der Station, heute der Wal.

Er kniete sich neben den Kalmar und legte endlich das Maßband an.

«Neunundsiebzig Zentimeter», las er ab.

Barbara schreckte aus ihren Gedanken. «Wie bitte?» Sie sah ihn verwirrt an.

«Die Mantellänge», sagte Hermann. «Neunundsiebzig fünf, um genau zu sein.»

«Okay.» Barbara nickte, während ihre Augen nervös über das Klemmbrett flogen. Sie trug die Zahl in die Tabelle ein.

«Das Tier dürfte fast ausgewachsen sein. Ich sehe mir das mal genauer an.»

Hermann entnahm seinem Rucksack Gummihandschuhe und ein scharfes Skalpell. Beides stammte aus Stationsbeständen. Während Barbara ihm über die Schulter schaute, schnitt er eines der beiden Leuchtorgane ab, dann setzte er das Messer knapp neben der Mittellinie an, griff mit der linken Hand um den Mantelrand und schlitzte den muskulösen Sack der Länge nach auf.

«Ein Weibchen», sagte er und zeigte mit der Messerspitze auf ein weißliches traubenförmiges Organ. «Hier. Das ist das Ovar.»

Vorsichtig drückte er die Klinge gegen den prallgefüllten Eierstock. «Fertig zur Eiablage, würde ich sagen. Bisher habe ich kaum reife Weibchen gefunden.»

Als Hermann einige der Eier herausgenommen und in ein Plastikgefäß getan hatte, schnappte Maria ein paar Schritte entfernt hörbar nach Luft.

«Was machen die denn da?»

Die Amerikanerin stand erhöht auf einem Steinhaufen und ließ mit fragend gerunzelter Stirn das Fernglas sinken. «Ein Bagger», sagte sie und deutete in die Richtung des Wals. Sie sah wieder durch das Fernglas, als traute sie ihren Augen nicht. «Da fährt ein riesiger Bagger über die Düne.»

Hermann legte das Messer aus der Hand, stützte sich auf und stemmte sich mit einem leisen Stöhnen aus der Hocke in den Stand. Er verlor dabei kurz das Gleichgewicht, und wie ein Gespenst huschte ihm die idiotische Frage durch den Kopf, wie diese Demonstration seiner körperlichen Fitness wohl auf die beiden jungen Frauen wirken mochte. Mit gesenktem Kopf streifte er die Gummihandschuhe ab und warf sie auf den Boden. «Darf ich auch mal?», fragte er.

Maria übergab ihm das Fernglas, verschränkte die Arme vor der Brust und wartete. Hermann suchte den Dünenkamm ab und erkannte die Maschine sofort. Der Bulldozer, der sich oben auf der Küstenstraße durch Sand und Schlamm gearbeitet hatte, fuhr jetzt mit erhobener Schaufel zu der höchsten Stelle des Strandstreifens. Die meisten der Männer, die unten neben dem Wal standen, drehten sich um und verfolgten das Manöver. Die schwere Maschine drehte, richtete sich parallel zum Strand aus, senkte die Schaufel und rammte sie in den steinigen Boden. Als sie die Last an anderer Stelle ablud, konnte Hermann sogar das Gepolter hören.

«Sie wollen ihn vergraben», sagte er, ohne das Glas abzusetzen.

«Vergraben? So schnell?» Maria sah ihn entgeistert an. «Davon hat Tim nichts gesagt.»

«Das kommt schon mal vor, Maria», erwiderte Barbara überraschend scharf. «Tim ist nicht allwissend.»

Hermann nahm das Glas herunter und sah sich erstaunt um. Barbara stand noch immer neben dem Kalmar, hatte sich aber seewärts gedreht und sah aufs Wasser hinaus, sodass er ihr Gesicht nicht erkennen konnte.

«Es ist das Beste, was sie tun können», sagte er sanft zu Maria und schaute in ihre vom Weinen geröteten Augen. «Wenn so etwas bei uns in Deutschland geschieht, wird der Körper sofort entsorgt. Er wird zerlegt und vernichtet, es sei denn, irgendein Museum ist scharf auf das Skelett. Aber hier? Ein so großer Kadaver ist ein hygienisches Problem. Sie können ihn nicht einfach liegenlassen. Glaub mir, Maria, was sie tun, ist richtig. Tim hat sicher zugestimmt.»

Barbara drehte sich um. Ihr Gesicht war vor Aufregung gerötet, und die Worte sprudelten aus ihr heraus. «Bis vor kurzem wusste ich das nicht, aber sie können regelrecht explodieren.

Die dicke Blubberschicht schützt nicht nur vor Kälte. Während der Zersetzung führt sie dazu, dass sich im Inneren einiges zusammenbraut.» Sie schüttelte sich angewidert. «Vor ein paar Wochen hat Tim mir etwas aus der Zeitung vorgelesen, und ich muss seitdem immer wieder daran denken. Die Geschichte ist in Taiwan passiert, mitten in einer großen Stadt. Sie haben einen angeschwemmten Wal auf einen Lkw-Anhänger geladen und durch die Stadt transportiert, wahrscheinlich, um ihn zu einer Tierkörperverwertungsanlage zu bringen oder so etwas. Während der Fahrt, vielleicht durch die Erschütterung, ist der Kadaver geplatzt. Sein Inneres war vollkommen verflüssigt, ein stinkender Brei. Unmengen davon. Es herrschte brütende Hitze.» Sie verzog voller Abscheu das Gesicht. «Widerlich. Ich will so etwas nicht erleben. Hermann hat recht. Man muss den Körper so schnell wie möglich entsorgen. Ich hoffe nur ...» Sie zögerte.

Hermann hob die Augenbrauen. «Was hoffst du?»

«Na ja ... dass Tim auch noch ein Wörtchen mitzureden hat, wenn es darum geht, was mit dem Tier passiert. Du sagst, er hat zugestimmt. Vielleicht. Aber wenn Maria recht hat, wenn es Julio ist, dann wäre das der erste unserer Wale, der hier strandet, der erste, auf dessen Körper wir zugreifen könnten.»

Hermann presste die Lippen zusammen und sah durch das Fernglas. Zu Barbaras Überlegungen wollte er nichts sagen. Er hatte gewusst, dass es so kommen würde. Es ging nur noch um den Pottwal. Barbara und ihre Kollegen waren Walforscher, noch dazu Walforscher in der Krise, sie mussten so denken. Die eigentliche Sensation dieses Strandes war zweitrangig geworden, uninteressant. In den Köpfen der Menschen, auch von Wissenschaftlern, gibt es eine strenge Hierarchie der Lebewesen, und auf dieser Rangleiter stehen Wale, ob tot oder lebendig, ganz oben, Kopffüßer dagegen ziemlich weit unten. Wie man mit diesen fremdartigen Tieren umzugehen hat, steht in keiner Vorschrift. Er war wieder allein.

Direkt neben dem Kopf des Wals sah er mehrere Männer im flachen Wasser stehen. Er beobachtete sie, hatte aber Mühe, Einzelheiten zu erkennen. Zuerst schienen sie nur herumzustehen. Vielleicht überlegten sie, was die schweren Verletzungen verursacht haben könnte.

Unter den Menschen am Strand waren auffallend viele Maoris, darunter auch der Kapitän der *Maui,* der Tim und Barbara per Handschlag begrüßt hatte. Die Maoris sind selbst nie Walfänger gewesen, nur in Diensten der Weißen, die von Neuseeland aus operierten, aber wenn sie die Wale früher vor der Küste vorbeiziehen sahen, beteten sie um eine Strandung, um ein wohlwollendes Zeichen ihrer Meeresgottheit Tangaroa. Seit Jahrhunderten nutzen sie Fleisch, Blubber, Knochen und Zähne angelandeter Wale. Bis heute sehen sie darin einen wichtigen Teil ihres kulturellen Erbes und beanspruchen gestrandete Meeressäuger für sich. Soweit Hermann verstanden hatte, wird dieser Anspruch im Prinzip anerkannt, aber Tim hatte von einem komplizierten Streit um die Rechte an gestrandeten Meeressäugern gesprochen.

Dort am Strand hatte man sich offenbar geeinigt, denn es sah so aus, als versuchten jetzt zwei der Männer, den Unterkiefer aus dem Wasser zu heben. Sie umklammerten ihn und hielten ihn fest, während zwei andere sich am Gelenk zu schaffen machten. Hermann ahnte, was sie vorhatten. Es würde den Frauen mit Sicherheit nicht gefallen.

Neben ihm trat Maria unruhig von einem Fuß auf den anderen. «Was geschieht da? Kannst du was erkennen?»

Statt ihre Frage zu beantworten, ließ Hermann das Glas sinken und sagte mit ernster Stimme: «Vielleicht solltet ihr zurückgehen. Könnte sein, dass Tim eure Unterstützung braucht.»

Ohne eine Antwort abzuwarten, wandte er sich wieder dem geöffneten Kalmar zu und streifte sich die Gummihandschuhe über. Das Zeichen war unmissverständlich. Er wollte weitermachen, sofort, ob mit ihnen oder allein. Sie müssten sich entscheiden.

Barbara war schon abmarschbereit, die Daumen unter die Träger ihres Rucksacks gehakt. Das Klemmbrett hatte sie auf den Steinen abgelegt. Vermutlich trug sie sich schon länger mit dem Gedanken, umzudrehen, spätestens seit dem Schuss, wollte ihn aber nicht verletzen. Jeder muss eben wissen, wohin er gehört, dachte er. Ihr Platz ist jetzt bei Tim und dem Pottwal.

Er nickte ihr kurz zu, zog aus der Jackentasche ein kleines Etui und entnahm ihm eine spitze Pinzette, mit der Rechten griff er nach dem Skalpell. Einige der Saugnäpfe waren so groß wie Münzen. Er durchtrennte ihre Stiele, ergriff sie mit der Pinzette und ließ sie in das Gefäß mit den Eiern fallen.

«Du kommst nicht mit uns?», fragte Barbara, die neben ihm stehen geblieben war.

Er sah kurz auf, schüttelte den Kopf. «Ich würde mich gerne noch ein wenig umsehen», sagte er und bemühte sich dabei um ein entspanntes Lächeln. «Ich hoffe, ihr versteht das. Vermutlich werde ich nicht mehr viel Gelegenheit dazu haben.»

Barbara nickte, ohne sein Lächeln zu erwidern.

Seit Hermann allein war, lief er oben an der Hochwasserlinie entlang nach Norden. Das Flughafengelände hatte er schon weit hinter sich gelassen. Wenn er am Strand etwas sah, das ihn interessierte, unternahm er Vorstöße nach unten zum Wasser, fotografierte, kehrte nach oben zurück und lief weiter. Tatsächlich fand er noch einige Kalmare, für die er sich eigentlich mehr Zeit nehmen sollte. Aber er war mit den Gedanken nicht mehr bei der Sache. Immer wieder blieb er stehen, sah durch das Fernglas auf das glitzernde Meer hinaus, beobachtete das Geschehen in der Nähe des Wals, den Bulldozer, der unermüdlich Anlauf nahm, und verfolgte den Weg der beiden Frauen unten am Wasser. Auf das Wetter war Verlass, aus dem trüben Morgen war ein weiterer warmer Herbsttag geworden. Ansonsten war in diesen Stunden alles anders gekommen, als er es sich vorgestellt hatte.

Die Wale und alles, was damit zu tun hatte, gingen ihn nichts an. Er war entschlossen gewesen, sich aus allem, was damit zusammenhing, herauszuhalten. Heute Morgen, als er mit dem frischen Schock der Walstrandung in den Knochen allein am Strand saß, hatte er sogar erwogen, sofort abzureisen, damit er gar nicht erst verwickelt würde. Im Grunde aber wusste er, dass er längst Teil des Geschehens geworden war. Er war noch nicht fertig mit diesem Ort. Er wartete ungeduldig auf ein neues Lebenszeichen des Roten. Und er hatte Barbara getroffen. Einmal sah er, wie sie kurz stehen blieb und zu ihm zurückschaute. Lächelnd setzte er das Glas ab. Er wunderte sich über sich selbst. Diese Frau war mindestens zehn Jahre zu jung für ihn, aber er war fasziniert von ihr, von der Begeisterung und Ernsthaftigkeit, mit der sie über ihre Arbeit sprach, aber auch von ihrer Traurigkeit und Schwermut. Ob die beiden über ihn geredet hatten?

Eine knappe Stunde später machte Hermann nach einem letzten Rundblick kehrt. Aus Süden kam ihm wieder die *Otago* entgegen. Wie oft sie die Strecke wohl schon hinter sich gebracht hatte? In ihren Computern setzte sich langsam, Messpunkt für Messpunkt, das Sonarbild des Meeresbodens zusammen. Vielleicht wurde in diesen Minuten die Frage beantwortet, was hier geschehen war.

Während er unten am Wasser auf die hinter dem Fluss aufragende Steilwand zulief, wurde ihm klar, wie weit es ihn nach Norden verschlagen hatte. Er wollte sich unbedingt den Wal noch einmal ansehen, bevor sie ihn unter Sand und Steinen verschwinden ließen, hatte plötzlich Angst, zu spät zu kommen, versuchte, etwas schneller zu gehen, und blickte dabei meist auf den Boden, um nicht zu stolpern und keine nassen Füße zu bekommen. Hoffentlich warteten die anderen nicht auf ihn.

Er musste an den Roten denken. Barbara hatte gesagt, sie seien mit ihrem Boot auf Kalmare gestoßen, weit draußen über dem Canyon. Sie hatte sie als *sehr groß, wirklich riesig* beschrieben, ihre Worte waren ihm noch genau im Ohr. War es immer dasselbe Tier oder waren es mehrere? Viele der größeren Tiefseekalmare waren rot. Es gab Fotos. Er durfte nicht vergessen, sie danach zu fragen.

Oder war er dabei, sich in eine fixe Idee zu verrennen? Hermann bedauerte jetzt, dass er dem Leben im ufernahen Wasser nicht mehr Aufmerksamkeit geschenkt hatte. Aber er war davon ausgegangen, dass alles, was halbtot im Meer schwamm, ohnehin bei ihm am Strand landen würde. Und der Rote? Vielleicht war er quicklebendig und hatte sich in tieferes Wasser zurückgezogen. Bisher hatte Hermann Geschichten um Meeresmonster für Märchen gehalten, für schamlose Übertreibungen: angeblich tellergroße Narben von Saugnäpfen auf der Haut von Pottwalen, in ihren Mägen Augenlinsen groß wie Handbälle. Der Octopus giganteus. Hirngespinste. Fotos wurden ohne Maßstab abgebildet, sodass den Tieren jede Größe angedichtet werden konnte. Einer schrieb vom anderen ab und addierte ein paar Zentimeter hinzu. In der Tiefsee konnte man so ziemlich alles ansiedeln, ohne befürchten zu müssen, von der Realität widerlegt zu werden, die ideale Spielwiese für

Monsterfreaks. Er konnte sich mit diesen Leuten nicht auf eine Stufe begeben. Deshalb hielt er die Kamera mit dem schweren 300-mm-Objektiv einsatzbereit und warf sehnsüchtige Blicke auf das Wasser hinter dem Brandungssaum. Er brauchte Beweise. Bitte, flehte er in Gedanken, ich weiß, dass du da bist. Zeig dich!

Als ihm aber die Meute um den gestrandeten Wal einfiel, zog er seinen Wunsch sofort zurück. Nein, besser nicht, sie durften den Roten nicht zu sehen bekommen. Nicht auszudenken, was hier los wäre, wenn die Zeitungen morgen ein Foto von ihm druckten. Sie würden den Roten – und alle anderen Kalmare auch – zu Ungeheuern machen.

Im Auf und Ab der anrollenden Dünung tauchte eine dunkle Rückenfinne auf und war kurz darauf wieder verschwunden. Obwohl er es eilig hatte, blieb er stehen. Nach einigen Minuten wälzte sich unverkennbar der Rücken eines kleinen Delphins durch das Wasser, der erste, den er in der Bucht entdeckte, seit er nach dem Unglück hierher zurückgekehrt war. Hermann begrüßte ihn mit einem freudigen Hallo, suchte aber vergeblich nach seinen Begleitern. Sonst hatte er immer Trupps von acht bis fünfzehn Tieren gesehen, die synchron durch die Wellen tauchten. Noch vor einer Woche hatten sie ihm hier voller Lebensfreude ihre Kunststücke vorgeführt, eine Erinnerung, so weit weg, als stammte sie aus einem anderen Zeitalter.

Im Weitergehen versuchte er, das Tier im Auge zu behalten. Der Delphin wirkte verspielt, schwamm ziellos hin und her, verschwand für Minuten zwischen den Wellenrücken, tauchte wieder auf, einmal sprang er in einem weiten Satz aus dem Wasser. Glücklicherweise machte er keine Anstalten, näher zu kommen, sondern bewegte sich parallel zur Küste. Seine Anwesenheit hatte etwas Beruhigendes. Gleichzeitig wirkte er verletzlich und schutzlos, ein argloses, neugieriges Jungtier.

Hatte es den Anschluss an seine Familiengruppe verloren? Allein dürfte es kaum eine Überlebenschance haben. Hoffentlich endete es nicht wie sein großer Verwandter.

Er beschloss, zu schreien und mit Steinen zu werfen, wenn das Tier dem Land zu nahe käme. Vielleicht könnte er ihn so in tieferes Wasser scheuchen. Er schmunzelte über sich selbst und musste an Brigitte denken. Ihr hätte es gefallen, wenn er sich so aufführte, und sie hätte tatkräftig mitgeholfen. Ein verlassenes, hilfloses Jungtier, fast noch ein Baby, sie wäre außer sich gewesen.

Brigitte hielt Delphine für intelligenter als Menschen und berief sich manchmal – er hatte den Verdacht, um ihn zu ärgern – auf John C. Lilly, einen amerikanischen Neurologen von äußerst zweifelhaftem Ruf. Bevor der sich vor allem mit psychedelischen Drogen und Selbstversuchen in Isolationstanks beschäftigte, hatte er eine junge Frau wochenlang auf einer Plattform im Becken eines Delphins leben lassen. Das isolierte Tier, ein bedauernswerter Großer Tümmler mit Namen Peter, sollte eine Art Kaspar Hauser werden und durch den ausschließlichen Kontakt mit einem Menschen animiert werden, Englisch sprechen zu lernen. Am Ende hatte Lilly eine völlig entnervte, durchgeweichte Frau und einen Delphin, der mit Mühe und Not, und einer Menge gutem Willen aufseiten der Zuhörer, ihren Namen artikulieren konnte. Was natürlich weder für noch gegen seine Intelligenz sprach, höchstens für eine völlig andere Art der Lauterzeugung. Ein Mensch, der versuchte, Delphinisch zu lernen, falls es das überhaupt gäbe, hätte sicherlich dieselben Probleme und würde über ein paar unverständliche Pfiffe nicht hinauskommen.

Irgendwann hatte Hermann aufgegeben, mit Brigitte darüber zu diskutieren. Jeder Versuch lief auf einen Streit hinaus. Es ärgerte ihn, dass seine eigene Frau auf die Spinnereien eines

Scharlatans hereinfiel. Hermann sei von seiner Wissenschaft verdorben für solche Dinge, hielt sie dagegen und lächelte dabei ihr mildes hintergründiges Lächeln. Für die überragende Intelligenz der Delphine brauche sie keine Beweise, man könne sie in ihrer Gegenwart spüren.

In Gesellschaft des kleines Delphins verging die Zeit schneller, und Hermann schritt zügig aus. Die Menschenmenge um den toten Wal war erheblich angewachsen. Allmählich schien sich hier eine Art Volksfest zu entwickeln. Ganze Familien näherten sich über den Dünenrücken, wo ihnen andere Strandbesucher auf dem Heimweg entgegenkamen. Das waren keine Touristen, sondern Einheimische aus Kaikoura und Umgebung, die ihre Küste wieder in Besitz nahmen. Die Kalmare hatten niemanden interessiert, Meeresungeziefer. Um die Menschen wieder ans Wasser zu locken, musste ein Wal stranden.

Zwei Polizisten waren nach Tims Anruf als Erste an den Strand gekommen, und das Erste und Einzige, was sie getan hatten, war, ein Plastikband zu spannen. Da sie die Pfosten nicht in den Boden bekamen, hatten sie das Band einfach auf die Steine gelegt und beschwert, natürlich hielt sich kaum jemand an diese Absperrung. Hermann hörte Kinderlachen. Einige spielten Fangen und versteckten sich hinter ihren erwachsenen Begleitpersonen. Ein Vater warf seinem Sohn eine Frisbeescheibe zu. Beim Versuch, sie zu fangen, stolperte der Kleine und fiel der Länge nach auf die Steine. Lautes Geschrei. Hermann sah, dass er auf einem Kalmar ausgerutscht war, und erstarrte. Der Bengel hatte es noch nicht mal gemerkt. Sie machten einen Spielplatz daraus, trampelten achtlos auf den Tieren herum, als wären es angespülte Algen, stinkender Abfall. Er musste an sich halten, um nicht dazwischenzuspringen und die ganze sensationslüsterne Bagage zum Teufel zu jagen.

Niemand schien zu bemerken, auf welch außergewöhnlichem Boden sie sich bewegten, und niemand machte sie darauf aufmerksam. Er würde es auch nicht tun, er wusste, dass er sich nur lächerlich machen würde.

Der Strand war voller Menschen, aber Hermann entdeckte niemanden, den er kannte. Er wusste nicht, was er mit diesem Trubel zu schaffen hatte, und wollte gerade nach oben zu seinem Wagen gehen, als er Tim entdeckte, der etwas abseitsstand und mit einem kleinen korpulenten Mann redete. Ein paar Meter hinter den beiden stand der Bulldozer. Der Fahrer schien eine Pause zu machen, jedenfalls bewegte sich nichts an dem riesigen Gefährt, und der Motor war ausgeschaltet. Hermann konnte von seiner Position aus nicht erkennen, wie tief das zukünftige Pottwalgrab schon war. Er würde es sich gleich ansehen, aber erst einmal wollte er zu Tim, der gestikulierend dastand und seine ausgestreckten Finger abzählte. Erstens, zweitens, drittens. Der Dicke schüttelte entschieden den Kopf. Die Unterredung der beiden war laut geworden. Jetzt schrien sie sich an.

Hermann machte einen Bogen um die Männer, wandte ihnen nach ein paar Schritten den Rücken zu und sah mit dem Fernglas auf das Wasser der Bucht hinaus. Vermutlich war es purer Zufall, aber der kleine Delphin hatte ihn bis an sein Ziel begleitet und zog nun keine fünfzig Meter hinter dem Brandungssaum seine Kreise. Brigitte hätte ihre helle Freude an ihm gehabt. Auch andere Strandbesucher hatten das Tier entdeckt. Er hörte aufgeregte Kinderstimmen.

«Ein Delphin, Mama, ein Delphin.»

Währenddessen ging die Auseinandersetzung in seinem Rücken weiter.

«... elender Kuhhandel», sagte Tim gerade. Das klang eindeutig wütend, aber der Dicke zeigte sich wenig beeindruckt.

«Das mögen Sie so sehen», erwiderte er gelassen. «Ich nenne es einen fairen Interessenausgleich.»

«Wo sind denn unsere Interessen berücksichtigt worden? Sagen Sie's mir! Sie wollen uns ausschließen. Wir untersuchen diese Tiere seit über zehn Jahren. Wir wissen mehr über sie als jeder andere. Wir haben ein Recht darauf, miteinbezogen zu werden.»

«Fragen Sie die Leute vom Ministerium. Sie haben hier gar keine Rechte.»

«Hören Sie mir doch wenigstens zu, verdammt noch mal. Warum diese Eile? Warum kann man das nicht in Ruhe besprechen? Ich versichere Ihnen, wenn Sie tun, was Sie vorhaben, wird Professor Shearing Ihnen die Hölle heißmachen!»

«Doktor Garland, das war mein letztes Wort. Sie sollten eigentlich wissen, dass Sie bei mir mit Geschrei und Drohungen gar nichts erreichen.»

«Sie wollen offenbar nicht verstehen, welchen Wert dieses Tier für uns hat.»

«Oh, doch, ich verstehe Sie sehr gut, aber hier geht es um wesentlich mehr als um Wissenschaft. Sie haben nur Ihre Forschung im Kopf. Meine Kollegen und ich aber müssen an das Wohl der Menschen denken, die hier leben.»

«Wollen Sie damit sagen, dass uns die Menschen egal sind?» Tim räusperte sich und versuchte einen moderaten Ton anzuschlagen. «Wenn in Kaikoura in den letzten Jahren ein immer noch wachsender Waltourismus entstanden ist, von dem alle profitieren, dann nicht zuletzt aufgrund unserer Arbeit, das wissen Sie genau. Die paar Pottwale, die sich hierher verirren, hätten durch aufdringliche Touristenboote schnell vertrieben werden können. Sie sind geblieben, weil wir sinnvolle Regeln erarbeitet haben. Ich bitte Sie doch nur um zwei Tage. Danach sollte das Tier vergraben werden, da bin ich mit Ihnen einer Meinung. Aber vorher müssen wir ihn untersuchen, vor allem seinen Mageninhalt. Das ist eine einmalige Gelegenheit. Die Wale von Kaikoura können doch nicht nur eine Touristenattraktion sein. Sie sind auch Gegenstand eines bedeutenden und erfolgreichen wissenschaftlichen Projekts. Wir müssen zusammenarbeiten, Filderson, so wie wir das seit Jahren erfolgreich mit den Bootsführern praktizieren. Warum wollen Sie daran etwas ändern?»

«Ich will gar nichts ändern, Garland. Aber Sie sollten sich damit abfinden, dass selbst bei der besten Zusammenarbeit im Einzelfall auch mal gegen Sie entschieden werden kann. Das Tier muss verschwinden, so schnell wie möglich. Falls Sie es noch nicht gemerkt haben sollten: Kaikoura hat ein Problem, ein riesengroßes Problem. In unserer Verwaltung laufen die Telefone heiß. Den Leuten hier steht das Wasser bis zum Hals. Wir hatten wirklich genug schlechte Publicity.»

«Seit wann ist ein gestrandeter Wal schlechte Publicity?»

«Weil es so kurz nach der furchtbaren Flutwelle schon wieder mit Tod zu tun hat. Verstehen Sie denn nicht? Mit Tod und Blut und Gefahr. Wir kommen so einfach nicht aus den Schlagzeilen.»

«Sie können ja versuchen, das Tier zu verstecken, aber es ist zu spät. Die Presseleute haben den Wal fotografiert. Und wenn sie es nicht ohnehin gesehen haben, werden wir sie auf seine Verletzungen hinweisen. Das hier ist kein Fall für den Bagger, sondern einer für die Wissenschaft, begreifen Sie doch endlich. Wir müssen herausfinden, was ihn so zugerichtet hat. Dieses Etwas könnte noch da draußen in der Bucht herumschwimmen. Die Welle, die Kalmare hier am Strand, der Wal und seine Verletzungen, das alles steht doch in einem Zusammenhang.»

«Wenn Sie uns Schwierigkeiten machen, werde ich dafür sorgen, dass Sie und Ihre Kollegen endgültig die Koffer packen können», drohte der Dicke wütend. «Niemand braucht Sie hier. Niemand.»

«Das haben zum Glück nicht Sie zu entscheiden, Fildersson.»

«Ich warne Sie. Sie werden sich an uns die Zähne ausbeißen.»

Die Stimme des Mannes war Hermann die ganze Zeit bekannt vorgekommen. Als er sich einmal beiläufig umdrehte, erkannte er ihn. Es war der Apotheker. Jetzt wusste er auch, wie die Polizei von ihm erfahren hatte.

«Heute werden wir das Tier nicht mehr unter die Erde bringen», sagte er jetzt etwas leiser. «Ich weiß nicht, was genau Sie vorhaben, aber Sie haben nur noch bis morgen früh Zeit dafür, keine Minute länger. Wir sollten uns also nicht mit nutzlosem Palaver aufhalten.»

«Das bringt uns gar nichts», sagte Tim. «Wir brauchen mindestens zwei Tage.»

«Ach, jetzt sind es schon *mindestens* zwei Tage. Vergessen Sie's, Garland. So läuft es immer mit Ihnen. Man reicht Ihnen den kleinen Finger, und Sie reißen einem den Arm aus.» Der Apotheker sah auf die Uhr. «Ich habe jetzt dringende Verpflichtungen in der Stadt und muss zurück. Falls Sie auf die Idee kommen sollten, die Arbeiten zu behindern, werden wir die Polizei einschalten. Wir verhalten uns absolut korrekt und im Rahmen der Gesetze. Ich hoffe in Ihrem Interesse, dass Sie mich verstanden haben. Im Übrigen kann ich mir kaum vorstellen, dass man Ihnen in Zukunft den Helikopter zur Verfügung stellen wird, wenn Sie sich weiter so stur zeigen. Denken Sie mal drüber nach!»

Hermann hörte Tims entrüstetes Schnauben, seine eigentliche Erwiderung war für ihn ein unverständliches Brummen. Er schnappte nur das Wort Erpressung auf.

Aus der Richtung des Wals näherte sich eine seltsame Prozession. Die Spitze bildeten vier Männer, die einen schweren länglichen Gegenstand trugen. Den Trägern folgten zehn bis fünfzehn Personen. Zwei mit Kameras behängte Pressefotografen machten sich gegenseitig die besten Plätze streitig, ein Mann mit einer großen Videokamera auf der Schulter lief ein paar Schritte voraus und blieb dann stehen, um die herannahende Gruppe zu filmen. Erst als die ganze Gesellschaft nur wenige Meter entfernt an ihm vorbeilief, sah Hermann das blutige Fleisch und erkannte, was die Männer den Strand hinaufschleppten. Es war der vom Kopf abgetrennte zahnlose Unterkiefer des gestrandeten Pottwals. Die Träger und die meisten der Menschen, die ihnen folgten, waren Maoris, zwei von ihnen hatten stark tätowierte Gesichter. Sie zeigten ernste Mienen und blickten stolz geradeaus. Hermann musste daran denken, was der Apotheker gesagt hatte. Er hatte von fairem Interessenausgleich gesprochen.

Als er sah, dass Tim allein den Abtransport des blutigen Kiefers verfolgte, ging er ein paar Schritte auf ihn zu und sprach ihn an. «Jetzt verstehe ich, was du mit Kuhhandel gemeint hast. Welches Stück bekommt ihr denn?»

Tim fuhr herum. «Was soll …? Ach, du bist das.» Er verzog das Gesicht.

«Entschuldige», sagte Hermann besänftigend. Er wünschte, er hätte den Mund gehalten.

»Hast du zugehört? Ich habe dich gar nicht gesehen. Warum hast du nichts …» Der Neuseeländer stutzte einen Moment, machte dann eine wegwerfende Handbewegung und ließ die Schultern hängen. «Was soll's. Hätte vermutlich ohnehin nichts genutzt. Ist ja wirklich nicht deine Angelegenheit.» Der Ton seiner Stimme schwankte zwischen unterdrückter Wut und Resignation. «Es ist zum Kotzen. Ich habe wirklich alles versucht, aber sie wollen das Tier in aller Eile unter die Erde bringen. Sie lassen sich nicht davon abbringen.»

«Und wer sind *sie*?»

«Die Stadtverwaltung. Dahinter stehen natürlich die Hotelmanager, die Laden- und Restaurantbesitzer. Sie haben Angst um ihr Business. Ich kann sie sogar verstehen. Die Lage ist ziemlich schwierig. Wir haben keine Ahnung, wann und ob die Wale zurückkommen. Auf uns hört in dieser Situation niemand mehr. Außerdem ...» Mit einer Kopfbewegung deutete er auf die Gruppe, die den Unterkiefer trug. «Wir sind leider nicht so leicht zufriedenzustellen.»

Sie blickten nach oben. Der Apotheker stand jetzt mit zwei jungen Männern auf dem Dünenkamm. Seine Stimmung schien sich erheblich verbessert zu haben. Er warf den runden Kopf in den Nacken, lachte schallend und klopfte dem kleineren der beiden anerkennend auf die Schulter. Sie wechselten ein paar Worte und schüttelten sich ausgiebig die Hände, bevor die jungen Männer sich in Richtung Küstenstraße entfernten.

«Wer war das?», fragte Hermann.

«Der Mann aus Nelson. Der Schütze. Er heißt Thomas Marhoudy. Der andere ist sein Kompagnon oder Freund, ich weiß nicht genau. Um zur Abwechslung mal was Positives zu sagen: Der Mann hat seine Sache wirklich gut gemacht. Der erste Schuss hat gesessen. Ihr habt es sicher gehört.»

«Haben wir», antwortete Hermann knapp. «Und der andere?»

«Du meinst den kleinen Dicken?» Sofort verschwanden die Lachfalten aus Tims braungebranntem Gesicht. «Das ist Clyde Filderson, der Bürgermeister. Er hat im Ort eine Apotheke. Man kann nicht behaupten, dass wir besonders gute Freunde wären.»

«Das hat man gemerkt.»

Die Maoris erreichten den Bagger. Ohne einen Blick darauf zu verschwenden, marschierten sie mit ihrer Last an der Grube vorbei, in der bald der Rest des Wals verschwinden würde. Sie passierten den Apotheker, der ihnen zunickte und einen angeekelten Blick auf den blutigen Unterkiefer warf.

Tim wandte sich ab und kickte wütend nach einem Kieselstein. «Mist», fluchte er. «Ich hatte gehofft, dass wir wenigstens irgendwie an den Mageninhalt kommen.»

«Meinst du, der ist so ergiebig?» Hermann hatte auf dem Weg zurück darüber nachgedacht. Er versprach sich nicht allzu viel davon. Das Tier war zu schwer verletzt. «Vermutlich hat der Wal seit vielen Tagen keine Nahrung mehr aufgenommen. Mehr als ein paar alte Kalmarschnäbel wird da nicht zu holen sein.»

«Dass ausgerechnet du das sagst.» Tim sah ihn überrascht an. «Ich hätte gedacht, du wärest ganz scharf auf die Dinger. Ihr könnt anhand der Schnabelform doch die Arten bestimmen, oder?»

Hermann nickte. Die Weichteile der Kopffüßer wurden schnell verdaut, aber ihre hornigen Kiefer blieben in den Falten und Taschen der Walmägen zurück und gaben noch nach Tagen und Wochen Aufschluss über die erbeutete Nahrung. Er hatte selbst eine kleine Schnabelsammlung, die er mit Hilfe von Kollegen zusammengetragen hatte, um sie den Studenten zu zeigen. Sein Prunkstück, die handgroßen Tötungswerkzeuge eines Architeuthis, erregten jedes Mal aufs Neue ehrfurchtsvolles Gemurmel.

Tim überlegte. «Na ja, so wie der Bursche zugerichtet ist ... wahrscheinlich hast du recht. In gewisser Weise beruhigt mich das. Ich wollte es diesem ignoranten, geldgierigen Quacksalber nicht auf die Nase binden, aber, ehrlich gesagt, hätte ich nicht gewusst, wie wir das Tier präparieren sollten. Ich habe einmal dabei zugesehen, vor Jahren, aber ich traue mir das nicht zu. Und ich fürchte, spätestens wenn man ihnen unterarmlange Messer in die Hand drückt, werden auch unsere beiden Frauen dankend abwinken. Ich weiß natürlich nicht, ob du vielleicht ...»

Hermanns Augen weiteten sich. Er hob abwehrend die Hände. «Ich? Um Himmels willen. Ich habe schon Schwierigkeiten, eine Forelle auszunehmen.»

Tim lachte kurz auf. «Das schaffe ich gerade noch, aber bei einem Wal ... Man darf die Wahrheit eigentlich niemandem sagen. Da arbeitet man jahrelang mit diesen Tieren, und wenn es darauf ankommt, weiß man nicht mal genau, wo sich Gehirn und Magen befinden. Eigentlich ein Skandal, dass wir hier keinen Spezialisten dafür haben. Wir sind nicht einmal imstande, so ein Tier zu erlösen, sondern müssen stundenlang warten, bis jemand aus Nelson herunterkommt. Ein unhaltbarer Zustand.» Er seufzte. «Ich dachte, es wäre schön, wenn wir vergleichen könnten: Welche Kalmare liegen hier am Strand, und was findet sich davon in einem Pottwalmagen wieder? Aber diese Präparation ... Schon gar nicht bei dem Trubel hier, mit Fotografen, die einem bei jedem Schnitt über die Schulter gucken. Ausgeschlossen. Wir sind keine Schlächter. Ich hatte daran gedacht, Adrian um Hilfe zu bitten. Er kennt bestimmt jemanden. Aber das würde sicher viel zu lange dauern.»

Tim bückte sich, zog eine Wasserflasche aus seinem Rucksack und trank mit gierigen Schlucken. Hermann hatte großes Verständnis für seinen jungen Kollegen. Sie waren notgedrungen Fachidioten. Sandy fiel ihm ein, der alte Walfänger, aber er verwarf den Gedanken sofort. Der Alte wäre wahrscheinlich kaum noch in der Lage, ein Flensmesser zu halten, geschweige denn, einen ganzen Wal zu zerlegen.

«Ich glaube, das Besondere an diesem Tier sind seine Verletzungen», sagte Hermann vorsichtig, weil er nicht wusste, wie Tim darauf reagieren würde. «Darum sollten wir uns kümmern.»

Tim setzte die Flasche ab, sah ihn ernst an und nickte dann. «Ich habe sie mir noch einmal genau angesehen. Es sind tatsächlich Bisswunden, und ich habe sogar eine gewisse Vorstellung, von wem sie stammen könnten. Das fällt in dein Fach, Hermann. Du hast es vorhin schon gewusst, oder? Ich habe an der Melone und inmitten der Verletzungen frische Narben von ziemlich imposanten Saugnäpfen gefunden.» Er streckte seine rechte Hand aus und hielt sie waagerecht in die Luft. «So groß wie meine Handfläche. Mir läuft eine Gänsehaut über den Rücken, wenn ich daran denke, wie groß das dazugehörige Vieh sein muss. Vielleicht haben wir es sogar gesehen. Maria hat Fotos gemacht.»

«Ich weiß. Wenn das hier vorbei ist, müssen wir unbedingt darüber reden», sagte Hermann. «Wo sind die beiden eigentlich geblieben?»

«Oben am Wagen. Vielleicht hat sie auch jemand mitgenommen in die Stadt. Barbara hat zwar gesagt, sie sei müde, aber ich glaube, sie wollten einfach nur weg von hier. Was du mitbekommen hast, war ja nur das letzte Kapitel in diesem Streit.» Er schüttelte verärgert den Kopf. «Es war furchtbar. Mann, wie mir diese Kleinkrämerseelen zum Halse heraushängen.»

Tim blickte mit finsterer Miene zu Clyde Filderson hinauf, der noch immer auf dem Dünenkamm stand und jetzt mit einem bulligen Mann sprach, in dem Hermann den Baggerfahrer erkannte. So dringend konnten seine Verpflichtungen in Kaikoura nicht sein.

«Ist es wirklich so schlimm?», fragte Hermann.

Tims Augen verengten sich zu Schlitzen. «Schlimmer», erwiderte er. «Aufgrund unserer Untersuchungen sind ihnen strenge Vorschriften auferlegt worden. Also fühlen sie sich gegängelt. Sie reden zwar gern und viel von Ökotourismus, trotzdem sind wir und die Leute vom Naturschutzministerium im Ort die Buhmänner.»

Aus der Nähe des Wals waren plötzlich aufgeregte Rufe zu hören. Tim und Hermann drehten sich um. Einige Strandbesucher standen in Gummistiefeln im flachen Wasser neben dem riesigen toten Körper. Das Maul mit dem abgetrennten Unterkiefer war nicht zu erkennen, aber oben auf dem Kopf des Wals konnte Hermann undeutlich eine große Wunde ausmachen, von der Blut- und Fettschlieren herab ins Wasser liefen. Er wunderte sich, dass Eltern ihren Kindern diesen Anblick zumuteten. Aber es schien den Zuschauern nichts auszumachen. Sie deuteten aufgeregt auf das Meer hinaus, spendeten Applaus und klatschten wie im Zirkus. Jemand pfiff. Eine Kinderstimme rief laut und anfeuernd: «Ja! Los! Noch mal! Bitte! Spring!»

Zuerst konnte Hermann keinen Grund für die lauten Freudenrufe ausmachen, aber dann sah er hinter der Brandungszone einen silbrig grauen torpedoförmigen Körper in die Luft schießen und zurück ins Wasser plumpsen. Eine Gischtfontäne wuchs in die Höhe und fiel in sich zusammen. Kurz darauf sprang das Tier ein weiteres Mal und versuchte dabei einen Überschlag, der ihm missglückte, sodass es in ganzer Länge klatschend aufschlug und wieder Gischt und Wasser aufspritzen ließ. Unten johlten die Zuschauer. Sie standen direkt neben dem toten Wal und spendeten Beifall, forderten Zugaben.

Hermann sah durch sein Fernglas. «Der Delphin», sagte er leise.

«Was?» Tim sah ihn verständnislos an.

«Ein junger Delphin», wiederholte Hermann lauter. «Nicht

mal einen Meter lang, würde ich sagen. Er ist mir die ganze Strecke gefolgt, jedenfalls sah es so aus. Er ist immer parallel zur Küste geschwommen.»

Wieder schoss das Tier aus dem Wasser. Die Menschen freuten sich und schrien. Sie glaubten, der Delphin machte sich einen Spaß daraus, ausgelassen herumzutollen. Sein übermütiges Spiel sorgte nach dem Tod des jungen Pottwals für einen versöhnlichen Ausklang ihres Strandbesuchs, was fast alle Zuschauer dankbar stimmte. Vor der Katastrophe waren Delphine in den Gewässern von Kaikoura ein vertrauter Anblick gewesen. Danach waren sie verschwunden, wie die Pottwale, Pelzrobben und Touristen. Ihre Rückkehr bedeutete Hoffnung.

Hermann hatte eine seltsame Unruhe ergriffen. Er traute dem Frieden nicht. Die Bewegungen des Delphins waren ihm zu schnell, zu hektisch. Das war keine Gratisvorstellung. Er hatte schon viele Delphine springen und spielen sehen, aber der Darbietung dieses Kleinen fehlte die Leichtigkeit und Eleganz, die für die beliebten Meeressäuger so typisch war. Vielleicht war das Tier noch zu jung. Es wirkte ungestüm, vollkommen überdreht, geradezu panisch. Es schlug mit der Schwanzflosse um sich und zappelte, als würde es an einem Haken hängen.

Wieder erschien der graue Körper an der Wasseroberfläche. Obwohl er sich wie wild bewegte, kam er nicht von der Stelle. Im Fernglas war zu erkennen, dass er sich hin und her wand und unaufhörlich um seine Längsachse drehte.

Jetzt schoss er davon, kam fast in ganzer Länge aus dem Wasser und zog dabei etwas hinter sich her durch die Luft. Er schien sich verfangen zu haben, vielleicht in einem Knäuel aus Bootsleinen oder einem Netz. Beim nächsten Sprung sah Hermann es deutlicher. An der linken Seite des Kleinen klebte ein meterlanges elastisches Gebilde, das wie ein Seil oder Schlauch aussah. Er sprang und fiel zurück ins Wasser, sprang erneut und drehte sich dabei so, dass er mit der linken Körperseite aufschlug, an der dieses Etwas ihn gepackt hatte. Er sprang wieder und wieder, versuchte sich von dem Fremdkörper zu befreien. Aber es gelang ihm nicht.

Hermanns Puls begann zu rasen. Das Verhalten des Kleinen hatte von Anfang an nichts mit Spiel zu tun gehabt. Da draußen tobte ein Kampf, und für den Delphin, selbst ein gewiefter Jäger, sah es nicht gut aus. Vermutlich waren Hermann und Tim in diesem Moment die Einzigen am Peketa Beach, die eine Ahnung hatten, wer oder was dieses längliche Gebilde sein könnte, das der Delphin abzuschütteln versuchte. Die meisten hatten kein Fernglas und konnten nicht sehen, dass an diesem Schauspiel ein zweites, weitgehend unsichtbares Wesen beteiligt war. Auch Hermann fand ihn nicht. Er suchte ringsum das Wasser ab. Irgendwo musste der massige Körper im Wasser schweben, aber er blieb untergetaucht und unsichtbar.

Wieder katapultierte sich der Delphin aus dem Wasser, aber jetzt hatten ihn beide Tentakelkeulen in die Zange genommen. Er saß in der Falle, wand sich, schrie plötzlich hell und schrill, sodass man ihn bis an den Strand hören konnte. Die Menschen wurden unruhig und begannen zu diskutieren. Die herzzerreißenden Laute des Delphins ließen sie ahnen, dass etwas nicht stimmte, dass sie sich ein völlig falsches Bild von der Situation gemacht hatten. Sie rückten näher zusammen, riefen ihre Kinder zu sich, einige verließen eilig das Wasser. Der junge Delphin sprang ein letztes Mal, sein Körper bog sich hin und her, er schlug mit der Fluke um sich, ein letzter Befreiungsversuch, aber die elastischen Tentakel zogen ihn, mit der Rückenfinne voran, zurück. Das Wasser brodelte an der Stelle, wo er verschwunden war, zwei-, dreimal ragte eine Flosse in die Luft und schlug auf die Oberfläche. Dann war der Kampf zu Ende.

Jetzt johlte niemand mehr. Ein paar Kinder waren in Tränen ausgebrochen und wurden von ihren Eltern unter tröstenden Worten höher auf den Strand geführt, weg von dem gestrandeten Wal, weg von diesem Etwas, das den kleinen Delphin auf dem Gewissen hatte. Die meisten aber, die am Peketa Beach standen, starrten immer noch gebannt aufs Wasser hinaus. Viele hofften, dass der Delphin sich doch noch befreien könnte und wieder auftauchte. Aus den Gesichtern der Zuschauer sprach Überraschung, Ratlosigkeit, ja, Angst. Sie begannen, in kleinen Gruppen miteinander zu reden.

Minuten vergingen. Die Wellen brandeten an den Strand, als wäre nichts geschehen. Der Delphin blieb verschwunden.

Stattdessen zeigte sich sein Jäger. Es war kein Wal, der sich aus dem Wasser wuchtete oder sein Erscheinen mit einem lauten Blas ankündigte. Er tauchte absolut geräuschlos auf. Ein rundlicher fleischiger Körper durchstieß die Wasseroberfläche und schaukelte mit den Wellen auf und ab. Anfangs sahen ihn nur die, die über ein Fernglas verfügten, dann schlugen seine Flossen hörbar aufs Wasser und alarmierten den ganzen Strand. Sein gewaltiger Mantel ragte in ganzer Länge heraus, kurz waren sogar die enormen Augen zu sehen, davor einige der Fangarme, zwischen denen wie eine Trophäe die Schwanzflosse des erbeuteten Delphins hervorragte. Das ganze Wesen schien zu pulsieren. Für zwanzig, dreißig Sekunden trieb der Rote an der Wasseroberfläche, präsentierte sich mitsamt seiner Beute. Dann zog er sich ohne Hast in die Tiefe zurück. Hermann fotografierte. Jetzt, da er sie nicht mehr brauchte, weil Dutzende von Zeugen zusahen, bekam er seine Beweise.

Erst nach und nach erwachten die Menschen aus ihrer Erstarrung. Was sie gesehen hatten, war so unfassbar, kam so unerwartet, dass ihnen die Worte fehlten.

«Was meinst du, Hermann», sagte Tim atemlos. «Das könnte er gewesen sein.»

«Das war er. Er heißt: der Rote.»

«Du hast ihn schon einmal gesehen?»

«Ja. Aber nicht so schön.»

«Der Rote», sagte Tim und überlegte einen Moment. «Gefällt mir.»

7. Der Taucher

Raymond reduzierte die Geschwindigkeit, der Bug des Zodiac senkte sich ins Wasser. Langsam tuckerte er die Reihe der dicht an dicht liegenden Boote entlang, bis er zwischen zwei schnittigen Segelyachten eine Lücke fand, in die er sein Schlauchboot hineinsteuern konnte. Er schaltete den Außenbordmotor aus, sicherte das Boot an einem von Muscheln und Seepocken überwucherten Pfahl und schulterte den Rucksack. Eine Leiter führte über rostige Sprossen auf den Holzsteg hinauf. Um sie zu erreichen, musste er über drei Nachbarboote balancieren.

Die Anlage am Pier Hotel wirkte hoffnungslos überbelegt, unverkennbar ein aus der Not geborenes Provisorium, weil der Hafen auf der anderen Seite der Halbinsel von den Wellen zerstört war. Ray hörte zwar die typischen Geräusche eines Yachthafens, das Klatschen der Wellen an den Bootsrümpfen, das Klicken von Takelage, die im Wind gegen den Mast schlug, das Quietschen und Ächzen von Fendern und Tauen, aber es fehlten die Menschen. Es gab weder Fischer, die ihren Fang ausluden und die Ausrüstung in Ordnung brachten, noch Freizeitkapitäne, die ihre Schiffe auf Hochglanz polierten, und es fehlten die Bastler, die an ihren Bootsmotoren herumschraubten. Auch an Land war niemand zu sehen.

Erst auf den zweiten Blick fielen Ray zwei Angler ins Auge, alte Männer, die auf blauen Klappstühlen saßen und zwischen den Felsen auf der anderen Stegseite ihr Glück versuchten. Sie hatten ihn beobachtet, wussten, dass er von dem Forschungsschiff gekommen war, und verfolgten neugierig jede seiner Bewegungen. Sicher würden sie liebend gerne erfahren, was er hier an Land vorhatte, aber Ray wollte sich nicht in ein Gespräch verwickeln lassen, deshalb hob er nur den Arm und grüßte aus der Entfernung. Sie nickten und grüßten zurück.

Er sah zur *Otago* hinaus, die schon seit Wochen sein Zuhause war. Das massige Forschungsschiff konnte in Kaikoura nirgendwo anlegen und war deshalb einige hundert Meter vor der strömungsgeschützten Nordküste der Halbinsel vor Anker gegangen. Für den Holzsteg am alten Pier Hotel war sie viel zu groß. Außerdem wurde die Zufahrt von einigen Schiffen blockiert, die im Wasser an Bojen lagen, vor allem von zwei großen, buntbemalten Katamaranen.

Ray würde das Schiff zwei Tage nicht betreten. Bei den Messfahrten war seine Anwesenheit nicht erforderlich, das war die Stunde der Geophysiker und Sedimentologen, deren Computerprogramme jetzt zeigen mussten, was sie konnten. Er hatte Landurlaub. Oder sollte man es einen Spezialauftrag nennen? Nein, das klang zu sehr nach James Bond. Wie hatte Sharky sich ausgedrückt? *Beruhigt die Nerven.*

Zum ersten Mal seit Wochen hatte Raymond wieder festen Boden unter den Füßen, und nach ein paar Schritten auf dem Steg begann sein Gleichgewichtssinn verrücktzuspielen. Er schwankte und musste sich für einen Moment am Holzgeländer festhalten. Als er sich besser fühlte, marschierte er sofort los. Es war schon später Nachmittag, die Sonne bewegte sich unaufhaltsam auf die schneebedeckten Gipfel der Kaikoura Range zu, und Ray wollte, wenn möglich, noch auf die andere Seite der Halbinsel. Er hatte sich die Karte genau eingeprägt. Sein Ziel war der Küstenstreifen entlang des State Highway 1, einige Kilometer südlich von Kaikoura.

Auf der Esplanade war weit und breit kein fahrendes Auto zu sehen. Die Saison musste wohl zu Ende sein, anders konnte Ray sich nicht erklären, dass an einem derart prachtvollen Herbstnachmittag kein Mensch unterwegs war. Er ging auf dem gepflegten Bürgersteig, von rechts brandete der Pazifik gegen Kies und Felsbrocken. Gruppen von Seeschwalben saßen entspannt auf den Steinen und putzten ihr Gefieder. Vor sich konnte er den weiten Bogen der Bucht überblicken.

Mittlerweile war er froh, hier zu sein, nicht weil er es auf dem Schiff nicht mehr ausgehalten hätte oder wegen der atemberaubenden Landschaft, von der er schon viel gehört hatte, sondern weil auf der anderen Seite der Halbinsel außergewöhnliche Dinge passierten. Dort, nur wenige hundert Meter von der Küste entfernt, endete Kaikouras Tiefseecanyon. Die Welle, deren Entstehung eng mit dem Canyon zusammenhängen musste, war der eigentliche Anlass für die Anwesenheit der *Otago*, aber sie schien nur der Anfang gewesen zu sein. Seit heute Morgen hatte Ray das eigentümliche Gefühl, vor großen Entdeckungen zu stehen. Jetzt, an Land, wurde dieses erwartungsvolle Prickeln in seinem Bauch noch stärker.

Dabei hatte er getobt wie eine Furie, als die Nachricht vom Kurswechsel über die Lautsprecher gekommen war. Niemand an Bord war begeistert gewesen. Nach Wochen auf See hatten sich alle nach ihrem Zuhause und ihren Familien gesehnt, nicht nach einem neuen Auftrag, von dem keiner wusste, wie lange er dauern würde. Aber bei Ray waren die Sicherungen durchgebrannt. Sofort als er hörte, dass die *Otago* Kurs auf Kaikoura nehmen würde, war er zu Shark auf die Brücke gestürzt, wo er lautstark seinem Unmut Luft gemacht hatte. Man könne nicht einfach alles über den Haufen werfen, protestierte er. Die Arbeit von Wochen stünde auf dem Spiel. Die jungen Kalmare seien heikle Pfleglinge und müssten so schnell wie möglich in die großen Becken umgesetzt werden, die er in Wellington vorbereitet habe. Mit jedem Tag werde die Ernährung schwieriger. Wenn man ihnen nicht schleunigst mehr Raum zur Verfügung stellte, würden sie sich gegenseitig verspeisen. Er jammerte, schimpfte und fluchte, zog alle stimmlichen Register, zu denen er fähig war. Aber es half nichts. Die Menschen im Land stellten drängende Fragen, erklärte Shark, und sie hätten einen Anspruch darauf, dass die Regierung alles Menschenmögliche tue, um sie zu beantworten. Hier sei eine ganze Küstenregion verwüstet worden. Unter diesen Umständen könne Ray nicht ernsthaft erwarten, dass das NIWA dem Hobby eines seiner Wissenschaftler Vorrang einräume. Die *Otago* verfüge über die erforderliche Technik und das dafür ausgebildete Personal. Nichts zu machen.

Ray hatte Sharkys Ausführungen nur mit einem Ohr zugehört. In seinem Kopf hallte ein Wort nach wie das Dröhnen einer Glocke.

«Hobby?», brüllte er. «Hast du Hobby gesagt?»

«Reiß dich zusammen, Ray. Was ist denn in dich gefahren?»

Shark sprach mit leiser, gefährlich klingender Stimme weiter, und Ray wusste, dass es ernst wurde. Ihr Auftrag sei die Erforschung einiger Seeberge gewesen, daran werde sich Ray wohl noch erinnern, und wenn er an die beiden Riesenkraken und all die Tonnen mit konservierten Cephalopoden unten im Verarbeitungsraum denke, dann könne keine Rede davon sein, dass Rays Interessen dabei zu kurz gekommen seien. «Ein für alle Mal und zum Mitschreiben, Ray: Die Aufzucht der Jungtiere gehört nicht zu den vorrangigen Aufgaben dieser Mission. Es ist eine neue Situation entstanden. Wir werden in Kaikoura erwartet. Ist das klar? Herrgott, ich weiß, dass du die Biester lebend nach Wellington schaffen willst, aber du musst selbst sehen, wie du das auf die Reihe bekommst.»

Wutschnaubend hatte Ray den Rückzug angetreten. Insgeheim wusste er natürlich, dass Shark recht hatte, dass er so handeln musste. Es war eine Ausnahmesituation. Solche Phänomene zu erforschen gehörte zu den Aufgaben des NIWA, auch und gerade wenn sie nur einmal in hunderttausend Jahren auftraten. Die Order aus Wellington, die er geringschätzig «einen Marschbefehl» genannt hatte, war für alle überraschend gekommen, und sie bedeutete das sofortige Ende ihrer Arbeiten und eine mindestens achtundvierzigstündige Gewalttour zurück an Neuseelands Ostküste. Aber es gab nicht den geringsten Spielraum für Diskussionen. Es fiel Ray schwer, aber wenn er keine schwerwiegenden Konsequenzen für sich und seine Arbeit im National Institute riskieren wollte, würde er sich mit der neuen Situation arrangieren müssen, sonst redete er sich irgendwann noch um Kopf und Kragen. Das NIWA war eben keine Universität und kein Museum, wo man mehr oder weniger unbehelligt vor sich hin forschen konnte.

Später war er noch einmal auf die Brücke gegangen und hatte sich entschuldigt. Randolf Shark hatte es mit einem Nicken zur Kenntnis genommen.

Dann war die *Otago* in Kaikoura eingetroffen, und als hätte ihn eine Vorahnung aus der Koje getrieben, stand Raymond schon früh am Morgen an der Reling und verfolgte mit dem Fernglas, wie vor ihm ein einsamer Kiesstrand aus dem Nebel auftauchte – und mit ihm etwas, das nur eine Halluzination sein konnte, ein von seinen angegriffenen Nerven hervorgerufenes Trugbild. Amorphe Haufen von angespültem Tang entpuppten sich bei genauerer Betrachtung als Cephalopoden, wahrscheinlich Kalmare, in unglaublicher Zahl, einer neben dem anderen, auf der ganzen Länge des Strandes. Ein Massensterben, das es in Neuseeland noch nie gegeben hatte. Und mitten in diesem Friedhof der Kalmare verendete ihr schlimmster Feind, ein gestrandeter Pottwal. Es war ein unwirkliches Bild, die Szenerie eines surrealen Traums, nicht nur wegen der Nebelschwaden.

Ray war durch und durch Naturwissenschaftler und hatte nicht den geringsten Hang zu Aberglauben, trotzdem kam es ihm in diesem Moment geradezu schicksalhaft vor, jetzt hier zu sein, eine glückliche Fügung, die kaum zu begreifen war. Er, der führende Cephalopodenexperte Neuseelands, hatte sich mit Händen und Füßen dagegen gewehrt, nach Kaikoura zu fahren. Und jetzt das. Aus der lästigen Pflichtaufgabe war eine Fahrt ins Schlaraffenland geworden.

Einen Mann hatte er allein am Strand stehen und die vorbeifahrende *Otago* anstarren sehen. Ray hatte versucht, ihn auf das außergewöhnliche Strandgut aufmerksam zu machen, aber der Mann reagierte nicht.

Als er Shark erzählte, was er gesehen hatte, starrte der ihn an, als wäre sein Geduldsfaden kurz vor dem Reißen, als hätte Ray endgültig den Verstand verloren. Ein Blick durch das Fernglas belehrte ihn eines Besseren.

«Du solltest dir das aus der Nähe anschauen», sagte er und musterte Ray, der mit den Haarspitzen fast an der Kabinendecke entlangbürstete, von oben bis unten. «Außerdem … ein kleiner Landurlaub wird dir guttun. Beruhigt die Nerven.»

Gleich darauf war er zu Susan ins Labor gegangen. Sie versprach, sich während seiner Abwesenheit um die jungen Kalmare zu kümmern. Er vertraute ihr. Sie hatte ihm schon ein paarmal geholfen und wusste, was zu tun war. Zwei Tage würden seine Schützlinge auch ohne ihn auskommen.

Der Parkplatz vor der Donovan Field Station war leer. Ray musste lange klingeln und gegen die Glastür klopfen, bis eine Frau kam und aufschloss. Sie hatte kurzgeschnittenes blondes Haar und zahllose Sommersprossen im Gesicht. Ihre Wangen waren gerötet. Im Hintergrund hallte laute Rapmusik durch das Haus.

«Entschuldigen Sie», sagte die Frau. Sie hielt eine Büchse Canterbury in der Hand und war ein wenig außer Atem. Auf ihrer Stirn glänzten kleine Schweißperlen. «Wir sind allein in der Station. Da müssen wir darauf achten, dass immer abgeschlossen ist. Sie sind Doktor Holmes, nehme ich an.»

«Genau, der bin ich. Ich dachte schon, wir hätten uns verpasst.»

«Nein, nein, aber Sie haben großes Glück gehabt. Als Sie anriefen, sind wir gerade erst durch die Tür. Ich bin Barbara MacPherson. Wir haben telefoniert.»

Sie schüttelten sich die Hand.

«Kommen Sie», sagte Barbara und ging einen langen Gang entlang, von dem rechts und links Türen abgingen. «Wir sind hinten im Kursraum. Wie gesagt, wir haben momentan das ganze Haus für uns. Deswegen können wir uns etwas ausbreiten. Normalerweise ist es ganz schön beengt hier. Na ja, Sie werden das kennen. Auf einem Forschungsschiff ist noch weniger Platz.» Die Worte sprudelten aus ihr heraus. Sie wirkte ungewöhnlich aufgekratzt.

«Ich bin nur wenige Wochen im Jahr auf der *Otago*. Wenn ich Glück habe. Aber, klar, Platzmangel ... das kenne ich gut, bei uns in Wellington ist das chronisch. Was gibt es bei Ihnen denn zu feiern?», fragte er.

«Zu feiern?»

«Wegen der Musik.» Ray zeigte auf die Büchse. «Und dem Bier.»

Barbara blieb stehen und schaute ungläubig auf ihre linke Hand, als wäre sie selbst überrascht, darin etwas vorzufinden. Ihr Lächeln versiegte. «Ach so. Das hat eher einen gegenteiligen Grund. Sie wissen vermutlich nicht, was hier los ist, oder? Wir haben im Augenblick wenig Grund zu feiern. Als jemand, der über Pottwale forscht, fühlt man sich hier seit neuestem, nun ja, ein wenig fehl am Platze. Pottwale in Kaikoura, das war einmal. Sie sind ...» Sie wischte mit der Hand durch die Luft. «Fffttt ... weg. Wenn überhaupt, findet man sie noch sterbend am Strand.»

Ray fühlte sich unwohl in seiner Haut und wich ihrem Blick aus. Er kam offenbar ungelegen. Dass das Whale Watching eingestellt worden war, hatte er gehört, aber nicht gewusst, warum, er vermutete Sicherheitsgründe. Als die Frau weitergehen wollte, berührte er sie am Arm.

«Tut mir leid. Ich wusste nicht, dass es keine Wale mehr gibt. Ich weiß gar nichts über die Arbeit dieser Station. Ich will Sie auch nicht lange aufhalten. Ich würde nur gerne so schnell wie möglich in die South Bay und dachte, Sie könnten mir vielleicht ...»

Sie schüttelte bedauernd den Kopf.

«Wir haben keinen Wagen. Aber Tim müsste bald zurück sein, Timothy Garland meine ich. Vielleicht können wir dann etwas arrangieren. Schlimmstenfalls müssten Sie sich ein Taxi nehmen.»

«Ach so.» Ray versuchte mit der Frau Schritt zu halten, die schnell weiterging. Er hatte den Eindruck, dass ihr die Situation ein wenig peinlich war. Die Musik, die aus einem Raum am Ende des Flurs kam, wurde immer lauter. «Schade», sagte er, ohne dass sie ihn verstehen konnte.

Sie erreichten einen typischen Kursraum für etwa zwanzig bis dreißig Studenten. Als Ray mit den Anfangsgründen der

Meeresbiologie vertraut gemacht worden war, hatte er viele Stunden in Räumen wie diesem zugebracht. Auf einem der Tische standen allerdings keine Mikroskope und Glasgefäße mit Wasser- und Sedimentproben, sondern zwei Flaschen Rotwein, ein paar Bierbüchsen und ein Ghettoblaster, der den ganzen Raum mit ohrenbetäubendem Rap beschallte. Davor waren die Stühle weggeräumt worden, und eine schwarzhaarige, auffallend hübsche Frau schwang ihre Hüften. Ihre Augen waren geschlossen, sie war völlig in ihren Tanz versunken. Als Ray und Barbara den Raum betraten, merkte sie nicht, dass sie nicht mehr allein war, und tanzte ungeniert weiter, schleuderte ihre langen Haare durch die Luft und schüttelte sich im Rhythmus der Musik. Ray traute seinen Augen kaum.

«Was interessiert Sie denn so an der South Bay?», schrie Barbara. «Maria! Mach doch mal die Musik leiser! Wir haben Besuch.»

Die Tänzerin zuckte zusammen und drehte sich erschreckt um. Als sie Ray sah, schlug sie die Hand vor den Mund und lachte. Sie war deutlich jünger als die blonde Barbara.

«Entschuldigung.» Sie lief zu dem Ghettoblaster und drehte die Lautstärke zurück. «Ich habe euch gar nicht gehört», sagte sie in die plötzliche Stille hinein.

«Darf ich vorstellen.» Barbara deutete auf ihre Kollegin, die neben dem Tisch mit den Getränken stand und sich verlegen lächelnd die Haare aus dem verschwitzten Gesicht strich. «Das ist Maria Gonzales, eine amerikanische Praktikantin. Doktor Raymond Holmes von der *Otago*.»

«Tut mir leid, wenn ich störe», sagte Ray. «Sie haben so schön getanzt.»

«Sie stören nicht.» Maria goss ein wenig Rotwein in eine Kaffeetasse und kam näher. «Wir versuchen nur, uns ein wenig aufzuheitern, wissen Sie. Wir hatten mal wieder einen anstrengenden Tag. Und für mich ist es außerdem eine Art Abschiedsparty. Ich muss bald zurück nach Kalifornien.»

«Ihre Kollegin hat mir schon erzählt, dass die Pottwale verschwunden sind. Das tut mir leid. Die Welle hat offenbar einiges durcheinandergebracht. Ich hoffe, Sie werden Neuseeland trotzdem in guter Erinnerung behalten.»

Barbara drückte ihrem Gast eine eiskalte Büchse Canterbury in die Hand. «Sie haben uns noch immer nicht verraten, was Sie in der South Bay wollen. Ich dachte, die *Otago* untersucht draußen den Canyon.»

«Das machen wir auch, beziehungsweise ...», Ray nahm ihr mit einem Nicken das Bier aus der Hand. «Das Sonar überlasse ich den Kollegen. Ehrlich gesagt, ich habe von diesem Computerkram keine Ahnung. Ich bin Zoologe. Ich bin hier, um mir die Kalmare anzusehen.»

«Sie auch?» Die Schwarzhaarige prustete vor Lachen. «Dann sind Sie ja schon zu zweit. Die Walforscher gehen, Kalmarexperten übernehmen.» Sie kicherte.

Ray öffnete seine Büchse, prostete den beiden Frauen zu, trank einen Schluck und schaute sich im Raum um. Er fragte sich, von wem die Frau gesprochen hatte, aber da er nicht einmal wusste, ob er ihre Bemerkung ernst nehmen sollte, hielt er lieber den Mund. Er hatte nicht damit gerechnet, in einer Forschungsstation auf zwei attraktive Frauen in heikler Stimmungslage zu treffen, die beide nicht mehr ganz nüchtern waren. Schnell beschloss er, sein Bier zu trinken, ein wenig Smalltalk zu führen und sich dann bald nach einer anderen Transportmöglichkeit umzusehen. So reizvoll die Vorstellung war, sich hier mit den beiden Walforscherinnen zu amüsieren ... ihm rannte die Zeit davon.

Sein Blick fiel auf eine Pinnwand zu seiner Linken, auf der in mehreren Reihen Dutzende von Fotos befestigt waren. Er trat näher und erkannte immer dasselbe Motiv: Walfluken im Moment des Abtauchens, vermutlich von Pottwalen, alle aus sehr ähnlicher Entfernung und Perspektive aufgenommen. Die Fotos waren mit Nummern, Buchstabenkombinationen und Datum beschriftet, einige auch mit Namen: Gregory, Grandpa, Dot, Big Scar, Kupe ...

«Wir identifizieren die Tiere anhand ihrer Schwanzflossen. Jede ist anders.» Eine zierliche Frauenhand schob sich vor die Fotos und tippte auf eine der Aufnahmen. «Das ist der Wal, der jetzt am Strand liegt», sagte die Amerikanerin.

«War», sagte Barbara aus dem Hintergrund.

«Was?»

«Imperfekt! Der Wal ist tot.»

Maria wandte sich ab und verdrehte die Augen. «Du nervst.»

«Julio», las Raymond laut. Ein seltsamer Name für einen Wal. «Ist das Spanisch? Ich habe ihn heute Morgen gesehen. Vom Schiff aus. Er hat sich noch bewegt, hat die Fluke gehoben und sich hin und her gewälzt. Woher wissen Sie, dass es genau dieser Wal war?»

«Ich habe ihn erkannt», antwortete Maria achselzuckend, als sei es das Selbstverständlichste von der Welt, Pottwale mit Namen anzusprechen. Aus der Kaffeetasse, die sie mit beiden Händen umklammert hatte, trank sie einen Schluck Rotwein und lächelte in sich hinein. «Er war der Schönste von allen.»

«Wir sind uns darüber noch nicht einig geworden», mischte Barbara sich ein. «Über seine Identität, meine ich.»

«Hmhm.» Ray nippte an seinem Bier und sah sich weiter die Fotos an. Es wurde Zeit, dass er sich verabschiedete.

Die Aufnahmen in der untersten Reihe zeigten keine Pottwale. Raymond überflog die Bilder, stutzte, sah ein zweites Mal hin und hielt vor Überraschung die Luft an.

«Und was ist das?» Er stützte sich mit den Händen auf die Knie. «Kann ich mir das mal genauer ansehen?»

«Sicher.»

Raymond zog die Nadel heraus, nahm ein Foto in die Hand, steckte die Nadel zurück in die Korkwand und richtete sich langsam auf. Seine Augen waren weit aufgerissen. Das war doch nicht möglich. Sein Herz begann heftig zu schlagen. Er war wegen der toten Kalmare gekommen, aber das Tier auf dem Foto wirkte ganz lebendig. Die Haut war von tiefem Dunkelrot. Es lag schräg im Wasser, deshalb war eine kräftige breite Flosse zu erkennen, die fast wie eine Tragfläche aussah. Mein Gott, dieses Auge! Unzweifelhaft ein Tiefseebewohner. Ray nahm einen Schluck aus seiner Büchse und sah noch genauer hin. Leider konnte er nicht erkennen, wie groß das Tier war. Auf dem Bild war nichts, womit man es vergleichen konnte, nur bräunliches Wasser und schaumige Wellenkämme. Eine solche Aufnahme hatte er noch nie gesehen. Es würde ihn nicht wundern, wenn es überhaupt das erste Foto dieser Art wäre, das jemals aufgenommen worden war. Er war perplex.

«Wo … das ist … ein Kalmar, oder», stotterte er. «Haben Sie das Foto gemacht?»

Maria beugte sich so nah zu ihm hinüber, dass er ihr Parfüm riechen konnte. Einige Locken ihrer Haarpracht kitzelten ihn am Unterarm. «Ach so, das», sagte sie und grinste ihn dann über das ganze Gesicht an. «Kann ich mir vorstellen, dass Ihnen das gefällt. Ja, das Foto habe ich gemacht, höchstpersönlich. Fotografieren ist nämlich mein Job. Es war ein, zwei Stunden nach der Welle. Was meinst du, Barbara? Kurze Zeit später haben wir noch einen gesehen. Die Aufnahmen habe ich hinten in meinem Zimmer. Es war ein Riesenbursche.»

«Wie groß?», fragte Ray, der gebannt auf den Kalmar starrte. Langsam verwandelte sich sein Staunen in Euphorie.

«Schwer zu sagen.» Auch Barbara war näher gekommen. Ray stand jetzt zwischen den beiden Frauen, spürte ihre Körperwärme und roch dezenten Schweißgeruch. Sie steckten die Köpfe dicht zusammen, sodass sich ihre Haare berührten, und betrachteten das Foto gemeinsam. «Es ging sehr schnell, und wir haben nur Teile von ihm gesehen», sagte Barbara nach einer Weile. «Mit Tentakeln war er vielleicht zehn bis fünfzehn Meter lang. Muss wohl ein Riesenkalmar gewesen sein.»

«Hier, haben Sie die gesehen?» Maria entfernte noch zwei weitere Aufnahmen des Kalmars von der Pinnwand und gab sie an Ray weiter. «Ein Tentakel klebte wie eine riesige Nacktschnecke an unserem Schiffsrumpf», erinnerte sie sich. «Davon gibt es auch Fotos. Wollen Sie sie sehen?»

«Wenn es Ihnen nichts ausmacht. Sehr gern. Ich weiß nicht, ob Ihnen das klar ist», sagte er, und sein Blick sprang zwischen den beiden Frauen hin und her, «aber meines Wissens sind solche Fotos noch nie zuvor gemacht worden. Wenn der Kalmar wirklich so groß war, wie Sie sagen, dann sind das einmalige Aufnahmen, historische Bilder. Und Sie wären die ersten Menschen, die ein solches Tier lebend gesehen haben, mit eigenen Augen, von einigen Seeleuten abgesehen.»

«Ehrlich?» Maria drehte den Kopf und sah Ray aus wenigen Zentimetern Entfernung an. Ihr Atem roch säuerlich nach Rotwein. «Die ersten? Sie meinen ... die könnten was wert sein.»

«Die Fotos? Wissenschaftlich in jedem Fall. Finanziell ...», er zuckte mit den Achseln und erwiderte ihren Blick. «Ich weiß nicht. Schon möglich.»

Aus Richtung der Tür war plötzlich eine Männerstimme zu hören. «Oh! Ich störe wohl.»

«Tim.» Barbara drehte sich ohne besondere Eile um. «Wir haben uns schon gewundert, wo du bleibst.»

Ray ließ die Hand mit den Fotos sinken. Ein Mann mit blonden, fast schulterlangen Locken stand im Türrahmen des Kursraumes. Für seinen Geschmack sah er eher aus wie ein Surf-Lehrer, nicht wie ein leitender Wissenschaftler. Der Mann nahm seine Sonnenbrille ab, streifte ihn kurz mit einem fragenden Blick, dann betrat er den Raum und wuchtete seinen Rucksack von der Schulter. Ray war die Situation unangenehm. Er wollte nicht, dass der Mann auf falsche Gedanken käme. Aber seine Befürchtung stellte sich schnell als gegenstandslos heraus. Tim Garland war mit ganz anderen Dingen beschäftigt und platzte vor Mitteilungsbedürfnis.

«Ihr habt leider eine sensationelle Show verpasst», sagte er mit vor Aufregung erhitztem Gesicht. «Euch ist wirklich was entgangen. Es war irre.» Er fischte sich ein Bier vom Tisch und trat zu ihnen.

«Was denn?», fragte Barbara. Sie zeigte auf Ray. «Das ist übrigens Doktor Raymond Holmes von der *Otago,* die draußen vor Anker liegt.»

«Hi, Raymond. Timothy Garland. Freut mich», sagte Tim. Er wollte weitererzählen, stutzte und blickte Ray fragend an. «Holmes? Sind Sie *der* Raymond Holmes?»

Ray zog die Schultern hoch. «Ich weiß nicht.»

«Mr Architeuthis?»

«Ach so.» Ray lachte. «Ein Journalist hat mich mal so genannt.»

«Mr Architeuthis.» Maria schmunzelte. Sie sah an Ray hoch, der sie um fast zwei Kopflängen überragte. «Deswegen interessieren Sie sich für meine Fotos.»

«Na, das ist ja ein Ding», sagte Tim. «Mr Architeuthis persönlich. Ausgerechnet heute. Sie sollen mehr Riesenkalmare gesehen haben als irgendjemand sonst.»

«Das könnte sogar stimmen.»

«Bingo», Tim hielt seine Büchse Bier hoch und prostete ihm

zu. «Raymond, Mr Architeuthis, eines kann ich Ihnen versprechen: Jetzt, in diesem Moment, sind Sie hier so was von absolut und hundertprozentig goldrichtig, das können Sie sich gar nicht vorstellen. Willkommen in Kaikoura.»

«Er will in die South Bay», sagte Barbara.

Tim lachte schallend. «Klar will er in die South Bay. Da würde ich an seiner Stelle auch hinwollen. Wie haben Sie davon erfahren?»

«Von den Kalmaren? Ich hab's vom Schiff aus gesehen», antwortete Ray. «Heute Morgen.»

«Was ist eigentlich mit Hermann?», fragte Barbara.

«Er ist draußen geblieben. Ich weiß nicht, was er vorhat. Ich glaube, er hat Angst, etwas zu verpassen. Was ich gut verstehen kann. Wie gesagt, nachdem ihr weg wart, ist noch einiges passiert. Aber ihr lasst mich ja nicht erzählen, verdammt. Das wäre auch was für Sie gewesen, Raymond.» Er grinste. «Also, jetzt kommt's. Haltet euch fest: Ein Kalmar, ein Mordsbursche, hat sich vor unseren Augen einen Delphin geangelt. Könnt ihr euch das vorstellen? Es war unglaublich. Einen Delphin! Ein Jungtier zwar, aber immerhin. Wir konnten alle zusehen. Es passierte nur sechzig, siebzig Meter vom Strand entfernt. Als ob er es exklusiv für uns getan hätte. Als ob er uns vorführen wollte, wozu er fähig ist. Es gibt Fotos, wahrscheinlich sogar Filmaufnahmen. Ein Wahnsinnsvieh war das.» Von der Erinnerung überwältigt, schüttelte er den Kopf und trank. «Ich bin ja sonst nicht besonders ängstlich, aber nachdem ich das gesehen habe, würde ich hier nicht mehr ohne weiteres ins Wasser springen wollen. In der Bucht treibt sich etwas wirklich Außergewöhnliches herum. Und der Bursche muss schon eine ganze Weile da sein. Hermann nennt ihn den Roten.»

«Ein Kalmar?» Ray hielt ihm das Foto hin. «Einer wie der hier?»

«Das ist das Tier, das Maria fotografiert hat, nicht wahr? Von Bord der *Warrior.*» Tim sah das Foto seit Tagen zum ersten Mal. Er nickte. «Ja, so ähnlich. Vielleicht. Ich kenne mich mit diesen Viechern nicht aus. Ich weiß nicht mal, wo bei denen vorne und hinten ist.»

«Anatomisch gesehen gibt es bei den Cephalopoden eher ein Oben und Unten», erläuterte Ray.

«Da seht ihr's. Ich habe keine Ahnung.»

Maria hatte die Flasche Rotwein in der Hand und füllte ihre Tasse nach. Ihre Augen funkelten unternehmungslustig. «Sagt mal ... das klingt ja wahnsinnig spannend. Warum nehmen wir nicht unseren Wein und das Bier und fahren noch mal raus zum Peketa Beach, alle zusammen? Es sind doch nur ein paar Kilometer. Hermann freut sich bestimmt, Mr Architeuthis kennenzulernen, und Ray kann sich mit ihm die Kalmare ansehen.»

Tim zog ein langes Gesicht. «Noch mal raus? Ich bin doch gerade erst zurückgekommen. Und was ist mit dem Wal? Ich meine ... du und Barbara, ihr seid nach Kaikoura zurückgefahren, weil ihr ...»

Maria unterbrach ihn mit einer energischen Handbewegung.

«Wir müssen uns ja nicht direkt neben ihm niederlassen, oder?», stellte Barbara fest. «Außerdem wird es bald dunkel. Ich finde die Idee nicht schlecht.»

«Ich finde sie grandios», sagte Ray freudig. «Wer ist eigentlich dieser Hermann, von dem Sie gesprochen haben?»

«Ein Cephalopodenexperte aus Deutschland», sagte Tim. «Professor Hermann Pauli. Er war zufällig als Erster vor Ort.»

«Pauli?» Ray überlegte. Ein Deutscher? Der Name kam ihm bekannt vor. Ja, jetzt fiel es ihm ein. Über John. Pauli war der deutsche Kollege, mit dem der Australier die letzten Monate zusammengearbeitet hatte. «Was macht der denn in South Bay?», fragte er leise.

«Urlaub», sagte Tim und leerte durstig seine Bierbüchse.

Wenig später hockten Barbara, Maria und Tim in respektvoller Entfernung von dem toten Wal in der Abenddämmerung um ein Lagerfeuer. Tim stocherte gedankenversunken mit einem Stock in der Glut herum. Ab und zu legte er Holz nach, das sie zu dritt am Strand und hinter den Dünen auf dem ehemaligen Campingplatz gesammelt hatten. Das Gelände bot immer noch einen gespenstischen Anblick. Seit dem Tag der Katastrophe war hier nichts geschehen. Schweigend hatten sie zusammengesucht, was sie brauchten, und sich dann schnell wieder davongemacht. Trotzdem blieb ihre Stimmung gedrückt.

Barbara versuchte, glühenden Aschepartikeln auszuweichen, die Tim mit seinem Gestocher aufwirbelte und die wie Glühwürmchen durch die Luft tanzten. Sie beugte den Oberkörper zur Seite und musterte Tim mit gerunzelter Stirn. «Muss das sein? Warum können Männer ein Feuer nie in Ruhe lassen?»

«Das habe ich auch nie begriffen», sagte Maria, die ihr, mit dem Rücken zum Wal, gegenübersaß. «Lass die Männer ein Feuer machen, und sie sind die nächsten Stunden beschäftigt. Ich schätze, das ist der Frühmensch in ihnen, weißt du, der Hordenführer, der sicherstellen muss, dass die Flamme nicht ausgeht, weil das Überleben der Sippe davon abhängt.»

«Mein Überleben hängt nicht von diesem Feuer ab.»

«Weißt du's?», sagte Tim, ohne in seiner Fürsorge für das Feuer nachzulassen. «Wir haben keine Ahnung, was hier nachts aus dem Meer kriecht.»

«Und ich werde es heute sicher nicht mehr herausfinden», antwortete Barbara. «Ich habe nicht vor, die ganze Nacht hierzubleiben.»

Maria seufzte. Sie schätzte die Menge des verbliebenen Rotweins ab und setzte die Flasche dann an den Mund. «Ob die wohl noch mal zurückkommen?», fragte sie. «Ich habe mir das irgendwie anders vorgestellt.»

«Siehst du, das interessiert mich schon die ganze Zeit.» Tim sah Maria mit hochgezogenen Augenbrauen an. «Was genau hast du dir eigentlich vorgestellt?»

Barbara hielt Maria ihre Tasse hin und machte eine auffordernde Bewegung. Während die Amerikanerin nachschenkte, wurde Tim von einem vernichtenden Blick ihrer braunen Augen getroffen. «Was soll ich mir vorgestellt haben? Ich hatte Lust auf Party.»

«Soll ich dir was verraten, Tim?» Barbara nippte an ihrem Wein und grinste vielsagend. «Es ist Raymond. Hab ich recht, Maria? Klar. Du brauchst gar nicht zu protestieren. Ich versteh das. Er sieht wirklich klasse aus, und du gefällst ihm auch, ich hab ja Augen im Kopf. Aber ... ich hätte es dir gleich sagen können, die beiden denken jetzt nur an ihre Kalmare. Da hast du keine Chance. Das sind Vollblutwissenschaftler.»

«Pfff», machte Maria geringschätzig und murmelte kaum hörbar in ihre Tasse. «Alte Männer sind das.»

Von Raymond und Hermann waren in der schnell hereinbrechenden Dunkelheit nur noch schemenhafte Umrisse zu erkennen. Jetzt leuchteten schon ihre Stirnlampen, die sie mal hierhin, mal dorthin richteten. Meist aber knieten die beiden irgendwo auf dem Boden und beugten sich über einen Kalmar wie Ärzte über den Operationstisch. Tim und die beiden Frauen hörten mal erregte Debatten, dann wieder Ausrufe des Staunens oder der Begeisterung.

«Hattet ihr auch den Eindruck, dass Ray über Hermanns Anwesenheit nicht besonders begeistert war?», fragte Tim nach einer Weile.

«Na und?», brauste Maria auf. «Stell dir vor, jemand kommt hierher und realisiert vor deiner Nase die Idee mit dem 3-D-Hydrophonfeld. Ray hat gedacht, er wäre der Erste und Einzige. Ist doch klar. Auf der Fahrt hat er mir gesagt, dass die Leute, die sich in Neuseeland mit diesen Tieren auskennen, ohne Probleme um seinen Küchentisch passen würden.»

«Es kann nur einen geben», sagte Tim mit sonorer Stimme.

«Du spinnst», protestierte Maria. «Ich finde, dass er sich erstaunlich zusammenreißt. Nichts gegen Hermann, aber es ist schon verdammtes Pech, wenn einer mit großen Erwartungen hierherkommt und dann in das Gesicht eines deutschen Professors blicken muss, mit dem niemand gerechnet hat. Ich glaube, ich an seiner Stelle würde ihn zum Teufel wünschen.»

«Eigentlich kann Ray doch froh sein», mischte Barbara sich ein. «Er ist um Tage zu spät gekommen. Jetzt sind die Tiere schon in einem furchtbaren Zustand. Sie stinken und sind hart wie ein Brett.»

Tim verzog das Gesicht. «Es stinkt wirklich bestialisch. Wir bräuchten ein wenig Wind.» Er legte den Kopf in den Nacken und blickte in den Himmel.

Aus der Nähe des Wassers, das eigentümlich still geworden war, schallte Gelächter herauf. Die Stimmen waren klar auseinanderzuhalten. Rays Lachen klang schrill und durchdringend, Hermann amüsierte sich verhaltener und in deutlich tieferen Frequenzbereichen.

«Hört euch das an!» Tim, der gerade einen ausgeblichenen Ast ins Feuer legen wollte, hielt inne.

«Offenbar haben sie sich inzwischen zusammengerauft. Wisst ihr zufällig, ob die beiden sich kannten?»

«Nein, ich glaube nicht. Sie kannten sich wohl nur dem Namen nach. Wenn ich das richtig verstanden habe, sind sie sich persönlich nie begegnet.»

Ray und Hermann kamen näher. Sie unterhielten sich angeregt, und es war so still geworden, dass die drei am Feuer fast jedes Wort verstanden. Hermann erzählte von seinem Besuch beim Apotheker und von seinen vergeblichen Versuchen, große Sammelgefäße aufzutreiben. Rays Lachen schallte über den Strand.

«Das hat er gesagt? Wie ein Sarg?»

«Ich war ihm unheimlich. Ich glaube, er war es, der mir die Polizei auf den Hals geschickt hat. Er sah durch mich wohl die öffentliche Ordnung gefährdet.»

«Apropos Alkohol.» Ein leichtes Zittern in Raymonds Stimme verriet seine Erregung. «Wir brauchen Unmengen davon, wenn wir einige der größeren Exemplare konservieren wollen.» Er überlegte. «Auf der *Otago* gibt es die Möglichkeit, große Tiere einzufrieren. Das würde vieles erleichtern. Wir hätten ganz andere Möglichkeiten. Ich muss gleich morgen früh nachfragen, wie viel Platz wir noch an Bord haben.»

«Sieh dir erst mal an, was es schon gibt», beruhigte ihn Hermann. «Meine ganze Sammlung lagert in der Station. Es kommen kaum neue Tiere dazu, und was hier noch am Strand liegt, ist doch nicht mehr der Mühe wert.»

«Na, du bist gut. Nicht der Mühe wert.» Raymond blieb kurz stehen und sah Hermann an. «Neuseeland ist praktisch vollständig von Tiefsee umgeben, Hermann. Wir leben hier auf dem Gipfel eines gigantischen Bergmassivs, über das wir kaum etwas wissen. Daher wäre ich früher, genauer gesagt bis heute, über Tiere in solchem Zustand sehr froh gewesen. Man kann durchaus wichtige anatomische Details erkennen, und es ist zumindest ein handfester und unwiderlegbarer Beweis ihrer Existenz. Von den meisten Tiefseearten haben wir weit weniger. Ein paar Schnäbel aus Pottwalmägen, wenn wir Glück haben. Das ist alles.»

«Ich weiß», antwortete Hermann. «Aber glaub mir, Ray. Dir wären die Augen übergegangen. Die meisten Tiere waren, abgesehen von ein paar Schnabelhieben, absolut unversehrt und perfekt erhalten.»

«Unser Keller ist bis unter die Decke vollgestellt», rief Tim ihnen entgegen. «Im Ernst, Ray. Du wirst dich wundern. Die Gefriertruhe platzt aus allen Nähten. Er hat alles verwendet, leere Milchflaschen, Eimer, Töpfe, Schüsseln. Dass in seinem Campingbus noch Platz für ein Bett war, begreife ich bis heute nicht.»

Jetzt wurden die beiden Männer schon vom Lichtschein des Feuers erfasst.

Hermann grinste und zuckte mit den Schultern. «Not macht erfinderisch, sagt man bei uns.»

«Was hättest du eigentlich mit dem ganzen Zeug gemacht, wenn wir uns nicht begegnet wären?»

«Keine Ahnung. Vielleicht wäre ich nach Christchurch gefahren, zur Universität. Irgendetwas wäre mir schon eingefallen.»

Maria drehte den Kopf und blickte zu Ray auf. «Wie war denn die Strandbegehung, Mr Architeuthis? Sind Sie zufrieden?» Sie hielt ihm die Rotweinflasche entgegen, die er ihr lächelnd aus der Hand nahm.

Er prostete den anderen zu, trank, setzte sich neben die Amerikanerin auf den steinigen Boden und blickte aufgeregt in die Runde. «Zufrieden ist gar kein Ausdruck. Etwas Vergleichbares hat es noch nie gegeben. Es scheint das Jahr der Kopffüßer zu werden. Schon auf der *Otago* war die Ausbeute an Cephalopoden außergewöhnlich. Es waren nicht nur die beiden riesigen Kraken, vielleicht habt ihr davon gehört. Fast drei Meter lang und gleich in doppelter Ausfertigung, innerhalb weniger Stunden. Ich dachte, was kann jetzt noch kommen. Aber ich habe mich geirrt.» Er machte eine Geste, die den ganzen Strand einschloss. «Bisher habe ich nur einen Bruchteil der Tiere gesehen, aber es ist ... es ist wirklich phantastisch. Ich glaube, wir werden ein völlig neues Bild von der Tiergesellschaft eines Tiefseecanyons bekommen.»

«Und?», fragte Barbara. «Mach's nicht so spannend. Hast du einen gefunden?»

«Was gefunden?»

«Einen Architeuthis.»

«Ach so. Wäre vielleicht des Guten zu viel, oder?» Er schüttelte lächelnd den Kopf. «Nein, bisher nicht. Aber damit war auch nicht zu rechnen.»

«Nicht?», fragte Maria erstaunt. «Ich dachte, Riesenkalmare seien die Hauptnahrung der Pottwale.»

«Ja, das schreiben sie sogar in ernsthaften Publikationen», sagte Ray. «Die Vorstellung vom Kampf der Giganten in der Tiefe ist wohl zu schön. Aber leider ist es ein Märchen. Pottwale fressen Kalmare jeder Größe, und ab und an auch mal einen ganz großen. Dieser Kampf findet statt, auch wenn er wahrscheinlich eine ziemlich einseitige Angelegenheit ist. Nur nicht hier bei uns, nicht in neuseeländischen Gewässern.»

Maria runzelte die Stirn. «Die Trawler fangen doch neuerdings so viele Riesenkalmare. Das hast du selbst gesagt. Es gibt sie also.»

«Natürlich gibt es sie. Aber die Wale scheinen sie nicht zu mögen. Oder sie gehen einander aus dem Weg. Es gibt Untersuchungen an den letzten hier in Neuseeland kommerziell gejagten Pottwalen, aus den sechziger Jahren. In ihren Mägen hat man Tausende von Kalmarschnäbeln gefunden, aber darunter war nur ein einziger Architeuthis-Kiefer. Wahrscheinlich gibt es da unten leichtere Beute. Warum sollten sich die Wale mit wehrhaften Riesenkalmaren abplagen, womöglich das Risiko einer Verletzung eingehen, wenn massenhaft kleinere Exemplare herumschwimmen, für die sie nur das Maul aufsperren müssen? Raubtiere sind in der Regel Opportunisten. Sie gehen den Weg des geringsten Widerstands. So ein Moroteuthis von zwanzig, dreißig Kilogramm ist auch nicht zu verachten. Hier liegen etliche davon am Strand. Für einen Pottwal ist das, als würde er in eine saftige Salatgurke beißen.»

Ein Schmunzeln ging durch die Runde.

«Unsere Wale brauchen aber mehr als zwei, drei Salatgurken», warf Barbara ein. «Zwei Prozent ihres Körpergewichts, täglich. Das sind mehrere Zentner.»

«Ich weiß», sagte Ray. «Aber da unten muss es unglaublich viele Kopffüßer geben. Wir haben Schwierigkeiten, uns das vorzustellen. Vielleicht kann man eine Ahnung bekommen, was da unten los ist, wenn man sich diesen Strand ansieht. Kollegen haben mal überschlagen, was alle Pottwale dieser Welt zusammen vertilgen. Vielleicht kennt ihr diese Rechnungen. Wenn darin nicht irgendein Fehler steckt, der noch niemandem aufgefallen ist, dann schnappen sich die Pottwale auf ihren Tauchgängen jährlich mehr Beute, als der gesamte kommerzielle Fischfang der Menschheit ausmacht. Das muss man sich mal vorstellen, mehr, als alle Treibnetze, Schleppnetztrawler, Ringwaden- und Langleinenfischer zusammen nach oben bringen. Man hört immer, die Menschen fischten die Ozeane leer. Aber was machen dann die Pottwale? Und sie sind nicht die Einzigen, die es auf die Kopffüßer abgesehen haben. Auch Seeelefanten tauchen viele hundert Meter tief, um Kalmare zu jagen. Die Schnabelwale nicht zu vergessen, die unbekanntesten und seltensten Wale, über die wir so gut wie nichts wissen. Und natürlich die Kalmare selbst. Große Kalmare fressen mit Vorliebe kleine Kalmare. Und trotzdem sind bislang immer genug übrig geblieben, um sich erfolgreich fortzupflanzen.»

«Und was ist das da draußen?» Tim deutete auf das dunkle Wasser der Bucht. «Der Kalmar, den wir heute Nachmittag gesehen haben? Das Tier auf Marias Fotos?»

«Nach eurer Beschreibung kommt eigentlich nur Architeuthis in Frage. Dass die Pottwale keinen gefressen haben, muss nicht heißen, dass im Canyon keine leben. Vielleicht sind sie hier ... nun ja, zu groß oder für die Wale nicht zu erreichen. Ich weiß es nicht. Oder die jungen Bullen, die hierherkommen, sind zu klein und unerfahren, um es mit ihnen aufzunehmen.»

«Daran haben wir auch schon gedacht», sagte Barbara. «Es ist doch kein Zufall, dass es ein so junges Tier erwischt hat.»

Hermann stand hinter Ray. Er hatte schweigend zugehört und in das Feuer geblickt. Jetzt bückte er sich, nahm eine Bierbüchse aus der Kühltasche und riss den Verschluss auf.

«Das ist kein Architeuthis», sagte er mit Bestimmtheit.

Ray drehte sich um. «Sondern?»

Alle starrten Hermann an. Weniger seine Behauptung als die Sicherheit, mit der er sie vortrug, verblüffte die anderen. Er widersprach schließlich nicht irgendwem, er widersprach Mr Architeuthis.

«Unser Freund hier hat Krallen», stellte Hermann fest.

«Krallen?», fragte Barbara. «Ein Tintenfisch mit Krallen?»

«Was seht ihr mich so an? Ich weiß es auch erst seit heute Nachmittag.» Hermann trank einen Schluck und ließ sie einen Moment warten. «Als sich der Strand leerte, habe ich mir noch einmal die Saugnapfnarben angesehen. Der Kopf ist übersät davon, alte und neue. Raymond, korrigier mich, wenn ich etwas Falsches sage: Architeuthis hat keine Krallen, aber der Bursche, mit dem sich der Pottwal auseinandergesetzt hat, hatte welche, wirklich furchterregende. Sie müssen mindestens drei, vier Zentimeter lang sein. Die Löcher, die sie in der

Walhaut hinterlassen haben, sind nicht zu übersehen. An manchen Stellen wurde die äußere Hautschicht in großen Stücken heruntergerissen.»

«Die Saugnäpfe von Architeuthis haben einen gezackten Rand», erläuterte Ray. «Eine Art Hakenkranz, der auf der Walhaut deutliche Narben hinterlässt. Aber Hermann hat recht, sie haben keine Krallen. Es gibt andere Arten, mit Krallen, zum Beispiel Mesonychoteuthis, der Kolosskalmar, eine Lieblingsspeise der großen Pottwalbullen in der Antarktis. Ich hatte kürzlich einen im Labor. Das sind massige Burschen, denen ich um keinen Preis der Welt in die Quere kommen möchte, wesentlich schwerer als Riesenkalmare.»

«Ich glaube, weiter nördlich am Strand liegt einer. Ich zeige ihn dir morgen. Aber im Vergleich zu dem da draußen ...» Hermann deutete mit einer Kopfbewegung in Richtung Ozean. «Ich bin mir ziemlich sicher. Der Rote ist etwas Neues, etwas, das wir nicht kennen.»

«Wenn diese Art noch größer ist als die Riesenkalmare», sinnierte Tim nach einem Moment des Schweigens vor sich hin. «Wie sollen wir sie dann nennen? Megakalmare? Wie wäre es mit Megateuthis kaikouriensis?»

Sie lachten, und Ray versprach, im Falle einer Artbeschreibung daran zu denken. Dazu müsste das Tier allerdings bei ihm auf den Präparationstischen landen.

«Woher weißt du, dass du ihn bekommst?», fragte Hermann mit einem kleinen Lächeln.

«Hattest du vor, ihn mit nach Deutschland zu nehmen?»

«In jedem Fall müsste man ihn ja erst mal fangen», fuhr Tim dazwischen. «Wir könnten eine Angel auswerfen.»

Barbara war ein wenig schwindlig vom Wein. Sie blickte von einem zum anderen, in Gesichter, die vom flackernden Licht des Feuers erhellt wurden. Sie wirkten seltsam verzerrt und drückten vollkommen unterschiedliche Gefühle aus. Sie hätte laut loslachen können. Die ganze Situation war grotesk. Sie saßen hier am Strand, in der Nähe eines toten Pottwals, und redeten wie kleine Kinder, die sich im Dunkeln Gruselgeschichten über schreckliche Monster ausmalen.

Tim legte ein paar dicke Äste nach. Es dauerte eine Weile, bis die Flammen sie erfassten, aber dann loderte das Feuer knackend und funkensprühend in die Höhe. Hermann wurde es schnell zu warm, und er rückte mit seinem Kissen, das er sich aus dem Bus geholt hatte, einen halben Meter zur Seite. Weil ihr Kopf auf seinem Oberschenkel lag, musste auch Barbara sich rühren, dasselbe galt für Tim, dessen Kopf auf ihrem Bauch ruhte, eine Kettenreaktion, die sich bis zu Ray und Maria auf der anderen Seite fortsetzte.

Hermann wusste nicht so recht, wie er mit der Situation hier umgehen sollte, mit diesem hippieartigen Gelage um das prasselnde Lagerfeuer, den Weinflaschen, die von Hand zu Hand wanderten, den albernen Scherzen, der körperlichen Nähe zueinander. Alles hatte sich einfach so ergeben. Barbaras Kopf hatte plötzlich nur wenige Zentimeter von seinen Fingerspitzen entfernt gelegen. Er hatte der Versuchung nicht widerstehen können und die Hand ausgestreckt, um durch ihre Haare zu fahren. Es schien ihr zu gefallen, sie rückte ein wenig nach oben, damit er sie besser erreichen konnte, legte bald sogar genießerisch den Kopf in den Nacken. Seine Fingerkuppen massierten ihre warme Kopfhaut und sendeten Energieströme in seinen Körper, wie er sie zuletzt in seinen Dreißigern gespürt hatte, wenn Brigitte ihn nach langer Trennung in Southampton besucht hatte und sie das ganze Wochenende kaum das Bett verließen. Jetzt, da Bewegung in die Gruppe kam, war es, als hätte jemand den Stecker gezogen.

Während sich Barbara, mit den Armen ihre Knie umklammernd, aufgesetzt hatte und nach einem kurzen lächelnden Seitenblick auf Hermann ins Feuer blickte, war er aufgestanden, streckte seinen Rücken und ging dann ein paar Schritte aus dem Lichtschein des Feuers, um sich zwischen den ersten kargen Büschen zu erleichtern. Er blickte auf die Uhr. Es war spät geworden. Er war müde und sollte ins Bett gehen.

Auf dem Weg zurück zu den anderen sah er, wie immer, aufs Wasser und blieb wie angewurzelt stehen.

Um ein Haar hätte er es verpasst. Nie und nimmer hatte er damit gerechnet, dass es sich heute wiederholen könnte. Wie lange mochte das schon so gehen? Es war schwächer, als er es in Erinnerung hatte, vielleicht schon im Abklingen. Aber noch immer mussten es Hunderte von Tieren sein. Sie bildeten ein schmales, pulsierendes, langsam verblassendes Leuchtband, das wie eine Girlande der Küstenlinie folgte. Dann sah er die schmale Sichel, die über der Halbinsel am Himmel schwebte. Die Neumondtheorie, die er sich zurechtgelegt hatte, war Makulatur. Er hatte gedacht, dieses Verhalten würde von der Mondphase gesteuert, Leuchtreklame in eigener Sache, kein Balztanz, sondern Balzlicht. Aber vielleicht gab es gar keinen Sinn. Es handelte sich hier um Tiefseetiere im falschen Lebensraum, als hätte man die Steppenfauna der Serengeti mit riesigen Netzen eingefangen und oberhalb der Baumgrenze des Kilimandscharo wieder freigelassen. Unter diesen Umständen gab es kein normales Verhalten. Cephalopoden waren hochentwickelte, empfindsame Wesen. Kraken konnten Deckel von Schraubgläsern öffnen, um an versteckte Krabben zu kommen. Sie waren neugierig, sie spielten. Vielleicht war alles nur ein Produkt des Zufalls, eine Verhaltensstörung, ein kollektiver Systemabsturz der Neurone, die vor der ungewohnten Reizüberflutung nahe der Wasseroberfläche kapitulierten.

«Barbara, Ray», rief er laut. «Schnell! Das müsst ihr euch ansehen.»

Sie sprangen auf.

Natürlich hatte er ihnen von diesem beeindruckenden Schauspiel erzählt. Als sie ihm fragende Blicke zuwarfen, nickte er nur, und sie wussten sofort, womit sie es zu tun hatten. Barbara stand neben ihm, und er legte, ohne nachzudenken, den Arm um ihre Schulter. *I'm in the mood, baby,* flüsterte John Lee in seinem Kopf, *in the mood for love.* Staunend und schweigend harrten sie aus, bis das letzte Licht erloschen war.

Hermann war die schnurgerade Küstenstraße vom Peketa Beach nach Kaikoura schon mehrmals nachts hinaufgefahren. Seit der Katastrophe lag die ganze Gegend im Dunkeln, auch vom Ortsteil South Bay war außer einzelnen Hausfunzeln in der Nähe des Klippenhanges nichts zu sehen. Man meinte, menschenleeres, unbesiedeltes Gebiet zu durchqueren. In dieser Nacht aber war das anders. Hermann hatte den Lichtpunkt an der Südküste der Halbinsel schon vor einer Weile bemerkt und sich über seine Helligkeit gewundert. Ein solches Licht hatte es hier nie gegeben.

Ein paar Kilometer weiter erkannte er, dass es die Siedlung war, vielleicht der jetzt verwaiste Liegeplatz der Whale-Watching-Boote, das Hafenbecken und die breite Betonrampe. Lichtpfeile huschten über das Wasser.

Er dachte zuerst an Instandsetzungsarbeiten. Wahrscheinlich wollten die Unternehmer keine Zeit verlieren und ließen rund um die Uhr arbeiten, um die Anlage so schnell wie möglich wieder in Betrieb nehmen zu können. Was sollte es sonst sein? Dann fiel ihm ein, dass es keine Wale mehr gab, demzufolge auch kein Whale Watching. Hatten die Arbeiten vielleicht gerade erst begonnen?

Längs des Highways behinderten europäische Pappeln die Sicht, und noch immer war die Entfernung zu groß, um Einzelheiten auszumachen. Hermann kniff die Augen zusammen und starrte angestrengt durch die staubige Windschutzscheibe. Inzwischen meinte er, mehrere Fahrzeuge mit aufgeblendeten Scheinwerfern direkt am Wasser zu entdecken. Weitere waren durch die Straßen von South Bay auf dem Weg dorthin. Man konnte ihre Fahrt in der Dunkelheit problemlos verfolgen. Das waren keine Bauarbeiten. Irgendetwas musste passiert sein. Er glaubte, das rotierende Signallicht eines Polizeiwagens zu erkennen.

Offenbar waren jetzt auch die anderen, im Wagen vor ihm, aufmerksam geworden. Sie wurden langsamer, fuhren an den Straßenrand und hielten schließlich an einer Stelle, von wo aus man nach rechts freien Blick auf die tiefer liegende Bucht und den Ort hatte. Tim blieb im Wagen, aber Barbara, Maria und Raymond zwängten sich aus der Fahrerkabine und gingen sofort über die Straße auf die andere Seite.

Hermann ließ seinen Bus ausrollen, kam dicht hinter dem Pick-up zum Stehen und kurbelte das Fenster hinunter.

«Wisst ihr, was da los ist?»

Barbara drehte sich um. «Nein», antwortete sie von der anderen Straßenseite. «Tim versucht, die Polizei in Kaikoura zu erreichen, aber bisher geht keiner ran.»

«Es sieht aus wie Suchscheinwerfer», sagte Ray.

Barbaras Kopf zuckte zur Seite, weil Tim etwas rief.

Sie lief rasch über die Fahrbahn und beugte sich zum Wagenfenster hinunter. «Es ist ein Unfall», gab sie laut an die anderen weiter. «Offenbar wird jemand vermisst.»

«Vermisst? Hier? Um diese Zeit?» Hermann sah auf die Uhr. Kurz vor zwei. «Merkwürdig. Es ist am Hafen, oder? Da ist doch niemand mehr.»

Barbara zuckte die Achseln und wartete auf Neuigkeiten von Tim, der weiter telefonierte. Ihr Kopf war halb im Wageninneren verschwunden. Ein, zwei Minuten vergingen. Dann richtete sie sich auf und winkte Ray und Maria zu sich, die noch immer am rechten Straßenrand standen.

«Kommt!», rief sie. «Wir sehen uns das mal an. Tim will kurz hinunterfahren. Du kannst uns ja folgen, Hermann. Sie sagen, es ist ein Tauchunfall.»

Er überlegte einen Moment und nickte dann. «Okay, ich fahr euch hinterher.»

Maria und Ray waren sofort zurück zum Wagen gelaufen und eingestiegen. Barbara winkte ihm kurz zu, zwängte sich neben die anderen auf den Beifahrersitz und schloss die Tür. Durch das Fenster hinten in der Fahrerkabine konnte Hermann sie sitzen sehen, Ray eingezwängt zwischen den beiden Frauen, Tim rechts außen am Steuer. Ray würde die Nacht in der Station verbringen, deswegen war er zu den Walforschern in den altersschwachen Pick-up gestiegen. Obwohl in dem Haus auch für ihn Platz gewesen wäre, wollte Hermann lieber in seinem Campingbus schlafen. Auf die wenigen Quadratmeter Privatsphäre, die ihm sein Bus bot, mochte er nicht verzichten. Trotzdem kam es ihm jetzt merkwürdig vor, dass er allein in seinem Bus saß, während die anderen sich kaum rühren konnten.

Der Pick-up setzte sich in Bewegung, und er blieb dicht dahinter. Als sie den Abzweig nach South Bay erreichten, kamen ihnen aus Kaikoura zwei sehr schnell fahrende Limousinen entgegen, die ebenfalls nach South Bay wollten. Sie ließen die beiden Wagen vorbei, bogen dann nach rechts ab und fuhren in einer kleinen Autokolonne Richtung Hafen.

Eigentlich gab es nicht den geringsten Grund, beunruhigt zu sein, aber Hermann war trotzdem nervös. Ein Taucher!

Unfälle passierten nun einmal, versuchte er sich zu beruhigen, die Leute waren so unvernünftig, und das Meer war eben kein Planschbecken. Solange er nichts damit zu tun hatte, musste er sich darüber nicht den Kopf zerbrechen. Reg dich ab, mahnte er sich. Aber es half nichts. Sein Herz pochte. Er fragte sich, wer ausgerechnet hier tauchte und warum. Nach allem, was passiert war, mitten in einer sternenklaren Nacht.

Er selbst würde nicht in dieses Wasser steigen, nicht nach dem, was er heute Nachmittag und in den Tagen zuvor erlebt hatte. Vielleicht unter besonderen Vorsichtsmaßnahmen, in einem Spezialkäfig zum Beispiel, wie die Tauchtouristen, die Tausende von Dollars zahlten, um einen Weißen Hai zu sehen. Etliche der Burschen, die er am Strand gefunden hatte, konnten unter Wasser äußerst unangenehm werden, wenn man ihnen in die Quere kam, von dem Roten ganz zu schweigen. Vielleicht war er zu ängstlich, aber er hatte nicht vergessen, welchen Respekt ihm die Riesensepien in Whyalla eingeflößt hatten. Hier aber ging es noch um ganz andere Kaliber, und diese Riesen waren nicht halb blind vor Liebestaumel wie ihre entfernten Verwandten in Australien. Sie waren herausgerissen und vertrieben aus ihrem angestammten Lebensraum, ausgehungert, reizbar und verängstigt.

Natürlich wusste er, dass es viele mögliche Gründe für einen Tauchunfall gab, die nichts mit Kalmaren zu tun hatten, ja, der Zusammenstoß mit einem großen Cephalopoden dürfte zu den unwahrscheinlichsten Unfallursachen gehören, die man sich überhaupt vorstellen konnte. Aber was war in diesen Tagen schon normal? Er befand sich in Kaikoura, an einem Meer im ökologischen Ausnahmezustand, und die außergewöhnliche und unbestreitbare Präsenz dieser großen Räuber, die momentan niemand besser einschätzen konnte als er, war natürlich das Erste, was ihm hier bei dem Wort Tauchunfall durch den Kopf ging. Mit einem Schlag wurde ihm klar, dass es den anderen, den Polizisten, den Suchmannschaften und vor allem den Journalisten, genauso gehen würde. Hermann schüttelte hinter dem Steuer stumm den Kopf. Seine Phantasie drohte wieder mit ihm durchzugehen.

Als sie das kleine Hafenbecken erreichten, sahen sie zehn bis fünfzehn Pkws, die mit laufendem Motor Tür an Tür nebeneinanderstanden und ihre Scheinwerfer auf das Meer gerichtet hatten. Direkt an der Rampe tasteten zwei Männer vom Dach eines bulligen Lkws mit Suchscheinwerfern das Wasser ab. Tim und Hermann stellten ihre Wagen in die Reihe und ließen nach dem Vorbild der anderen das Licht brennen. Ein paar Meter weiter entdeckte Hermann einen alten Minibus mit geöffneter Heckklappe, auf dem Beton lagen zwei Flossen und ein nasser, achtlos hingeworfener Anzug, um den sich eine Pfütze gebildet hatte. Was waren das für Leute, dachte er. Sie müssen lebensmüde gewesen sein, oder, was wahrscheinlicher war, vollkommen ahnungslos.

Mindestens dreißig Personen liefen hier herum, darunter auch eine Gruppe fröstelnder Anwohner, die sich nur eine Jacke oder einen Bademantel übergestreift hatten, um draußen vor der Haustür der ungewohnten Lichterflut auf den Grund zu gehen. Die Menschen diskutierten verhalten neben ihren Wagen, standen auf der Betonschräge der Bootsrampe knapp oberhalb der Wasserlinie oder hinter dem Hafenbecken auf der Kaimauer, einige taten geschäftig, so als wären sie wichtig. Fast alle starrten auf das Wasser hinaus. Ernste Mienen. Draußen fuhren zwei kleine Boote herum, von denen aus mit starken Taschenlampen das Meer beleuchtet wurde. Man hörte die Motoren und Rufe von Boot zu Boot.

Tim sprach einen älteren Polizeibeamten an, der allein neben dem Lkw mit den Suchscheinwerfern stand, und fragte, was passiert sei. Hermann und die anderen kamen zu ihm und hörten mit.

Sie erfuhren, dass tatsächlich ein Taucher vermisst wurde, ein junger Mann aus der Gegend von Nelson. Seit zweieinhalb Stunden gebe es nicht die geringste Spur von ihm. Man sei dabei, die Ufer abzusuchen. Wenn der Mann sich noch im Wasser befinde, bestehe kaum Hoffnung, ihn lebend zu finden. Sein Luftvorrat sei schon lange verbraucht.

Der Polizist wirkte übertrieben nervös. Er sah sie kaum an, als er sprach, seine Augen huschten unruhig hin und her, als fürchtete er, etwas Entscheidendes zu verpassen. Der Fall sei ein wenig rätselhaft, sagte er mit bedeutungsvollem Ausdruck in der Stimme. Das Meer sei zahm wie ein Fischteich und ohne jede Tücke. Es gehe hier zwar schnell tief hinunter, aber ein erfahrener und umsichtiger Taucher dürfe eigentlich nicht verlorengehen. Na ja, an Umsicht habe es den beiden jungen Männern wohl gemangelt. «Es gibt hier Leute, die haben ihre ganz eigene Theorie», sagte der Polizist mit gedämpfter Stimme und einer unbestimmten Kopfbewegung in Richtung auf die herumstehenden Menschen. «Sie glauben, dass der Mann von einem verdammten Tiefseemonster angefallen wurde, diesem Kraken vom Peketa Beach.» Unter dem Schirm seiner Mütze sah er Tim direkt ins Gesicht. «Sie gehören zu den Walforschern aus der Donovan Station, nicht wahr? Sie müssen doch davon gehört haben. Es ist erst heute Nachmittag passiert ...»

Hermann presste die Lippen aufeinander. Er hatte es geahnt. Der Schuldige war bereits ausgemacht. Es musste so kommen.

Der Polizist hatte seine Mütze abgenommen und strich sich durch die schütteren Haare. Die Sache war ihm offensichtlich nicht geheuer. Er kümmerte sich bestimmt lieber um Verkehrsunfälle oder betrunkene Rowdys als um vermisste Taucher in einem Meer, mit dem er sich nicht mehr auskannte.

«Ehrlich gesagt, ich finde das mit dem Monster gar nicht so abwegig», fuhr er fort. «Bis vor wenigen Stunden hätte ich das noch für Spinnerei gehalten. Aber sehen Sie sich die Viecher doch an!» Angewidert deutete er in Richtung Hafenbecken. «Kein Mensch hat so etwas hier zuvor gesehen. Niemand. Und der ganze Peketa Beach soll voll davon sein, kleine wie hier und riesengroße. Diese verdammte Welle hat alles durcheinandergebracht.»

Das Hafenbecken war inzwischen taghell beleuchtet. Während Tim weiter mit dem Polizisten redete, trat Hermann einen Schritt vor und nahm im milchig trüben Wasser eine flüchtige Bewegung wahr. Er stutzte überrascht und sah genauer hin.

Pfeilschlanke armlange Wesen schossen dicht unter der Oberfläche hin und her wie desorientierte Fliegen um eine Lampe an der Zimmerdecke. Aufgeregt stieß er den neben ihm stehenden Ray an und deutete auf das Wasser. Der Neuseeländer lächelte und nickte. «Ich habe sie schon gesehen. Kalmare.»

Die Scheinwerfer hatten sie angelockt. Ihre Liebe zum Licht wurde Cephalopoden immer wieder zum Verhängnis. So wurde zum Beispiel mitten im Japanischen Meer ein riesiges Gebiet von der asiatischen Tintenfisch-Fangflotte so hell erleuchtet, dass ihr Licht von Erdsatelliten aus zu erkennen war, strahlender als manche der umliegenden Metropolen. Zuckende Tanzangeln zogen die geköderten Tiere aus dem Wasser, damit sie tags darauf, in mundgerechte Stücke zerlegt, in Tokyoter Sushi-Bars angeboten werden konnten.

Hermann entfernte sich von seinen Begleitern und lief nachdenklich um das Hafenbecken herum. Der Polizist hatte von zwei jungen Tauchern gesprochen. Wo war der zweite Mann? Warum waren die beiden hier und um diese Zeit ins Wasser gegangen? Die kahlen Betonmauern hier, die zerstörte Infrastruktur an Land, das war doch kein Ort, der zu einem nächtlichen Tauchgang verlockte. Doch vielleicht hatten die beiden dasselbe gesehen wie sie.

Sein Blick war immer noch auf die durch das Wasser flitzenden Kalmare gerichtet. Waren die für die nächtliche Leuchterscheinung verantwortlich? Vielleicht Hakenkalmare, dachte Hermann, dieselben, die er in großer Zahl am Peketa Beach gefunden hatte. Er versuchte, ihren blitzschnellen Bewegungen zu folgen, und nahm bei manchen Tieren trotz des Scheinwerferlichts ein bläuliches Schimmern wahr. Man müsste versuchen, ein Tier zu fangen, möglichst lebend, sicher kein großes Problem. Aber er verwarf den Gedanken sofort. Die meisten hier waren nicht gut auf die Tiere zu sprechen, das war deutlich zu spüren. Außerdem könnte er nicht fischen, während ringsum nach einem Menschen gesucht wurde.

Mittlerweile hatte er den taghell erleuchteten Hafenbereich verlassen und ging, ohne darüber nachzudenken, zur Kaimauer. Als er sich umblickte, sah er Barbara und die anderen noch immer oben auf dem Parkplatz stehen. Er zögerte. Vielleicht hätte er ihnen Bescheid sagen sollen. Er wollte sich schon auf den Rückweg machen, als er leises Gemurmel hörte, sich suchend umsah und zwei Gestalten entdeckte, die nur wenige Meter entfernt im Halbdunkel auf den Mauerresten des alten Toilettenhäuschens saßen. Sie waren in ein Gespräch vertieft und bemerkten ihn nicht. Einer trug Uniform, ein Polizist, der einen Notizblock in der Hand hielt, der andere war in Zivil. Hermann trat vorsichtig näher, bis er verstehen konnte, was sie sagten. Schon nach wenigen Worten wusste er, dass er den zweiten Taucher gefunden hatte.

«... und Steven hat einfach nicht lockergelassen», sagte der Mann, von dem Hermann nur den breiten Rücken erkennen konnte. «Er wollte unbedingt da hinein.»

«Wegen der Lichter?»

«Ja, es wurden immer mehr. Er wollte herausfinden, was das ist.»

«Und?»

«Na ja ...», der Mann schien in sich zusammenzusinken. «Ich habe mich breitschlagen lassen. Ich dachte, ich wäre ihm was schuldig. Weil er mich hierher begleitet hatte. Ich könnte mich ohrfeigen dafür.»

«Die Taucherausrüstungen hatten Sie im Wagen?»

«Wir haben sie immer dabei, wenn wir im Land unterwegs sind. Wir tauchen seit vielen Jahren zusammen.»

«Dann gab es für Sie eigentlich keinen Grund zur Besorgnis. Abgesehen davon, dass das Tauchen hier seit der Katastrophe verboten ist. Hatten Sie das Gefühl, dass es gefährlich werden könnte? Gab es irgendwelche Anzeichen?»

«Nein», er wand sich, «nein, nicht wirklich. Aber ich war kaputt. Da draußen am Strand, das war mein erster echter Einsatz, wissen Sie. Und dann gleich ein Pottwal. Dieser riesige Körper, die vielen Leute, der Druck, die Erwartungen, die von allen Seiten an mich gestellt wurden. Gott sei Dank hat mein erster Schuss gesessen, aber das alles hat mich doch ziemlich mitgenommen.»

Hermann hielt die Luft an. Der Mann aus Nelson, der Todesschütze vom Peketa Beach. Er konnte sich sogar noch an seinen Namen erinnern, Thomas Marhoudy. Der vermisste Taucher dürfte also sein Kompagnon sein. Hermann sah die beiden vor sich, wie sie auf dem Dünenrücken mit dem Bürgermeister zusammenstanden, kräftige, durchtrainierte junge Männer.

«Für uns in Kaikoura sind Pottwale eben etwas ganz Besonderes», sagte der Polizist.

«Das habe ich gemerkt. Es ging nicht nur darum, ein Tier

von seinen Qualen zu erlösen. Es ging um viel mehr. Darauf war ich nicht gefasst.»

«Und dann haben Sie sich umgezogen.»

«Ja. Wir haben wie immer genaue Absprachen getroffen. Wie tief, wie lange, dass wir dicht zusammenbleiben müssen. Der Tauchgang sollte eine halbe Stunde dauern. Im Wasser habe ich mich ganz gut gefühlt. Besser jedenfalls. Wir sind aus dem Hafenbecken geschwommen und dann abgetaucht. Wir wollten unter Wasser bis zu dem Felsplateau tauchen.»

«Wo Sie die Lichter gesehen hatten.»

«Genau. Unter Wasser hatte ich dann gleich ein mulmiges Gefühl. Die Sicht war katastrophal schlecht, mit Licht konnte ich meine Flossen gerade noch erahnen. Aber die Lampen blendeten uns, sodass wir sie meist ausgeschaltet ließen. Es war tiefer, als wir gedacht haben. Und anstatt unten auf mich zu warten, schwamm Steven sofort los. Es lief von Anfang an beschissen.»

«Warum?»

«Keine Ahnung. So ging es die ganze Zeit. Ich hatte Mühe, mit ihm Schritt zu halten. Schon an Land. Und unten hielt er sich nicht an unsere Verabredungen. Er kehrte bald darauf zurück, aber ...», Marhoudy schlug die Hände vor das Gesicht.

Einen Moment herrschte Schweigen. Hermann kam sich wie ein Eindringling vor und trat unwillkürlich einen Schritt zurück. Es wäre ihm peinlich gewesen, entdeckt zu werden.

Der Polizist wartete, bis der Mann sich beruhigt hatte. Dann fragte er: «Haben Sie die Lichter gefunden?»

Marhoudy schniefte und wischte sich mit dem Handrücken über das Gesicht. «Ja, in der Nähe des Plateaus. Aber es blieben nur Lichter. Ich habe nicht gesehen, wer oder was sie erzeugt hat. Sie waren überall. Und schnell. Es war verrückt, unheimlich. Wenn man ihnen zu nahe kam, erloschen sie.»

«Was war mit Mister Baxter? Gab es Anzeichen dafür, dass irgendetwas nicht in Ordnung war, dass er sich unwohl fühlte oder seine Ausrüstung defekt war?»

«Nein, nichts. Eine Zeit lang war alles ganz normal, und ich beruhigte mich. Ich dachte, jetzt reiß dich zusammen und bring die Sache hinter dich. Aber irgendwann schwamm Steven einfach in die Dunkelheit davon, und ich habe ihn aus den Augen verloren.»

«Wo war das?»

«Ich weiß nicht. Irgendwo auf dem Weg Richtung offenes Meer. Wir sind am Rand des Plateaus nach Süden getaucht. Immer dicht über dem Boden. Aber es war schwer, Kurs zu halten. Da unten liegen überall riesige Felsbrocken herum.»

«Als Sie merkten, dass Mister Baxter weg war ... Wie haben Sie sich verhalten?»

«Zuerst habe ich noch einen Moment gewartet, bin langsam in die Richtung, in der er verschwunden ist. Ich habe gehofft, er dreht um und kommt gleich zurück. Aber er kam nicht. Ringsum waren überall diese Lichter. Sie begannen synchron zu blinken. Ich weiß noch, wie ich dachte, das ist ja wie in der Disco, flackerndes Stroboskoplicht in einer Unterwasserdisco. Man bekam sie einfach nicht zu fassen. Manchmal schossen sie mir nur so um die Ohren, wie Leuchtraketen. Ich bin fast durchgedreht, der reinste Irrgarten, als ob sie mit uns Versteck spielten oder uns irgendwo hinlocken wollten. Außerdem merkte ich, dass es ziemlich steil hinunterging. Dann bin ich hoch. Wenigstens einer sollte sich doch an die Verabredungen halten. Die halbe Stunde war vorbei. Ich hatte schon fast zu lange gewartet.»

«Und an der Oberfläche?»

«Habe ich sofort meine Notfallwurst aufgeblasen.»

«Notfallwurst?»

«So nennen wir das. Wir haben sie für solche Fälle immer in unseren Westen, eine anderthalb Meter lange orangerote Plastikröhre, die man mit dem Inflator aufblasen kann. Nachts kann man mit der Lampe von unten hineinleuchten. Man hat das Ding bestimmt über Hunderte von Metern gesehen. Die See war ja ganz ruhig. Wenn Steven nach oben gekommen wäre, hätte er bestimmt dasselbe gemacht. Aber ...»

«Er kam nicht.»

«Nein», sagte Marhoudy kaum hörbar und senkte den Kopf. «Er kam nicht.»

«Haben Sie unten irgendetwas bemerkt, ein großes ...»

Die Frage des Polizisten wurde von einem lauten Stimmengewirr überdeckt, das aus Richtung der Kaimauer kam. Eine Gruppe von Menschen näherte sich, vorneweg ein kleiner dicker Mann, der erregt mit seinen Begleitern diskutierte. Als er die beiden auf der Mauer sitzenden Männer entdeckte, brach er mitten im Satz ab und blieb stehen. Das Gespräch um ihn herum erstarb. Einen Moment schien er mit sich zu ringen, dann ging ein Ruck durch seinen Körper, und er marschierte direkt auf sie zu. Die anderen folgten. Hermann zog sich in den Schutz der Dunkelheit zurück. Er hatte genug gehört.

«Marhoudy!» Fildersons Stimme schallte über das ganze Gelände. «Was haben Sie sich dabei gedacht, he? Sind diese Trümmer hier so spannend? Antworten Sie mir! Haben Sie gehofft, noch eine Leiche zu finden, oder was? Ich begreife es nicht. Wie konnten Sie das tun? Ich habe Sie für einen vernünftigen Menschen gehalten, aber mit Ihrem ... Ihrem kindischen Verhalten machen Sie alles kaputt, was wir hier mühsam wieder aufbauen.»

Der Bürgermeister war außer sich und starrte heftig atmend auf den jungen Mann. Ringsum waren die Menschen aufmerksam geworden.

Ein Begleiter legte Filderson die Hand auf die Schulter, redete leise auf ihn ein und versuchte, ihn wegzuziehen. Hermann, der die Szene auf seinem Rückweg zum Parkplatz verfolgte, konnte sich lebhaft vorstellen, was er zu sagen hatte. Dass die Verantwortlichen Ruhe und Besonnenheit demonstrieren müssten. Dass es hier um Leben und Tod gehe und keinen guten Eindruck mache, wenn sie mit ihrem Geschrei die Rettungsarbeiten behinderten. Unter den Umstehenden waren auch Journalisten. Seit Kaikouras Pechsträhne vor Tagen begonnen hatte, wurde man die nicht mehr los. Der Bürgermeister schien sich erst zu sträuben, gab dann aber nach und bedachte sein Opfer zum Abschied mit einer wegwerfenden Handbewegung, in die er seine ganze abgrundtiefe Verachtung legte. «Ach», sagte er. «Hat ja doch keinen Sinn.» Und stürmte weiter Richtung Parkplatz.

Obwohl Thomas Marhoudy im Halbdunkel für die meisten der Anwesenden kaum zu erkennen war, starrten fast alle in seine Richtung. Er sagte nichts, blickte nicht einmal auf. Er stützte sich mit beiden Ellenbogen auf die Oberschenkel, verbarg das Gesicht in den Handflächen und schüttelte verzweifelt den Kopf. Sein Oberkörper zuckte. Er schluchzte. Der Polizist, der ihn befragt hatte, saß mit betretenem Gesicht daneben.

Der Bürgermeister hatte mit seinem Gefolge den Parkplatz erreicht, ging wort- und grußlos an Tim und seinen Kollegen vorbei, stieg mit zwei Männern in einen der Wagen und war schon Sekunden später in der Dunkelheit verschwunden.

Für einen Moment herrschte bedrückende Stille. Niemand rührte sich vom Fleck, niemand sprach. Sekunden vergingen, in denen nur der Wagen zu hören war, der sich durch die Dunkelheit entfernte. Plötzlich wurde spürbar, dass diesem Ort, den Menschen hier, etwas zugestoßen war, was alles verändern würde. Die ganze Anlage, der Liegeplatz der hochmodernen Whale-Watching-Flotte, war nutzlos geworden, überflüssig, eine Investitionsruine. Warum sollte man sie wieder aufbauen? Nichts deutete darauf hin, dass die Wale zurückkommen würden. Jetzt, nachdem alle wussten, was sich hier herumtrieb, war die Aussicht auf ein baldiges Happy End noch geringer geworden. Der Tod des Tauchers war nur eine weitere Stufe von einer Treppe, die steil ins Bodenlose führte. Kaikoura stand vor der wirtschaftlichen Katastrophe.

Erst als der Wagen des Bürgermeisters hinter dem Höhenrücken verschwunden war, löste sich die allgemeine Erstarrung. Unterbrochene Gespräche wurden leise wiederaufgenommen. Die Suche nach Steven Baxter ging weiter.

«Wo bist du gewesen, Hermann?», empfing ihn Barbara. «Wir haben dich schon gesucht.»

«Ich ...»

«Professor Pauli?»

Hermann drehte sich um und starrte in den zotteligen Windschutz eines großen Mikrophons, das ihm aus einer Gruppe erwartungsvoll blickender junger Männer entgegengestreckt wurde. «Professor Pauli, Sie sind doch Experte für diese Tiere, für Kalmare. Halten Sie es für möglich, dass ein ...»

«Möglich ist alles», fuhr Hermann aufgebracht dazwischen. Ihm war klar, was der Mann wissen wollte. Es war nicht schwer zu erraten. Aber er war jetzt nicht in der Stimmung für ein Interview.

«Ich meine, halten Sie es für wahrscheinlich, dass der Taucher von einem Kopffüßer angefallen wurde?»

«Natürlich nicht. Nein. Wie kommen Sie darauf?»

«Aber heute Nachmittag, dieser riesenhafte Kalmar», sagte ein anderer Mann aufgeregt. «Vielleicht gibt es ja mehrere von der Sorte. Sie könnten doch ohne weiteres einen Menschen ... ich meine, er hat sich immerhin einen Delphin geholt. Sie waren doch dabei. Die Biester sind stark genug, um einen Wal ...»

«Und ob sie stark genug sind», sagte Hermann ungehalten. «Wenn man sie beißt, beißen sie zurück. Würden Sie das nicht genauso machen? Aber das heißt noch lange nicht, dass sie den Taucher angegriffen haben.»

Maria, Barbara und Ray hatten sich umgedreht und hörten interessiert zu. Als er auf Rays Gesicht ein leichtes Grinsen zu erkennen glaubte, reagierte Hermann, schnell und ohne nachzudenken.

«Fragen Sie doch ihn.» Mit beiden Zeigefingern zeigte er auf den alle anderen um Haupteslänge überragenden Neuseeländer. «Das ist Doktor Raymond Holmes vom NIWA, Mr Architeuthis. Es gibt niemanden auf der Welt, der mehr über Riesenkalmare weiß als er.»

8. Angriff der Killerkraken

+++ **UNBEKANNTES TIEFSEEMONSTER AUFGETAUCHT** +++

+++ TAUCHER VERMISST – WURDE ER OPFER EINES RIESENKALMARS? +++

+++ *WEICHTIERINVASION BEDROHT TOURISTENPARADIES* +++

+++ ZEITENWENDE IN DEN OZEANEN – DER SIEGESZUG DER KOPFFÜSSER +++

+++ **WERDEN DIE WELTMEERE VON RÄUBERISCHEN WEICHTIEREN EROBERT?** +++

+++ ANGRIFF DER KILLERKRAKEN +++

Auf allen Kanälen und Titelbildern waren dieselben Aufnahmen zu sehen: der riesige feuerrote Kopffüßer mit dem jungen Delphin im Würgegriff. Flipper, sterbend oder schon tot, in den Fängen einer infernalischen Kreatur. Dazu der übel zugerichtete Pottwal am Peketa Beach, und der vermisste Steven Baxter, mit breitem Lachen und schneeweißen Zähnen.

Hermann, der die Nächte weiterhin auf dem Parkplatz von

Whale Watch Kaikoura verbrachte, verfolgte fassungslos, wie innerhalb von nur sechsunddreißig Stunden eine Pressestadt aus dem Boden wuchs, von der Polizei gesichert und in größtmöglichem Abstand zu den Sanitärzelten und den letzten hier campierenden Flutopfern. Wenige Meter vom Landeplatz des Hubschraubers entfernt parkte ein Übertragungswagen neben dem anderen, und stündlich kamen weitere dazu. Aus den Fenstern seines Busses konnte er adrett gekleidete Korrespondenten vor laufenden Kameras stehen sehen. Den ganzen Tag gaben sie in einem Dutzend verschiedener Sprachen ihre Berichte ab, erläuterten Karten der Gegend und des Unterwasserreliefs, sprachen mit Einsatzleitern und Lokalpolitikern, mit Wissenschaftlern und Einwohnern, moderierten Filmbeiträge an und schilderten den Stand der Sucharbeiten.

Es waren hartgesottene Burschen darunter und abgebrühte junge Frauen, die nicht leicht zu beeindrucken waren. Aber hier ging es nicht um Krieg, Familiendramen, Amokläufer oder um blutige Anschläge fanatischer Terroristen, nicht um Flugzeugabstürze oder entgleiste Schnellzüge. Es ging um keines der üblichen menschengemachten Blutbäder, über die man gewohnt routiniert berichten könnte, mit Homestorys, berührenden Einzelschicksalen und tränenfeuchten Kinderaugen. Hier begaben sich fast alle Berichterstatter in ungewohntes Neuland, eine eher angenehme, wenn auch ein bisschen unheimliche Abwechslung.

Zwar hatte das Meer zu Beginn kurz und heftig über den Tellerrand geschwappt, aber in einer Welt, der die verheerenden Verwüstungen des asiatischen Tsunamis noch lebhaft in Erinnerung waren, konnte die Flut von Kaikoura niemanden dauerhaft hinter dem Ofen hervorlocken. Die Sensation war nicht die Welle – allein im zwanzigsten Jahrhundert wurden 796 Tsunamis registriert, über hundert davon forderten Menschenleben –, sondern das, was sich in ihrer Folge abspielte: der zerfleischte Pottwal, die albtraumhaften Kalmargestalten am Peketa Beach und vor allem das Auftauchen des Roten.

Noch nie hatte es wegen eines Tieres ein derartiges Medienaufgebot gegeben. Es war King Kong, Godzilla, Tyrannosaurus Rex und das Ungeheuer von Loch Ness in einem, nicht als computeranimierte Pixelshow, sondern als real existierendes Lebewesen, das sich, aufgeschreckt von dramatischen Verwerfungen tief unten im Meer, in die Sphäre der Menschen verirrt hatte. In seiner urtümlichen Fremdartigkeit übertraf der Rote die bekannten Filmmonster bei weitem. Die bewegten sich auf zwei oder vier Beinen, besäßen, wenn es sie gäbe, Knochen, ein anständiges Herz und Augen, in denen Menschen wenigstens einen Hauch von Seelenverwandtschaft erkennen könnten. Das Herz der Kopffüßer war dagegen kaum mehr als ein muskulöser Gefäßschlauch, und in den dunklen Augen des Roten lag nichts Vertrautes.

Das neuseeländische Fernsehen brachte jeden Abend Sondersendungen, und fast immer traten darin Hermann und Ray auf, die gefragtesten Experten vor Ort. Schnell hatte sich zwischen ihnen eine Art Arbeitsteilung herausgebildet. Hermann war eher für das Allgemeine zuständig, Ray, Mr Architeuthis, für alles, was die Riesen unter den Kalmaren betraf. Zumindest für ihn hatte der Trubel auch sein Gutes: Angesichts eines lebenden menschen- und delphinfressenden Tiefseemonsters verschwanden die gefeierten Architeuthis-Fotos der Japaner in der Bedeutungslosigkeit.

Tim hatte einen Fernseher auf einem Rolltisch mitten im Kursraum der Station platziert und damit ein neues abendliches Ritual begründet. Nach dem Essen setzten sie sich, üppig mit Getränken und diversem Knabbergebäck versorgt, zu fünft im Halbkreis vor die Mattscheibe und verfolgten gemeinsam, was es an Neuigkeiten gab.

An diesem Abend lief eine ausführliche Dokumentation. Gerade war zum x-ten Mal die kurze Filmsequenz mit dem nie zuvor gesehenen Wesen gezeigt worden. Die zum Teil seltsam unscharfen Bilder vom Peketa Beach hatten in der Presse für Irritation gesorgt, ja, für Spott und Häme. Warum, lästerten einige Skeptiker, ist es nicht möglich, von Tieren, die dem Horrorkabinett der Kryptozoologie entstammen, scharfe und überzeugende Filme zu drehen? Sollte ihr Geheimnis etwa darin bestehen, dass sie sich auf irgendeine Weise unsichtbar machen können?

Dann erschien Hermann auf dem Bildschirm, von den Kollegen im Kursraum mit Beifall begrüßt. Er trug seine Jeans und dazu ein nagelneues hellblaues Oberhemd, das er sich in Kaikoura gekauft hatte, um für die vielen Fernsehauftritte gerüstet zu sein. Befragt, was er von den Filmaufnahmen halte, antwortete er: «Sie sind völlig in Ordnung. Man sieht das nervös flackernde Eigenleben der Cephalopodenhaut, etwas, das Fotos nicht zeigen können. Diese Haut ist ein ganz außergewöhnliches Organ, das im Tierreich seinesgleichen sucht. Sie enthält Tausende von Farbzellen. Außen eine Schicht braun-schwarze, darunter rote und gelbe und dann eine Lage Reflektorzellen, die in allen Farben des Regenbogens schillern. Jede einzelne ist von einem Muskelring umgeben, der über Neuronen und Nervenbahnen mit dem Gehirn verschaltet ist und individuell gesteuert wird. Aber nicht nur das. Winzige Muskelfasern können sich kontrahieren und der Haut eine völlig andere Struktur geben, voller Runzeln, Warzen und Anhängsel, die wie in der Strömung flottierende Algen aussehen. Der südostasiatische Mimikry-Krake zum Beispiel kann wahlweise das Aussehen von Seeschlangen, Plattfischen und Quallen annehmen.»

Es folgten Archivaufnahmen von Sepien, über deren Körper dunkle Farbwellen liefen, wenn sie erfolgreich Beute gemacht hatten. Mannsgroße Humboldt-Kalmare flackerten im Jagdfieber wie schadhafte Leuchtstoffröhren. «Das ist ihre Art, das Fell zu sträuben, zu schnurren oder ihr Jagdglück hinauszubrüllen. Die außergewöhnliche Haut der Cephalopoden ist Tarnumhang, Signalgeber und Stimmungsmesser in einem», sagte der Hermann, der auf dem Bildschirm zu sehen war. Das Original im Kursraum hielt währenddessen den Kopf gesenkt und studierte die Maserung des Linoleumbodens.

Wie das Verhalten und Farbspiel des Roten denn zu interpretieren sei, fragte der Reporter. Hermann, im Fernsehen, verzog das Gesicht. «Nun, er hat fette Beute gemacht. Vermutlich bedeutet das Flackern und Flimmern Tausender von Chromatophoren, dass er sehr erregt war. Ein Delphin ist für ihn ein ungewöhnlicher Fang, die Wege dieser beiden kreuzen sich so gut wie nie. Vielleicht hat ihn der Geschmack verunsichert. Ich weiß es nicht. Haie lassen ja nach einem Testbiss manchmal von ihren Opfern ab, sonst hätte kein Mensch je ihren Angriff überlebt. Aber der Rote konnte es sich vermutlich nicht leisten, wählerisch zu sein.»

Jetzt war eine Nahaufnahme des Kalmars zu sehen, die riesigen Augen, die scheinbar wachsam und drohend aus feuchtglänzenden Gewebemassen blickten.

«Das Tier dürfte bei Tageslicht völlig geblendet sein, versichern Experten», sagte eine Stimme aus dem Off. «Nur, wenn der Kalmar nahezu blind war, wie konnte er dann einen Delphin erbeuten, einen der gewandtesten Schwimmer der Meere? Dr. Raymond Holmes vom NIWA hat dafür eine einfache Erklärung.»

Vom Jubel und Gelächter der Kollegen begrüßt, erschien Ray auf dem Bildschirm. Sein langer Hals ragte aus einem ausgewaschenen T-Shirt, das Gesicht war von einem dunklen Drei-Tage-Bart bedeckt. «Es war schlicht und einfach Zufall», erklärte er. «Der Rote könnte sich wie die Riesenkalmare verhalten, ein Lauerer, kein aktiver Jäger. Dem erfolgreichen Zugriff ging keine Jagd voraus, keine Verfolgung, jedenfalls haben die Augenzeugen nichts davon bemerkt. Ich stelle mir das so vor: Ein unerfahrenes und neugieriges Jungtier nähert sich sorglos dem riesigen, fast bewegungslos im Wasser treibenden Kalmar. Der spürt eine Berührung oder eine Bewegung im Wasser und muss nur schnell reagieren und zupacken. Der Delphin hatte einfach Pech. Und er war unvorsichtig. Eigentlich hätte er durch sein Sonar gewarnt sein müssen.»

«Mr Architeuthis», sagte Maria vorwurfsvoll, als Rays Gesicht vom Bildschirm verschwunden war. «Du hättest dich wenigstens rasieren können. Sieh dir Hermann an. Er hat sich etwas Vernünftiges angezogen. Man kommt doch nicht alle Tage ins Fernsehen.»

«Das nächste Mal, Schätzchen.» Ray strich ihr über den Kopf und grinste. «Ich versprech's.» Tim und Barbara sahen sich an und konnten nur mit Mühe ein Lachen unterdrücken.

Inzwischen ging es in dem Film um das Verhalten der Kopffüßer, ihren Jagdstil und ihre Waffen, die Kraft der hornigen Kiefer mit ihrer furchterregenden papageienschnabelähnlich geschwungenen Spitze. Mit einem Biss in den Kopf, durch den Schädel bis ins Gehirn, töten Kalmare ihre Fischbeute, bevor sie sie in Stücke reißen.

Vor dem Hintergrund der Bergwelt Kaikouras kam wieder Hermann ins Bild: «Ihr eigenes, hochentwickeltes Gehirn besteht aus zwei Teilen, die oberhalb und unterhalb der Speiseröhre liegen und ringförmig miteinander verbunden sind. Da der Weg der Beute mitten durch das empfindliche Zentralorgan führt, muss sie vorher zerkleinert werden. Das erledigen zuerst die messerscharfen Schnabelkanten und dann eine muskulöse Reibezunge, ein spezielles Organ der Weichtiere, das in Miniaturausgabe auch in jeder ordinären Gartenschnecke steckt. Diese sogenannte Radula raspelt von den Beutestücken kleine Fetzen ab und transportiert sie quasi am Fließband in den Rachen, wo sie, ohne Gefahr für das Gehirn, verschluckt werden können. Weil sie ihre Beutetiere so gründlich zerstückeln, ist es sehr schwierig herauszufinden, was Kalmare und andere Kopffüßer genau fressen. Dazu sind aufwendige biochemische Analysen erforderlich.»

Es folgten einige gruselige Großaufnahmen von Cephalopodenschnäbeln und ein von dramatischer Musik begleitetes Festmahl hungriger Humboldt-Kalmare, die sich auf einen großen Köderfisch stürzen. Dann ein Werbeblock. Tim und Maria erhoben sich.

«Du machst das doch super, Hermann», sagte Barbara anerkennend. Sie wusste, wie schwer ihm der Kontakt mit der Presse fiel.

«Sie hat recht. Du warst großartig. Besser kann man es nicht sagen», stimmte Ray zu. Er knuffte Hermann mit seinem Ellenbogen in die Seite und führte sein Bierglas zum Mund. «Wenn du so weitermachst, wird aus dir noch ein echter Medienstar.»

Hermann gab nur ein Grunzen von sich und griff ebenfalls nach seinem Bier. Sein Umgang mit der Presse war zwar kooperativer geworden, aber eine Karriere als Fernsehexperte war das Letzte, was ihm vorschwebte. Ob in den Pubs und Restaurants, am Strand oder auf der Straße beim Einkaufen, er konnte den Journalisten in Kaikoura kaum aus dem Wege gehen, also war ihm nur Flucht oder Offensive geblieben. Nach einem Gespräch mit Ray hatte er sich entschieden, mit den Presseleuten zu reden. Wenn nicht wenigstens sie beide darauf achteten, dass die Informationen Hand und Fuß hatten, wer sollte es sonst tun?

Er war nicht unzufrieden mit seinem Auftritt, und gegen eine ausführliche Berichterstattung hatte er ohnehin nichts einzuwenden; was sich mittlerweile in Kaikoura abspielte, ging allerdings weit darüber hinaus. Einige der Presseleute wollten aus dem Roten unbedingt ein mythologisches Wesen machen, eine Art Tiefseeteufel, und fast alle sahen in ihm ein blutrünstiges Monster, das nun auch einen Menschen auf dem Gewissen hatte. Schon der im Film festgehaltene Todeskampf des kleinen Delphins hatte in der Öffentlichkeit zum Teil hysterische Betroffenheit ausgelöst. Einige Zeitungen attestierten der Aufregung zwar ein hohes Maß an Scheinheiligkeit. Es seien nicht die Tiefseekalmare, schrieb der Kommentator des *New Zealand Herald,* sondern die Menschen, die Jahr für Jahr Zehntausende der beliebten Meeressäuger mit dem lachenden Gesicht qualvoll und sinnlos verenden ließen. Aber Stimmen wie diese waren selten und gingen im allgemeinen Getöse unter.

Mittlerweile saßen alle wieder auf ihren Plätzen. Der Film zeigte mächtige Brecher, die mit meterhohen Gischtfontänen gegen eine Felsenküste brandeten.

«Das Auftauchen des roten Riesenkalmars ist bislang ohne Beispiel», sagte der Sprecher. «Aber vielleicht ist sein Erscheinen kein isoliertes Ereignis. Stehen unsere Ozeane vor dramatischen Umbrüchen? Wird in Kaikoura nur sichtbar, was sich unbemerkt in vielen Teilen der Welt vollzieht?»

«Na, jetzt bin ich ja gespannt», sagte Tim höhnisch. «Das ist doch Blödsinn, oder? Wollen sie uns weismachen, dass überall riesige Kopffüßer aus ihren Löchern kriechen?»

«Du weißt doch», Ray grinste, «wir erleben den Angriff der Killerkraken.»

«Abwarten.» Hermann warf Ray einen raschen Seitenblick zu. «Ich glaube, es geht um etwas anderes.»

«Cephalopoden sind uralt.» Plötzlich war seine Stimme aus dem Fernseher zu hören. «Ein weit entfernter und immer wieder aufblühender Ast der Evolution, mit dem wir Säugetiere kaum etwas gemeinsam haben. Als Ammoniten, Vorläufer der heutigen Kopffüßer, schon überall auf der Welt die Ozeane beherrschten, lag der erste primitive Dinosaurier noch zweihundert Millionen Jahre in der Zukunft.»

Der Sprecher: «Kehrt also mit den Kopffüßern ein uraltes, beinahe vergessenes Herrschergeschlecht zurück auf seinen Thron, als Folge der unersättlichen Gier der Menschen nach Fisch? Die Zeichen mehren sich.»

Auf dem Bildschirm: die beiden Riesenkraken, die der *Otago* ins Netz gegangen waren.

Dazu Rays Stimme: «Wir haben auf unserer Fahrt ungewöhnlich große Mengen an Kopffüßern gefangen, nicht nur diese beiden Kraken. Dass wir zufällig besonders artenreiche Seamounts abgefischt haben, ist unwahrscheinlich, denn unsere Fangergebnisse waren ansonsten eher schlecht. Vielleicht werden nach dem Rückgang vieler Fischarten seltene Tiere häufiger und tauchen jetzt in den Netzen auf.»

Experten der Welternährungsorganisation in Rom kamen zu Wort. Sie behaupteten, Tintenfische seien überall in den Weltmeeren auf dem Vormarsch, und untermauerten ihre Thesen anhand von Statistiken, die sich auf weltweit ermittelte Fangzahlen stützten. Die Roten Listen bedrohter Tierarten würden immer länger, aber Cephalopoden schienen vom allgemeinen Niedergang der Unterwasserwelt ausgenommen zu sein, möglicherweise seien sie sogar dessen Profiteure. Zu Bildern von buntbemalten Fischerbooten erklärten die FAO-Fachleute, dass im Golf von Thailand jeder einzelne Quadratmeter im Durchschnitt zehnmal pro Jahr von Trawlern und ihren Netzen überquert werde. Größere Fische würden auf diese Weise zur Kostbarkeit, der Tintenfischfang aber sei seit Jahren konstant. Ein Wissenschaftler gab den Kopffüßern sogar die Schuld daran, dass sich die Walbestände trotz Jagdstopps nur langsam erholten. Angeblich würden riesige Mengen an Cephalopoden das wegfressen, was immer weniger Fische übrig ließen, die Menschen sorgten dafür, dass die Zahl ihrer Feinde dramatisch sinke. Als Resultat bliebe für die Wale nicht genug Plankton.

«Kopffüßer leben in einem anderen Zeittakt», resümierte der Sprecher zu Aufnahmen eines im Scheinwerferlicht dahintreibenden Kalmarschwarms. «Sie wachsen rasend schnell, und ihr kurzes Leben gipfelt und endet in der Ablage von unzähligen Eiern. Vielleicht sind sie für eine vom Menschen dominierte Welt besser gerüstet als viele Fischarten. Für die einen sind diese Tiere eine unerschöpfliche Proteinquelle. Unheilverkünder und Satansbrut für andere. In jedem Fall könnten sie Zeichen einer fundamentalen Veränderung der Weltmeere sein.»

Barbara sagte: «Dabei fällt mir ein ... Paul hat mir erzählt, dass ein Magazin eine Serie mit Tintenfischrezepten begonnen hat.»

Ray lachte. «Ein bisschen voreilig vielleicht. Soviel ich weiß, ist diese angebliche Zunahme der Cephalopoden ziemlich umstritten.»

«Das war ein großes Thema auf der Fischereitagung in Auckland», schaltete sich Hermann ein. «Die Zahlen der FAO sind wirklich eindrucksvoll, aber es gibt natürlich wie immer Experten, die gar nichts davon halten. Sie sagen, es existiert nicht einmal eine allgemein anerkannte Methode, um die Größe von Kopffüßerpopulationen zu messen.»

«Ich bin auch skeptisch.» Tim schüttelte den Kopf. «Die Presse sucht händeringend nach Themen, die sie ausschlachten können. Die machen schnell eine Mücke zum Elefanten.»

«Ganz so einfach ist die Sache nicht», erwiderte Hermann. «Aber mit dem, was hier in Kaikoura geschieht, hat das natürlich nichts zu tun.»

«Seid mal still», rief Ray.

Bis auf den heutigen Tag sei die Ursache der Katastrophe in Kaikoura ungeklärt, hieß es zu Bildern der *Otago,* und zu den angesprochenen Umwälzungen in den Meeren, die eine Inselnation wie Neuseeland in besonderem Maße beträfen, habe man vom NIWA noch nie etwas gehört. Könnte es sein, dass hier eine staatliche Einrichtung, die den Bürger Millionen kostet, im Dornröschenschlaf dahindämmert, anstatt ihren Aufgaben nachzugehen? Was habe die *Otago* denn zum Beispiel tausend Meilen entfernt im Südpazifik verloren? Wie man gerade erleben könne, gebe es vor der eigenen Küste genug weiße Flecken.

Ein Sprecher des NIWA wies die Anschuldigungen zurück. Das Institut sei sich seiner Aufgabe und Verantwortung bewusst. Mit Schnellschüssen sei niemandem gedient.

Alle Blicke wandten sich Ray zu. Er zog die Mundwinkel nach unten und zuckte mit den Achseln. «Die Luft wird offenbar dünner. Ich hoffe, die Kollegen sind mit ihren Messungen bald fertig.»

Am nächsten Abend saßen nur die weitgehend beschäftigungslosen Walforscher vor dem Fernseher. Ray war auf die *Otago* gefahren, um dort nach dem Rechten zu sehen, und Hermann hatte das Thema abgeschreckt: *Kryptozoologie*. Die Monsterjäger befanden sich weltweit im Freudentaumel. Sie triumphierten. Aus jeder zweiten Zeitung blickte einem Degenhardts bärtiges Gesicht entgegen. Hermann konnte die Euphorie des Tierfilmers sogar verstehen, ansehen musste er sich das aber nicht. Er hatte sich in den Keller zurückgezogen, um weiter an der Archivierung seiner Sammlung zu arbeiten.

Irgendwann trieb ihn die Neugierde dann doch nach oben. Er platzte mitten hinein in Degenhardts pathetische Schlussworte.

«... immer daran geglaubt, dass diese Welt noch phantastische Entdeckungen bereithält. Die Suche und das Warten haben sich gelohnt», sagte er, dem anzumerken war, dass er zurzeit den Himmel auf Erden durchlebte. Er kündigte an, bald selbst nach Kaikoura fahren zu wollen, um den Roten mit eigenen Augen zu sehen. Es sei kein Zufall, dass die Nachrichten aus Neuseeland kämen. Diese dünnbesiedelte Inselwelt habe bis heute viele ihrer Geheimnisse bewahrt. «Ununterbrochen werden neue Tierarten entdeckt», fuhr er fort, «Würmer, Insekten, Krebse, sogar Vögel, Rinder, Affen, riesige Haie und Wale. Deshalb war es für uns immer nur eine Frage der Zeit, bis irgendeinem Glücklichen einmal ein wirklich außergewöhnlicher Fisch ins Netz geht. Alltägliche Routine ist immer unspektakulär und voller Mühsal, und oft genug führt sie in die Irre. Nicht jede Woche wird ein neuer Planet entdeckt oder eine allgemeine Relativitätstheorie niedergeschrieben. Wie alle Visionäre wurden wir als Spinner und Träumer abgetan. Wenn man aber beharrlich ist ...»

Hermann ging quer durch den Raum und nahm sich ein Bier aus dem Kühlschrank. «Ich habe offenbar nichts verpasst. Geht das die ganze Zeit schon so?»

«Und ob», sagte Tim und gähnte demonstrativ. «Eine One-Man-Show. Von einem, der immer schon alles besser wusste.»

«Also ich fand es teilweise sehr interessant», widersprach Maria. «Wusstest du, wie viele Bigfoot-Fußabdrücke es gibt, aus den unterschiedlichsten Regionen der Rocky Mountains, und dass alle ähnliche Charakteristika aufweisen? Die Menschen, die sie gefunden haben, konnten gar nichts voneinander wissen. Das ist doch merkwürdig, oder?»

Hermann schmunzelte. «Ich sehe schon. Einen erwischt es immer.»

+++ SUCHE NACH VERMISSTEM TAUCHER EINGESTELLT +++

+++ GESTRANDETER POTTWAL BEIGESETZT +++

Das Vorhaben der lokalen Politiker, den Pottwalkadaver schnell und ohne großes Aufsehen verschwinden zu lassen, erwies sich angesichts der jüngsten Entwicklungen und massiver Pressepräsenz als undurchführbar.

Tim hatte seine Drohung wahr gemacht und die Journalisten auf die Bissverletzungen hingewiesen. Die meisten hatten die Wunden zwar bemerkt, darin aber eine Folge der Strandung gesehen, Verletzungen durch Steine und scharfe Felskanten, die entstanden waren, als der tonnenschwere Körper mit den Wellen an Land rollte.

Bald aber hatte sich herumgesprochen, dass es zuvor zu einem Duell der Giganten gekommen war, zu einer Auseinandersetzung, bei der die bisher bestehende Rangordnung auf den Kopf gestellt worden war. Schwere, muskelbepackte Körper in einem erbitterten Kampf auf Leben und Tod – seit dem Aussterben der Dinosaurier hatte es an Land nichts Vergleichbares gegeben, nichts, was auch nur annähernd eine Vorstellung davon vermitteln konnte, was sich hier abgespielt hatte. Beinahe genüsslich wurden Fragen nach Details gestellt. Wie lange hatte der Kampf gedauert? Wer war der Angreifer? Hatte der zahnlose junge Wal sich an einer viel zu großen Beute vergriffen?

Das tote Bestiarium am Peketa Beach entwickelte eine magnetische Anziehungskraft. Weder Gestank noch die bei Windstille unerträglichen Fliegen verhinderten, dass der Pottwal den ganzen Tag lang von einer staunenden und lebhaft diskutierenden Menschenmenge umringt war. Eine Tageszeitung titelte: *Kaikoura, ein Wal(l)fahrtsort*, und ein australischer Fernsehsender hatte sich für einen nicht unbeträchtlichen Betrag die Exklusivrechte an dem Pottwalbegräbnis gesichert und übertrug das Ereignis live. Filderson und seine Mitarbeiter im Rathaus hatten blitzschnell umgedacht. Kaikoura, das bis vor kurzem als touristischer Geheimtipp eine beschauliche, aber komfortable Randexistenz geführt hatte, war unverhofft in aller Munde. Das galt es zu nutzen, auch wenn der Anlass für das enorme internationale Interesse ein völlig anderer war, als man sich das gewünscht hätte. Wohnwagenwracks und Zeltplanen wurden abtransportiert oder verschwanden hinter Erdwällen und Bergen entwurzelter Vegetation. Die Welt sollte die Bilder von Kaikouras traumhafter Umgebung ungestört genießen können. Unter den Gewerbetreibenden des Ortes herrschte wieder Zuversicht.

Als der Bulldozer das Tier endlich an einer um die Schwanzflosse gelegten Kette den Strand hinauf und in die vorbereitete Grube zog, standen mehr als dreihundert Menschen Spalier, die wenigsten stammten aus Kaikoura. Hermann hatte die drei Walforscher, die sich zur Anwesenheit verpflichtet fühlten, begleitet, hielt sich angesichts des großen Andrangs aber mehr oder weniger angewidert im Hintergrund. Barbara wünschte hinter vorgehaltener Hand, das Tier, dessen Leib mittlerweile deutlich aufgebläht war, möge bei dem Hinundhergezerre explodieren und den Leuten als stinkender Matsch um die Ohren fliegen.

Fotografen und Kameraleute hatten sich hinter der Absperrung die besten Plätze gesichert. Damit die Kampfspuren deutlich zu sehen waren, musste das Tier vorsichtig gedreht und mit Wasser abgespült werden, bevor es dann auf der linken Körperseite liegend in die Düne geschafft wurde. Kameras zeigten Bilder mit zerfetztem, mittlerweile schwärzlichem Blubber und von der ehemals weißen Oberlippe mit den tiefen Rissen und Schnitten. Immerhin vermieden sie es, das untere Kopfdrittel zu zeigen. Die aufgequollene Zunge sah aus wie ein riesiges blutunterlaufenes Geschwür, ein Anblick, der den Zuschauer zu Hause an den Fernsehgeräten nicht zuzumuten wäre. Außerdem hätte wegen des fehlenden Unterkiefers der Eindruck entstehen können, der Kadaver wäre ausgeschlachtet worden.

Unter das beinahe ehrfürchtige Staunen, das die Zeremonie und später das Medienecho dominierte, mischten sich auch kritische Stimmen. Nicht nur Hermann und Adrian Shearing fragten, warum der Wal nicht genauer untersucht worden sei, bevor man ihn in einem befremdlichen Spektakel unter die Erde brachte. Man hätte andere mögliche Ursachen der Tragödie ausschließen müssen, bevor man ihn kurzerhand zum Opfer eines Ungeheuers erklärte.

+++ DIE STADT UND DAS MONSTER – KAIKOURA IM JAGDFIEBER +++

Seit der Attacke auf den jungen Delphin war der Rote nicht mehr gesehen worden. Jeder Kontakt mit den Heimatredaktionen begann für die Journalisten mit der bohrenden Frage, wann es endlich neues Bildmaterial gebe. Aber der Rote war ein Alien, ein Besucher aus einer anderen Welt. Niemand konnte sein Verhalten vorhersagen. Das untätige Warten zerrte an den Nerven.

Jemand kam auf die Idee, dass es bessere Beobachtungsposten geben könnte als den Peketa Beach oder die Kaimauer in South Bay, wo sich viele Fotografen mit Stativen und schweren Teleobjektiven aufgebaut hatten. Vielleicht würde sich der Rote ja viel weiter draußen im offenen Meer zeigen, wo er oder ein Artgenosse schon am Tag der Katastrophe von den Wissenschaftlern der Moby-Klick-Gruppe gesehen worden war.

Als der Erste mit einem gecharterten Boot auf das Meer hinausfuhr, in das tausend Meter tiefe Wasser über dem Canyon, begann so etwas wie Jagdfieber um sich zu greifen. Die an Land Gebliebenen bekamen Angst, sie könnten zu spät kommen oder leer ausgehen, und machten sich ihrerseits auf die Suche nach einem seegängigen Gefährt, das sie chartern konnten.

Bald dümpelten überall in der weiten South Bay Boote auf der sanftbewegten See. Der Steg am alten Pier Hotel leerte sich und bot tagsüber wie in alten Zeiten reichlich Platz für Angler. Sogar zwei der großen Katamarane kamen zum Einsatz, weil ein gewitzter Mitarbeiter von Whale Watch Ltd. die Idee hatte, Journalisten und Fotografen gleich rudelweise hinaus in die Bucht zu fahren. Auch die Katastrophentouristen, von denen immer mehr anreisten, nahmen das Angebot an. Keines der Boote aber verfügte über Ortungssysteme, um den Kalmar gezielt zu suchen. Also blieb nichts übrig, als zu warten und zu hoffen.

Ausschlaggebend war jedenfalls, was unter der Oberfläche lag, deshalb wurden bathymetrische Darstellungen der Küstengewässer und des Canyons wie Schatzkarten gehandelt, obwohl niemand wusste, ob diese Karten nicht längst überholt waren. Geschäftstüchtige Schiffseigner behaupteten, die besten Fischgründe zu kennen. Der Rote brauche schließlich Nahrung. Andere priesen besonders vielversprechende Gebiete direkt über der Canyonwand an, deren genaue Position nur ihnen bekannt sei. Dort gebe es sicher Höhlen und Versteckmöglichkeiten.

Da die Suche auf See erfolglos blieb, versuchten einige Bootsführer, dem Jagdglück etwas nachzuhelfen, zuerst mit Eimern voller Fischabfälle, die aus den Restaurantküchen im Ort stammten, dann mit unterschiedlichen Sorten von Viehfutter aus dem Farmbedarfsladen an der Esplanade, schließlich mit Lammfleisch aus den Tiefkühltruhen der Supermärkte. Von einem Boot aus wurden sogar große Plastikkanister voll mit Rinderblut ins Wasser entleert, das man in einer Eilaktion aus einem Schlachthof in Blenheim herbeigeschafft hatte.

Aber der Rote zeigte sich nicht. Dafür lockte das Blut seine Verwandtschaft an, einen großen Schwarm Hakenkalmare, die sich wie wild gebärdeten. Plötzlich waren sie da, Hunderte von grün-bläulich schimmernden Tieren, die das Blut rasend machte. Sie wirbelten durcheinander, schossen mit dem Hinterteil voran aus dem Wasser, flogen ein, zwei Meter durch die Luft und brachten beim Aufprall mit dem Schlag ihrer Flossen das rote Wasser zum Schäumen. Bis Haie auftauchten, die Blutwolke mit den übermütigen Kopffüßern darin in einer immer enger werdenden Spirale umkreisten und die ganze Versammlung gründlich aufmischten. Ihr Angriff erfolgte blitzschnell, eine abrupte Richtungsänderung und dann mit weit aufgerissenem Maul und der ganzen Kraft ihres muskulösen Körpers in die dichte, wimmelnde Masse der Kalmare hinein. Das hatte zwar nichts mit dem Monster zu tun, aber den Kameramännern gelangen von Bord des Schiffes aus nie zuvor gesehene Bilder. Haie mit aufgerissenem Maul und vorgeschobenem Kiefer, die gleich mehrere Kalmare gepackt hatten. Wie Medusenhäupter waren ihre Köpfe von Fangarmen umrankt, die sich zwischen den gefürchteten Zähnen hinauswanden und sofort festsaugten. Die Kalmare wehrten sich gegen ihren Untergang, aber die Angreifer wussten sich zu helfen. Sie schüttelten sich, wuchteten ihre Körper aus dem Wasser und ließen sich dann in einer Gischtfontäne auf die Oberfläche klatschen, um die lästigen Saugnäpfe loszuwerden. Eine dunkle Tintenwolke, die von den panischen Kopffüßern stammte, vermischte sich mit dem Rot des Blutes. In diesem Meer, das bezeugten alle, die das Festmahl der Haie beobachtet hatten, herrschte weiterhin Ausnahmezustand.

+++ RODNEY SMITH IM ABSCHLUSS-TRAINING VERLETZT +++

Tagsüber warteten nach wie vor alle auf den Roten, auf ein Zeichen seiner Anwesenheit, abends bevölkerte der Pressetross Pubs und Restaurants und kurbelte zur Freude der Gastwirte den Umsatz an. Bei lauter Musik und Bier in Strömen wurden die erfolglosen Suchaktionen des Tages diskutiert. Der ausgelassenen Stimmung tat das Ausbleiben des Tiefseegiganten keinen Abbruch. Zweifellos gab es ungastlichere Orte, um eine lange Wartezeit totzuschlagen.

An dem Abend, als das Rugby-Prestigeduell der australischen Wallabies gegen Neuseelands All Blacks übertragen wurde, waren die Pubs an der Esplanade wie überall im Land überfüllt. Im Strawberry Tree versammelten sich vor einer großen Projektionswand Anhänger beider Mannschaften. Bis auf die Straße standen die Menschen und debattierten mit Biergläsern in der Hand die Erfolgschancen ihrer Teams. Das

Spiel fand in Melbourne statt, die Australier galten als Favoriten. Wetten wurden abgeschlossen. Minuten vor dem Anpfiff dachte niemand mehr an den roten Kalmar.

Gerade als unter lauten Spottrufen der Neuseeländer ein Interview mit Rodney Smith, dem verletzten Star der Australier, gesendet wurde, kam Sandy die Straße entlanggetrottet. Er steuerte direkt auf den Menschenauflauf vor dem Strawberry Tree zu und drängte sich mitten unter die vor dem Pub stehenden Journalisten. «Ich habe ihn gesehen, Leute», brüllte er mit heiserer Stimme. «Hört ihr? Ich habe ihn gesehen. Ich weiß, wo das Biest sich versteckt hält.» Er schlug sich mit der Faust gegen die Brust.

Der Alte wurde geringschätzig gemustert. Er war kreidebleich, was seiner Erzählung eine gewisse Überzeugungskraft verlieh, aber vor allem war er voll bis unter die Krempe seiner blauen Baseballkappe und konnte sich nur mit Mühe auf den Beinen halten.

«Halt die Klappe, Alter», versuchten sie ihn zu stoppen. «Wir wollen das Spiel sehen.»

«Zisch ab, Mann. Du nervst.»

«Was du gesehen hast, ist das Delirium.»

Aber Sandy dachte nicht daran zu gehen. Er sah sich um, pickte sich aus der Menge einen schmächtigen jungen Mann heraus, dessen von Sommersprossen übersätes Gesicht Interesse signalisierte, starrte ihn mit weit aufgerissenen geröteten Augen an und begann zu erzählen.

«Es war in der Whalers Bay, heute Nachmittag. Keine dreißig, vierzig Meter vom Ufer entfernt. Ich denke, ich hätte einen Biss gemerkt, und will gerade meine Leine einholen, da wälzt sich plötzlich dieses Vieh durchs Wasser, langsam, ganz langsam und schwerfällig, zehn Meter neben dem Boot. Das Ding schien gar kein Ende zu nehmen, und es hat seltsame

Geräusche von sich gegeben, eine Art Pfeifen oder Schnauben. Mir ist das Herz stehengeblieben, das kannst du mir glauben. Nur einen kleinen Schwenk zur Seite, und er hätte Kleinholz aus meinem Boot gemacht. Mannomann. Wenn ich daran denke, schlottern mir jetzt noch die Knie. Was für ein Monstrum. Und eine Haut wie flüssige Lava.»

Um den hageren alten Mann bildete sich eine kleine Menschentraube. Einige kannten Sandy, hatten sich schon die Geschichte von den Kalmaren am Peketa Beach angehört und seine Saugnapfnarben bewundert. Er hatte sich immer bereitwillig filmen oder fotografieren lassen, stellte sich gern in Positur, lüpfte das Hosenbein, drückte die schmale Brust heraus und grinste über das ganze Gesicht. Mit seinem verdreckten Hemd, den Hochwasserhosen und den dünnen behaarten Beinen sah er genauso aus, wie man sich jemanden, der von Monstern phantasiert, vorstellte. Niemand konnte diese skurrile Erscheinung als seriöse Quelle präsentieren. Aber er kannte die Gegend wie seine Westentasche, und im Gegensatz zu vielen anderen hatte er etwas zu erzählen. Die Journalisten ermunterten ihn, weiterzureden.

«Die Whalers Bay ist doch auf dieser Seite der Halbinsel, oder?», fragte der junge Mann mit den Sommersprossen. Er trug eine Schirmmütze mit der Aufschrift «Christchurch Chronicle».

Der Alte zog die Stirn in Falten. «Meinst du, das Biest schafft es nicht um die Halbinsel herum, bis zu uns hier vor die Haustür? Ich habe ihn gesehen. Ich weiß, wovon ich spreche. Dieser Bursche schafft es überallhin.» Er nickte bedächtig, um seine Aussage zu bekräftigen. «Ich fahre seit Jahren in die Whalers Bay. Die Klippen sind zwar kaum noch wiederzuerkennen, seit die Welle gewütet hat, aber ich lass mich nicht vertreiben. Auf ein paar Felsbrocken mehr oder weniger kommt's nicht an.

Das ist und bleibt mein Platz.» Er schluckte mühsam und fuhr sich mit der Zunge über die Lippen. «Herrgott, hab ich einen trockenen Mund. Ich brauch dringend was zu trinken. Hat jemand vielleicht einen Schluck Bier ...»

«Nimm meins», sagte der junge Mann mit den Sommersprossen, in dem der Alte ein dankbares Opfer gefunden hatte. Er reichte ihm sein fast volles Glas. «Ich besorg mir ein neues.»

Sandys Augen leuchteten. «Das ist sehr anständig von dir, mein Junge, wirklich sehr anständig. Für dich ist das kein Problem, aber auf meine alten Tage wird es langsam riskant, sich durch so 'ne Menschenmenge zu kämpfen.» Er deutete mit dem Kopf auf das Gewühl und grinste. «Hab den Laden lange nicht mehr so voll erlebt.» Er hob das Glas, prostete den Männern zu, die um ihn herumstanden, und trank.

«Ahh.» Sandy wischte sich mit dem Handrücken über den Mund. «Wisst ihr, das war mal ein richtig gutes Angelrevier. Warum gab es hier wohl so viele Robben und die ganzen Seevögel und Delphine? Die wussten schon, warum sie hier sind. Aber jetzt sind sie alle weg. Fische gibt's da draußen kaum noch. In der Whalers Bay nicht und auch sonst nirgendwo hier in Kaikoura. Ein Kumpel von mir lebt ein paar Kilometer die Küste rauf, für den hat sich kaum etwas geändert. Im Gegenteil, er sagt, er fängt so viel wie nie zuvor. Aber hier ...»

Ein Einheimischer mit blauweißer Kapitänsmütze kam ihm unverhofft zu Hilfe. «Ich sag's wirklich nicht gerne, weil Sandy viel erzählt, wenn der Tag lang ist, aber es stimmt, in diesem Fall hat er recht. Mir geht es genauso. Ich habe schon seit Tagen nichts mehr gefangen. Die Fische sind weg, oder zumindest beißen sie nicht mehr. Ich habe schon gedacht, es ist das Wasser. Vielleicht mögen sie dieses merkwürdige Wasser nicht.»

Sandy blickte triumphierend in die Runde. «Seht ihr? Es

stimmt, was ich sage. Ich weiß nicht, ob es das Wasser ist oder ob diese Biester daran schuld sind, diese Kalmare, die überall herumsausen. Ich kenn sie aus meiner Zeit als Walfänger. Ja ...» Er lachte über die ungläubigen Gesichter und nippte aus seinem Glas. «Der alte Sandy hat eine Vergangenheit als Walfänger. Das hättet ihr nicht gedacht, was? Also, wenn wir sie erst mal hier an der Küste hatten, ich meine, richtig große Wale aus der Cook Strait, dann ging's ruck, zuck. Bevor sie den Geist aufgaben, haben die Pottwale manchmal ganze Schiffsladungen von diesen Viechern ausgekotzt. Dann konnte man sie bewundern, oder zumindest ihre Einzelteile. Überall auf dem Wasser schwamm dieses stinkende Zeug, und ich kann euch sagen, in so einen Wal passt was rein.» Er rieb sich nachdenklich das Kinn. «Ich habe keine Ahnung, warum und wieso, aber jetzt hat irgendwas die Biester an die Oberfläche getrieben. Na ja ...»

«Was ist nun mit dem Kalmar?», fragte ein untersetzter bulliger Mann mit breitem australischem Akzent, einer der wenigen, die ihm noch zuhörten. «Hast du ihn wirklich gesehen?»

«Ob ich ihn gesehen habe? Glaubst du etwa, ich lüge?» Sandy trank hastig, schwankte leicht hin und her und versuchte, den Fragesteller zu fixieren, aber sein Protest verpuffte ins Leere. Aus dem Pub war plötzlich ein Raunen, dann lauter Jubel zu hören. Seine letzten Zuhörer wendeten sich ab. Das Spiel hatte mit einem Paukenschlag begonnen.

«Ach ...» Sandy machte eine wegwerfende Handbewegung und fluchte, bevor er den Rest seines Biers hinunterkippte und dann weiter die Esplanade hinaufschlurfte. Der Strawberry Tree war nicht der einzige Pub in Kaikoura.

Am nächsten Tag tauchte der Rote in Sichtweite der auf der Kaimauer von South Bay wartenden Fotografen und direkt neben der vollbesetzten *Maui* auf. Offenbar sei das Tier nach seiner Attacke auf Steven Baxter auf den Geschmack gekommen, bemerkte ein anderer Reporter scherzhaft, und suche jetzt nach knackigen Journalisten.

Aber der Rote verhielt sich nicht aggressiv. Beinahe genüsslich, als wollte er ein Sonnenbad nehmen, sielte er sich minutenlang vor Dutzenden von Augenzeugen an der Wasseroberfläche. Die Menschen auf dem Katamaran trauten ihren Augen kaum. Fast alle sahen ihn zum ersten Mal und starrten gebannt auf dieses Ungetüm. Sein Kopf mit den riesigen Augen blieb meist unter Wasser. Ab und an ließ er seine beiden Tentakel scheinbar ziellos durch die Luft peitschen, als würde er einen unsichtbaren Schwarm von Meeresbewohnern zur Eile antreiben. Es ging nicht um Beuteerwerb, weit und breit war nichts zu erkennen, was seinen Appetit hätte wecken können. Die meisten, die dichtgedrängt an der Reling standen und ihn bestaunten, rätselten und diskutierten, was sein seltsames Verhalten zu bedeuten hätte. Es sah aus, als räkelte er sich gelangweilt und machte Lockerungsübungen für die Muskeln.

Die ängstliche Zurückhaltung, die anfangs im Boot geherrscht hatte, war schnell grenzenloser Begeisterung gewichen, und die Szene unterschied sich kaum von einer friedlichen Walsichtung. Bis einer der Tentakel in Richtung Katamaran flog. Die Passagiere schrien alle gleichzeitig. Der angeblich sichere Abstand entpuppte sich als Illusion. Obwohl der gewaltige Körper des Roten seine Lage im Wasser kaum verändert hatte, erreichte sein herausgeschleuderter Tentakel mühelos das Schiff. Die Erkenntnis, dass sie seine Reichweite massiv unterschätzt hatten und jeder Einzelne von ihnen eine mögliche Beute abgegeben hätte, traf sie wie ein Schock.

Das dicke Tentakelvorderende verfehlte das Schiff knapp, klatschte ins Wasser, schnellte sofort wie an einem Gummizug zurück und verschwand unter der Wasseroberfläche. Der Leib des Kalmars begann sich zu drehen. Die *Maui* schwankte, als die Menschen von der Reling zurücksprangen. Sie drängten durcheinander, gebrauchten rücksichtslos ihre Schultern und Ellenbogen, um sich Platz zu verschaffen. Als erneut ein Tentakel heranflog, stürzten viele in wilder Panik über die fest installierten Sitzbänke, wurden zu lebenden Stolpersteinen für die Nachrückenden, die auf ihnen herumtrampelten und zu Fall kamen. Teure Kameras schlitterten über den Boden und wurden achtlos aus dem Weg gekickt. Diesmal schlug die auffallend schlanke Tentakelkeule gegen den blauen Kunststoff der Bordwand und rutschte, ohne Halt zu finden, mit einem schabenden Geräusch daran entlang, ein trotz des Geschreis der Passagiere deutlich vernehmbares Kratzen. Als würden Fingernägel über eine Tafel fahren, sagten manche später und schüttelten sich vor Abscheu.

Als sich an Bord alle langsam aufgerappelt hatten, war der Rote verschwunden. Der Kapitän ließ sofort die Maschinen starten und gab Vollgas. Er wollte nicht riskieren, dass dieses Tier noch näher käme und besser zielte. Als Andenken blieben neue Fotos, blaue Flecken, Schürfwunden und das Gefühl, knapp einer lebensgefährlichen Situation entronnen zu sein.

Hermann und Ray versuchten alles über diesen Zwischenfall zu erfahren. Krallen, sagten sie übereinstimmend, es müssen Krallen gewesen sein, die das Geräusch verursachten. Damit stand fest, dass der Rote tatsächlich kein Architeuthis war. Die Riesenkalmare hatten ihre Spitzenstellung als größte wirbellose Tiere der Welt endgültig verloren.

+++ WISSENSCHAFTLER STELLT SENSATIONELLEN ZUSAMMENHANG HER +++

+++ IST DAS KRAKENMONSTER VON KAIKOURA EIN LEBENDER GLOBSTER? +++

Schon die Überschrift des Artikels hatte Hermann die Zornesröte ins Gesicht getrieben, und jetzt, nachdem er einem Link auf die Webseite einer US-amerikanischen Tageszeitung gefolgt war und die ersten Zeilen überflogen hatte, war er restlos bedient.

Krakenmonster.

Er wäre bereit, ihnen das Monster zu verzeihen, auch wenn sie damit viel zu schnell bei der Hand waren. Zumindest was seine Größe anging, hatte der Rote ja wirklich etwas Monströses. Meinetwegen, dachte er, geschenkt. Aber: Krake – das war unverzeihlich. Seit Tagen beherrschte das Thema die Berichterstattung, und einige begriffen es einfach nicht. Es war nicht nur diese amerikanische Zeitung. Immer wieder war von einem Riesenkraken die Rede. Ein Auto war ein Auto und kein Traktor. Niemand würde das jemals durcheinanderbringen.

«Es ist ein Kalmar, verdammt noch mal», fluchte er. «Ist das so schwer?»

Er klickte sich zurück zu der langen Google-Liste. Sie enthielt so viele Einträge, dass er wahrscheinlich Tage brauchte, um sie alle durchzusehen. Eigentlich hatte er Ray nur Gesellschaft leisten und bei dieser Gelegenheit längst überfällige Mails an die Kieler Universität und seine Tochter schicken wollen. Aber dann war er, ohne sich viel dabei zu denken, bei den Suchbegriffen «Kaikoura» und «cephalopods» gelandet. Seitdem wünschte er sich, er hätte seine kurze Mittagspause irgendwo draußen an der frischen Luft verbracht.

Das Internet-Café war ihm ohnehin zu voll. Die meisten Kunden gehörten zu der wachsenden Zahl von Touristen, die das Pressegetöse nach Kaikoura gelockt hatte. Zum Geklapper von zwei Dutzend Tastaturen war aus kleinen Deckenlautsprechern ein Live-Konzert der Rolling Stones zu hören. Zwischen den Songs brach, wie jetzt nach einer brachialen Version von *Honky Tonk Woman,* lauter Jubel los, der in Hermanns Ohren wie der blanke Hohn klang.

«Gib's auf», sagte Raymond achselzuckend und streifte ihn mit einem flüchtigen Seitenblick. «Wozu regst du dich auf? Sie kennen den Unterschied nicht, und ich vermute, er ist ihnen auch vollkommen egal. Viele Menschen verwechseln Löwe und Tiger oder Gorilla und Schimpanse und empfinden das keineswegs als Bildungslücke. Glaub mir, die meisten denken bei Kalmaren nicht an lebende Tiere, sondern an Mayonnaise und fetttriefende, knusprig panierte Tintenfischringe. Sie wissen nicht, wie die Tiere aussehen, und es interessiert sie auch nicht besonders. Und hier in Neuseeland spielt auch die alte Sage von Kupe, dem Entdecker, und dem riesigen Kraken eine Rolle. Die Leute wissen bei dem Wort gleich, was gemeint ist, irgendetwas Widerliches mit langen Armen und Saugnäpfen, das über arglose Seefahrer herfällt. Kalmar ist zu harmlos. Krake klingt einfach besser, unheimlicher, gefährlicher. Darum geht es.»

«Okay, das könnte ich sogar noch verstehen. Aber dass es ihnen egal ist, finde ich schlimm. Dahinter steckt Ignoranz, ein tiefsitzendes Misstrauen gegenüber der belebten Welt.»

«Ohh», stöhnte Ray und unterbrach das Studium seiner elektronischen Post. «Nun mach mal halblang. Geht's nicht ein bisschen kleiner?»

Hermann konnte sich nicht beruhigen. Diese Ignoranz, diese selbsternannten Experten, die sich überall zu Wort meldeten, machten ihn wahnsinnig. Wo er nur konnte, hatte er sich um Seriosität bemüht, um zuverlässige, nachprüfbare Aussagen, war von Interview zu Interview geeilt, hatte viele Stunden investiert, um Zusammenhänge zu erläutern und Fehler richtigzustellen. Gegen eine ignorante Öffentlichkeit aber, gegen dieses Ausmaß an Dummheit und Desinformation kam er nicht an. Er griff nach dem Styroporbecher mit dem Kaffee, den ein junger Mann neben den Computer gestellt hatte, und verbrannte sich die Zunge. «Au! Verdammt, ist das heiß.»

Kaum blickte er auf den Bildschirm, hatte er sich wieder im Dickicht der unsinnigen Behauptungen verfangen, die der Verfasser in die Welt setzte. «Hör dir das an, Raymond! Nur ein Beispiel. Er schreibt: ‹Zahlreiche Indizien sprechen dafür, dass der riesige Kopffüßer und die gelegentlich an Stränden auftauchenden Gewebeklumpen, die sogenannten Globster, zu derselben oder zumindest nah verwandten Tierart gehören.› Was soll man dazu sagen? Welche Indizien? Wie kann dieser Idiot so etwas behaupten? Warum drucken sie diesen Unsinn?»

«Nimm's nicht so persönlich. Wir sollten uns nicht aufregen, sondern versuchen, die Medien für uns zu nutzen, Hermann, für unsere Sache. Wir wollen da draußen retten, was zu retten ist, oder? Ich sage nicht, dass man Unsinn verbreiten soll wie dieser Amerikaner, aber man muss die Menschen mitnehmen, sie müssen, wenn auch nur im Kopf, dabei sein können. Sie haben ein Recht darauf. Sie bezahlen uns.»

Hermann brummte etwas Unverständliches und schüttelte den Kopf.

«Man kann natürlich auch Bücher schreiben», fuhr Ray fort. «Abhandlungen, Hunderte von Seiten, die niemand liest. Man kann einen Platz im Pantheon der Wissenschaft anstreben. Dafür habe ich keine Zeit. Vielleicht später, wenn ich alt bin. Ich will dir was sagen: Seitdem mich die Presse zu Mr Architeuthis gemacht hat, gelte ich bei uns zwar als der verrückte Wissenschaftler schlechthin, aber man hört mir zu. Ich muss ununterbrochen Fragen über die Größe von Riesenkalmaren beantworten, aber ich werde auch gefragt, wenn es um den Schutz wertvoller Küstenbiotope geht, um die Gefährdung des Orange Roughy durch die Tiefseefischerei, die Zerstörung der Seamounts. Das bringt meistens auch nichts. Aber es ist besser, als sich in sein Kämmerchen zurückzuziehen.»

Ray lehnte sich zurück, verschränkte seufzend die Hände hinter dem Kopf und sah Hermann ironisch lächelnd an.

«Man muss ein Spiel daraus machen. Die Leute freuen sich, wenn man sich ein wenig als der irre Wissenschaftler aufführt. Wenn sie mich fragen, ob ich mich für ein Foto in den Mantel eines Riesenkalmars hülle, dann tue ich ihnen den Gefallen. Ich stecke auch meine Hand in seinen Schnabel, sogar meine Nase, wenn sie glauben, das würde sich auf einem Foto gut machen.»

Hermann wagte einen neuen Versuch, aus dem Styroporbecher zu trinken. Seine Zunge brannte zwar, aber der Kaffee war endlich genießbar.

«Mich erinnert das Ganze an die Geschichte vom St.-Augustine-Monster», fuhr Ray fort. «Es ist keinen Deut besser geworden. Manche Dinge ändern sich eben nie.»

Hermann sah ihn verständnislos an.

«Monster interessieren dich nicht, was?» Ray grinste. Er schlug sich mit beiden Händen auf die Oberschenkel. «Komm, lass uns zurückgehen. Wir haben noch viel zu tun. Ich erzähl's dir auf dem Weg.»

«Das Ganze spielte sich vor über hundert Jahren in Florida ab», sagte Ray, als sie auf der Straße waren. «Nahe dem Städtchen St. Augustine fanden zwei Jungen einen tonnenschweren Gewebeklumpen am Strand. Es war der erste Globster der Weltgeschichte. Zum Glück gab es im Ort einen umtriebigen Arzt, Dr. DeWitt Webb, ein echter Heroe der Wissenschaft. Zuerst verhinderte er, dass ein geldgeiler Hotelbesitzer einen Holzverschlag um den Globster errichtete, um Eintrittsgelder zu kassieren. Dann ließ er Fotos anfertigen und verfasste lange Briefe an die berühmtesten Wissenschaftler seiner Zeit. Professor Addison Verrill, damals der bekannteste amerikanische Cephalopodenexperte, war von Webbs Beschreibung und den Fotos so beeindruckt, dass er sofort eine Veröffentlichung für das *American Journal of Science* schrieb: A gigantic Cephalopod on the Florida coast›. Obwohl er das St.-Augustine-Monster nie gesehen hat, gab er ihm den Namen Octopus giganteus Verrill 1897.»

«Richtig», rief Hermann aus. «Daher kenne ich den Namen. Verrill ist der Erfinder des Octopus giganteus.»

«Immerhin besaß er die Größe, seinen Irrtum einzugestehen. Nachdem er Gewebeproben gesehen hatte, widerrief er seinen Schnellschuss und plädierte fortan für einen Wal. Aber es half nichts. Er erntete Hohn und Spott. Ein Fachblatt schrieb damals: ‹Die Moral der Geschichte ist: Man sollte nicht versuchen, Exemplare zu beschreiben, die an der Küste von Florida gestrandet sind, wenn man in seinem Arbeitszimmer in Connecticut sitzt.›»

«Wie wahr», sagte Hermann, und zum ersten Mal seit Stunden konnte er wieder lächeln.

In der Station wurden sie ungeduldig erwartet. Barbara und Maria standen draußen vor der Eingangstür und winkten ihnen schon von weitem zu.

«Da seid ihr ja endlich», rief Barbara. «Wo wart ihr denn? Wir haben gerade überlegt, ob wir euch suchen sollen. Ihr müsst unbedingt ein Handy anschaffen, damit man euch erreichen kann.»

Ray legte den Kopf schief. «Habt ihr uns so vermisst?»

«Mir ist jetzt nicht nach Scherzen zumute, Ray», sagte Maria mit vorwurfsvollem Ton. «Die Polizei war hier.»

«Die Polizei?» Hermann runzelte die Stirn. «Etwa so ein dicklicher Typ mit rundem Gesicht?»

«Es waren zwei.»

«Haben sie nach mir gefragt?»

«Nach euch beiden. Sie haben etwas abgegeben.»

«Lass mich raten», sagte Ray. «Ein kleines verwaistes Riesenkalmarbaby?»

Barbara lachte nervös. «Eher nicht.»

«Was ist denn los?» Hermann legte ihr beruhigend die Hand auf die Schulter. «Du bist ja ganz aufgeregt.»

Barbara lief voraus. Die anderen folgten ihr durch den Flur zum Kursraum. Im Gehen suchte sie Blickkontakt zu Hermann. «Der Rote hat in der South Bay eine kleine Jolle angegriffen. Es ist niemandem was passiert, aber einer der Insassen muss ziemlich schnell reagiert haben.»

«Was hat er denn getan?»

«Da», sagte Barbara nur, als sie den Kursraum betraten. Sie zeigte auf eine große gelbe Plastikwanne, die mitten im Raum auf einem der Tische stand. «Seht's euch an, dann wisst ihr, was er getan hat.»

Ray durchmaß mit weiten Schritten den Raum und war der Erste, der die Wanne erreichte. Er blieb wie angewurzelt stehen. «Ach du Scheiße», entfuhr es ihm.

Dann sah auch Hermann, was sich in der Schüssel befand. Er starrte entgeistert auf das armdicke schlangenartige Gebilde. «Mein Gott! Ein Tentakel. Sie haben ihm einen Tentakel abgehackt.»

«Einer an Bord muss sofort eine Axt in der Hand gehabt haben», sagte Barbara, die zwischen die beiden Männer getreten war.

«Können wir ihn auf den Fußboden legen?», fragte Ray.

«Bleibt mir bloß vom Leib damit», sagte Maria, die in der Tür stehen geblieben war. «Die Saugnäpfe sollen noch funktionieren, haben die Polizisten gesagt. Ein scheußliches Ding.»

Niemand beachtete sie. Hermann und Barbara schoben Tische und Stühle beiseite, während Ray den abgetrennten Tentakel vorsichtig betastete und dann aus der Schüssel hob. Die wie eine Speerspitze geformte Keule baumelte über dem Boden und tropfte.

«Ihh», protestierte Maria und verzog das Gesicht. «Das ist ja ekelhaft. Muss das sein?»

«Reiß dich zusammen», wies Ray sie mit ungewohnt scharfer Stimme zurecht. «Nur eine Handvoll Menschen werden jemals das Glück haben, dies hier zu sehen, und wenn du nicht dazugehören möchtest, dann geh und lass uns in Ruhe arbeiten, ja. Was erwartest du eigentlich? Du musst dich schon entscheiden, willst du Wissenschaftlerin sein oder doch lieber Modepüppchen?»

Maria schnappte nach Luft, presste die Lippen zusammen und errötete. Dann drehte sie sich abrupt um und verließ den Raum. Man hörte sie den Gang entlanggehen. Eine Zimmertür schlug zu.

Niemand sagte etwas. Offensichtlich waren sich Ray und die hübsche Amerikanerin inzwischen nähergekommen. Hermann und Barbara wechselten einige stumme Blicke.

Ray schwieg. Er kniete sich hin und legte den Tentakel auf dem Boden ab. Seine Augen leuchteten. Das sensationelle Objekt, das vor ihm lag, nahm ihn vollkommen gefangen.

«Sieh dir das an, Hermann», sagte er, atemlos vor Aufregung.

«Da hast du deine Krallen. Hoho, ich kann es beinahe nicht glauben. Sie sind mindestens vier bis fünf Zentimeter lang. Du lagst mit deiner Schätzung ziemlich gut. Siehst du, sie sitzen in zwei gegeneinander versetzten Reihen auf der Tentakelkeule, wie die Saugnäpfe am Schaft. Sie sind sicher einmal daraus hervorgegangen.» Er berührte einen der elfenbeinfarbenen Haken an der gebogenen Spitze. «Verdammt spitz, und beweglich. Vielleicht kann er sie in diese ringförmigen Häute zurückziehen. Der krallt sich seine Opfer wie eine Katze, bloß mit viel größerer Reichweite.»

«Ich habe den Delphin zappeln sehen. Er hatte keine Chance.»

Ray richtete sich auf und sah auf das gut zwei Meter lange braunrote Tentakelstück herab. «Mittlerweile bin ich ja einer der wenigen, die ihn noch nicht gesehen haben. Das Biest scheint mir aus dem Weg zu gehen. Aber jetzt weiß ich, dass er alles übertrifft, was wir jemals gesehen haben, Hermann, ob tot oder lebendig. Allein diese Keule ...» Er wog das Tentakelende in der Hand. «Habt ihr ein Maßband? Was für eine Waffe. Er schlägt seine Krallen in die Beute und zieht sie dann zu den Fangarmen. Mein Gott, ich möchte nicht wissen, welche Ausmaße sein Schnabel hat. Dagegen ist Architeuthis ein Schoßhündchen.» Er schüttelte nachdenklich den Kopf. «Diese schlanke Keule, die Krallen ... wenn seine enorme Größe nicht wäre, wüsste ich, was das sein könnte, aber so ...»

Hermann zog einen Stuhl heran und setzte sich. Barbara stand an einen Tisch gelehnt hinter ihm. «Warum haben sie ihm den Tentakel abgehackt?», sagte er. «Ich glaube nicht an einen Angriff.»

«Es ist ein Monster.» Ray legte die Tentakelkeule vorsichtig auf dem Boden ab und richtete sich auf. «Bei Monstern ist alles erlaubt. Sie sind Freiwild.»

«Na ja.» Barbara hatte ihren Platz hinter Hermann verlassen und stand mit einer Flasche Wasser in der Hand vor der offenen Kühlschranktür. «Irgendwie muss der Tentakel ja in die Nähe der Axt gelangt sein, nicht wahr? Der Mann wird wohl kaum zu dem Kalmar ins Wasser gesprungen sein, um ihm seinen Tentakel abzujagen. Also war das Ding auf dem Schiff. Das kann man schon als Angriff missverstehen. Möchtest du, dass dir dieses Ding um die Ohren fliegt, Hermann?»

«Natürlich nicht, was für eine Frage. Aber man muss ihm auch nicht so dicht auf den Pelz rücken, dass er die Möglichkeit dazu bekommt.»

Ray kratzte sich unsicher am Kopf und wirkte für einen Moment abwesend. «Sagt mal ... was ganz anderes. Du kennst Maria doch gut, Barbara. Glaubst du, es hat Sinn, wenn ich mal kurz nach ihr sehe?»

«Kurz?» Barbara schüttelte lachend den Kopf. «An deiner Stelle würde ich mich warm anziehen. Ich vermute, sie wird Krallen ausfahren, die mindestens so lang sind wie die von unserem Kalmar hier.»

9. Sharky und der Paradiesvogel

Die Leinwand war in diffuses bläuliches Licht getaucht, das bis in die ersten vollbesetzten Sitzreihen reichte. Obwohl jeder im Kinosaal von Kaikoura wusste, dass hier der Canyon gezeigt werden sollte, fiel es den meisten schwer, die Bilder mit der Wirklichkeit zu verbinden. Die Oberflächen waren grob, zeigten kaum Details, deshalb hätte es alles Mögliche sein können: eine Rinne, von abfließendem Wasser in den Schlamm einer Wattfläche gespült, eine Schlucht mit Klüften und Überhängen oder eben ein mariner Grand Canyon von gewaltigen Ausmaßen. Es war eine Computersimulation, in der Realität würde kein Mensch je einen derart klaren Durchblick in die Tiefen des Meeres genießen können.

Aus dem Nichts tauchten bewegte Objekte auf, die sich seltsam ruckartig bewegten und wie Zierfische in einem Zimmeraquarium zwischen beiden Seiten des Canyons hin und her schwammen.

«Unsere Wale sind zweifellos verbesserungsbedürftig», räumte Randolf Shark ein, der mit seinem Laptop an einem Tisch auf dem Podium saß. Er hatte sich etwas zur Seite gedreht, um die Projektion auf der Leinwand verfolgen zu können, und stützte sich dabei auf seinen rechten Arm. Gleichzeitig bemühte er sich, direkt in das Mikrophon neben sich zu sprechen, was ihm eine unbequem verdrehte Körperhaltung aufzwang. «Sie werden sicher verstehen, dass wir in der Kürze der Zeit keine Hollywood-reife Animation hinbekommen konnten.»

Raymond, rechts neben ihm, erkannte Schweißtropfen auf Sharkys Stirn, die feinen grauen Haare über den Ohren waren feucht und verklebt. Er wirkte erschöpft und übernächtigt. Seine Hand zitterte leicht, wenn sie den Laptop bediente, die tiefe Stimme klang belegt. Es berührte Ray, wie sehr diese Veranstaltung den sonst so souveränen Mann mitzunehmen schien. Lass es gut sein, Randolf, flehte er innerlich. Hör auf, dich zu entschuldigen!

Offenbar hatte er in den letzten Tagen das weitaus bessere Los gezogen. Während an Bord der *Otago* die Hölle los war, hatte er mit Hermann Tag für Tag im Keller der Station gehockt, über Saugnapfanatomie und Kalmareierstöcke sinniert und die Nächte mit einer temperamentvollen kleinen Amerikanerin verbracht.

Shark war einer der dienstältesten Forscher im Institut, ein erfahrener Kollege, den Ray trotz gelegentlicher Meinungsunterschiede sehr schätzte. Er hatte gedacht, diesen Mann könnte nichts aus der Ruhe bringen, weder Stürme in Orkanstärke noch ein heftiger Zwist unter Kollegen. Aber wie sich jetzt zeigte, war auch Sharky nicht der «tough guy», als der er sich manchmal ausgab. Es war die Pressemeute unten im Saal, die ihm zu schaffen machte, und der ungewohnt heftige Gegenwind, der ihrem Hause seit Tagen ins Gesicht wehte. Wahrscheinlich hatte man ihm aus Wellington Druck gemacht. Hier und heute ging es nicht nur um die Präsentation wissenschaftlicher Erkenntnisse. Dieser Tag musste ein Befreiungsschlag werden, und Randolf Shark, oberster Repräsentant des NIWA auf der *Otago,* sollte ihn führen.

Mit einer Geste, die beiläufig wirken sollte, wischte sich

Shark den Schweiß von der Stirn. «Wir haben rund um die Uhr gearbeitet und mussten Prioritäten setzen. Die Wale sollen nur die Größenverhältnisse verdeutlichen.»

In Wahrheit hatten sie sich mit der Präsentation viel Mühe gegeben. Die Erwartungen waren immens. Die meisten Reporter, die hier auf der Lauer lagen, verstanden etwas davon, wie man Geschichten erzählt, menschliche Schicksale so darstellt, dass sie die Leser zu Tränen rühren, aber sie hatten nicht den geringsten Schimmer von Ozeanographie. Nach der langen Wartezeit und den seltenen, aber spektakulären Auftritten des Roten hofften viele endlich auf sensationelle Enthüllungen. Als könnte sich irgendwo tief unten im Canyon ein Zugang zum Mittelpunkt der Erde geöffnet haben, zu einer riesigen Höhle mit den unversehrten Überresten eines extraterrestrischen Raumschiffes oder zu anderen literarischen Gespenstern, die erfindungsreiche Autoren zum Leben erweckt hatten.

Was sie aber herausgefunden hatten, war ganz von dieser Welt und möglicherweise enttäuschend, wenn man darauf hoffte, einen Blick in den Vorhof der Hölle zu werfen. Deshalb wollten sie nichts dem Zufall überlassen. Sie hatten ihren Auftritt geprobt wie ein Theaterstück.

Nachdem Ray ihn wochenlang nur in Fleecejacken und dicken Pullovern gesehen hatte, war Shark heute wie aus dem Ei gepellt erschienen. Alle von der *Otago* hatten sich in Schale geworfen, was stundenlang besetzte Duschräume und viel Gelächter zur Folge hatte, weil manche sich nur in Gummistiefeln und Ölkleidung kannten. Natürlich trugen sie keine Anzüge und Krawatten – sie waren Forscher und Seeleute, keine Banker –, sondern beigefarbene Hosen und nagelneue marineblaue Polohemden mit dem Emblem ihres Schiffes über dem Herzen.

«Wir blicken vom Meer in Richtung Land, also ziemlich genau nach Westen», sagte Shark. «Der Canyon ist in tausend Metern Tiefe noch zwei bis fünf Kilometer breit. Wir glauben, dass er durch sogenannte Turbidit- oder Trübeströme entstanden ist, partikelreiche Wasserströme von enormer Gewalt, die alles hinaus ins offene Meer spülen, was ihnen nicht standhalten kann. Sie fließen längs durch den gesamten Canyon, direkt in den noch wesentlich tieferen Hikurangi-Trog. Dort verlieren sie an Kraft und lagern ihre Sedimentfracht in einer charakteristischen Schichtung ab, die wir mit unseren Bodensonden nachweisen können. Diese Trübeströme sind verantwortlich für die Gestalt des Canyons, für seine steilen Nord- und Südhänge, aber mit der Welle, die über South Bay hereingebrochen ist, haben sie nichts zu tun. Hier ist etwas anderes geschehen. Wenn Sie so wollen, etwas sehr viel Normaleres. Ich starte jetzt unsere Simulation. Achten Sie auf den linken, also den südlichen Canyonhang.»

Bis auf das Lüftergeräusch des Beamers war es in dem überfüllten Kino jetzt ganz still. Obwohl die Tür offen stand, wurde es langsam stickig, es roch nach menschlichen Ausdünstungen und klammer Feuchtigkeit, die den Sitzpolstern entwich. Der Saal war zwar der größte in der Stadt, aber für die Pressekonferenz war er viel zu klein. Etliche interessierte Bürger hatten keinen Platz mehr gefunden und waren auf die Fernsehnachrichten vertröstet worden, was empörten Widerstand ausgelöst hatte: Es sei offenbar wichtiger, dass man Journalisten von sonst wo über die Ergebnisse unterrichte, als den Bürgern dieser Stadt, die sich in ihrer Existenz bedroht sehen, endlich die Wahrheit zu sagen. Vor der Tür war es zu heftigen Auseinandersetzungen gekommen, bis Shark zwei Lautsprecher installieren ließ, sodass man die Gespräche aus dem Saal draußen verfolgen konnte.

Auf der Leinwand war unverändert die Ansicht des Canyons zu sehen, ohne Pottwale. Plötzlich erzitterte die steile linke Canyonwand, sackte in sich zusammen und ergoss sich in einer raschen Bewegung auf den Boden der Schlucht.

«Das Ganze noch einmal aus anderer Perspektive», sagte Shark. «Wir schauen jetzt direkt nach Süden.»

Die imaginäre Kamera bewegte sich tiefer in die Schlucht hinein und machte einen Schwenk nach links. Man sah einen Steilhang unbekannter Ausdehnung, in dem sich jäh auf ganzer Breite ein Riss zeigte. Fest erscheinendes Substrat begann zu fließen und zu rieseln wie feiner Sand, rutschte nach unten und bedeckte den Boden der Schlucht mit einer dicken Schuttschicht.

Im Saal blieb es beunruhigend still. Randolf Shark fuhr sich mit der Hand durch die Haare und nahm einen Schluck aus seinem Wasserglas. Er hatte befürchtet, dass diese Darstellung zu unspektakulär, ja fast harmlos wirken könnte, aber er hatte sich dazu überreden lassen, genau wie zu der lächerlichen Pottwalanimation. Dabei empfand er diese überfrachteten Computergraphiken und Animationen schon lange als Unsitte. Ein paar Worte hätten es auch getan. Es war ein Erdrutsch großen Ausmaßes, verdammt noch mal, nicht mehr, aber auch nicht weniger.

Die Zuschauer warteten, hofften auf mehr. Eine läppische Schlammlawine sollte die Nachricht des Tages sein? Wollt ihr uns auf den Arm nehmen? Stirnfalten, heruntergezogene Mundwinkel, Kopfschütteln, tuschelnde Nachbarn.

Er setzte sich aufrecht hin, räusperte sich und sprach mit fester Stimme ins Mikrophon: «Es ist ein Hangrutsch, eine Lawine aus Felsen, Geröll und feinem Sediment in einer Dimension, von der unser Trickfilm nur eine schwache Vorstellung vermitteln kann. Was diese Animation nicht zeigt, die konkreten Auswirkungen auf die Topographie des Canyons, haben wir mit dem modernen Instrumentarium der *Otago* so genau wie möglich zu ermitteln versucht.»

Sein Blick streifte Hermann Pauli ganz links außen auf dem Podium. Das lächerlich bunte T-Shirt, das er trug, leuchtete sogar im blauen Schummerlicht der Projektion. *Schützt die Laichgründe der Australischen Riesensepie!*, sprang Shark ins Auge, sollte jedem ins Auge springen, genauso wie dieses protzige Vieh, das über seine ganze Brust reichte. Was hatte er sich dabei gedacht, ein fast sechzigjähriger Professor, eine Autoritätsperson, noch dazu ein Deutscher? Sie hatten ihn gebeten, ihnen mit seinem Sachverstand zur Seite zu stehen, ein wenig internationale Rückendeckung könnte schließlich nicht schaden, das Letzte aber, was ihnen vorgeschwebt hatte, war eine pubertäre Clownsnummer.

Sharks Hand schwebte über der Tastatur. Zwei Mausklicks entfernt warteten die Bilder, an denen die Wissenschaftler der *Otago* eine Woche lang rund um die Uhr gebastelt hatten. Mehr könnte er nicht bieten. Erst wenn das hier überstanden wäre, würden sie weiterarbeiten. Er berührte die Taste.

Ein bathymetrische 3-D-Darstellung des Canyons baute sich auf. Die Wassertiefe wurde durch kräftige Farben dargestellt, Rot für die oberen fünfhundert Meter, dann Gelb, Grün und Blau für die größeren Tiefen. Wissenschaftliche Pop-Art.

«Was Sie hier sehen, ist das Bild, das der Canyon uns vor einem Monat oder einem Jahr geboten hat.» Er fuhr mit dem Mauspfeil einen mittleren Bereich des Südhanges ab. «Diese achthundert bis tausend Meter hohe Steilwand, die ich hier markiere, ist auf einer Breite von fast anderthalb Kilometern abgerutscht, möglicherweise infolge eines der schwachen Erdstöße, die man registriert hat, vielleicht auch nur, weil die Flüsse durch den Starkregen in den Tagen vor der Katastrophe so viel Sediment angespült haben, dass das berühmte Fass zum Überlaufen gebracht wurde. Eine Kettenreaktion könnte dafür gesorgt haben, dass die Wand komplett in sich zusammengebrochen ist. Was die Lawine ausgelöst hat, wissen wir nicht, und vielleicht werden wir es auch nie erfahren. Das folgende Bild zeigt nun, wie der Kaikoura Canyon heute aussieht.»

Er betätigte die Taste ein zweites Mal. Zu sehen war derselbe Ausschnitt der südlichen Canyonwand. Raunen im Saal, die Zuschauer streckten sich, kniffen die Augen zusammen, kritzelten eilig ein paar Zeilen auf Papier. Man musste kein Fachmann sein, um die Veränderungen zu erkennen.

Wo sich eben noch eine durchgängige Steilwand erhoben hatte, klaffte jetzt eine Lücke. Es sah aus, als hätte ein Gigant seinen Fuß mitten in ein Kunstwerk aus Sand gesetzt und alles in Grund und Boden gestampft. Der Boden der Schlucht war unter einer stellenweise zweihundert Meter dicken Geröllschicht begraben, aus der einzelne mächtige Brocken herausragten. Man könne nur schätzen, welche Massen sich hier in Bewegung gesetzt hätten, sagte Shark: etliche Millionen Kubikmeter. An Land erreichten Erdrutsche nur selten diese Ausmaße. Man müsse aber bedenken, dass subaquatische Lawinen noch ganz andere Dimensionen erreichen könnten. Er spreche von Tausenden von Kubik*kilometern*. Das sei keine Theorie, es gebe Beispiele dafür. Insofern – er wisse, dass angesichts der Verheerungen, die dieses Ereignis angerichtet habe, seine Einschätzung wie blanker Hohn klingen müsse –, insofern sei Kaikoura noch mit einem blauen Auge davongekommen.

Im Saal wurde es lauter. Zwischenrufe. Fragen. Protest kam vor allem von draußen vor der Tür, so laut, dass man einzelne Rufe sogar auf dem Podium hörte. Eine korpulente ältere Frau schien völlig außer sich zu sein. Sie versuchte in den Saal zu gelangen und stemmte sich gegen die Arme zweier Polizisten, die den Eingang versperrten. Ob sich jemand der Herren South Bay mal angesehen habe, kreischte sie, und dabei liefen ihr Tränen über das Gesicht. Die Zerstörungen, Häuser, in denen einmal Familien gelebt hätten und von denen jetzt nur noch die Grundmauern zu sehen wären. Die frischen Gräber auf dem Friedhof. Mit einem blauen Auge davongekommen ... Wie man so etwas sagen könne. Das sei eine Beleidigung für alle Betroffenen.

Im Saal blickten sich die Menschen um, reckten die Hälse, viele stimmten der Frau zu: Doch als sie von den Polizisten mit sanfter Gewalt weggeführt und die Tür geschlossen wurde, kehrte schnell wieder Ruhe ein. Aus dem Auditorium kamen jetzt Fragen zur Sache: Wo waren die erwähnten Megalawinen abgegangen? Wie oft müsste man mit solchen Lawinen rechnen? War der Prozess zum Stillstand gekommen oder Kaikoura weiter gefährdet? Was wäre passiert, wenn nicht nur ein, sondern fünf oder zehn Kilometer Canyonwand kollabiert wären?

«Ich glaube, diese Frage können Sie sich selbst beantworten», sagte Randolf Shark, der spürbar an Sicherheit gewonnen hatte. «Ich mag mir die Folgen eigentlich nicht ausmalen.»

«War die Welle ein Tsunami?»

«Nennen Sie es, wie Sie wollen. Wenn ich daran denke, welche unfassbaren Katastrophen wir unter dieser Überschrift schon erlebt haben, scheue ich mich, das Wort Tsunami zu verwenden, auch wenn es sicher Gemeinsamkeiten gibt. Der Katastrophe in Asien vor ein paar Jahren ist ein schweres Seebeben vorausgegangen, Magnitude 9, das viertstärkste, das jemals gemessen wurde. Auf Hunderten Kilometern Länge wurde der Meeresboden umgestaltet und ist heute kaum noch wiederzuerkennen. Von solchen Dimensionen sind wir hier weit entfernt. Ich muss mich wiederholen, auch wenn es schwerfällt, angesichts des Leids, das die Welle hier über die Menschen gebracht hat: In globalem Maßstab, ich betone, in globalem Maßstab handelt es sich um ein eher kleines lokales Ereignis.»

Das Murren im Saal war unüberhörbar. Shark saß mit geradem Rücken und glühenden Wangen auf seinem Stuhl und wirkte kämpferisch.

«Es ist beileibe nicht das erste Mal, dass Neuseeland so etwas erlebt. Der Sockel, auf dem dieses Land ruht, bröckelt jeden Tag, jede Minute. Dieses Bild, das ich Ihnen jetzt zeige, stammt von der Ostküste der Nordinsel. Sie erkennen das East Cape, südlich davon liegt Ruatoria, vorne der Hikurangi-Trog. Er ist an dieser Stelle drei- bis viertausend Meter tief. Ich glaube, ich muss nicht erklären, was man hier sieht. Es ist dasselbe Bild wie im Canyon von Kaikoura, nicht wahr? Nur dass diese gigantische Lawine eine Breite von vierzig Kilometern hatte und erst nach fünfzig Kilometern in der Abyssalebene der Tiefsee zum Stillstand kam. Das Geröllfeld, das dieser Erdrutsch hinterlassen hat, ist groß genug, um darin problemlos alle unsere großen Städte unterzubringen. Sehen Sie sich an, was für riesige Felsblöcke in dem Schutt stecken. Weil sich unser Land so steil aus der Tiefsee erhebt, finden sich Narben wie diese überall im Festlandssockel. Wir müssen den Tatsachen ins Auge sehen. Dieser gigantische Erdrutsch vor Ruatoria hat vor einhundertsiebzigtausend Jahren stattgefunden. Und etwas Vergleichbares kann und wird wieder geschehen. Hier verläuft nun einmal die Subduktionszone.» Er fuhr mit dem Mauspfeil den tiefblau bis violett gefärbten Tiefseegraben ab. «Hier, nur wenige Kilometer vor der Küste, schiebt sich die Pazifische Platte unter die Festlandsmasse der Nordinsel, und sie ist nicht platt und eben, sondern trägt diverse mächtige Seamounts.» Er deutete auf ein paar grüne Erhebungen im dunklen Blau der Tiefsee. «Wenn die Pazifische Platte abtaucht, bohren sich diese Berge in den steilen submarinen Hang des Festlandschelfs und reißen dort tiefe Wunden. Dabei bauen sich enorme Spannungen auf, und irgendwann entladen die sich in einem gigantischen Hangrutsch. Falls sich so etwas wiederholen sollte, solange noch Menschen auf diesem Planeten leben ...», er stockte, hob die Schultern und ließ sie seufzend wieder fallen. «In so einem Fall können wir nur hoffen, dass die Küstenbewohner rund um den Pazifik über effektive Frühwarnsysteme verfügen und sich rechtzeitig in Sicherheit bringen können. Für uns Neuseeländer allerdings wird die Zeit zur Flucht sehr, sehr kurz sein.»

Shark stützte sich auf seine Ellenbogen und fixierte seine Zuhörer. «Haben Sie noch Fragen?» Niemand reagierte.

«Gut, dann übergebe ich jetzt an meinen Kollegen Raymond Holmes. Viele von Ihnen werden ihn kennen. Es geht jetzt um die Kalmare. Ray, bitte.»

Auf dem Podium wurden die Plätze getauscht. Randolf Shark verfolgte mit väterlichem Wohlwollen, wie Ray auf dem Laptop seine Präsentation startete. Der Staffelstab war übergeben. Was die Graphiken anging und die albernen Pottwale, hätte er sich durchsetzen müssen, aber alles in allem war er zufrieden. Der Tumult, die ätzende Kritik, was immer er befürchtet hatte, waren ausgeblieben. Ray würde jetzt sagen, was es noch zu sagen gäbe, kurz, sachlich und präzise. Danach könnten sie ihre Sachen packen und wieder an die Arbeit gehen. Das Einzige, was Randolf Shark noch Sorgen bereitete, war Rays deutscher Kollege.

Hermann saß jetzt links neben Raymond, auf einem Platz, den vorher ein hagerer Geophysiker eingenommen hatte, der spezielle Fragen zu Trübeströmungen und submariner Lawinenentstehung beantworten sollte, die aber nie gestellt wurden. Er hatte sich nicht um den Job hier gerissen und wusste eigentlich nicht, was er auf dem Podium zu suchen hatte, aber es wäre unhöflich gewesen, der Bitte seiner Kollegen nicht zu entsprechen. Er war entschlossen, nur Fragen zu beantworten, die an ihn direkt gestellt würden, sich ansonsten aber zurückzuhalten, das hatte er Ray deutlich zu verstehen gegeben. «Du wirst es überleben», hatte der Neuseeländer schmunzelnd geantwortet, «Ehre, wem Ehre gebührt. Ohne diesen kleinen Auftritt lassen wir dich nicht ziehen.»

Als Hermann heute Morgen im Kinosaal die Jacke ausgezogen und dabei die bedrohliche Riesensepie auf seiner Brust entblößt hatte, zeigte Ray kaum eine Reaktion. Er hob nur die Augenbrauen, musterte ihn mit amüsiert gekräuselter Oberlippe, sagte: «Steht dir gut», und vertiefte sich dann wieder in seine Notizen. Sharks Blicke hingegen ließen an Deutlichkeit nichts zu wünschen übrig. Hermann wünschte sich jetzt, er hätte ein Ersatzhemd eingesteckt und könnte sich des Pamphlets auf seiner Brust entledigen. Die zornige Entschlossenheit, die ihn das T-Shirt hatte überstreifen lassen, war brüchig geworden. Jetzt, auf dem Podium, befürchtete er, die ungewohnte Rolle, in die er geschlüpft war, nicht ausfüllen zu können. Neben den Kollegen, die in einheitlicher Schiffsuniform angetreten und um Seriosität bemüht waren, wirkte er wie ein Paradiesvogel, wie jemand, der mit allen Mitteln Aufmerksamkeit erregen will.

Warum er sein australisches Souvenir ausgerechnet zu dieser Gelegenheit angezogen hatte, war ihm selbst nicht ganz klar. In ihm regte sich Widerstand, seit Tagen braute sich etwas zusammen, und zumindest Randolf Shark schien das zu spüren. Sein Zorn richtete sich nicht gegen die Wissenschaftler der *Otago*, gegen das National Institute oder sonst irgendeine spezielle Person oder Einrichtung. Nicht einmal gegen die Presse. Er spürte eine geradezu trotzige Aufsässigkeit, die ihm selbst nicht geheuer war. Der Trubel um seine Person mochte ehrlich und nett gemeint sein, aber er wollte sich nicht vereinnahmen lassen, jetzt noch weniger als in seinem alten Leben.

Heute Morgen, als er auf der Suche nach einem sauberen Kleidungsstück das Chaos seines Campingbusses durchsucht hatte, hielt er plötzlich das T-Shirt in der Hand, und sofort waren ihm die mit Sepia-Tinte befleckten Fischerboote in Whyalla eingefallen. In Australien traf es die Riesensepien, hier wurde der Rote zur Bestie erklärt, so lief es seit Jahrhunderten, und so ging es weiter, morgen und übermorgen, an jedem Ort dieses immer enger werdenden kleinen Planeten. Auf dem Siegertreppchen des *struggle for life* konnte nur einer stehen: der Mensch und der, der ihm diente und gefiel. Überleben gab es nur von seinen Gnaden.

Falls sie vorhatten, den Roten zu töten, und Hermann war sicher, dass es darauf hinauslief, wollte er klarstellen, auf wessen Seite er war, für wen er Partei ergreifen würde, dass sie mit seinem Widerspruch rechnen müssten. Sie hatten schon begonnen, den Roten in Stücke zu hacken, erst einen Tentakel, demnächst vielleicht den anderen oder einen der Arme. Wenn er sich nicht schleunigst in seine dunkle Tiefe davonmachte, würde jemand kommen und ihm den Gnadenstoß geben.

Er dachte an das Hochzeitsfest der Riesensepien und krallte seine Finger in den Stoff des T-Shirts, das er am Tag des Anschleichers gekauft hatte. Als sie damals an Land kamen, nur wenige Stunden nachdem John und er das erste betrügerische Riesensepienmännchen beobachtet hatten, fanden sie sich auf einem Hafenfest wieder, dem Giant Cuttlefish Day Whyalla, das von einer Gruppe junger Umweltschützer organisiert wurde. Sie forderten die Einrichtung eines marinen Nationalparks und baten ihn um seinen Namen auf ihrer Unterschriftenliste. Hermann hatte kleinliche Bedenken, wollte die Regierungsstellen, die ihre Forschung finanzierten, nicht vergrämen, redete sich damit heraus, dass er Ausländer sei. Und kaufte schließlich das T-Shirt, was vonseiten der jungen Aktivisten mit unverhohlener Verachtung quittiert wurde. Sie hatten mehr von ihm erwartet, zu Recht, wie er heute fand. Es ging um den Schutz der Tiere, an denen sie forschten, und um die bedrohliche Lage der Riesensepien. Unter den Bedingungen des einundzwanzigsten Jahrhunderts hatte ihr kollektiver Liebestaumel nicht massenhaft Nachwuchs, sondern massenhaft tote Sepien zur Folge. Nur weil es vorübergehend so viele von ihnen gab, konnten Fischer die Tiere in großen Mengen töten und Fleisch, das niemand brauchte und keiner mochte, zu Dumping-Preisen auf den Markt werfen. Es war feige, dass er diesem Wahnsinn nicht wenigstens seine Unterschrift entgegensetzen wollte. Tagelang hatte er sich mit einem schlechten Gewissen gequält, bis er die Liste schließlich doch noch unterschrieb. Heute sah er klarer.

Ein Grund für das Töten fand sich immer. Die Riesensepien lieferten Katzenfutter. Der Rote würde im Dienste der Wissenschaft sterben, zugunsten irgendeines Museums, das sich angesichts des vorhersehbaren Besucheransturms schon jetzt die Hände reiben könnte. Es würde Hermann nicht wundern, wenn das Geschacher um den Kadaver hinter den Kulissen schon begonnen hätte. Vielleicht saß der Henker bereits in den Startlöchern, präparierte seine Waffen und fragte: Wer bietet mehr?

Oder man baute dem Roten ein eigenes Haus, hier in Kaikoura, das erste und einzige Kalmarmuseum der Welt, als Ersatz für die Wale, die sich mit der Rückkehr Zeit ließen. Es würde seine konservierten Überreste präsentieren, unansehnlich grauweiß, wie alle toten Cephalopoden, von zäher, gummiartiger Konsistenz, das Licht erloschen, die Farben und Muster verblasst, der Zauber verflogen. Sicher würde man ihn in einem eigenen Saal zeigen, in voller Länge, samt seinen krallenbewehrten Tentakeln, die man wieder zusammenflicken würde, eine Bestie, ein Walkiller, eines der gewaltigsten Raubtiere der Welt. Er würde von Wundern und Geheimnissen der Tiefsee künden, die es nicht mehr gab. Selten war sich Hermann so sicher wie jetzt, dass es in dieser Welt auch für animalische Außenseiter einen Platz zum Leben geben müsste, sogar wenn sie viele Zentner wögen und zentimeterlange Krallen hätten. Zum ersten Mal in seinem Leben war er bereit, dafür zu kämpfen.

Auf der Leinwand erschien ein Foto vom Peketa Beach, aufgenommen in der Abenddämmerung des Tages, als er den gestrandeten Wal gefunden hatte und der Rote sich den Delphin schnappte. Hermann rang einen Moment um Fassung. Er hatte nicht damit gerechnet, in Cinemascope mit seiner eigenen Verwahrlosung konfrontiert zu werden. Ray hätte ihn fragen müssen. Es war ein beinahe privates Bild. Im Hintergrund erkannte man den dunkelgrauen Kadaver, vorne kniete Hermann neben einem Moroteuthis und blickte verdutzt in die Kamera. Er konnte sich gut an die Situation erinnern. Seine erste Begegnung mit Mr Architeuthis, der mühsam versucht hatte, seine Enttäuschung zu verbergen. Seine Wut darüber, dass ihm jemand zuvorgekommen war.

Nach dem ersten Schreck begann Hermann unter seinem großen Abbild zu grinsen. Er sah unmöglich aus, fast wie eine Karikatur seiner selbst. Und trotzdem gefiel er sich. Auch wenn man es seiner ausgemergelten Gestalt nicht ansah, die Aufnahme zeigte ihn in einer der glücklichsten Phasen seines Lebens. Ungewaschene Kleidung, ungekämmt, unrasiert, das sonnenverbrannte Gesicht zerfurcht, ein forschender Freilandbiologe, der nur für seine Tiere und seine Arbeit lebte, ein Entdecker, selbstvergessen, irre und einsam. Wie grau er geworden war. Und wie dünn. Er hatte stark abgenommen. Regelmäßige Mahlzeiten waren für ihn zur Nebensache geworden. Er ernährte sich hauptsächlich von Äpfeln. Hätte Brigitte ihn je so gesehen, sie wäre entsetzt gewesen.

Ray klickte weiter auf ein Übersichtsbild: ein Blick die Küste entlang Richtung Norden. Der Kiesstrand war von angeschwemmten Cephalopoden jeder Größe übersät. Wieder kniete Hermann auf dem Boden, diesmal weit entfernt.

«Meine Damen und Herren», begann Ray. «Uns ist klar, dass Sie vor allem an dem großen Kalmar interessiert sind. Dieses unglaubliche Tier fasziniert die Menschen in der ganzen Welt. Aber es ist uns wichtig zu betonen, worin hier in Kaikoura aus wissenschaftlicher Sicht die eigentliche Sensation besteht. Und wer dafür verantwortlich ist, dass dieses noch nie dagewesene Ereignis nicht völlig unbeachtet geblieben ist. Falls Sie ihn noch nicht kennen, möchte ich Ihnen, hier zu meiner Linken, Professor Hermann Pauli aus Deutschland vorstellen. Er war zufällig vor Ort, als es passierte, als Tourist, nicht als Wissenschaftler. Ihm allein und, darauf legt er großen Wert, einem Bürger dieser Stadt, Stuart Sandman, der ihm den entscheidenden Tipp gab, ist es zu verdanken, dass wir unschätzbar wertvolle Informationen über das Leben vor unserer Küste gewinnen können. Der Kalmarriese, der Rote, wie er ihn genannt hat, ist nur ein Teil des Ganzen, der spektakulärste vielleicht, aber sicher nicht der bedeutendste. Der lag eindeutig hier am Peketa Beach. Hunderte, wenn nicht Tausende von äußerst empfindlichen Tiefseekalmaren, die zum Teil noch nie ein Mensch gesehen hatte. Professor Paulis Initiative ist es zu danken, dass diese sensationellen Zeugnisse für die Nachwelt erhalten werden konnten. Tagelang hat er von Sonnenauf- bis Sonnenuntergang geschuftet und weit mehr getan, als man von einem einzelnen Menschen erwarten kann.»

Hermann schluckte. Mit einer derart elegischen Lobeshymne, vor versammelter Presse, hatte er nicht gerechnet. Er mochte solche Spektakel nicht, und so hatte er, während Ray sprach, nur die Arme verschränkt und starr auf die Tischplatte vor sich geblickt. Die Arme verdeckten die männliche Riesensepie auf seiner Brust. Von ihrem Schaufeldisplay war nur die obere Kopfhälfte zu sehen und die Augen, die gerade noch über den Rand seiner Unterarme schauten, darüber das Wort PROTECT, schützt!

Ray stand auf und streckte ihm die Hand entgegen. Ob er wollte oder nicht, er musste sich ebenfalls erheben, die Hand ergreifen und lächeln. Einige Fotografen ließen ihre Kameras aufblitzen und hielten den Moment für die Nachwelt fest. PROTECT THE AUSTRALIAN GIANT CUTTLEFISH SPAWNING GROUNDS!, prangte auf seiner Brust. Der Beifall war zaghaft. Auch für die Journalisten im Saal kam diese Ehrung unerwartet. Hermann war froh, als Ray seine Hand endlich losließ, aber bevor er sich wieder setzen konnte, musste er noch die Glückwünsche von Randolf Shark entgegennehmen, der ebenfalls überrascht zu sein schien und das Kunststück fertigbrachte, durch ihn hindurchzublicken, während er ihm die Hand schüttelte.

Fast ein bisschen ungelenk setzte er sich wieder.

Was hier geschehen sei, werde als einmaliger Glücksfall in die Geschichte der Tiefseeforschung eingehen, sagte Ray dann und zog gekonnt alle Register. Er bombardierte die Zuhörer mit Fotos und Graphiken, mit Tabellen und eingerahmten Zusammenfassungen. Bisher habe man ausschließlich auf den Zufall hoffen müssen: auf Zufallsfänge in Schleppnetzen von Trawlern und Forschungsschiffen, Zufallsbegegnungen mit Unterseebooten und unbemannten Tauchrobotern und Zufallsfunde von angeschwemmten, meist unvollständigen Kadavern. Die einzige zuverlässige Sonde in diese unbekannte Welt seien die Pottwale und ihr Mageninhalt gewesen, aber seit dem Ende des kommerziellen Walfangs sei auch diese Informationsquelle versiegt, und niemand wünsche sich die alten Zeiten zurück. Das Massensterben der Kalmare am Peketa Beach zeige nun erstmals die ganze Vielfalt der Tiefseekalmare. Sie übertreffe die Erwartungen bei weitem. Bisher hätten sie zweiundzwanzig Arten von Kalmaren gezählt, dazu zwei Tiefseekraken. Etwa ein Drittel davon sei neu für neuseeländische Gewässer, ein weiteres Drittel sogar neu für die Wissenschaft.

Ray zeigte Hermanns Fotos von den frischangespülten Tieren. Wären sie unter sich gewesen, im Kreis von Kollegen, die Begeisterung über diese faszinierenden Aufnahmen hätte kein Ende gefunden. Selten hatte man sie so lebensnah und unversehrt abgelichtet gesehen. Gestalten von einem anderen Stern.

Aber auf den Gesichtern im Saal dominierten andere Gefühle: Abscheu und, schlimmer noch, Müdigkeit und Langeweile. Hermann konnte es zunächst kaum glauben, wäre beinahe aufgesprungen, um sie an den Schultern zu packen und zu schütteln, damit sie endlich die Augen öffneten und begriffen.

«Wir haben uns natürlich gefragt, was all diese Tiefseeformen, einschließlich des Roten, an die Oberfläche befördert hat», fuhr Ray fort. «Ich möchte Ihnen noch einmal unsere Computersimulation zeigen, diesmal in stark verlangsamter Darstellung, damit Sie besser erkennen können, worauf es uns ankommt.»

Wieder füllte blaues Licht den Saal. Auf Tastendruck, als hätte Ray eine verborgene Sprengladung ferngezündet, begann die Canyonwand geräuschlos und in Zeitlupe in sich zusammenzufallen.

«Die Geröllmassen schieben sich auf der gesamten Breite

des Erdrutsches über den Canyonboden. Dabei haben sie alles, was dort lebt, vor sich hergetrieben oder verschüttet. Achten Sie darauf, was passiert, wenn die Lawine auf die Nordwand trifft. Jetzt, sehen Sie? Sie nähert sich mit so großem Schwung, dass sie sich auf der anderen Seite den Hangsockel hinaufschiebt, vermutlich mehrere hundert Meter. Dann erst fällt sie zurück und kommt unten zur Ruhe. Entscheidend war die Enge der Schlucht. Die Wassermassen vor dem nördlichen Hang wurden mit allem, was darin lebte, nach oben gedrückt. Die meisten Canyonbewohner dürften umgekommen sein. Was wir am Strand vorgefunden haben, ist nur ein kleiner Teil, aber er reicht aus, um unsere Vorstellungen zu revolutionieren.»

«Warum hat man denn hier nie ein U-Boot runtergeschickt?», rief jemand aus dem Saal, eine hohe, krächzende Männerstimme.

«Womit hätten wir denn tauchen sollen?», erwiderte Ray. «Auf der Welt gibt es nur fünf Tauchboote, die in so große Tiefen vorstoßen können. Eines gehört den Amerikanern, je eines Franzosen und Japanern, zwei den Russen. Sie alle haben schon etliche Jahre, wenn nicht Jahrzehnte auf dem Buckel. Das berühmteste, das amerikanische Tauchboot *Alvin,* ist vierzig Jahre alt und taucht noch immer. Wo sonst wird vierzig Jahre altes Gerät benutzt, um dringende wissenschaftliche Fragen zu klären? Wenn Sie das kritisieren möchten, nur zu. Wenden Sie sich an die Politik, die nicht die erforderlichen Mittel zur Verfügung stellt, obwohl fast die gesamte See um uns herum Tiefsee ist. Geld fließt nur, wenn kommerziell interessante Fischbestände involviert sind.»

Im Saal erhoben sich mehrere Hände.

«Können wir die Fragen bitte zurückstellen», sagte Ray, der dieses Thema möglichst schnell verlassen wollte. «Ich möchte noch auf den Riesenkalmar zu sprechen kommen. Entschuldigung, Riesenkalmar ist natürlich nicht korrekt. Wir wissen definitiv, dass es kein Architeuthis ist. Nur, und das ist genau die Frage, zu der ich noch einige Worte sagen möchte – was ist es dann?»

Er klickte zu einem Foto des abgetrennten Tentakels. Der Saal reagierte mit Gemurmel. Das Tentakelstück überragte Ray, der sich auf den Fußboden daneben gelegt hatte, um eine halbe Kopflänge.

«Ich bin zwei Meter und zwei Zentimeter groß», sagte er und grinste.

Wieder war Gemurmel zu hören. Die Störung kam aus der Nähe der Eingangstür, die sich kurz geöffnet hatte. Jemand war hinaus- oder hineingeschlüpft. Hermann kniff die Augen zusammen, aber was im hinteren Teil des langgestreckten Saales vor sich ging, war vom Podium aus nicht zu erkennen.

«Dies ist einer seiner Tentakel», fuhr Ray fort. «Sicher haben Sie alle gehört, wie er in unseren Besitz gelangt ist. Einer Ihrer Kollegen hat mir dankenswerterweise die folgende Aufnahme zur Verfügung gestellt.»

Das Bild zeigte den Bootsrand eines Segelbootes. Durch die Mitte liefen die glänzenden Aluminiumrohre der Reling. Dahinter, wenige Meter entfernt, schwamm ein undefinierbares dunkelrotes Gebilde im Wasser.

«Diese Aufnahme entstand, wenige Sekunden bevor der Tentakel aus dem Wasser geschleudert wurde. Er kam aus heiterem Himmel, sagen die Augenzeugen. Und hier auf dem nächsten Bild ist eine Großaufnahme der Keule mit den enormen Krallen. Dagegen ist eine Löwentatze ein echtes Samtpfötchen. Mir fällt nur eine Kalmarart ein, die über ähnliche, allerdings deutlich kleinere Krallen an den Tentakeln verfügt. Wenn wir einen seiner Arme hätten, wüssten wir mehr. Deshalb an dieser Stelle eine Bitte an den Nächsten, der vorhat, eine Axt oder ein Schwert oder Ähnliches zu schwingen: Wir bräuchten einen Fangarm, um den Kalmar zu identifizieren. Einen Fangarm, keinen Tentakel. Sie haben acht zur Auswahl, aber seien Sie vorsichtig. Ich fürchte nämlich, Sie müssten dazu sehr nah an ihn heran.»

Ray wusste, dass die Presseleute solche Scherze mochten, und tatsächlich wurde im Saal gelacht. Im Hintergrund des Kinosaals schien sich jemand besonders zu amüsieren. Die sind leicht zu unterhalten, dachte Hermann säuerlich.

«Im Ernst», sagte Ray, als es wieder ruhiger wurde, «es gibt nur eine Kalmarart, die an den Armspitzen Krallen besitzt. Vor einem Dreivierteljahr hatten wir ein solches Tier in Wellington im Labor. Wir nennen ihn Kolosskalmar. Sein wissenschaftlicher Name ist leider ein Zungenbrecher: Mesonychoteuthis hamiltoni.»

Das nächste Bild zeigte Ray neben einem Fleischklumpen, größer als ein Pferdekadaver. Hermann kannte das Foto. Er hatte es vor seiner Abreise nach Australien in der Zeitung gesehen. Damals hatte es ihn kaltgelassen. Alles hatte ihn kaltgelassen. Er erinnerte sich, dass er im Wintergarten saß, die Zeitung vor sich auf dem Tisch, und stumpfsinnig in den Garten starrte. Damals hatte er sich nicht vorstellen können, je mit einem noch viel gewaltigeren Tier konfrontiert zu werden.

Das unförmige Wesen auf dem Foto war so groß, dass vier stabile, mit ihren Schmalseiten aneinandergestellte Metalltische nötig gewesen waren, um es in ganzer Länge ausbreiten zu können. Aber es war der übliche Anblick, eben kein makelloses Exemplar wie die vom Peketa Beach. Seine rotbraune Haut war zerfetzt. Weißes Muskelfleisch trat hervor. Kein Wunder, dass die meisten Menschen angewidert das Gesicht verzogen.

«Das Tier, das Sie hier sehen, stammt aus der antarktischen Ross-See, nur wenige Flugstunden von Christchurch entfernt. Wir glauben, dass diese Art, im Gegensatz zu Architeuthis, der offenbar weltweit verbreitet ist, nur dort in einer Tiefe von über tausend Metern lebt, bei Temperaturen nahe dem Gefrierpunkt, aber wir wissen so gut wie nichts über sie. Dieser Bursche ist nahe der Oberfläche gefangen worden, wo er sich den Bauch mit zwei Meter langen Schwarzen Seehechten vollschlug, die sich ihrerseits auf Langleinenköder gestürzt hatten. Es ist das erste vollständige Exemplar eines Kolosskalmars, das wir kennen. Insgesamt sind es nur sechs, dieses hier eingeschlossen. Die anderen fünf stammen aus Pottwalmägen und waren, wie Sie sich vorstellen können, unvollständig und in einem ziemlich desolaten Zustand. Die Artbeschreibung erfolgte 1925 aufgrund von nur zwei Fangarmen.»

Ray trank einen Schluck Wasser und blinzelte ins Auditorium. Er hatte wenig mehr als vage Spekulationen zu bieten, aber er war entschlossen, sie optimal zu verkaufen.

«Dieser Koloss hat eine Mantellänge von zweieinhalb Metern. Er ist nicht ausgewachsen. Bei weitem nicht. Wir gehen davon aus, dass geschlechtsreife Tiere bis zu vier Meter erreichen können. Sehen Sie sich seine Kiefer an!» Ray präsentierte eine Aufnahme, die den geöffneten dunkelbraunen Schnabel direkt neben seinem Gesicht zeigte. «Eine furchtbare Waffe. Und jetzt nehmen Sie das noch mal zwei. Gegen einen solchen ausgewachsenen Mesonychoteuthis, den wohlgemerkt noch niemand gesehen hat, weder tot noch lebendig, nimmt sich unser guter alter Riesenkalmar recht schmächtig aus.»

Ray hielt einen Moment inne. Er wirkte ruhig und konzentriert, aber sein Gesicht glühte vor Erregung. Hermann hatte ihn noch nie so in Aktion erlebt. Mit einem Schlag wurde ihm klar, wie wichtig der Rote für Ray war.

«Professor Pauli hat einen seiner Artgenossen am Peketa Beach gefunden», fuhr Ray fort. «Sie leben also hier, oder zumindest kann es sie hierher verschlagen. Die Ross-See ist nicht weit entfernt. Die Sache hat nur einen Haken: Nach allem, was wir bisher wissen, hat der Rote eine Körperlänge von zehn Metern oder mehr, dazu kommen Fangarme und Tentakel. Er ist also noch wesentlich größer.»

Er klickte zurück zu dem Bild, das ihn neben den Tischen mit dem Kadaver zeigte. Seine Hände ruhten auf dem Rand eines Tisches, und er grinste mit unverhohlenem Besitzerstolz in die Kamera.

«Machen Sie sich klar, was das bedeutet, zehn Meter Mantellänge. Falls sie nicht unter seinem Gewicht zusammenbrechen, bräuchten wir fünfzehn dieser Rolltische, wenn wir ihn mit allen Kopfanhängen ausgestreckt präsentieren wollten. Wir tappen in vielerlei Hinsicht im Dunkeln. Ist der Rote männlich oder weiblich? Haben wir es mit einem oder mehreren Tieren zu tun? Wovon ernähren sie sich, und wo ist ihr Lebensraum? Für die Pottwale, die hier vor der Küste jagen, sind diese Giganten vermutlich zwei Nummern zu groß. Deswegen kennen wir keine Schnäbel, nichts. Wie Sie wissen, wies der junge Wal, der kürzlich hier gestrandet ist, deutliche Kampfspuren auf, aber ein solches Aufeinandertreffen dürfte die Ausnahme sein. Sollten diese beiden großen Räuber hier koexistieren, dann würden sie sich aus dem Wege gehen.»

Er beendete das Computerprogramm und gab einem Angestellten des Kinos ein Zeichen. An den Wänden des Kinosaals glommen altmodische Leuchter auf.

Ray hatte es prophezeit.

«Wir hätten dich gern dabei, Hermann», hatte er gesagt. «Aber vermutlich werden sie dich nicht sehr strapazieren. Bereite dich schon mal darauf vor. Es würde mich sehr überraschen, wenn sie sich für irgendetwas anderes als den Roten interessierten.» Und dafür, diese Botschaft transportierte Ray unausgesprochen zwischen den Zeilen, fühlte ausschließlich er sich zuständig, Mr Architeuthis. Hermann hatte nichts dagegen. Ihm fehlte jeder Ehrgeiz, Ray diesen Titel streitig zu machen.

Tatsächlich ging es bei den Fragen fast ausschließlich um den Roten, um seine Größe, seine Kraft, seine Angriffslust und Gefährlichkeit und um diesen seltsamen Schnabel, der aussah, als wäre er dem Greifvogel aus einem Albtraum entliehen. Mit welcher Kraft kann er zubeißen? Ist dieses Tier in der Lage, einen Wal anzugreifen und zu töten? Ein Boot zum Kentern zu bringen? Seine Augen sind die größten im Tierreich. Was kann er damit sehen? Wie kann er geblendet sein, wenn er Delphine und Menschen angreift? Der Rote mutierte zu einem Fabelwesen, einer Mischung aus Schnecke, Adler, Löwe und Riesenseeschlange.

Ray ging bereitwillig und routiniert auf alles ein. Sein Laptop war eine Fundgrube für Graphiken und Abbildungen. Jeder öffentliche Vortrag über Cephalopoden, auch wenn er das Sexualverhalten von Zwergkraken zum Inhalt hatte, endete in einem Disput über ihre maximale Körpergröße. Daran hatten die Japaner mit ihren Fotos nichts geändert. Ihre Bilder zeigten einen lebenden Architeuthis, aber seine Größe war nicht zu erkennen. Ein x-beliebiger Riffkalmar, der an einer Angelschnur zerrte, würde im Schummerlicht nicht viel anders aussehen. Es fehlte der Maßstab, und der beste, der einzige Maßstab, der zählt, ist ein Mensch.

«Was soll's», hatte Ray im Vorfeld der Pressekonferenz gesagt. «Es läuft immer darauf hinaus. Wir können froh sein, dass es die Riesen gibt, sonst würde sich überhaupt niemand dafür interessieren, weder für unsere Arbeit noch für die Tiere. So sieht's doch aus.» Die Menschen seien eben fasziniert von Wesen, die größer und stärker sind als sie selbst. Von Dinosauriern und Weißen Haien. Von Greifen, Riesen, Moby-Dick und King Kong. Er habe damit kein Problem. Ihm gehe es genauso. Natürlich interessiere er sich auch für die Kleinen, er sei Wissenschaftler, aber die echten Highlights setzten die Großen.

«Es ist eine Hassliebe», behauptete er auf dem Podium, «die Existenz der Riesen reizt und provoziert gleichzeitig. Die Menschen sind dabei, fast alle großen marinen Räuber auszurotten, und an Land sieht es nicht viel besser aus. Sie tun es selten, um ihren Hunger zu stillen, sondern um ihre Kräfte zu messen, um sich mit Trophäen zu schmücken und zu demonstrieren, wer Herr im Haus ist. Der Herr der Welt.»

Hermann schaltete ab, hörte kaum noch zu. Er hatte das Gefühl, dass die Journalisten hier all die marinen Giganten am liebsten in blutigen Gladiatorenkämpfen aufeinanderhetzen und ihr Gemetzel dann live in die Wohnzimmer der Welt übertragen würden. Per Pay-TV oder Pay-per-View. Das Meer würde kochen, wenn sie aufeinanderprallten, in einer Samstagabendshow der Superlative. Wer ist der Größte? Wer ist der Stärkste? Am Ende werden wir auch ihn zur Strecke bringen.

Rays Einleitung war vergessen. Keine einzige Frage zu den Kalmaren am Peketa Beach. Dabei hatte er sie ihnen doch gezeigt, ihre bizarren Körper, die sensationelle Vielfalt. Zweiundzwanzig Arten. Wie konnte man so sang- und klanglos darüber hinweggehen? Sie wollten nur über den Roten reden, diesen einen. Schon die Frage, wie ein solcher Riese überhaupt existieren könnte, wie groß sein Nahrungsbedarf wäre, wie er sich fortpflanzte, interessierte niemanden. Inzwischen hatte Hermann das Gefühl, dass der Rote jeden Rahmen sprengte.

Sein Blick schweifte ziellos durch den Raum, sprang von Lampe zu Lampe, von Filmplakat zu Filmplakat, von Sitzreihe zu Sitzreihe, vorbei an jungen Männern, die mit gesenktem Kopf eifrig mitschrieben, an gelangweilten, übermüdeten, sogar schlafenden Gestalten. Es waren kaum Frauen im Raum. Monsterjagd war Männersache. Endlich entdeckte er ein bekanntes Gesicht, auch wenn es nur Filderson, der Bürgermeister, war, der im Seitengang an der Wand lehnte und zufrieden lächelte. Kaikoura stand im Rampenlicht, das war das Einzige, was zählte. Ganz in der Nähe saß der Kapitän der *Maui,* und ein paar Reihen hinter ihm Paul Kay, der Bootsführer der *Warrior.*

In der letzten Reihe sah er Barbara und Tim. Er hätte gern gewusst, was sie dachten. Hinter Tim stand ein großer vollbärtiger Mann, an dem Hermanns Blick hängenblieb. Er hatte die kräftigen Arme vor der Brust verschränkt und schmunzelte, ja, er streckte seinen imposanten Bauch heraus und grinste. Der Mann sah anders aus als die Reporter, nicht nur wegen seines auffällig gemusterten Norwegerpullovers. Er war präsenter, strahlte ein durch nichts zu erschütterndes Selbstvertrauen aus. Und er kam Hermann bekannt vor.

Als der Mann mit der Krächzstimme das Wort ergriff, nahm das Gespräch eine andere Wendung. Hermann reagierte darauf wie auf das morgendliche Piepen seines Reiseweckers, sodass er den Bartträger augenblicklich vergessen hatte. Er wollte nur das Geräusch abstellen.

Der Mann war aufgestanden und fragte: «Was gedenkt das NIWA zu tun, um die Sicherheit der hier lebenden Menschen zu gewährleisten?»

«Ich verstehe nicht, was Sie meinen», antwortete Ray. «Wieso sollten die Menschen nicht sicher sein? Eine solche Katastrophe wird sich so schnell nicht wiederholen.»

«Ich meine nicht den Tsunami, sondern den Kalmar. Wer wird sich noch aufs Meer hinauswagen, solange sich diese Bestie hier herumtreibt? Er hat Boote angegriffen. Ein Taucher ist verschwunden. Was soll noch passieren?»

Hermann gab Ray ein Zeichen, dass er etwas sagen wollte. Der Neuseeländer war überrascht, aber er machte ihm bereitwillig Platz, und Hermann beugte sich nach vorn zum Mikrophon. «Entschuldigen Sie, wenn ich mich einmische, aber ich frage mich, woher Sie wissen, dass es Angriffe waren.»

«Woher ich das weiß? Was soll es sonst gewesen sein? Das Vieh hat seine Tentakel auf Menschen geschleudert. Und es hat einen Taucher auf dem Gewissen.»

«Die Leiche des Mannes ist meines Wissens nie gefunden worden. Tauchen ist ein potenziell gefährlicher Sport, zumal nachts und bei schlechten Sichtverhältnissen. Erst recht nach einer Katastrophe, wie sie hier geschehen ist. Kein Mensch weiß, wie es jetzt da unten aussieht. Man kann sich viele Unfallursachen vorstellen.»

«Aber es deutet doch alles darauf hin, dass der ...»

«Was deutet darauf hin? Dass beide im selben Ozean geschwommen sind? Nichts deutet darauf hin. Gar nichts.»

Im Saal erklang lautes Gemurmel. Hermann hob abwehrend die Hände. Er wusste, dass er mit dem, was ihn bewegte, hier wenig Freunde finden würde. Aber das schreckte ihn nicht. Und er wusste auch, dass er die ganze Zeit auf diesen Moment gewartet hatte. Dass er nur deshalb hier saß und dieses T-Shirt trug.

«Ich will nur Folgendes sagen: Es ist natürlich sehr einfach, den tragischen Tod des jungen Mannes dem Kalmar anzulasten, und für Sie und Ihre Kollegen ist es ohne Zweifel die aufregendere Geschichte. Aber es gibt nicht den geringsten Beweis dafür. Nehmen Sie das bitte zur Kenntnis. Ich sage nicht, dass es undenkbar ist, das wäre töricht, aber halten wir uns doch an die Tatsachen. Wenn ein Mann nachts hinaus in die afrikanische Savanne läuft und danach nie wieder gesehen wird, können Sie nicht einfach behaupten, ein Löwe habe ihn gefressen, nur weil in der Gegend ein Rudel lebt. Schließlich gibt es auch Hyänen, Leoparden und Wildhunde, es gibt giftige Schlangen, Büffel, Nashörner. Selbst ein kleiner Spießbock könnte ihn auf die Hörner genommen haben. Vielleicht hat er sich verlaufen oder ist einfach gestolpert und eine Felswand hinuntergestürzt. Und das, was Sie als Angriffe bezeichnen ...» Hermann schüttelte den Kopf. «Für ein solches Verhalten kann es viele Erklärungen geben. Es mag vielleicht merkwürdig klingen, aber es könnte Neugier gewesen sein, Spieltrieb, oder schlicht Zufall. Oder, und das ist wohl am wahrscheinlichsten ...»

Das Gemurmel im Saal wurde aggressiver. «Soll das ein Witz sein», schrie einer, der aufgesprungen war und wild gestikulierte. «Spieltrieb. Wie können Sie so etwas sagen? Ich war dabei. Ich war auf dem Schiff. Das Biest hatte es auf uns abgesehen. Ein schönes Spiel. Der Tentakel hat mich nur um Zentimeter verfehlt. Ich habe den Luftzug gespürt.»

«Er hat recht», rief ein anderer.

«Das ist doch kein Kätzchen, das mit seinem Wollknäuel spielt.»

«Das Vieh ist gemeingefährlich.»

Hermann ließ sich nicht beirren. «Glauben Sie im Ernst, dass ein Tiefseekalmar es auf Beute über Wasser abgesehen hat? Haben Sie schon einmal von einem Geier gehört, der sich seine Kadaver auf dem Meeresgrund sucht? *Sie* hatten es auf *ihn* abgesehen. So wird ein Schuh draus. Die wahrscheinlichste Erklärung ist, dass er sich bedroht gefühlt hat. Erinnern Sie sich an das Foto, das Ray Holmes gezeigt hat? Sie sind dem Kalmar mit der Jolle sehr nahe gekommen, bis auf wenige Meter.

Ich sage, viel zu nah. Das war unverantwortlich. Würden Sie einem Pottwal, einem Orca oder einem Weißen Hai so dicht auf den Pelz rücken? Das ist die Art von Lebewesen, über die wir hier reden. Soviel ich weiß, mussten die Whale-Watching-Boote einen bestimmten Mindestabstand zu den Pottwalen einhalten, und man durfte nicht zu ihnen ins Wasser steigen. Alle haben sich daran gehalten, also ist nie etwas passiert. Warum sollen für den Roten andere Regeln gelten? Nur weil er Ihnen unsympathisch ist? Auch er hat ein Recht darauf, dass man ihm mit ein wenig Respekt begegnet. Sonst wird er sich diesen Respekt verschaffen. Er ist ein großes, gefährliches Raubtier. Sie fragen nach der Sicherheit. Nun, es ist eigentlich ganz einfach. Die Sicherheit ist am größten, wenn Sie einen weiten Bogen um das Tier machen. Das gilt natürlich für Sie alle, die Sie draußen in der Bucht nach ihm suchen. Halten Sie sich von ihm fern, dann wird auch niemand zu Schaden kommen.»

Hermann hielt inne. Er hatte nicht die Absicht gehabt, so lange zu reden, aber ein Wort hatte das andere nach sich gezogen, wie eine Schlinge, in der er sich verfangen hatte. Doch er bereute nichts. Er hatte kein Wort zurückzunehmen. Es ging nur um Selbstverständlichkeiten, um Tatsachen, die konsequent ignoriert wurden. Es war höchste Zeit, dass einmal jemand darauf hinwies.

Der Mann, der mit auf der Jolle gewesen war, hatte sich kopfschüttelnd gesetzt, beugte sich zu seinem Nachbarn und sagte ihm etwas ins Ohr, worauf der Angesprochene auflachte. Ansonsten schlug Hermann aus dem Saal eisiges Schweigen entgegen. Sie ärgern sich, dachte er. Sie ärgern sich, weil sie wissen, dass ich recht habe.

Anfangs hatte Ray bei Hermanns Worten genickt, aber jetzt wirkte sein Gesicht ernst und die Stirn zerfurcht. Randolf Shark signalisierte sogar unverhohlene Missbilligung. Er stand sichtbar unter Spannung und sah aus, als wollte er Hermann im nächsten Moment das Mikrophon entziehen. Die Botschaft war unmissverständlich. Genug. Es reicht.

Die Stille im Saal währte nur kurz. Ein junger Mann meldete sich.

«Ich hätte da noch eine Frage. Wenn ich es richtig sehe, hat der mögliche Kampf zwischen dem Kalmar und dem gestrandeten Wal vor dem Hangrutsch stattgefunden. Könnte es nicht sein, dass die Pottwale wegen des Kalmars abgewandert sind? Ich meine, woher wussten sie, dass die Canyonwand kollabieren würde? Ist es denkbar, dass der Kalmar die Wale vertrieben hat? Vielleicht sind es ja auch mehrere. Wenn ja, dann hat er oder haben sie den Walen sogar das Leben gerettet.»

«Das sind sehr interessante Fragen», antwortete Ray mit gespielter Begeisterung. «Und eine schöne Pointe. Nur leider sehe ich kaum eine Möglichkeit, diese Fragen jemals zu beantworten. Was die Pottwale angeht ...»

Es folgte ein Vortrag über den siebenten Sinn der Tiere, ihre erstaunliche Fähigkeit, sich rechtzeitig vor Flutwellen oder Erdbeben in Sicherheit zu bringen. Er persönlich, führte Ray aus, neige zu der Auffassung, dass die Wale, von frühen Anzeichen des kommenden Erdrutsches alarmiert, die Flucht ergriffen hätten. Er könne sich kaum vorstellen, dass ein einzelner Kalmar, egal welcher Größe ... allerdings, wenn es mehrere wären, eine Art Invasion ... Er halte das aber für extrem unwahrscheinlich. Auch Hermann schüttelte den Kopf.

Unterdessen nahm die Unruhe im Saal zu. Immer mehr Besucher standen auf und verließen den Kinosaal. Die Leute hatten genug gehört. Sie brauchten frische Luft, wollten rauchen, trinken, bei einem guten Essen über das Gehörte diskutieren, ihre Berichte verfassen und so bald wie möglich zum angenehmen Teil des Tages übergehen.

Ray bedankte sich kurz für die Aufmerksamkeit und beendete die Konferenz. Shark sprang sofort auf, Ray fuhr den Computer herunter und ordnete seine Papiere. Tageslicht fiel in den Raum, weil jemand die Tür geöffnet hatte. Kinositze klappten in die Senkrechte. Die Besucher erhoben sich.

«Wir haben immer daran geglaubt, dass es diese Riesen gibt», rief plötzlich jemand mit einer tiefen, voluminösen Stimme. Sie drang mühelos durch den ganzen Saal, obwohl sie zu dem Mann hinter der letzten Sitzreihe gehörte. Alle Blicke waren auf den Vollbart gerichtet, der jetzt wieder aus vollem Halse lachte. Er sprach fließend Englisch, aber mit starkem ausländischem Akzent.

«Finden Sie nicht, dass vonseiten der etablierten Wissenschaft ein wenig Wiedergutmachung angebracht wäre?», fragte er mit breitem, selbstbewusstem Lächeln. «Vielleicht sogar eine Entschuldigung?»

Ein Landsmann, dachte Hermann. Ein Deutscher, starker bayerischer Akzent. Woher kannte er diesen Mann?

Einen Moment herrschte verblüfftes Schweigen, dann strömten die Menschen laut debattierend aus dem Saal. Ray und Shark hatten die Bühne bereits nach rechts über eine kleine Treppe verlassen. Nur Hermann saß noch auf seinem Platz. Von unten empfing er Blicke, die zwischen Verärgerung und Amüsement schwankten. Sie hielten ihn für einen unverbesserlichen Umweltschützer, einen Fanatiker und Querulanten, für jemanden, der Tiere über Menschen stellte. Er trug dieses unmissverständliche T-Shirt. Deutsche waren in Neuseeland für ihre grüne Gesinnung bekannt, um nicht zu sagen verrufen. Man nahm ihn nicht ernst.

Der Bärtige wurde von einigen per Handschlag begrüßt. Ab und an erklang sein Lachen und übertönte die Aufbruchsgeräusche. Was hatte er hier zu suchen? Er hatte von *wir* gesprochen, ohne zu sagen, wen er damit meinte. Weil er davon ausging, dass jeder ihn kannte? Tatsächlich ging ein Name von Mund zu Mund, den Hermann nicht richtig verstand. Der Mann hatte auf seine Fragen keine Antwort erwartet. Er hatte nur das Ziel, für alle deutlich zu machen: Ich bin hier. Ich bin eingetroffen.

Hermann saß noch immer auf seinem Platz auf dem Podium und überlegte fieberhaft. Dunkler Vollbart, ein Bayer, tiefe Stimme, lautes Organ ... Er sah, wie der Mann mit Filderson sprach. Sie schüttelten sich wie zwei alte Freunde herzlich die Hand.

Da fiel es Hermann wie Schuppen von den Augen. Plötzlich wusste er, wer der Bärtige war, und jetzt verstand er auch den Namen, der weiterhin durch die Reihen geisterte, bis auch der Letzte im Saal mitbekommen hatte, wer Kaikoura hier mit seinem Besuch beehrte. Er hatte sein Kommen angekündigt. Jetzt war er da.

Diegnhärt.

Hermann trat aus der Tür, geblendet vom hellen Mittagslicht, und atmete erschöpft die frische Meeresluft ein. Die Versammlung hatte sich rasch zerstreut. Die letzten Besucher der Pressekonferenz liefen in kleinen Gruppen Richtung West End. Barbara und Tim waren nirgends zu sehen. Wahrscheinlich hatten sie sich schon auf den Weg in die Station gemacht.

Hans Peter Degenhardt stand am Straßenrand neben einem großen blauen Reisebus und wurde von einer dichten Menschenmenge umringt. Kameraleute drängelten sich um die besten Plätze. Man streckte dem berühmten Naturfilmer und Kryptozoologen Mikrophone entgegen, bestürmte ihn mit Fragen. Hermann konnte kein Wort verstehen.

Auch er hätte gerne eine Frage gestellt.

Warum sind Sie hier, Herr Degenhardt?

Oder sollte er ihn duzen? Was hast du vor, Hans?

Nein, der würde sich nicht an ihn erinnern. Ausgeschlossen. Es war über dreißig Jahre her. Und sie hatten schon damals nichts miteinander gemein gehabt.

Schließlich entdeckte er Ray und Randolf Shark. Sie standen mitten im Pulk der Menschen, die zuhörten, was Hans Peter Degenhardt zu sagen hatte. Moment. Hermann sah genauer hin. Sie standen sogar neben ihm. Ray ragte aus der Menge hervor wie ein Turm in der Brandung. *Ich bin zwei Meter und zwei Zentimeter groß*. Er schüttelte Degenhardt die Hand. Beide lächelten in die Kameras.

10. Auf der Klippe

An der Nordostspitze der Halbinsel, dort, wo die Fortsetzung der Esplanade in einer Wendeschleife und Parkplätzen für die Touristen endete, lag überraschend eine einsame Pelzrobbe auf den Uferfelsen. Barbara und Hermann begrüßten sie wie eine alte Bekannte, die man eigentlich in weiter Ferne wähnt. Die Robbe nahm ihre Bewunderer mit einem Blinzeln zur Kenntnis, wälzte sich auf den Rücken und, als wollte sie den Menschen die Vorzüge von Gelassenheit und Müßiggang demonstrieren, warf den Kopf mit genießerisch geschlossenen Augen in den Nacken und ließ sich den dunkelbraunen Bauchpelz bescheinen. Sie war nur wenige Meter entfernt, und Barbara hätte am liebsten die Hand ausgestreckt und sie gekrault. Früher, vor dem Tag der Katastrophe, hatte es hier eine ganze Robbenkolonie gegeben, die man aus nächster Nähe bestaunen konnte, eine der vielen Wildlife-Attraktionen Kaikouras.

Sie erklommen die Treppe, die im Zickzack auf die Klippe führte. Hermann kam ins Schwitzen und atmete schwer. Das war wohl die Quittung dafür, dass er sich seit Tagen kaum bewegte. Sein fahrbares Hotelzimmer stand jetzt neben dem Pickup auf dem leeren Stationsparkplatz, und der weiteste Weg, den er zu Fuß zurücklegte, war der aus dem Haus zu seinem Campingbus und zurück. Den Marsch ins Ortszentrum, der ihm ein wenig Bewegung verschafft hätte, vermied er, weil er überall auf Journalisten traf, die nach der Pressekonferenz nicht gut auf ihn zu sprechen waren. Als er endlich oben am Holzgeländer des Aussichtspunktes stand, musste er Barbara dringend um eine Verschnaufpause bitten.

Die kristallklare Luft der letzten Tage war einem feinen Dunst gewichen, der die Gipfel der Berge weicher und geheimnisvoller erscheinen ließ. Die Landschaft war so überwältigend schön, dass es fast wehtat. Weit draußen im Südosten zog ein Ozeanriese vorbei. Wahrscheinlich kam er aus Christchurch oder Dunedin mit Kurs auf die Cook Strait. Vor ihnen lag ein Meer der Superlative, ein ungeheurer riesiger Ozean, fast die Hälfte der Wasserfläche der Erde, mit den tiefsten Gräben, den mächtigsten Seebergen. Und den größten Kalmaren. Hermann fragte sich, wie er jemals wieder an einem anderen Ort leben sollte.

Während sie neben Schafweiden den Klippenweg entlangschlenderten, erkundigte er sich nach Tim und Maria.

«Tim ist noch in Dunedin», sagte Barbara. «Wir sind nach der Pressekonferenz zusammen hingefahren, und er ist geblieben. Über das Wochenende wollte er zu seinen Eltern. Sie leben eine halbe Autostunde außerhalb, auf einer Farm. Er will es zwar nicht wahrhaben, aber Tim ist ein echtes Landei, wie ich. Jetzt sitzt er sicher in Adrians schickem Institut. Die beiden haben eine Menge zu besprechen.»

Sie drehte den Kopf in einer raschen Bewegung zur Seite und blickte in Richtung der Berge. Irgendetwas beschäftigte sie. Sicher ahnt sie, dass es bei diesen Gesprächen auch um sie geht, dachte Hermann, um ihre Zukunft, eine Zukunft ohne Wale.

«Ja, und Maria ist in Christchurch.» Sie hatte sich wieder gefangen und sah ihn an. «Wusstest du das nicht? Sie fliegt heute nach Sydney und ein paar Tage später weiter nach Los Angeles.»

Hermann war überrascht. «Heute schon?»

«Ja. Sie hatte es plötzlich eilig. Ich glaube, sie hat den Trubel hier als eine Art Rausschmeißer empfunden. Ich kann das sogar verstehen. Manchmal sehe ich das genauso. Und ohne dich verletzen zu wollen, Hermann, sie hat mir gesagt, dass sie Kopffüßer, egal welcher Größe, einfach nur widerlich findet.»

«Da kann man nichts machen. Schade, ich hätte mich gern von ihr verabschiedet. Hat es mit Ray zu tun? Er ist manchmal nicht gerade galant gewesen.»

«Sie hat sich auch unmöglich verhalten. Sie will Zoologin werden, oder? Aber ich kann mir nicht vorstellen, dass das eine Rolle gespielt hat. Sie hatten eine heiße kleine Affäre miteinander, und für beide war es sicher nicht das erste Mal. Du guckst so überrascht. Wusstest du das nicht?»

«Nein, nein.» Hermann schmunzelte. «Ich meine, doch, ich wusste es, ich habe es mir jedenfalls gedacht. Ich bin nur überrascht über deinen ...» Ton, wollte er sagen, aber er zögerte. «Ich dachte, ihr seid Freundinnen.»

«Freundinnen.» Barbara lachte freudlos. «Ich weiß gar nicht mehr, was das ist. Meine Freundinnen sitzen oder saßen in Dunedin. In der ersten Zeit habe ich ab und zu Besuch bekommen, aber wie soll man Freundschaften pflegen, wenn man viele Autostunden entfernt und jeden Tag von morgens bis abends auf dem Wasser ist. Nein, Maria und ich sind miteinander ausgekommen, aber mehr auch nicht. Um ehrlich zu sein, in letzter Zeit ist sie mir zunehmend auf die Nerven gegangen.»

«Das wusste ich nicht.»

«Nichts Dramatisches. Wir waren jeden Tag zusammen und viele Stunden davon auf engstem Raum. Die *Warrior* bietet ja nicht gerade viele Rückzugsmöglichkeiten. Solange in der Station noch Betrieb war, haben wir sogar in einem Zimmer geschlafen. Irgendwann reicht es einfach.»

Plötzlich blickte sie ihn mit großen Augen an. «Sag mal, da fällt mir ein, musst du nicht auch zurück? Ich wollte dich das schon die ganze Zeit fragen.»

Hermann blieb stehen. Am liebsten hätte er sie gefragt, ob es ihr etwas ausmachen würde. Aber er erwiderte nur ihren Blick und nickte. Sie sah reizend aus mit ihren Sommersprossen und den von der frischen Luft geröteten Wangen. «Du hast recht. Genaugenommen hätte ich schon seit drei Tagen wieder an meinem Schreibtisch im Institut sitzen sollen.»

«Und?»

«Ich habe den Flug verschoben.»

«Nein», sagte sie verblüfft. «Wie lange?»

«Erst mal um zwei Wochen.»

«Meinst du, in zwei Wochen herrscht hier wieder Normalität?»

«Ich weiß nicht, ob es mir darum geht, um Normalität. Ich hatte einfach nur das Gefühl, dass der Zeitpunkt für die Abreise noch nicht gekommen ist. Aber es ist wirklich nur ein Aufschub. Unser Dekan wird mir den Kopf abreißen.»

«Nicht, wenn er erfährt, was du hier geleistet hast.»

«Du kennst ihn nicht. Ich glaube, ich lasse es einfach darauf ankommen.»

Er legte für einen Moment einen Arm um ihre Schulter.

Der Ozeanriese war in der Zwischenzeit größer geworden. Er schien seinen Kurs gewechselt zu haben, steuerte nun in nordwestliche Richtung und hielt auf die Küste zu. Viel näher, nur wenige Kilometer entfernt, erkannten sie die *Otago,* die über der eingestürzten Südwand des Canyons weitere Untersuchungen durchführte. Vermutlich markierte ihre Position genau die Stelle, wo in über tausend Metern Tiefe das Inferno losgebrochen war. Von hier oben hätte man einen phantastischen Blick gehabt, einen Logenplatz. Das ganze Spektakel hätte einem zu Füßen gelegen, und wahrscheinlich wäre man nicht einmal nass geworden, als die Wellen weiter südlich gegen die steilen Kalksteinklippen donnerten. Hermann dachte an die *Maui,* an den Moment, als er die aufgewirbelten Sedimentmassen im Wasser entdeckt hatte und kurz darauf das Chaos ausgebrochen war. Er presste kurz die Augen zusammen, als ihm bewusst wurde, wie sehr er das Schicksal herausgefordert hatte. Ohne Schwimmweste auf dem oberen Deck, mit Armen und Beinen die Reling umklammernd. Wie ein Wahnsinniger, ein Lebensmüder. Von diesem Mann schienen ihn Welten zu trennen.

Sie sprachen von den dramatischen Minuten auf See, beide in einem Boot, aber an unterschiedlichen Stellen der South Bay. Barbara zeigte ihm durch das Fernglas die Felstürme vor der Steilküste im Süden, hinter denen sich die *Warrior* erfolgreich versteckt hatte. Eine Glanzleistung von Tim und vor allem von Paul, die blitzschnell die richtige Entscheidung trafen. Sie erzählte von sich, dass sie einen Zusammenbruch gehabt habe, unfähig gewesen sei, irgendetwas Sinnvolles zu tun. Sie habe sich immer für einen besonnenen und rationalen Menschen gehalten und dann, als es darauf ankam, keinen klaren Gedanken mehr fassen können. Als Hermann gestand, dass auch er sich wie ein Idiot verhalten habe und sie gut verstehen könne, ergriff sie spontan seine Hand und drückte fest zu. Schweigend standen sie so für einige Minuten nebeneinander und blickten in Richtung des unsichtbaren Canyons, Lebensader dieses Ortes und gleichzeitig eine tödliche Gefahr.

Als sie weitergingen und Barbara seine Hand losließ, sehnte er sich sofort danach, erneut ihre Haut zu spüren. Er fühlte sich wie ein Teenager, genauso unsicher und hilflos. Jede Berührung verwirrte und elektrisierte ihn, stürzte ihn in einen Aufruhr, den er seit Ewigkeiten nicht mehr erlebt hatte.

Seit Tagen ging das schon so. Sie gingen einen Schritt aufeinander zu, um dann – erschreckt? – wieder voneinander abzulassen. Er wusste wenig über diese Frau, offenbar war sie allein und suchte in einer schwierigen Lebenslage Halt und Unterstützung, die er ihr, soweit das in seiner Macht lag, gern geben würde. Aber wollte er mehr? Natürlich schmeichelte ihm das Interesse dieser attraktiven Frau, und er genoss die vertraute Nähe, die sich zwischen ihnen entwickelt hatte. Er hoffte, dass die labile Gefühlslage so lange hielt, bis er seine Koffer packte und nach Deutschland flog. Er wollte kein klärendes Gespräch, womöglich mit Tränen und Geschrei. Er wollte sie nicht enttäuschen oder zurückweisen. Und er hatte selbst Angst vor Enttäuschung, jetzt, da er endlich festen Boden unter den Füßen spürte.

Sie gingen den Klippenweg entlang, der, nahe am Abgrund, den Windungen und Buchten der Küstenlinie folgte, und gewannen mit jedem Schritt einen besseren Einblick in die South Bay auf der anderen Seite der Halbinsel. Einige Schiffe schwammen kreuz und quer auf dem Wasser, die Kalmarflotte, ein bunt zusammengewürfelter Haufen unterschiedlichster Bootstypen, von der Segeljolle bis zum Küstenkutter, sogar einer der Katamarane war draußen in der Bucht und wartete. Hermann war nicht überrascht. Dass seine Worte auf der Pressekonferenz die Menschen von ihrer Suche abhalten könnten, hatte er nicht ernsthaft erwartet. Aber es waren nicht sehr viele. Vielleicht begannen die Ersten, die Lust zu verlieren. Die Dinge hatten profane Namen bekommen. Lawinen, Erdrutsche, das waren Allerweltskatastrophen. Sogar der Rote schien nur aus Fleisch und Blut zu sein. Das Geheimnisvolle hatte sich in Realität aufgelöst.

Hinter einer Absperrung mit rotweißem Flatterband endete der Rundweg abrupt an der Klippenkante. Da sie nicht umdrehen wollten, setzten sie ihre Wanderung quer über die Schafweiden fort.

«Was willst du denn mit den gewonnenen Tagen anfangen?», fragte Barbara nach einer Weile. «Als Tourist die Sehenswürdigkeiten abklappern?»

«Jedenfalls werde ich nicht arbeiten, das habe ich mir fest vorgenommen. Am Peketa Beach tut sich nichts mehr, und meine Sammlung ist gesichert, alles ist katalogisiert und konserviert, und die größeren Tiere sind an Bord der *Otago* eingefroren. Ray und ich haben vereinbart, dass ich ihre Augen untersuchen werde. Wir haben über zwanzig hervorragend erhaltene Kalmararten aus den unterschiedlichsten Familien, alle aus demselben extremen Tiefseelebensraum, eine solche Gelegenheit gibt es nicht wieder. Alles andere, die Artbeschreibungen und Klassifikation, überlasse ich ihm. Aber ich habe mir überlegt, dass ich trotzdem in Kaikoura bleiben werde. Natürlich auch wegen des Roten. Und vielleicht gehen wir öfter mal zusammen spazieren, so wie heute, das würde ich jedenfalls sehr gern.» Er sah sie von der Seite an, um festzustellen, wie sie reagierte. Sie lächelte und schaute dabei weiter geradeaus. Das Wechselbad aus Nähe und Distanz ging weiter. Hoffentlich war es kein Spiel mit dem Feuer.

«Ehrlich gesagt, weiß ich noch nicht, wie ich mich verhalten werde», fuhr er fort. «Zusehen wahrscheinlich, beobachten, einfach dabei sein und verfolgen, was geschieht. Und wenn ich den Eindruck habe, dass es der Sache dienlich ist, werde ich mich zu Wort melden. Falls das nach der Pressekonferenz noch jemanden interessiert. Der Rote wird sich irgendwann verabschieden, da bin ich sicher, und dann werden hier wieder die Bürgersteige hochgeklappt. Aber noch ist es nicht so weit. Und ich habe das Gefühl, dass vorher noch etwas passieren wird, obwohl ich keine Ahnung habe, was. Ich mache mir zum Beispiel Gedanken über Degenhardt. Was will der hier? Wie die anderen auf den Roten warten? Er ist nicht der Typ, der sich unauffällig im Hintergrund hält. Hast du seinen Bus gesehen? Er ist vollgestopft mit modernster Technik, und um ihn wuselt ein halbes Dutzend Leute herum. Unterwasseraufnahmen kommen eigentlich nicht in Frage. Für ein derart großes Tier sind die Sichtverhältnisse zu schlecht. Auch Degenhardt kann nicht zaubern. Also ... was hat er vor?»

Degenhardt schien Barbara nicht zu interessieren, sie wechselte das Thema. «Was du bei der Pressekonferenz gesagt hast, fand ich sehr gut. Wir alle fanden das. Und wir waren uns einig, dass etwas Ähnliches eigentlich auch von Ray hätten kommen können, sogar müssen. Die Leute tun so, als sei der Rote das blutrünstigste Vieh unter Gottes Himmel. Dabei ist nichts Ernsthaftes passiert, abgesehen von dem Delphin. Aber, mein Gott, der Rote ist ein Raubtier. Wir sind wirklich die Letzten, die sich über einen toten Delphin aufregen sollten.»

«Eben», sagte Hermann und nickte.

«Okay, die Sache mit dem Taucher ist etwas anderes. Aber auch in diesem Punkt fand ich deine Argumentation sehr überzeugend.»

«Ich wünschte, man würde seine Leiche finden. Ich hätte selbst gern Gewissheit. In der Theorie klingt das alles gut, aber vielleicht liege ich ganz falsch.»

«Das glaube ich nicht. Wir haben auch Bekanntschaft mit dem Kalmar gemacht. Sogar mit seinen Tentakeln. Wir waren ihm ganz nah. Es kann nur der Rote gewesen sein. Aber wirklich bedroht gefühlt hat sich keiner von uns. Außer Paul vielleicht, der war ziemlich außer sich, wozu allerdings nicht allzu viel gehört. Es war unheimlich, sehr unheimlich sogar, aber es kam mir eher wie ein Abtasten vor. Der Rote war nicht aggressiv.»

Hermann blickte nach links aufs Meer. Das große Schiff war noch näher gekommen. Es hielt genau auf die Halbinsel und das Forschungsschiff zu. Er blieb kurz stehen und beschirmte die Augen. Es war kein Frachter oder Containerschiff, es sah eher wie ein Trawler aus. Wahrscheinlich würde er demnächst nach Norden abdrehen, aber warum so dicht unter Land? Eine Unwetterwarnung? In der ganzen Zeit, die Hermann hier zugebracht hatte, war kein einziger Hochseefischer der Küste so nahe gekommen.

«Und du?», fragte er beim Weitergehen. «Was wirst du jetzt machen?»

Er sah, wie Barbara zusammenzuckte.

«Ich? Na ja ...» Sie senkte den Blick auf den kurzgefressenen Rasen zu ihren Füßen. «Ich weiß nicht ...»

«Entschuldige. Wenn es dir unangenehm ist ...»

«Nein, nein. Es ist mir nicht unangenehm. Es ist nur alles so ... so wenig konkret.» Sie hob resigniert die Schultern. «Ich bin am Freitag mit Tim und Adrian mein Material durchgegangen, und es sieht eigentlich nicht schlecht aus, jedenfalls besser als ich dachte. Für eine Promotion ist es zwar ein bisschen dünn, aber es reicht für ein oder zwei Veröffentlichungen. Die Codas, die wir im Norden aufgenommen haben, reißen einiges heraus, aber ich habe zu wenig komplette Tauchgänge. Später, wenn die Wale zurück sind, könnte ich noch ein paar Aufzeichnungen nachlegen. Aber was mache ich in der Zwischenzeit? Wovon soll ich leben? Und was ist, wenn die Wale nicht zurückkommen? Ich habe eine kleine Erbschaft, von meinem Vater, das reicht für ein paar Monate. Ich kann arbeiten, kellnern oder so etwas. Und vielleicht gelingt es Adrian sogar, Gelder lockerzumachen, um mich zwischenzeitlich in einem anderen Projekt einzusetzen. Aber das ist unsicher. Alles ist unsicher. Lauter Fragezeichen.» Ihre Stimme wurde immer leiser. «Ich habe keine Ahnung, wie lange ich das aushalte.»

«Das verstehe ich», sagte Hermann mitfühlend. «Aber die beiden sind dir wohlgesinnt. Sie werden eine Möglichkeit finden. Du musst in der Wissenschaft bleiben, Barbara. Das ist dein Platz, glaub mir. Ich bin vermutlich kein besonders guter Lehrer, aber ich konnte immer einschätzen, wer etwas taugt und wer nicht. Du musst durchhalten. Ich wünschte, ich könnte dir irgendwie helfen.»

Sie blieb stehen und sah ihm direkt in die Augen.

«Du bist süß», sagte sie leise.

Hermann hatte das Gefühl zu glühen. Gerade als er glaubte, ihrem Blick nicht mehr standhalten zu können, wurde Barbara von etwas in seinem Rücken abgelenkt. Ihre Augen zuckten ein paarmal unentschlossen hin und her, dann siegte die Neugierde, und sie sah an ihm vorbei.

«Das Schiff kommt hierher in die Bucht, Hermann.»

Er drehte sich um. Der Trawler hatte die *Otago* erreicht und war dabei, in die South Bay einzulaufen.

«Komm!» Er griff nach ihrer Hand und zeigte in Richtung Absperrung. «Von da vorne hat man einen besseren Blick. Wir sehen uns das mal an.»

«Wir können da nicht rüber, Hermann.»

«Warum denn nicht? Nur ein paar Meter.»

Hand in Hand liefen sie über die Weide, kletterten über das Band und gingen langsam näher an den Klippenrand heran. Fünf Meter vor dem Abgrund blieb Barbara stehen. «Nicht weiter», sagte sie und versuchte Hermann festzuhalten. «Bitte!»

«Lass los», sagte er lachend. «Ich passe schon auf.»

Nach noch ein paar Schritten sah er ungehindert in eine fast halbkreisförmige Bucht. Er hatte die Karte der Halbinsel oft genug studiert, um zu wissen, dass es sich um die Whalers

Bay handelte. Am ersten Tag seines Aufenthaltes in Kaikoura war er den damals noch intakten Klippenweg schon einmal gelaufen, damals bei Dauerregen. Aber hier hatte sich viel verändert, nicht nur weil heute bei Sonnenschein alles freundlicher wirkte. Es sah aus, als hätte ein Gigant ein riesiges Stück aus der Klippenwand gebissen. Unten am Fuß des Abhangs türmten sich tonnenschwere Felsbrocken zu chaotischen Haufen. Und die ehemals zusammenhängende schmale Landzunge auf der gegenüberliegenden Seite war zu einer Kette von einzeln im Wasser verstreuten Felsen zerschlagen worden. Im nördlichen Teil lagen knapp unter der Wasseroberfläche Kalksteinplateaus, an denen sich die anrollenden Wellen brachen. Das ruhige tiefe Wasser in der anderen Hälfte schimmerte je nach Untergrund dunkelblau oder türkis.

In diesem geschützten Teil der Bucht lag ein kleines Boot und schaukelte sanft auf und ab. Ein Abtrünniger der Kalmarflotte, der es besser zu wissen glaubte als alle anderen? Der Kahn war uralt, ein besseres Ruderboot. Die weiße Farbe blätterte, das Holz war ausgeblichen. Seine Aufbauten bestanden nur aus zwei hölzernen Sitzbänken und einer winzigen Kajüte im Bug, die einem Erwachsenen kaum ausreichend Platz bieten dürfte. Ein einzelner Mann saß mit dem Rücken zu ihnen auf der Bank in der Bootsmitte und warf seine Angel in Richtung des offenen Meeres. Nein, kein Kalmarsucher, dachte Hermann erleichtert. Ein Einheimischer.

Das Bild des fischenden Mannes strahlte eine wohltuende, sehnsüchtigmachende Ruhe aus. Erst die Pelzrobbe und jetzt der Angler, vielleicht fand Kaikoura schneller zur alten Idylle zurück, als sie dachten. Hermann konnte sich gut vorstellen, die letzten Tage seiner fast halbjährigen Auszeit auf einem Boot sitzend und angelnd zu verbringen.

Er sinnierte eine Weile vor sich hin, bevor er seine Aufmerksamkeit wieder auf den Trawler richtete. Durch das Fernglas sah er seine Vermutung bestätigt. Ein Hochseefischer modernster Bauart. Mittschiffs erhob sich eine mächtige stählerne Brückenkonstruktion, und schräg im Fünfundvierzig-Grad-Winkel davon abstehend war eine Art Kranausleger zu erkennen.

«Das ist ein Ringwadentrawler», sagte er erstaunt. «Supermodern.»

«So ein Schiff habe ich noch nie gesehen.» Barbara war mit vorsichtigen Schritten zu ihm gekommen und spähte ebenfalls durch ihr Fernglas. «Merkwürdig», sagte sie. «Mit Ringwaden fängt man Thunfische, oder?»

«Hmhm.» Hermann nickte, ohne sein Fernglas abzusetzen. Auf derartige schwimmende Hightech-Massenvernichtungsmaschinen war er nicht gut zu sprechen. Trawler wie dieser hatten Hunderttausende von Delphinen auf dem Gewissen, und die Industriebetriebe, denen sie gehörten, sperrten sich seit Jahrzehnten gegen jede wirksame Kontrolle. Normalerweise operierten sie weit draußen im offenen Meer, wo sie mit ihren riesigen ringförmigen Netzen ganze Fischschwärme fingen, die mit Hilfe modernster Technik geortet wurden. Korkschwimmer hielten das Netz an der Oberfläche, von wo aus es wie ein Vorhang bis zu zweihundertfünfzig Meter tief herabhing. War der Schwarm mit Hilfe eines zweiten Bootes vollständig eingekreist, wurde die Schnürleine gezogen, und das Netzgehege schloss sich zu einem gigantischen Korb, aus dem es kein Entkommen gab.

Sie standen stumm nebeneinander. Der Trawler war nicht in die Bucht gefahren, sondern lag jetzt antriebslos auf dem Wasser, nur ein paar hundert Meter von der *Otago* entfernt. Ein Maschinenschaden oder irgendein anderer Notfall? Auch das Forschungsschiff schien die Maschinen gedrosselt zu haben. Gab es eine Verbindung zwischen den beiden?

Nachdem sich minutenlang nichts bewegt hatte, drehte sich Hermann nach rechts und suchte das kleine Boot in der Bucht unter ihnen. Der Angler war aufgestanden, hatte die Angelrute abgelegt und packte seine Gerätschaften zusammen. Es musste ein älterer Mann sein. Seine Bewegungen wirkten steif und behäbig. Als er den Kopf hob und für einen Moment in Richtung Klippen blickte, erkannte Hermann ihn sofort.

«Ach», sagte er überrascht und lächelte. «Das gibt's ja nicht. Der alte Sandy.»

«Wer?»

«Der Angler, da unten auf dem Boot. Ich habe ihn einmal im Strawberry Tree getroffen. Er hat mir von den Kalmaren erzählt.»

«Erstaunlich, dass er sich mit dieser Nussschale hierherwagt.»

Hermann fragte sich, ob Sandy sie oben auf der Klippe sehen könnte. Luftlinie waren sie keine hundert Meter voneinander entfernt. Er freute sich, den Alten in so guter Verfassung zu sehen. Es gab nicht viele Menschen auf der Welt, die ihm einen derart guten Dienst erwiesen hatten, und er hatte sich nie bedankt. Er winkte und blickte gleichzeitig durch sein Glas, um zu verfolgen, ob der Alte irgendeine Reaktion zeigte. Nichts. Sandy machte sein Schiff klar für die Rückfahrt oder wollte nur seinen Standort wechseln. Er kannte diesen Küstenstrich sicher wie seine Westentasche und hatte seine speziellen Angelreviere.

Neben ihm schnappte Barbara plötzlich hörbar nach Luft. Hermann spürte, wie sie sich an ihn drängte. Ihre Hände krallten sich in seinen Oberarm.

«Der Kalmar», flüsterte sie mit rauer Stimme. «O Gott.» Sie schlug entsetzt die Hand vor den Mund.

«Der Rote? Wo?»

«Unten in der Bucht. Siehst du ihn nicht? Direkt hinter dem Boot.»

Er suchte hektisch mit dem Fernglas das Wasser ab und rechnete allenfalls damit, ein Stück der Mantelhaut zu sehen, vielleicht einen Fangarm, eine wedelnde Flosse, oder wieder einmal nur Wellen, die über dem abtauchenden Tier zusammenschwappen. Unwillkürlich konzentrierte er sich auf den äußeren Teil der Bucht, aber dann, zwischen dem Kahn und der felsigen Küste, nur zwei knappe Bootslängen von Sandy entfernt, hatte er plötzlich ein undefinierbares rundliches Gebilde im Visier, so groß, dass es fast sein gesamtes Blickfeld ausfüllte. Die Umrisse blieben verschwommen, sosehr er auch versuchte, das Glas schärfer zu stellen. Hermann erkannte zwei flache Beulen an der einen Seite und dazwischen etwas Längliches ... Unmerklich wurde es deutlicher. Wie ein Bild aus dem Internet, das sich pixelweise aufbaute und immer schärfer wird. Unendlich langsam stieg das Wesen an die Oberfläche. Die Beulen könnten Augen sein. Es waren Augen.

Noch war das Tier eine geradezu ätherische Erscheinung, ein schwere- und substanzloser Geist der Tiefe, dessen Umrisse von den Bewegungen der Wasseroberfläche aufgelöst wurden. Er musste auf dem Grund gelegen haben, anders war sein Erscheinen nicht zu erklären. Aber es gab keinen Zweifel. Es konnte nur der Rote sein. Oder einer seiner Artgenossen. Er kam der Oberfläche immer näher, Zentimeter für Zentimeter, eine unfassbar langsame Bewegung. Seine charakteristische Gestalt wurde immer deutlicher sichtbar. Der Kalmar schien schräg im Wasser zu liegen, denn während der Mantel mit den Flossen noch unscharf war, hatte der kugelrunde Kopf schon fast die Oberfläche erreicht. Diese Augen! *See the whole squid!*, dachte Hermann triumphierend. Der neue Werbespruch für

Helikopterflüge über die South Bay. Das Fernglas war überflüssig. Das riesige Tier füllte fast ein Drittel der Bucht aus.

Hermanns Lippen bewegten sich, aber er war unfähig zu sprechen. Er konnte nicht fassen, was sich vor seinen Augen abspielte. Wieder einmal war er genau zum richtigen Moment am richtigen Ort. Ein Zufall, ein unglaublicher Zufall. Ohne den Trawler wären sie daran vorbeigelaufen.

Vor ihnen im Wasser lag breit und massig ein wirklicher Koloss. Die mächtige Kopfkugel mit den riesigen Augen war größer als ein Medizinball, dahinter der vordere Teil des Eingeweidesacks, der zu einer gewaltigen Tonne aufgebläht war, und die breiten Flossenlappen, die fast die Hälfte des Mantels einnahmen. Trotz seiner Masse musste er ein hervorragender Schwimmer sein. Hatte Ray recht mit seiner Vermutung? Handelte es sich um einen bislang unbekannten Kolosskalmar, der seinen wahrlich nicht kleinen Bruder noch um das Dreifache überragte?

Jetzt, wo er ihn in ganzer Pracht vor sich sah, glaubte Hermann nicht mehr, dass es viele von dieser Sorte gab. Er wusste zwar nicht, womit er sein Gefühl erklären sollte, aber der Rote war einfach etwas Einmaliges. Sein Kopf hatte die Wasseroberfläche erreicht und glänzte in der Sonne. Hermann konnte sein Glück nicht fassen. Jeder Körperteil war zu erkennen. Jede Einzelheit. Wie im Lehrbuch. Die Färbung überraschte ihn. Das Tier war von einem blassen gleichmäßigen Rosa, ein Ton fast wie menschliche Haut. Und es sah ganz anders aus als der Architeuthis, den er in Johns Museum in Sydney gesehen hatte. Die Flossen der Riesenkalmare waren vergleichsweise winzig, fast schon rudimentär, dafür waren ihre Arme so lang wie der Körper. Wenn Architeuthis eine Raubkatze der Tiefsee war, dann war der Rote ein Grizzlybär.

«Der Mann sieht ihn nicht», sagte Barbara. Sie sprach im

Flüsterton, als könnte der lauernde Gigant auf sie aufmerksam werden. «Wir müssen ihn warnen.»

«Nein, nicht», stieß Hermann aus. «Auf keinen Fall. Wenn Sandy in Panik gerät, kann es erst recht gefährlich werden. Sieh doch! Der Kalmar rührt sich nicht. Als ob er schläft.» Hermann kicherte. Der Anblick des riesigen Tieres war überwältigend. Er hätte weinen und zugleich lachen können. «Mein Gott, so ein Glück. Ich kann es nicht glauben. Sieh ihn dir an, Barbara. Sieh ihn dir an!»

Der Kalmar war fast drei Mal so groß wie das zerbrechlich wirkende Gefährt, in dem Sandy ahnungslos seine Sachen zusammenpackte. Durch die Bewegung der Wasseroberfläche sah es aus, als würde der Riese sich von hinten heranpirschen, aber er war völlig bewegungslos, die breiten Flossenlappen hingen schlaff im Wasser, die Fangarme waren vor dem Kopf eng aneinandergelegt, sodass der Körperumriss nach vorne spitz zulief. Verborgen im Kranz der acht Arme lauerten die beiden Tentakel, einer davon noch mit einer krallenbewehrten Keule ausgestattet, die einen Menschen mühelos von den Beinen reißen und ins Wasser ziehen könnte. Um den Alten zu erwischen, müsste er den Tentakel nicht einmal in ganzer Länge ausfahren.

Hermann setzte rasch seinen Rucksack ab und zog seine Kamera heraus. Er hatte viel zu lange damit gewartet und begann sofort zu fotografieren. «Wir dürfen es niemandem erzählen, Barbara», sagte er atemlos. «Versprich mir das. Du darfst es niemandem sagen.»

«Mein Gott, er ist so riesig.» Barbara starrte gebannt nach unten in die Bucht. Wenn sie das Gefühl hatte, dass dieses Monstrum angreifen wollte, würde sie schreien, sofort. Bei der geringsten Bewegung.

«Er scheint tatsächlich in einer Art Ruhezustand zu sein.»

Wieder und wieder drückte Hermann auf den Auslöser. Er machte die aufregendsten Bilder seines Lebens, Aufnahmen, von denen die Fotografen, die seit Tagen auf den Schiffen in der South Bay warteten, nicht mal zu träumen wagten. «Seine Haut sieht merkwürdig aus, findest du nicht? Ich habe die Färbung viel intensiver in Erinnerung.»

«Vielleicht versucht er, sich zu tarnen», flüsterte Barbara. «An der Oberfläche ist das dunkle Rot sehr auffällig. Könnte hier eine Art Rückzugsort für ihn sein, ein Versteck?»

Hermann bezweifelte, dass eine Bucht, die nicht tiefer als acht bis zehn Meter sein konnte, als Ruheraum für diesen gewaltigen Tiefseekalmar denkbar wäre. Aber Barbaras Frage brachte ihn auf eine ganz andere Spur.

Kein Schlaf. Kein Versteck. Der Rote war tot. Was sie sahen, war ein Kadaver. Hermann hatte seit langem damit gerechnet, eigentlich vom ersten Tag an. Und während des Wochenendes hatte er von keinen neuen Sichtungen gehört. Vielleicht trieb der Rote schon tagelang leblos im Wasser. Es war nicht die geringste Bewegung zu erkennen. Wahrscheinlich hatte ihn eine Strömung erfasst und nach oben getrieben.

Plötzlich dröhnte lautes Knattern über das Wasser der Bucht. Sandy hatte den Außenbordmotor angelassen, setzte sich, nur wenige Meter vom Kopf des Kalmars entfernt, seelenruhig auf die Heckbank, drehte in einer engen Schleife die Nase seines Bootes zum offenen Meer und tuckerte dann, ohne sich noch einmal umzusehen, in Richtung Kaikoura aus der Bucht.

Während des Manövers kam das Boot dem Kalmar sehr nahe. Ein Schatten, so schwach, dass Hermann sich sofort fragte, ob er ihn sich nur eingebildet hatte, wanderte vom Kopf bis zur Mantelspitze über den meterlangen Körper. Ihm folgte ein zweiter, dunklerer, und aus den Schatten wurden wellenförmige, fast schwarze Streifen, deren Frequenz sich steigerte.

Hermann hielt den Atem an. Zebrastreifen, wie bei den Riesensepien in Whyalla, in der Farb- und Mustersprache der Cephalopoden ein Zeichen für äußerste Erregung. Der Kalmar erwachte. Er lebte! Und wie! Der ganze Körper glühte in tiefem Rot. Die Arme begannen sich voneinander zu lösen ...

Barbara ließ einen gellenden Schrei los. «Passen Sie auf! Hinter Ihnen!»

Sandy, der die Bucht schon fast verlassen hatte, drehte sich suchend um, entdeckte sie oben auf der Klippe und ... winkte.

Der Rote tauchte ab. Er hatte seinen Platz nicht verlassen und sank ohne erkennbare Regung der Flossen. Dabei verblasste das Rot seines Körpers wie eine Heizspirale, der man den Stecker gezogen hat, die Umrisse begannen sich aufzulösen. Sekunden später war nur noch das Blau des Wassers zu sehen.

Sie hatten wieder den Weg über die Schafweiden eingeschlagen, hofften, dass er sie auf die andere Seite und zurück auf den alten Rundgang führen würde. Barbara hatte sich bei Hermann untergehakt. Minutenlang sprachen sie kein Wort miteinander. Beide waren mit dem Versuch beschäftigt, das Geschehene zu verarbeiten.

Schließlich war sie es, die das Schweigen nicht mehr aushielt. «Wir haben das nicht geträumt, oder? Bitte sag mir, dass wir nicht geträumt haben. Ich beginne schon zu zweifeln.»

«Das kenne ich. Was ich mir nicht schon alles eingebildet habe. Wenn wir nicht in Kaikoura wären, hätten wir allen Grund, an unserem Verstand zu zweifeln. Aber ... nein», sagte er mit Nachdruck, schüttelte grinsend den Kopf und deutete auf die Kamera, die neben dem Fernglas vor seiner Brust hing. «Wir haben nicht geträumt. Definitiv nicht. Ich bin absolut sicher. Das war ... sensationell!»

Er stieß einen Jubelschrei aus, umfasste ihre Hüfte, hob sie in die Höhe und drehte sich um sich selbst. Sie lachten wie ausgelassene Kinder.

Als er sie sanft absetzte, durchzuckte ihn sein alter Gedanke. Schlagartig wurde er ernst, ergriff Barbara an beiden Schultern und redete eindringlich auf sie ein. «Hör zu. Das muss unter uns bleiben. Versprich mir, dass du niemandem davon erzählst. Bitte! Auch Tim nicht, jedenfalls noch nicht. Und Ray schon gar nicht. Niemand darf davon erfahren.»

«Warum nicht?» Barbara schüttelte verständnislos den Kopf. «Was soll passieren?»

«Glaub mir. Je weniger Menschen davon wissen, umso besser.»

Sie zuckte mit den Achseln. «Ich weiß zwar nicht, was du befürchtest. Aber ... wenn du meinst ...»

«Versprich es mir!»

«Okay, okay. Ich verspreche es.»

Vielleicht war seine Angst unbegründet, aber er war davon überzeugt, dass die Menschen den Kalmar nicht nur filmen würden, wenn sie von seinem Aufenthaltsort erführen. Er nahm sich vor, morgen erneut auf die Klippe zu steigen, nicht nur, weil er sich an dem Anblick des Roten gar nicht sattsehen konnte. Er wollte herausfinden, ob das Tier dort regelmäßig anzutreffen wäre.

Er griff nach dem Fernglas, um zu sehen, was aus den beiden Schiffen geworden war. Soweit er das beurteilen konnte, hatten sie sich kaum von der Stelle gerührt. Jetzt, da das fremde Schiff sie zu dem Kalmar geführt hatte, dachte er sehr viel freundlicher über den Trawler.

Dann stutzte er: «Sie haben ein Schlauchboot ins Wasser gelassen.»

«Wer?»

«Die *Otago*. Mit drei Personen. Sie nehmen Kurs auf den Trawler.»

«Kannst du jemanden erkennen?»

«Nein. Sie sind viel zu weit weg.»

Wieder standen sie nebeneinander und beobachteten durch die Ferngläser das Boot weit draußen in der Bucht. Es fuhr direkt auf den Trawler zu und machte an seiner Steuerbordseite fest. Eine Strickleiter wurde hinuntergelassen. Die drei Bootsinsassen kletterten nacheinander an Bord.

«Der Letzte könnte Ray sein», sagte Barbara.

«Wirklich? Nein, das ist unmöglich. Wie kannst du das erkennen?»

«Die Figur. Aber ich kann mich täuschen. Es gibt viele große Männer.»

Hermann hatte Ray seit gestern Nachmittag nicht mehr gesehen. «Hat er etwas davon gesagt, dass er früh auf die *Otago* wollte? Heute Morgen, als ich in die Station kam, war er schon aus dem Haus.»

«Nein, ich weiß von nichts. Ich habe auch noch nicht mit ihm gesprochen. Er ist wohl viel weg.»

«Was heißt das?»

«Na ja, weg, außerhalb der Station. Woher soll ich wissen, was er macht?»

Mr Architeuthis war nicht der Typ für besinnliche Spaziergänge. Auch Hermann hatte seit der Pressekonferenz kaum mit ihm geredet. Entweder unternahm Ray seinen üblichen Kontrollgang am Peketa Beach, checkte E-Mails im Internet-Café oder fuhr abends, wenn das Schiff seinen Ankerplatz vor dem Steg am Pier Hotel eingenommen hatte, auf die *Otago*, wo er sich um irgendwelche Pfleglinge kümmern musste, über die er Hermann nichts Genaues erzählt hatte.

Oder er traf sich mit Degenhardt.

Hermann konnte die Szene nicht vergessen, die sich nach der Pressekonferenz abgespielt hatte: Raymond, Randolf Shark und der deutsche Naturfilmer posieren händeschüttelnd für die Fotografen.

«Was soll er schon gewollt haben», hatte Ray mit Unschuldsmiene gesagt, als Hermann ihn später darauf ansprach. «Er hat mir gratuliert. Zu unserer hervorragenden Arbeit.» Warum nur dir und nicht mir, hatte Hermann gedacht und dachte es noch heute. Es ist meine Arbeit. Du hast in der Pressekonferenz sehr deutlich darauf hingewiesen. Ehre, wem Ehre gebührt, hast du gesagt.

Aber Degenhardt war zu spät gekommen und wusste vielleicht gar nicht, welche Rolle Hermann gespielt hatte. Der fand es allerdings viel plausibler, dass Degenhardt sich ganz bewusst nicht an ihn gewandt hatte, den Landsmann, der noch dazu ein ehemaliger Studienkollege war, sondern an die beiden Neuseeländer. Warum? Weil er einen bestimmten Zweck verfolgte? Weil er etwas vorhatte und sich der Hilfe der *Otago* oder gar des NIWA versichern wollte?

Seit Hermann die drei zusammen gesehen hatte, betrachtete er Ray mit wachsendem Misstrauen. Er war sicher, dass er ihm nicht alles erzählte. Sie waren nie wirklich warm miteinander geworden, aber seit der Pressekonferenz ging Mr Architeuthis ihm regelrecht aus dem Wege und war auffällig kurz angebunden. Einmal hatte er in Zusammenhang mit Hermanns Äußerungen von «Glanzleistung» gesprochen und sich höhnisch bedankt. Und jetzt sollte Ray von der *Otago* zu dem Trawler übergesetzt haben? Was machte das für einen Sinn? Was könnte er dort wollen?

«Hey, was ist das denn?» Barbara richtete sich kerzengerade auf. «Hast du dir mal das Wasser hinter dem Trawler angesehen? Da schwimmt etwas ...»

«Ja, stimmt. Das sind ... das sieht aus wie ...»

«Der hat etwas im Schlepp. Einen Käfig oder ein Netz.»

«Könnte sein. Ja, ich glaube ...» Hermann ließ das Fernglas sinken. «Mist, verdammter», fluchte er auf Deutsch.

«Wie bitte?»

«Nichts. Ich habe nur geflucht.»

«Was könnte das sein? Es ist groß.»

«Du hast es doch gesagt. Ein Käfig. Sie wollen ihn fangen.»

«Fangen? Wen?»

«Den Roten.»

«Du spinnst, Hermann. Wen meinst du mit *sie?* Und was soll die *Otago* damit zu tun haben?»

«Das frage ich mich allerdings auch, aber ich wette, dass Degenhardt dahintersteckt. Jetzt wissen wir endlich, warum er hier ist.»

«Aber wie soll das gehen? Der Kalmar ist gigantisch. So groß wie ein Pottwal. Der lässt sich nicht so einfach fangen.»

«Dass es einfach ist, habe ich auch nicht behauptet. Aber wenn man so verrückt ist, es zu versuchen, und über Beziehungen und das nötige Kleingeld verfügt, dann bietet ein solcher Ringwadentrawler vielleicht eine reelle Chance. Degenhardt ist genau der Mann, dem ich so ein Unternehmen zutrauen würde. Dieses Schiff hat sich nicht verirrt. Es hat die South Bay angesteuert, weil hier sein Einsatzgebiet ist. Wahrscheinlich verfügt es über modernste Ortungstechnik und ...»

Aufgeregt erzählte er von der Fischereitagung in Auckland und den vielen Ständen, in denen Firmen aus aller Welt ihre neuesten Entwicklungen gezeigt hatten. Mit ihren modernen Sonarortungssystemen konnten sie einen einzelnen, sechzig Zentimeter großen Fisch in tausend Metern Tiefe lokalisieren. «Mit unserer Technik kriegen Sie heute jeden Fisch, den Sie fangen wollen», hatte ihm ein Angestellter einer norwegischen Spezialfirma versichert. Für den Trawler würde es also ein Kinderspiel sein, den Roten zu finden. Er konnte sich nicht immer in der Whalers Bay verstecken. Er musste jagen. Und dann …

«Hermann, jetzt bleib bitte auf dem Teppich», unterbrach ihn Barbara ungewohnt streng. «Das ist doch Irrsinn. Du verrennst dich da in etwas.»

Er machte ein Zeichen mit dem Kopf. «Lass uns zurückgehen. Wir müssen herausfinden, was sie vorhaben.» Er lief ein paar Schritte in die entgegengesetzte Richtung. «Kommst du?»

Barbara hatte sich keinen Millimeter von der Stelle gerührt und sah ihn an, als sei er kurz davor durchzudrehen. «Sie. Du redest immer von sie. Wer soll denn das sein? Das ist doch keine Verschwörung.»

Hatte Barbara recht? Litt er unter Verfolgungswahn?

Nein, das war kein Zufall. Ein moderner Ringwadentrawler, der normalerweise in diesen Gewässern nichts zu suchen hat. Mit einem käfigartigen Gebilde im Schlepp. Vielleicht hatten sie nicht mitbekommen, wie es zu Wasser gelassen wurde, weil sie mit dem Kalmar beschäftigt waren.

Einschließlich einer kleinen Pause bei der dösenden Pelzrobbe brauchten sie für den Rückweg fast zweieinhalb Stunden. Zeit zum Nachdenken. Als sie schließlich im Ortszentrum von Kaikoura die letzten Meter der Esplanade entlangliefen und die Eisenbahnbrücke passierten, glaubte Hermann, klarer zu sehen.

Er erzählte Barbara von einer neuen Form von Aquakultur. Auch darüber hatte er in Auckland einen Vortrag gehört. Im Nachhinein erwies sich seine Teilnahme an dieser deprimierenden Veranstaltung als echter Gewinn. Es ging um die

Mästung von Thunfischen. Man fing die Tiere mit Ringwaden, aber anstatt das Netz zu schließen und die Fische an Deck zu holen, wurden sie noch im Wasser in große Netzkäfige überführt.

«Frag mich nicht, wie sie das machen», sagte Hermann. «Ich war noch nicht dabei. Aber es scheint zu funktionieren. Die Australier haben damit angefangen, und es setzt sich mehr und mehr durch, weil große wildlebende Fische immer seltener werden. Sie sperren ganze Schwärme von halbwüchsigem Thun ein, schleppen die Käfige irgendwohin, langsam, damit die Tiere sich nicht im Netz verfangen, und mästen sie dort wie Zuchtlachs mit billigem Fisch bis zur Schlachtreife. Das hat zwar schon zu einem Preisverfall geführt, aber die Sache scheint trotzdem profitabel zu sein. Auf dem japanischen Markt bringt ein Kilo hochwertiges Fleisch dreißig bis vierzig Dollar. Ein einziger großer Roter Thun ist über sechzigtausend Dollar wert.»

«Wahnsinn», sagte Barbara verblüfft. «Mästung von Thunfischen. Davon habe ich noch nie gehört. Aber das ist ja vielleicht gar keine schlechte Idee.»

«Doch. Sie fangen die jungen Thunfische, und keiner von ihnen hat jemals die Chance, sich fortzupflanzen. So werden sich die Bestände nie erholen.»

«Und du meinst, dieses Ding ...»

«Ja. Dieses Ding ist ein solcher Käfig zur Mästung. Es ist natürlich nur eine Vermutung. Aber gib mir eine bessere Erklärung.»

Er sah, wie es in ihr arbeitete. Sie war noch nicht überzeugt, aber er hatte sie zum Nachdenken gebracht.

Sie presste die Lippen zusammen. «Vielleicht hast du wirklich recht.»

Das Parkplatzgelände wirkte verlassen. Fast alle Einwohner von South Bay hatten wieder ein festes Dach über dem Kopf, entweder in ihren eigenen Häusern, bei hilfsbereiten Bürgern oder in einem Motel am State Highway 1, das die Stadt angemietet hatte. Die Zelte waren verschwunden. In der Nähe der Toilettenhäuschen, mit Blick auf das Meer, hatten sich einige Campervans postiert, daneben standen Campingtische mit Plastiktischdecken und kleinen Blumenvasen. Die Stühle waren leer. Auch bei den Übertragungswagen neben dem Hubschrauberlandeplatz, deren Zahl deutlich abgenommen hatte, war niemand zu sehen. Direkt neben dem Terminalgebäude stand einsam und allein Degenhardts blauer Bus.

«Was hast du eigentlich vor?», fragte Barbara, als sie mit Hermann darauf zulief.

«Nichts Besonderes. Ich will nur wissen, was hier gespielt wird.»

Hinter den Busfenstern waren die Vorhänge zugezogen, aber sie sahen ein schwaches Flackern, als liefe drinnen ein Fernseher. Hermann klopfte an das Fenster der vorderen Tür. «Hallo? Ist jemand da?»

Der Vorhang wurde aufgezogen, und mit einem Schnaufen schwang die Tür zur Seite. Ein junger Mann mit stoppeligem Drei-Tage-Bart erschien auf der obersten Stufe der Einstiegstreppe. «Ja, was gibt's?», fragte er kaugummikauend.

Hermann beugte sich ein wenig zur Seite, um ins Wageninnere sehen zu können. Ein zweiter Mann saß vor einem digitalen Videoschnittplatz, vor ihm drei Monitore und ein mit technischem Gerät vollgestopftes Metallregal.

«Mein Name ist Professor Hermann Pauli. Ich hätte gerne mit Hans Peter Degenhardt gesprochen. Ich bin ein Landsmann von ihm.»

«Tut mir leid. Mr Degenhardt ist nicht da.»

Mr Diegnhärt.

«Und wo kann ich ihn finden?»

«Im Augenblick ist das schlecht. Er ist mit dem ganzen Team auf der *Otago,* dem NIWA-Forschungsschiff. Und ...» Der Mann zog die Stirn in Falten. «Worum geht es denn?»

Hermann ignorierte die Frage. «Auf der *Otago,* sagen Sie. Oder jetzt vielleicht auf dem Trawler, der in die South Bay gelaufen ist?»

Der Ausdruck des Mannes wurde düster. «Sie haben meine Frage nicht beantwortet. In welcher Angelegenheit möchten Sie Mr Degenhardt sprechen?»

«Ist er mit Holmes zusammen?»

«Hören Sie! Ich bin nicht befugt, Ihnen weitere Auskünfte zu geben. Wenn Sie eine Frage an Mr Degenhardt haben oder einen Interviewwunsch, werde ich das gerne weiterleiten, aber ...»

«Ich sagte doch, ich bin kein Journalist. Ich bin Wissenschaftler. Das hier ist Barbara MacPherson, eine Kollegin von der University of Otago. Es geht um ein Gespräch, kein Interview. Wann wird Mr Degenhardt denn zurück sein?»

«Das kann dauern.» Der Mann zuckte lässig mit den Schultern. «Sie müssen später noch einmal wiederkommen.»

Hermann wurde ungeduldig. «Was heißt später?»

«Morgen oder übermorgen. Ich weiß nicht.»

Der Mann stand breitbeinig in der Bustür, als wollte er verhindern, dass die Besucher sich ungebeten Eintritt verschafften. Seine Kiefer bearbeiteten hektisch den Kaugummi.

«Und ob ich wiederkommen werde», sagte Hermann. «Darauf können Sie Gift nehmen. So lange, bis ich von Degenhardt selbst erfahre, was er hier vorhat. Dieser Kalmar da draußen», er deutet nach Süden, «ist nicht sein Privateigentum. Er kann ihn sich nicht einfach unter den Nagel reißen. Richten Sie ihm das aus. Sagen Sie ihm, falls er vorhat, das Tier zu fangen, werde ich alles in meiner Macht Stehende tun, um das zu verhindern. Haben Sie mich verstanden?»

«Wie kommen Sie darauf? Von ‹unter den Nagel reißen› kann überhaupt ...» Der junge Mann brach ab. Er war blass geworden und sah sich hilfesuchend nach seinem Kollegen um. «Äh ... wie war noch mal Ihr Name?»

«Professor Hermann Pauli. Er kennt meinen Namen.»

«Ich werd's ausrichten», sagte der Mann, spuckte seinen Kaugummi auf den Beton und legte seine Hand auf den Schalter der Türöffnung. «Sie müssen uns jetzt entschuldigen. Wir haben zu tun.»

Die Tür schloss sich. Der Mann sagte etwas zu seinem Kollegen, warf ihnen durch die Scheibe einen finsteren Blick zu, griff dann nach dem Vorhang und zog ihn mit einem Ruck zu. Hermann starrte einen Moment auf die geschlossene Tür und ballte dabei seine Hände zu Fäusten.

«Na, glaubst du immer noch, dass ich falschliege?» Er drehte sich um und sah Barbara an. «Wirst du mir helfen?»

«Ja», sagte sie mit ernstem Gesicht. Sie legte ihre Hand auf seinen Arm und nickte. «Ja, ich helfe dir.»

«Schön.» Ein Lächeln flog über sein Gesicht. «Dann lass uns mal überlegen, wie wir weiterkommen. Ich glaube, wir brauchen so etwas wie einen Plan.»

Zwei Stunden später war ihr Anfangselan verpufft. Sie saßen in einem Büro in der Donovan Station, vor ihnen ein aufgeräumter Schreibtisch und ein Telefon. Es war halb sieben Uhr abends.

«Dass Tim sich nicht meldet», wunderte sich Barbara. «Er ist sonst sehr zuverlässig.»

Um die Ungewissheit zu beenden, wäre der beste Weg die

Kontaktaufnahme mit einem der beiden Schiffe gewesen, aber Barbara wusste nicht, wie man das Funkgerät bedient. Tim hätte helfen können, wurde aber frühestens morgen zurückerwartet. Sein Handy war ausgeschaltet.

Hermann seufzte und lehnte sich gegen die federnde Rückenstütze des Bürostuhls. Er war enttäuscht und ratlos und auch ein bisschen müde nach dem langen Marsch.

Sie hatten eine quälende Odyssee durch Kaikouras Amtsstuben hinter sich. Überall dieselbe gespielte Ahnungslosigkeit, dieselben unschuldigen Gesichter, demonstratives Achselzucken, Verwunderung, hilfloses Suchen in den Akten, Ausflüchte. Ein Trawler? Das betreffe das Fischereiwesen. Der damit betraute Fachmann sei leider in Urlaub. Eine Notfallmeldung liege nicht vor. Der Bürgermeister sei leider in einer wichtigen Besprechung. Bei der Polizei wollte man nicht einmal gehört haben, dass ein großer Trawler in die South Bay eingelaufen war. Weiteres Nachfragen erwies sich als zwecklos. Hermann versuchte es mit Freundlichkeit und Komplimenten, Barbara mit Charme. Bis ihm der Geduldsfaden riss. Er hatte die Ausreden satt. Noch nie war er derart dreist abgewimmelt worden. Er brüllte und drohte ... Ohne Erfolg.

Hermann hatte das Gefühl, mit einem roten Warnschild auf der Brust herumzulaufen, da, wo auf der Pressekonferenz für alle sichtbar das Wort PROTECT und das Schaufeldisplay eines Sepia-apama-Männchens zu sehen gewesen war. Er war eine Persona non grata.

«Heute ist es zu spät, aber gleich morgen früh rufe ich Shearing an», sagte Barbara, deren Tatkraft noch nicht versiegt war. «Er wird auf unserer Seite sein. Er ist strikt gegen Untersuchungsmethoden, bei denen ein Tier verletzt wird.»

«Verletzt?», fragte Hermann müde. Er hatte den Verdacht, dass Barbara ihn nur auf andere Gedanken bringen wollte.

«Na ja, wir werden oft gefragt, warum wir die Wale nicht mit Sendern versehen. Das sind heute winzige Geräte, ein kleines Projektil, vom Boot aus in den Rücken geschossen, würde reichen. Wir wissen es nicht, aber für die Wale ist das vermutlich kaum mehr als ein Mückenstich. Doch Adrian ist dagegen. Mir hat seine konsequente Haltung immer imponiert, obwohl diese Sender uns das Leben sehr viel leichter machen würden. Er sagt, dass man es nicht rechtfertigen könne, die Tiere nur um wissenschaftlicher Erkenntnis willen zu verletzen. Schon gar nicht, wenn es schonende alternative Methoden gibt.»

«Scheint ein interessanter Mann zu sein, euer Adrian Shearing.»

«Das ist er. Allerdings. Er wird sich gegen jeden Versuch, den Roten zu fangen, aussprechen.»

«Gut. Dann musst du ihn anrufen.»

Sie saßen schweigend hinter dem Schreibtisch, bis Hermann tief Luft holte und dann lange und geräuschvoll ausatmete.

«Ich glaube, für heute war's das, Barbara.»

«Vielleicht wissen die Journalisten etwas», schlug sie vor.

«Was willst du machen? Die Kneipen abklappern?»

«Wir könnten rüber auf die andere Seite fahren. Am alten Hafen stehen immer Leute herum, die auf den Roten warten. Fotografen.»

Hermann erhob sich stöhnend aus dem Schreibtischstuhl und schüttelte den Kopf. «Was soll uns das bringen, Barbara? Ich will fundierte und ausführliche Informationen. Außerdem ... ich glaube, mir reicht's für heute.»

«Eine Überdosis frische Luft?», fragte Barbara schmunzelnd. Hermann beneidete sie. Sie schien das alles nicht so ernst zu nehmen.

«Nein», antwortete er. «Eine Überdosis menschlichen Schwachsinns. Dazu kommt eine eklatante Unterversorgung mit Nahrungsmitteln, die langsam kritische Werte erreicht, mit ersten Ausfallerscheinungen.»

Sie lachte. «Na, dann sollten wir heute Abend vielleicht einen der berühmten Kaikoura-Hummer verzehren. Was hältst du davon? Falls du es vergessen haben solltest, es gibt Grund zu feiern. Egal, was noch passiert, das, was wir heute gesehen und erlebt haben, kann uns keiner nehmen.»

Hermanns Miene hellte sich auf. «Einen Hummer? Wir beide zusammen?»

«Nein. Natürlich bekommt jeder einen.»

11. Die Jagd

Es war kurz nach neun, als Hermann mit Handtuch und Reisenecessaire seinen Bus verließ, um in der Station zu duschen und sich zu rasieren. Barbara hatte ihm vor Tagen einen Schlüssel gegeben, damit er kommen und gehen könnte, wann er wollte. Seitdem nutzte er die Küche und die sanitären Einrichtungen des Hauses, schlief aber weiter in seinem Bus.

Er hatte die Klinke der Tür zum Duschraum schon in der Hand, als er aus der Küche geschäftiges Klappern hörte. Auf Zehenspitzen ging er weiter und lehnte sich gegen den Türrahmen. Barbara stand mit dem Rücken zur Tür. Sie war nur mit weißem Slip und T-Shirt bekleidet, füllte Kaffeepulver in die Maschine, schüttete Cornflakes in eine Schale und steckte zwei Brotscheiben in den Toaster.

Du musst bekloppt sein, Hermann Pauli, dachte er. Oder senil. Schläfst in deinem Bus, und hier ist eine schöne Frau, die dich mag, vielleicht sogar bewundert. Jeder Mann in deiner Lage, der einigermaßen bei Verstand wäre, hätte zumindest einen Versuch gewagt. Noch dazu nach einem derart denkwürdigen Tag und diesem wunderbaren Ausklang im Craypot. Er hätte etwas tun oder einfach den Mund aufmachen müssen. *I'm in the mood, baby.* Aber alles, was er zustande gebracht hatte, war eine kurze Umarmung und ein züchtiger Wangenkuss.

Er wischte dieses gedankliche Störfeuer beiseite. Die Erinnerung an den gestrigen Abend war viel zu schön, um sie sich mit Selbstanklagen zu zerstören. Sie hatten ausgiebig diniert und sich danach, als alle anderen Gäste schon in die Pubs der Umgebung ausgeschwärmt waren, bei einem süffigen australischen Shiraz Cabernet unterhalten. Als sie unter einem sternenklaren Himmel den gut halbstündigen Marsch zur Station begannen, war es nach Mitternacht. Die Kellner hatten schon aufgeräumt, die ersten Lichter gelöscht und hinter der Theke ungeduldig auf ihren Aufbruch gewartet.

Die Themen des Tages, der Rote, der Trawler und Barbaras ungewisse berufliche Zukunft, waren tabu, das hatten sie gleich zu Beginn beim Anstoßen verabredet und sich, nach ein paar mehr oder weniger witzigen gegenseitigen Ermahnungen, auch daran gehalten. Trotzdem hatte nie die Gefahr bestanden, dass ihnen der Gesprächsstoff ausgehen könnte.

«Wie bist du eigentlich auf die Cephalopoden gekommen?», wollte sie wissen. Er hörte diese Frage nicht zum ersten Mal, aber Barbaras Stimme fehlte jeder spöttische Unterton, diese amüsierte Verständnislosigkeit, die ihm und seiner Arbeit oft entgegengebracht wurde und die ihn nicht selten zu ruppigen Antworten provozierte.

«Warum arbeitest du mit Walen?», hatte er geantwortet.

«Wenn man sich für das Meer interessiert, liegt das in Neuseeland nahe. Wale sind hier ein großes Thema. Aber Cephalopoden ...» Sie zuckte mit den Achseln. «Niemand kennt sie.»

«Da hast du recht. Leider.» Er nippte an seinem Rotweinglas. «Ich habe nie darüber nachgedacht, aber jetzt, wo du fragst ... ich glaube, ich hatte so etwas wie ein Schlüsselerlebnis. Es ist schon lange her, dreißig Jahre. Ich war damals, kurz vor Abschluss meines Studiums, in Indonesien, auf Bali, und machte dort meinen Tauchschein. Eines Tages sagte mein Tauchlehrer, er würde mir ein Gebiet zeigen, in dem es Sepien gebe. Ich weiß noch, dass ich mich wunderte, warum er einen ziemlich großen Spiegel mit ins Wasser nahm. Wir fanden tatsächlich eine Sepie, ein stattliches Tier, nicht so groß wie die Riesensepien, aber für mich war es damals der größte Cephalopode, den ich je gesehen hatte. Und der lebendigste. Was dann geschah, werde ich mein Lebtag nicht vergessen.»

Barbara beugte sich neugierig nach vorn.

«Wir tauchten in flachem, kristallklarem Wasser, lichtdurchflutet. Der Boden war aus feinem Sand, in dem einzelne große Korallenblöcke verteilt waren, und über einem schwebte bewegungslos diese Sepie. Als wir uns neben den Korallen in den Sand legten und mein Tauchlehrer ihr den Spiegel vorhielt, erwachte sie zum Leben. Wir hatten zum Glück ein Männchen erwischt. Es dauerte nur wenige Minuten, dann veränderte sich seine Färbung, wurde lebhafter und kontrastreicher. Er schien sich aufzupumpen, wurde größer, streckte die Fangarme, begann sich zu räkeln und seltsame Positionen einzunehmen. Es sah aus, als bewunderte er sich, als wollte er sich in allen Einzelheiten studieren, wie ein Kind, das vor dem Spiegel steht und sein Gesicht zu möglichst verrückten Grimassen verzieht.»

«Imponiergehabe», kommentierte Barbara.

«Ja, natürlich. Er war kein Kind, sondern eher ein Bodybuilder, der jeden einzelnen Muskel zur Schau stellen will, der zeigt, wie stark und fit er ist. Wir ließen ihm keine Ruhe. Wenn er sich wegdrehen wollte, hielt ihm einer von uns unerbittlich den Spiegel vor. Er wurde immer aufgeregter. Bis er, von einem Moment auf den anderen, die Lust verlor und sich nicht mehr für sein Gegenüber, sondern für uns interessierte, als wäre das Ganze nur ein Spiel gewesen, das ihn jetzt langweilte. Er kam näher, freundlich, neugierig, und tastete mit seinen Fangarmen im Wasser herum.» Hermann bewegte seine Finger. «Er ließ sich von mir den dicken runden Bauch streicheln, ganz entspannt, es fühlte sich weich an, samtig. Langsam, ohne jede Eile, schwamm er von einem zum anderen. Die Aufregung um den vermeintlichen Rivalen war vollkommen vergessen. Es kam mir so vor, als hätte er von Anfang an durchschaut, dass wir hinter der Sache steckten, und nur mitgespielt, um uns nicht den Spaß zu verderben.»

Barbara lachte. «Das klingt verrückt.»

«Ja, ich weiß, aber du hättest es sehen müssen. Er schwebte dicht vor unseren Gesichtern ohne jede Scheu oder Aggressivität, musterte uns, wie wir ihn musterten, ließ sich berühren. Das Ganze dauerte über eine Stunde, es war unglaublich. Als ob wir miteinander Freundschaft schließen würden. Er wirkte so intelligent, so wach und gleichzeitig völlig fremdartig. Ich musste an ET denken, du weißt schon, die Szene, wo sich die Fingerspitzen von Alien und Mensch berühren. Als wir auftauchen mussten, blickte er uns hinterher, als wäre er enttäuscht, weil unser Spiel schon zu Ende war.»

Barbara legte ihre Hand auf seinen Arm. «Das hört sich wirklich wunderbar an.»

«Ja», er nickte. «Das war es auch. Ich habe lange nicht mehr daran gedacht. Irgendwie paradiesisch, nicht wahr? Als könnten Mensch und wildes Tier sich auf Augenhöhe begegnen, von Gleich zu Gleich. Wir waren völlig euphorisch danach. Ein Gefühl wie Verliebtsein. Von diesem Moment an wollte ich mehr über diese Tiere wissen.»

Später, sie hatten ihre Hummer verzehrt, und das Geschirr war längst abgeräumt, erzählte Hermann vom Krebstod seiner Frau, von der schweren Zeit. Er hielt mit nichts zurück und war überrascht, wie leicht es ihm fiel. Zum ersten Mal hatte er das Gefühl, von Ereignissen zu erzählen, die schmerzhaft waren, aber überwunden.

Barbara war eine verständnisvolle Zuhörerin, aber von sich selbst gab sie nur wenig preis. Zu ihrer Mutter, die allein in einem Farmhaus in Otago lebte, hatte sie offenbar ein schwieriges Verhältnis. Geschwister gab es keine. Eine Beziehung, die vor kurzem in die Brüche gegangen war, erwähnte sie nur in Andeutungen. Sie habe mit ihrem alten Leben gebrochen, sagte sie. Worin dieses Leben bestanden hatte, behielt sie für sich.

Einmal traten zwei Journalisten an ihren Tisch, die mit Kollegen im Craypot zu Abend aßen und auf sie aufmerksam wurden. Zuerst reagierten sie verärgert auf die Störung, aber dann begann sie das, was die Männer zu erzählen hatten, zu interessieren. Ob Hermann oder Barbara wüssten, was die Ankunft des Trawlers in der South Bay zu bedeuten habe, fragten sie. Kollegen hätten beobachtet, dass das Schiff ein Netz aus- und wieder eingebracht habe. Es gebe Gerüchte, jemand könnte versuchen, den Kalmar zu fangen.

Sie taten so, als fielen sie aus allen Wolken, machten sich einen Spaß daraus, die bemüht unschuldigen Gesichter nachzuahmen, die sie tagsüber in unterschiedlichsten Ausprägungen hatten studieren können. Fangen? Den Roten? – Eine absurde Vorstellung. Ein Witz. Der Trawler sei sicher hinter Fischschwärmen her.

Hermann lehnte noch immer am Türrahmen, als Barbara ihm über die Schulter einen koketten Blick zuwarf. «Warum kommst du nicht rein», sagte sie. «Kaffee?»

«Ja, gern.»

Sie stellte zwei Tassen bereit, drehte sich um, lehnte sich mit dem Rücken gegen die Küchenarbeitsplatte und verschränkte die Arme vor der Brust. Hinter ihr begann die Kaffeemaschine heißes Wasser auszuspucken.

«Gut geschlafen?», fragte sie mit einem kleinen Lächeln.

«Tief und fest. Neun Uhr.» Er schüttelte amüsiert den Kopf. «Normalerweise bin ich ein Frühaufsteher.»

«Na ja, es ist spät geworden.» Ihr Lächeln wurde unsicher, sie senkte den Blick. «Sei froh, dass du ausgeschlafen bist. Ich fürchte nämlich, es gibt eine Überraschung für dich. Oder auch nicht, wie man will.»

Hermann hatte mit einer anderen Begrüßung gerechnet und runzelte die Stirn. «Du fürchtest?», fragte er verwundert. «Was ist los?»

Sie sagte nichts, zog nur die Schultern hoch und ließ sie wieder fallen.

«Bedien dich, wenn der Kaffee fertig ist.» Sie stieß sich ab, ging durch die Küche und blieb vor der Tür stehen, die von Hermann versperrt wurde. «Lässt du mich durch? Ich möchte noch duschen.»

«Ach so, klar, natürlich.» Er trat verwirrt zur Seite. «Und die Überraschung?»

Sie machte eine kurze Bewegung mit dem Kopf. «Liegt auf dem Tisch.»

Seine Augen wanderten über die Tischplatte. Zuckerdose, Salz- und Pfefferstreuer, eine leere Wasserflasche, ein paar benutzte Gläser, Marmelade, Erdnussbutter, Marmite und ...

«Sprichst du von der Zeitung?»

«Hmhm.» Barbara nickte. «Lies selbst. Du wirst gleich wissen, was ich meine.» Sie schlüpfte an ihm vorbei auf den Gang und verschwand im Bad.

Die Zeitung lag zusammengefaltet auf der hölzernen Tischplatte, falsch herum. Hermann trat näher und drehte den Kopf, um die Überschriften lesen zu können. Nichts von Bedeutung. Es musste auf der anderen Seite stehen. Er zögerte. Wollte er es überhaupt wissen? Er ahnte, welcher Name ihm in die Augen springen würde.

Er griff nach der Zeitung und warf sie richtig herum wieder auf den Tisch. Was er suchte, stand im Kopf, gleich über dem Schriftzug des *New Zealand Herald,* dem printmedialen Flaggschiff des Landes.

> +++ EINE FRAGE DER SICHERHEIT +++
> Hans Peter Degenhardt kündigt an, den Kalmar von Kaikoura fangen zu wollen. Das ausführliche Interview auf den Seiten 22/23.

Obwohl er es geahnt, nein, gewusst hatte, traf ihn die Nachricht wie ein Schlag in die Magengrube. Stundenlang hatten sie gestern versucht, Antworten zu bekommen. Vergeblich. Dabei war es nicht mal ein Geheimnis, im Gegenteil. Degenhardt posaunte es laut hinaus in die Weltgeschichte.

Eine Frage der Sicherheit. Hermann musste das Interview nicht lesen, um zu wissen, dass Degenhardt sein Vorhaben als Notmaßnahme verkaufte. Um die armen, bedrohten Menschen zu schützen. Um sie, wie eine Art Teufelsaustreiber, von diesem Ungeheuer zu befreien. Wie war es möglich, dass die Behörden ihn gewähren ließen? Er war doch nichts anderes als ein Jäger, der sich eine spektakuläre Trophäe sichern wollte. Ein unbekanntes Monster, ein Walkiller, das mächtigste wirbellose Tier, das jemals gesichtet worden war – konnte es für einen Kryptozoologen eine größere Herausforderung geben?

Irgendwo im Haus klingelte ein Telefon. Eine Zimmertür wurde aufgerissen. Das Klingeln brach ab.

Der Kaffee war durchgelaufen. Gedankenversunken nahm er die Glaskanne von der Warmhalteplatte, goss die dampfende Flüssigkeit in eine Tasse und setzte sich damit auf einen Küchenstuhl.

Barbaras Stimme hallte über den Flur. Sie sprach laut und

aufgeregt, aber Hermann verstand nur Bruchstücke. Kalmar, Trawler, NIWA …

Was sollte er tun? Konnte er überhaupt irgendetwas tun? Wer waren seine Verbündeten? Gestern hatte er noch gedroht und geflucht. Man hielt ihn für einen unkalkulierbaren Störfaktor, für jemanden, der Schwierigkeiten machte und sich womöglich an Bäume oder Schienen kettete. In Wirklichkeit aber war er ohnmächtig. Sollte er sich wie die jungen Leute in Whyalla mit handgemalten Protestplakaten auf den Steg am Pier Hotel stellen, als Ein-Mann-Demonstration in seinem Riesensepien-T-Shirt die Esplanade auf und ab laufen und «Rettet den Roten!» brüllen? Lächerlich.

Barbara kehrte in einen Bademantel gehüllt und mit ernstem Gesicht in die Küche zurück.

«Das waren Adrian und Tim», sagte sie und steuerte, nach einem prüfenden Seitenblick auf Hermann, die Kaffeemaschine an, um sich ihre Tasse zu füllen. «Sie haben es heute früh gelesen und sich sofort ans Telefon gehängt.»

«Und?» Er fragte, obwohl er wusste, was sie sagen würde.

Sie nippte an ihrem Kaffee, bevor sie antwortete. «Es ist, wie ich gesagt habe. Adrian schimpft. Er ist absolut gegen diese Aktion und hat überall angerufen. Aber er stößt auf Granit. Er sagt, sie lassen sich nicht davon abbringen.»

«Jetzt redest du auch schon von *sie*. Und was heißt, er hat *überall angerufen?* Mit wem hat er gesprochen?»

«Adrian Shearing ist in diesem Land eine große Nummer, Hermann. Er kriegt jeden ans Telefon. Zum Beispiel den zuständigen Minister, die entscheidenden Leute im NIWA und Beamte des Naturschutzministeriums.»

«Was haben die denn damit zu tun?»

Sie stutzte. «Hast du das Degenhardt-Interview nicht gelesen?»

«Nein, noch nicht.»

«Nicht? Das solltest du aber.»

«Was steht denn drin? Nein, warte! Lass mich raten. Er redet über die Moas, die er wiederentdecken und filmen will. Und die vielen unbekannten Tierarten, die dauernd auftauchen. Bestimmt bringt er wieder den Octopus giganteus ins Spiel.»

«Nein, das tut er nicht. Er verweist auf die unbekannten Schnabelwale, die erst in den letzten Jahrzehnten entdeckt worden sind. Ich habe das gar nicht gewusst. Zwei in den achtziger Jahren, der letzte erst 2001. Das ist doch unglaublich. Aber darum geht es jetzt nicht. Degenhardt sagt in dem Interview genau, was sie vorhaben. Was das Technische angeht, hast du hundertprozentig recht gehabt. Und *sie* bedeutet: sie alle zusammen. Angefangen von ihm selbst mit seiner Firma Unknown World Productions, über einen australischen Medienunternehmer, der als Sponsor auftritt und das Ganze cofinanziert, bis zum National Institute, das sich mit seinem Forschungsschiff, der *Otago,* beteiligt. Sogar das strenge Department of Conservation hat sein Okay gegeben. Es ist keine Verschwörung, sondern eine konzertierte Aktion, verstehst du? Adrian sagt, dass auch andere Ministerien mitgemischt haben. Die Entscheidung ist ganz oben gefallen.»

Hermann schüttelte fassungslos den Kopf. «So etwas geht nicht von heute auf morgen. Sie müssen schon eine Weile daran gearbeitet haben.»

Er fragte sich, wann diese Zusammenarbeit begonnen hatte. Schon vor der Pressekonferenz? Besiegelte der Handschlag zwischen Ray und Degenhardt eine Jagdgemeinschaft, die sich schon lange einig war?

Hermann wehrte sich gegen diesen Gedanken. Er wollte es nicht glauben. Die ganze Veranstaltung wäre dann eine Farce gewesen. Nein. Ray und vor allem sein Chef, Randolf Shark, waren keine Schmierenkomödianten. Aber es musste kurz danach passiert sein, vielleicht noch am selben Tag, denn wie schnell ließ sich ein solcher Trawler auftreiben? Er war von Süden gekommen, aus Christchurch oder Dunedin. Vielleicht war er zufällig in der Nähe.

In dem Interview drehe sich alles um die Sicherheit, berichtete Barbara. Der Rote werde als eine Angelegenheit von nationalem Interesse behandelt. Der Schutz von Anwohnern und Besuchern hätte höchste Priorität, sei die Parole. Es gehe um den Tourismus, also um Geld, um Arbeitsplätze. Sie behaupteten, der Kalmar halte die Wale von der Rückkehr ab. Jedenfalls könne man das nicht ausschließen. Einen habe er getötet.

«Was?», schrie Hermann empört. «Wer sagt das? Dieser Kalmar ist zwar riesig, aber er macht doch keine Jagd auf Pottwale. Das ist grotesk. Die beiden müssen sich irgendwie in die Quere gekommen sein.»

«Ja, das sagt Adrian auch, aber er dringt damit nicht durch. Glaub mir, ich habe ihn noch nie so erlebt. Er ist außer sich, aber er hat kaum Hoffnung, die Sache noch aufhalten zu können.» Sie senkte die Stimme. «Er lässt dich natürlich grüßen. Tim auch. Sie sagen, du sollst es dir nicht allzu sehr zu Herzen nehmen.»

Er stieß ein freudloses Lachen aus. «Ich werde mir Mühe geben.»

«Hermann ...» Barbara zögerte und sah ihn mit traurigen Augen an. «Wenn Shearing sie nicht stoppen kann ... wie soll uns das gelingen? Er ist ...»

«Eine große Nummer, ich weiß.»

Sie zuckte ratlos mit den Achseln und schmiegte sich in den flauschigen Kragen ihres Bademantels. Sie hat aufgegeben, dachte Hermann.

«Ich glaube, ich brauche jetzt ein bisschen frische Luft»,

sagte er und kippte mit hastigen Schlucken seinen lauwarmen Kaffee hinunter.

Er lief vor der Station auf und ab, hin- und hergerissen zwischen Resignation und wütendem Aufbegehren. Die Art, wie man ihn aus dieser Sache ausgeschlossen hatte, empfand er als zutiefst demütigend. Seit Donnerstag letzter Woche mussten die Telefondrähte geglüht haben, und niemand hatte es für nötig gehalten, ihn miteinzubeziehen. Man hätte ihn wenigstens informieren können und gleichzeitig unmissverständlich klarstellen, dass man nicht auf ihn hören würde, dass er hier nichts zu sagen hätte. Das wäre leichter zu ertragen gewesen als dieser vollständige und dreiste Ausschluss.

Er erwog, Degenhardts Bus einen zweiten Besuch abzustatten, entschied sich aber schnell dagegen. Es war zwecklos. Man würde ihn wieder abwimmeln und vertrösten, und davon hatte er genug. Er musste sich damit abfinden, dass er Degenhardt nicht zu fassen bekam. Der berühmte Filmemacher war auf einem der beiden Schiffe. Offenbar verloren sie keine Zeit und hatten schon gestern das Netz ausgebracht. Ein Test? Hermann bezweifelte, dass die systematische Suche schon begonnen hatte. Sicher mussten Vorbereitungen getroffen werden. Beruhige dich, ermahnte er sich. Wer sagt denn, dass sie ihn kriegen.

Kurz entschlossen stieg er in seinen Bus und fuhr über die Esplanade in die Stadt. Er brauchte Tapetenwechsel, Bäume, Wald, Ruhe, harzige Luft. Zum Beispiel am Mount Fyffe, weg von der Küste. Er kramte in dem Durcheinander auf dem Beifahrersitz nach einer Karte.

Schon als er an der Apotheke vorbeikam, änderte er seinen Plan. Er hielt an und stürzte in den Laden, um sich Filderson vorzuknöpfen. Wenigstens einer sollte seinen Zorn zu spüren bekommen. Aber sein wütender Auftritt verpuffte, weil er nicht auf den Bürgermeister, sondern eine ahnungslose junge Frau traf, die ihn hinter dicken Brillengläsern mit weit aufgerissenen Augen anstarrte.

Danach irrte er ziellos durch die Gegend, schlang auf einer Tankstelle ein Sandwich hinunter und fuhr schließlich bei brüllend lauter Musik Richtung Peketa Beach. Vielleicht würde ihm auf einem Strandspaziergang etwas einfallen, an einem Ort, der ihm vertrauter war als jeder andere in dieser Gegend. Aber schon oben an der Straße parkten Autos in langen Reihen, und am Strand selbst tummelten sich Dutzende von Schaulustigen. Sie warfen sich Frisbeescheiben zu, standen andächtig am frischen Pottwalgrab, schlenderten mit angewiderten Gesichtern zwischen den ausgetrockneten Resten der Kalmare hin und her. Einige hatten sich mit Ferngläsern und Teleobjektiven auf dem Dünenrücken aufgebaut, um die Manöver des Trawlers in der Bucht zu verfolgen. Bestimmt war Degenhardt auch im Fernsehen aufgetreten. Mit einem Schlag war Kaikoura wieder im Fokus der Öffentlichkeit, diesmal als Schauplatz einer dramatischen Jagd.

Auf der Fahrt zurück in die Stadt gelang es ihm endlich, Ordnung in seine Gedanken zu bringen. Im Grunde war er besser dran als gestern, als noch nicht einmal klar war, ob er nicht Gespenster sah. Jetzt wusste er, was gespielt wurde, und er kannte die Akteure. Leider gehörte auch Raymond Holmes dazu. Das war besonders schmerzhaft. Der einzige Kollege weit und breit hatte die Seiten gewechselt. Ausgerechnet der Mann, dem er seine Kalmare anvertraut und mit dem er seit seinem Eintreffen von morgens bis abends zusammengearbeitet hatte. Wenigstens der hätte ihn einweihen können. Aber er hatte es vorgezogen, ihm aus dem Weg zu gehen. Mr Architeuthis entpuppte sich als Feigling.

Mehrmals im Laufe dieses Tages und auch jetzt, während

er mit seinem Bus zum wer weiß wievielten Mal die Küste der South Bay entlangfuhr, dachte er daran, seine Zelte in Kaikoura endgültig abzubrechen. Er hatte getan, was er konnte, mehr als das. Und der Besuch am Peketa Beach war heilsam gewesen. Das war nicht länger sein Strand. Vielleicht sollte er sich verabschieden und noch ein paar entspannte Urlaubstage verbringen, anstatt sich sinnlos aufzuregen und sich aus Sturheit und Prinzipienreiterei eine blutige Nase zu holen.

Hier jedenfalls war er unerwünscht, ein Fremder, der sich in Dinge einmischte, die ihn nichts angingen. Wenn er bliebe, würde er diese Haltung zu spüren bekommen. Warum sollte er einen aussichtslosen Kampf aufnehmen? Um wem etwas zu beweisen? Niemand würde ihm eine Träne nachweinen, wenn er abreiste, mit Ausnahme von Barbara vielleicht, die ihn aber innerhalb kürzester Zeit vergessen würde, diesen grüblerischen Deutschen, der sich nicht entscheiden konnte, ob er noch ein Mann oder schon Greis war.

Er hatte alles im Wagen, er könnte sofort losfahren, er war frei, niemandem verpflichtet, es gab nichts, was ihn hielt. Er könnte bei der Fluggesellschaft anrufen und die nächstbeste Maschine buchen, wie Maria, die sich jetzt im schönen Sydney amüsierte. Alles sprach dafür.

Er tat es nicht. Noch nicht. Vielleicht morgen. Kaikoura zu verlassen hieße nicht nur, der wunderbaren Landschaft und der Stadt den Rücken zu kehren, sondern allem, was er hier erlebt hatte. Seine Wiedergeburt, die aufregendste Zeit seines Forscherlebens. Und Barbara, die er begehrte, ja, begehrte. Aber der Gedanke blieb hartnäckig. In immer kürzeren Abständen meldete er sich zurück und wurde von Mal zu Mal verlockender. Was hatte er hier noch verloren?

Er beschloss, noch einmal zur Whalers Bay zu laufen. So, wie er es sich gestern vorgenommen hatte. Aber auch auf diesem Parkplatz erwartete ihn eine unliebsame Überraschung. Er war auch hier nicht allein. Ein paar Menschen standen in der Nähe der Pelzrobben, die sich wie am Vortag in der Sonne räkelten, heute waren es drei. Hermann ging schnell an ihnen vorbei, stieg die lange Treppe hinauf und folgte dann dem anfangs noch begehbaren Weg in Richtung Süden. Nach ein paar Schritten drehte er den Kopf, um zu sehen, ob ihm jemand folgte. Einige der Besucher schauten ihm hinterher, aber niemand machte Anstalten, den umzäunten Aussichtspunkt zu verlassen. Ein Mann schüttelte den Kopf und sagte etwas zu seinen Begleitern, die ebenfalls mit Kopfschütteln reagierten. Vermutlich wunderten sie sich über die Unvernunft mancher Leute, die jede Warnung in den Wind schlagen mussten. Neben dem Abzweig des Rundwegs wies ein Warnschild auf die Instabilität der Klippenwand hin und auf die Absperrungen, die unbedingt zu beachten wären. Hermann war es nur recht, wenn sie ihn für leichtsinnig hielten.

Auf dem Weg über die Schafweiden sah er immer wieder durch sein Fernglas, um den Trawler und die *Otago* zu finden. Beide Schiffe lagen dicht beieinander und operierten heute viel weiter südlich, weit außerhalb der Gefahrenzone, wenn er davon ausging, dass der Kalmar sich noch immer in der geschützten Bucht aufhielt. Was extrem unwahrscheinlich war. Es wäre ein unfassbares Glück, wenn er ihn noch einmal sehen könnte. Nur vierundzwanzig Stunden waren vergangen, trotzdem verblassten die Bilder in seinem Kopf schon. Er wollte, er musste es noch einmal spüren, das unglaubliche Gefühl, diesem gewaltigen Lebewesen nahe zu sein, wie gestern mit Barbara. So ähnlich musste es wohl sein, wenn man das Glück hatte, unter Wasser Walen zu begegnen, die Eleganz und schiere Körpermasse der Riesen zu erleben. John konnte stundenlang von seinen Erlebnissen mit neugierigen Minkwalen im nördlichen Barrier Reef erzählen. Und der Rote war noch viel spektakulärer.

Hermann hob erst das eine, dann das andere Bein über das Absperrband und vergewisserte sich ein letztes Mal, dass niemand den Weg entlangkam. Als er durchs Fernglas einen menschenleeren Aussichtspunkt sah, gab er sich einen Ruck und lief schnell vor zum Klippenrand. Bei jedem Schritt ermahnte er sich, nicht enttäuscht zu sein. Jetzt waren es nur noch wenige Meter. Er wurde langsamer, hielt den Atem an, konnte das Felsplateau im nördlichen Teil der Bucht sehen, hörte das Brechen der Wellen. Jetzt weitete sich die Bucht, er hatte die Felsbrocken im Blick, das, was die Welle von der Landzunge übrig gelassen hatte, dann eine Bootsspitze, tatsächlich, ein Boot. Sandy. Als hätte er die Bucht nie verlassen, lag sein kleines Gefährt an exakt derselben Stelle wie am Vortag.

Hermann ging noch zwei Schritte weiter, dann sah er ihn. Sandy saß in seinem Kahn, spähte aufs Meer hinaus, und nur wenige Meter entfernt schwamm die ungeheure fleischfarbene Masse des Kalmars wie tot im Wasser. Wie konnte der Riese hier bloß überleben? Was hielt ihn an der Oberfläche? Wie war es möglich, dass die Menschen von der Existenz eines derartigen Tieres nichts gewusst hatten? Hermann begriff es nicht. Diese Bucht wäre der letzte Platz, an dem er nach einem solchen Koloss suchen würde.

Er lächelte selig, hatte all die finsteren Gedanken des Tages vergessen. Der Rote war in Sicherheit, weit weg von seinen Jägern. Hermann tastete mit dem Fernglas den ganzen Körper des Roten ab, versuchte sich jede Einzelheit einzuprägen, die Form der Flossen, des Kopfes, vor allem die Farbe. Und die Augen. Vielleicht sollte er weitere Fotos machen. Nur um sicherzugehen …

«Na, Sie sind ja mutig.»

Hermann gefror das Blut in den Adern. Eine Männerstimme. Seine Hände mit dem Fernglas zuckten nach oben. Nur nicht in die Bucht sehen. Er hatte nicht aufgepasst.

«Ich dachte schon, Sie wollen sich den Abgrund runterstürzen», sagte die Stimme. «So, wie Sie gerannt sind.» Der Mann kam näher, war nur wenige Meter entfernt.

Hermann reagierte nicht. Sein ganzer Körper verkrampfte sich, während er durch sein Fernglas auf einen Bereich der Steilküste jenseits des Peketa Beach starrte.

«Komm ruhig her, Louise. Der Blick ist herrlich.»

Er hat das Tier noch nicht gesehen, dachte Hermann erleichtert und versuchte telepathische Botschaften an den Giganten im Wasser zu senden. Verschwinde! Sie dürfen dich nicht finden! Hau ab!

Er setzte kurz das Glas ab und blickte mit eisiger Miene zur Seite. Ein Tourist, Anfang fünfzig, karierte Hose, Wanderschuhe, wattierte Weste. Aus dem Hintergrund näherte sich eine Frau mit wasserstoffblonden Haaren. Sie hatte Angst vor dem Abhang, reckte den Hals und bewegte sich mit winzigen vorsichtigen Schritten.

«Ahhh», seufzte der Mann neben ihm. «Komm. Das musst du dir ansehen, Louise. Es ist einfach großartig. Was für eine Landschaft!»

Hermann wandte sich ab, versteckte sich wieder hinter seinem Fernglas und versuchte mit jeder Faser seines Körpers zu signalisieren, dass er sich gestört fühlte und allein sein wollte. Verpisst euch!

«O ja, wunderschön.» Die Stimme der Frau klang unsicher. Sie stand jetzt neben ihrem Mann, keine drei Meter entfernt. «Und guck mal da unten.»

Hermann presste verzweifelt die Augen zusammen.

«Da angelt einer.»

«Tatsächlich», antwortete ihr Mann. «Was der hier wohl fangen will? Wahrscheinlich Riesenkalmare.» Er lachte. Hermann spürte, dass das Lachen ihm galt, ein letzter Versuch, ihn in ein Gespräch zu verwickeln.

Er verzog keine Miene und warf unter dem Fernglas einen beiläufigen Blick in die Bucht. Sandy war allein. Der Rote war verschwunden.

Erleichtert stieß er die Luft aus.

«Komm, Liebling, wir müssen weiter», sagte die Frau nach einer Ewigkeit.

Hermann rührte sich nicht. Er spitzte die Ohren, aber das Gras dämpfte ihre Schritte, und er konnte nicht hören, was sie taten. Als sie ihm ein «Schönen Tag noch» zuriefen, waren ihre Stimmen schon ein paar Meter entfernt. Sie gingen.

«Ja», erwiderte Hermann kaum hörbar. «Schönen Tag!»

Es dauerte Minuten, bis sich seine Verkrampfung löste. Als er sich das erste Mal umsah, trampelte das Touristenpaar schon auf der Schafweide herum. Er war wieder allein. Wie Sandy unten in der Bucht, der ungerührt auf seiner Holzbank saß.

Das Licht hatte sich verändert, das Meer war grau geworden. Hermann drehte sich überrascht um. Eine dunkle Wolkenwand zog über die Berge des Hinterlandes und hatte sich vor die Sonne geschoben. Ein Wetterwechsel.

Die Sonnentage waren vorbei, und Hermann fasste einen Entschluss.

Als er nach einem Imbiss in der Stadt in die Donovan Station zurückkehrte, brach draußen schon die Abenddämmerung herein, und erste feine Regentropfen erfüllten die Luft. Er fühlte sich erschöpft und ausgelaugt, wollte endlich duschen und früh ins Bett gehen, um für den Reisetag ausgeruht zu sein. Wie schon heute Morgen hatte er sein Handtuch und das Reisenecessaire in der Hand und lief durch den Gang in den Anbau.

Im Haus war es dunkel, Barbara schien nicht in der Station zu sein, obwohl Hermann beim Eintreten geglaubt hatte, ein Geräusch zu hören. Er bedauerte, dass er den ganzen Tag ohne sie verbracht hatte, und nahm sich vor, ihr eine Nachricht zu hinterlassen. Sie war der einzige Mensch in diesem fremden, fernen Land, dem er die Gründe für seine überstürzte Abreise erklären wollte. Er überlegte, was er ihr schreiben würde, bog gedankenversunken um eine Ecke und stieß fast mit Ray zusammen, der aus einem der Schlafräume trat. Der Neuseeländer hatte sich einen Riemen seines Rucksacks über die Schulter gehängt und war sichtlich in Eile.

«Hermann!»

Die beiden standen sich einen Moment gegenüber, Hermann überrascht, aber ruhig, der Neuseeländer unverkennbar unter Strom. Sein hageres Gesicht war gerötet, die Augen weit aufgerissen, der Brustkorb hob und senkte sich.

Die Schiffe waren in der South Bay. Ray musste also zuerst mit dem Zodiac um die Halbinsel herum zum Steg am Pier Hotel gefahren und dann zwei, drei Kilometer Straße gelaufen sein. Darauf war er ins Haus gestürzt, vermutlich froh, es verlassen vorzufinden, und jetzt hoffte er, sofort wieder verschwinden zu können.

Daraus würde jetzt nichts.

«Was verschafft uns die Ehre, Ray? Man bekommt dich ja kaum noch zu Gesicht.»

«Meine Sachen», murmelte Ray. «Ich habe meine Sachen geholt. Ich werde dazu vielleicht keine Gelegenheit mehr haben.»

Hermanns Müdigkeit war verflogen, und mit einer gewissen Befriedigung beobachtete er, wie Ray litt.

«Du willst uns verlassen?», fragte er mit gespielter Überraschung. «Ich dachte, ihr geht auf Kalmarjagd.»

Ray schob trotzig den Unterkiefer vor. «Falsch! Wir begleiten die Kalmarjagd, und anschließend fahren wir endlich nach Hause. Ich glaube, unsere gemeinsame Arbeit hier ist getan, oder?» Er hatte sich für die Offensive entschieden und starrte Hermann mit angriffslustig funkelnden Augen an.

Nur Sekunden später änderte er seine Haltung, blickte kurz zur Decke und stieß einen resignierten Seufzer aus. «Hermann, ich habe jetzt keine Zeit für Grundsatzdiskussionen. Aber bitte ...», er wuchtete den Rucksack von der Schulter, setzte ihn auf dem Boden ab und verschränkte die Arme vor der Brust. «Sag, was du zu sagen hast. Ich höre zu.»

«Wer hat etwas von Grundsatzdiskussionen gesagt? Macht, was ihr wollt. Wirklich.» Hermann hob beide Arme, zeigte seine leeren Handflächen und trat zur Seite. «Reisende soll man nicht aufhalten. Ich bin draußen, Ray. Dank deiner tätigen oder besser untätigen Mithilfe.»

«Es gab keine Zeit für lange Gespräche. Wir mussten innerhalb weniger Stunden eine Entscheidung fällen. Ob es dir nun passt oder nicht, das Meinungsbild im Land ist ziemlich eindeutig.»

«Was ist mit Shearing?»

«Okay, fast eindeutig. Aber er ist der Einzige. Die meisten würden den Roten, wenn sie könnten, auf der Stelle harpunieren.»

«Ich verstehe nicht, warum man ihn töten muss, Ray.»

«Wir wollen ihn nicht töten, wir wollen ihn fangen. Das ist ein Unterschied.»

Hermann antwortete mit höhnisch verstellter Stimme. «Ach so, verstehe, und wenn ihr ihn habt, baut ihr ihm ein tausend Meter tiefes Aquarium mit gemütlichen dunklen Höhlen, wo er bis ans Ende seiner Tage rund um die Uhr versorgt ist und bestaunt werden kann. Ist es so?»

«Wir wissen noch nicht, was mit ihm geschehen wird. Das hängt von seinem Zustand ab. Im günstigsten Fall würden wir tatsächlich versuchen, ihn zuerst in einem großen Netzkäfig und später in einem Seewasserbecken zu halten. Offenbar kann er an der Oberfläche existieren.»

«Du lügst dir doch was in die Tasche, Ray. Ihr werdet ihn töten. Wenn nicht auf die eine, dann auf die andere Weise. Warum? Erklär's mir!»

«Das Wichtigste ist, dass der Kalmar am Ende uns gehören wird, dem NIWA und damit der Wissenschaft.»

«Oh, der Wissenschaft. Na dann. Das entschuldigt natürlich alles. Für die Wissenschaft müssen Opfer gebracht werden, nicht wahr? Verdammt, Ray, wir leben nicht mehr im achtzehnten oder neunzehnten Jahrhundert. Damals konnte man noch in ferne Länder fahren und alles abknallen, was einem über den Weg lief, um daheim die Museumsbestände zu füllen. Aber diese Zeiten sind vorbei. Heute stehen uns andere Methoden zur Verfügung. Vom Roten gibt es Filmaufnahmen und Hunderte von Fotos. Um seine Existenz zu belegen, muss er nicht getötet werden. Ihr habt sogar einen Tentakel, Gewebeproben, seine DNA. Ihr könnt genetische Verwandtschaftsanalysen durchführen, seine Saugnäpfe und Krallen studieren. Was willst du noch? Ein Maßband anlegen?»

«Oh, da würde mir schon noch einiges einfallen. Außerdem ... wir sind hier nicht in fernen Ländern, wir sind zu Hause, in Neuseeland. Es geht um unsere Pflanzen- und Tierwelt, mit der wir überaus verantwortungsvoll umgehen. Das bescheinigt uns die ganze Welt. Wir treffen unsere eigenen Entscheidungen. Die Politik hatte unterschiedlichste Interessen abzuwägen.»

«Aber gewonnen hat das große Geld.»

Ray wischte die Bemerkung mit einer Kopfbewegung beiseite. «Uns blieb nichts anderes übrig, als die Entscheidung zu akzeptieren, auch wenn ich sie vielleicht so nicht getroffen hätte.»

«Ach, sie gefällt dir nicht? Das hast du bisher nicht gesagt.»

«Hör doch mit diesem scheinheiligen Getue auf, Hermann. Wie betreiben wir denn Meeresbiologie? Wir schicken Bodengreifer nach unten und ziehen Netze durch das Wasser, große und kleine, mal oben, mal in der Tiefsee, und so fangen wir Tiere. Meistens sind sie schon tot, wenn wir sie an Deck holen. Auf der ganzen Fahrt mit der *Otago* haben wir nichts anderes getan. Wir haben zentnerweise tote Tiere an Bord. So machen es die Forscher seit Jahrhunderten. Es gibt keinen anderen Weg. Und jetzt kommst du und sagst, stopp, das ist Massenmord! Verstehe ich dich richtig? Nur weil dieser Kalmar an die Oberfläche gekommen ist, sollen wir ihn nicht fangen dürfen wie alle anderen. Wenn er uns in seinem eigentlichen Lebensraum ins Netz gegangen wäre, würden wir keine Sekunde darüber nachdenken. Wir würden ihn hochholen, riesengroße Augen bekommen und anschließend die Sektkorken knallen lassen. Wir würden feiern. Mein Gott, es wäre das größte Besäufnis, das Meeresbiologen je veranstaltet haben. Und du wärst dabei. Mit Sicherheit. Du würdest mitfeiern.»

«Wahrscheinlich hast du recht. Aber man hat ihn nicht halbtot in einem Schleppnetz gefunden. Er lebt, und wir können entscheiden. Er ist auch nicht freiwillig an die Oberfläche gekommen, um hier unter Menschen und Walen ein Gemetzel zu veranstalten. Er ist vielmehr, wie die Bewohner dieser Küste, das Opfer einer Katastrophe. Es geht nicht um die Meeresbiologie und ihre Methoden, sondern konkret um ein ganz bestimmtes außergewöhnliches Individuum, das weißt du genau.

Wir reden nicht über irgendein Wald-und-Wiesen-Tier, sondern über eine der gewaltigsten Kreaturen dieser Erde. Wir haben alles von ihm, was wir brauchen. Ihr dürft ihn nicht töten wie einen Regenwurm oder Käfer, nur um irgendwelcher fragwürdigen wissenschaftlichen Erkenntnisse willen.»

«Was soll das? Seit wann sind die Erkenntnisse unserer Arbeit fragwürdig?»

«Fragwürdig ist das falsche Wort. Sie sind unwichtig.»

«Haaach», Ray verdrehte genervt die Augen. «Ich wusste, dass du mit der Moralkeule auf mich losgehen würdest. Und dann beschwerst du dich, dass man nicht mit dir redet. Wäre es dir lieber, Degenhardt würde die Sache allein durchziehen? Das wäre die Alternative. Die verantwortlichen Politiker wollen, dass der Kalmar verschwindet, weil er eine Gefahr für die Öffentlichkeit darstellt.»

«Wie kannst du dir diesen Unsinn zu eigen machen?»

«Ich weiß, dass du anderer Meinung bist. Aber du machst es dir zu einfach. Glaubst du wirklich, diese Stadt, diese ganze Region kommt wieder auf die Beine, solange sich da draußen ein zwölf oder fünfzehn oder zwanzig Meter langer Kalmar herumtreibt? Glaubst du, die Menschen werden wieder schwimmen, surfen, tauchen, fischen und mit ihren Familien, mit ihren Kindern aufs Meer hinausfahren, wie es, verdammt noch mal, ihr gutes Recht ist?»

«Der Kalmar wird entweder sterben oder in die Tiefsee zurückkehren. Es geht nur darum, abzuwarten, bis es so weit ist. Mehr verlange ich nicht. Lasst ihn einfach ziehen, wie die Pottwale, die genauso gefährlich sind wie der Rote. Sie werden nicht umgebracht, jedenfalls nicht mehr. Warum wird der Rote anders behandelt? Weil er ein Alien ist? Ihr messt mit zweierlei Maß. Das ist unwissenschaftlich. Du pochst doch sonst so auf die Wissenschaft.»

«Und du willst den Leuten hier garantieren, dass er nicht zurückkommt, ja? Ich könnte das nicht. Nicht nach dem, was wir erlebt haben. Deswegen akzeptiere ich die Entscheidung. Degenhardt und sein Team haben den Auftrag bekommen. An uns, speziell an mich, ging nur die Frage, ob wir die Sache wissenschaftlich begleiten wollen.»

«Wissenschaftlich begleiten. Wie das klingt ... Mit Wissenschaft hat das nicht das Geringste zu tun. Es geht um Geld. Und um Degenhardts größten Coup, mit dem er seinen Namen unsterblich machen will. Wie viel werden er und dieser Australier daran verdienen? Sie haben doch sicher die Exklusivrechte, nicht wahr? Zehn Millionen? Hundert Millionen? Was könnt ihr schon tun? Ihr seid ein Feigenblatt. Ihr werdet danebenstehen und zusehen und am Ende, nach Stunden, Tagen oder Wochen, den Kadaver in Empfang nehmen. Du hättest nein sagen können, Ray. Hast du mir nicht von diesem Globster in Florida erzählt und dem Mann, der verhindert hat, dass man ihn nur gegen Eintrittsgeld zu sehen bekommt? Einen Heroen der Wissenschaft hast du ihn genannt. Du bist Mr Architeuthis, ein bekannter Wissenschaftler. Sicher würde die Presse darüber berichten, wenn du abgelehnt hättest.»

«Diese einmalige Gelegenheit verstreichen lassen? Nein. Niemals.» Ray sah hastig auf die Uhr. «Hermann, ich kann jetzt nicht länger mit dir reden. Ich muss los. Die *Otago* wartet auf mich.» Er griff nach seinem Rucksack und hängte sich einen Gurt über die Schulter. «Tut mir leid, dass wir so auseinandergehen müssen, aber es lässt sich anscheinend nicht ändern. Ich melde mich bei dir. Du wirst dann wohl wieder in Deutschland sein, oder nicht?»

«Ich weiß nicht, wo ich sein werde. Versuch's per E-Mail», antwortete Hermann mit gesenktem Blick. «Und erwarte nicht, dass ich dir Glück wünsche.»

«Nein, das erwarte ich nicht.»

Ray ging an Hermann vorbei, blieb aber wenige Schritte später stehen und drehte sich um.

«Ich weiß nicht, ob du das verstehen kannst, Hermann, ob du solche menschlichen Regungen kennst», er betonte die Worte, als hielte er es für ausgeschlossen. «Ich arbeite seit Jahren mit Riesenkalmaren. Jedes Tier, das hier an die Oberfläche gelangt, geht durch meine Hände. Ich war der Erste und Einzige, der Jungtiere gefangen und für Tage am Leben erhalten hat, Architeuthis-Babys, frisch aus dem Ei geschlüpft. Kannst du dir vorstellen, was es für mich bedeutet hat, als die Japaner ihre Fotos veröffentlichten? Ich habe eine Weile gebraucht, um zu merken, wie sehr mich das getroffen hat. Kuboderas Fotos sind keine Offenbarung, aber es sind die ersten, die es gibt, und das werden sie immer bleiben. Dabei habe ich eine Idee, wie ich die Tiere anlocken könnte, seit Jahren bereite ich mich darauf vor, ich bin sicher, dass es funktioniert. Aber verdammt ...» Ray verzog das Gesicht. Der Fluch kam von Herzen. «... ich kann nicht machen, was ich will. Ich bin Angestellter einer Behörde, muss Anträge stellen, Genehmigungen einholen und über jeden Cent Rechenschaft ablegen. Auch auf dieser Fahrt war wieder keine Zeit, aber kaum hatte die *Otago* den Hafen verlassen, verfing sich bei den Japanern so ein Vieh in einer idiotischen Köderleine und löste eine automatische Kamera aus. Und Kubodera hat schon wieder zugeschlagen. Hast du's gelesen?»

Hermann schüttelte den Kopf.

«Vor ein paar Tagen hat er mit derselben Methode einen weiteren Architeuthis gefangen. Aber diesmal hat er ihn an die Oberfläche geholt. Lebend. Es war zwar nur ein Baby, dreieinhalb Meter lang, aber es lebte. Verstehst du? Kubodera hat ihn gefilmt. Die ersten Filmaufnahmen eines Architeuthis in

Aktion. Bei schönstem Tageslicht! Er ist nicht die schlaffe, passive Kreatur, mit der wir gerechnet haben. Man kann sehen, wie stark er ist, wie beweglich. Was bleibt mir da noch?» Er presste die Lippen aufeinander und ließ den Kopf sinken. «Und was das Schlimmste ist … weil die *Otago* nach Kaikoura gekommen ist und ich in den letzten Tagen kaum an Bord war, droht auch meine aktuelle Arbeit den Bach runterzugehen. Meine Viecher sterben wie die Fliegen. Womöglich stehe ich bald mit leeren Händen da. Deshalb muss ich jetzt dabei sein, hörst du, ich muss. Ich kann da nicht außen vor bleiben, nicht schon wieder, hier vor der eigenen Haustür.»

Sie sahen sich einen Moment an. Als Hermann stumm nickte, drehte Ray sich um und lief den Gang entlang zur Eingangstür.

Die Dunkelheit war undurchdringlich. Er hielt die Hand dicht vor sein Gesicht und sah nichts als konturlose Schwärze, als tauchte er in einem riesigen Tintenfass. Manchmal meinte er, Bewegungen zu spüren, weiche, nachgiebige Körper, die seine Beine streiften, und hin und wieder blitzten schwache winzige Flämmchen auf, die sofort wieder verloschen. Nur sein lauter blubbernder Atem war zu hören, dessen Frequenz sich jetzt steigerte, weil er unruhig war, ohne sagen zu können, warum. Er hatte keine Angst, er tauchte gerne bei Nacht, aber er hatte seine Lampe vergessen. Wie man nur so dumm sein konnte … Wieder ein Blitz, direkt vor ihm, so hell und unvermittelt, dass es fast wehtat. Doch diesmal erlosch das Licht nicht, sondern ließ ein schwaches, warmes Glimmen zurück, das langsam heller wurde. Ein kugeliges Gebilde schwebte vor ihm, er konnte fast die Hand danach ausstrecken, eine leuchtende Weihnachtskugel. Von ihrem Licht, das jetzt sanft pulsierte, ging etwas Gefährliches aus, aber auch eine magische Anziehungskraft, der er sich kaum entziehen konnte, er musste danach greifen, wollte spüren, wie sich die Kugel anfühlte, weich wie eine Qualle oder hart wie ein Ei, warm oder kalt. Er konnte nicht anders, streckte die Hand aus, berührte das merkwürdige Wesen mit einer Fingerspitze und spürte im selben Moment einen starken Sog, der ihn mit ungeheurer Kraft mitriss und herumwirbelte, sodass er augenblicklich die Orientierung verlor. Er wurde in irgendetwas hineingezogen, etwas, das sich sofort schloss, ein Käfig, spitze Eisenstangen, die sich von oben und unten ineinanderschoben, so lang und scharf wie Schwerter und von leuchtendem Schleim überzogen, der sein Gefängnis sichtbar werden ließ. Er hörte ein Pochen, das anschwoll, sein eigener Herzschlag. Die Eisenstangen waren Zähne, ein gewaltiges Gebiss. Etwas hatte ihn verschlungen. Er konnte sich nicht wehren ...

Hermann schreckte hoch, stützte sich, die Augen weit aufgerissen, auf die Ellenbogen und sah sich heftig atmend um.

Hinter den Vorhängen schimmerte graues Morgenlicht. Es war kalt, die Fensterinnenseiten beschlagen, außen rannen Regentropfen herunter. War da ein Geräusch? Sein Wecker zeigte kurz vor halb sieben, in wenigen Minuten hätte er geklingelt. Hermann wollte früh los. Es war sein Abreisetag.

Er sank auf die Matratze zurück und versuchte, sich zu entspannen. Sein Atem wurde ruhiger. Er rieb sich mit beiden Handflächen über das Gesicht und hielt mitten in der Bewegung inne.

Da! Laut und deutlich. Draußen vor dem Bus. Jemand klopfte an die Fenster.

«Hermann!»

Eine Frauenstimme. Barbara! Sie rief noch einmal – Hörmen! – und pochte danach energisch gegen die Seitentür. Es klang, als benutzte sie die Faust.

So schnell er konnte, kletterte er vom Bettenpodest, zog den Vorhang zur Seite und öffnete die Tür. Ein Schwall feuchtkalter Luft wehte um seine nackten Beine.

«Was gibt es denn, Barbara? Ist was passiert?»

Sie musste gerade erst aufgestanden sein. Ihr Haar war zerzaust, das Gesicht vom Schlaf noch ein wenig verquollen, aber ihre Augen waren hellwach. Irgendetwas hatte sie alarmiert. Sie trug Jeans und T-Shirt und darüber ihren Bademantel, den sie fest zugebunden hatte, um sich gegen die Kälte zu schützen.

«Sie haben ihn», sagte sie atemlos.

Kein Gruß, kein Lächeln. Er verstand nicht, was sie meinte, und runzelte die Stirn. «Sie haben wen?»

«Den Kalmar. Den Roten. Sie haben ihn gefangen.»

Hermann wurde blass. «So schnell? Das ist doch nicht möglich.»

«Offenbar doch. Ray hat angerufen. Von der *Otago*. Es muss gerade passiert sein. In den frühen Morgenstunden. Er wollte, dass ich dir sofort Bescheid sage.»

Hermann konnte nur fassungslos den Kopf schütteln.

«Es war ein Kinderspiel, sagt Ray. Sie brauchten nur zwei Versuche.»

Den Roten zu fangen – ein Kinderspiel?

Er starrte die Frau im Bademantel an, als wäre sie eine Traumgestalt, wie der monströse Kerkerfisch, der ihn vor ein paar Minuten verschlungen hatte.

«Warte drüben auf mich, bitte. Ich ziehe mich schnell an.»

Zehn Minuten später betrat er die Küche. Barbara saß mit einer Kaffeetasse in der Hand am Tisch und las ein handbeschriebenes Blatt Papier, seinen Abschiedsbrief. Als er näher trat, hob sie den Kopf.

«Du willst abreisen?», fragte sie ungläubig.

«Gestern, ja. Ich war fest entschlossen. Aber jetzt … Ich weiß überhaupt nichts mehr.» Er seufzte und ließ sich auf einen der Küchenstühle fallen.

«Du meinst, weil sie den Kalmar gefangen haben? Was ändert das?»

«Nichts. Alles. Ich weiß nicht.»

«Na ja», sie stand auf, ging um den Tisch herum, beugte sich hinunter und drückte ihm einen Kuss auf die Wange. «Der Brief ist jedenfalls sehr nett. Danke! Ich freue mich, wenn du noch bleibst, aber wenn du so nette Abschiedsbriefe schreibst, kannst du dir meinetwegen jeden Tag vornehmen abzureisen und dich dann anders entscheiden.»

Sie schenkte Kaffee ein, stellte die dampfende Tasse vor ihn auf den Tisch und setzte sich wieder. «Wenn du bleiben solltest, würde ich mir an deiner Stelle überlegen, ins Haus umzuziehen. Es ist kalt geworden. Noch haben wir hier alles für uns. Die Arbeiten im Haus sind abgeschlossen, und die erste Studentengruppe kommt erst in zehn Tagen.»

Hermann nickte mechanisch, aber seine Gedanken waren bei Ray und dem Kalmar.

Er hatte mit tage- oder wochenlanger Suche gerechnet, einer echten Jagd mit langen Wartezeiten und etlichen Fehlschlägen. Und natürlich gehofft, dass das Ganze irgendwann abgebrochen würde und als kostspieliger Fehlschlag endete.

Ein Kinderspiel … Dass es so schnell gehen würde, hätte er niemals für möglich gehalten. Eigentlich wollte er über alle Berge sein, wenn es passierte, zu Hause in Deutschland oder zumindest jenseits der Gipfelkette der Kaikoura Range, die seit gestern in den Wolken verschwunden war. Vielleicht hätte er es heute bis in die Golden Bay geschafft. Oder er wäre in den Marlborough Sounds geblieben, in einer kleinen Hütte mit

Proviant für die letzten Tage, ohne Zeitung, ohne Fernseher, ohne das World Wide Web, abgeschnitten von den Nachrichten aus Kaikoura. Es war höchste Zeit, dass er das Tau kappte, das ihn an diesen Ort fesselte.

«Was hat er noch gesagt?», fragte er ungeduldig.

«Wer? Ray?»

«Ja. Was haben sie vor? In welchem Zustand ist der Kalmar?»

«Weiß ich nicht. Es war ein sehr kurzes Gespräch. Er hat nur gesagt, dass sie ihn gefangen haben und dass ich es dir sagen soll.»

«Könnte es ein Scherz gewesen sein?»

«Was sollte er damit bezwecken?»

«Ich habe ihn gestern Abend getroffen.»

Barbara sah ihn mit großen Augen an. «Du hast mit ihm gesprochen? Wo?»

«Hier in der Station. Er hat seine Sachen geholt.»

«Und? Hattest du den Eindruck, dass er zu Scherzen aufgelegt ist?»

Hermann konnte sich auf Rays Anruf keinen Reim machen, aber er hatte noch sein betroffenes Gesicht vor Augen, als er von den Erfolgen der Japaner sprach und davon, dass er seine Pläne in all den Jahren nie in die Tat umsetzen konnte. *Womöglich steh ich bald mit leeren Händen da.* Nein, in dieser Sache verstand Ray keinen Spaß. Der Rote war für ihn zu wichtig.

«Überhaupt nicht», sagte Hermann. «Ganz im Gegenteil.»

Eine Weile saßen sie schweigend am Tisch und tranken ihren Kaffee. Hermann starrte ausdruckslos auf das Schachbrettmuster des Küchenfußbodens.

«Was willst du jetzt tun?», fragte Barbara schließlich.

«Ich glaube ...» Er sah sie an und nickte, um seinen Entschluss zu bekräftigen. «Ja, ich glaube, ich werde zur Whalers Bay gehen, auf die Klippen.»

«Warum? Den Roten wirst du nicht mehr finden.»

«Gestern habe ich ihn gesehen.»

«Du warst noch mal da?»

Jetzt stahl sich ein Lächeln auf sein Gesicht. «Alles war haargenau so, wie wir es zusammen erlebt haben, Barbara. Sandy und der rote Kalmar. Exakt dasselbe Bild. Du hattest recht. Ich habe zwar keine Erklärung dafür, aber die Whalers Bay ist sein Versteck.»

«War», korrigierte sie.

«Ja.»

«Was versprichst du dir davon, Hermann? Bei dem scheußlichen Wetter. Du wirst nur enttäuscht sein.»

«Ich will sehen, was da draußen geschieht. Was die beiden Schiffe machen. Wohin sie fahren.»

«Heute kommt Tim zurück. Er hat gestern angerufen, als du nicht da warst. Tim weiß, wie man das Funktelefon benutzt. Dann kannst du Ray selbst fragen. Oder diesen Degenhardt.»

«Wenn sie mit mir reden.»

«Warum sollten sie nicht mit dir reden?»

«Weil sie es bisher auch nicht getan haben. Mr Architeuthis war gestern nicht besonders glücklich, mich zu treffen. Du hättest ihn hören sollen. Für Ray bin ich der Mann mit der Moralkeule.»

Sie lächelte. «Stimmt doch auch.»

Hermann wollte zuerst protestieren, musste dann aber doch schmunzeln. «Bin ich so schlimm?»

«Schade, dass du Adrian nicht kennenlernen konntest», sagte sie ausweichend. «Ihr würdet euch bestimmt prächtig verstehen.»

«Merkwürdig. Als Moralapostel habe ich mich nie gesehen.

Aber ich bin auch noch nie in einer solchen Situation gewesen. Wie sollen wir denn sonst argumentieren? Sollen wir uns irgendeine Begründung aus den Fingern saugen? Ohne den Roten, den größten Räuber, den Topprädatoren, bricht da unten alles zusammen, etwas in der Art? Das ist doch Unsinn. Wir wissen nichts über seine Lebensweise, und da unten ist ohnehin alles zusammengebrochen. Es geht um ein einzelnes verirrtes Tier und darum, ob unser Daumen nach oben oder unten zeigt, um nichts anderes. Wissenschaft hilft da nicht weiter. Sie kann ja kaum vernünftig begründen, warum ganze Arten nicht aussterben dürfen. Braucht die Erde wirklich eine Million Käferarten? Oder siebenhundertfünfzig verschiedene Cephalopoden? Seien wir doch ehrlich. Viele davon sind entbehrlich. Ohne sie würde nichts zusammenbrechen. Nein, es ist unsere Entscheidung. Mit pseudowissenschaftlichen Argumenten können wir uns nicht aus der Verantwortung stehlen.»

«Entbehrlich? Glaubst du das wirklich? Was ist mit ihren Genen? Sie könnten wichtige Stoffe produzieren, für die Medizin, die Technik.»

«Ja, natürlich, das Leben als Genressource. Darauf läuft es jetzt immer hinaus. Das ist das Einzige, was zählt. Ehrlich, mittlerweile hasse ich dieses Argument. Wenn es hart auf hart kommt, ist der mögliche Nutzen irgendwelcher Gene für die Menschheit zur einzigen Existenzberechtigung von Flora und Fauna geworden. Was ist mit all den Arten, die keine Antikrebsmittel enthalten, die keinen Superklebstoff liefern? Sollen die verschwinden, als nutzloser Artenschrott? Wenn wir uns auf dieses Niveau begeben, sind wir verloren. Ich bin froh, dass es diese Arten gibt. Jede einzelne. Heute mehr denn je. Ich möchte nicht, dass es um uns herum immer einsamer wird.»

«Ich auch nicht», sagte Barbara und senkte den Blick. «Weißt du ... ich verstehe dich sehr gut, aber ...», sie hob kurz die Augenbrauen, als wollte sie prüfen, ob sie ihm ihre Gedanken wirklich zumuten konnte, «... manchmal frage ich mich doch, warum du nicht mitgemacht hast.»

«Mitgemacht? Wobei?»

«Bei der Jagd auf den Roten. Hat es dich denn nie gereizt? Es ist ein historischer Moment, nicht nur für Cephalopodenforscher.»

Hermann schüttelte den Kopf. «Nein, nie.»

«Aber warum nicht? Du bist Zoologe.»

«Ist Adrian Shearing kein Zoologe? Und was ist mit dir?»

«Doch, natürlich ...»

«Müssen Zoologen immer nur töten, sezieren, präparieren und in Scheiben schneiden?», fragte er gereizt. Ihre Frage hatte ihn aufgeschreckt wie eine eiskalte Dusche.

«Das hat niemand behauptet. Wir tun nichts dergleichen», sagte sie beruhigend.

«Stell dir vor, hier würde plötzlich ein Superpottwal auftauchen, möglicherweise eine neue unbekannte Art. Oder einer dieser merkwürdigen Schnabelwale, von denen Degenhardt gesprochen hat. Es gäbe Fotos und Filmaufnahmen. Würdet ihr ihn jagen? Ihn verfolgen und töten, um ihn zu identifizieren und zu untersuchen?»

«Ich weiß nicht ...»

«Du weißt es nicht?»

«Ich bin mir nicht sicher. Deswegen frage ich dich ja. Adrian wäre wahrscheinlich dagegen. Und ich würde nicht dabei sein wollen, wenn man ihn erlegt, aber ...»

«Du wärst neugierig.»

«Und ob. Eine unbekannte große Walart, direkt vor unserer Küste. So etwas erlebt man nur einmal im Leben, wenn man großes Glück hat. Man würde Genaueres wissen wollen. Das wäre faszinierend.»

«Ja», sagte Hermann nachdenklich. «Das wäre es.»

Sie schwiegen.

«Ich glaube, ich mache mich jetzt auf den Weg», sagte Hermann nach einer Weile. «Kommst du mit?» Er sah sie fragend an.

«Wohin? Ach so, der Klippenweg.» Sie machte ein betrübtes Gesicht. «Heute nicht, Hermann. Tut mir leid. Ich habe mir fest vorgenommen zu arbeiten. Meine Daten müssen in präsentable Form gebracht werden. Ich will zeigen können, was ich gemacht habe.»

«Na gut», er trank die Kaffeetasse leer, schob mit den Beinen seinen Stuhl zurück und erhob sich. «Wahrscheinlich kommt ohnehin nichts dabei raus. Deine Arbeit geht natürlich vor.»

Im Vorbeigehen nahm er ein paar Äpfel aus einer Obstschale, die auf dem Kühlschrank stand. Sein neuseeländisches Frühstück.

«Tu mir einen Gefallen, bitte?», sagte er, mit der Hand schon am Türrahmen. «Falls du weggehst, hinterlass mir eine Nachricht, wo ich dich finden kann.»

Im weiten Umkreis des Parkplatzes gab es heute weder Robben noch Menschen, und auch auf dem Klippenweg war Hermann allein. Verglichen mit den Tagen zuvor war es lausig kalt, kein Wetter für touristische Spaziergänge. Immer wieder gingen kurze Regengüsse nieder. Er hatte die Kapuze seiner Regenjacke unter dem Kinn festgebunden und stapfte mit gesenktem Kopf gegen den strammen Wind an, der ihm aus Südwesten entgegenkam.

Er wählte wieder den Weg über die Schafweide und kletterte über das im Wind flatternde Absperrband, das diesen Tag wohl kaum überleben würde. Die Whalers Bay lag verlassen da, weiter draußen an den Felsen brachen sich tosend die Wellen.

Das Wasser im geschützten Teil der Bucht war von Schaumkronen bedeckt und schwappte unruhig auf und nieder. Es wirkte kalt und abweisend. Der Wind heulte.

Die Sicht hatte sich dramatisch verschlechtert. Regenschleier und tiefhängende Wolken hüllten alles in eintöniges Grau. Ab und an klarte es kurz auf, bis der nächste Guss vorbeizog. Von dem Trawler und der *Otago* war nichts zu sehen. Nur mit Mühe konnte Hermann im Fernglas die noch gesperrten Straßentunnel hinter dem Peketa Beach ausmachen. Es war ein normaler trüber und regnerischer Herbsttag, trotzdem spürte er heute zum ersten Mal ein ganz anderes Neuseeland, eine raue Inselwelt, isoliert in einem riesigen Ozean und jeder seiner Wetterlaunen schutzlos ausgeliefert. Irgendwie passte dieses Bild zu seiner eigenen Situation. *It's raining here, raining here, and storming out on the deep blue sea.*

Hermann stand gefährlich nah am Klippenrand, hundert Meter über der Bucht. Aus der Vogelperspektive müsste er eine traurige Figur abgeben, einsam, winzig und vollkommen verloren in dieser gewaltigen Landschaftskulisse, wie ein Selbstmörder kurz vor dem Sprung. Doch er dachte nicht daran, sich von der Klippe zu stürzen. Er war voller innerer Anspannung, die kein Ventil fand, aber sein Kopf war leer. Er hatte keinen Plan. Er wusste nur, dass er sich hier oben wohler fühlte als unten in der Station, wo er nur untätig die Zeit totschlagen könnte. Das schlechte Wetter machte ihm nichts aus. Im Gegenteil. Wind und Regen lenkten ihn von seiner Unruhe ab und hielten ihm die Leute vom Leib.

Er versuchte, sich den riesigen Körper des Kalmars vor Augen zu führen, seine seltsame Farbe, die aussah wie zarte Menschenhaut, die breiten Flossensegel, die Fangarme. Obwohl er ihn fotografiert und gestern ein zweites Mal gesehen hatte, zog sein Verstand die Realität in Zweifel, als passe eine solche Kreatur einfach nicht in diese Welt. Wir haben nichts verstanden, dachte er, gar nichts. Dieses Tier ist ein einziges Rätsel, ein Mysterium. Kann man ein Mysterium fangen, aus dem Meer fischen wie ordinären Seelachs?

Barbaras Frage, warum er nicht mitgemacht habe, ließ ihn nicht mehr los, und je länger er darüber nachdachte, desto berechtigter fand er sie. Wo war sein Forscherehrgeiz geblieben? Wenn dieses Tier wirklich ein solches Rätsel war, warum tat er dann nichts, um dieses Rätsel zu lösen? Warum fühlte er sich nicht herausgefordert? Wäre sein Platz nicht irgendwo da draußen, auf einem der beiden Schiffe? Könnte er dort nicht viel mehr ausrichten als hier an Land? Schlimmer noch, war er durch seine kompromisslose Haltung nicht auf dem besten Wege, den Ast abzusägen, auf dem er sein ganzes Leben gesessen hatte? Er war Wissenschaftler. Es ging um Erkenntnisgewinn, aber seit Tagen plädierte er leidenschaftlich für das genaue Gegenteil: Erkenntnisverzicht. Er stellte sich ins Abseits. Wieder einmal. Der alte Cephalo-Pauli konnte es nicht lassen.

Nein. Hermann schüttelte energisch den Kopf. Nicht er hatte sich ins Abseits manövriert, die anderen hatten ihn ausgeschlossen. Sie wollten sich bei ihrem Großwildjägerspektakel nicht stören lassen. Trieb ihn gekränkte Eitelkeit? Ein wenig, vielleicht. Aber er hatte auch die besseren Argumente. Barbara hatte es ihm bestätigt. Was bedeuten schon die anatomischen Details und zoologischen Rekorddaten, die sie günstigstenfalls zutage befördern würden? Große Teile der belebten Welt waren kaum noch zu retten. Die Tagung in Auckland hatte es ihm gerade wieder vor Augen geführt, und es gab nicht die geringsten Anzeichen dafür, dass dieser Entwicklung Einhalt geboten würde. Der steigende Kohlendioxydgehalt würde die Ozeane versauern lassen und für viele Organismen unbewohnbar machen. Die Wiege des Lebens verkam zu einem anonymen Massengrab. Wie konnte man unter solchen Bedingungen weiterforschen, als wäre nichts geschehen?

Als er nach dem Aktionstag der jungen Artenschützer begriffen hatte, was die Dreckschlieren an den Seiten der Fischerboote bedeuteten, verlor ihre tägliche Ausfahrt für ihn jeden Anflug von Romantik. Die Boote mutierten zu Killerkommandos. Er stellte sich vor, wie die Tiere in Massen gegen die Bordwand schlugen, im Todeskampf ihre Tinte verspritzten, dann auf das Bootsdeck geschleudert wurden und dort verendeten, zweihundertfünfundfünfzig Tonnen in einer einzigen Fangsaison, dieselben Tiere, deren Schönheit und außergewöhnliche Fähigkeiten ihn jeden Tag aufs Neue faszinierten. Schlächterarbeit, ohne dass je Bestandsuntersuchungen durchgeführt worden wären. Dass er nichts davon gewusst, nichts bemerkt hatte, verzieh er sich bis heute nicht.

Er überlegte, ob er weitergehen sollte, um die Whalers Bay herum, bis er direkt in die South Bay blicken könnte. Er würde die Fragen, die ihn bedrängten, jetzt nicht beantworten und wollte nicht den ganzen Tag hier herumstehen.

Er war nur ein paar Schritte gelaufen, als hinter den Klippen auf der anderen Seite der Bucht ein Schiff auftauchte, geräuschlos und wie in Zeitlupe, erst der dunkelblau lackierte Rumpf mit der Bugspitze und dem Anker, dann die weißen Aufbauten, schließlich das komplizierte Stahlträgergewirr auf dem hinteren Deck.

Hermann sah zu, wie die *Otago* langsam, unendlich langsam, ihre Bahn zog. Sie verschwand hinter den Felstürmen, die den Einschlag der Welle überstanden hatten, und tauchte wieder auf, verschwand und tauchte wieder auf, bis sie die Kette der Felsen hinter sich ließ und das offene Meer erreichte. Minuten vergingen. Er wartete. Wo blieb der Trawler?

An dieser gefährlichen Küste konnte der riesige Fischfänger nicht so dicht unter Land fahren wie die *Otago,* also suchte Hermann mit dem Fernglas die regenverhangene Wasserfläche ab. Viel weiter vom Festland entfernt, als er vermutet hatte, entdeckte er dann die schemenhaften Umrisse eines großen Schiffes. Mit bloßem Auge war es kaum zu erkennen, und als er das Fernglas ein zweites Mal ansetzte, hatte er es verloren und musste eine Weile suchen, bis es wieder in seinem Blickfeld war. Er setzte sich ins nasse Gras, stützte seine Ellenbogen auf die Knie, wischte immer wieder die Linsen des Fernglases ab, weil Regentropfen alles verschwimmen ließen. Mal wurde der Schiffsriese vom Regen verschluckt, dann tauchte er wie ein Geisterschiff wieder auf. Als Hermann für Sekunden bessere Sicht hatte, erkannte er den charakteristischen Mast. Es war der Trawler. Sein Bug zeigte nach Südosten, in die Richtung, aus der er erst vor zwei Tagen gekommen war.

Die *Otago* hatte sich unterdessen kaum von der Stelle bewegt. Jetzt aber schwenkte sie in sicherem Abstand zu den wellenumtosten Felsen auf einen nördlichen Kurs ein. Sie wollte die Halbinsel umrunden, könnte also auf dem Weg zu ihrem alten Liegeplatz sein oder direkten Kurs auf Wellington nehmen. *Dann fahren wir endlich nach Hause,* hatte Ray gesagt.

Warum hatten die beiden Schiffe sich getrennt?

Ein kurzes stechendes Gefühl der Enttäuschung jagte durch seinen Körper, dann aber große Erleichterung, die ihn überraschte. Der Trawler hatte seine Aufgabe erfüllt und sofort die Heimreise angetreten. Es war vorbei. Sie brachten ihn weg, an einen fernen Ort, den er nicht kannte. Er war aus dem Spiel. Wenn man selbst nicht in der Lage war, Entscheidungen zu treffen, dann mussten es eben andere tun. Es war sicher besser so. Er musste vor sich selbst geschützt werden. Er war imstande, verrückte Dinge zu tun, und so würde er nicht in Versuchung geführt werden. Er musste sich damit abfinden.

Als der Trawler endgültig im grauen Einerlei von Meer, Regen und Wolken verschwand, war die *Otago* noch immer dabei, ihren weiten Bogen um die Halbinsel zu vollenden. Sie ließ sich viel Zeit, kroch förmlich voran. Dieses Schneckentempo machte Hermann stutzig. Das Schiff könnte viel schneller fahren. Hatte es einen Zwischenfall gegeben? War die Jagd doch nicht so reibungslos verlaufen?

Er sah sich das Schiff noch einmal genau an. Soweit er erkennen konnte, war die *Otago* nicht beschädigt, aber ihre Maschinen liefen nicht mit voller Kraft. Dann entdeckte er zwei straffgespannte dicke Taue, die von den Winden nach hinten ins Wasser führten. Das Forschungsschiff zog etwas hinter sich her. Hermanns Puls beschleunigte sich. Es konnte nur ... ja, es war der große Netzkäfig. Der Rote befand sich im Schlepp der *Otago*.

Als er den Klippenweg zurücklief, musste er sich nicht beeilen. Der Weg des Schiffes nach Norden war leicht zu verfolgen, bis es schließlich Kurs auf Kaikoura nahm und, wie in den Tagen zuvor, etwa fünfhundert Meter vor dem Steg am Pier Hotel Anker warf.

Von der Plattform am Ende der Treppe hatte er wie von einem Kontrollturm aus alles im Blick. Das Netzgewebe des Käfigs war jetzt deutlich zu erkennen. Luftgefüllte Bojen hielten ihn an der Oberfläche, unten dürften Gewichte dranhängen, sodass sich das schwimmende Gefängnis zu maximaler Größe entfaltete. Ein Zodiac wurde zu Wasser gelassen und fuhr mit zwei Männern an Bord um das Netz herum, Gefängnispersonal, das prüft, ob die Türen ordnungsgemäß verschlossen sind. Was machte der Gefangene? Und, gab es überhaupt einen Gefangenen?

Hermann blieb noch lange oben auf den Klippen, Stunden, in denen in seinem Kopf eine wahnwitzige Idee reifte, so verrückt, so anders als alles, was er bisher in seinem Leben gedacht und getan hatte, dass er in kurzen klaren Momenten nur den Kopf schütteln konnte über sich selbst. Er taugte nicht zum Rächer der gequälten Kreatur.

Irgendwann fuhr ein Schlauchboot mit drei Insassen ans Ufer. Wer an Land ging, ob Ray oder Degenhardt dabei waren, konnte er nicht erkennen. Als es aufhörte zu regnen und sich durch Wolkenlücken sogar einzelne Sonnenstrahlen auf das Meer verirrten, sah er Menschen auf dem hinteren Deck des Forschungsschiffes. Peu à peu versammelte sich die Besatzung, zehn, vielleicht fünfzehn Personen, die in kleinen Gruppen zusammenstanden, einige ganz hinten neben der Aufschleppe, wo an der Bordwand die rostigen Scherbretter hingen. Sie schauten zum Käfig hinunter, der etwa eine Schiffslänge entfernt im Wasser schwamm. Im Netz rührte sich nichts, nur die Schwimmkörper tanzten mit den Wellen auf und ab. Hermann fragte sich, wie tief es wohl nach unten reichte. Immer wieder versuchte er, irgendeinen Hinweis auf die Anwesenheit des Roten zu finden. Ohne Ergebnis.

Als sicher war, dass sich das Schiff heute nicht mehr von der Stelle bewegen würde, stieg er die lange Treppe hinunter zum Parkplatz, zog die Regensachen aus, setzte sich hinter das Steuer seines Busses und fuhr zurück in die Station. *Boom, boom, boom,* sang John Lee Hooker. Der Mann traf den Nagel mal wieder auf den Kopf.

Schon im Flur hörte Hermann eintönige Folgen von Klickgeräuschen, die aus dem hell erleuchteten Kursraum kamen.

Klick Klick Klick …

Als er in der Tür stand, sah er Barbara an einem der Tische sitzen, vor ihr der aufgeklappte Computer, auf dem bildschirmfüllende Zahlenkolonnen zu sehen waren, die sie mit der

Maustaste markierte. Ein zweites Bildschirmfenster zeigte zackige Kurven. Um sich herum hatte sie ein Chaos aus Computerausdrucken, Graphiken, Tabellen, Textfragmenten geschaffen. Die Klicks kamen aus kleinen Lautsprechern, die sie an ihren Rechner angeschlossen hatte.

«Na, das sieht ja wirklich nach Arbeit aus», sagte er zur Begrüßung und hatte im selben Moment das peinliche Gefühl, sich wie ein Idiot zu verhalten, wie ein Vater, der befriedigt feststellt, dass seine Tochter Wort gehalten hat und an den Hausaufgaben sitzt.

Barbara fuhr zusammen und drehte sich um. «Ach, du bist's. Ich habe dich gar nicht gehört.»

«Irgendwann musst du mir mal erklären, was du da machst. Von Bioakustik habe ich überhaupt keine Ahnung.»

Sie betätigte eine Taste. Die Klickgeräusche brachen ab.

«Hast du denn geschafft, was du wolltest?», fragte er und trat näher. Seine Fingerspitzen berührten ihre Schulter.

«Du siehst ja.» Sie deutete ein wenig verächtlich auf die Papiere, die sie ausgebreitet hatte. «Es dauert, bis alles an den Start gebracht ist. Aber ...», sie seufzte, «ehrlich gesagt, seit ich das hier vor mir sehe, kann ich nur daran denken, dass es nicht fertig ist. Da steckt so viel Mühe drin, so viel Energie. Trotzdem ist es beinahe wertlos. Ich fühle mich wie gelähmt. Wozu soll ich mir noch die Mühe machen? Was bringt eine Veröffentlichung, wenn es danach nicht weitergeht?»

Die Bitterkeit in ihrer Stimme berührte ihn. «So darfst du nicht denken», sagte er sanft.

Für Sekunden herrschte Schweigen.

«Und du? Hast du etwas herausgefunden?»

Er nickte. «Sogar mehr als ich erwartet habe. Der Trawler ist auf dem Heimweg. Wenn sie den Roten tatsächlich gefangen haben, ist er jetzt draußen beim alten Hotel. Mit der *Otago*.»

Barbara riss ungläubig die Augen auf. «Sie haben ihn nach Kaikoura gebracht?»

«Ich weiß nicht, ob er in diesem Netz ist, ich habe ihn nicht gesehen, obwohl es mir vorkommt, als ob ich stundenlang draufgestarrt hätte. Ich vermute, dass die *Otago* nur eine, höchstens zwei Nächte hierbleiben und dann weiterfahren wird. Vielleicht nach Wellington.»

«Mit dem Kalmar?»

«Wahrscheinlich.»

Wieder herrschte Schweigen, bis Barbara nach einer Weile aufsprang und zwischen den Stühlen und Tischen hin und her zu laufen begann. Sie sagte nichts, ging langsam, ohne anzuhalten, durch den Raum, den Blick starr vor sich auf den Fußboden gerichtet, und schien angestrengt nachzudenken. Nach einer Weile führte sie die rechte Hand zum Mund und knabberte an ihrem Daumennagel.

Hermann verfolgte ihren Slalom durch den Kursraum mit verständnislosem Gesicht. «Was ...»

«Dann ist das unsere letzte Chance», fiel sie ihm ins Wort. Ihre Stimme klang plötzlich hart und entschlossen. «Wir müssen etwas tun.»

«Chance für was? Wovon redest du?»

Sie war an der gekachelten Arbeitsfläche angekommen, die sich, unterbrochen von Wasserbecken, an der einen Wand des Raumes entlangzog, drehte sich um, lehnte sich zurück und verschränkte die Arme vor der Brust. «Ich weiß nicht», sagte sie nervös und rieb sich den linken Arm. «Wir könnten ihn zum Beispiel ...» Sie brach ab, sah kurz zu Boden und nahm dann einen neuen Anlauf. «Wir könnten versuchen ...» Sie brauchte noch einen dritten Versuch. Dann war es heraus, schwebte im Raum, ließ sich nicht wieder zurückholen. Hermanns Augen weiteten sich. Er konnte es nicht glauben. Er dachte, sie hätte aufgegeben. Und jetzt ... das Gegenteil. Dieselbe Idee. Er erschrak.

«Das ist verrückt, Barbara. Völlig ausgeschlossen.»

«Wieso?»

«Wieso? Fragst du das im Ernst? Wie stellst du dir das vor? Woher willst du die Taucherausrüstungen nehmen? Außerdem ... Es ist viel zu gefährlich. Dieses Tier ist gefährlich.»

«Ich will ja nicht zu ihm in den Käfig.»

«Die Sicht ist schlecht.»

«Es wird schon reichen. Normalerweise sind es drei bis vier Meter. Der Dreck schwimmt viel weiter draußen.»

«Du darfst das nicht tun», sagte er eindringlich und ging ein paar Schritte auf sie zu. Obwohl er sie in keiner Weise beeinflusst hatte, fühlte er sich verantwortlich, als wäre dieser Gedanke, den er vor Stunden selbst erwogen und verworfen hatte, nur durch ihn in der Welt, wie ein ansteckender Virus. «Überleg doch mal. Denk an deine Arbeit. Du hast ein Ziel, einen Traum. Du könntest alles gefährden.»

«Ich habe überlegt.»

«Nein, hast du nicht.»

«Was haben wir schon zu verlieren? Nichts, gar nichts.»

«Das denkst du jetzt. Morgen kann die Welt schon ganz anders aussehen.»

«Mach dich nicht lächerlich, Hermann. Was soll denn anders aussehen? Mich widert dieses Theater an, wirklich. Ich könnte kotzen. Jahrelang haben wir hier ernsthafte Forschung betrieben, gegen alle Widerstände, niemand hat sich besonders dafür interessiert, weder die Medien noch die Politik. Im Gegenteil. Wir waren ihnen lästig. Hat in den letzten Tagen auch nur ein Einziger nach den Walen gefragt, was aus ihnen geworden ist, oder danach, was aus uns und unserer Arbeit wird? Jeden Cent musste Adrian buchstäblich erbetteln, jede

Regelung, jeder Fortschritt musste mühsam erkämpft werden. Und dann lassen sie uns nicht mal an den gestrandeten Wal ran, und Tims Hydrophonfeld wurde gestrichen, einfach so, dabei wären die Kosten Peanuts im Vergleich zu dem Rummel, den sie jetzt veranstalten. Sie reißen alles an sich, mit Dollarscheinen vor den Augen. Aus allem wird ein Spektakel gemacht und wir?» Er stand jetzt vor ihr, sie legte eine Hand auf seine Brust. «Wir können nur zuschauen. Verdammt, das hier war unser Meer, unsere Wale. Wir haben aufgepasst, dass nichts schiefläuft. Jetzt hören sie nicht mal auf Adrian. Wenn das da draußen im Käfig ein Pottwal wäre, würde ich keine Sekunde zögern, und Adrian würde mich unterstützen.»

«Du bist verbittert und verletzt. Das ist keine gute Voraussetzung ...»

Sie unterbrach ihn mit einer abwehrenden Geste. «Ich versteh dich nicht, Hermann. Du warst der Einzige, der in der Pressekonferenz aufgestanden ist und gesagt hat, hört mal, Leute, so geht das nicht. Ich war so stolz auf dich. Du wolltest Degenhardt und Ray an ihrer Jagd hindern, oder etwa nicht? Wo ist dein Kämpferherz geblieben?» Sie ließ ihn, während sie weitersprach, nicht mehr aus den Augen. «Wenn es gelingt ... Ich weiß, es ist unwahrscheinlich, aber hör mir erst mal zu. Nehmen wir an, es funktioniert. Dann könnte der Kampf entschieden sein. Das ist es doch wert, oder? Darum ging es dir doch die ganze Zeit. Ich bin sicher, sie werden den Trawler nicht zurückholen. Und diese merkwürdige Allianz aus Politik, Kommerz und Wissenschaft wird zerbrechen. Wir müssen es wenigstens versuchen. Heute Nacht. Es muss heute Nacht passieren.»

Hermann wusste genau, was sie meinte. Er hatte sich vor ein paar Stunden aus guten Gründen dagegen entschieden. Er musste es ihr ausreden. Er begriff nicht, wie er sich so in ihr hatte täuschen können. «Es geht nicht, Barbara», sagte er mit wachsender Verzweiflung. «Schlag dir das aus dem Kopf. Du bringst dich in große Schwierigkeiten.»

Sie drehte sich verärgert zur Seite. «Du musst ja nicht mitkommen.»

«Das fehlte noch. Man taucht nicht allein. Schon gar nicht nachts. Wir machen es zusammen oder gar nicht.»

«Aha ... War das ein Ja?»

«Nein, natürlich nicht.» Er rieb sich nervös über das Gesicht. «Ich werde es machen. Allein. Ohne dich. Du bleibst hier.»

«Wie bitte? Eben hast du noch gesagt ...»

«Barbara. Hör auf mich. Ich bin hier nur Gast und werde danach sofort verschwinden. Mir kann nichts passieren. Aber für dich steht zu viel auf dem Spiel. Ganz abgesehen von der Gefahr. Ein Taucher ist bereits ums Leben gekommen.»

Sie lachte höhnisch. «Das sagst ausgerechnet du? Glaubst du jetzt auch an die Story vom Menschenfresser?»

Er umfasste ihr Gesicht mit beiden Händen. «Ich werde es nicht zulassen. Ich lass dich nicht gehen, schon gar nicht allein.»

«Ich lass dich nicht gehen», wiederholte sie spöttisch und sah ihn mit zornig funkelnden Augen an. «Du vergisst, dass ich nicht deine kleine Studentin bin.»

«Nein?»

Sie rang einen Moment mit sich, dann zog sie seinen Kopf zu sich herunter und presste ihre Lippen auf seinen Mund. Hermann, im ersten Moment starr vor Überraschung, schlang seine Arme um ihren Körper, wollte sie nicht mehr loslassen.

«Wir machen es zusammen», hauchte sie in sein Ohr.

«Nein.» Er keuchte und drückte sie fest an sich. «Bitte, Barbara. Das darfst du nicht. Auf keinen Fall. Es könnte für dich das Aus bedeuten. Es ist zu gefährlich.»

«Es ist mein Plan, meine Idee.» Sie schnappte nach seiner Unterlippe, biss sanft zu und sah ihm dabei direkt in die Augen. «Ich allein oder wir beide zusammen», presste sie durch die Zähne. «Das ist mein letztes Wort.»

Sie küssten sich wieder. Er konnte keinen klaren Gedanken mehr fassen, wollte nur, dass es nie mehr aufhörte.

«Übrigens ...», flüsterte Barbara und legte den Kopf in den Nacken. Hermann biss sanft in ihren Hals, küsste ihre Kehle, ihr Gesicht, jede einzelne Sommersprosse. «Wir haben Taucherausrüstungen hier in der Station. Wir haben sogar einen Kompressor.»

«Kannst du überhaupt tauchen?»

«Nein.» Sie stemmte ihre Arme gegen seine Brust und klimperte übertrieben mit den Wimpern. «Aber du wirst schon auf mich aufpassen, nicht wahr?»

«Und ein Boot? Habt ihr auch ein Boot?»

«Wir haben die *Warrior* ...»

Er wollte nur küssen, nicht denken, kein Aber mehr, wenigstens heute nicht, wenigstens jetzt nicht.

Auf ihrem Rücken, über dem Bund ihrer Jeans, erspürten seine Fingerspitzen einen nackten Hautstreifen, warm und samtig. Seine Hand fuhr unter ihr T-Shirt.

«Wir müssen leise sein, Hermann», sagte sie, während ihre Hände an seinem Hemd zerrten.

«Hier ist doch niemand.»

«Tim, Tim könnte zurückkommen.»

Er sah sie an. «Ich schließe die Tür ab. Dann hören wir, wenn er kommt.»

«Nein. Nicht jetzt.» Ihre Beine umschlangen seinen Körper und pressten ihn an sich. «Bleib hier.»

Obwohl es sie Überwindung kostete, ließen sie Tim Zeit, sein Gepäck abzustellen, die Jacke auszuziehen und den von Barbara gekochten Kaffee zu trinken, bevor Hermann ohne Umschweife erzählte, was sie vorhatten. Er wollte den Eindruck vermeiden, dass Barbara die treibende Kraft wäre. Tim glaubte zuerst an einen Scherz. «Ah, die Free-Willy-Nummer, was?», sagte er und lachte. «Was anderes bleibt wohl nicht mehr.» Dann sah er, dass Hermann und Barbara keine Miene verzogen, und sein Lachen blieb ihm im Halse stecken.

«Ihr meint es ernst. Mein Gott, ihr meint es wirklich ernst.»

«Wir brauchen ein Boot», sagte Barbara, die sich auf den Stuhl vor ihrem Computer gesetzt hatte. «Ich dachte, vielleicht könnten wir die *Warrior* ...»

«Die *Warrior*? Bist du verrückt?» Er tippte sich mit dem Zeigefinger gegen die Stirn. «Ihr spinnt. Ihr habt ja nicht alle Tassen im Schrank.» Erregt lief er hin und her, blieb neben ihrem Arbeitsplatz stehen, starrte auf Barbara herab und brüllte: «Sind bei dir alle Sicherungen durchgebrannt? Hast du mal eine Sekunde nachgedacht? Die *Warrior* ... Hermann soll meinetwegen machen, was er will, aber du ... Wie kannst du nur auf die Idee kommen, unser Schiff einzuspannen, für ... für so etwas? Wenn euch jemand sieht ... Wir kommen in Teufels Küche.»

«Ich dachte, du warst auch dagegen, den Roten zu fangen», sagte Barbara vorsichtig und warf Hermann einen Blick zu, als wollte sie sich für Tim entschuldigen.

«Natürlich bin ich dagegen», brauste Tim auf. «Aber deswegen werde ich noch lange nicht zum ... zum Ökoterroristen.»

«Wir wollen die *Otago* ja nicht in die Luft sprengen.»

«Ach nein? Da bin ich ja beruhigt.»

«Lass, Barbara! Es hat keinen Sinn.» Hermann lehnte neben der Tür an der posterbehangenen Wand. «Er hat ja recht.»

«Ihr könnt doch nicht alles aufs Spiel setzen, was wir uns hier aufgebaut haben», polterte Tim weiter. «Ich kann verstehen, dass du frustriert bist, Barbara, aber, verdammt noch mal, reagier dich irgendwo anders ab. Renn die Berge rauf und runter, mach sonst was, aber lass uns aus dem Spiel. Wenn dir deine Karriere plötzlich egal ist, dann denk wenigstens an die, die nach dir kommen. Unsere Forschung muss weitergehen. Mensch, Babs, Adrian und ich grübeln stundenlang, wie wir dir helfen können, und in der Zwischenzeit drehst du hier komplett durch. Wenn herauskommt, dass wir mit diesem Irrsinn etwas zu tun haben, können wir die Koffer packen. Sofort. Du wirst sehen, das geht ganz schnell. Filderson und Konsorten warten doch nur auf einen Grund, uns rauszuwerfen.»

«Was ist mit den Tauchausrüstungen?», mischte sich Hermann ein. Er wollte jetzt schnell klare Entscheidungen. Barbara hatte recht. Es gab nur diese eine Chance. Heute Nacht. Morgen könnte die *Otago* schon verschwunden sein.

«Ich begreife nicht, wie zwei erwachsene Menschen auf so eine absurde Idee kommen können. Ihr seid doch Wissenschaftler», Tim schüttelte seinen Lockenkopf. Er lief wie aufgezogen durch den Raum, aber sein Widerstand und die Empörung über das, was sie ihm zumuteten, verlor langsam an Vehemenz. «Was ist nur in euch gefahren?»

Anfangs hatte Hermann gedacht, dass Tim und Barbara ein Paar wären, ein Gedanke, der ihm noch jetzt einen kurzen schmerzhaften Stich versetzte. Aber auch wenn das nicht stimmte, würde Tim spüren, dass sich alles verändert hatte, die Art, wie sie sich ansahen, der Geruch, ihr Geruch, der den ganzen Raum füllte. Es musste auf seiner Stirn geschrieben stehen, in seinen Augen. Seine Bewegungen, seine Stimme, jede Faser seines Körpers signalisierten, was mit ihm los war. Aber Tim war wohl zu sehr mit sich selbst beschäftigt.

Barbara blieb ganz ruhig. Mit dem Zeigefinger auf dem Mund bedeutete sie Hermann, den Freund und Kollegen bei seiner Entscheidungsfindung nicht zu stören. Er nickte und kniff verschwörerisch ein Auge zu. Irgendwo in seinem Kopf aber gab es einen Rest von Vernunft, der hoffte, dass Tim gelänge, was er nicht geschafft hatte. Nur Tim konnte Barbara noch aufhalten.

«Also schön», sagte Tim plötzlich und blieb abrupt stehen. «Ich weiß nicht, was hier in den letzten Tagen passiert ist. Warum ihr plötzlich derart ... austickt. Aber ...», ein letztes Zögern, «... meinetwegen. Die Ausrüstungen könnt ihr haben.» Er sah Barbara und Hermann nacheinander an und hob drohend den Zeigefinger. «Eins muss klar sein: Wenn die Sache schiefgeht, habe ich von nichts gewusst. Ich war in Dunedin. Ihr habt die Sachen in meiner Abwesenheit an euch genommen, verstanden? Die Arbeitsgruppe hat nichts damit zu tun, absolut nichts. Und Adrian darf niemals erfahren, was in diesem Raum besprochen wurde. Ich werde nicht zulassen, dass unsere Arbeit in irgendeiner Weise gefährdet wird.»

Hermann und Barbara nickten.

«Es gibt keinerlei Unterstützung. Wenn etwas schiefgeht, müsst ihr diese Suppe allein auslöffeln. Das gilt auch für dich, Barbara. Wenn es hart auf hart kommt, werde ich mich von euch distanzieren. Mir bleibt keine andere Wahl. Und damit das klar ist: Die *Warrior* rührt sich nicht von der Stelle. Ist mir egal, wie ihr da rauskommt. Meinetwegen könnt ihr um die ganze Halbinsel schwimmen.»

Barbara biss sich auf die Unterlippe und nickte. «Wir passen auf uns auf. Es wird nichts schiefgehen.»

«Das hoffe ich, Barbara. Das hoffe ich sehr.»

«Wissen Sie zufällig, wo ich Sandy finden kann, ich meine Stuart Sandman?»

Die Bedienung hinter dem Tresen des Strawberry Tree sah Hermann misstrauisch an. Der Rauch einer Zigarette, die zwischen ihren Lippen klemmte, stieg ihr in die Augen, sodass sie blinzeln musste. Sie nuschelte etwas.

«Wie bitte?»

Sie nahm die Zigarette aus dem Mund. «Sie sind zu früh. Er kommt erst später.»

«Und wann?»

«Ich weiß nicht, gegen acht oder neun. Aber er kommt nicht jeden Tag.» Sie musterte ihn ausgiebig, und Hermann glaubte, dabei ihre Gedanken lesen zu können. Warum wollte ein Mann wie er, ein Ausländer, mit dem alten Schluckspecht sprechen? Er fragte sich, ob sie wusste, wer er war. Seit er die Station verlassen hatte, litt er unter Verfolgungswahn. Jeder Blick, den er auffing, schien ihn zu durchbohren und zu fragen, was mit ihm los wäre und warum er sich so merkwürdig verhielte.

Er sah auf die Uhr. Halb sechs, selbst für einen geübten Zecher wie Sandy offenbar noch nicht die Zeit, einen Pub aufzusuchen.

«Na gut. Können Sie mir vielleicht einen Gefallen tun? Es ist wichtig. Sagen Sie Sandy, wenn er kommt, dass Hermann ihn dringend sprechen möchte. Falls ich noch nicht zurück bin, soll er bitte hier auf mich warten.»

Die Frau zuckte mit den Achseln. «Okay. Aber wie gesagt, er kommt nicht jeden Abend.»

«Wo er wohnt, wissen Sie nicht zufällig?»

«Nein, also wirklich. Mich interessiert doch nicht, wo so ...»

«Schon gut.» Er winkte ab. «War nur eine Frage. Richten Sie's ihm bitte aus, ja? Ich komme wieder.»

Hermann nutzte die Zeit, um noch etwas Wichtiges zu besorgen. Im Farmbedarfsladen schräg gegenüber sah er sich das Messerangebot an und wählte ein schweres Modell mit Sägeschneide aus, von dem er gleich vier Stück erstand, zwei für jeden. Anschließend aß er in einem Asien-Imbiss zu Abend.

Hoffentlich war mit den Ausrüstungen alles in Ordnung, dachte er, während er gebratene Nudeln in sich hineinschaufelte. Barbara wollte sich darum kümmern. Sie kannte sich aus. Vor nicht einmal einem Jahr hatte sie ihren Dive Master gemacht.

Barbara!

Jede Faser seines Körpers sehnte sich nach ihr, aber er war zu nervös, um sich der Erinnerung an ihre Küsse hinzugeben. Sein Adrenalinspiegel hatte bedenkliche Höhen erreicht. Er selbst hatte alles außer Anzug und Flasche im Wagen, aber Barbara benötigte eine komplette Ausstattung. Was es in der Station gab, war sicher nicht das Neueste. Man musste sich nur den klapprigen alten Pick-up ansehen. Die Donovan Station litt an chronisch knappen Kassen. Wie lange hatten die Sachen ungenutzt herumgelegen? Wann waren sie zuletzt gewartet worden? Und was war mit den neuen Messern? Über die Reißfestigkeit moderner Netze hatte er wahre Wunderdinge gehört. Manchmal gingen sie verloren und trieben dann als tödlicher Vorhang herum, bis so viele Meeresbewohner darin verendet waren, dass sie durch die schwere Leichenfracht absanken. Auf dem Weg in die Tiefe machte sich allerlei Getier über den Inhalt her, das Netz verlor langsam an Gewicht, stieg wieder nach oben und wurde ein zweites Mal zur Falle. Dann ein drittes und viertes Mal. Das konnte lange so weitergehen, jahrelang. Das Auf und Ab eines Geisternetzes. Kunststofffasern seien unverwüstlich, hieß es. Einen zweiten Versuch würde es nicht geben. Und die wichtigste Frage war auch noch nicht geklärt: Woher bekamen sie ein Boot?

Zur Not könnten sie die Strecke auch ohne Transportmittel überwinden, aber es wäre mit Sicherheit kein Vergnügen. Hermann schätzte, dass sie mindestens eine halbe Stunde brauchen würden. Dreißig Minuten in voller Ausrüstung zu schwimmen war keine Kleinigkeit, noch dazu bei bewegter See, einer Wassertemperatur um dreizehn Grad und in dicke Isoprenanzüge gezwängt, die womöglich nicht optimal passten. Sie durften ihre Kraft nicht vergeuden.

Zusätzlich gab es eine Eintragung in seiner Liste der zu bewältigenden Probleme, die erst eine gute Stunde alt war. Wie sollten sie unbemerkt auf das Boot kommen, mitsamt ihrer Ausrüstung, und wieder zurück? Im Augenblick wäre das undenkbar, denn am Bootssteg und in seiner Umgebung konnte man kaum sein eigenes Wort verstehen. Bevor er in den Pub gegangen war, um Sandy zu suchen, hatte er sich mit eigenen Augen und Ohren davon überzeugt. Die Nachricht vom Fang des Roten musste sich in Windeseile herumgesprochen haben, denn halb Kaikoura und alle, die sich momentan hier einquartiert hatten, waren versammelt: Presse, Touristen, Abenteurer, fanatische Kryptozoologen. Und alle versuchten einen Blick auf das gefangene Monster zu erhaschen. Sie belagerten die Theke des Pier Hotels, das Bier floss in Strömen, und überall, auf der Straße, am Steg und auf den benachbarten Uferabschnitten, wurde über das Schicksal des Roten und den tollkühnen Coup des deutschen Tierfilmers diskutiert. Mehrere Journalisten, die Hermann erkannten, kamen auf ihn zu und fragten ihn, wie er den überraschend schnellen Erfolg bewerte und was seiner Meinung nach mit dem Tier geschehen solle. Degenhardt sei wirklich ein Teufelskerl. Ob er eine Erklärung dafür habe, dass in Kaikoura dieser Tage ausgerechnet zwei Deutsche für Furore sorgten, er selbst und der berühmte Tierfilmer. Hermann hatte nur den Kopf geschüttelt, etwas von Zufall gemurmelt, was ja auch stimmte, kein Plan, keine Bestimmung, nichts als ein verdammter hirnloser Zufall. Nach kurzer Zeit hatte er sie allesamt stehenlassen und sich schnell in seinen Bus zurückgezogen. Seit er am Bootssteg gewesen war, wünschte er sich inständig, es möge wieder anfangen zu regnen.

Er schaute auf die Uhr. Kurz vor halb acht. Vielleicht hatte Sandy heute früher Durst als sonst. Er zahlte, trat auf die Straße und lief am Internet-Café und diversen Läden vorbei zum Strawberry Tree.

Sandy saß am Tresen, auf demselben Barhocker wie bei ihrer ersten Begegnung, und empfing ihn mit breitem Grinsen.

«Das lob ich mir», rief er ihm durch den leeren Schankraum zu und schwenkte dabei ein halbvolles Bierglas. «Jemand, der einen alten Kumpel nicht vergisst.»

Hermann ging an dem großen Kamin vorbei, in dem wie jeden Abend ein Feuer prasselte, und blieb vor dem Alten stehen.

«Hallo Sandy. Ich freue mich, dich zu sehen.»

«Hätte nicht gedacht, dass wir uns noch mal über den Weg laufen. Du bist ja mittlerweile eine richtige Berühmtheit.»

«Ach was, Berühmtheit. Ich habe viel Interessantes lernen können, das ist viel wichtiger. Ich wollte mich schon die ganze Zeit bei dir bedanken. Ohne dich hätte ich nie von den Kalmaren erfahren.»

«Nix da, bedanken. Von wegen.» Sandy klopfte auf den Barhocker neben sich. «Komm, setz dich. Ich war so frei, mir schon mal ...» Er hob das Bierglas.

«Natürlich», sagte Hermann. «Du bist eingeladen. Ich nehme auch eins.» Er sah sich rasch um. «Wollen wir uns nicht da drüben hinsetzen?»

«Oh ... hast du vor, mich zu verführen?», kicherte der Alte.

«Da sitzen sonst immer die knutschenden Pärchen. Aber warum nicht. Hat sich so angehört, als hätten wir was zu besprechen.»

«Stimmt.» Hermann lächelte und beugte sich vor, um Sandy ins Ohr zu flüstern. «Und das muss nicht jeder hören, verstehst du?»

«Fffff ...» Sandy pfiff durch die Zähne und riss die Augen auf.

Hermann freute sich über die gute Laune und den lockeren Ton. Aber als Sandy von seinem Hocker rutschte und vor ihm stand, bemerkte er zum ersten Mal, wie klein und zerbrechlich er war. Ein Fliegengewicht. Ein Greis. Der Anblick des schmächtigen alten Mannes traf ihn wie ein Hammerschlag. War es nicht vollkommen verantwortungslos, was er hier tat? Er verstrickte unschuldige Menschen in eine Sache, die ihnen schweren Schaden zufügen könnte, Menschen, die er mochte. Er hätte Barbara aufhalten müssen. Wer sonst? Der drohende Zusammenbruch ihrer beruflichen Perspektive hatte sie so durcheinandergebracht, dass sie nicht wusste, was sie tat. Sie war blind vor Wut und Enttäuschung. Was war los mit ihm? Wenn er standhaft geblieben wäre, hätte sie vielleicht Vernunft angenommen. Er hatte doch alles durchdacht und seine Entscheidung getroffen. Andererseits war sie fest entschlossen, und er musste die Augen offen halten und ihr jetzt zur Seite stehen. Für grundsätzliche Zweifel war es zu spät.

Hermann legte das Geld für die Biere auf den Tresen und schob Sandy vor sich her zu dem kleinen Zweiersofa, das in einer Ecke des Raumes versteckt hinter dicken dunkelbraunen Stützbalken stand.

«Also», sagte er, als sie saßen, und hob sein Glas. «Ich muss es noch mal sagen, Sandy, auch wenn du es nicht hören willst: Ich bin dir sehr dankbar. Ich kann dir gar nicht genug danken.

Du ahnst nicht, was dein Hinweis für mich bedeutet hat. Ich werde das nie vergessen. Wenn du nicht gewesen wärst, wäre dieses Jahrhundertereignis völlig unbeachtet geblieben.»

«Gern geschehen», sagte Sandy stolz und grinste. Die Rolle eines Förderers der Wissenschaft schien ihm zu gefallen. «Du weißt ja, ich bin von den Viechern nicht gerade begeistert gewesen, aber mittlerweile ... ja, irgendwie habe ich sie richtig liebgewonnen.»

Sie stießen an.

Während sie tranken, überlegte Hermann, wie er Sandy möglichst behutsam auf sein Anliegen einstimmen könnte. Für Diplomatie blieb ihm wenig Zeit.

«Ich habe dich neulich gesehen», sagte er. «Draußen in der Whalers Bay.»

Sandy sah ihn überrascht an.

«Du musst uns auch gesehen haben. Jedenfalls hast du gewunken.»

«Richtig. Oben auf der Klippe. Wann war das, gestern oder vorgestern, nicht wahr? Du bist das also gewesen. Aber ich habe zwei Leute gesehen. Da war noch jemand.»

«Ja, eine Kollegin, eine Walforscherin aus der Donovan Field Station.»

Sandy pfiff wieder durch seine Zahnlücke, offenbar seine Art, besonders brisante Informationen zu kommentieren. «Eine Walforscherin. Wie das klingt ... 'ne junge wahrscheinlich, was? Du bist mir einer.»

Hermann enthielt sich eines Kommentars und setzte stattdessen ein vielsagendes Schmunzeln auf.

«Du warst auch nicht allein, Sandy.»

«Nicht allein? Wie meinst du das?»

«Na, da war noch jemand in der Bucht. Im Wasser, meine ich. Keine fünf Meter hinter deinem Boot.»

Sandy sperrte erstaunt den Mund auf und klappte ihn wieder zu. Damit, dass man ihn ohne sein Wissen beobachtet haben könnte, hatte er offenbar nicht gerechnet. Er versicherte sich, dass ihnen niemand zuhörte, rückte näher an Hermann heran und flüsterte mit vertraulicher Miene: «Wenn ihr ihn gesehen habt, du und deine Walforscherin, dann hattet ihr verdammt großes Glück, Hermann. Er ist sehr vorsichtig. Glaub mir, er zeigt sich nicht jedem.»

Jetzt war Hermann überrascht. «Du wusstest, dass der Kalmar in der Bucht ist? Wir haben oben auf der Klippe um dein Leben gefürchtet.»

«Na, hör mal. Und ob ich es wusste. Glaubst du, ich bin blind? Wie soll man diesen Burschen übersehen, he? Er ist immer da. Seit Tagen schon. Manchmal lässt er sich stundenlang nicht blicken, und dann kommt er überraschend wieder an die Oberfläche.»

«Und du bist trotzdem in die Bucht zurückgekehrt? Hast du keine Angst?»

«Er hat mich nie angegriffen.»

«Aber er hätte es jederzeit tun können.»

Sandy schüttelte den Kopf. Das Dauergrinsen war aus seinem Gesicht verschwunden. «Nein, nein. Er tut mir nichts. Frag mich nicht, woher ich das weiß. Es ist nur ein Gefühl.» Er stieß ein kleines Lachen aus. «Am Anfang war ich geschockt, das kannst du mir glauben. Wenn ich daran denke, wie er das erste Mal neben meinem Boot aufgetaucht ist, bekomme ich jetzt noch Herzrasen. Du hast ihn gesehen. Der Bursche ist gewaltig, so groß wie ein Wal. Ich habe in diese riesigen Augen geschaut und dachte wirklich, jetzt ist es aus, jetzt hat dein letztes Stündlein geschlagen. Du kannst mich für verrückt halten, Hermann, aber so wahr ich hier sitze, es sind intelligente Augen. Er sieht dich an, und du hast das Gefühl, er überlegt, was du für einer bist und ob er dich mit dem Kopf oder mit den Füßen voran verschlingen soll. Dabei ist er ganz harmlos. Ich bin gleich in die Stadt gegangen und habe es den Leuten erzählt, den ganzen Pressefritzen, die hier rumhängen. Aber sie haben mir nicht geglaubt, haben mich für einen Aufschneider und Spinner gehalten. Oder sie hatten keine Geduld, kamen einmal raus und dann nie wieder. Selbst Schuld, kann ich nur sagen. Selbst Schuld.» Er streckte den Kopf vor und sah sich im Schankraum um. «Wo sind die überhaupt alle? Ist so leer heute.»

«Sie hätten auf dich hören sollen, so wie ich.»

«Da hast du verdammt recht, mein Freund. Kann ein großer Fehler sein, wenn man den alten Sandy unterschätzt.»

Er leerte sein Glas. Hermann sah zu, wie sein Adamsapfel dabei auf- und abhüpfte. Er selbst trank nur in kleinen Schlucken. Er musste nüchtern bleiben.

«Hast du gehört, dass sie den Kalmar fangen wollen?»

«Hab ich. Aber ich mache mir keine Sorgen. Sie werden ihn nicht kriegen.»

«Bist du da so sicher?»

«Er ist zu schnell und zu intelligent. Wenn du seine Augen gesehen hättest, dann wüsstest du, dass er zu schlau ist, um sich fangen zu lassen.»

«Ich sag's nicht gerne, Sandy, aber leider hast du in diesem Fall unrecht. Sie haben ihn schon. Es soll ganz leicht gewesen sein. Das Forschungsschiff hat ihn heute auf diese Seite der Halbinsel geschleppt. Er befindet sich in einer Art Unterwasserkäfig.»

In Sandys Gesicht zuckte es.

«Du willst mich nicht verscheißern oder so was?»

«Nein, wie kommst du darauf? Warum sollte ich?»

«Ist er am Leben?»

«Das weiß ich nicht. Wahrscheinlich. Fragt sich nur, wie lange noch.»

Sandys Gesicht verzog sich zu einer Grimasse. «Schweine», sagte er voller Verachtung. Seine Lippen zitterten, und er presste sie aufeinander. «Er tut niemandem etwas zuleide.»

«Ich stimme dir vollkommen zu», sagte Hermann und richtete sich auf. «Ich verstehe nicht, warum sie ihn unbedingt fangen müssen. Und ich bin nicht bereit, das hinzunehmen. Sie tun so, als wäre es eine wissenschaftliche Großtat, dabei geht es nur um Geld. Deshalb wollte ich mit dir reden. Ich habe mir etwas überlegt.»

«Dieser Kalmar ist so ... anders als alles, was ich bisher gesehen habe», murmelte Sandy geistesabwesend. «Er ist wirklich etwas Besonderes.» Er blickte starr vor sich hin, bis ihm noch einmal durch den Kopf ging, was Hermann gerade gesagt hatte. «Was heißt das, du willst es nicht hinnehmen? Was willst du denn tun?»

«Pass auf, ich hole uns jetzt noch ein Glas zu trinken, und dann erzähle ich dir, was ich vorhabe. Wir brauchen dich, Sandy, dich und dein Boot. Du bist der Einzige, der uns helfen kann. Und zwar heute Nacht.»

«Ein Jammer. So ein prachtvolles, gewaltiges Tier», murmelte Sandy mit gesenktem Kopf, als Hermann aufstand. Hatte er überhaupt zugehört?

Es war kurz nach zwei Uhr nachts, als Barbara und Hermann etwa zweihundert Meter östlich vom Pier Hotel aus dem Campingbus stiegen und ihre Ausrüstung ausluden. Sie trugen schwarze Isoprenanzüge, denen man in der Dunkelheit nicht ansah, wie abgenutzt sie waren, darüber ihre Tarierwesten.

Schon vor Stunden hatten sie beschlossen, nicht den Bootssteg zu benutzen, lange bevor sie mit dem Fernglas von der Station aus verfolgt hatten, wie sich die Menschenmenge am Pier Hotel auflöste. Erneut einsetzender Regen, Kälte und stundenlange Ereignislosigkeit hatten die Schaulustigen schließlich doch in ihre Betten oder zumindest in geschlossene Räume getrieben. Der Weg schien endlich frei zu sein. Aber Hermann war schon vorher aufgefallen, dass auf dem Steg, an dem auch Sandys Boot festgemacht war, helle Lampen brannten und dass auch das große Holzhaus und die Straße beleuchtet waren. Zwei dunkle Gestalten in Tauchanzügen, die mitten in der Nacht auf den Steg huschen, dürften selbst arglosesten Beobachtern verdächtig vorkommen. Es müsste nur jemand im richtigen Moment aus einem Hotelfenster schauen.

Der rettende, wenn auch nicht ganz ungefährliche Vorschlag war von Sandy gekommen. Sie waren mit dem Bus am Hotel vorbeigefahren, und er hatte ihnen eine schmale Fahrrinne gezeigt, die zwischen den vorgelagerten Felsen bis direkt ans Ufer führte, dreißig Meter von der Stelle entfernt, an der sie jetzt den Bus abstellten. Sandy wollte sich allein auf den Steg schleichen, sein Boot startklar machen und sie dann hier abholen. Mit einem Seitenblick, der auf Barbara zielte, hatte er gesagt, es habe Vorteile, wenn man als Spinner und Säufer gelte. Er genieße Narrenfreiheit. Bei ihm würde sich niemand wundern, wenn er mitten in der Nacht Lust auf eine Bootstour verspürte. Außerdem war es durchaus schon vorgekommen, dass er sich um diese Zeit auf den Weg machte. Wenn er bei Tagesanbruch an einem weiter entfernten Angelplatz sein wollte, musste er früh aufbrechen.

Es war jetzt über eine Stunde her, dass sie sich in der Station getrennt hatten. Hermann und Barbara mussten eine nervtötende Wartezeit überstehen. Wer garantierte ihnen, dass der Alte keine kalten Füße bekommen und sich aus dem Staub gemacht hatte? Zumal Barbara nicht gerade begeistert gewesen war, als er mit Sandy in der Station aufkreuzte. «Das kann nicht dein Ernst sein», sagte sie mit weit aufgerissenen Augen. «Ein Alkoholiker?» Hermann, der sie zuerst bremsen wollte, weil er fürchtete, Sandy könnte auf dem Absatz kehrtmachen, war verblüfft, wie gelassen der Alte darauf reagierte. Er zuckte nur mit den Achseln, ignorierte Barbara und trank dann wortlos den Kaffee, den Hermann ihm anbot.

Die Stelle, die Sandy ausgesucht hatte, mochte vom Wasser her relativ leicht zugänglich sein, von der Straße aus waren aber dreißig Meter über ein raues und zerklüftetes Gewirr von Felsen zurückzulegen. Hermann und Barbara waren diese Küste oft genug entlanggelaufen, um zu wissen, was sie erwartete. Scharfe Grate wechselten mit glitschigen Algenüberzügen, bröcklige Kanten mit spitzen Felsdornen, dazwischen klafften Spalten, in denen Meerwasser gluckerte und gegen das Gestein schwappte. Wie es ihnen gelingen sollte, ihre Ausrüstung über dieses Gelände zum Boot zu tragen, hatte Hermann fast mehr Kopfzerbrechen bereitet als alles, was ihnen noch bevorstand.

Sie hatten feste Wanderschuhe angezogen, waren schwerbeladen, und die Nacht war so dunkel, dass sie nur sehr langsam und vorsichtig einen Fuß vor den anderen setzen konnten. Falls sie sich auf einer der wenigen ebenen Stellen einer schlafenden Pelzrobbe näherten, deren dunkle bewegungslose Körper man auf diesem Untergrund sogar bei Tageslicht kaum wahrnahm, würden sie es vermutlich erst merken, wenn es zu spät wäre.

Als sie unten am Wasser ankamen, sahen sie Sandy in seinem Boot sitzen und auf sie warten.

Sie nickten sich zur Begrüßung zu, und Hermann klopfte dem Alten anerkennend auf die Schulter. Die erste Hürde war genommen. Sie reichten Sandy die Pressluftflaschen und die schwere Tasche mit den Bleigurten und der restlichen Ausrüstung ins Boot, kletterten dann selbst hinein und setzten sich nebeneinander auf die Holzbank im Bug. Keiner sagte ein Wort. Sie hatten ihren Plan mehrfach durchgesprochen und sich gegenseitig eingeschärft, nur in Ausnahmefällen zu reden. Natürlich war auch die Verwendung des Außenbordmotors tabu. Sandy nahm einen Bootshaken in die Hand, suchte damit Halt an den Uferfelsen und stieß ab. Dann setzte er sich auf die mittlere Sitzbank und begann zu rudern.

Hermann war erstaunt, wie sicher der zierliche Alte sich in seinem Boot bewegte und wie mühelos er sie jetzt durch die Felsen steuerte. Wahrscheinlich verbrachte er mehr Zeit in dieser Nussschale als in seinem Zuhause, wo immer das sein mochte. Er schaffte es sogar, das Boot durch die sich brechenden Wellen zu manövrieren, ohne dass es einen Tropfen Wasser nahm. Kein Problem, flüsterte er lässig. Und glücklicherweise kamen die Wellen genau von vorne, so tanzte der Kahn zwar auf und nieder, und ab und an, wenn er auf das Wasser klatschte, bekamen sie eine Dusche ab, aber Hermann hatte nie das Gefühl, in Gefahr zu sein. Aus Whyalla war er einiges gewohnt, und auch Barbara hatte genug Zeit auf See verbracht, um sich von den Brechern nicht einschüchtern zu lassen.

Als er sich umdrehte, sah er draußen auf dem Wasser die Positionslichter der *Otago,* der sie mit jedem Ruderschlag näher kamen. Der Countdown hatte begonnen.

Bisher hatten sich alle Befürchtungen in Luft aufgelöst. Alles lief gut. Fast zu gut. Die Ausrüstung war akzeptabel, die Anzüge passten, die Schaulustigen waren verschwunden, und spätestens jetzt dürfte Barbara auch ihre anfängliche Skepsis gegenüber Sandy verloren haben. Einmal nahm Hermann ihre Hand und legte sie an seine Wange. Sie sah ihn mit strahlendem Lächeln an. Barbara schien sich ihrer Sache absolut sicher zu sein.

Als sie etwa die Hälfte der Strecke geschafft hatten, begannen sie, sich fertig zu machen, einer nach dem anderen, wegen der Enge im Boot und damit es nicht zu sehr schwankte. Barbara schlüpfte aus ihrer Weste, legte den breiten Gurt auf der Rückseite um die Pressluftflasche, zog fest und schraubte dann den Lungenautomaten auf das Ventil. Mit Hermanns Hilfe legte sie das Ganze wieder an, ordnete und schloss die Gurte vor ihrer Brust und setzte sich so auf die Bank, dass die schwere Last an ihrem Rücken auf dem Dollbord auflag. Als sie den Bleigurt und ihre Flossen angelegt hatte, öffnete Hermann das Ventil. Danach war er an der Reihe.

Sie trafen ihre Vorbereitungen mit langsamen, fast bedächtigen Bewegungen, checkten sich gegenseitig auf Nachlässigkeiten oder Fehler. Sandy beobachtete sie dabei und verzog ab und zu das Gesicht. Hermann registrierte besorgt, dass der Alte unter seiner Kapuze Lippen und Augen zusammenpresste, wenn er die Ruder durch das Wasser zog. Das Pullen bedeutete für ihn zweifellos eine große Anstrengung. Ab und zu legte er eine kurze Verschnaufpause ein, und dann entspannte sich sein Gesicht zu einem zufriedenen Lächeln, als ob diese nächtliche Aktion ganz nach seinem Geschmack wäre.

Auf der *Otago* war alles ruhig. Natürlich war jemand auf der Brücke, aber es dürfte nicht leicht sein, sie auszumachen. Es war dunkel und bewölkt. Mit einem Druck auf den Inflatorknopf füllten Hermann und Barbara ihre Westen, zogen an den Fersen die Schnallen der Flossen fest, streiften Kopfhauben über, reinigten die Masken und setzten sie auf. Zum Schluss die Handschuhe.

Als Sandys Boot mit dem Bug gegen einen Schwimmkörper stieß, waren sie am Ziel und noch beruhigende vierzig Meter vom Heck des Forschungsschiffes entfernt. Auf der Wasseroberfläche schwammen helle Netzmaschen. Der Käfig war größer, als sie gedacht hatten. Sandy nahm den Bootshaken, angelte das Netz aus dem Wasser und ergriff es mit den Händen.

Er ist unter mir, dachte Hermann. Nur wenige Meter entfernt. Ein Gigant. Wie wird er reagieren, wenn wir zu ihm ins Wasser springen und nur noch durch ein dünnes Maschengeflecht von ihm getrennt sind? Wenn die Messer in Aktion treten ...

Ein Panikschub jagte durch seinen Körper, aber er wusste, dass dieses Gefühl im Wasser sofort vergehen würde. Sie mussten jetzt anfangen, sonst taten sie es nie. Wie Barbara sich wohl fühlte? Mit einem Automatenmundstück und einer Tauchmaske im Gesicht war von der menschlichen Mimik nichts mehr zu sehen. Aber sie krümmte Daumen und Zeigefinger zum O. K.-Zeichen. Ja, O. K. Lass uns tauchen! Schnell! Er winkte Sandy zu, der mit ernstem Nicken antwortete, setzte sich auf das Dollbord und ließ sich mit der Hand auf der Maske nach hinten ins Wasser fallen. Barbara folgte ihm Sekunden später. Das Platschen war das lauteste Geräusch, das sie bisher verursacht hatten.

Sie trafen sich neben dem Boot an der Oberfläche und suchten sofort nach dem Netz. Als sie es beide in der Hand hatten, ließen sie die Luft aus den Westen und tauchten ab. Sie durften das Netz nie loslassen. Die oberste Regel. Wenn sie das Netz verlören und nicht sofort wiederfänden, müssten sie auftauchen. Es hatte keinen Sinn, im Dunkeln und bei schlechter Sicht herumzutasten.

Schnell sanken sie bis auf zwei Meter Tiefe ab. Selbst so dicht unter der Oberfläche drangen die Lichter des Schiffes kaum noch bis zu ihnen vor, verkümmerten zu schwachleuchtenden Nebeln, die im Wasser über ihren Köpfen schwebten.

Ansonsten umgab sie vollständige Dunkelheit. Sie hatten Lampen dabei, aber sie durften sie nicht benutzen. Nur im Notfall, wie immer der aussehen mochte. Falls sie in eine Situation gerieten, in der es nicht mehr darauf ankäme, unsichtbar zu bleiben, wäre es das kleinere Übel, von der Besatzung der *Otago* entdeckt und womöglich aus dem Wasser gezogen zu werden.

Es gab nur ihren Atem. Und die Leuchtdioden. Hermann beglückwünschte sich zu seiner Entdeckung, die er im Regal eines Supermarktes gemacht hatte. Er hatte keine Ahnung, wofür diese kleinen Blitzlichter normalerweise eingesetzt wurden, aber für ihre Zwecke waren sie wie geschaffen. Es waren wasserdichte kleine Taschenlampen, die sie an ihren Westen befestigt hatten und die etwa im Sekundenabstand ein bläuliches Lichtsignal gaben. Hermann konnte Barbaras Lichtblitze problemlos erkennen. Sie war einen Meter neben ihm am Netz. Als sie sich versichert hatten, dass alles in Ordnung war, zückten sie ihre Messer. O. K.

Hermann ließ sich tiefer gleiten, wobei er von einer Netzmasche zur nächsten griff, bis er Barbaras Licht aus den Augen zu verlieren drohte. Sein Tiefenmesser zeigte fünf Meter. Dicht neben einem Knoten setzte er das Messer an und begann zu sägen. Mit der Linken hielt er das Netz fest, mit der Rechten bewegte er das Messer vor und zurück, immer wieder. Er konnte nicht sehen, was er tat. Seine Lichtblitze ließen ihn manchmal erahnen, wo sich seine Hände befanden, aber ob er seinem Ziel näher kam, konnte er weder sehen noch fühlen. Er durfte nicht zu kräftig drücken, sonst bestand die Gefahr, abzurutschen und sich zu schneiden.

Dann hatte er die erste Masche durchtrennt. Es funktionierte, wenn auch langsam. Er atmete ein paarmal ruhig durch, bevor er die nächste Masche in Angriff nahm, zehn Zentimeter tiefer als die erste. Er musste mitzählen. Immer wenn er Barbaras Licht nicht erkennen konnte, holte er etwas tiefer Luft, schwebte dadurch ein paar Zentimeter nach oben und sah ihr Blinken. Die dritte Masche. Dreißig Zentimeter. In wie viel Minuten? Vielleicht würde es mit der Zeit leichter gehen. Die vierte Masche. Vierzig Zentimeter, fünfzig ...

Einmal spürte er Barbaras Flosse, die ihm über den Scheitel streifte. Sie war schneller als er. Er ließ sich einen halben Meter tiefer sinken und schaute auf den Tauchcomputer. Sie waren schon fünfzehn Minuten im Wasser, und er hatte nicht einmal zwei Meter geschafft. Sie konnten nicht erwarten, dass sich der Koloss durch einen engen Netzspalt zwängte.

Hermann war so beschäftigt, dass er kaum an den Roten dachte, dem er so nah war wie nie zuvor. Ob er fühlte, dass sich jemand an seinem Gefängnis zu schaffen machte, die Vibrationen spürte, die sie aussandten, oder ihre Körperwärme? Plötzlich war Barbara unmittelbar neben ihm und glitt vorbei, um unter ihm weiterzumachen. Sie hatte den Anschluss hergestellt. Seine zwei und ihre zwei ergaben immerhin vier Meter.

Sandy war in die Betrachtung der Luftblasen vertieft, die dicht neben dem Boot an der Oberfläche zerplatzten, das einzige Lebenszeichen, das er von den beiden Tauchern hatte. Er merkte, dass er müde wurde, kniff die Augen zusammen, rieb sich ein paarmal mit den Händen über das Gesicht, streckte den Körper und versuchte dabei, seine schmerzenden Schultergelenke zu ignorieren. Viel länger hätte die Ruderpartie nicht dauern dürfen, dachte er, drehte sich um und streckte eine Hand nach der Wasserflasche aus, die unter einer Plane in dem kleinen Kajütenaufbau lag. Er trank ein paar Schluck und legte die Flasche zurück. Wo waren die Luftblasen? Wenn das Boot sich nur ein wenig drehte, verschwanden sie hinter den Wellenkämmen. Verdammt, er durfte sie nicht aus den Augen lassen.

Mit einem raschen Seitenblick kontrollierte er, dass das Netz noch immer am Haken auf dem Steuerborddollbord hing. Alles in Ordnung. Er zerrte das Kissen zurecht, suchte auf der harten Holzbank nach einer einigermaßen bequemen Sitzposition, streckte den Kopf ein wenig vor und starrte wieder auf das schwarze Wasser. Wenige Minuten später begann sein Kinn langsam Richtung Brustkorb zu sinken.

«He, Sie! Was haben Sie da zu suchen?»

Sandy zuckte zusammen.

«Machen Sie, dass Sie wegkommen!»

Ein blendend heller Lichtstrahl ging vom Heck der *Otago* aus. Er zielte genau auf ihn, durch seine zusammengekniffenen Augen mitten in sein Gehirn, und er konnte nicht erkennen, was sich auf dem Schiff tat. Musste er auch nicht. Er wusste, dass etwas furchtbar schiefgelaufen war, und schnappte nach Luft.

«Verschwinden Sie! Sofort! Sonst schicken wir ein Boot.»

Die von einem Megaphon verstärkte Männerstimme war unangenehm laut und nahm ihm buchstäblich die Luft. Einen kurzen Moment geriet Sandy in Panik und sah sich gehetzt um. Wie hatten sie ihn bemerkt? Er saß im Dunkeln, hatte sich keinen Zentimeter von der Stelle gerührt und nicht das geringste Geräusch verursacht.

Er beschirmte die Augen, um sich vor dem hellen Licht zu schützen. Dann winkte er und setzte sein breitestes Grinsen auf. «Kein Grund zur Aufregung, Mister», rief er, so laut er konnte. «Ich habe das Netz nicht gesehen. Tut mir leid. Ich fahre sofort weiter. Es ist nichts passiert.»

«Aber ein bisschen plötzlich. Sie haben hier nichts zu suchen», brüllte die Stimme von der *Otago*.

Sandys Gedanken rasten. Er war kurz davor, die Nerven zu verlieren. Wenn sie wenigstens den Scheinwerfer ausmachen würden. Er konnte die beiden nicht im Stich lassen, Hermann verließ sich auf ihn. Trotzdem musste er weg von hier, so schnell wie möglich. Bevor die Männer von der *Otago* wirklich ein Boot herunterließen. Das war das Schlimmste, was passieren konnte, von einem Angriff des Kalmars abgesehen. Niemand hatte damit gerechnet.

Schnell löste er das Netz vom Haken, warf es ins Wasser und begab sich ins Bootsheck, um den Außenbordmotor anzulassen. Er musste jetzt keine Rücksicht mehr nehmen. Sie sollten sehen und hören, wie er sich entfernte. Auf keinen Fall durften sie merken, dass er hier nicht allein war, durften nicht mal auf diesen Gedanken kommen.

Der Motor startete mit einem ohrenbetäubenden Knattern. Sandy schlug einen kleinen Bogen, winkte noch einmal zur *Otago,* in den grellen Scheinwerferstrahl, der ihn verfolgte, und entfernte sich dann parallel zur Küste in Richtung Osten. Sein Boot geriet in heftiges Schaukeln, weil er die Wellen jetzt von Backbord bekam. Er musste den Kurs korrigieren und steuerte weiter aufs offene Meer hinaus. Das blendende Licht von der *Otago* erlosch. Würden sie sich damit zufriedengeben, dass er das Weite suchte?

Als er zweihundert, dreihundert Meter entfernt war, griff er nach seinem alten Fernglas, das er in einem Fach unter der Heckbank aufbewahrte. Zwei Männer kletterten auf der geschützten, dem Land zugewandten Seite des Mutterschiffs in ein Schlauchboot, das dicht neben der Bordwand auf dem Wasser schaukelte. «Mist», fluchte er vor sich hin. Sie gaben sich nicht zufrieden.

Hermann hörte ein summendes Geräusch. Ein Bootsmotor. Er schaute nach oben, sah aber nichts als Schwärze, im Sekundenabstand durchzuckt von seinen eigenen Leuchtdiodenblitzen. Irgendetwas musste passiert sein. Warum sollte Sandy den Motor starten? Hermann versuchte seine Phantasie im Zaum zu halten. Unter Wasser war Schall viel schneller als in der Luft. Vielleicht fuhr irgendwo in der Nähe ein Boot vorbei, das nicht das Geringste mit ihnen zu tun hatte. Er sollte sich nicht unnötig Sorgen machen. Von hier unten könnte er ohnehin keinen Einfluss nehmen. Trotzdem wurde sein Atem schneller.

Im nächsten Moment tauchte Barbara direkt neben ihm auf und hielt sich an den Brustgurten seiner Weste fest. Ihr Gesicht war direkt vor seinem. Im Licht der beiden Dioden zeichneten sich die Umrisse ihres Kopfes ab. Sie hielt ihm ihre Hand unmittelbar vor die Maske und zeigte auf ihre Ohren. Er verstand die Geste sofort und nickte, bewegte den Kopf übertrieben auf und ab. Ja, er hatte es auch gehört, ein Bootsmotor. Aber das Summen wurde leiser, entfernte sich.

Sie mussten weitermachen. Er streckte den linken Arm vor und tippte auf seinen Tauchcomputer. Das beleuchtete kleine Display zeigte 10,2 Meter Tiefe an. Obwohl sie nichts davon erkennen konnten, klaffte über ihnen im Netz ein etwa acht Meter langer Schnitt. Und sie hatten noch Zeit. Selbst wenn sie eine Sicherheitsreserve einplanten, bliebe ihnen noch Luft für mindestens zwanzig Minuten. Er versuchte, Barbara zu signalisieren, dass sie sich jetzt auf dieser Tiefe nach links bewegen sollten. Wenn sie sich beeilten, könnten sie im Netzkäfig des Roten einen prächtigen Dreiangel hinterlassen. Alles andere müsste der Gefangene dann selbst erledigen. Ob er von der Fluchtmöglichkeit Gebrauch machte, lag nicht in ihrer Hand. Barbara verstand, was er vorschlug. Um möglichst schnell voranzukommen, wechselte Hermann das Messer, das alte ließ er fallen. Ein letzter Blick nach oben, in die Richtung, aus der das Motorengeräusch gekommen war. Dann setzte er die Schneide an, und nebeneinander sägten sie weiter.

War das Netz vielleicht leer? Immer wieder schickte er vergebliche Blicke in die undurchdringliche Finsternis vor ihm. Waren sie dabei, ein Phantom zu befreien? Nicht, dass er enttäuscht gewesen wäre, er war sich keineswegs sicher, ob er eine Begegnung mit dem Roten überhaupt herbeisehnen sollte, aber er wünschte sich doch wenigstens irgendein Zeichen von ihm. Es war ein irrationaler, fast kindischer Wunsch, er wusste das. Der Kalmar könnte keine fünf Meter entfernt vor ihnen im Wasser schweben, ohne dass sie irgendetwas von ihm bemerken würden. Aber der Wunsch war hartnäckig, und Hermann hielt ein weiteres Mal kurz inne, um in die Dunkelheit auf der anderen Seite des Netzes zu starren. Nichts.

Das Motorengeräusch war kaum verklungen, als unvermittelt ein zweiter Bootsmotor zu hören war, wesentlich deutlicher als sein Vorgänger. Und dieses Geräusch wurde nicht leiser, sondern lauter, als befände sich das Boot direkt über ihren Köpfen. Obwohl sie wussten, dass sie nichts erkennen konnten, blickten Hermann und Barbara reflexartig Richtung Oberfläche.

Sandy hatte sich mindestens fünfhundert Meter von der *Otago* entfernt, der Motor tuckerte im Leerlauf. Aus diesem sicheren Abstand beobachtete er das Schlauchboot. Gott sei Dank sah es nicht so aus, als wollten die Männer ihn verfolgen. Sie schienen nur das Netz zu überprüfen. Für den Moment war er außer Gefahr, aber unter dem Boot waren Hermann und seine Walforscherin damit beschäftigt, das Netz zu zerschneiden. So etwas nannte man Sabotage, oder? Die Luftblasen! Was war, wenn sie die Luftblasen entdeckten? Sandy schlug das Herz bis zum Hals. Niemand würde darauf achten, beruhigte er sich. Es war dunkel, das Meer bewegt, Wellenschaum schwamm überall auf dem Wasser. Sie müssten schon gezielt danach suchen und selbst dann ... So viel Pech konnte man nicht haben.

Die Männer fuhren einen Kreis, kontrollierten jeden einzelnen Schwimmkörper, dann wiederholten sie das Ganze noch einmal in der Gegenrichtung. Sie gingen sehr gründlich vor. Schließlich kehrten sie zum Forschungsschiff zurück.

Sandy sackte auf seinem Platz zusammen. Das war noch einmal gutgegangen. Aber das Abenteuer war noch nicht zu Ende. Er schaute auf die Uhr. Die beiden waren jetzt fast sechzig Minuten unter Wasser. Eine Stunde, das war die geplante Tauchzeit. Wenn der Kalmar sie nicht mitsamt Tauchanzug verschlungen hätte, würden sie bald auftauchen. Und einen Schock erleiden. Sandy rieb sich nervös das Kinn. Sie würden denken, dass er sie im Stich gelassen hätte, um sich irgendwo in Kaikoura volllaufen zu lassen. Zum Netz konnte er aber nicht zurückkehren, das war viel zu riskant. Er musste versuchen, sie auf ihrem langen Weg an die Küste aufzulesen. Das war die einzige Möglichkeit.

Er fuhr einen weiten Bogen, bis die Nase seines Bootes auf einen Punkt irgendwo zwischen der *Otago* und dem Ufer zeigte, und machte den Motor aus, dann setzte er sich wieder auf die Ruderbank. Vom Pullen würde er morgen einen Muskelkater haben, wie schon seit Jahrzehnten nicht mehr. Bevor er sich in die Riemen legte, zog er einen kleinen Flachmann aus der Tasche seiner Jacke und nahm einen tiefen Schluck. So viel Zeit musste sein.

Inzwischen übte Hermann immer mehr Druck auf das Messer aus. Gleichzeitig zerrte er mit der Linken an der fast bleistiftdicken Nylonleine, bis sie endlich nachgab und er wieder eine Masche geschafft hatte. Auch Barbara, deren blaue Lichtblitze er gerade noch erkennen konnte, hatte ihre Anstrengungen verstärkt, das spürte er an den heftigen Bewegungen des Netzes. Er wollte wenigstens den Anschluss schaffen. Ihnen blieben nur noch ein paar Minuten.

Immer häufiger ging sein Blick geradeaus in die Dunkelheit. Er wusste, dass es wenig ratsam wäre, dem Roten nahe zu kommen, einem Tier mit titanischen Kräften, das im Stress sein musste, weil es eingesperrt war, aber seine Enttäuschung wuchs. Nichts hatte bisher darauf hingedeutet, dass hier eines der größten Raubtiere der Welt im Wasser schwebte. Vielleicht hatte es sich in die entlegenste Ecke seines Käfigs zurückgezogen.

Er tastete am Netz weiter, nahm mit frischer Kraft die nächste Masche in Angriff und bewegte das Messer noch schneller als zuvor. Geschafft. Die nächste. Und die übernächste.

Als er wieder einmal hochblickte, meinte er ein schwaches trübes Licht zu sehen, das vor ihm im schwarzen Raum schwebte. Sein Traum fiel ihm ein, der schimmernde Leuchtköder und das riesige Maul.

Hermann hörte auf zu schneiden und strengte seine Augen an. Doch, da war etwas, eindeutig, ein kaum wahrnehmbares Leuchten. Er hielt die Luft an. Es war kein Traumgebilde, es war real. Es konnte doch nicht sein, dass sich das Leuchtspektakel aus der South Bay wiederholte, jetzt, ausgerechnet jetzt. Aber es musste ein Kalmar sein. Es gab kein anderes Tier in diesen Gewässern, das derart leuchten konnte. Das hatten ihm alle bestätigt.

Barbara war zu weit weg, er konnte sie nicht darauf aufmerksam machen, und er wollte sich nicht bewegen oder gar seine Position verlassen.

Jetzt sah er, dass es in Wirklichkeit zwei Lichter waren, dicht nebeneinander, eines deutlich größer und heller als das andere. Sie konnten nur wenige Meter entfernt sein, vier oder fünf, maximal, und sie schienen näher zu kommen. Bei dem größeren wurde schon eine klar umrissene Form erkennbar, langgestreckt, die Enden leicht nach oben gebogen. Hermanns Augen begannen zu brennen, so angestrengt starrte er auf diese verblüffende Erscheinung, eine leuchtende Mondsichel, die mit der konvexen Seite nach unten im Wasser schwebte.

Hermanns Atem ging jetzt stoßweise. Er blickte unschlüssig zur Seite, wo das schwache blaue Glimmen Barbaras Position anzeigte. Sah sie es auch? Er sollte es ihr zeigen. Und dann müssten sie nach oben.

Er kam nicht mehr dazu. Plötzlich geschah alles gleichzeitig. Er glaubte, neben dem größeren Licht ein Auge zu sehen. Wie am Nachthimmel, wenn nicht nur die helle Sichel, sondern auch die Umrisse der dunklen Mondscheibe zu erkennen sind. Ein kugelrundes, schemenhaftes Gebilde. Und er erinnerte sich an ein Bild, das Ray ihnen gezeigt hatte, eine einfache Strichzeichnung eines Kolosskalmars. Jedes Auge von Mesonychoteuthis hatte zwei Leuchtorgane, eines medial, das andere lateral.

Hermann traf ein Schlag gegen die Brust, der ihn nach hinten schleuderte. Er verlor das Messer, und mit dem Luftschwall, der aus seinen Lungen gepresst wurde, rutschte ihm der Lungenautomat aus dem Mund. Er ließ das Netz los, um in der Dunkelheit danach zu greifen, aber er konnte sich nicht richtig bewegen, irgendetwas hatte seine Brust gepackt und zerrte mit stärker werdender Kraft an der Weste. Auf der linken Brustseite bohrte sich etwas durch den Anzug, ritzte seine Haut, ihn durchzuckte ein stechender Schmerz. Mit angehaltenem Atem versuchte er, sich loszureißen, er wand sich und wedelte heftig mit den Flossen. Seine fuchtelnden Armbewegungen nach dem rettenden Automaten, der irgendwo im Wasser schweben musste, wurden immer verzweifelter. Er brauchte dringend Sauerstoff, presste schon die Zähne zusammen in dem Bemühen, ein Einatmen, das seinen Tod bedeuten könnte, zu unterdrücken. Sein Widerstand erlahmte.

Im nächsten Moment war er frei, trudelte durch das Wasser. Der Brustgurt war zerrissen, Weste und Flasche saßen lockerer. Schnell hatte er die Orientierung verloren, wusste nicht mehr, wo oben und wo unten war. Ihm schwanden die Sinne, sein Verlangen nach Luft war kaum noch zu beherrschen. In einer letzten Anstrengung griff er nach dem Flaschenventil in seinem Nacken, fand den Schlauch und hatte endlich den Automaten in der Hand. Schädel und Brustkorb drohten zu platzen, aber mit einem Rest kostbarer Luft aus seiner Lunge schaffte er es, das Wasser aus dem Automaten zu blasen, bevor er so viel des köstlichen lebenspendenden Gases einsaugte wie nur möglich. Er musste husten, weil Wassertropfen in seine Lunge gelangt waren, und presste sich dabei mit beiden Händen den Automaten gegen den Mund, damit er ihn nicht noch einmal verlor. Noch immer hatte er Angst, zu ersticken oder das Bewusstsein zu verlieren. Bläulich schimmernde Wolken aus Luftblasen stiegen auf, während sein schmerzender Brustkorb sich hob und senkte und hob und senkte, bis der Atem sich langsam beruhigte.

Sein Tiefenmesser zeigte achtzehn Meter. Ohne es zu merken, war er acht Meter abgesackt, daher der schmerzhafte Druck auf seinen Ohren. Oben, unten, links, rechts, überall tintige Schwärze, nichts, woran er sich orientieren könnte. Er machte ein paar unentschlossene Schwimmstöße in die eine, dann in die andere Richtung, aber er hatte keine Ahnung, wo er suchen sollte. Wo war das Netz? Wo war Barbara?

Nach oben, hämmerte es in seinem Kopf. Du musst auftauchen. Er hatte ohnehin kein Messer mehr, und sie hatten es so besprochen. Es war das einzig Vernünftige. Er konnte nur beten, dass Barbara nicht auch angegriffen wurde. Zum ersten Mal machte er sich klar, was geschehen war. Der Kalmar – es musste der Rote gewesen sein – hatte ihn verletzt. Was er gespürt hatte, war wahrscheinlich die eine Tentakelkeule gewesen, die dem Tier noch geblieben war. Er tastete nach dem Schmerz auf seiner Brust. Wenn er sich bewegte, schlackerte die Pressluftflasche auf seinem Rücken.

Die Vorstellung, Barbara könnte etwas zugestoßen sein, war unerträglich. Er schwamm immer schneller, wollte Gewissheit, stieg so rasch auf, dass ihn der Computer mit einem Piepen warnte. Wenn ihr etwas passiert sein sollte, dann ... dann wollte er das Ufer nicht mehr wiedersehen. Dann würde er sie suchen und, im schlimmsten Fall, begleiten, ja, er würde so tief tauchen, dass es kein Zurück mehr gäbe.

Acht Meter. Sieben Meter. Wieder piepte der Computer. Egal, weiter. Er wedelte kräftiger mit den Flossen. Noch immer sah er kein Licht. Sie musste da oben sein! Fünf Meter. Der Rote hatte direkt hinter dem Loch im Netz gelauert. Wenn er über einen Bruchteil der Intelligenz verfügte, die Sandy in seinen Augen gesehen haben wollte, dann müsste er jetzt auf und davon sein und irgendwo hier herumschwimmen. Hermann blies die Weste auf und stieg noch schneller. Der Computer warnte. Langsamer! Drei Meter. Zwei Meter ...

Sein Kopf stieß wie ein Korken durch die Wasseroberfläche. Er spuckte den Automaten aus, riss sich die Tauchmaske vom Kopf, schlug wie wild mit den Flossen und drehte sich dabei im Kreise, den Oberkörper weit aus dem Wasser gestreckt. Er sah die Küste, die Lichter der *Otago,* und ganz in der Nähe einen Schwimmkörper des Käfigs. Er war nicht weit abgetrieben worden, Gott sei Dank, nur ein paar Meter.

«Barbara!» Es war nur ein verhaltenes Rufen. Er wagte nicht, aus vollem Hals zu schreien, aber er war kurz davor. Die *Otago* lag fünfzig Meter entfernt. Und Sandy? Hatte er sie vielleicht entdeckt? Von seinem Boot war nichts zu sehen. Er rief nach ihm. Keine Antwort. Rief noch einmal nach Barbara. Keine Antwort. Ihr Licht, er musste auf das blaue Licht achten.

Sein Druckmesser zeigte knapp sechzig Bar, genug, um noch einmal abzutauchen, um es wenigstens zu versuchen. Vielleicht hatte sie gar nicht gemerkt, dass er in Schwierigkeiten geraten war. Er schöpfte neue Hoffnung. Wenn er die Öffnung fände, die sie in das Netz geschnitten hatten, und sich daran entlangtastete, müsste er irgendwann bei Barbara landen.

Er setzte die Maske auf, schwamm zu dem nächstbesten Schwimmkörper, sah sich ein letztes Mal um, ließ dann die Luft aus seiner Weste und atmete dabei kräftig aus, bis er zu sinken begann. Dunkelheit umfing ihn, das vertraute Blubbern seines Atems. In seiner Hand, die das Netz hielt, glaubte er ein schwaches Zerren zu spüren, aber er war sich nicht sicher. Er bewegte sich im Zickzack nach unten, tastete mit beiden Händen nach den Maschen, zog daran, um zu fühlen, ob er dem Loch näher kam.

Zehn Meter Tiefe. Fünfundvierzig Bar. Die Lampe, er könnte die Lampe benutzen. Wann, wenn nicht jetzt. Dann zögerte er. Wenn er sie anschaltete, hatte er vermutlich keine Chance mehr, Barbaras blaues Licht zu sehen. Die Lampe würde alles überstrahlen. Und für den Roten möglicherweise ein verlockendes Ziel abgeben. Er hatte nie gesagt, dass dieses Biest harmlos ist.

Als er wieder nach dem Netz greifen wollte, fasste er ins Leere. Er suchte ziellos in der Dunkelheit herum, bekam etwas in die Hand, zog es mit aller Kraft dicht vor seine Maske. Nylonknoten, durchtrennte Fasern. Vielleicht war sie nur noch wenige Meter entfernt. Kurz entschlossen ließ er los und trieb sich mit ein paar kräftigen Flossenschlägen voran. Jetzt kam es auf jede Sekunde an. Er schwebte mitten in dem Tor zur Freiheit, das sie für den Roten geöffnet hatten, genau da, wo der Kalmar ihn erwischt hatte. Ein Irrsinn. Wenn er nur nach ihr rufen könnte. Vielleicht entschied sie sich in diesem Moment aufzutauchen. Er würde es womöglich nie mehr erfahren.

Auf einmal wurde er von einer heftigen Turbulenz erfasst, die ihn herumwirbelte, und obwohl er sich an nichts orientieren konnte, hatte er das Gefühl, in die Netzöffnung hineinzutreiben. Er ruderte mit Armen und Beinen, um seine Position zu halten. Etwas Hartes schlug gegen sein Bein, und im nächsten Moment sah er unter sich ein schwaches blaues Leuchten, das nach rechts vorbeitrieb, viel zu schnell für einen Taucher. Luftblasen stiegen auf, umtanzten seinen Kopf. Barbara! Sie atmete.

Er riss seinen Oberkörper nach vorne, spürte, wie dabei die fast leere Flasche gegen seinen Rücken schlug. Wieder erfasste ihn ein Wasserwirbel, der ihn nach unten beförderte. Bislang hatte es nicht die geringste Strömung gegeben, also musste etwas anderes für die Wasserbewegungen verantwortlich sein, ein großer Körper zum Beispiel, der sich schnell durch das Wasser bewegte. Er war hier, der Rote, ganz in der Nähe. Etwas streifte seinen Arm, er griff zu, eine Schnalle, ein Gurt, Barbaras Gurt, den er sofort auch mit der anderen Hand zu umfassen versuchte, obwohl er ihn nicht sehen konnte. Dann fanden beide Hände Halt, und er begann mit peitschenden Schlägen seiner Flossen zu ziehen. Ein blauer Lichtblitz, direkt unter ihm. Und Luftblasen.

Plötzlich wurde Barbara von ihm weggerissen, mit einer Kraft, die ihm fast die Arme aus den Schultergelenken riss, und im nächsten Moment spürte er an ihrem Gewicht, dass sie frei war. Er zog sie zu sich heran, packte fest zu und schwamm wie ein Besessener Richtung Oberfläche. Mit den letzten Luftreserven pumpte er die Weste auf. Dann war seine Flasche leer. Er kämpfte sich ohne Luft voran, musste sogar ausatmen, damit das Gas ihm nicht die Lunge zerfetzte. Seine Brust, seine Beine waren ein einziger kaum noch zu ertragender Schmerz. Er war eine Maschine, kurz bevor der letzte Tropfen Treibstoff verbrannte.

Als sie die Wasseroberfläche erreicht hatten, war Hermann schwarz vor Augen, und er schnappte wie ein Asthmatiker nach Luft. Es gelang ihm, ihre Bleigurte zu lösen und Barbara vorsichtig von ihrer Pressluftflasche zu befreien. Unter Wasser war sie reglos gewesen, jetzt aber stöhnte und hustete und stammelte sie vor sich hin, schien kaum zu wissen, wo sie sich befand und was mit ihr geschah. Er versuchte ihr die zerfetzte Weste auszuziehen, aber als er ihre linke Schulter berührte, schrie sie auf und schlug um sich. Er redete beruhigend auf sie ein, sprach ihr Mut zu, bat sie durchzuhalten, versicherte, dass er so schnell wie möglich Hilfe holen würde.

Aber Sandy war tatsächlich weg. Er hatte es sofort bemerkt, als er einen klaren Gedanken fassen konnte. Die prall aufgeblasene Weste, die leere Flasche auf seinem Rücken und ihre dicken Anzüge hielten sie über Wasser, und er konnte sich ein paar Minuten dem Auf und Ab der Wellen überlassen. Dann manövrierte er seinen Körper unter den ihren, zuckte dabei zusammen, weil er einen stechenden Schmerz in der Brust fühlte, packte mit links ihre Kopfkappe, suchte mit der anderen Hand Halt in ihrer Achselhöhle und begann mit zusammengebissenen Zähnen zu schwimmen. Er versuchte nicht an all die Schwierigkeiten zu denken, die sich vor ihm auftürmten. Wie sollten sie heil durch die Brandungszone kommen, und über die scharfen Uferfelsen? Wo war dieser verdammte alte Saufkopf? Wie konnte er sie nur im Stich lassen.

Sein Blick fiel auf die *Otago*. Sicher gab es einen Arzt an

Bord, jemanden, der sich mit erster Hilfe auskannte. Mit dem Zodiac wären sie binnen Minuten am Pier Hotel. Aber wie sollte er sich bemerkbar machen, jetzt, mitten in der Nacht?

«Hermann!»

Zuerst ignorierte er die Stimme, glaubte an Einbildung, an Wunschbilder, an Halluzinationen. Alles an ihm arbeitete weit jenseits seiner normalen Leistungsgrenze. Dann sah er, dass Barbara ihren rechten Arm hob.

«Wo ist Sandy?»

«Barbara!» Er ließ seine Beine nach unten sinken und drehte sie herum, sodass er ihr Gesicht sehen konnte. Sie klammerte sich am Bauchgurt seiner Weste fest. Ihr Gesicht war schmerzverzerrt, Haare klebten an Stirn und Schläfen, und in ihren Augen glaubte Hermann nackte Angst zu erkennen.

«Meine Schulter ... der Kalmar ...» Tiefe Risse zogen sich durch den Schaumstoff ihres Anzugs, nicht nur an der Schulter, sondern auch an Brust und Oberarm.

«Wo ist Sandy?», fragte sie wieder.

«Ich weiß nicht. Er ist weg. Aber da drüben liegt die *Otago*. Sie könnten uns helfen. Es ist nicht weit.»

«Nein.» Sie sah sich nicht einmal um, schüttelte heftig den Kopf und kniff sofort vor Schmerzen die Augen zusammen. «Wir schwimmen. Ich helfe mit. Es sind doch nur ein paar hundert Meter. Wir schaffen das.»

Er starrte auf ihre Schulter. Ein loses Stück Isopren baumelte herab und entblößte etwas, das wie rohes Fleisch aussah. Er konnte den Anblick nicht ertragen und sah zum Forschungsschiff hinüber. «Du brauchst einen Arzt.»

«Ich halt schon durch. Wir verschwenden nur Zeit.»

«Bist du sicher?»

«Worauf wartest du noch? Schwimm!»

Sandys Boot schaukelte ziemlich genau in der Mitte einer gedachten Linie, die die *Otago* mit der Stelle am Ufer verband, wo er Hermann und Barbara an Bord genommen hatte. Sie würden kaum einen so direkten Kurs nehmen können. Aber wo sollte er sonst warten? Er musste versuchen, sie so früh wie möglich aus dem Wasser zu holen. Bei dieser See zu schwimmen, nach einem solchen Tauchgang und in voller Ausrüstung …

Achtzig Minuten waren vergangen. Sie waren sicher schon lange aufgetaucht und hatten sich sofort auf den Weg an die Küste gemacht. Also waren sie jetzt hier irgendwo in der Nähe. Immer wieder stand Sandy auf und suchte das Wasser ab, aber er durfte nicht aufhören zu rudern, sonst würde sich das Boot quer zu den Wellen stellen. Manchmal rief er sogar, zaghaft, er wusste, dass es gefährlich war. Aber er konnte sich nicht beherrschen. Es war das Einzige, was er tun konnte.

Er nahm sich vor, noch eine halbe Stunde durchzuhalten. In der Zeit müssten sie ans Ufer geschwommen sein oder sich zumindest in dessen Nähe aufhalten. Dicht vor den ersten Uferfelsen würde er noch einmal suchen, und dort konnte er es vielleicht eher wagen, laut nach ihnen zu rufen.

Es war nicht sein Fehler, dass es so gekommen war, trotzdem machte er sich Vorwürfe. Würden sie ihm seine Geschichte glauben? Er wollte nicht, dass sie ihn für einen treulosen Gesellen hielten, der sich bei der geringsten Schwierigkeit aus dem Staub machte. Deshalb würde er alles versuchen, alles aus sich herausholen.

Das Boot hatte sich wieder gedreht und legte sich auf die Seite. Sandy biss die Zähne zusammen und zog die Ruder zweimal mit aller Kraft durch das Wasser. Der Bug richtete sich wieder auf die *Otago* aus und hob sich in die Höhe, als das Boot von einer Welle auf den Rücken genommen wurde.

Im Wellental dahinter spürte Sandy eine Erschütterung. Kurz darauf noch einmal. Ein dumpfes Geräusch. Irgendetwas war im Wasser, stieß gegen den Bootsrumpf. Er schaute nach links über das Dollbord. Dann hörte er jemanden von der anderen Seite rufen. Es war Hermann.

«Sandy! Hier! Gott sei Dank.»

Sie schwammen dicht nebeneinander. Sandy sprang auf und griff nach dem Rettungsring, der seit einer Stunde bereitlag. Das Seil, das dazugehörte, hatte er an der mittleren Sitzbank befestigt.

«Du hättest uns fast über den Haufen gefahren», schnaufte Hermann. Er hatte seinen linken Arm durch den Ring gesteckt, riss sich die Tauchmaske vom Kopf und warf sie ins Boot.

«Sie haben mich bemerkt, Hermann. Ich musste weg. Es gab keine andere Möglichkeit. Ich ...»

«Ist schon gut. Wir müssen sie sofort rausholen», keuchte Hermann. Sein rechter Arm umklammerte den Körper der Frau. Sie wirkte leblos.

Sandy erhaschte einen Blick auf ihren zerfetzten Anzug. «Himmelherrgott!», fluchte er und streckte die Hand nach ihr aus.

«Vorsicht! Sie ist verletzt.»

12. ROV

Ein winziger Raum mit einem kleinen Schreibtisch, davor ein Stuhl. Über der Lehne hingen seine Sachen. Durch das Fenster fiel trübes Tageslicht. Hermann lag auf der unteren Liege eines Etagenbettes und blickte durch die regennasse Scheibe auf Sträucher und eine graue Felswand. Es dauerte eine kleine Ewigkeit, bis er sich erinnerte. Er steckte seine Nase in das Kissen und atmete ein. Ihr Duft. Er war in der Station, in Barbaras Zimmer, lag in ihrem Bett, in dem sie sich geliebt hatten, nachdem es ihnen im Kursraum auf der gekachelten Arbeitsfläche zu unbequem geworden war.

Um sie so schnell wie möglich ins Krankenhaus zu bringen, hatten sie Barbara auf die Liegefläche in seinem Bus gelegt und warm eingepackt. Trotz seiner Schmerzen hatte sich Hermann selbst hinter das Steuer gesetzt und war bis zur Station gefahren. Dort klingelte er Tim heraus, der sie sofort zum Krankenhaus brachte. Laken und Decke waren danach nass und blutverschmiert. Also hatte er sich nach ihrer Rückkehr in Barbaras Bett gelegt, obwohl Tim, der sich in seinen schlimmsten Befürchtungen bestätigt sah, ihn am liebsten noch in der Nacht vor die Tür gesetzt und zum Teufel gejagt hätte.

An der Stationstür klingelte jemand Sturm. Hermann wälzte sich stöhnend auf den Rücken, legte die rechte Hand auf die Stirn und schloss die Augen. Er hatte nicht einmal zwei Stunden geschlafen. Seine Verletzung tat weh. Er trug einen riesigen Verband, den eine Krankenschwester gestern Nacht mehrmals um seinen Brustkorb gewickelt hatte, aber es sah dramatischer aus, als es war, kein Vergleich mit Barbaras tiefen Fleischwunden. Wenn sie sich nicht entzündeten, waren seine Blessuren nicht gefährlich, in ein paar Tagen würden sie nur noch Andenken an eine denkwürdige Nacht sein. Dicht über dem Herzen waren drei parallele, nicht besonders tiefe Kratzer, als hätte ihm eine große Katze ihre Pranke über die Brust gezogen. Barbara würde ihre Narben nicht so leicht verstecken können. Auf ärmellose T-Shirts und Spaghettiträger musste sie in Zukunft verzichten. Aber es hätte schlimmer kommen können, viel schlimmer, das hatte sie ihm selbst gesagt, als sie blass und erschöpft und vollgepumpt mit Schmerzmitteln in ihrem schneeweißen Krankenhausbett lag und sich von ihm verabschiedete. Nur einen Millimeter tiefer, und die Krallen des Roten hätten Sehnen und Bänder durchtrennt.

«Hermann», hatte sie geflüstert und dabei seine Hand gedrückt. «Wir sind verrückt, oder?»

Aber sie hatte gelächelt, tatsächlich, er sah dieses Lächeln noch vor sich. Sie drehte den Kopf zur Seite und schloss die Augen. Er wartete noch ein paar Minuten an ihrem Bett, bis sie eingeschlafen war, dann schlich er sich auf Zehenspitzen aus dem Zimmer.

Draußen, auf dem Krankenhausflur, lief Tim, krank vor Sorge und hilflosem Zorn, auf und ab. Er schoss auf ihn zu. «Wie geht es ihr?»

«Sie schläft.»

Tims Lippen bebten. «Eins kann ich dir versprechen: Wenn sie stirbt oder ihren Arm nicht mehr bewegen kann, dann wirst du deines Lebens nicht mehr froh, dafür werde ich sorgen.»

Seitdem waren keine drei Stunden vergangen. Hermann starrte auf die Holzverkleidung des oberen Bettes. Vom Gang waren Stimmen zu hören. Kurz darauf näherten sich Schritte, und ohne zu klopfen, riss jemand die Tür auf. Tim, verschlafen und kreidebleich. Der Blick aus seinen Augen war eisig.

«Für dich», fauchte er. «Polizei.» Als hätte er nur darauf gewartet.

«Polizei?» Hermann richtete sich abrupt auf und verzog sofort das Gesicht. «Au, verdammt!» Er fasste sich an die Brust. «Ist es wegen letzter Nacht?»

«Interessiert mich nicht. Du erinnerst dich, was ich euch gesagt habe. Außerdem will er nur mit dir reden.» Er wandte sich ab, ließ die Tür offen stehen und verschwand in seinem Zimmer.

Hermann sank zurück in Barbaras Kissen und stöhnte. Er wusste, dass er bei dem jungen Kollegen alle Sympathien verspielt hatte. Natürlich fragte er sich, wer oder was die Polizei auf den Plan gerufen hatte, aber von der ersten Schrecksekunde abgesehen blieb er ruhig. Die Polizei. Na gut, dann sollte es eben so sein. Er hatte getan, was er tun musste.

Es konnte nur um die vergangene Nacht gehen. Irgendjemand hatte geredet, vielleicht die junge Ärztin im Krankenhaus. Sie hatten ihr einiges zugemutet. «So etwas habe ich ja noch nie gesehen», hatte sie gerufen, als sie Barbaras Anzug aufschnitt und eine tiefe zentimeterlange Wunde nach der anderen freilegte. «Haben Sie sich mit einem Löwenrudel angelegt?»

Sie seien in der South Bay getaucht, erklärte er, und weil das Boot abzutreiben drohte, habe ihr Bootsführer den Motor gestartet, ohne zu ahnen, dass sie schon hinten am Heck hingen, direkt neben dem Außenbordmotor. Die Ärztin hatte ihn misstrauisch gemustert.

«Was haben Sie denn da draußen gemacht, mitten in der Nacht?»

«Wir sind Biologen. Wir wollten diesen merkwürdigen Leuchterscheinungen auf den Grund gehen.» Er hatte sich diese Geschichte auf dem Weg ins Krankenhaus zurechtgelegt.

Vielleicht hatte auch die Besatzung der *Otago* die Polizei alarmiert, weil der Rote verschwunden war. Oder jemand hatte sie beobachtet, als sie bei der Rückkehr den Steg benutzten, weil sie Barbara den Weg über die Felsen ersparen wollten. Oder Sandy hatte sich verplappert. Ihr überstürzter Rückzug strotzte nur so vor dilettantischen Fehlern.

Hermann stand auf, schloss die Tür und zog sich an. Nicht nur die Kratzer, die der Rote hinterlassen hatte, jede Bewegung bereitete ihm Schmerzen. Noch nie in seinem Leben hatte er sich so ausgelaugt gefühlt. Insgeheim wartete er darauf, dass seine Angstmaschine ansprang, dass sie seine körperliche Schwäche ausnützte und ihm albtraumhafte Kerkerszenen ausmalte oder wütende öffentliche Empörung. Aber nichts dergleichen geschah. Barbara lebte und würde bald wieder auf die Beine kommen, das war das Einzige, was zählte. Er würde sie später besuchen, wenn er dazu noch Gelegenheit hatte.

Als er fertig angekleidet auf den Gang trat, öffnete sich ein paar Meter weiter die Tür zu Tims Zimmer, und im Spalt erschien noch einmal sein Gesicht. Der stumme, traurige Blick, der Hermanns Abgang begleitete, war ein einziger Vorwurf.

Hermann sagte nichts, versuchte nur mit einer hilflosen Geste des Bedauerns zu zeigen, wie leid es ihm täte. Dann wandte er sich der gläsernen Eingangstür zu, hinter der ein Polizist wartete, sein alter Bekannter.

«Sie schon wieder», sagte Hermann.

«Guten Morgen, Professor. Tut mir leid wegen der Störung. Aber ich möchte Sie bitten mitzukommen.»

«Bin ich verhaftet?»

«Gäbe es einen Grund dazu?»

«Das müssen Sie mir sagen.»

«Jemand möchte sich mit Ihnen unterhalten. Ich kann Sie nur bitten, mich zu begleiten.»

Hermann hörte kaum, was der Mann sagte. «Okay, dann lassen Sie uns keine Zeit verlieren», antwortete er. «Ich habe alles bei mir, was ich brauche.» Er deutete mit dem Kopf auf den kleinen Rucksack, den er sich über die Schulter gehängt hatte.

Offenbar waren sie nicht davon ausgegangen, dass er Widerstand leisten könnte, denn der Polizist war allein gekommen und wies Hermann den Beifahrersitz zu. Sie fuhren die regennasse Esplanade entlang. Hermann hatte keine Lust zu reden und sah aus dem Fenster. Seine Abschiedstour durch die Stadt. Wahrscheinlich würden sie ihn in das nächste Flugzeug setzen. Er glaubte nicht, dass sie ihn einsperrten. Was konnten sie ihm schon vorwerfen? Sachbeschädigung. Mutwillige Zerstörung eines Aquakulturnetzes. Sie könnten Schadenersatzforderungen stellen, wegen der entgangenen Einnahmen aus der medialen Vermarktung. Viel war bei ihm nicht zu holen. Höchstens das Haus, das er ohnehin verkaufen wollte. Wenn es nur irgendwie möglich ist, werde ich Barbara aus allem raushalten, dachte er.

Sie passierten die Eisenbahnbrücke. Gleich würden sie den State Highway 1 erreichen, der mitten durch das Städtchen führte, und nach links abbiegen. Von der Kreuzung waren es nur noch ein paar hundert Meter bis zur Polizeistation.

Aber sie fuhren nicht bis zum Highway, sondern bogen gleich hinter der Brücke nach rechts in die kleine Zufahrtsstraße, die auf den Parkplatz von Whale Watch Kaikoura führte.

«Wohin ...», platzte Hermann heraus.

«Wir sind gleich da.»

Die weite Betonfläche, auf der Hermann mehrere Nächte verbracht hatte, war beinahe verlassen. In der Nähe des Hubschrauberlandeplatzes standen ein halbes Dutzend Übertragungswagen, aber der Polizist steuerte das ehemalige Bahnhofsgebäude an, den Ort, an dem alles begonnen hatte, damals, als er auf den Treppenstufen saß, um die Sonne und seinen Kaffee zu genießen und den klaustrophobischen Albtraum der vergangenen Regentage hinter sich zu lassen.

Vor dem Eingang des Hauses stand Degenhardts blauer Bus.

Als der Polizeiwagen daneben hielt, öffnete sich die Tür, und diesmal trat nicht der junge Mann heraus, der Hermann bei seinem ersten Besuch kurz abgefertigt hatte, sondern der berühmte Tierfilmer selbst. Sein massiger Körper füllte fast den ganzen Türrahmen aus. Er kam ihm entgegen und streckte dabei beide Hände aus.

«Professor Pauli», rief er und ließ dabei das R rollen, wie es nur Bayern können. Er sprach deutsch. «Ich freue mich sehr, dass Sie gekommen sind.»

Hermann konnte seine Verwirrung nicht verbergen. «Was hat das zu bedeuten? Ich wusste nicht, dass man mich zu Ihnen bringen würde. Ich dachte ...»

«Tut mir leid. Das mit dem Polizeiwagen ist zugegebenermaßen etwas dramatisch ausgefallen. Wir hätten Sie gern selbst abgeholt, aber wir können hier momentan schlecht weg.» Er deutete auf ein dickes Kabelbündel, das aus dem Bus durch die angelehnte Eingangstür ins Haus führte. «Der Bürgermeister war so freundlich, uns aus der Patsche zu helfen. Thank you very much, Officer.»

Der Polizist legte den Zeigefinger an seine Mütze, grinste Hermann kurz an und fuhr in seinem Wagen über die leere Betonfläche davon.

In Hermann begann es zu kochen. Als er sich an Degenhardt wandte, hatte er Mühe, seinen Zorn im Zaum zu halten.

«Was soll das? Wieso haben Sie mich holen lassen?»

«Ich bitte Sie, Professor. Das ist ein Missverständnis. Wofür halten Sie mich? Sagen wir, ich habe Sie hergebeten.»

«Hätte es nicht auch ein Taxi getan?»

Degenhardt schmunzelte. «Seien Sie ehrlich: Wären Sie dann mitgekommen?»

«Ich habe schon vor Tagen versucht, mit Ihnen Kontakt aufzunehmen.» Bevor euch der Rote ins Netz ging, dachte Hermann. Es hätte uns vielleicht vieles erspart.

«Ich weiß, ich weiß. Mein Mitarbeiter hat es mir gesagt. Aber wir waren sehr beschäftigt. Ich bin erst gestern Nachmittag nach Kaikoura zurückgekehrt.»

«Von Ihrer Kalmarsafari.»

«Ja.» Degenhardt lachte herzhaft. «Von unserer Kalmarsafari. Sie wissen sicher, dass sie überaus erfolgreich verlaufen ist. Es war viel einfacher, als ich gedacht habe.» Er wurde wieder ernst, kraulte sich kurz den Bart und sah Hermann aus amüsierten Augen an. «Ray hat prophezeit, dass Sie mir die Hölle heißmachen werden. Offenbar hat er nicht übertrieben. Er hat mir erzählt, dass Sie strikt gegen unser Unternehmen waren.»

«Ich bin es noch immer», bekräftigte Hermann. «Entschiedener denn je.»

Degenhardt streckte ihm beruhigend die Hand entgegen. «Ray hält große Stücke auf Sie, Professor. Es war seine Idee, Sie heute Morgen hierher zu bitten. Er wollte ihnen die Chance geben, mit dabei zu sein. Ich habe zu ihm gesagt, gut, einverstanden, aber nur, wenn ich den Gastgeber spielen darf. Das ist gewissermaßen Ehrensache, hier am anderen Ende der Welt. Professor Pauli ist schließlich ein Landsmann von mir.»

Landsmann und Studienkollege, dachte Hermann. Nichts

deutete darauf hin, dass Degenhardt sich an ihn erinnerte, und selbst wenn, spielte es für ihn vermutlich keine Rolle. Er war weit über die Niederungen einer Provinzuniversität hinausgewachsen und bewegte sich in ganz anderen Sphären. Für einen globalen Medienhelden wie ihn standen alle Türen weit offen, und Hermann war nur irgendein weltfremder deutscher Professor, der sein Leben mit nutzloser Forschung verschwendet hatte.

Hermann zermarterte sich das müde Gehirn, was der Sinn dieses Treffens sein könnte. Vermutlich wollte Degenhardt seinem hartnäckigsten Widersacher nur demonstrieren, über welche Möglichkeiten er verfügte. Er trat nach, obwohl sein Gegner bereits geschlagen am Boden lag.

«Mit dabei sein?», fragte Hermann.

«Wir werden Zeuge eines historischen Augenblicks.» Degenhardt lächelte vielsagend. «Sind Sie nicht neugierig auf ihn?»

«Neugierig? Auf wen?»

«Nun», Degenhardt wurde ungeduldig und schaute flüchtig auf seine Armbanduhr, «vielleicht können wir unsere Differenzen für eine Weile zurückstellen. Waffenstillstand sozusagen. Später können wir uns noch nach Herzenslust streiten, das verspreche ich Ihnen. Aber jetzt ... Es geht gleich los. Sie warten auf uns. Kommen Sie», er berührte Hermanns Ellenbogen und deutete auf den Bus. «Ehrlich gesagt, es eilt ein bisschen. Das ROV ist schon im Wasser. Wir müssen uns jetzt da hineinsetzen, sonst verpassen wir etwas.»

Das ROV der *Otago*? Hermann ließ sich widerstandslos zur Bustür führen und stieg die Stufen hinauf. Vor der Wand mit den Bildschirmen und jeder Menge kompliziert aussehender Gerätschaften saßen die beiden Männer, die er schon kannte. Sie hatten Kopfhörer auf, nickten ihm zu und konzentrierten sich sofort wieder auf ihre Arbeit. Aus Lautsprechern waren englische Kommandos zu hören.

«Setzen Sie sich, Professor.» Degenhardt zeigte auf zwei bequeme Drehstühle, die hinter den beiden Technikern fest am Boden angebracht waren. Er wechselte ins Englische. «Wie Sie sehen, sitzen wir zumindest in der zweiten Reihe. Haben wir schon ein Bild, Alex?»

«Oben auf dem mittleren Monitor», antwortete einer der beiden Männer. «Viel ist nicht zu erkennen.»

«Na, das wird sich bald ändern.» Degenhardt lehnte sich zufrieden zurück.

«Was wir da sehen, Professor, ist das Live-Bild des Tauchcomputers der *Otago*. Das Beste vom Besten, kann ich Ihnen sagen. Manchmal kann man nur staunen, was diese paar Menschen hier in Neuseeland so auf die Beine stellen. Wir sind in Realtime dabei. Fragen Sie mich nicht, wie das geht, aber meine Jungs hier haben das prima hinbekommen. Darf ich kurz vorstellen? Rechts der Mann mit dem unvermeidlichen Kaugummi ist Matt. Sie haben ihn schon kennengelernt. Sein Kollege heißt Alex. Die beiden sind schlicht genial.» Degenhardt lachte schallend und legte den Männern von hinten je eine Hand auf die Schulter. Sie grinsten. «Wenn die Kamera des ROV unserem Kalmar in die Augen schaut, werden wir ihn im selben Augenblick sehen wie die Männer auf der *Otago*.»

Endlich begriff Hermann. Eigentlich hätte ihn schon Degenhardts ostentativ zur Schau gestellte gute Laune stutzig machen müssen, aber von seinem schlechten Gewissen getrieben, hatte er nicht eine Sekunde daran gedacht, dass alles auch ganz anders sein könnte. Dass die Ärztin dichtgehalten und niemand sie beobachtet hatte, dass es kein Verhör geben würde, keine Verhaftung, keine Empörung, keinen Rauswurf, jedenfalls nicht jetzt. Die Erkenntnis kam so überraschend, dass er hörbar nach Luft schnappte.

Unwillkürlich warf er einen verstohlenen Blick auf Degenhardt und die beiden Techniker, aber ihre ganze Aufmerksamkeit galt den graublauen Bildern des Tauchcomputers. Offenbar wussten sie nichts von dem nächtlichen Besuch am Netz, nichts von Barbaras Verletzungen. Sie waren davon überzeugt, dass der Kalmar sich noch immer in ihrer Gewalt befand.

«Wir gehen jetzt runter», sagte jemand, der offenbar in einem Kontrollraum der *Otago* saß. Hermann erkannte die Stimme sofort. Sie gehörte Randolf Shark. «Sind Sie so weit, Peter? Können Sie mich verstehen? Ist der Professor auch da?»

«Wir sind beide da, Randolf. Und die Verständigung ist ausgezeichnet. Es kann losgehen. Wir halten es kaum noch aus. Wir wollen ihn endlich sehen, nicht wahr, Professor?» Degenhardt warf Hermann einen raschen Seitenblick zu und grinste, als der keine Miene verzog.

Hermann starrte auf den Monitor, auf dem jetzt im Scheinwerferlicht des Tauchroboters einige der vertrauten Netzmaschen zu sehen waren. Irgendetwas stimmte hier nicht. Das alles passte nicht zusammen. Sie waren sich ihrer Sache so verdammt sicher. Die *Otago* war ein schwimmendes Laboratorium, vollgestopft mit Messgeräten und modernster Elektronik. Wäre das Netz leer, müssten sie es doch im Sonarbild erkennen. Würden sie den wertvollen Tauchroboter einsetzen, wenn …

«Okay», sagte Shark. «Wir können ihn im Augenblick nicht orten, weil wir Probleme mit dem Sonar haben. Unsere Techniker kümmern sich schon darum. Aber gestern hat sich unser Freund den ganzen Tag nahe am Netzboden aufgehalten. Wir gehen trotzdem auf Nummer Sicher und werden das ROV in einer weiten Spirale um das Netz herum nach unten führen.»

«Sie sitzen am Steuerhebel, Randolf.» Degenhardt rieb voller Vorfreude die Hände aneinander. «Aber spannen Sie uns nicht zu lange auf die Folter.»

In Hermanns Gedanken brach das Chaos aus. Hatte das dumme Vieh die Chance zur Flucht doch nicht genutzt und sie aus dem Käfig heraus angegriffen? Durch das Loch, das sie selbst geschnitten hatten?

Das ROV setzte sich in Bewegung. Netzmaschen wanderten durch das Bild. Jetzt war auch Degenhardt anzumerken, wie nervös er war. Er hatte die Unterlippe zwischen die Zähne genommen und kaute auf seinen Barthaaren, während er gebannt auf den Monitor blickte.

Minutenlang herrschte Stille im Bus. Aus dem Lautsprecher waren piepende Geräusche zu hören, vermutlich ein Signal des Roboters. Hermann spürte, dass sich auf seiner Stirn kleine Schweißtropfen bildeten. Er überlegte, ob er den Bus verlassen sollte, war aber nicht entschlossen genug, um aufzustehen. Jetzt war es zu spät.

Eine Zahl oben rechts auf dem Bildschirm gab offenbar die Tiefe des Tauchroboters an. 3,4 Meter. Außer Netzmaschen war nichts zu erkennen. Auch für das ROV war die Sicht schlecht, aber es verfügte über eine extrem empfindliche Kamera und starke Scheinwerfer, in deren Lichtstrahl ab und an kleine Fische oder Planktonorganismen aufleuchteten.

Dann wurde die gespannte Ruhe abrupt beendet.

«Was ist das?», rief Shark. Aus dem Kontrollraum der *Otago* drang aufgeregtes Stimmengewirr. «Das Netz ist kaputt. Sehen Sie das, Peter? Es ist zerrissen.»

Degenhardts Gesicht verdüsterte sich. Er lehnte sich nach vorne. «Wie ist das möglich? Sieht aus wie ein sauberer Schnitt.»

Auf dem Schiff schienen alle durcheinanderzureden. Dann

hörte man wieder Sharks Stimme. «Wir verfolgen das mal und gehen senkrecht nach unten.»

Hermann biss sich auf die Lippen.

«Ray sagt gerade, dass es vielleicht der Kalmar war. Er hat einen riesigen Schnabel mit messerscharfen Kanten. Er sagt, er hätte Sie mehrfach darauf hingewiesen, dass ein Nylonnetz möglicherweise nicht ausreicht.»

«Verdammter Mist.» Degenhardt lief rot an. «Jetzt kommen Sie mir bloß nicht auf die Tour, ja. Diese Netze sind nun einmal aus Nylonfasern. Was hätten wir sonst nehmen sollen, einen Stahlkäfig? Sie müssen sofort einen Trupp Taucher hinunterschicken, um den Schaden zu reparieren.»

«Beruhigen Sie sich, Peter. Machen Sie sich keine Sorgen. Seitdem er sich im Netz befindet, hat er sich kaum von der Stelle gerührt.»

«Das nimmt ja gar kein Ende. Wie tief sind wir? Gut acht Meter. Herrgott, er hätte jederzeit fliehen können. Hat er sich nur abreagiert, oder was?»

Degenhardt schien Hermanns Anwesenheit vergessen zu haben. Er kaute an seinen Fingernägeln und starrte wie hypnotisiert auf das durchlöcherte Netz.

«Da», rief er aus. «Jetzt hört es auf. Nein, es geht links weiter. Sehen Sie das?»

«Ja, natürlich.»

«Ich traue Ihren Instrumenten nicht, Randolf. Schicken Sie Ihren verdammten Roboter nach unten. Ich will das Biest sehen. Das Netz können Sie später inspizieren.»

«Wie Sie meinen. Wir gehen tiefer, tauchen unter dem Käfig durch. Aber ich sage Ihnen gleich: Wenn sich der Kalmar in der Netzmitte befindet, werden wir Schwierigkeiten haben, ihn zu sehen. Die Sicht ist einfach zu schlecht.»

«Dann müssen Sie eben näher ran und im Netz tauchen.»

«Ausgeschlossen», protestierte Shark. «Das ist viel zu gefährlich. Der Kalmar könnte das ROV angreifen und beschädigen. Kommt nicht in Frage.»

Degenhardt gab ein verächtlich klingendes Brummen von sich. In dieser Sache war das letzte Wort noch nicht gesprochen.

Der Roboter sank. Zwölf Meter, vierzehn Meter. Niemand sagte auch nur ein Wort. Achtzehn Meter. Matt bearbeitete seinen Kaugummi, Degenhardt kaute auf seinen Barthaaren, Hermann krallte beide Hände so fest um die Armstützen seines Stuhls, dass die Knöchel weiß hervortraten. Zweiundzwanzig Meter. Hin und wieder huschte etwas durch den Lichtstrahl. Vierundzwanzig. Achtundzwanzig.

Plötzlich endeten die Maschen. Ein klobiges Gebilde baumelte an einem Seilstück, Gewichte. Der Roboter sank noch einen Meter, schwenkte dann so, dass seine Kamera und die Scheinwerfer schräg nach oben gerichtet waren. Das Plankton schien jetzt auf die Kamera zuzukommen. Offenbar gab es in dieser Tiefe eine leichte Strömung. Die Netzmaschen verloren sich ein paar Meter vor dem Kameraauge im Nichts. Nur um sich abzulenken, versuchte Hermann sie zu zählen. Es waren über zwanzig. Zwei bis drei Meter Sicht. Sie würden bestenfalls einen kleinen Teil von ihm sehen. Nur Sandy, Barbara und er selbst kannten den Roten in seiner ganzen Pracht. Die Erinnerung an die Whalers Bay war das, was ihnen blieb. Und ihre Verletzungen. Vermutlich waren sie die einzigen Mensch auf der Welt, die Narben aus einer Begegnung mit einem riesigen Tiefseekalmar vorzuweisen hatten.

Langsam bewegte sich der Tauchroboter voran.

«Wir müssten ihm ganz nahe sein», sagte Shark. Er gab ein paar unverständliche Kommandos. Das ROV wurde langsamer.

Für Hermann, der verkrampft in seinem Sessel saß, ging es nur noch darum, die Sache so rasch wie möglich hinter sich zu bringen. Sollten sie jubeln und ihren Erfolg feiern. Er wollte Gewissheit haben und dann verschwinden. Zu Barbara ins Krankenhaus und wenn es ihr besserginge, nach Hause.

«Da vorne», rief jemand auf der *Otago*. Es war Ray.

Aus dem Graublau des Wassers schälte sich ein schlankes zylindrisches Etwas, das im Scheinwerferlicht hell aufleuchtete. Die Kamera zoomte ihm entgegen. Es wurde deutlicher, ein langes spindelförmiges Ding, das aus dem Inneren des Käfigs baumelte. Hermann richtete sich auf. Ein Tentakel? Der Tentakel des Roten? Er kniff die Augen zusammen. Nein, die Form stimmte nicht. Es war ein Kalmar, ja, ein kleines schlankes Tier, wie er es vom Peketa Beach kannte. Es hatte sich im Netz verfangen und baumelte leblos im Wasser.

Der Tauchroboter hielt an.

Das Tier hing schlaff in der Strömung. Kleine Fische pickten an ihm herum. Die Kamera schwenkte hin und her. Wo war der Rote?

Sie fanden ihn nicht. Degenhardt bestand darauf, das ROV ins Innere des Netzkäfigs zu steuern, aber auch dort blieb die Suche erfolglos. Im Bus und auf der *Otago* herrschte eisiges Schweigen. Niemand wagte, den Mund aufzumachen. Bis Hermann schallend zu lachen begann.

III Wellington

16 Monate später

13. Maria

Auf dem weißen Schild neben der Tür stand kein Name. Aber die Zimmernummer, die ihm der Pförtner gesagt hatte, stimmte. Hermann klopfte.

«Herein.»

Ray saß am Computer. «Hermann!», rief er, sprang auf, und sie umarmten sich. «Schön, dass du gekommen bist.»

Er ließ eine Hand auf Hermanns Schulter liegen. «Lass dich mal anschauen», sagte er bewundernd. «So habe ich dich noch nie gesehen.»

Hermann trug einen hellen Trenchcoat, darunter einen dezenten dunkelgrauen Dreiteiler, Schlips und ein weißes Hemd. Er lächelte entschuldigend.

«Ich hatte keine Zeit, mich umzuziehen. Ich bin direkt von der Tagung zum Flughafen gefahren.»

Ray grinste und versetzte Hermanns Körpermitte einen sanften Klaps. «Und ein gemütliches kleines Bäuchlein hast du dir zugelegt.»

«Vom guten deutschen Brot, nehme ich an.»

«Steht dir gut. Wo ist dein Gepäck?»

«Eingecheckt. Ich fliege morgen früh weiter. Hier drin ist alles, was ich brauche.» Er deutete auf einen zerschlissenen Rucksack, der über seiner rechten Schulter hing.

«An den erinnere ich mich», sagte Ray. «Den hattest du auch in Kaikoura.»

«Den habe ich schon mein halbes Leben.»

Während Ray zu einem kleinen Kühlschrank ging, um kalte Getränke zu holen, hängte Hermann seinen Mantel an die Tür neben eine schwarze Lederjacke. Rays Büro war für ihn eine Überraschung. Er hatte mit einem wilden Durcheinander gerechnet, mit Akten- und Papierstapeln, Regalen voller Bücher und Sammlungsgefäße, die Wände tapeziert mit Fotos und Computerausdrucken. Stattdessen umgab ihn ein kahler, frischgestrichener Raum. Ein demontiertes Wandregal und ein Dutzend Umzugskartons stapelten sich vor der gegenüberliegenden Wand. Auf dem Schreibtisch standen nur Computer und Telefon. Ein kleiner Tisch links daneben trug ein modernes Mikroskop mit Fotoaufsatz.

«Wie findest du mein neues Büro?», sagte Ray, als hätte er Hermanns Gedanken gelesen. «Ich habe lange darauf gewartet. Vorher habe ich nach hinten auf einen Parkplatz geblickt.»

Hermann trat an das große Fenster und schaute in die Evans Bay von windy Wellington, das seinem Namen heute alle Ehre machte. Das Wasser war von weißen Schaumkronen bedeckt, und die Bäume vor dem NIWA-Gebäude wurden kräftig durchgeschüttelt. «Sehr schön. Du hast du dich eindeutig verbessert.»

Sie setzten sich an den Schreibtisch.

«Wie lief es denn in Sydney?», fragte Ray, während er zwei Bierflaschen öffnete und die Gläser füllte.

«Sehr gut. Es war ja eine reine Cephalopoden-Tagung, nur Verrückte wie wir. Ein Heimspiel sozusagen. John und ich haben unsere Untersuchungen an den Riesensepien präsentiert.»

«Ich habe eine Presseerklärung gelesen, in der die Unterschutzstellung ihrer Laichbiotope gefordert wird.»

«Ja, die stammt von mir. Alle Teilnehmer haben unterzeichnet. Wir haben uns übrigens gefragt, warum du nicht nach Sydney gekommen bist. Wir haben dich vermisst.»

«Ich wollte, aber ich habe es einfach nicht geschafft.»

«Schade.»

«Es ging beim besten Willen nicht.» Ray lächelte. «Wie geht's John?»

«Wenn du mit ihm reden willst, musst du Wochen vorher einen Termin vereinbaren. Ich verstehe nicht, wie er das schafft. Er hat ein unglaubliches Arbeitspensum. Aber es geht ihm gut. Natürlich hat er bedauert, dass er nicht mitkommen konnte.»

«Ich habe ihn x-mal eingeladen.»

«Ich weiß. Wenn du dabei so nachdrücklich warst wie bei mir, versteh ich nicht, wie er widerstehen konnte.»

«Na ja, er hat es ja nicht so weit wie du, normalerweise.» Ray zog die Augenbrauen in die Höhe und grinste. «Aber er verpasst etwas.»

Bemerkungen dieser Art machte Ray seit Wochen. In jeder E-Mail fand sich irgendeine rätselhafte Andeutung.

Sie hoben die Gläser, stießen an und saßen sich einen Moment schweigend gegenüber. Ihr Groll aufeinander war schon lange begraben. Sie hatten sechzehn Monate Zeit dazu gehabt. Trotzdem war Hermann froh, dass er sich zu diesem Kurzbesuch entschlossen hatte. Das von John organisierte Meeting in Sydney bot die ideale Gelegenheit. Am liebsten wäre er auch nach Dunedin auf die Südinsel gefahren, um Barbara zu treffen, doch ausgerechnet jetzt besuchte sie eine Bioakustiker-Tagung in Seattle. Sie würden sich aber bald in Europa sehen. Barbara plante, Adrian Shearing auf einer Vortragsreise zu begleiten. Hermann konnte es kaum abwarten, sie zu treffen. Er wusste, dass es ihr gutging, sogar sehr gut. Nach ihrer Entlassung aus dem Krankenhaus war er noch eine Woche bei ihr in Kaikoura geblieben. Sie erholte sich schnell. Es waren wunderbare entspannte Tage, in denen er sich auch mit Tim versöhnte. Dann wollte sie nach Dunedin, und Hermann bestieg sein Flugzeug.

Keine vier Wochen nach seiner Abreise hatte Barbara über dem Kaikoura Canyon die ersten Pottwale gesichtet. Inzwischen war sie Dr. MacPherson und arbeitete mit Tim am Aufbau des endlich bewilligten 3-D-Hydrophonfeldes.

Also blieben nur Ray und seine mysteriösen Entdeckungen, über die er bisher nichts wusste. Egal, was Mr Architeuthis ihm zeigen würde, es war Hermann wichtig, dass die Missklänge zwischen ihnen ausgeräumt waren. Erst jetzt, da sie sich gegenübersaßen, war er sich dessen wirklich sicher.

«Ray, ich will nicht drängeln, aber ... du hast mich wirklich sehr neugierig gemacht.»

Ray lachte aus vollem Hals. «Das war, verdammt noch mal, auch meine Absicht. Du wirst staunen.» Er stellte das Bierglas ab, schwang mit seinem Drehstuhl zum Schreibtisch und richtete den Monitor so aus, dass sie beide hineinsehen konnten. «Warte mal ... Womit fangen wir am besten an?» Seine Augen flogen über eine lange Liste von Dateien. «Ich glaube ...»

Hermann war gespannt. Ray musste etwas Außerordentliches herausgefunden haben. Natürlich ging es um den Roten. Sein Kadaver war zehn Tage nach der Befreiungsaktion in der Whalers Bay aufgetaucht. Sandy hatte ihn gefunden und die Behörden alarmiert. Die *Otago,* bereits auf dem Weg nach Wellington, war zurückbeordert worden, um den toten Kalmar zu bergen. Dann hatte Ray übernommen.

Einiges hatte er ihm schon geschrieben. Der Rote wog 1140 Kilogramm, fast das Dreifache des einzigen bisher bekannten vollständigen Kolosskalmars. Einschließlich seines einen intakten Tentakels maß er unglaubliche 21,7 Meter. Es gab sie also wirklich, die sagenhaften Giganten der Tiefe, wenigstens in diesem Punkt konnte Degenhardt triumphieren. Die Hälfte eines Fangarmes fehlte, vermutlich das Stück, das auf der Haut des blutenden Wals geklebt hatte. Sein Darm war vollkommen leer. Offenbar hatte er schon lange keine Beute mehr gemacht und auch den jungen Delphin verschmäht.

«Ja, hiermit fangen wir an», sagte Ray, holte mit einer weit ausgreifenden Geste Schwung und betätigte dann rasch eine Tastenkombination.

Auf dem Bildschirm erschien ein Schwarzweißfoto. Die Qualität war schlecht, offenbar war das Bild von einer Fotokopie eingescannt worden. Hermann beugte sich vor, um die Einzelheiten besser zu erkennen. Eine Felswand, davor, auf dem Boden, ein tütenförmiges langgestrecktes Gebilde, dessen spitzes Ende genau auf den Betrachter zeigt.

«Ein Ammonit», sagte Hermann verwundert.

«Ein Nautiloid, um genau zu sein. Er wurde 1964 in Arkansas entdeckt. Mittleres Karbon, ungefähr dreihundertzwanzig Millionen Jahre alt.»

Hermann starrte verständnislos auf den Bildschirm.

«Fällt dir etwas auf?», fragte Ray.

«Hm ...» Zwischen dem freigelegten Fossil und der Felswand im Hintergrund standen zwei Männer, wahrscheinlich die stolzen Entdecker. «Er ist sehr groß», sagte Hermann. «Um die zwei Meter, würde ich sagen.»

«Fast drei. Er ist zweihundertachtzig Zentimeter lang. Einer der größten fossilen Cephalopoden, die je gefunden wurden.»

«Ein Fall von Gigantismus», vermutete Hermann. «Die Cope'sche Regel. Arten werden im Laufe der Stammesgeschichte immer größer.»

«Wie bei Sauriern und der Elefantenverwandtschaft, die Vermutung liegt nahe. Aber in diesem Fall steckt etwas anderes dahinter. Dieses Fossil, den Namen erspare ich dir, ich kann ihn kaum lesen, so unaussprechlich ist er, liegt in einer Schicht mit Tausenden von Fossilien derselben Art. In den USA hat man viele solcher Massenvorkommen gefunden. Man nimmt an, dass die Tiere nach dem Ablaichen alle zur selben Zeit starben und auf den Meeresboden sanken, denn sie sind gleich alt und fast gleich groß, etwa fünfundsiebzig Zentimeter.»

«Moment.» Hermann runzelte die Stirn. «Ich denke, sie sind fast drei Meter lang.»

Ray grinste triumphierend. «Genau das ist der Punkt. Nur dieser eine ist so groß. Alle anderen erreichen nur ein Viertel seiner Länge.»

«Und der Riese gehört zur selben Art?»

«Die Autoren dieser Arbeit sagen ja. Es muss sich um eine pathologische Form von Gigantismus handeln, etwas, das nur einzelne Individuen betrifft. Was ich dir hier zeige, ist ein Extremfall, aber es gibt viele weitere Beispiele.» Er rief eine Tabelle auf den Bildschirm. «Siehst du? Die Größenunterschiede sind nicht überall so ausgeprägt, aber immer wieder finden sich inmitten von Tausenden fast gleich großen und gleich alten Tieren einer Art einzelne Riesen, die völlig aus dem Rahmen fallen. Etwa im Verhältnis eins zu fünfhundert.»

«Merkwürdig.» Hermann lehnte sich zurück. Er begann zu ahnen, was dieser überraschende Ausflug in die Paläontologie mit dem Roten zu tun haben könnte. «Und? Bieten die Autoren eine Erklärung an?»

«Ja, das tun sie.» Ray griff nach seinem Glas. «Weißt du, Hermann ...» Er trank und stellte das Glas wieder auf den Schreibtisch. Sein Gesicht zeigte einen beinahe träumerischen Ausdruck. «Ich habe nach Gründen für die enorme Größe des Roten gesucht. Dabei bin ich durch Zufall auf diese Arbeit gestoßen. Und als ich sie gelesen hatte ... ich weiß nicht, ob du das kennst … es war wie eine Offenbarung. Ein unglaubliches Gefühl, ich kann es kaum beschreiben. Plötzlich hatte ich einen anderen Blick auf die Welt, eine Erklärung. Das, was wir in Kaikoura erlebt haben, ist möglicherweise ein uraltes Phänomen.»

«Du glaubst, dass der Rote auch so ein seltener Gigant ist?»

«Ich habe ihn anfangs für eine unbekannte Art von Kolosskalmar gehalten, einen neuen Mesonychoteuthis, allerdings ohne ihn ein einziges Mal gesehen zu haben. Die Verrill'sche Methode, du weißt, was ich meine. Eine Ferndiagnose, etwas, womit man sehr vorsichtig sein sollte.»

«Eine andere Möglichkeit gab es nicht.»

«Jetzt schon. Wir haben den Roten nicht weit von hier in einem leerstehenden Kühlhaus aufgebahrt. Es ist eiskalt da drin, aber ich konnte ihn eingehend untersuchen. Außerdem hat unser molekularbiologisches Labor die DNA des Roten mit der von Mesonychoteuthis verglichen. Wir hatten ja erst einige Monate zuvor ein Tier hier im Labor. Du erinnerst dich an die Fotos. Das Ergebnis ist eindeutig. Ich habe mich geirrt. Der Rote ist keine neue Spezies.»

«Sondern?»

«Eindeutig ein Kolosskalmar, er gehört derselben Art an. Es bleiben also nur zwei Möglichkeiten: Entweder wir liegen mit unserer Schätzung ihrer Maximalgröße völlig daneben, was ich alles in allem für sehr unwahrscheinlich halte, weil die anderen Tiere, die wir kennen, ja noch deutlich kleiner sind. Oder dieses spezielle Individuum, der Rote, konnte durch irgendwelche außergewöhnlichen Umstände erheblich größer werden als seine Artgenossen.»

«Du hast mir noch nicht gesagt, welche Erklärung die Paläontologen geben.»

Ray zögerte einen Moment mit der Antwort. Er warf Hermann einen prüfenden Seitenblick zu, als überlegte er, ob sein Kollege wirklich reif für diese Gedanken wäre. Dann sagte er: «Parasitismus.»

«Parasiten?», fragte Hermann verblüfft.

«Ja, parasitische Kastration. Allerdings gibt es dafür nicht den geringsten Beweis. Es ist reine Theorie.»

Jetzt griff auch Hermann zu seinem Glas. Er musste nachdenken. Die meisten Kalmare sterben nach dem Ablaichen. Die Geschlechtsreife limitiert ihr Körperwachstum. Von einem bestimmten Alter an wird die gesamte Energie in die Produktion von Eiern investiert, auf Kosten weiteren Wachstums. Was aber geschieht, wenn irgendetwas die Geschlechtsreife verhindert?

«Man kennt das von einigen Meeresschnecken», nahm Ray den Faden wieder auf. «Immerhin entfernte Verwandte unseres Roten. Es sind völlig andere Dimensionen, aber die von Parasiten befallenen kastrierten Schnecken scheinen tatsächlich weiterzuwachsen. Und sie werden faul, bewegen sich deutlich weniger als gesunde Tiere. Man hat das in Laborversuchen nachgewiesen.»

«Parasitische Kastration», sagte Hermann und schüttelte ungläubig den Kopf. Ein verblüffender Gedanke, den er niemals in Erwägung gezogen hätte. «Meines Wissens ist das für Cephalopoden noch nie beschrieben worden.»

«Dann werde ich eben der Erste sein», antwortete Ray strahlend und hob sein Glas. «Endlich einmal. Nein, im Ernst ... was wissen wir über Parasiten von Kopffüßern? Wer sucht schon danach? Ich habe es jedenfalls nicht getan. Es gibt ein paar Artenlisten, das ist alles. Aber was diese Winzlinge bewirken, darüber wissen wir nichts. Für Parasiten ist es natürlich von Vorteil, wenn ihre Wirte möglichst lange leben. Also setzen sie den Hebel genau an der sensiblen Stelle an. Frag mich nicht, wie sie das machen, aber einige verhindern die Reifung der Eier und leiten die Energie um in Richtung Körperwachstum. Parasiten stellen mit ihren Wirten die verrücktesten Sachen an.»

«Ich weiß, Ray. Trotzdem braucht man Beweise.»

«Ich habe mir gedacht, dass du so etwas sagen würdest. Ich habe Beweise.»

«Wirklich? Nun spann mich nicht weiter auf die Folter. Raus damit!»

Ray grinste, erhob sich, ging zu dem Beistelltisch mit dem Mikroskop und schaltete das Licht an. Er deutete einladend auf die beiden Okulare. «Bitte, sieh sie dir an. Es ist alles vorbereitet.»

Hermann war perplex, aber er ließ sich nicht lange bitten und sah durch das Mikroskop. Ein angefärbter Gewebeschnitt. Gleichförmige Zellen mit vielen Einschlüssen, die ein kompliziertes Netzwerk bilden. Er brauchte eine Weile, um sich einzusehen. Dann erkannte er in den Zellzwischenräumen winzige gekrümmte Wesen.

«Meinst du diese Würmchen in den Interzellularräumen? Was ist das?»

«Ich musste auch erst einen Spezialisten konsultieren. Es sind Trematoden. Saugwürmer.»

«Und das Gewebe ...»

«... stammt vom Roten. Er ist übrigens ein Weibchen, Hermann, habe ich das schon erwähnt? Was du siehst, ist ein Schnitt durch ihren Eierstock.»

Hermann fiel von einem Erstaunen ins nächste. «Der Rote ist eine Sie?»

Während er einen weiteren Blick durch das Mikroskop warf, lief Ray hinter ihm aufgeregt durch sein neues Büro. «Ist das nicht unglaublich? Es müssen Millionen sein. Glaub mir, der Eierstock ist voll davon. Wir haben ihn fein säuberlich in Scheibchen geschnitten und Hunderte von Objektträgern durchgesehen. Er enthält kein einziges intaktes Ei. Bei einem Tier dieser Größe, stell dir das vor. Unsere Rote war völlig steril und ist immer weitergewachsen.»

«Faszinierend», sagte Hermann, der noch immer in das Mikroskop schaute. «Sie sind winzig, und trotzdem können sie ein so riesiges Tier manipulieren. Der Rote ist ein Freak.»

«Ja, ein Fall für die Pathologie, fürs Monstrositätenkabinett.»

«Irgendwie hatte ich immer das Gefühl, dass er ein Einzeltier ist. Aber ich konnte mir das nicht erklären. Es war unmöglich.»

«Ist es eben nicht.»

«Aber ... tut mir leid, wenn ich das sagen muss, Ray. Du hast die Parasiten gefunden, das ist phantastisch, aber ein Beweis für deine Theorie ist es nicht.»

«Du glaubst es nicht?»

«Was heißt glauben? Der Kalmar war massiv befallen, das steht fest, aber alles andere ...»

«Okay, okay.» Ray war stehen geblieben und hielt beide Handflächen vor sich in die Luft. «Okay», sagte er noch einmal. «Ich verstehe. Du hast recht.»

«Du setzt da ziemlich ungewöhnliche Behauptungen in die Welt und ...»

«Was würde dich denn überzeugen?»

«Du hast mich überzeugt, Ray. Wirklich. Jetzt, nachdem ich die Parasiten gesehen habe, glaube ich, dass du recht hast. Der Beweis aber dürfte kaum zu führen sein. Ich brauche dir doch nicht zu sagen, wie so etwas geht. Man müsste Tiere mit den Parasiten infizieren und zeigen, dass sie dadurch zu Giganten heranwachsen. Ich wüsste nicht, wie das gehen sollte. Wir können diese Tiere ja nicht im Labor halten.»

Ray ließ die Hände sinken und nickte. Er schien zu überlegen.

«Komm», sagte er schließlich, ging zur Tür und griff nach seiner Lederjacke. «Ich habe noch etwas für dich. Nimm den Mantel mit. Es ist kalt da unten.»

Sie fuhren mit dem Fahrstuhl in den Keller des Gebäudes und gingen dann einen langen Flur entlang, in den ab und an weitere Gänge mündeten. Sie passierten etliche verschlossene Türen, in Nischen stapelten sich Kartons mit Ersatzteilen und Labormaterialien. Die Katakomben des NIWA. An Wänden und Decke verliefen Rohre und Leitungen.

Seit sie das Büro verlassen hatten, schwieg Ray. Mit seinen langen Beinen lief er so schnell, dass Hermann Mühe hatte, Schritt zu halten. Wohin gingen sie?

Das unterirdische Labyrinth nahm eine wesentlich größere Fläche ein als das Haupthaus, in dem sich Rays Büro befand. Sie kamen an mehreren Fahrstühlen vorbei, waren zweimal abgebogen und hatten mindestens zweihundert Meter zurückgelegt, als Ray vor einer Stahltür stehen blieb und das dicke Schlüsselbund von seinem Hosenbund nahm, das jeden seiner Schritte mit einem metallischen Bimmeln begleitet hatte.

«Da drinnen ist es stockfinster», sagte er. «Pass auf, dass du dich nicht irgendwo stößt. Am besten, du bleibst ganz dicht bei mir.»

Er öffnete die Tür. Kurz dahinter blickte Hermann auf eine zweite Tür, eine Art Schleuse. Ray zog ihn in den winzigen Raum hinein und schloss die äußere Stahltür, bevor er sich in absoluter Dunkelheit an der inneren zu schaffen machte.

«Nur eine kleine Vorsichtsmaßnahme», sagte er, untermalt vom Klingeln seines Schlüsselbundes. «Sie sind sehr nervös.»

Sie?, dachte Hermann.

Er spürte, dass Ray seine Hand ergriff und ihn in einen wesentlich größeren Raum hineinführte, in dem außer einigen winzigen roten Lämpchen nichts zu erkennen war. Nach ein paar Metern blieb er stehen.

«Rühr dich bitte einen Moment nicht von der Stelle. Ich bin gleich wieder da.»

Hermann hatte das Gefühl, dicht vor einer Wand zu stehen. Ihn fröstelte. In dem Raum war es eiskalt. Er hörte, wie Ray dort, wo sich die roten Lichter befanden, einige Schalter betätigte. Direkt vor ihm setzte sich etwas in Bewegung. Ein Rollo, dachte Hermann und streckte die Hand aus. Tatsächlich, es glitt nach oben. Dicht dahinter trafen seine Fingerspitzen auf eine glatte, sehr kalte Oberfläche. Glas.

«Sieh bitte geradeaus», sagte Ray leise. Er stand direkt neben ihm. «Ich habe oben über dem Wasser ein schwaches Licht angemacht, aber es dauert einen Moment, bis sie reagiert. Es funktioniert nicht immer, aber vielleicht haben wir ja Glück. Ich habe ihr gesagt, dass du sie besuchen wirst und dass sie sich gefälligst Mühe geben soll. Aber sie ist im wahrsten Sinne ein ziemlicher Dickkopf.»

Hermann starrte fassungslos in die Dunkelheit. Er konnte nicht glauben, was hier geschah.

«Jetzt», flüsterte Ray. «Versuch, dich möglichst nicht zu bewegen. Sie ist schon da. Sie ist neugierig und spürt, wenn das Rollo hochgelassen wird. Siehst du sie?»

Hermann strengte seine Augen an. Er glaubte ein kaum wahrnehmbares Glimmen zu sehen, ja, es wurde heller. Mein Gott! Ihm lief eine Gänsehaut über den Rücken. Dieses Leuchten kannte er. Es war viel kleiner, als er es in Erinnerung hatte, aber diese mondsichelartige Form, die jetzt immer deutlicher wurde, das zweite, kleinere Licht daneben. Er hatte diesen Anblick nie vergessen, träumte davon. Erst hatte er das Leuchten gesehen, dann war überfallartig der Angriff gekommen. Nie würde er diese dramatischen Minuten vergessen.

«Wie ist das möglich, Ray? Wie hast du das geschafft?»

«Pssst.»

Die beiden Lichter waren jetzt so hell, dass er deutlich das Auge erkennen konnte, groß wie eine Grapefruit.

«Pass auf!» Rays Stimme kam wieder von dort, wo sich in der Wand eine Konsole mit Instrumenten und Schaltern befinden musste. «Erschrick nicht! Ich schalte jetzt das Licht an, damit du sie sehen kannst. Sie ist direkt hinter der Scheibe. Wenn es hell wird, wird sie sofort verschwinden. Sie mag das Licht nicht. Weiter oben befindet sich ein Versteck, in das sie sich zurückzieht. Es wird sehr schnell gehen. Bist du bereit?»

«Ja», antwortete Hermann heiser.

«Dann los!»

Im nächsten Augenblick war der Raum hell erleuchtet, und unmittelbar vor ihm, hinter einer zwei Meter hohen Scheibe, schwebte ein mindestens mannsgroßer dunkelroter Kalmar mit glühenden Augen. Er wandte ihm die rechte Seite zu, seine ganze Pracht. Dieser riesige Kopf, dachte Hermann. Das Tier zuckte zusammen, verlor in Sekundenbruchteilen seine Farbe und schoss nach hinten davon.

Eine halbe Stunde später saßen sie wieder in Rays Büro. Auf dem Computermonitor prangte ein Foto eines seiner Lieblinge. Es war das Tier, das sie eben bewundert hatten, ein Weibchen, das zu Ehren einer ihnen beiden bekannten Person den Namen Maria trug. Hermann, der auf dem ganzen Weg zurück ins Büro kaum ein Wort herausgebracht hatte, lockerte den Knoten seiner Krawatte und starrte stumm auf den Bildschirm. Ray war dafür umso redseliger.

«Natürlich ist auch das Männchen ganz prachtvoll, aber Maria ist mein Liebling. Es ist ja nur der klägliche Rest, Hermann. Es waren mal Hunderte. Aber schon auf der *Otago* begannen sie zu sterben und sich gegenseitig zu dezimieren. Sie müssen eine gewisse Größe erreichen, dann wird es einfacher. Aber bis dahin ... Wir hatten zu wenig Platz, und dann ging der Trubel in Kaikoura los, und wir kamen mit dem Füttern nicht hinterher. Ich war heilfroh, dass ich ungefähr zwei Dutzend bis nach Wellington gerettet habe. Nur zwei sind übrig geblieben, ein Weibchen und ein Männchen. Man kann sie nicht zusammen halten, deswegen hat jeder ein eigenes Becken. Eigentlich dachte ich ja, ich hätte kleine Architeuthis gefangen, ich war mir absolut sicher, aber ich habe mich getäuscht. Es sind Kolosskalmare, Artgenossen des Roten. Wir haben sie gleich zu Anfang am Bollons Tablemount gefangen. Als Babys sehen sie sich alle verdammt ähnlich. Na ja», er lachte. «Ich nehm's, wie's kommt. Man will ja nicht undankbar sein.»

«Das ist eine Sensation», sagte Hermann. «Ich kann dir nur von Herzen gratulieren, Ray.»

«Und vielleicht werden sie uns auch den Beweis bringen, den du gefordert hast. Das Weibchen ist infiziert. Ich habe ihm im Bauch eines Fisches ein paar Gramm befallenes Eierstockgewebe des Roten zu fressen gegeben. In ein paar Monaten oder Jahren werden wir es wissen. Ich hoffe, ich kann sie lange genug am Leben erhalten. Die Biester entwickeln einen schier unglaublichen Appetit.»

Hermann schüttelte den Kopf. «Ich bin immer noch vollkommen durcheinander. Du hättest mich wirklich vorwarnen können.»

«So war es doch viel schöner, oder etwa nicht? Man muss sie überlisten, weißt du, vor die Scheibe locken und dann das Licht anmachen, sonst bekommt man sie nie zu sehen. Licht bringt sie völlig durcheinander, unser Roter muss in Kaikoura

Höllenqualen ausgestanden haben. Aber hin und wieder brauche ich diesen Anblick. Dann will ich sie sehen. Beim Roten ist mir das nie gelungen.»

Mir schon, dachte Hermann. In seinem Schreibtisch in Kiel lagen die Abzüge der Fotos aus der Whalers Bay. Kein Tag verging, an dem er sie nicht herausnahm und betrachtete. Ray kannte die Aufnahmen bis heute nicht, und er hatte keine Ahnung, wer das Netz zerschnitten hatte. Niemand wusste es, bis auf Sandy und Tim. Wenn es nach Hermann ginge, würde sich daran auch nichts ändern.

«Was geschieht eigentlich mit dem Roten?», fragte er. «Ist das entschieden?»

Ray riss die Augen auf. «Habe ich dir das noch nicht erzählt? Sie bauen ihm ein Museum. Direkt neben dem neuen Hafen in South Bay.»

«Ach, wirklich?», sagte Hermann und lachte laut.

«Ja, warum lachst du?»

«Ich habe mir damals oft überlegt, was wohl mit ihm geschehen wird. Ich habe mir ausgemalt, wie die Museen Schlange stehen werden.»

«Oh, ja, viele haben sich um ihn bemüht. Es war ein Hauen und Stechen, bei dem Degenhardt übrigens eine ziemlich unrühmliche Rolle gespielt hat. Aber er bleibt im Land und bekommt ein eigenes und ganz neuartiges Museum. Das erste echte Tiefseemuseum. Mit modernster Technik. Man wird virtuelle Fahrten durch den Canyon machen können. Wir werden ein komplettes Pottwalskelett haben und natürlich den Roten, der einen Ehrenplatz bekommt. Außerdem werden viele deiner Kalmare vom Peketa Beach zu sehen sein, die ganze Lebensgemeinschaft von Tiefsee und Seebergen. Es gibt sogar Planungen, ein Institut für Tiefseeforschung anzuschließen, aber das ist noch Zukunftsmusik. Der Ort wäre natürlich ideal.

Die Bauarbeiten sollen noch dieses Jahr beginnen. Du siehst, der Rote hat einiges in Bewegung gebracht.»

«Das freut mich. Ein Tiefseemuseum, das klingt nach einer guten Idee.»

«Stell dich darauf ein, dass man dich zur Eröffnung einladen wird, Mr Peketa Beach.»

«Nicht doch.» Hermann lachte. «Das passt ja wie die Faust aufs Auge. Wenn es nach mir gegangen wäre, läge der Rote heute auf dem Meeresboden.»

«Wage ja nicht, dich darum zu drücken. Du weißt doch: Ehre, wem Ehre gebührt. Zur Not werden wir dich mit Gewalt entführen.»

Hermann blickte lächelnd zur Seite. «Das wird nicht nötig sein. Ich nehme die Einladung gerne an.»

Danksagung

Obwohl dieser Roman an realen Schauplätzen spielt, reale historische und lebende Menschen erwähnt und einige wahre Begebenheiten erzählt, ist die Geschichte reine Fiktion. Einige Romanfiguren nehmen die Positionen real existierender Menschen ein, die aber in keiner Weise porträtiert werden sollen. Auch sie und ihr Denken und Handeln sind ausschließlich meiner Phantasie entsprungen. Ähnlichkeiten mit lebenden Personen sind rein zufällig.

Einige Cephalopodomanen haben mir bereitwillig ihre Zeit geopfert. Ich danke Malcolm Clarke, Helmut Keupp, Kir Nesis, Chingis Nigmatullin und Mark Norman. In Neuseeland haben mir der Pottwalforscher Stephen Dawson und Peter Batson geholfen.

Besonderer Dank gilt Karim Saab und den Mitarbeitern, Direktorinnen und Mitstipendiaten des Künstlerhauses Schloss Wiepersdorf, wo im Sommer und Herbst 2002 die ersten Kapitel dieses Buches entstanden sind. Die schattige Wiese unter den alten Bäumen des Schlossparks war ein wunderbarer Ort, um in die Welt der Cephalopoden einzutauchen.